人◎岁月◎生活

[苏] 伊利亚·爱伦堡 著

冯南江 秦顺新 王金陵 译

（上）

海南出版社

·海口·

图书在版编目（CIP）数据

人·岁月·生活：全三册 /（苏）伊利亚·爱伦堡著；冯南江，秦顺新，王金陵译. -- 海口：海南出版社，2024.6

ISBN 978-7-5730-1605-8

Ⅰ. ①人… Ⅱ. ①伊… ②冯… ③秦… ④王… Ⅲ. ①回忆录—苏联—现代 Ⅳ. ① I512.55

中国国家版本馆 CIP 数据核字 (2024) 第 093256 号

人·岁月·生活（上）

REN · SUIYUE · SHENGHUO (SHANG)

作　　者：［苏］伊利亚·爱伦堡
译　　者：冯南江　秦顺新　王金陵
责任编辑：于晓静
装帧设计：MM末末美书 QQ:3218619296
责任印制：杨　程
印刷装订：三河市兴达印务有限公司
读者服务：唐雪飞
出版发行：海南出版社
总社地址：海口市金盘开发区建设三横路 2 号
邮　　编：570216
北京地址：北京市朝阳区黄厂路 3 号院 7 号楼 101 室
电　　话：0898-66812392　010-87336670
电子邮箱：hnbook@263.net
经　　销：全国新华书店
版　　次：2024 年 6 月第 1 版
印　　次：2024 年 6 月第 1 次印刷
开　　本：787 mm × 1 092 mm　1/16
印　　张：102.75
字　　数：1 560 千字
书　　号：ISBN 978-7-5730-1605-8
定　　价：198.00 元（全三册）

沉重的记忆

——读《人·岁月·生活》

雷　颐

最初听说爱伦堡，还是在“文革”初期的少年时代。当时能读到的只是“内部发行”的节译本，几十年后的今天终于读到公开发行的全译本，往事、今事一齐涌上心头，确令人有种说不出的感慨。

生于1891年的爱伦堡少年时代即参加了社会民主党的地下工作，同时开始文学创作，17岁入狱，19岁到巴黎深造。十月革命后，他参加苏维埃政府的工作，后以记者的身份长期外驻西欧，与西欧文化界关系既深且远，甚至成为苏联与西方文化关系中一条重要的“纽带”。这部一百四十万字左右的回忆录写于20世纪60年代，作者详述了从记事时起到20世纪50年代中自己经历的人与事，大到两次世界大战、世界革命，小至周围一些同事的个人嗜好。他的特殊经历，使他与当时俄苏和西方的政治活动家、作家、艺术家等大量精英人物都有或深或浅的交往，而与文化艺术界人物的交往更多、更深，书中所着笔墨更多。他有种特殊的才能，对每个人的描写无论着笔或多或少，或粗或细，都栩栩如生，格外传神。慢慢读来，一幅生动丰富的20世纪前半叶欧洲文化界的历史图景在我们面前缓缓展开，使人有身临其境之感，真切感受到当时的时代、社会氛围，甚至可以从中看到欧洲一代知识分子心灵、精神的发育史。更有意义的是，在某种程度上也可成为深受俄国精神影响的一代中国知识分子的一面镜子，使我们对自身的认识更加深刻。

一

左倾，无疑是那个时代人文知识分子的主调。第一次世界大战给欧洲知识分子造成了巨大的精神创伤，作为战地记者，爱伦堡亲眼看到了现代化战争的残酷："死亡是机械式的。"看到双方的战士奋不顾身，英勇作战，互相残杀，他感叹道："这些人大部分是好人，真诚地相信他们正在保卫祖国、自由、人类的尊严。然而他们却不过是一台巨型机器上极小的零件罢了。"

对于欧洲知识分子来说，一战成为美好的"昨日的世界"和"可怕的今天"之间的分水岭。在精神上，许多知识分子也陷入狂热之中，他们以近于迷狂的语言宣扬"爱国主义"、民族主义，鼓吹对敌国的仇恨和战争，提倡极具蛊惑性的英雄主义，对群众的激情起了火上浇油的作用。只有罗曼·罗兰等少数知识分子才敢冒天下之大不韪，虽成为众矢之的，被责骂为胆小鬼、失败主义者、堕落之人、叛徒、内奸、民族的敌人……但仍与这种煽动战争、仇恨的爱国主义、民族主义进行斗争。其实，罗曼·罗兰等人才是真正的英雄，而这种理性的英雄主义最为难得。只有经过巨大的浩劫之后，普遍的狂热才能渐渐冷却，理性的声音才能被社会听见、接受，反战、和平终于成为普遍的情绪和愿望。然而，精神的深创巨痛并不因战争的结束而平复，旧的价值、观念悚然轰毁，人们在精神的虚无中痛苦彷徨，热切地追求新价值、新世界。

十月革命，填补了他们价值的虚空，给他们带来新的希望，同时给平淡无味的生活带来强烈刺激，使他们在令人沮丧的现实中看到理想之光。对那些艺术家和人文知识分子而言，俄国革命更具浪漫色彩，因为他们天生无拘无束，不愿受任何体制、习俗和种种规范的束缚，对任何"体制"都抱有反感，抨击体制、权力、金钱……对个性的压抑。推翻旧体制的俄国革命使他们空前兴奋起来，以为迎来了一个没有"体制"、自由自在的新时代。

1918年5月1日，莫斯科全城都用未来派和至上派的油画装饰起来，全城都画满了抽象派的色块，"在红场上出现的不是学院派的画家，而是未来主义者、立体主义者、至上主义者"。"左翼艺术"发出了"第一号命令"，虽然到处都是饥饿与寒冷，但到处都有人在朗诵诗歌，"这不是诗歌节，而是整整一个诗歌的时代"。各种流派不胜枚举，共产主义未来派、形象派、无产阶级文化派、表现派、费定斯特派、无物体派、现在派、阿克秦派……生活本身似乎已成为"艺术"，一群群浪漫文人已经进入亢奋状态。十月革命后不久，爱伦堡作为新生的苏维埃政权的“外交信使”重返西方，发现谈论俄国革命一时间成为欧洲知识界的时髦，文学艺术中的未来派、超现实主义、结构主义……他都从中汲取灵感，发表一通又一通关于社会革命、文学和艺术革命（包括内容与形式）的宣言，歌颂这场革命。这时“他们之中有许多人盼望暴风雨，但暴风雨对于他们来说只是一种抽象的概念：对于一部分人来说是启示录中的世界末日，对于另一部分人来说是一场戏剧演出。”甚至在上流社会的沙龙里，赞美“俄罗斯的实验”也成了一种时髦，“对苏维埃的一切都加以赞美的冒牌绅士获得了‘布尔什维赞’的绰号”，一位网球运动员也对爱伦堡说：“听说你们已经废除了钞票。这好极啦！我痛恨计算开支……”

此时，无论是俄国还是西方的这些充满浪漫情怀的知识分子当然不会想到，几年后所有这些诸如超现实、未来主义、抽象派、立体派、现代派等的各种艺术流派在苏联和今后的社会主义国家都将被作为“资产阶级腐朽观念”的体现而被彻底消灭！只有“社会主义现实主义”才是唯一“正确”、因此成为唯一存在的艺术流派。他们没有想到，旧体制被推翻之后，建立的是一个更加严格、精确的新体制，让每一个人都成为这部精密的国家机器上的一个被设计、安放好的齿轮和螺丝钉。

从少年时代起就卷入反对沙皇革命斗争的爱伦堡对革命的热烈赞颂自不待言，他对“革命”的理解颇具代表性。当他不久因公从西欧重返莫斯科时，不禁大吃一惊。因为他出国时正是物资极度匮乏，但普天下“星期六义务劳动”的军事共产主义的最后几周，此次回来已是“新经济政策”时期。“新经济政策”使工厂立即恢复生产，经济充满活力，原来空空如也的商店现在琳琅满目，应有尽有，人们的生活迅速摆脱极端贫困的战时状态，对此，爱伦堡却大感不解，极为反感！他讥讽地写道：“肚子不仅恢复了自己的权利，而且还受到推崇”，“莫斯科人吃胖了，脸上露出了笑容”。他感到人们因此开始追求物质享受，丧失了不久前革命所产生的浪漫精神和崇高理想；“新经济政策”造成了贫富差别，并产生了新的暴富阶层——“耐普曼”……他失望地感到这些“同我久远的童年时代一样”，因此“常常觉得新经济政策是一种令人不安的丑恶现象”。“叶赛宁称之为‘酒馆的’莫斯科正在以一种病态的冲动胡闹，这像是19世纪加利福尼亚的淘金狂和贬值的陀思妥耶夫斯基气质的一种混合物。”总之，“一片白雪怜悯地覆盖着一切。当解冻的天气刚一来到，地面就暴露出来了。新经济政策时期，市侩习气使我们大为震惊，有时甚至令人感到绝望，那时我们也太天真，不明白改造人远比改变管理国家的制度困难得多。”

几十年后的历史证明，苏联以后的种种灾难和悲剧，在很大程度上恰恰是因为放弃了“新经济政策”。“新经济政策”的核心是实行市场经济，因此使社会物质极大丰富，人们的生活水平迅速提高，但从浪漫主义或道德理想主义的角度出发，则会更多地看到它的种种“丑恶现象”和负面作用，因为它仅是一种“正常”（因此不够“崇高”）的社会。这种平平常常的社会格外不适合爱伦堡这类浪漫性格的知识分子，他们无法接受社会经过“革命”后总要平静、恢复常态的现实，因此甚至感到“绝望”，他们渴望、需要的是每天都充满刺激、一浪高过一浪的“盛大的节日”，他们自己往往衣食无虞（有人其实格外重视自己的利益）却将刚刚告别饥饿因而食欲旺盛的百姓讥之为没有人文精神、道德理想只知道“推崇肚子”，认为社会鼓励并提供致富机会是使人“唯利是图”的堕落……而他们的理想是用一种崇高的道德原则“改造人”、创造一个“完美无缺的社会”。其实，不少巨大的历史悲剧和灾难正是这种要创造一个完美无缺的乌托邦世界造成的。而肯定人的欲望、承认人的权利的社会所要求的“道德基础”可能最低、最不崇高、最无理想、最平常乃至最平庸，生活日复一日没有大起大落的刺激，缺乏激情和浪漫，并且不乏种种丑恶现象。这种社会或许不是“理想”的，虽然没有多少激动人心的事件和英雄豪杰，但却是灾难可能最少也最小、大多数人都能平平安安“过日子”的正常社会。对某些知识分子来说，这种生活可能非常乏味，缺乏精神的魅力。因此，他们热情宣扬、鼓吹要用一种“理想原则”来改造人，塑造一个理想的社会。极而言之，许多巨大的罪恶恰恰因之而生，如此塑造出的将是一个非常可怕的世界。但这种思想的精神魅力确难抗拒，对知识分子更具诱惑，甚至成为“知识分子的鸦片”，所以对此要格外警惕。

法西斯主义是在此“价值轰毁”中兴起的另一个极端思潮，也吸引了不少对旧世界强烈不满、追求浪漫的知识分子和劳苦大众。在法西斯主义从产生到强大的二三十年代，爱伦堡一直常驻西欧，在德、意、法等国之间来来往往，可说亲眼看到了法西斯主义从初兴到攫取权力的全过程。

20世纪20年代的欧洲，经济经过战争的重创一直没有恢复，危机四伏，社会矛盾重重。爱伦堡来到柏林看到的是满目疮痍，人们颓败不堪，是一个充满动乱和绝望情绪的悲观世界。这时的通货膨胀达到令人难以置信的程度，一个鸡蛋价钱高达四十亿马克，一根鞋带比从前拥有两千双鞋的豪华商店还贵，一本书的价钱比从前有几百台机器的印刷厂还要高……到1923年秋，一美元竟能兑四十亿马克，而后就数以兆计，马克完全崩溃。爱伦堡曾与人一同到一个旧军官的家中做客，没想到谈话不久主人的两个女儿竟赤身裸体地开始跳舞，“母亲用满怀期望的目光望着外国客人：也许，他们会喜欢自己的女儿，并且用美元付费，如果付马克那就太糟了，明天早晨它又会贬值。这位可敬的妈妈叹口气说：‘这难道是生活？这是世界末日……’”城市贫民和工人更似乎时时都准备暴动，知识分子不是悲观失望就是怒气冲冲，不少人用诗歌、画笔代替枪炮、炸弹进行歇斯底里大发作，不少浪漫知识分子因“新经济政策”也对俄国革命失望。“《行动》杂志的诗人们写道，实行新经济政策之后，他们再也不相信俄罗斯了，德国人将要向世界表明，什么才是真正的革命。一个诗人说：‘首先应当在各国同时杀掉一千万人，这是最低数字……”在意大利，他一次次看到黑衫党的暴行和规模越来越大的游行，那些法西斯党徒相信“他们的领袖正在引导意大利走向繁荣、社会正义并摆脱国际资本”。他还听到墨索里尼在一次阅兵式上的演说：“法西斯主义的和无产阶级的意大利，前进！……”作为记者，他多次参加德国纳粹在浓浓劣质烟味缭绕的啤酒馆、咖啡馆的聚会，发现许多激烈的发言者都是工人，这点使他感到“难以忍受的痛苦”，“当然，我先前就知道在纳粹分子中有不少工人，但是在报上看到这一点是一回事，亲眼看到却是另一回事。难道你能说那个上了岁数的工人是法西斯分子？”在纳粹的选票中，工人选票占了相当大一部分，而“他们之所以投票拥护纳粹分子是因为他们憎恨资本主义”。宣传、鼓动民族主义、爱国主义和种族优秀论是法西斯主义吸引人的另一个主要手段，在战败的德国，则更易煽动民众的极端情绪，使反对者理性的声音被狂热淹没。对法西斯制造的领袖崇拜如何使个人跪倒在领袖脚下丧失了思考能力，爱伦堡也有生动的描述与深刻的分析。

经济长期萧条，贪污腐败严重，贫富差别加剧，政治动荡不安，旧的价值体系突然轰毁……这种危机四伏的社会条件，使法西斯主义宣传的极端民族主义、国家主义、爱国主义，对国际资本的反对，对资本主义的批判，对公平、正义的抽象呼唤，以“社会主义”和“无产阶级”的名义、在领袖崇拜的同时又将“人民”变成完全否定个人的抽象概念等，无不十分“公正”“正义”，也因此确具极强的吸引力与煽动性。这一切，终使法西斯主义突然成为一个令人望而生畏的强大的社会运动，最终给人类带来空前的浩劫。这一沉痛的历史教训，万勿轻忘。

《人·岁月·生活》反映出“一战”后欧洲知识分子心路历程，他们的彷徨、探索，对理想的追求和最后的结果，的确引人深思。如俄、德一些浪漫文人对“新经济政策”的反感、反对尤其值得反复回味！以抽象的公平、平等、正义、道德、人民、集体等为号召最易打动人心，因此一方面容易成为野心家的工具，而另一方面使那些充满真诚的理想抱负和强烈的正义感的人们，更认为不择手段彻底贯彻这些原则理所当然。后者的悲剧在于实际是“作恶”还自以为“行善”，因此做出种种骇人听闻的暴行时没有任何道德障碍。结果与其初衷相反，必然造成一个更不公、不义、不道德、否定个人实际也就否定了人民的社会。当然，在平稳正常的社会中，种种“极端”思想通常只能“蜗居”社会边缘，危害有限，它们对社会的批判甚至有助于人们对社会弊病的认识，有助于社会的改进，而浪漫主义毋宁说是对心灵、精神的有益补充。然而在社会转型矛盾尖锐时期或动荡不发、危机严重时刻，种种极端思想和此类浪漫主义顿成最具吸引力的主流思潮，形成很大的风暴，一切更为理性的其他声音都被它压倒，造成巨大的灾难。

二

作为驻外记者，爱伦堡当然经常回国，但从 20 世纪 30 年代中期起，国内的许多新情况使他茫然不解，甚至痛苦不堪。对“未来世界”充满幻想的真诚，使不少人对“斯大林时代”的种种罪恶不是视而不见就是找出种种为之“解脱”的理由。对此，身处其中的爱伦堡也不例外。

1935年他回国在克里姆林宫参加出席斯达汉诺夫工作者大会，第一次看到了狂热的个人崇拜。斯大林出现时全体起立，开始疯狂鼓掌，“伟大的斯大林，乌拉！”“光荣属于斯大林！”的声音响彻会场长达十几分钟。受到这种群体性狂热气氛的感染，他也不由自主地拼命鼓掌，事后才感到手痛。对越来越严重的个人崇拜，他也曾惶惑不解，认为共产党人、马克思主义者天天在讲苏维埃新文化，但眼前的个人崇拜却不能不使他想起在偏远山区看到的“那些萨满教巫师的崇拜者”，然而他“立刻打断了自己的思路：也许我在用知识分子的观点看问题吧。我曾多次听说，我们知识分子常犯错误，不懂得时代的要求！‘书呆子’‘糊涂虫’‘腐朽的自由主义者’……但我依然不能理解‘最英明的导师’‘各民族天才的领袖’‘敬爱的父亲’‘伟大的舵手’‘世界的改造者’‘幸福的缔造者’‘太阳’……但是我终于说服了自己：我不理解群众的心理，总是以一个知识分子，而且是在巴黎度过半生的知识分子的眼光判断一切”。在这种社会结构和意识形态中，“知识分子”的确是一负面概念，使许多知识分子在内心深处都有对“人民”的负疚感和道德原罪感，在抽象的“人民”（实际上只是统治者利用的一个符号）面前，放弃（甚至因此深深自责）了自己的理性。

1937年末，他从西班牙内战前线奉调回国工作，面对更加严酷、恐怖的现实。他一到莫斯科就有熟人悄悄告诉他一堆一堆被捕、被枪毙的名字。后来他知道更多情况后更感震惊，一批又一批人不断被“清洗”，他认识的不少外国革命者也未能幸免。他任职的《消息报》报社各处室的领导人像走马灯一样，往往今天刚被任命明天就被逮捕。对当时的“日常生活”和人们的精神状态，这部回忆录做了细致的描绘，为历史留下了珍贵的记录。

这是一个恐怖的时代。他向一些熟人打听另一些朋友的下落时大多数人只是摆摆手，有些人索性匆匆走开。人们尽少与外界往来，朋友之间也互相提防，甚至断绝往来。一位最好的朋友对他说：“现在一个人只能同自己的妻子说知心话，而且要在夜里用被子蒙着头说……”尽管十分小心，这位朋友不久也被处决。爱伦堡深知许多被“清洗”的熟人、朋友都是最坚定的布尔什维克，坚信斯大林是人民的救星，那些罪行都是被强加的。但同时，他对这个社会的正义性仍深信不疑。因此，他对许多事情感到难以理解，陷入深深的矛盾之中，内心极度痛苦。为了摆脱这种矛盾和痛苦，他两次给斯大林写信，要求重返西班牙，投入反法西斯战斗前线。这样，他内心的矛盾得到解脱，同时保全自己的性命，也保全自己的清白。1941 年卫国战争爆发，“大清洗”被迫停止，全民同仇敌忾投入到反法西斯战斗中去。战斗虽然艰苦，但他的精神却十分兴奋，种种矛盾和痛苦一扫而光。他天真地以为胜利后一切都会立即改观，那些悲剧再不会发生。但没想到战争刚刚结束，又开始了与以前一样的“大清洗”。他写道：“我曾觉得，在苏联人民的胜利之后，20 世纪 30 年代不可能重演，但一切都酷似先前：召集作家、电影导演、作曲家开会，揭发‘同谋者’……”战后这新一轮“大清洗”在 1949 年春险些波及到他，但总算有惊无险地躲过劫难。

对那个时代，他这样写道，“在我的熟人中间，没有一个人相信明天，许多人都准备了一只装着两套内衣的小皮箱”，随时准备一去不返。生活的恐怖与荒诞往往超出人们的想象，而一些不为人注意的“日常生活”的细节，最能反映出时代、社会的本质。书中多次提到人们夜里对电梯、电铃声的恐惧，说明恐怖到了何种地步！“大清洗”中滥捕无辜的行动大都在深夜进行，人人自危，风声鹤唳，神经高度紧张。1938 年在他住的楼房里，“每天夜里人们都倾听着电梯的声音”，所有人这时都紧张万分，生怕是秘密警察来自己家中，后来他们要求晚上关闭电梯，免得家家紧张。他自不例外：“在 1938 年 3 月，我常惊恐不安地倾听电梯的声音：当时我想活下去，同别的许多人一样，我准备好了一个装着两套换洗衣服的小皮箱。”但“在 1949 年 3 月，我没去想衣服，而且几乎是无所谓地等待着结局的到来”，“每夜都等候着铃声”。在“二战”时曾任驻美大使、后任外交部副部长的著名苏联外交家李维诺夫是爱伦堡的好友，从 1937 年起直到 1952 年病故前，“他经常把左轮手枪放在床边的小桌上——如果深夜听到铃响，他就不再等待以后的事了……”

只有在这种环境中生活过的人，才能对这种恐怖氛围有如此细致的感受。因此，爱伦堡在回忆录中不无“庆幸”地写道：“在一个民族的历史中有一些日子甚至从朋友们的口述中也很难了解，需要亲身体会。”不曾身临其境者，的确无法想象这种生活恐怖、可怕的程度；而当这种“生活”用一些崇高的话语装饰起来的时候，局外人往往更难窥破虚实。

三

在这样一部对一个时代进行总结性回顾的巨著中，尽管他承认自己回避了一生中的某些重大事件，但有些根本性问题是无法回避的。

他写道，当时他与不少人就明白，从上到下许多惨遭“清洗”的人实际是清白无辜者，但对斯大林的盲目崇拜又使他们不敢怀疑、思考。因为“在千百万人的概念里，斯大林成了神话中的半神半人。所有的人都战战兢兢地反复说着他的名字，相信只有他一个人能拯救苏维埃国家免遭侵犯和瓦解”。神话般的人所做的一切当然不容置疑。偶有疑虑，他们最多认为是因为斯大林并不知情，“不仅是我，很多人也认为，罪行是来自一个号称‘斯大林式的人民委员’的小人物”。甚至帕斯捷尔纳克有次也对他说：“要是有人能把这一切告诉斯大林那该有多好！”

个人崇拜无疑是那些罪恶的主要根源之一，但并不能以此解释一切，因此爱伦堡在苏共批判斯大林的二十大之后便不断面对新一代的质问：你们当时干什么去了？有那么多人受罪，你为何幸免？对此，爱伦堡做出种种回答、辩解。

他说当这些罪恶初显苗头时他就有所感觉，但他的辩解是“这一切有时败坏了我的胃口，但绝未败坏我的良心，难道我能预见到事态的发展吗？”他承认自己也多次产生怀疑，但一再强调“当时我曾长久地设法说服自己：我不理解人民的感情，我是个知识分子，何况又脱离了俄国的生活。后来我对欢呼声和做弥撒似的修饰语都习惯了，不再注意它们了”。他还强调，他当时之所以保持沉默是因为虽然明知许多罪恶，但为了革命的总体利益而必须保持沉默。第四个自我辩解的理由是：“是的，我知道许多罪行，但要制止它们我却无能为力。况且在这种情况下又有什么可说的呢：就连那些势力大得多、对情况也了解得多的人也没能制止罪行。”他很清楚，在千百万读者的心目中，他是一个可以到斯大林面前去对某一问题发表不同意见的作家。对此他辩白说“其实我同我的读者们一样是‘齿轮’和‘螺丝钉’”。这些辩解确实都有一定道理，但却不无自相矛盾之处，更重要的是缺乏深深的自责和忏悔。至多他只承认“存在过两个爱伦堡，他们很少和平共处，往往是一个在侮辱甚至践踏另一个……”在“斯大林时代”受到批判清理时，他必然要面对“您居然能幸免于难，这是怎么回事？”的提问，这时他的回答却是：“我不知道。”并反复辩白说：“如果我是个信教的人，我大概会说，上帝的安排是难以解释的。”“我生活在这样一个时代里：一个人的命运不像一盘棋，而是像抽彩。”的确，他与那个时代已经融为一体，否定那时代、那段历史也就否定了他的一生，这是他坚决不愿承认的。所以他多次表示：“当时我简直不愿再活下去，但即使在这样的日子里，我也知道自己选择了正确的道路。”明明承认命运像抽彩一样不能把握，却又坚信自己的选择正确，不亦悲夫！

由于不能完全正视那一段历史，影响到他对一些人与事的分析。他对法国作家纪德的谩骂，颇能说明问题。纪德在没有到过苏联以前也曾对苏联充满憧憬，但他在 1936 年应邀访苏后立即敏锐地发现了当时的种种问题，与其他盲目歌颂斯大林和苏联的左翼作家不同，他回国后发表了《从苏联归来》一书，对苏联当时的问题做了坦率的揭露和批评。尽管纪德申明自己相信苏联终归要克服他所指出的重大错误，因为“真理无论如何痛苦，它伤人，只为的要医好他”[1]，但他仍受到全世界左派的激烈围攻。几十年后爱伦堡写此回忆录时历史已经证明纪德的正确，而且爱伦堡此时对斯大林时代的揭露、批判与当年的纪德相比有过之而无不及，但他不仅不承认纪德的先见之明和道德勇气，反而依然对纪德做了最恶毒的谩骂。在“纪德——他不过是一只螟蛾”这整整一章的篇幅中，用“极度轻率”“自恋”……来形容纪德，连纪德对妻子的深深爱恋都成为他嘲笑的内容，甚至咒骂纪德有“精神上的阴部露出症”！要彻底承认别人正确自己错误的确不易。当过去的罪行和产生罪行的社会、政治及个人的原因没有得到彻底清理时，对“过去”没有彻底重新认识时，难免会产生种种谬见，“过去”也就很可能重演。如何认识那一段历史，的确至关重要。

“谁记得一切，谁就感到沉重。”这是这部书第一章的标题。无论爱伦堡对那个时代的认识有多少矛盾之处，对过去翔实细致的记忆，便使这部书的分量格外沉重。而这，正是那些有意忘却并涂改过去，极力想像浮萍那样轻轻漂起，脱离大地以迎时潮的正人君子们所没有的。

---

[1] 纪德著，郑超麟译 . 从苏联归来 [M]. 沈阳：辽宁教育出版社 .1999 年，第 16 页。

目　录

◎ 第 一 部

◎ 第 二 部

第一部

01

谁记得一切，谁就感到沉重

我早就想把我生平遇到过的一些人、我所参与或目睹的一些事写出来；但我一次又一次地把这个工作搁置下来：或为情势所阻，或因心中犹豫——我能否成功地再现那些因年深日久而逐渐暗淡了的人物形象呢？自己的记忆又是否可靠呢？如今再也不能因循拖延，我终于坐下来写这本书了。

35 年以前，我曾在一篇游记中写道："今年夏天，在阿布拉姆采沃，我眺望着园中的几棵槭树和几张安乐椅。想当年阿克萨科夫有足够的时间去思索一切。他和果戈理的往来书简对心灵和时代作了从容不迫的勾画。而我们将在身后留下什么呢？无非是一张张的收据：'今收到 100 卢布（签名）。'我们既无槭树，又无安乐椅，只不过是经过在编辑部里和贵宾席上那一阵阵使人精神空虚的瞎忙之后，在火车单间里或甲板上休息一下罢了。这大概也有它的道理。如今时代宛若一辆高速汽车，对汽车不能大喝一声：'停下，我要仔细看看你！'只能谈谈它的前灯一闪而过的亮光。只能不知不觉地落在它的车轮底下——这倒也是一条出路。"

我的许多同龄人都陷在时代的车轮下了。我所以能幸免，并非由于我比较坚强，或是较有远见，而是因为常有这种时候：人的命运并不像按照棋路下的一局象棋，而是像抽彩。

很久以前我就说过，我们的时代没有留下许多生动的记载，看来我说对了：很少有人写日记，书信也写得简短、讲求实际——"我活着，还健康"；

回忆录也少。造成这种情况的原因很多。我只提出其中也许不是所有的人都了解的一点：我们为了要好好思索一下我们的过去，却过分频繁地和它发生争执。在半个世纪内，多次变更对人对事的评价。完整的语句说了一半便戛然而止；思想和情感不由自主地屈服于环境的影响。人们得从荒野里走出一条路来；有的人从悬崖上跌落，向下滑去，挂在枯树多刺的枝丫上。健忘有时是出于自卫的本能，因为怀着对往昔的记忆是不能前进的，它捆住了双足。我儿时就听说过这么一句谚语："谁记得一切，谁就感到沉重。"后来我又深信，这个世纪太艰辛了，所以不能背上回忆的包袱。甚至连两次世界大战这样震撼各民族的大事件，都很快变成了历史烟云。世界各国的出版家们如今都说："谈论战争的书现在不吃香了……"对于过去的事，有些人已记不得了，另一些人又不想知道。大家都朝前看；这当然很好；但古罗马人崇拜雅努斯（罗马神话中的门神）并非毫无缘由。雅努斯有两副面孔，倒不是因为他是人们常说的那种两面派，不，他是睿智的：一副面孔回顾过去，另一副展望未来。雅努斯庙只有在和平的年代才关闭，而在一千年间只关过九次——和平在罗马是极为罕见的事。我这一辈人虽然不像罗马人，但我们所度过的多少还算得上平静的岁月也是屈指可数的啊。不过看来和罗马人不同，我们认为，只有在完全的和平年代才宜于缅怀过去……

当目击者沉默的时候，野史奇谈便应运而生。我们有时说"攻打巴士底狱"，虽然谁也没有去攻打巴士底狱——1789 年 7 月 14 日只不过是法国大革命的许多事件中的一件而已；巴黎人轻而易举地进入了监狱，原来那儿只关了很少几名囚犯。然而正是攻打巴士底狱的那天成了共和国的国庆节。

流传到下一代人耳目中的作家的形象是真真假假的，有时和实际情况完全相反。直到不久以前，司汤达在读者的心目中还是一个利己主义者，也就是说，是一个全神贯注于自己的心境的人，虽然他是平易近人的，而且憎恨利己主义。人们通常认为，屠格涅夫喜爱法国，因为他在那儿度过了许多岁月，又和福楼拜相契；事实上，他并不了解，也不大喜欢法国人。有些人认为左拉是一个熟知各种诱惑的人，因为他是《娜娜》的作者；另一些人却回想起他在为德雷福斯（19 世纪末法国总参谋部一名犹太血统的军官，曾被诬告为德国间谍）辩护时所起的作用，因而认为他是一个社会活动家、热情的政论家；但是这位肥胖的眷恋家室的人却是异乎寻常地贞洁，而且除了晚年之外，他一直置身于那震撼法兰西大地的内战风暴之外。

每逢我路过高尔基大街，总要看见一个十分傲慢的人的青铜铸像，而我每次都感到十分惊讶，这竟是马雅可夫斯基的纪念像，它跟我所认识的那个人是多么不同啊。

从前，传奇性的人物形象，往往需要几十年，有时甚至几个世纪才能形成；而现在，不仅飞机可以迅速地掠过大洋，人也能在瞬息之间脱离大地，忘却熙熙攘攘、陵谷变迁的花花世界。我有时觉得，在我们这个世纪的下半叶几乎是普遍存在的文学上的某种衰退，跟昨天的现实迅速转变为社会习俗有关。作家很少描写实际存在的人——某某伊万诺夫、杜朗或史密斯；小说的主人公是合金，其中既有作家遇到的许多人，又有他自己的内心体验，还有他对世界的理解。也许，历史就是一位小说家？也许，活生生的人们对它来说便是原型，而它，把这些原型加以熔炼，然后写成一部部好的或是不好的小说？……

大家都知道，目击者们对某一事件的叙述，常常是极其矛盾的。无论证人有多么善良，归根结底，法官们在多数场合下，总还是应该信赖自己的洞察力。回忆录的作者们再三声称，他们是在不偏不倚地描述时代，但几乎总是在描述自己。幸亏司汤达留有日记，否则，如果我们相信司汤达的密友梅里美所塑造的司汤达的形象，那么我们就永远也不会理解，一个具有上流社会风度的、敏锐的、以自我为中心的人，怎能描绘出人的巨大激情。雨果、赫尔岑和屠格涅夫都描绘过 1848 年 5 月 15 日巴黎爆发的政治风暴；但当我阅读他们的札记时，我却觉得他们所写的是不同的事件。

这种记述的不一致，有时是思想感情的不同所致，有时却与那习以为常的健忘有关。契诃夫死后才 10 年，那些熟悉契诃夫的人就在争论，他的眼睛到底是什么颜色——是褐色的、灰色的，还是天蓝色的。

记忆力通常是保存了一些东西，而放过了另一些东西。我对童年时代、少年时代某些场景的细节至今记忆犹新，虽然它们绝不是什么最重要的东西；我记得某些人，但把另一些人忘得干干净净。记忆力像是汽车的前灯，在黑夜里，它们忽而照亮一棵树，忽而照亮一个岗棚，忽而又照亮了一个人。

人们，特别是作家们，在他们合乎逻辑地、详尽地叙述自己生平的时候，经常用臆度揣测来填补空白，使人难以辨别，他的真实回忆在哪儿结束，虚构的小说又从哪儿开始。

我不准备有条理地叙述过去——我厌恶把真实的往事和虚构搅和在一起；何况我已经写了许多部小说，在这些小说里，个人的回忆已成为各式各样臆测的素材。我将叙述一些个别的人，叙述各个不同的年代，杂以某些未能淡忘的对昔日的见解。看来，这将是一本写自己多于写时代的书。当然，我将谈到我认识的许多人——政治活动家、作家、艺术家、幻想家、冒险家；他们之中某些人的名字是人所共知的，但我不是不偏不倚的编年史家，所以这只是绘制肖像的尝试。而且那些事件，不论是大事还是小事，我也试着不去按照历史的顺序叙述，而是结合着我渺小的一生，结合着我今天的想法来叙述。

我从不写日记。过去的生活很不安定，因而我也没能把朋友们的书柬保存下来——法西斯占领巴黎的时候，我不得不焚烧了几百封信；后来毁掉的信也比保存下来的多。1936 年，我写了一部长篇小说《给成年人读的书》；它跟我的其他小说不同，其中有几章具有回忆录性质。我将从这本旧作里摘取某些材料。

某些章节，我认为发表得过早了些，因为它们谈的是尚在人世的人，或是还未成为历史财富的事件；我将尽力不做任何有意识的歪曲——忘却小说家的手艺。

石头总是冷的，按其本质来说，与人体是不同的，可是自远古时代起，雕塑家就用大理石、花岗岩甚至是金属——青铜——来表现人。只有在他们眼前浮现了美丽的构思时，他们才采用木头，虽然木头更接近于肉体。石头之所以具有吸引力，因为它更难于雕琢，而且它能长期保存。在各种博物馆里，竖立着一行行石像；其中有许多精美绝伦，但却都是冰冷的。不过有的时候，雕像在参观博物馆的人们眼中变得温暖起来，充满生机了。我但愿能用满含挚爱的双目使往昔的某些化石充满生机；同时使自己贴近读者：任何一本书都是自白，而写回忆的书籍——这更是一种不愿以虚构人物的影子来掩盖自己的自白。

02

难忘的 1891 年

1891 年 1 月 14 日，我诞生在基辅。1891 年——这是俄国人和法国造酒商难以忘却的一年。当时的俄国正是哀鸿遍野；灾荒毁掉了 29 个省份。列夫·托尔斯泰、契诃夫、柯罗连科募集捐款，开设粥厂，企图赈济灾民；然而这一切都不过是杯水车薪，很久以后，人们还把这一年称作“荒年”。法国造酒商却在这一年大发酒财：酷旱毁灭了庄稼，却提高了葡萄的质量；伏尔加河流域农民的凶年必定跟勃艮第和加斯科涅的造酒商的丰年联袂而来；还在我们这个世纪的 20 年代，鉴赏家们就到处搜罗标有“1891”字样的陈酒。1943 年从列宁格勒由“冰道”运到莫斯科一车厢 1891 年的老牌“圣爱米里昂”酒。酒业公司要求阿·尼·托尔斯泰和我检验一下抢救出来的酒的质地。结果发现瓶子里满盛着微微发酸的水——酒消失了（跟流行的传说恰好相反，酒，哪怕是最上等的，过了四五十年也会消失）。

1891 年……现在看来这是多么遥远的年代啊！当时统治俄国的是亚历山大三世。高居大不列颠王座的是维多利亚女王，她清楚地记得塞瓦斯托波尔的被围、格莱斯顿（1809—1898，英国自由党领袖，数度任首相）的演说以及对印度的镇压。那时在维也纳顺利执政的是弗兰茨-约瑟夫，他正是在值得纪念的 1848 年登基的。上一世纪的正剧和闹剧的主人公——俾斯麦、加利费将军、沙皇俄国的著名外交家伊格纳季耶夫、麦克-马洪元帅、由于卡尔·马克思的抨击性小册子而知名于我们大学生中间的福格特尚在人间。

上左：1903 年契诃夫在雅尔达

上右：伊利亚·爱伦堡的父母戈·戈·爱伦堡和阿·勃·爱伦堡

下：伊利亚·爱伦堡 1891 年 1 月 14 日出生在基辅学院街的一栋房子里

当时恩格斯也还活着。巴斯德和谢切诺夫、莫泊桑和魏尔兰、柴可夫斯基和威尔第、易卜生和惠特曼、诺贝尔和路易丝·米歇尔（1830—1905，法国女革命家，积极参加了巴黎公社，写过一些诗歌和长篇小说）都还在工作。1891 年兰波和冈察洛夫逝世了。

如果现在想象一下 1891 年的话，从外表上看，世界的变化如此之大，仿佛逝去的不是人的一生，而是几百年的时光。当时巴黎还没有灯光广告，也没有汽车。人们还把莫斯科叫作“大村庄”。在德国，迷恋菩提树和舒伯特的浪漫派，还在度着自己的风烛残年。而美洲却是那样的遥远。

当时约里奥-居里、费密（1901—1954，著名的意大利物理学家）、马雅可夫斯基、布莱希特、艾吕雅都还没有诞生。希特勒才两岁，世界上一片升平气象：没有任何人挑动战争；意大利只不过在端详着埃塞俄比亚，法国在准备攫取马达加斯加。报刊议论着法国舰队访问喀琅施塔得：显然，法俄同盟是针对三国同盟的；爱好议论深奥政治问题的人说，“欧洲的均势拯救了世界”。

俄国仍处于停滞状态。亚历山大三世在粉碎民意党之后，有点放心了。不错，5 月 1 日在彼得堡举行了一次小小的工人游行。不错，列宁在萨马拉阅读马克思的著作。但这些琐事能使全能的沙皇不安吗？当法国军舰来访，军乐队奏起《马赛曲》的时候，他毫不介意地举手行礼。他洋洋自得地说：“西伯利亚大铁道已经铺成，不久火车就能由伊尔库茨克直抵莫斯科了……”

5 月 1 日是新鲜的。1891 年，在法国北部的富尔米工人区，警察开枪射击五一游行队伍。报上写道：“公社社员不祥的影子复活了。”

德国隆重地建立了“泛日耳曼主义联盟”。那里的人们都在谈论生存空间、德国的使命、日后的远征，未来的党卫军分子的父辈们叫嚷着“万岁”。

饶勒斯（1859—1914，法国社会党领导人）写道，必将取得胜利的不是富尔米的刽子手，而是工人们、国际主义者和人权保卫者。

不，1891 年并不是那么遥远：当年种下的祸殃，为我们这一代人留下了无穷的后患。每一个人的生活历程都是曲折而复杂的，但是，当你站在高处俯瞰它的时候，你就能发现，它本身也有着一条潜在的直线。凡是诞生在最平静的 1891 年——是年俄国闹饥荒，而法国的美味葡萄酒则大丰收——

的人们，命中注定要看到许多革命性事物、许多战争，比如十月革命、地球卫星、凡尔登、斯大林格勒、奥斯威辛、广岛、爱因斯坦、毕加索、卓别林。

1891 年 1 月 14 日，在基辅的一条从克列夏季克直上里普基的陡峭的学院街上，我来到了人间，就在这一天契诃夫在由彼得堡寄给他妹妹的信上写道："我被一种极不明确、我不理解的浓重的恶意气氛所包围。他们飨我以午餐，对我唱一些俗气的颂歌，而同时却准备一口吞了我。为了什么？鬼才知道他们是怎么一回事。如果我举枪自杀的话，那将会使十分之九的朋友和崇拜者们大为满意。他们是如何浅薄地表达着自己浅薄的感情啊！布列宁用小品文咒骂我，虽然无论什么报纸都不容许咒骂自己的同事……"而那位布列宁正是这样来议论契诃夫的："上述平庸的天才们忘记了正视他们周围的生活，一味随波逐流……"契诃夫是 1891 年 1 月开始写中篇小说《决斗》的。我经常重读契诃夫的作品，不久前又把《决斗》读了一遍。当然，这部作品带有时代的烙印。主人公拉耶夫斯基为边远地区的生活所苦，老是幻想着他回彼得堡时的情景："火车里的乘客在谈着生意啦、新的歌女啦、法俄的修好啦；四处都能感到活跃的、有文化的、有知识的、朝气蓬勃的生活……"可是，不论是法俄亲善还是贸易发展，我不读《决斗》也都知道。我重读这部作品的时候，心里想的是另一件事，那就是自己的一生。

拉耶夫斯基——这是一个软弱的人，一个迷惘到绝望地步的人："他已经把自己那颗昏暗的星星从天空中推了下来；它掉下去，它的踪迹消失在夜晚的黑暗里；它再也不会回到天空，因为生命只有一次，绝不会来第二回。要是他能够挽回过去的岁月，他一定要用真理代替谎言，用工作代替懒惰，用快乐代替烦闷……"一个有着真实的知识，而心地却极不真实的人冯·科连，揭露了自暴自弃的拉耶夫斯基。"他既然改不过来，那就只有一个法子可以使他不能为害……为了人类的利益，为了自己的利益，应当消灭这种人才对。真应当这样……我并不坚持采用死刑。如果这样做证明是有害的，那就想别的法子也行。要是不能消灭拉耶夫斯基，那么为何不孤立他，使他失去个性，打发他去参加社会工作……如果他骄傲，打算反抗，那就给他套上镣铐！……我们应当亲自关心如何消灭腐化的、没出息的人才对；要不然，拉耶夫斯基这类人繁殖起来，文明就要灭亡。"而拉耶夫斯基这个可怜虫，却对这位进化和自然淘汰论的无情的拥护者抱着这种看法："他的理想也是专制的。如果普通人为群众的福利工作，那么他们心里所想的是他们的邻人——我，你，一句话，人。在冯·科连看来，人是狗仔，是废物，太渺小了，不配做他的生活目的。他工作也好，去探险也好，在那边送了命也好，并不是出于对他邻人的爱，而是出于这样一些抽象的概念，如人类啦、未来的子孙啦、理想的人种啦……那么人种又是什么呢？幻想、海市蜃楼……专制暴君素来是幻想家。"

在小说的结尾，拉耶夫斯基，也可以说还有契诃夫本人，眺望着汹涌澎湃的大海思忖着："海浪把船抛回来了，它进两步，退一步，可是桨手们很倔强，他们不停地划桨，不怕高浪。船一步步地往前走。现在，船看不见了，再过半个钟头，桨手们就会看见轮船上的灯光。一个钟头之后他们就可以靠拢轮船的梯子了。生活里也是这样……寻求真理的人们也是进两步，退一步。痛苦啦、错误啦、对生活的厌倦啦，把他们抛回来，可是寻求真理的热情和顽强的意志会促使他们不断前进。谁知道呢？也许他们终于会达到真理吧。"

我已经说过，契诃夫是在 1891 年 1 月开始写《决斗》的。回顾自己的一生，我发现我的思想、希望、怀疑跟我还没有降生时就已激励着契诃夫的一切是有联系的。我生平遇见过许多冯·科连，我经常迷失方向、犯错误，而且和拉耶夫斯基一样，哀悼过那颗被从天上推下来的昏暗的星星，而且也和那个拉耶夫斯基一样，赞叹着跟惊涛骇浪搏斗的桨手们。现在，远方的大陆已成为近郊。月亮也不那么遥远了。但是过去并不因此而失去自己的力量，如果人在一生中几乎像更换衣服似的无数次蜕掉自己的皮，然而心却是无法更换的——心还是那一颗。

03

童年和少年

俗话说，苹果落地，离树不会太远。有时确是如此，有时却恰恰相反。我生活在经常是按照履历表去判断一个人的时代；报纸上写着“儿子不对父亲负责”，但有时却不得不对爷爷负责。

也未必能依据孙子们的行为来判断爷爷的是非。前几年，我在《世界报》上读到过一篇谈列夫·托尔斯泰的孙子们和曾孙们的文章；他们大约有 80 个，散居在全世界：一个是美国军官，另一个是意大利男高音歌唱家，第三个是法国航空公司的经理人。

诗人费特，即阿法纳西·阿法纳西耶维奇·申欣，除了写过不少好诗而外，还在卡特科夫的杂志上发表过一些不好的文章。他揭发虚无主义者和犹太人，说这些人是邪恶的始因。费特的外甥普津告诉我，诗人在去世前不久，从一封信——自己亡母的遗嘱——中得知，他的父亲是汉堡的犹太人。有人告诉我，仿佛费特曾留有遗言，要求把这封信和他葬在一起，大概他想对后代人掩盖有关自己那棵苹果树的真实情况。革命以后，有人开棺找到了这封信。

伊万·谢尔盖耶维奇·屠格涅夫回忆道：“我诞生并成长在这样一种氛围内，那儿主宰一切的是打后脑勺、脚踢、吃拳头、挨耳光，等等，但是，说老实话，我周围的环境并没有使我养成用拳头打人的嗜好。我从没有打过人。”屠格涅夫把自己的女儿彼拉格雅改名为波林娜，并把她嫁给了玻璃厂厂主加斯通·布留艾尔，他在给安年科夫的信中说：“麻烦事多得数不清，但我得到了酬劳，我完全相信，我的女儿会幸福的。”（随后，屠格涅夫就动笔写《烟》，其中表现了一个已婚妇女的痛苦。）

我现在怀着热爱回忆起我的双亲；但是，回首过去，我不禁发现，苹果滚得离苹果树竟那么远。

我出身于一个资产阶级的犹太人家庭。我母亲珍视许多传统的东西：她在一个笃信宗教的家庭里长大，在这个家庭里，人们都敬畏上帝，不敢直呼其名，他们也敬畏那些只有收到丰盛的祭品才不会索取带血的供物的“神灵”。她时刻不忘上天的最后审判日，也不忘人间蹂躏犹太人的暴行。我的父亲属于力图脱离犹太区的第一代俄国犹太人。祖父因为他进了俄罗斯学校而诅咒他。不过，祖父的脾气一般说来是很暴躁的，所有的儿女都被他一一诅咒过；然而快到暮年时，他明白了时代是反对他的，于是和被诅咒的子女言归于好了。

如果说祖父是苹果树，那么这棵树上所结的苹果却飞向了各个不同的方向。我的一个伯伯发了大财；他叫拉扎尔·格里戈里耶维奇，住在哈尔科夫。他的儿子，我的堂兄伊利亚，是社会民主党人，曾长期被监禁在卢基扬诺夫监狱，后来迁居巴黎，在那儿从事绘画，国内战争时期加入了红军，被白军打死了。拉扎尔的弟弟鲍里斯·格里戈里耶维奇，住在伊尔库茨克，是基辅巨贾布罗茨基某一企业的雇员。鲍里斯·格里戈里耶维奇是个轻佻的人，他盗用了布罗茨基的钱财，潜逃到美国，给主人写了一封信，信的口气挑衅多于求恕。布罗茨基勃然大怒，在许多报纸上登载了悬赏缉拿的告示。我当时正在巴黎，那些幻想借追捕在逃的爱伦堡而发一笔横财的人们，不止一次找上我的门来。有一次，拉扎尔·格里戈里耶维奇和布罗茨基玩牌，赢了一笔大数目，他请求布罗茨基不再向自己伊尔库茨克的雇员提出任何要求，以此来顶替这笔赌债。叔伯们中最小的一位是列夫，他写诗，并有一个作巡回演出的马戏班。维·什克洛夫斯基认为，继承者不是儿子，而是侄辈，倘若不把这种理论用于文学体裁，而是用于人的话，那么我可以说，我是走上了我叔叔列夫的道路。我还记得，他曾自费出版了一本书，书名也不算怪诞——《幻想和声音》；这本书里收集了他自己的诗和译自海涅的诗。当时我对诗歌

上左：1894 年，戈·戈·爱伦堡和儿子伊利亚·爱伦堡
上右：儿子伊利亚·爱伦堡的祖父戈·爱伦堡
下左：小伊利亚·爱伦堡
下右：1902 年阿·勃·爱伦堡和儿子

并没有什么兴趣，但是我喜欢列夫叔叔，因为他不像个体面的亲戚。有一次他给我看几张半裸体姑娘的照片——他正在为马戏班挑选演员；我的母亲非常生气：怎么能让小娃娃看这些东西——有一天，在哈尔科夫出现了“爱伦堡马戏班”的海报，拉扎尔·格里戈里耶维奇为了要马戏班立刻离开这个城市，不得不给了自己弟弟一笔赔偿金。

当我五岁的时候，我的双亲由基辅迁居莫斯科。哈莫夫啤酒酿造厂名义上属于股份公司，实际上归基辅的布罗茨基所有，所以我的父亲谋得了这个厂的厂长职位。

这是1896年的事，到了1903年，布罗茨基决定赶走父亲。母亲噙着眼泪站在办公室紧闭着的门旁倾听，办公室内正开着理事会的年会，父亲坚持要求解除他的职务。我也在那里偷听，可是什么也没听明白——我知道，他们要赶走父亲，现在事情很不妙，而且布罗茨基很固执，可是我突然听见父亲坚决地说，他再也不能在工厂里工作了。这是外交手腕的第一课……

父亲白天工作，晚上也很少在家。间或也有朋友来，我只记得一个——快活的工程师利哈乔夫。有一次在父亲的书房里，我看见了吉利亚罗夫斯基的一本小书，上面的题词写着“给亲爱的格里·格里留念”。我觉得我父亲过着一种不愿让我知道的有趣的生活。他常到“猎人俱乐部”去，这个名字在我看来很神秘：猎人啦、鹿群啦、猎犬啦。后来我才明白，他们在俱乐部玩“文特”牌，于是我就怀疑父亲的生活是否真的有趣。我十岁上下的时候，他领我到涅格林大街的饭店去；我们坐在单间里，但我不时地跑出去看看大厅里的情况；那儿坐着的全是些普通人，正在大口嚼着肉饼。于是父亲的生活再也引不起我的好奇心了。

母亲是一个善良、多病而又迷信的人；她受着肺病的折磨，衣服老是穿得很多，深居简出，成天忙着照料姐妹们和我，用犹太文给许多亲戚写长信。在最后审判日那天，她一定持斋。母亲在她婆婆周年忌辰的早上燃点的蜡烛，大得使我害怕。卧室里总是弥漫着药味；经常有医生来。母亲要求他们也给我听听——我的肺弱，但是我总是躲起来，跑开了。有时，穿戴华丽的法米利安特太太带着她的儿子彼佳和米沙来看母亲；他们彬彬有礼地吃着点心，有时应大人的请求，朗读几段普希金的诗。我认为他们都是傻瓜，可是母亲

伊利亚·爱伦堡的外祖父
德·阿列什金

列夫·托尔斯泰在莫斯科

说："你瞧，彼佳和米沙是好孩子。可是你呢？……"

我被宠坏了，看来，只是由于偶然的机会，我才没有成为少年犯。我九岁那年，母亲去埃姆斯治疗，把我和姐妹们送往基辅，交给她的父亲照管。

外公是一个笃信宗教的老头儿，蓄着一撮银色的大胡子。他家里严格遵守一切教规。礼拜六应当休息，在这个休息日既不准大人抽烟，也不许孩子们恶作剧。（犹太人的礼拜六和英国清教徒的礼拜日一样，冷落凄清。）在外公家里，我老是感到无聊，于是我就尽可能地调皮捣蛋。这年夏天，我们住在博亚尔卡的别墅里。我使得所有的人都烦恼不堪；有一次他们决定要惩罚我，把我锁在堆煤的储藏室里。我脱得精光，在地上打滚。当他们把门打开的时候，厨娘吓得大声尖叫："哎哟，鬼来了！……"我决定报复，夜里拿了一瓶煤油，打算去烧别墅。

第二年夏天，母亲把我带到埃姆斯去了。在那里疗养的人也被我闹得神魂不安：我模仿老迈的奥尔洛夫-达维多夫伯爵，称他"大舌头"，因为他整天唠唠叨叨，口齿不清；我搅扰英国女人钓鱼——用小石头把鱼赶走；偷走德国人放在"老恺撒"纪念像旁的勿忘我花。疗养地当局要求我母亲离开，如果她没有能力管教我的话。

我进预备班和一年级的入学考试，成绩都非常出色；我知道有"录取比例"，只有当我全考了五分的时候，才能被录取。算术题我全答对了，听写没有一个错误，蛮有感情地背诵了"深秋，白嘴鸦飞走了……"

有一个朋友曾告诉我——这是30年代初的事了——他的小儿子从刚考上的学校里回来以后，问父亲道："犹太人是什么？"父亲答道："我就是犹太人，妈妈是犹太女人。"这个回答是那样突然，小家伙居然不相信："你们是犹太人？"我们当时却有较充分的思想准备；八岁时我就清楚地知道，有犹太人居住区，居住权，录取比例和蹂躏犹太人的暴行。

我小时住在莫斯科，和俄罗斯孩子们一起玩耍。父母有什么事要瞒着我的时候，他们彼此总是讲犹太话。我不向任何上帝祈祷——不论是犹太人的上帝，还是俄罗斯人的上帝。对"犹太人"这个词，我是按照特殊的方式来领会的：我属于那类应该受人欺负的人；这使我感到不公平，而同时又很自然。我父亲是个不信神的人，他指责那些为了缓和自己的处境而信奉东正教的犹太人，而我也自幼就明白不能为自己的出身而羞惭。我在什么地方读到过，说是犹太人把耶稣钉上十字架的；列夫叔叔说，耶稣就是犹太人；保姆薇拉·普拉托诺夫娜对我说，耶稣教导说：有人打你左脸，你把右脸也伸给他。这些都不合我的口味。我头一次进中学的时候，一个预备班的学生便唱道："犹太人坐在小铺里，我们把犹太佬放在大头针上。"我毫不犹豫地冲着他的脸就是一拳。不久我跟他成了好朋友。再也没有人敢欺负我了。

我们班上一共有三个犹太人——泽利多维奇、楚克尔曼和我；我们从未感到自己跟别人不一样。同学们只是羡慕我们，因为上神学课的时候，我们三个人可以在院子里玩……

我的童年时代和少年时代是在莫斯科度过的，我从未碰到过反犹太人的暴行。大概，在教员和我同学的父母当中，有人受到了种族偏见的感染，但是他们不肯暴露自己：在那个时代，知识分子羞于承认自己有反犹主义思想，正如羞于承认得了脏病一样。我还记得关于基希尼奥夫市蹂躏犹太人暴行的议论——我当时才 12 岁；我只懂得发生了某种可怕的事，但我知道，这事应归罪于沙皇、省长、市长们；我知道，正派人全都反对专制；我也知道，托尔斯泰、契诃夫、柯罗连科对蹂躏犹太人的暴行非常愤慨。我到基辅时听说，《基辅人报》在号召镇压，因为波多尔很不安定，存在着所谓的"该死的犹太人问题"。

这是个奇怪的时代：大量的丑行和大量的空想！一个无辜被判罪的法国军官德雷福斯的命运，使欧洲的一些优秀人物大为激动……"如果你没有受到高等教育，你就无法在莫斯科生活。"父亲看着分数单上的二分，对我这么说。我笑了一下：到我中学毕业的时候，人世间的一切准会起大变化！我觉得，不论是《基辅人报》或是《莫斯科新闻》上的反犹太人的文章，都是中世纪暴行的最后回声；我当时万万不曾料到，如今在这本追述往昔生活的书中，我竟不得不对我在 20 世纪初就认为是注定要灭亡的遗毒的那个问题写下这么多痛苦的篇章。

可是分数单上的二分深深惹恼了父亲。头两年我学习得还不错，后来我实在腻烦去解答那些关于蓄水池的算术题了。我偷偷地把家藏的古典作家的精装本选集拿出来，卖给沃尔洪卡的旧书商，用得来的钱在桌布胡同的"新发明”商店买了些使人打喷嚏的药面、令人发痒的粉末，或是一些会跳出橡皮制的耗子、蛇和小丑的小匣子——用这些东西来跟中学老师们调皮捣蛋。

没进预备班之前，我就能背诵《恶魔》。诗人的荣誉并不使我钦羡，我并不想成为莱蒙托夫，只一心一意想做个飞旋在哈莫夫工厂上空的恶魔；我自称“放逐的精灵”，自然，我并不懂得这是什么意思。不久以后，诗又使我厌烦了，我开始醉心于化学、植物学、动物学，我坐在显微镜旁边，用臭烘烘的粉末做实验，饲养青蛙、蜥蜴、北螈。有时这些爬虫爬得满屋子都是；有一次，不知打哪儿散发出一股臭气——原来是一只老北螈死在母亲衣橱下面了。

我听见人们对布尔人（南非荷兰移民的后裔）的英雄行为的议论之后，就给大胡子总统克留格尔（南非德兰士瓦的总统，布尔战争期间，领导布尔人抗击英军）写信，后来，我偷了母亲 10 个卢布，准备前往战区。可是夜里我就给抓住了，我也不愿回想这件倒霉的事。

日历年度的更换一向使人激动不安，何况改变的不是简单的年度，而是一个世纪。（实际上，19 世纪比应有的时间更长——它始于 1789 年，而终于 1914 年。）人们议论着“世纪末”，猜测着将要到来的新世纪的面貌。我还记得迎接 1901 年的情况。一群化了装戴着假面的人来到我家。其中有一个人穿着中国衣服，我认出他是那位快活的工程师吉尔；我揪着他的辫子不放。他们装扮成欧洲不同国度的人，匈牙利人跳起恰尔达什民间舞，西班牙姑娘敲响跳舞用的响板，大家都围着中国人转——这年冬天北京有战事。大家“为新世纪”干杯；我不认为，他们之中有什么人能猜测到这个世纪的情景，以及他们究竟为什么在莫斯科的雪堆中举杯痛饮。

我当时是第一中学两部制的二年级学生。还记得，我组织了一小队“义和团”——人们都这样称呼中国的起义者。我们用皮带搏斗，甚至还用皮带上的铜扣环打人，虽然按照君子协定是不准许这么做的：20 世纪开始了。

我一点也不听话：我的顽劣行为已令人无法容忍了。父亲常不在家，母亲和姊妹们又全对付不了我；她们只得请看门人来帮忙，这个人跟我同名，也叫伊利亚，他常来替我们生炉子。有一次，我拿着小刀朝伊利亚扑了过去，于是他也怕起我来了。

可是居然出现了一个能制服我的人，这是法学系大学生米哈伊尔·雅科夫列维奇·伊姆哈尼茨基。大家都感到惊讶：他从来不惩罚我，为什么我会听他的话？他们让米哈伊尔·雅科夫列维奇搬到我们家来。我在他跟前预备功课，当我答对了算题的时候，他就给我牛奶软糖——我最爱吃甜食。我常把糖纸扔在地上；他有时就问："糖纸呢？"我看看地上，糖纸不见了。米哈伊尔·雅科夫列维奇只是微微一笑。我从未对人提起过牛奶软糖的秘密。我惧怕米哈伊尔·雅科夫列维奇的眼睛；当他注视我的时候，我迅速地扭开脸去。我的父母认为，他是一位优秀的教师。

夏天，我们住在索科利尼基的别墅里，我一个姐姐的女友，廖利娅·戈洛温斯卡娅常来拜访我们。米哈伊尔·雅科夫列维奇看上了她。当时谈论催眠术是一种时髦。这位大学生声称他会催眠术；他对廖利娅施用了催眠术，并对她说，她应该在三天后的夜里到别墅来找他。家里的人都很气愤。而米哈伊尔·雅科夫列维奇却心平气和地把自己的东西放进皮箱，还说，他对我施用了催眠术，才使大家过了一年半的安生日子。

家里人把我带到雷巴科夫教授那儿去看病，因为有人对母亲说，我可能会永远失去毅力。几年以后，我在普列奇斯坚斯克大街看见了米哈伊尔·雅科夫列维奇，我拔腿就跑。岁月荏苒。1917 年，我自巴黎归国，在斯德哥尔摩的俄国领事馆里看见一个矮胖子，他对我说："认不出了吗？伊姆哈尼茨基。"我吃了一惊：他那双眼睛竟是最最平凡的，目光也相当呆滞。

可是我时常想起那些虚构的牛奶软糖。我认为，后来人们不止一次地迫使我去解决难题，并且用实际上并不存在的牛奶软糖来给我作报酬。只不过后来再也没有人给我喝那种苦咸的溴剂，再也没有人担心我会失去毅力。毅力，好像已经成为一种令人感到负担的特性了。

家里的生活使我感到无聊。客人来来往往，谈论着克雷茨曼姊妹有一副惊人的花腔嗓子，说什么拉博里律师发表了一次替无罪的德雷福斯辩护的激烈演说，莫斯科开设了一家设有雅座的摩尔式建筑的饭店，有一位马丽勃兰施夫人从巴黎带来了新式女帽。他们还谈论苏德尔曼（1857—1928，德国作家）的喜剧的初次上演，通俗艺术剧院的开幕，蹂躏犹太人的暴行，托尔斯泰的信，以及能为残酷的杀人犯开脱罪责的巧舌如簧的律师普列瓦科，他们还议论着嘲讽“城市父老”的多罗舍维奇的小品文，以及要人相信有什么“苍白的双足”的疯狂的颓废派。

在我看来，工厂的庭院远比客厅有趣，客厅里有挺立在木桶里的布满尘埃的棕榈，墙上悬挂着一幅油画复制品，画的是赴莫斯科求学的罗蒙诺索夫。但在庭院里我可以到马厩去玩，那里散发出一股奇妙的气息，而且我又谙熟每一匹马的癖性。我还可以在容量为 40 维德罗的巨桶内藏身。厂里有一个车间专管检验酒瓶，工人们用一根金属棒敲击每一个瓶子，我觉得这种音乐远比客人中那些著名钢琴家有时款待我们的音乐动听得多。

工人们睡在闷热阴暗的棚舍里，许多人挤在一个长长的铺板上，盖着皮袄；他们喝的是发酸的坏啤酒，有时也玩玩牌，唱唱歌，说些下流话。他们里面识字的人不多，识字的人一个字一个字生硬地读着《莫斯科小报》上的重要新闻的标题。我还记得一种游戏：工人们把煤油浇在一只老鼠身上，这只火老鼠疼得到处乱跑。我看到了穷困、黑暗、可怕的生活，两个世界不协调的景象使我大为震惊：一面是臭气扑鼻的棚舍，另一面是那些聪明人畅谈花腔女高音的客厅。

谢肉节的时候，在离工厂不远的圣母广场上，举行了有各种演出的游园会。我还记得有个上了年纪的人，抹上一脸白粉，挤眉弄眼地做着怪相，大声嚷嚷着：“我是美国佬，会跳各种舞蹈！……”

我替工人们写信，信是寄回农村的，信里写的是有关伙食、疾病、婚礼和殡葬的事。

工厂有一堵墙与疯人院毗邻。我曾爬上这垛墙向另一面眺望：虚弱衰竭的人们穿着长罩衫，在堆满了破烂垃圾的窄小院落里蹒跚踱步；有时工作人员突然朝一个病人扑过去，那病人就拼命喊叫。

工厂里有一些专家——捷克酿酒师。工人们叫他们“德国人”——这是因为他们，譬如说，吃鸽子，而这件事是大家都看不惯的。酿酒师卡拉的儿子用劈柴的斧头砍死了自己的母亲和两个妹妹，因为他要送给莫斯科的一个交际花一串贵重的宝石项链，可是父母不给他钱。我还记得只言片语：“漂在血泊中……他想要 500 卢布……爱得发了狂……”当然，大家都痛骂凶手，可是每逢我想起酿酒师的那个年轻孱弱的儿子，便不由得暗自思忖，成年人

列夫·托尔斯泰在
莫斯科的房子

对生活也毫不理解。

工厂旁边是列夫·托尔斯泰的家。我常看见列夫·托尔斯泰在织匠胡同、圣像胡同里散步。有人送给我一本《童年和少年》；我觉得这本书挺枯燥。后来我把连载《复活》的各期《田地》杂志从小贮藏室里搬了出来；母亲说："你看这个还太早。"可是我一口气把这部小说读完了，心里想，托尔斯泰懂得全部真理。父亲让我抄写一份被书报检察机关查禁的托尔斯泰的呼吁书；我很自豪，规规矩矩地用印刷体抄写了一遍。

有一次，列夫·托尔斯泰到工厂来了，要求父亲领他看看啤酒的酿造过程。他们走遍各个车间，我也寸步不离。我感到一种莫名的屈辱，因为这位伟大的作家比我父亲矮一些。有人递给托尔斯泰一杯热啤酒，使我感到惊讶的是他竟然说"真香"，然后用手擦擦大胡子。他对父亲说，啤酒有助于禁戒伏特加的斗争。我后来把托尔斯泰的话想了很久，开始疑惑起来：也许，托尔斯泰并不是所有的事都懂得吧？我一直深信，他要用真理来替代谎言，可他却说什么啤酒可以替代伏特加。（我只是从工人们的谈话中了解伏特加的，他们谈起它的时候总是十分迷恋，可是他们给我喝啤酒，我不爱喝。）

有时工厂里骚动起来：人们说，好像大学生们要来见托尔斯泰。厂门紧闭，警卫森严。我悄悄地溜到外面，指望遇见那些神秘的大学生，可是什么人也没有。平日常有些大学生来拜访我的姐姐们，照我看来，这都是些冒牌大学生，因为他们安详地喝着茶，谈谈易卜生的戏剧，跳跳舞；而真正的大学生应该把哥萨克从马上拉下来，然后把沙皇从宝座上推翻。

真正的大学生始终没有来。童年时代，我常常失眠；有一天我把墙上的挂钟拉了下来；它那响亮的滴答声真要我的命。我记忆中还残存着各式各样不眠之夜的形象：托尔斯泰用手擦擦大胡子，年轻的卡拉拿着劈柴的斧子，还有他的情人“拉克美”，疯子们，演艺场和围着我打转的满身是火的大老鼠。

04

童年时代的莫斯科

一切都变了，可是变化最大的是莫斯科。每当我回想起我童年时代的街道，我觉得仿佛是在电影里看到的。

铁轨马车也许是我眼前的一幅最令人纳闷的图画。（我还记得第一辆电车首次通行的情景——那是从萨维奥洛沃车站到受难周广场；我们呆若木鸡地站在技术的奇迹面前，电车的弓形滑接器上闪耀的电光使我们感到的震惊，并不亚于如今的人造地球卫星。）

我读书的那所中学在沃尔洪卡的救世基督教堂对面。从学校去织匠胡同，我有时搭乘铁轨马车。拉这种马车的都是驽马；快到普列奇斯坚斯克大街的陡坡的地方，便有一个小男孩跳进马车；他拉着第二匹马，即辅马的缰绳，死命地大声喊叫催马前进。乘铁轨马车可以游遍花园区，这条路程很长。铁轨马车在错车站要停留一下；乘客们走出车厢，顺从地向前张望——看看对面来的车出现了没有。

我经常在普列奇斯坚斯克大街上步行。在一条胡同，好像是什塔特内胡同的拐角，有一座小教堂。教堂门前的台阶上，神像画匠画了一幅最后审判图：魔鬼熬煎着罪人。老太婆们诚惶诚恐地画着十字，而我却一心想当魔鬼。

现在，当我在克鲁泡特金大街上看见一个老眼昏花、老态龙钟的妇人，手提网袋摇摇晃晃地走过的时候，我就不由得想道：也许，她正是当年在普列奇斯坚斯克大街上快活地叽叽喳喳说个不停的那些中学女生当中的一个吧，当时她们在我眼中，岂止是漂亮姑娘，简直就是女性的化身，仿佛她们就是弥洛斯岛的维纳斯，或是在20世纪初以美貌著称的女演员莉娜·卡瓦列里或奥特罗。

莫斯科的夏天绿意盎然，而冬季却是白雪皑皑。积雪满街，从不打扫，在谢肉节前便积成一个个大雪堆。雪橇无声地溜来滑去。5月，坑坑洼洼的狭窄的人行道上，铺满一层雪白的丁香落英：因为房屋前面就是花圃。教堂的圆顶，有的金光灿烂，有的翠蓝映目。一些奇怪的建筑昂然高耸——这是消防队的瞭望塔；塔顶的标球标示城市的哪一区发生了火灾。从拖曳救火车的各种马匹的不同毛色——枣红、白、乌黑——也能辨别城内各区。当气温降到列氏零下25度的时候，中学就要停课；一到傍晚，我总是去呵开窗上的冰花，瞧瞧外面的温度计——说不定天气会变得更冷呢；但是到了早上，瞭望塔上没有升起旗子——学校停课不停课也可以从瞭望塔上看出来。

夏天，斯摩棱斯克市场出售蔬菜、水果；西瓜堆积如山，切成一块块零卖。卖什么的都有，人人都漫天要价。现在是“莫斯科宾馆”所在地的当年的野味市场，挤得水泄不通：人们在小铺里选购活物。大鱼在鱼盆里游来游去。猎人们走过来踱过去，身上挂着一串串松鸡——他们在兜售自己的猎物。铁匠桥当时是优雅的莫斯科的中心；豪华商店的招牌上标着外国姓氏：经营特种手工艺品的是意大利人阿方佐、达齐阿洛，经营时装的是英国人桑克斯，经营化妆品的是法国人，开眼镜铺的是德国人。郊区有许多“无权出售烈酒”的茶馆。现在是狄纳莫运动场的地方，从前是一些带有花园的小别墅：莫斯科很快就到了尽头。春天，在红场上总要举办复活节集市；那儿出售玩具“美洲客”和“姑妈的舌头”。在伊韦尔小教堂旁边跪着成群的妇女。

出现了电话；当时只有大公馆和大商行的事务处才装电话，而且使用起来相当复杂——要用摇把，讲完话还要摇回铃。也有了电灯，可是我很久还生活在冒黑烟的煤油灯的烟雾中。荷兰式炉灶的瓷砖闪闪发光。它的火力很强。严寒在玻璃窗上画出一幅幅抽象的绘画，塞在窗缝里的棉花变成了灰色；有时窗台上放上几个插着纸玫瑰的杯子。夏天，苍蝇嗡嗡。油漆地板闪闪发光。小狗的尖叫声间或划破寂静——当时长毛狮子狗和现在已经绝种的哈巴狗是最时髦的。五斗橱上放着摇头晃脑近乎痴呆的中国瓷人。漆绘着沙皇纹章的珐琅杯（尼古拉二世登基纪念杯）里插着皱纸做的红玫瑰。人们就着蜜饯喝茶，蜜饯品种繁多，有醋栗、草莓、石枣、海棠和黑醋栗。

我初次上剧院看的是《睡美人》。芭蕾舞女演员们扮成迷人的仙女屏息凝神地用足尖站着。占据包厢前座的是一群穿着缀有亮晃晃铜扣的制服的中学生和穿着褐色或蓝色的漂亮连衣裙的中学女生。坐在后面的则是面有倦容的成年人。父亲递给我一盒巧克力糖，上面有一片菠萝和一副银夹钳；我把银夹钳收起来了。衣着华丽的检票员在剧院的走廊里发愣。披着绒线围巾的侍女们保管着观众的皮大衣，那些大衣真像野兽；仿佛紧挨着大剧院的天鹅绒帷幕和青铜饰物就是西伯利亚森林，森林里满是水獭、浣熊、狐狸、貂。

在街上，剧院门前，等候着老爷太太的马车夫们打着盹儿。他们那穿着棉袄的前胸显得特别宽大，大胡子上遍染寒霜。马匹也在严寒里披上银装。有时，车夫们为了暖和暖和，便用那双冻僵了的手捶击自己穿着棉袄的胸脯。

出租马车的车夫们在胡同的拐角打盹儿；间或醒来，就扯着哑的嗓门招徕顾客：“老爷，我拉您去？……”他们为了“ 50 戈比”嘟哝不休，讲了半天价钱之后，还追在顾客身后嚷嚷“加 20 戈比吧……”于是开始了横穿莫斯科的沉闷旅程。守门人躺在大门里面睡觉。教堂花园里的雪堆越积越大。一个醉汉突然叫喊起来，但是戴着长耳风帽的警士马上把他喝住。乘客、车夫、马、莫斯科，这一切仿佛都已进入梦乡。

车夫们把乘客载往鲍洛托、特鲁巴，送到梅尔特维胡同，什塔特内胡同，送到尼科洛-佩斯科夫胡同，或是尼科洛-瓦洛宾斯基胡同，载往扎采帕、日沃杰尔卡、拉兹古梁。奇奇怪怪的名称，仿佛这些地方并不是一座大城市的街道，而是某些有封邑的公爵的世袭领地。

当马车自肉商大街穿过克里姆林，走向织匠胡同的时候，车夫和乘客都要在救主门旁摘下帽子。耳朵冻得生疼。然后车夫转向乘客絮絮叨叨地讲个没完。

莫斯科的马车夫们爱叨叨些什么呢？当然，谈到的东西很多：贫困、严寒、老爷们的开心事、自己的黑屋子，还谈到老婆病了，儿子被抓去当兵。契诃夫写过一个令人心碎的短篇——《苦恼》，其中描述了马车夫跟乘客的谈话。但是乘客们不听，只得不时地流露出一个词“燕麦”。自然，车夫们谈的

莫斯科的铁轨马车

是“燕麦”，他们的痛苦使得他们只好低声嘟囔：“加十戈比吧——燕麦涨价了。”无论他们是在抱怨，在叹息，还是在说下流话，从这所有的话语中，无论是温柔的，还是粗鲁的，只有一个简单的、隐秘的词——“燕麦”——送到了乘客的耳边，这是从列福尔托沃到多洛戈米洛沃的漫长路途上的主调。

春天来了，人们卸下了窗户上的第二层防寒框，于是莫斯科顿时令人难以容忍地喧闹起来：一辆辆轻便马车辘辘驶过。某些带有圆柱的私邸旁边的马路是用沥青铺的，车轮滚在上面，仿佛能分辨文武官员的品级似的，立刻压低喧响，悄声絮语地流露出无限敬意。

5 月中旬，人们开始纷纷迁居别墅。街道上奔驰着一辆辆满载着餐具、软座凳子、梳妆台、茶炊的大车。厨娘捧着金丝鸟的笼子，狗在一旁奔跑。

别墅里有绳床、熄灭烛火用的铜盖子、煮果酱的铜盆和镶在花坛中央的闪光的玻璃球。成年人玩纸牌，饮用酸果蔓汁，看《俄罗斯言论报》。大学生和高年级的中学生们到“小场地”去——他们是这样称呼舞池的。孩子们等待卖冰激凌的女人到来。有时全体出发到森林里去“欣赏大自然”，铺上单子，躺在草地上。清晨，小贩或是镀锡匠吆喝着：“老母鸡——童子鸡！”“黑醋栗！”“焊铁镀锡、补壶修锅！”星期天不少客人登门造访，他们吃着烤饼，谈谈乡村生活的美，然后酣睡一觉。

索科利尼基是一片森林；林边开辟了一个“圆座”——音乐会、戏剧便在这里演出。男中音歌手舍韦廖夫使小姐们神魂颠倒：“爱不爱你——我不知道……”当嗓子哑了的以往的名角接替舍韦廖夫上场的时候，大学生们便把激动不安的小姐们领进旁边的林荫小道，在那里才弄清楚，原来大家都十分明白，究竟谁爱上了谁。然后去睡觉。然后醒来。中学生们啃着拉丁文“乌特芬那列”，或是玩棒球戏；主妇们扇旺了茶炊的火，跟小贩们讨价还价，撇去果酱上面的一层粉红色的泡沫。

20 世纪来了。德国已加紧备战，英国人跟法国人谈判缔结军事同盟，法国人是俄国的盟友，同时英国人又和准备进攻旅顺口的日本人结为同盟。在彼得堡和罗斯托夫，工人举行了罢工。列宁在布鲁塞尔和孟什维克展开了论争。但是在我生活的那个世界里，仍然是一片无法忍受的沉寂。在沃尔洪卡的旧书商那里，我读到了成年人当着我的面绝口不提的书籍，它们是高尔基、列昂尼德·安德烈耶夫和库普林的作品。

每天我都到图书馆去换书。一本书我往往一口气读完，因为我渴望理解生活。我读过陀思妥耶夫斯基和布雷姆（1829—1884，德国动物学家，旅行家，启蒙思想家），儒勒·凡尔纳和屠格涅夫，狄更斯和《色彩画评论》，我看的书越多，对一切就越加怀疑。谎言把我从四面八方团团围住，我忽而想溜进印度的莽丛，忽而想对准特维尔大街上省长大人的官邸投掷炸弹，一会儿又想上吊自尽。

我也经常向母亲强索些钱上剧院去。艺术剧院上演契诃夫、易卜生、霍普特曼（1862—1946，德国作家）的戏，科尔沙剧院演出《瓦纽申的孩子们》，小剧院演出《黑暗的势力》，登台献艺的是有名的萨多夫斯基家族。男低音歌手夏里亚宾歌声远扬。我记得，有一位客人说，马上就要有电影院了，那里要放映活动相片。

后来，我们集合在中学的大礼堂里，校长隆重地宣读圣谕：“朕，尼古拉二世，全俄国的至上君主……”对日战争爆发了。我们在中学里做完祈祷以后，经久不息地喊着“乌拉”，把嗓子都喊哑了，校方向我们宣布停课。事实上战争对我们来说还非常遥远，所以当我看见我的表兄沃洛佳·斯克洛夫斯基穿上军装——他从基辅开拔到中国去——的时候，感到十分惊讶。

那年夏天，我跟母亲和姐妹们到了国外——又是在埃姆斯；我在那儿得了伤寒。但是，我还记得两件使我大为惊讶的大事：俄军溃败后旅顺口的被围和契诃夫的死。父亲在这一年丢掉了职业，因此也就失去了住宅。他住在沃尔洪卡的“公爵府”旅馆。我的拉丁文和数学得补考；新学年开始之前，家里人让我独自先回莫斯科。路过柏林时，我到母亲住过的茵尼卡夫人开设的家庭公寓去住。茵尼卡夫人家的四壁上挂着各种不同的格言绣片。我感到无聊，就在傍晚时分到腓特烈大街去，我想吃点心，信步走进一家咖啡馆，这原来是一家夜间营业的小酒店。堂倌们斜着眼睛看我，不过点心还是卖给了我，只是索价奇高，害得我不得不打电报给母亲，求她再给我补充点回莫斯科的路费。

“公爵府”的房间狭小，里面有黑漆漆的壁龛，可是无拘无束的旅馆生活倒让我挺高兴。父亲一早就出门，说是去找工作。下课后，我就领同学们到旅馆来玩，向他们吹牛，说我一个人过着独立自主的生活，我还叫侍者送来茶炊、甜面包，于是我们大家尽情欢乐。

（1920 年冬，我曾住在外交人民委员部的宿舍里——就是过去的“公爵府”旅馆。在楼下还要出示通行证。值班员对着电话大声叫嚷：“喂，哪儿？……”“公爵府”仍和我童年时代一样令人神往。）

我们集合在“公爵府”的小房间里，并不仅仅是吃吃甜面包、开开心而已：这年秋天，政治第一次敲击我的生活之门。我开始阅读报纸。日本人打败了我国军队，这是令人痛苦的，但我们明白，整个不幸在于专制制度。我一个同学的叔叔和社会革命党人有联系；这位叔叔说，革命很快就要爆发了，必须解除哥萨克和警察的武装，然后宣布共和国的成立……

我读了《罪与罚》，索尼娅的遭遇使我痛苦。我又一次想到哈莫夫工厂的棚舍。得把一切都翻个过儿，一切的一切！……

诚然，在我面前还有别的诱惑，例如，中学女生穆夏；她能弹奏《无言歌》，后来我又在穿堂里吻了她。不过这时的我已经全神贯注在行将发生某种重大而又神秘的事变的预感上了。不久前在柏林的时候，我还是一个迷恋奶油蛋糕的小娃娃；而在两三个月之后，我一下子就长大了。

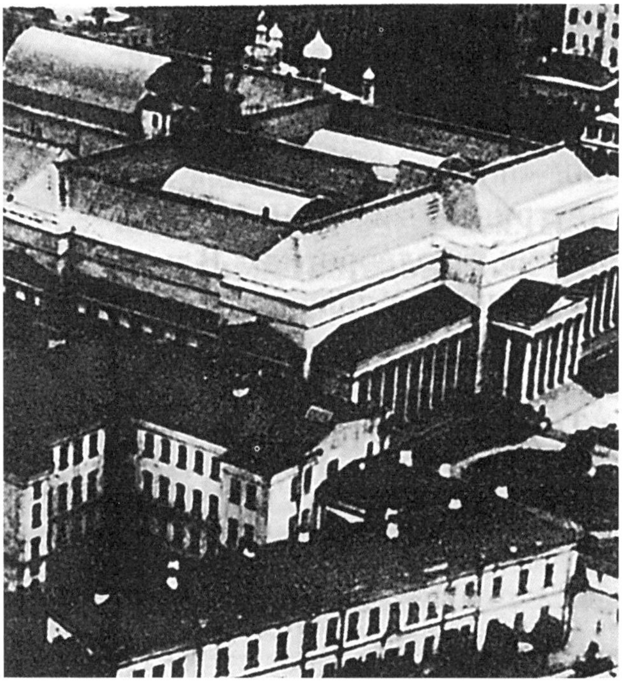

上：1904 年在莫斯科举行的契诃夫葬礼
下：莫斯科的“公爵府”旅馆，现在前面的二层已经拆除了

在我的处女作《胡利奥·胡列尼托及其门生历险记》里，有一个学生与我同名。这是一个虚构的人物；我从未当过库里先生的妓院出纳，也没替罗马教皇运过机关枪。但是，名为伊利亚·爱伦堡的主人公，有时却也道出我真正的思想。小说里有一场争论：什么更高——是肯定，还是否定，胡列尼托的学生伊利亚·爱伦堡想起了《传道书》中的话：有扔石头的时候，也有堆石头的时候；他说，他只有一副面孔，而不是两副，他不会建设，他宁愿扔石头。

《胡利奥·胡列尼托及其门生历险记》是我 30 岁时写的，可是我现在讲的却是 13 岁那年秋天的事。当时我并没有听说过《传道书》，只是焦灼地渴望扔更多的石头。童年时代结束了——1905 年莅临人间。

05

中学时代

在最近一次调查户口的时候，一位年轻的女调查员来找我，她惊讶地瞧瞧墙壁：毕加索使她大为恼火。

“难道您喜欢这个？”

“很喜欢。”

“可我不相信，您这么说是因为他是您的好朋友。”

然后，我开始回答问题。

“文化程度？”

“中学没毕业。”

姑娘恼了：

“我是在认真地问您。”

“我也是认真地回答您。”

“您在取笑我，我读过您的著作……调查户口——这是国家的一项重要工作。为什么您不愿意认真地回答我？”

她委屈地走了。其实我对她说的是真话：1907 年 10 月，当我还在读六年级的时候，被学校开除了。

许多人描写过中学，例如加林-米哈伊洛夫斯基、魏列萨耶夫、帕乌斯托夫斯基、卡维林。但我觉得，所有的中学都彼此相像。当然，我在学校里也学到点东西——不仅从某些教师那儿，也从某些同学那儿，但学到手的并不是很多：书籍和我在中学以外遇到的人们，却比学校好许多倍。

中学生们穿过胡同走进中学；宽敞的前厅里挂着几百件大衣。那儿经常是“希腊人”跟“波斯人”打架的地方，年纪小的学生们，彼此紧挤在墙根上“挤油渣”。我做预备班学生的时候，曾看见学生们揍一个小孩子，把大衣罩在他头上，齐心协力地揍了他一大顿，还一边唱着：“打小报告的人在涅瓦大街上拖着肚肠……”从那一天起，我就牢记在心，而且一生都憎恶打小报告的人，或是照成年人的说法——告密者。中学培养了我的同志爱；我们从不考虑，受责者是对还是不对，我们总是用异口同声的答复来掩护他：“我们大家！我们大家！”

（1938 年，一个收留西班牙儿童的保育院的女教师对我发牢骚：“这些孩子真难对付，他们是无政府主义者。”原来，孩子们在玩耍的时候，打碎了一只高脚盘子，问他们是谁打碎的，他们回答：“我们大家。”我长久地向这位女教员解释，说恰恰相反，这里没有任何无政府主义。我说了半天，可是没能说服她。）

每逢节庆，中学生集合在大礼堂里，墙上悬挂着四位皇帝的肖像和一些刻有荣获奖章的学生的名字的大理石碑。当时的中学校长是捷克人约瑟夫·奥斯瓦尔多维奇·戈布札；他指着石碑对我们说，第一中学曾培养出以后成为国民教育部部长的博戈列波夫。我们很少见到戈布札，叫人害怕的是学监科罗布金。

我总是怀着眷恋之情回想起中学的更衣室：这是我们的俱乐部。督学常出其不意地去瞧瞧四个低年级的更衣室，把藏在里面的懒学生轰出来，可是当我升到五年级的时候，我们的更衣室得到了宪法保障，里面甚至允许吸烟。墙上涂满了猥亵的图画和打油诗：“你们快走开，黑夜尚未来……”在低年级的更衣室里，孩子们相互交换着钢笔头或邮票，留班生们（大家叫他们堪察加人）赌咒发誓说，他们能随意出入妓院。在高年级学生的更衣室里，大家谈论着列昂尼德·安德烈耶夫的短篇《在雾中》，谈论着阿姆菲捷阿特罗夫的揭露报道、颓废派、“奥蒙”剧院的歌女们和许多别的事。

不过，我在高班的时间并不长，而且我的回忆主要是跟三、四年级有关。在午间休息的时候，我们飞快地跑进食堂；一个人仓促地念过祈祷文后，就开始了市场交易：用胡萝卜馅饼去换煎白菜肉卷，或是用肉丸子调换大米馅饼。我们把食堂服务员叫作“阿尔乔姆—拖鼻涕的火鸡”。

约有两年时间，赌博广为流行：学生们押五戈比的赌注，看哪一位教员先从休息室里走出来。两个“堪察加人”负责管理赌金。有些老师经常走在前面，不过很难靠他们赢到十戈比以上，我还记得，有人下了德国老师谢金格逊的赌注，结果赢了差不多2卢布，他常常是最后一个站起来，可是这次却突然走在前面。（我曾在勃留索夫的回忆录中读到，早在1889年，克赖曼的中学里就有这种赌博。）

在课程中，我最喜欢的是俄语和历史；我跟数学总是缺少缘分，而对拉丁文，不知为什么那样憎恨。语言课由爱好逗笑的索科洛夫任教；每逢他叫我上黑板答题的时候，总要说：“喂，骟马爱伦……”我当时并不知道骟马是什么意思，也就不感到生气。大约到四年级的时候，我们由复述老师讲的课文转为自己做作文了，虽说我是个懒家伙，可是我偏偏爱上了作文。索科洛夫又是夸我，又是骂我：“在课堂上不听讲，只顾写自己的，你会由于这种谬论而被赶出校门的，那时你就只好去当鞋匠了。”

遗憾的是，我现在已经无法查考，当时索科洛夫为什么骂我，我学生时代的作文里究竟有些什么违禁的地方。可是当我成为作家之后的连续50年中，批评家们总是一再重复索科洛夫的话：“不听教训，只顾写自己的……”

当我把填有坏分数的分数册带回家的时候，父亲骂我是二流子，说我总有一天会被学校赶出来，那么只有进克赖曼的中学了，这个学校是以收留被开除的学生著称的。后来，父亲已经不再用克赖曼这个名字来威胁我了，而是跟索科洛夫一样，简简单单地作出预言：“你只好去当鞋匠。”我一生从事过多种工作，其中不愉快的居多，可是修理皮鞋的手艺，我却始终没有学过。

在低年级的时候，我十分喜爱希腊神话。后来，博物学教师科鲁伯，一个有见地的生机勃勃的人，认为我是一个好学生。我对历史的兴趣一直没有冷淡下来，只不过到四年级的时候，使我感兴趣的已不是希腊女神，而是更为接近现代的过去。我曾写过一篇作文，谈到农民的解放不应该自上而下，而应从下面发动起来，于是校长就把父亲请了去。

三年级时，我当了手抄刊物《新光》的编辑。这个刊物是瞒着教员创办的，虽然刊物上并没有什么可怕的东西，只不过是一些议论自由的诗歌，和一些描写学校生活的短篇小说而已。

我每天上学都要经过普列奇斯坚斯克大街。有两座房子很早就引起了我的兴趣：阿尔谢尼耶娃的女子中学和“荣获圣叶卡捷琳娜勋章的切尔科娃夫人贵族女子学院”。我升到四年级之后，觉得自己是一个大人了，于是就爱上了各种类型的中学女生，每天最后一堂课还没下课，我就溜走了，在大门口等着一个小姑娘，替她拿着整齐地包在漆布里的书。我还熟悉其他的女子中学，例如坐落在阿尔巴特街上的阿尔费罗娃女子中学和基斯洛夫卡的布留霍年科女子中学。

中学对面的大教堂近旁，有一座绝妙的小花园，我们就在那儿散步，跟女学生们决定约会的时间，争风吃醋和装扮成毕巧林（莱蒙托夫的小说《当代英雄》的主人公）的模样。

当我升到五年级的时候，我撕下了帽徽上标志着我们中学的数字“Ⅰ”——当时所有“有觉悟的”人都是这么做的。我们穿短上衣像穿制服上衣一样，套在斜领衬衫外面。我们尽量模仿大学生：漫不经心的衣着，玩世不恭的神情，指手画脚地议论读过的书籍。

某些中学生是唯美主义者，他们蔑视纳德松和阿普赫金的诗，当时这些诗使小姑娘爱得入迷，而这些中学生竟使自己的对象吃惊地在纪念册上写着：“啊，是的，女人们，我来号召你们。”也有一些纨绔子弟、过早地过着放荡生活的公子哥儿、世纪初的“阿飞”，他们头戴硕大无比的天蓝色制帽，谈论赛马、歌女、舞会，吹嘘他们昨天在舞会上喝了法国甜酒，后来就……至于后来究竟怎么样，只有吹牛大王的密友才听得到。

在圆柱大厅里，我往往回忆起我第一次前去的情景。当时人们称它为“贵族俱乐部大厅”。我是去参加“为莫斯科第一中学贫苦学生募捐”的晚会的。一开头，夏里亚宾唱了《跳蚤之歌》。高年级的中学生们对此无动于衷，他们说，夏里亚宾老唱《跳蚤之歌》，可我当时还是二年级学生，因此异常兴奋地不断模仿着：“哈哈，跳蚤！”随后舞会开始了。我也试着学跳舞，我知道，有几十种最复杂的舞式：溜冰舞、西班牙舞、匈牙利舞、玛祖卡舞、蜜依舞、沙康舞等等；但我总是搞乱了步法，而且最主要的是老踩舞伴的脚。我不想在“贵族俱乐部”里出丑，便走到大厅上的长廊。在那里，我突然看见级任教员的助手，我习惯地站了起来，高声向他问好。级任教员的助手正在向一位胖小姐大献殷勤，因此对我颇为生气。

我在四年级的时候，曾和同学们一同去邀请演员来参加慈善音乐会。我们去过著名女歌唱家涅日丹诺娃的家。我紧握着白手套，由于不善交际而窘困万状。我的同学们比我勇敢得多。

我们班上有一位“大社交家”——德鲁茨科伊公爵，他是跳舞能手，善于与姑娘们交谈。我在 13 岁的时候十分嫉妒他，可是一年以后就对他失去了兴趣。我阅读车尔尼雪夫斯基的作品、政治经济学的小册子、《萌芽》，尽力用低音说话，而且在普列奇斯坚斯克大街上向声乐教员的女儿娜佳·佐里娜证明，爱情能鼓舞为自由献身的英雄。

在从学校到家这一段路途中，我所伴送的姑娘经常更换，因为在 14 岁的年纪上，我并没有受忠贞不渝的约束。有时我也邀请她们上奥斯托任卡的佩列温糖果店去，那儿的点心三戈比一块。在我眼中，这些女孩子都不是人间的生灵，可是她们的胃口却不坏，于是有一次我不得不把制帽留给老板做抵押。

我们当时住在奥斯托任卡的萨维奥洛夫胡同。寓所相当宽敞，我独自一间房。我要求父母亲到我房间来的时候必须敲敲门。母亲听从了我的话，可是父亲却嘲笑我的鬼把戏。

我在奥斯托任卡的文具店里买了一些印有几乎是裸体的歌女照片的美术明信片：我虽然认为应该少想些女人，但是我仍不免过多地想到她们。我还记得著名美人娜塔莎·特鲁哈诺娃的照片，她使我爱得发狂。25 年以后，我在巴黎认识了过去驻法国的武官，我国商务代表处的职员阿·阿·伊格纳季耶夫；恰巧他的妻子就是那个我在少年时代曾为之倾倒的娜塔莎。我把那张旧明信片的故事讲给她听，我的话使她哈哈大笑起来。

我的初恋发生在不久以后——1907 年的秋天，那时我已被中学赶出来了。这个女学生的名字叫娜佳。她的哥哥谢尔盖·别洛博罗多夫是布尔什维克。娜佳的父亲正在读《莫斯科新闻》，他恶意地瞟了我一眼，因为在他看来，我是个革命者，又是犹太人，对天真无知的娜佳肯定没安好心。我很少去找她，通常我们只在街上，在扎恰季耶夫胡同见面。几乎每天我们都相互写着长长的情书，信里有对我们的关系所做的心理分析，有责备，有海誓山盟，这些情书既带醋意，又有激情，还含有哲学情调。我们当时只有 16 岁左右，所以很明显，双方都不仅仅是被对方所吸引，更重要的还是被那正在展开的生活的模糊预感吸引住了。

我回到中学。结识了几个高班生。从他们那儿，我初次听见历史唯物主义、剩余价值和许多对我非常重要而且急剧地破坏了我的生活的东西。

暴风雨般的 1905 年来临了。大学的神学讲堂变成了集会场所。我常到那儿去。在教室里，工人们和学生们并排坐着。我们高唱《马赛曲》和《华沙革命歌》。高等女校的学生散发传单。人们传递着大帽子，帽里放着“捐助武器”的字条。

我走在苔藓大街上。大学生的制帽突然像秋天落叶一般在空中飞舞起来。有人高叫了一声：“志愿者来啊！”所有的人都朝大学的院子奔去，开始筑起防御街垒。我们十个人一组，我用粉笔把组号写在制服大衣上。我们把石头搬上去，放在讲堂里：如果敌人冲进来的话，我们就把石头朝他们扔过去。我们烧起了篝火；吃着香肠三明治，一直唱到天明：“朋友们，要勇敢，在力量悬殊的战斗中不要气馁！……”我当年还不满 15 岁，所以不难理解，我始终是朝气蓬勃的。

我还记得鲍曼的葬礼。我们从墓地回来的时候，响起了阵阵枪声。我还记得戴着一只耳环、手执马鞭的哥萨克。我还记得 12 月：那是我有生以来第一次看见鲜血映着白雪的日子。我帮助人们在库德林广场旁筑起街垒。我永不会忘却那个圣诞节——歌声、叫喊声和射击声消逝以后沉闷而可怕的寂静。普列斯尼亚已成为黑压压的一片废墟。谢苗诺夫军团的士兵的靴子践踏着白雪，白雪哀怨地发出沙沙声。度过圣诞节假期回到中学以后，我漫不经心地打量着一切，想着自己的心事：必须找到地下组织——重大的战斗还在前面。

我在中学度过的这一年，仿佛不知道还有作业、听讲、分数的存在：我

上左：1902 年的夏里亚宾
上右：娜塔莎·特鲁哈诺娃
下：1905 年莫斯科库德林广场的街垒

所做的只有一件事——比较社会民主党和社会革命党的纲领。社会革命党是浪漫主义的：武装起义的工人战斗队，恐怖手段，个人的作用。但是我觉得他们过于浪漫了，因为我想起了哈莫夫啤酒酿造厂的工人们，于是我倾向于布尔什维克，倾向于不浪漫的浪漫主义。我已阅读过列宁的文章，了解孟什维克的温和中庸近似我的父亲。我经常默默重复一个词："正义。"这是一个非常生硬的词，有时冷得像数九寒天的金属，但当时我觉得它热烈、可爱而亲切。

有一天，我跟父亲争执起来；原来，他也不听孟什维克的言论，他喜欢立宪民主党。我对他解释了好半天，说革命是不可避免的。他说："也许你是对的……可是最要紧的是容忍。"对于一个头上有着一撮粗硬的额发、心中怀着抛掷掉那沉重死板的巨石的夙愿的 15 岁男孩子，是很难用容忍去打动的。"全或无！"——这是易卜生的剧本中的一个人物说的话，我把它当作座右铭记在自己的札记本上，虽然我一向藐视诗歌，但我仍不时重复阿·康·托尔斯泰的诗句：

要爱，就得不顾一切地爱，
要威胁，就得认真地威胁……

1906 年确定了我的命运。这是喧嚣而又艰苦的一年：革命的浪潮依然汹涌澎湃，但是落潮也开始了。有些人满怀忧伤，有些人带着欢乐，他们都说暴风雨已经过去；喀琅施塔得和斯韦亚堡的水兵起义只不过是惊雷的最后几声轰响。中学生平静下来，回到教科书前：再也没有大学里的集会、游行和街垒。这一年我参加了布尔什维克组织，不久便和中学永别了。

1958 年，我的同窗瓦夏·克拉舍宁尼科夫医生找到了我。人到老年就会怀念那早已淡忘了的童年时代和少年时代的朋友们。克拉舍宁尼科夫决定召集我们所有尚在人世、散居在莫斯科的同学们聚会一次。我们在"布拉格"饭店晚餐，五个现在称之为"年已迟暮"的公民，聚在一起追忆当年在学校里的恶作剧、教员和姑娘们。

饭店的大厅里渐渐拥挤起来；我背着大厅，所以看不见进来的人；突

上：1905 年 10 月 20 日鲍曼的葬礼
下左：娜佳·别洛博罗多娃
下右：1906 年的伊利亚·爱伦堡

然我回过头去，吃了一惊——四周全是浓妆艳抹、披头散发的姑娘们和穿着格子上衣、烫着头发的小伙子，他们都是从前那些头戴天蓝制帽的中学生和“阔少派头”的大学生的直接继承人。他们翩翩起舞，当乐声停止，大厅暂呈寂静的时候，只有坐在最边上的桌旁的五个老头儿尚在开怀畅谈。

我不明白，为什么命运要跟我们开这么一个残酷的玩笑：我们竟在“阿飞”聚集的地方会面。这种人，真的，并不很多。而我们是世纪初最平凡的中学生，我们，正和所有偶然幸存的人们一样，而且并不像老头子般喃喃抱怨，而是怀着柔情和信任，在这个夜晚谈起我们时代的青年们。

“为什么你当时不喜欢瓦利亚·科兹林斯卡娅？”克拉舍宁尼科夫问我，“大家都爱她……”不知道为什么——我已经不记得了。也许由于我当时倾心于娜佳·别洛博罗多娃，也许因为我专心致志于未来：那时有一个当了工人战斗队员的大学生德米特里来找我，他教给我和我的伙伴们使用手枪，这件事使母亲胆战心惊。

06

15 岁的地下工作者

过去的事早被遗忘；有些尚能追忆，有些已永远消逝。

在《文学遗产》的马雅可夫斯基专集里，我找到莫斯科暗探局局长冯·科登中校的一份报告，这份报告专门谈到莫斯科中等学校里社会民主党的地下组织情况。某些姓名使我想了好久，我想不起这指的是谁了；但是，暗探局局长的报告使我想起许多往事。冯·科登汇报说：

“布里利扬特、法伊迪什、爱伦堡和安娜·维德林娜起着突出的作用……党从学生层中获得了新的工作人员：法伊迪什——军事技术局委员；爱伦堡、索科洛夫、萨哈罗娃、布哈林和布里利扬特——区宣传员；罗克沙宁——莫斯科河南区的技术员，安东诺夫——城区的技术员。”

暗探局长把某些东西混淆了。就说我吧，起初我是在一般党的机构里，后来才和其他人一起搞学校工作。还是在 1906 年的时候，我就结识了布尔什维克叶戈罗娃；她长着一头浅发，有一个向前突出的额头。起初我递送“文件”，后来在莫斯科河南区担任“组织者”。我最担心的是同志们会猜到我的年龄，那么一来他们就会说，不能把重要的任务委托给一个

15 岁的小孩子……

（许多年以后我才知道，马雅可夫斯基做党的工作的时候连 15 岁也不到；可见这是时代的风尚。）

还不到谈论冯·科登在报告中提到的全体同志的时候。我现在要谈谈

左：1908 年，弗拉基米尔·马雅可夫斯基
右：奇列诺夫

“年长的”同学中的奇列诺夫。他酷似驯良的小猫：一张宽脸，时常愁眉苦脸，情绪萎靡，嘴角老挂着一丝冷笑。他给我们讲解外国资本的作用、英德之间无法调和的矛盾、俄国资产阶级的贪婪和落后，但是在严肃的学术报告之后，他马上兴高采烈地谈起颓废派、艺术剧院、安纳托尔·法朗士的讽刺小说来了。多年以后，我与他在巴黎重逢——他是苏联大使馆的法律顾问。奇怪的是他的变化居然很少；显然，他在 18 岁的年纪上就已经把棱角完全磨光刨平了。

侨居巴黎时，我们来往相当密切。他是一个既复杂又爱奢侈享乐的人，但同时又是一个革命者。他看到了缺点，但仍然忠实于自己生死以赴的事业。大概在 3 世纪的知识渊博、信仰基督教的罗马人中间，也有一些像谢苗·鲍里索维奇·奇列诺夫（我们叫他艾斯别）这样的人——他们看出善良的牧羊人（指耶稣）的雕像较之于阿波罗还是颇不完善的，但他们仍然和其他的基督徒一起挺身迎接拷打和死刑。我还记得我从莫斯科去巴黎时的情景；在边境车站涅戈列洛耶停着从巴黎开来的列车；艾斯别在餐车里慵懒地微笑着——他是被召回莫斯科去的。从此以后，我再也没能见到他——这件事发生在 1935 年年底……

在我看来，笨拙、近视、羞涩的男孩子瓦利亚·奈马克是谦逊和忠诚的典范。逮捕我的那个夜晚，他也被捕了，后来获得释放，不久又为另一案件

左：1907 年的尼·布哈林
右：1908 年，瓦利亚·奈马克

而再度被捕，流放到西伯利亚。他潜逃国外。我曾到一个位于瑞士边界的法国小城莫尔托去找他。那时瓦利亚正在一家钟表厂里做工。1909 年我已开始写诗；当时我正处于心灵上的分裂状态——时而幻想返回俄罗斯，献身于秘密工作，时而又在巴黎街头游荡，迷醉于这个城市，默默读着关于美妇人的诗篇（指勃洛克的诗）。可是瓦利亚依然如故，他参加了当地的社会主义组织，照管党的文件；夜深人静时，他怀着一种稳重的热情对我证明说，一两年后，俄国将爆发革命。他后来的生活是很艰苦的，但直到临终仍保持着少年时代的热情和纯真。

07

年轻的女诗人娜佳

利沃夫是邮政局的小职员，他住在肉商街上一座公家的寓所里；他希望他的女儿们能安分守己地嫁出去，可是女儿们却选择了地下工作。当娜佳·利沃娃被捕的时候，她还未满 17 岁，在审理前依法由她父亲保释。可是她回答宪兵上校说：“如果你们释放我，我还是要继续我的事业。”娜佳爱好诗歌，试着对我朗读勃洛克、巴尔蒙特、勃留索夫的诗篇。但是我怕所有使人分裂的东西：我爱好艺术，因此也憎恨它。我讥讽娜佳的爱好，我说诗歌是胡说八道，“必须控制自己”。尽管她热爱诗歌，但仍然出色地完成了地下组织交给她的一切任务。这是一个可爱的姑娘，非常谦逊，长着一双天真无邪的眼睛，淡褐色的头发光滑地向后梳着。姐姐玛鲁夏对她颇为尊敬。娜佳在伊丽莎白中学学习，16 岁升入八年级，中学毕业的时候获得了金质奖章。我常想：这个人的性格多么坚强！……

1908 年，娜佳·利沃娃

我们是在 1908 年末分手的（我在去

国外之前见过她）。两年以后她开始写诗。我不知道她是在什么情况下认识瓦·雅·勃留索夫的。1911 年瓦列里·雅科夫列维奇·勃留索夫献了一首诗给娜·利沃娃；他写道：

> 我要亲切地递给你
> 我那浸透树脂的火炬，
> 它一度被闪电点燃，
> 烈焰在迎风搏斗中腾起。

翌年二月，娜佳写道："对我反正一样，对我反正一样。如今比不定何时更多……欢迎你，我的失败。"

1913 年秋，出版了两本诗集，一本是娜·利沃娃的《古老的童话》，另一本是《涅丽的诗》，是献给娜·利沃娃的，没有署作者名，却有一篇勃留索夫写的代序诗，他就是这本诗集的匿名作者。

勃留索夫写道：

> 应该承认：我不年轻了，转眼就到四十……

娜佳比他小 18 岁。她写道：

> 但是，正当我想独自回家，
> 我蓦地发现，您已不年轻了，
> 您的右鬓几乎斑白——
> 我因后悔而心灰意冷。

这些诗句写于 1913 年秋，同年 11 月 24 日娜佳就自杀了。她翻译过儒勒·拉弗格的诗作，此人描写过星期日的无限寂寥；还有一首诗描写一个女学生不知何故从堤岸上投身波心。勃留索夫时常谈到自杀，用丘特切夫的诗句作为他自己一首诗的题词：

当热血沸腾和冷却的时候，
有谁在多愁善感之中，
不曾体验到你们——
自杀和爱情的诱惑。

而娜佳却饮弹自尽了……在她死后增补出版的《古老的童话》的序言中，我读到这么一句话：“利沃娃的一生中没有什么看上去特别重大的事件。”我的天哪，人的一生中应该有多少重大事件呢？娜佳 15 岁的时候成为地下工作者，16 岁被捕，18 岁开始写诗，22 岁时开枪自杀。看来这也够了……

在她的坟头（她被葬在马利亚小树林里）刻着但丁的一行诗：

爱情引导我们走向死亡。

但我现在所想的并不是勃留索夫，而是娜佳：她的命运中有一种东西使我至今仍激动不已，一种亲密关系迫使我如今单用一章来写她的故事。当然，她开枪自杀了，她认为是爱情引导她走向死亡的——她死后发表的诗作也都谈到这一点。不过，说不定正是诗歌引导她走向死亡的吧？

人是很难适应从一个世界到另一个世界的急剧转变的。娜佳喜爱勃洛克的诗，但她却以车尔尼雪夫斯基、列宁、普列汉诺夫的书，以秘密接头处、“失败”、革命地下工作的严酷气候为生。她突然被迁移到十四行诗、只押母音的韵和同音法的不稳定的气候中。她死前曾两次写道：

请相信，我不过是个女诗人。
啊，莫非我是女人？我不过是个女诗人……

死去的兴许并不是一个碰上了复杂的爱情纠葛的女人，而“不过是个女诗人”。

人们曾谈到从呆惯了的、空气窒闷的欧洲迁往遥远的西方地区的移民碰到的种种困难。如今人们在谈论宇航员感到失重时的艰辛。还有一种不幸：被迁移到一个由形象、词汇和音响构成的无形世界。看来娜佳·利沃娃认识到了这一点，而我在回忆自己青春时期的时候，也非常理解她的失败。她受不住了……

我接到了瓦列里·雅科夫列维奇·勃留索夫的一封信，他在信中叙述了娜佳自杀后他的心情，当时我还不认识他。她曾向勃留索夫谈到我，这并不使我感到奇怪；然而一位被我视为导师的著名诗人，为什么竟想到要向我作解释——这对我仍是一个谜。

我还记得能干而博学的阿尼娅·维德林娜、我钟情过的阿霞·雅科夫列娃、利沃娃姊妹。

我在地下组织时，别人做的工作我全做：写传单，在烤盘里熬胶——我们是用胶印机印传单的——寻找“关系”，把地址写在烟卷纸上，准备被捕的时候能一口吞下肚去，在工人小组里转述列宁的文章，跟孟什维克声嘶力竭地辩论，而且尽一切努力遵守地下工作的规则。

我被捕时被没收去的笔记簿有助于我再现当年的性格。在一本笔记簿里，按照起诉书的话来说，记录了一些“各种有关俄国财政、国民教育、企业、农业以及关于德国的罢工和同盟歇业的统计材料”；另一本上写着——“跟鲍里斯交换意见”“寓所”“买书”“关于合法报纸”“转交印刷物”“把关系转给季莫费和跟他交换关于讲演的意见”“把铅字转交哈莫夫工厂”“打电话给特卡奇”。

冬天，我们经常在茶馆相见，我们往自动留声机的钱币控制器里掷下几个铜板，好让音乐来淹没我们的谈话声。茶馆里出售切成方块的灌肠。他们的叉子缺了齿；灌肠变了味，连芥末也压不住它的臭味。人们用肮脏的糖钳把糖块夹碎，然后咬着糖块就茶喝。茶馆里熙熙攘攘，但气氛并不愉快，人们进来取取暖，可是自己家里那种严酷的苦闷并没有远离他们。

有一次，我走进一家为马车夫开设的夜间营业的茶馆。在这之前，我刚刚在马利亚小树林里参加全城会议；我们被密探发觉了，可是所有的人都逃跑了。我溜到茶馆去躲避密探。在我四周全是沉睡的马车夫。尽管我用碟子喝着茶，甚至还装出呼哧呼哧的声音，但是，想必我是太像一个典型的“煽动者”，像那种为警察分局的局长们梦寐以求的人物了，所以马车夫们虽然并没有注意我，却有一个人突然推开桌椅站了起来，用一双狡黠的眼睛盯着我说：“难道这也算是人过的日子？”吓得我马上跑了出去。

一般地说，我总算是走运的。有一天傍晚，我在布季科夫纺织厂附近的堤岸上被他们捉住了。我身上正带着传单。他们把我带到分局去。警察局分局长就走到我旁边。当我们走过奥斯托任卡的时候，他停住脚步，为一辆漂亮的马车让路，我就乘机往前跑去，居然被我把传单扔掉了。我在分局里待了几个钟头，后来警官来了，骂了几句，就释放了我。有一次，我们在一个工人的家里集会，这位工人的妻子告发了我们。她对丈夫的行径吃醋，因而决定借此来报复他；但是想必她对警察说了些什么荒唐无稽的话：警察钻到床铺底下，撬开一块地板，搜查了所有人的口袋——寻找武器，可是什么也没找到，便扬长而去，甚至连我们是什么人也不想打听一下。

不久以前，在馅饼大街的国家档案馆里，我忽然发现了一张褪色的纸；它使我忆起“1907 年 11 月 1 日凌晨 3 时，在居住在萨韦洛夫胡同瓦尔瓦拉公司的住宅里的中学生伊利亚·格里戈里耶维奇·爱伦堡的房间里进行了一次搜查”，但是“并未找到任何违禁品”，“没收了《俄国马赛曲》的乐谱和各式各样的明信片”。

在我负责的那个分区里有一家斯拉德科夫壁纸工厂。我跟技师季莫费·伊万诺维奇·伊柳欣交上了朋友，这是一个精力充沛、绝顶坚定的人。工厂里举行了罢工；我在会上演说，为罢工委员会去向大学生们募集捐款。

我还喜欢一个细木工匠，那个永远快快活活的瓦西里·伊万诺维奇·恰杜什金。不论是他还是伊柳欣，都丝毫不像我童年时代所认识的哈莫夫工厂忧郁的工人们。1905 年并没有无声无息地消逝，工人阶级的先锋队开始形成了。从我的新朋友那儿，我学会了如何使心情愉快。他们生活贫困，工作繁重，但他们仍然诙谐达观。对于我来说，参加革命工作是为了摆脱谎言，而对于他们便是生死与共的事业，虽然复杂，却很自然。

我还能清晰地记得一些场景。沙博洛夫卡旁边是一片大荒地，有几块地方生着一些衰草；赤脚的工人们躺在草上。我们在那儿集会，谈论着《前进报》上的文章，也谈到斯拉德科夫壁纸工厂的工人们要求厂主发肥皂的事。在这种场合，我们必定派人放哨，因为那个绰号叫作“锥子”的凶残的警察很可能溜过来。我们也时常在鞑靼公墓的残碑丛中开会；春天里，那儿盛开着蒲公英和毛茛。我们最喜爱的集会地点是麻雀山。山顶上，茶棚的老板娘们殷勤邀请可敬的顾客喝茶。茶炊冒着烟，伏特加汩汩作响。手风琴如泣如诉：“啊，为什么夜色这样美丽……”我们在半山腰的小树林里开会，谈论着“关系”和用胶印机印出来的传单，谈论着昨天一个身上带着许多地址信息的做组织工作的人被捕了……

我还记得选举出席斯德哥尔摩代表大会的代表的事。布尔什维克应当邀请一个孟什维克参加选举前的大会，而孟什维克也应当邀请一个布尔什维克参加同样的会议。人总是憎恨比较近的人们，所以在我眼中，立宪民主党人比孟什维克似乎还要可爱些。我参加了印刷工人中的孟什维克会议，我那能言善辩的口才在那里变得软弱无力了。后来又举行了砖瓦厂 10 人或 15 人的会议，在这个砖瓦厂里有孟什维克组织。一个姑娘代表孟什维克出来讲话，她非常严肃，但对所有的事情和所有的人都感到拘束，我却毫无礼貌地挖苦孟什维克，结果我得到了胜利：工人们选举了布尔什维克的代表。这位姑娘几乎哭了出来，我和她一起离开，心里非常可怜她，但我暗自在微笑——我毕竟驳倒了机会主义者!

据说，人对着镜子看，有时倒认不出自己来。要想从往昔的模糊的镜子里认出自己，那就更为困难。每当有人问起我文学活动的起点时，我总是把 1909 年春天写的诗告诉他们。其实，我的写作生涯开始于 1907 年，这与其说是诗，毋宁说是更近似有独特风格的政论。馅饼大街的档案馆里还保存着《环节》杂志的社论，它是我写的。这篇社论充满了一个 16 岁的新信徒的热情。“我们在艰苦的时代出版我们的杂志。万恶的反动势力统治着整个俄国。革命的先进队伍无产阶级失败后尚未恢复元气，创伤还没痊愈。它的敌人兴高采烈地叫嚣着‘失败者的悲哀’，猛烈地攻击革命队伍，首先是它的领袖——俄国社会民主党。被迫转入地下的无产阶级坚定地认识到新的力量，对最终目的怀着光明的信心，正在磨炼着自己的武器，建设着自己的工人的党。我们与它有着共同的信仰，深深憎恨那个荒淫无度、贪婪腐化、制造贫困的制度，憎恨那个金钱与皮鞭的政权。我们坚定地相信它的崩溃是不可避免的，我们坚定地相信那自由、平等、博爱的光明王国必然来临。以社会民主党为前列的无产阶级的伟大国际主义的斗争便是胜利的保障。它号召所有被欺凌与被侮辱的人，所有真正渴望振兴人类的人走到红旗下面。它将沿着遍布荆棘、然而是正确的道路走向自己的目的地——社会主义。在这场历史性的决斗中，没有，也不应该有旁观者：谁不和它站在一起，谁就是反对它。我们的话是针对这场斗争的参加者当中决心为劳动解放事业献身的人们而说的。我们要求他们担负起艰巨的任务，要求他们成为伟大阶级的鼓手和号手，要求他们学会斗争的科学，要求他们和未来的救世主——无产阶级紧密地连成一环。”我引用了我第一篇文学习作的全文，当然，这并非因为我认为它写得很成功；我只是想证明词汇的通货膨胀是怎么出现的，证明词汇如何变换了自己的原意。1907 年，我渴望成为一个鼓手和号手，是为了能在 1957 年写出“在乐队里，不仅仅有喇叭和鼓……”这样的句子来。

我的另一篇名为《统一的党的两年》的文章没有保存下来。我根据一个暗探的报告，说明党不应该轻视合法斗争的一切形式，但同时也应该加强秘密活动。党的策略问题、党内的派别争论，在那个时候对我都有吸引力。我喜欢谈论和解，但态度却是不和解的。

我经常在秘密接头地点遇到瓦里娅、季莫费、塔尼娅、叶戈尔–莫尔贡。叶戈尔是大学生，塔尼娅是女子高等学院学生。有时傍晚我和尼古拉·伊万诺维奇一同到塔尼娅或利季娅·涅多科涅娃家去玩；她们住在弗拉基米洛–多尔戈鲁科夫大街上；我们谈论着党的工作，但也吵吵闹闹，说说笑笑。不久前我遇见了五十年没有来往的塔尼娅；她已是弗·帕·诺根的遗孀了。我们回忆起遥远的过去：我们这些初出茅庐的宣传员，如何聚集在彼·格·斯米多维奇家附近的发电站上，尼古拉·伊万诺维奇又如何善于戏谑，我们早年的青春时代是多么热情、多么光明啊。

我跟马卡尔见过许多次面，但是多年以后我才知道大家把弗·帕·诺根叫作“马卡尔”。

有一天，一个长着一双疲惫而善良的眼睛的人来参加市里的会议。我怀着敬意望着他：我知道他是中央委员。因诺肯季（约·费·杜勃洛文斯基）关切地跟我们每一个人谈话；他对一个同志说："您的气色不好，您该休息休息……"我还记得，这句话使我深受感动，它跟我当时对革命的概念不相符合；说得更确切些，我非常渴望平常的人的爱抚，但我认为这是软弱、遗毒、"知识分子习气"。

1907年秋，我受委托去调整和士兵间的关系，并在兵营里建立组织。我为这个任务的艰巨和重要所鼓舞。他们将由于屡次失败而剩下的唯一一个印章交给我保管；我在两本捐册上盖好了印，由于愚蠢，我把印章带在身上，而自以为收藏得很好。（起诉书上说，在从我身上搜出的物件中，有"俄国社会民主党莫斯科市委会军事组织"的"胶印章"。）我设法结识了涅斯维斯基团的一个非战列连的文书，他引来了机枪连的三个士兵，后来又来了一个自愿入伍的人，随后又有一个士兵参加，一共有六个人——这个组织后来成为赤卫军的前身之一……

我还是不断地阅读小说，上剧院，有时去探望远离政治的熟人。历史学家们把那个时期称为"反动的开始"。在光辉夺目的1905年以后出现了混乱时代：所有的人都在探索着什么，热烈地展开争论，激动不安，而在这一切的后面可以感觉到一种倦怠、失望和空虚。

小姐们不再跳我童年时代广为流行的蜜侬舞、沙康舞，而在自己受惊的母亲面前学会了跳步态舞和玛特奇什舞：文明的人类已经转向狐步舞了。大学生争论着阿志拔舍夫的萨宁是否是现代人的典范：这里有适合于要求不严的人们的尼采学说，有比王尔德有过之而无不及的色情，也有新世纪的直言不讳。阿纳托利·卡缅斯基详细描写某军官如何在一日之间诱骗了四个女人的短篇也出现了。艺术剧院上演列昂尼德·安德烈耶夫的《一个人的一生》，这是一个概括生活的天真尝试，这出戏里的旁白就对此作了说明。莫斯科的知识分子成天不是用口哨吹奏着这出戏里的波尔卡舞曲，便是哼着它的调子。这个剧院还上演了梅特林克的《盲人》，由于象征性的哀号，多愁善感的太太们得了神经衰弱症。她们之中的任何一个也没预见到，十年以后会出现大麦粥和调查表；生活显得过分平静，人们像找寻稀有原料似的在艺术中寻求不幸。寻神说、斯堪的纳维亚文选、《鬼魂的诱惑》风靡一时的世纪开始了（斯堪的纳维亚作家的作品20世纪初在俄国十分流行;《鬼魂的诱惑》是索洛古勃的一部长篇小说)。

也许，由于自己不妥协的性格，我没有受到它们的侵蚀吧；然而不是这样，艺术也深入到我的地下生活里来了。我一夜夜地读着汉姆生的《牧羊神》《维多利亚》《神秘剧》，我一边责骂着自己的软弱，但仍禁不住要赞赏，因为我感觉到，还有另一个世界存在——自然、形象、音响、色彩。契诃夫的无可辩驳的真实使我大为震惊，其实，我当时还不理解它；我曾喃喃自语："米修斯，你在哪里？"（指契诃夫的《带阁楼的房子》）我也曾迷恋上了"带小狗的女人"。我看见过伊莎多拉·邓肯（1878—1927，美国女舞蹈家）；她穿着古代的白色短袖长衣，跳的舞跟格利采尔的毫无共同之处。我照旧对自己说，这一切都是胡说八道，但经常不能抵御这种"胡说八道"的蛊惑。当我还是一个中学生的时候，我就曾对一个我爱恋的姑娘说："柯罗连科说过，人是为了幸福而创造出来的，犹如鸟之为了翱翔……"我常常陷入情网，也非常渴望幸福，但是我把自己的全部精力和所有时间都贡献给另一件工作。我们常常用"磐石般的"这样一个形容词来赞扬人；而磐石不过是一块大石头。可是人却多么复杂啊。即使只有16岁……

报纸都是既热闹而又沉闷。社会革命党人热衷于恐怖行为。人们被绞死。暗探们夜晚到处扯开褥垫，抖乱八十卷的布罗克豪斯和叶夫龙的百科全书。

勃洛克当时写道：

> 我认识你，生活！我接受你！
> 我敲响盾牌欢迎你！

但我并不知道勃洛克。生活里有许许多多东西还不为我所知，因为我过去是一块带有一条大裂痕的小石头。我常去看望中学女生阿霞·雅科夫列娃；她比我大两岁，想必比我善于解开人类情感上的乱结吧。我把伦敦代表大会的结果告诉她，而且尽量抑制住郁积在自己内心深处的许多东西。简短的爱的自白打断了关于合作组织的利弊的谈话。我们争吵了，又和解了。圣诞节假期中，阿霞到博布罗夫去了，她答应我说，首先要粉碎当地的社会

左：利季娅·涅多科涅娃
中：弗·帕·诺根
右：1908 年，阿霞·雅科夫列娃

革命党，其次要仔细考虑一下我们的关系。她寄给我的一封信，在我被捕时被没收了，这封信的开头是："伊利亚，我非常希望能平心静气地跟您谈谈……"而结尾是对几个问题的答复："我没有读什么报告，因为几乎所有的社会革命党人都溜走了，也许，是战斗的热情消逝了……"

一面争论着普列汉诺夫的文章，同时又幻想着幸福，这不是一件容易做到的事。我所以谈起这个，是因为我跟许多同辈作家不同，很早就看到了我往后在其中生活了整整 50 年的内心世界的小模型。如果不是根据日历，而是就生活方式而论的话，那个拥有赫尔岑和奥加廖夫的誓言，拥有"心灵的迷惘"、波林娜·维亚尔多、《海鸥》和纳德松的诗篇的 19 世纪依然屹立不动，然而，我却在秘密接头处和汉姆生的小说之间，已经预感到了另一时代的气候。

我现在用轻微的嘲笑来对待那种男孩子的自信心；但恰恰是那几年对我起了决定性的作用。当然，我走过的是一条紊乱的路程：生活不是阳关大道，而艺术又使人激动，还时常把人领入歧途。但我仍然觉得，那个抄写着幼稚的传单的 16 岁青年，现在对我来说仍非常亲切。如果有什么东西帮助了我度过怀疑、失望的岁月的话，那只能说是我意识到五十多年前为之献身的事业是为时代的理性和我的良心所指使的。

我被捕时正当深夜两点；我正在酣睡中，突然被警察局分局长和暗探们的声音所惊醒。我什么也没有来得及毁掉。搜查一直持续到早晨。母亲啼哭不休，从基辅来玩的婶娘穿着华丽的衬裙吓得在房间里跑来跑去。我记得，当时有一个念头使我得到慰藉，甚至感到欣喜：多么好，我在两星期以前刚满 17 岁！这么一来，没有人再会因为我年幼而怀疑我是否能负起全部责任了……

08

狱中生活

我在狱中一共只待了 5 个月，但我毕竟是个小孩子，所以我觉得仿佛待了几年似的：监狱中度过的时间跟自由时不同，日子显得特别漫长。有时感到非常郁闷，尤其是在傍晚，当市声传来的时候，不过我总是尽力克制自己——在我的概念里，监狱是一个人成熟的毕业证书。

半年里，我熟悉了形形色色的监狱：肉商大街分所、苏谢夫斯克监狱、巴斯曼监狱，最后还有布特尔基监狱。它们的风气各有不同。

当时的监狱到处都人满为患，为了等待空额，我在普列奇斯坚斯克大街的区分所里被关了一周。那里嘈杂不堪。每逢夜晚就抓来许多醉汉，把他们无情地鞭笞以后再关进醉牢——人们这样称呼那个像动物园里的笼子似的大牢笼。看守我的是警察，他们常常坐着就睡着了，一醒过来就高声地擤鼻涕，抱怨这种麻烦的职业。我却只顾想着自己的事：我多蠢，没把军事组织的印章藏好；我也想到阿霞：多遗憾，我们竟没能把一切谈妥！……后来他们把我押到暗探局，一个垂头丧气的大脖子摄影师不停地说："头抬高点……现在看镜头……"我自幼醉心摄影，喜欢照相，可是不喜欢别人替我照相，而在暗探局却感到特别高兴——这就是说，他们对待我是很认真的。

他们把我押到肉商大街分所。那儿的制度还算过得去。每一间极小的囚房里摆着两张床。有些好心肠的狱卒，准许犯人在走廊里散散步，而另一些却成天骂人。我还记得其中的一个——每逢我要求放我去上厕所的时候，他总是回答说："没关系，等一会儿……"狱吏是个文化程度很低的人；当外面给犯人送些书来的时候，他就生气，因为他不能分辨哪些是造反的书。在国家档案馆里，我看见过他给暗探局写的报告，说没收了送给我的书籍——《大地》文选和易卜生文集。有一次，他气呼呼地喊叫着："天知道这是怎么回事！给您送来了谈鞭笞的书。不准看！不给您！"〔后来我才知道，那本吓得他惊慌失措的书原来是克努特·汉姆生的小说（"鞭笞"一词的读音即"克努特"，狱吏文化程度低，弄混了）〕。

肉商大街分所里监禁了一个布尔什维克，B. 拉杜斯-津科维奇；我觉得他是一位老战士——已经有 30 岁啦；他曾经流亡国外，这不是第一次蹲监狱。我的邻居也是个"老头子"——一个头发斑白的人。我跟他谈话的时候，总是小心翼翼，唯恐他认出我才 17 岁。有一天，狱吏给我送来一本文艺创作选；我把它拿给这位邻居，一小时后，这位邻居对我说："这儿有你一封信。"原来书是阿霞送来的，她在某些字母下面注上了隐隐约约的记号。由于幸福，也由于害羞，我脸红了；一连几天，我都不敢正眼瞧我的邻居——这种情感，我认为是不可容忍的软弱。

我们在一个极小的院子里散步，院子里有许多雪堆。后来，白雪突然变成灰色，雪堆坍陷——春天快到了。

有时，他们带我们去洗澡，这就算是最好的日子了。我们走在大马路上，来往行人瞧着囚徒——有的惊讶，有的怜悯。一个老太婆画着十字，塞给我一个五戈比的辅币：因为我走在最边上。我们在澡堂子里拼命地洗啊，用水冲啊，好像已经重获自由似的。

伊利亚·爱伦堡

外面的警卫任务是由宪兵署的宪兵担任的；他们常和我们聊天，说他们很尊敬我们，因为我们不是小偷，而是"政治家"。有一些宪兵答应替我们把信送到外面去。3 月 13 日我给阿霞写了一封信。在这以前，我大概从她那儿接到了一封使我伤心的便柬，所以我才写道："由于意识到为了事业的利益，我必须得到外面的消息，我不能落后于运动，所以我才不得不请求您给我写信。”这封信是在阿霞那儿搜查时发现的，并且归入了卷宗。我从这封信看出，在狱里我所念念不忘的，仍然和我在自由的时刻一样。“愉快地得悉，我们的事业虽然有重重阻难，但仍旧在前进。不过您在这封信中说到我的计划，认为俱乐部的新成员可能都是些非常可爱的小伙子，但是我非常怀疑他们的社会民主党的党性，他们的组织工作可能会变成一场儿戏。”（当我重读这几行时，我不禁哑然失笑——17 岁的孩子居然揭露起学生组织中新成员的儿戏来了！）接着我写到某些一般性的政治问题：“莫斯科河南区社无法解决自修问题，‘劳动同盟’已被查封；很明显，政府决定封锁通向地下活动的大门。我们应该冲破它。但是有一点不应忘记——这只是辅助手段，而不应该是地下工作的中心。”

这封信在阿霞那里搜查出来之后，我就从肉商大街分所被转押到苏谢夫斯克监狱去了。这个监狱，在我看来，真是个天堂。在一个大房间的大板床上睡着许多人；翻身的时候不能不弄醒邻居。所有的人都吵着、喊着、唱着

20 世纪初的布特尔基监狱

“光荣的湖，神圣的贝加尔……”狱吏是一个酒鬼，他喜欢钱、白兰地、巧克力糖和布罗卡尔的花露水；也爱和知识分子搞在一起，他说：“你们是政治家，是聪明人……”他反对探望，但只要在请求书上放上3卢布，事情就好办了。什么东西都可以送进来，只不过凡是他特别喜爱的东西，都扣下了。有时他喝多了，就走进监房，微笑着倾听社会民主党人跟社会革命党人的争吵，插嘴说：“瞧你们还吵架呢，我却爱你们所有的人——不论是社会革命党，还是布尔什维克，孟什维克。你们是聪明人，可是俄国将来究竟怎么样，这只有上帝一个人知道……”他脸上长满了粉刺，还有一个酒糟鼻子，浑身是酒精气味。

某些犯人经常发怒：成天叫喊，吵得人不能读书。后来选了一个室长，这是一个戴着眼镜的孟什维克，他郑重地宣布：从早上9点到中午12点严禁喧哗。就在整9点的时候，三个无政府主义者扯开喉咙，放声大唱：“让黑旗标志着工人的胜利……”他们反对任何规则，甚至狱吏在他们面前也有些胆怯地说：“你们这是干吗……太过分了。”（在1936年我在阿拉贡前线和无政府主义者相处的半年中，我常常回忆起苏谢夫斯克监狱的这间牢房。）

其实，不仅我们的牢房毫无秩序，整个暗探局也是如此：在一间牢房里，有一些偶然被捕的人，他们日复一日地期待着释放，另有一些则是被指控为进行武装袭击的恐怖分子——他们面临着绞刑的威胁。有一位教堂执事也坐了一个礼拜的牢，他被抓错了——搜捕的是另一个和他同姓的人；他向我们每一个人解释自己的遭遇，说他是偶然的牺牲品，还说甚至他的念头都是绝对忠实可靠的，他丝毫不能理解，为什么我们听了他的话只是哈哈大笑。当看守进来对他说你可以回家了的时候，他反倒不知所措了，说什么现在他一定会被再抓回来的——因为他在这一个礼拜之中，听到了多少违禁的话啊。有一个参与了武装抢劫的社会革命党人，在狱里等着处死。他叫伊万诺夫（不知道这是不是他的真姓）。他佯装疯癫，开头他只是短暂地突然发作，后来，或者是他改变了策略，或者是他真的有点精神失常了，他整日整夜地用鹫鸣般的啸叫、没有理由的大笑和语无伦次的话来打扰我们。

审理我这案子的是宪兵上校瓦西里耶夫。他尽力博取我的好感，跟我攀谈现存制度的祸根，说什么他心里是拥护进步的。他有时恭维我，有时用一个上了年纪的、并不愚蠢的犬儒主义者的讥讽来取笑我。他非常想弄清楚，究竟谁是《统一的党的两年》一文的作者，会不会很快又出现新的分裂，列宁的立场又是什么。对这些问题，我回答得非常简短：不同的人给了我不同的文件，我拒绝说出他们的名字。他把话题转向一般的题目——关于高尔基、关于青年的作用、关于俄国的未来；他对我说："我有一个跟您同岁的儿子，是个糊涂虫，对什么也不感兴趣——不论是跳舞、姑娘还是酒。可是跟您谈话却很愉快，您是一个独特的青年，而且博学多识。"有一次，在审讯的时候，他高声读着阿霞给我的信，这封信是在我被捕的时候给他们搜去的。我大为愤慨，叫嚷着说，这跟审讯无关，我绝不能容忍别人的侮辱。他非常满意，称我为"热血青年"，请我喝茶吃点心，可是我拒绝了。有一天，他对我说，有一个自称是我的表姐的姑娘来找他，要求和我见面。"我问她，您的母亲叫什么名字，可是她甚至连父名也不知道。你们为什么吸收这种蠢货参加你们的组织呢？我没有逮捕她。您当然猜得出我所说的是谁吧？阿霞·雅科夫列娃。"我勉强抑制着自己的情感，满不在乎地回答说，这与案子毫无关系。

上校对我说了谎。阿霞来找他请求见面之后不久，就对她家进行了搜查；不幸的是，我从狱中寄出的信还放在她桌上，尚未启封——她没有来得及看信，也没来得及销毁它。4月8日，由于追究到学生组织一案，阿霞被捕了，两周之后，交了200卢布保证金才获释放。

当然，我憎恨瓦西里耶夫上校，但是我觉得他是一个有趣的人物，是小说里的狡猾的侦查员——我以前总以为所有的宪兵都是愚蠢的、不学无术的粗人。

宪兵署坐落在库德林广场上。每次我去的时候都乘坐马车；旁边坐着一个宪兵。我贪婪地打量着行人——会不会突然出现一个熟人？……街上走着工人、阔少、中学女生、军人。屋前花圃里丁香盛开。一个熟人也没有……

在最后一次审讯的时候，他们对我说，因参加俄国社会民主工党的学生组织一案而依法律一百二十六条第一款受审的有爱伦堡、奥斯科尔科夫、奈马克、利沃娃、伊文松、索科洛夫和雅科夫列娃。除此而外，依照法律第102条第1款我还将以参加军事组织的罪名受审。瓦西里耶夫笑着对我解释："您个人将被判处六年苦役，但由于尚未成年，可以减刑三分之一。然后——终身迁居外地。不论您打哪儿溜进来，我都能认出您来……"

某些犯人利用苏谢夫斯克监狱当局的疏忽大意，组织了一次越狱；就我记忆所及，只有四个人逃了出去。我第一次看见狱吏脸上阴云密布。我不知道他后来有没有保住自己的饭碗，但是我们却为此付出了代价：我们即刻以"越狱同谋犯"的罪名被分头押解到不同的地方。

巴斯曼区的狱吏一看见我，就厉声喝道："脱裤子！"开始了人身搜查。我从天堂落到地狱。一记有力的耳光使我马上认识了新的制度。在巴斯曼狱中，我们曾宣布绝食，要求转到别的监狱去。还记得，我曾要求一位同志往面包上吐唾沫——因为我怕我克制不住，会去掐下一块……

我后来被转押到布特尔斯克监狱的单人囚室；对我来说，这是惩罚——问题自然在于年龄；如果现在让我在苏谢夫斯克的公共狱房和单人囚室之间做个选择，我绝不会有一分一秒的迟疑；可是在 17 岁的年纪上，独自消磨时光已经不是一件容易的事，何况还不许接见、不许通信、不许读书呢。

我曾试着敲叩墙壁，但是毫无回应。他们也不让我出去放风。夏日的强光侵入小窗。便桶散着臭气。我开始大声朗读诗篇——狱卒威吓着要把我押进禁闭囚房。我要了张纸，给暗探局写了一个申请，说"监禁在莫斯科解送犯监狱中的伊利亚·爱伦堡"不愿再过铁窗生活："请求立刻将我释放。如果你们希望在审判前将我折磨死或是使我发狂，那么应当事先对我说明。"我现在抄着这几行字，不禁觉得好笑，但在我写申请的当时，却丝毫不觉得荒唐。这份申请后来也编号归档了。

狱医发现我患了极其严重的神经衰弱症。但是有许多事他并不知道：我仍在思索着党的各项工作、思索着如何为了党的工作而利用合作组织、考虑应该怎么推动古容工厂的某些工人；我默写了一封《答普列汉诺夫书》。我还想到，阿霞通过了考试，要进高等女子学院——我们的生活旅程未必能结合在一起了。我在狱中所想的不止这些：我还开始考虑到生活，考虑到那些在自由的日子里未曾完全想通的大问题。一般说来，监狱是个好学校，只要没有鞭挞，没有拷问，只要你知道监禁你的是敌人，而志同道合者正满怀友情地怀念着你。

“带着东西！……”我原以为我又要被转押到别的监狱去了，可是他们递给我一纸公文：“签字吧。”他们在审讯前将我释放了，交给警察监视；我必须立刻离开莫斯科迁往基辅。

我一出狱门走到长臂街上，立刻愣住了。一切都能遗忘，这一刹那却永记在心上！一个在平静的时代、平静的国度里生长、学习、结婚、工作、患病、衰老的人，他可以度完自己的一生，而永远不会了解什么是自由；大概，他一直觉得自己是自由的，这就是一个拥有中等想象力的规矩的公民所应有的那种自由。我跨出监狱的大门，立刻呆住了。马车夫、拉着手风琴的青年、小摊贩、奇奇金奶品店、萨沃斯季亚诺夫面包房、姑娘、狗、十条小胡同、一百个庭院。你可以一直向前走，也可以向右或向左……这时我才了解什么是自由，而且终生难忘。

（我始终没有领会普希金这几行诗：“人世间没有幸福，只有平静和自由……”我曾屡次思索这些字句，但是不得要领：生活变了。1949 年，我和萨·雅·马尔夏克同坐在大剧院的池座里；台上在做关于普希金的报告——这是个纪念会。后来我们拐进铁匠桥拐角的咖啡店。我问萨穆伊尔·雅科夫列维奇·马尔夏克，除了平静和自由之外，普希金幻想得到什么幸福；马尔夏克一言未发。）

我久久地伫立在长臂街头，面带微笑；后来我朝奥斯托任卡的家中走去，经过受难周广场的时候，我向普希金的铜像致意，我沿着绿意葱茏的大街走去，脸上一直带着笑意。

09

从波尔塔瓦流亡巴黎

到基辅以后不久，我又被送走了，而且不知为什么不准我在基辅、沃伦、卡缅涅茨-波多利斯基等省居住。我得到一张前往波尔塔瓦的通行证，因为我的舅舅，一位自由派的律师住在那里。

我觉得这个城市相当可爱，这儿有幽静的街道、绿色的庭院、白色的小屋；但是“警察的公开监视”也会毒害田园式的波尔塔瓦省的生活。当然，舅舅殷勤周到地接待了我，但是我也明白，我在他家逗留的时间越短，他也就更加安心。所以我开始寻找住处；我不得不事先告诉房东，说我是受警察监视的人。但只要我说出这件事，就必定遭到拒绝——有的人态度粗暴，有的面带歉意，提出许多困难来婉言谢绝。最后，我才碰到一个专门缝制男服的裁缝布拉韦，他跟妻子商议了一会儿，决定租给我一个小房间。我拿出书籍、笔记，准备长期定居在波尔塔瓦。我自然盼望能继续从事地下工作；我手头保存着一个工人的地址——是在基辅时得到的。整整一个星期，我从城市的这端走到那端，希望能够证实没有密探盯梢。

1908 年 11 月 11 日，波尔塔瓦宪兵署长官涅斯捷罗夫上校写道：“有关俄国社会民主工党组织活动的情况，今做如下汇报，十月份被列入监视范围的有下列诸人。”下面是名单，其中有“伊利亚·格里戈里耶夫·爱伦堡——大学生”的字样。遗憾的是，他的报告我过了半个世纪才有缘看到，不然的话，他把我错认为大学生这件事一定会大大地满足我的自尊心。

20世纪初波尔塔瓦明信片

我在波尔塔瓦的生活细节，已经很难追忆，所以只得再次向警务档案求援："通过侦探情报，我们得到了被监视的伊利亚·格里戈里耶夫·爱伦堡的信件副本。1908年9月21日发自波尔塔瓦，寄给基辅的西玛。'敬爱的同志！现向您报告有关波尔塔瓦组织的现状的若干情报。此地还存在两三个小组，但是软弱无力。一般来说，情况相当凄惨。在这种情况下谈什么代表会议，至少是可笑的……他们因为我是"布尔什维克"，很久不许我参加活动，而现在我还处于"特殊地位"。迫切恳求您给我寄几十本《南方无产者》来，同时请告诉我，您那儿有什么新闻。'"

我不记得西玛了，但是我还记得，波尔塔瓦有一个孟什维克组织，我作为一个布尔什维克，何况又是非常年轻而激进，所以把那位留着契诃夫式胡子的瘦弱可爱的孟什维克吓了一跳，他老是说："不能这样，不能什么都答应，真的不行……"不过我还是想到办法同在机车库工作的三个布尔什维克接上了关系，而且写了两份传单。

每周我应该到段里去两次，但是"公开的监视"并不止于此：警察常来找我，黎明时把我从睡梦中惊醒，深夜里敲打我的窗户。有一次，我回到家里，看见我的床上坐着一个戴长耳风帽的警察；他责备地说了一声："您老不在家。”然后拿起桌上的一本笔记簿——库诺·菲舍尔的《哲学史》的摘要——又用绳子把我的书整整齐齐地捆起来，拿走了。

后来，布拉韦裁缝呜咽着请求我搬家，段里对他说，如果他不把我撵走的话，他就会碰到很不愉快的事情。于是那种有伤自尊的寻找寓所的差事又开始了。在第三天或是第四天，我找到一间舒适的房间，主人以哈哈大笑来回答我的警告：“我自己也是受监视的……”他同情社会革命党人，每到夜晚，我们就争论着个人在历史上的作用；有时，我们的辩论被警察的例行访问所打断。

舅舅建议我到省法院去看看——他正在替一个被诬为盗贼的可怜人辩护。于是我就开始每天出席审讯——在我看来，这些审讯比小说还有趣味。我知道人们过着贫困的生活，我记得哈莫夫啤酒酿造厂的工人棚舍，我看见过小客栈、夜间营业的茶馆、醉汉、残忍而又愚昧的人们，我也见识过监狱。但这一切只是表面现象，而在法院里，人们的心灵却展现在我眼前。为什么一个沉静、谦逊的农妇会凶残地杀害自己的邻居？为什么老头子会害死跟他生活在一起的继女？为什么人们相信满脸麻子的丑巫师？为什么他们充满了愚昧、偏见，充满一些狂暴的、他们自己也难以理解的激情？虽然我在那以前已经知道有“基础”和“上层建筑”，但是在波尔塔瓦，我才第一次严肃地思索着“上层建筑”的畸形和牢固性。以前我总觉得，人可以在二十四小时之内改变——只要无产阶级掌握政权就行了。听到了被告的口供、证人的证词，我才明白一切都不是那么简单。我从图书馆里借来了契诃夫的小说。

我在波尔塔瓦一共只住了一个半月。警察局局长把我叫了去，通知我必须离开这个城市。他问我：“您打算到哪儿去呢？”我顺口说出了在我脑中闪现出来的头一个城市的名字：斯摩棱斯克。

我不知道，我给斯摩棱斯克当局带来了麻烦。不久以前，斯摩棱斯克档案馆的科学研究员奥斯特罗夫斯卡娅寄给我一份查询结果的说明。原来涅斯捷罗夫上校通知了他在斯摩棱斯克的同事葛罗米柯将军：“前大学生伊利亚·格里戈里耶夫·爱伦堡于 11 月 10 日声称同意迁居斯摩棱斯克城，波尔塔瓦警察局局长已发给他通行证。”与此同时，涅斯捷罗夫上校还提醒葛罗米柯将军说：“爱伦堡居住波尔塔瓦期间，已与俄国社会民主工党地方组织的某些人物建立了联系。”11月24日斯摩棱斯克宪兵署长官下令立刻把我到达斯摩棱斯克的消息通知他。他们长期地搜寻我。

我从波尔塔瓦来到了基辅，在基辅逗留了一周，并没有去登记户口。每晚都得更换一个寄宿处。有一次，我在傍晚找到了预定的地址，按过电铃，敲过门，但始终不见有人出来开门。也许，我当时把地址写错了，我不知道。我只得漫步在比比科夫大街上。天气很冷，飘着湿漉漉的雪花。迎面走来一位年轻姑娘，脚上还穿着单鞋。她招呼我说：“咱们走吧？”我拒绝了。一小时以后，我们又重逢了；她明白我无家可归，便把我领到她温暖的房间——“暖和暖和吧”——她给了我一盒香烟（我并不吸烟，但从不拒绝别人给我香烟），自己却又上街去寻找买主。

（在妓女当中有不少女人尚未耗尽自己的温情。意大利电影导演费里尼摄制《卡比利亚之夜》就是出于这种体会。我看过他最近的一部影片《甜蜜的生活》，这是一部非常冷酷的片子，看来这部影片里唯一具有温暖人性的便是那位罗马妓女，她善意地接待了一对富有的、失去常态的恋人。）

在莫斯科等待我的也是同样的困难。我既不能回家，又不知何处能容我栖身。只得去访求那些与地下工作没有关系的、所谓“同情者”的熟人。我的一个中学老同学看见我来了，吓得魂飞魄散，说什么他要参加毕业考试了，我会毁掉他的一生，他愿意付给我一笔钱，然后把我推到过道里。我曾在一个助产妇家里过夜；她吓得一夜没能合眼，而且也不让我睡，因为她时刻觉得有人上楼来了，她一边哭着，一边急急忙忙地咽着木颉草酊镇静剂。不久我就没有地方可以寄宿了。我只好在街头过夜。我边走边想：这是我不远千里而来的故乡，我的家园，可是却没有我的栖身之地！……愚蠢的想法，只有年轻人才觉得这些想法是对的。

以后的行径更加愚蠢：我竟跑到宪兵署去声明，我宁愿再进监牢，而不能忍受这种“公开的监视”。瓦西里耶夫上校把我嘲笑了半天，然后才说：“您的父亲递了申请书，要求准许您出国短期疗养。”我以为上校又在跟我开玩笑，可是他把那张法律语言称之为“变更强制措施”的公文拿给我看。公文上说，警察的监视仍有不足之处，所以“为保证准时出庭受审”，我父亲应该为我交出500卢布作为保证金。（科拉·伊文松——400，奈马克——

300，雅科夫列娃——200，奥斯科尔科夫——100。不知道是谁规定的价钱，根据的又是什么。）

一年半以后——1910 年 5 月 31 日，起诉书才分送给被告。我当时寓居巴黎，正在写描述中世纪骑士的诗。我得到官方的通知，说我的出国是不合法的，因为“法律不允许被告出国，即越出法律所及的有效范围”。他们对我父亲宣称，他所交纳的保证金将“依刑法第四百二十七条拨作修建囚禁地的用项”。

（高等法院于 1911 年 9 月审理了学生组织一案；有关已潜逃在外的爱伦堡和奈马克的部分案件特予保留，直到把逃犯逮捕归案后再作审理。法院审判的只是那些并没有搜寻出任何罪证的人。辩护律师不无根据地指出，主犯业已潜逃。奥斯科尔科夫判处 8 个月监禁，其余的人无罪释放。）

我并不愿意出国：我梦寐以求的一切都在俄国。我找到一位同志，他说：“您去吧。您应该提高一下政治修养。列宁目前不在日内瓦，而是在巴黎。您到巴黎去吧，您可以到那儿去找萨夫琴科、柳德米拉……”

我决定在巴黎先住上一年，然后再秘密地回俄国。“我只去巴黎。”我对双亲说。母亲哭了：她希望我去德国留学；巴黎有许多诱惑、能把人毁掉的女人，小伙子在那儿会误入歧途……

我怀着一颗沉重的心和一只更为沉重的皮箱走了：我把心爱的书籍放进了皮箱。身上穿戴着厚呢大衣、皮帽和皮靴。

1908 年 12 月 7 日，葛罗米柯将军通知波尔塔瓦的涅斯捷罗夫上校说：“伊利亚·格里戈里耶夫·爱伦堡至今未到斯摩棱斯克。”就在这同一天，伊利亚·格里戈里耶夫从三等车的车窗里探出头来，困惑地打量着巴黎近郊的绿草和小屋。

10

初识巴黎

我清楚地记得十二月里的那一天，我走出北站，来到肮脏而热闹的广场上。那送来了海的气息的和风使我惊讶；我感到欢欣和激动。我把行李寄放在存物处，顿时觉得轻松和自由。的确，我的衣着相当古怪，但谁也没有注意我，从跨进这个城市的那一刻起，我便懂得了，一个人可以在这儿无声无息地度过许多岁月——谁也不会对你感兴趣。

我信步走进酒吧。紫红脸膛的马车夫们戴着大礼帽，站在柜台旁边；他们喝着一些深红色和绿色的神秘饮料。我不由得想起莫斯科的马车夫，心中顿时感到辛酸——这些人是决不会讲什么“燕麦”的……我要了一杯咖啡。老板娘问了我些什么，我没有听懂。（我本来满以为自己能操法语——因为在中学学过，此外还请私人教过；此刻我才领悟到，我所知道的不过是拉辛悲剧里的几百个词罢了，而日常生活中所必需的词我却一无所知。）侍者给我端来一高脚杯黑咖啡和一小杯烈性甘蔗酒。我吓了一跳，但还是喝了。

我知道俄国侨民的住所离拉丁区不远，便向一个警察问路。他让我去乘公共马车：巴黎原来也有和我们那种铁轨马车一样的交通工具，只不过没有轨道，而且是上下两层的。我登上车顶座位，挨着车夫坐下；他握着一根长长的鞭子。他不时地打着盹儿；嘴里叼着一个快要熄灭的烟头，烟头不住地在颤抖；他一醒来，就哼上几句歌；因为他时睡时醒，所以我终于听懂了这支曲子的头几句歌词：“茨冈的心——是火山……”他大概快到 60 岁了。但

巴黎北站明信片

我觉得他并不是老，而是跟巴黎的浅灰房屋一样显得古色古香。

路途遥远，要从城市的这一端走向那一端。我们横穿大林荫道；那时候大林荫道还是市中心。我突然领悟到，巴黎不仅风俗不同，而且历法也不一样：今天是 12 月 20 日，圣诞节快到了，所以到处都是广告——礼物、节日的晚餐。大林荫道上全是货亭：有些货亭里卖的是些乱七八糟的东西，有些是我所不懂的玩意儿——轮盘赌。

街角上站立着手执乐谱的歌手；他们唱着忧郁的曲子；看热闹的人围成一圈跟着唱。人行道上堆着床、餐具橱、衣柜——这是木器店。总之，所有的货物全放在街上——肉、干酪、橙子、帽子、皮鞋、锅。公共厕所多得使我吃惊；厕所墙上还写着“精美可口的明纽牌巧克力”，下面画着穿红裤子的兵士。风相当冷，但路上行人并不匆忙：他们不急于到哪儿去，只是在街头溜达。

咖啡店全有凉台，许多凉台都有冒着黑烟的烤炉；一些年高德劭的老人围着烤炉闲坐。我真想给阿霞、姊妹们、娜佳 · 利沃娃写封信，告诉她们，

20世纪初巴黎铁轨马车明信片

巴黎人在街头取暖。她们决不会相信！……

在谢巴斯托波尔大街上，我瞧见蒸汽电车，它凄恻地鸣着汽笛。马车夫们高声喊叫，把鞭子在空中抽得噼啪作响。这里没有拉散座的四轮马车，马车夫们赶的都是轿式马车，跟莫斯科的省长大人坐得一模一样。我看见一对情人坐在马车里接吻；我不愿打扰他们，便急忙扭过头去。有时一辆辆不用马拉的轿车横贯街道——这是小汽车；它们呜呜地吼叫着，马匹惊慌失措地退避一旁。

我递给售票员一枚银币；他用牙咬咬，试试真假，看见我很惊讶，便愉快地微微一笑。我从没有见过街上有那么多人。这时我觉得莫斯科像童年一般可爱而恬静。

报童们声嘶力竭地叫喊着："《新闻日报》！《祖国日报》！"我以为一定是出了什么大事。也许是德国宣战了？或者是社会革命党人向斯托雷平扔了炸弹？当然，个人的恐怖行为什么问题也解决不了，但总还是令人愉快的……报童跳上开动着的公共马车。我买了一份报。第一版上刊登了一幅我不熟悉的人的照片。我把标题研究了好半天，最后才弄明白，原来这个人杀死了自己的情妇，把尸体放在一口大箱子里，作为慢件寄往南锡。

我不知道到拉丁区去该在哪儿下车，最后只得向车夫打听。他笑着说："下车吧。"这是登菲尔—洛歇洛广场。广场中央有一座纪念碑：一只怒气冲冲的狮子瞪着我；我读了基座上的碑文，才知道这是为纪念抵抗普鲁士人、保卫贝尔福而建立的纪念碑。我满心欢喜地想到，我就要瞻仰公社社员墙了。在莫斯科我曾邀请弗·彼·波将金来为大学生和中学生做了一次报告；他讲得很精彩，并且用这样的话作结束："公社是失败了，但是公社永垂不朽！"在我想象中，路上的行人跟无裤党，跟贝尔福的雄狮般英勇的保卫者们，跟我从利萨加雷的小册子上所读到的公社社员们融为一体了。（无裤党是指一七八九年法国大革命时的贫民；利萨加雷，1838—1901，法国新闻记者，著有《巴黎公社史》。）

但是必须找个住处……旅馆多得不可胜数；我挑了一家招牌最小的，大概这里的价钱会便宜些。女主人给了我一个上面滴满烛油的铜烛台，一把大钥匙，一块小得像餐巾似的手巾。我把护照递给她，她回答说她对这不感兴趣。房间里有一张非常高大的卧床，几乎占满了整个房间。石头地板。我把窗子当作阳台的门，但是实际上并没有阳台；我发现所有房子的窗户全是这样的——落地的窗子。房间里根本没有桌子，真怪，连布拉韦裁缝的那个小房间里都有一张桌子……房间里很冷。我问女主人能不能烧壁炉。她回答说，这非常贵，答应到了晚上在我床上放块热砖。（到了第二天，我还是下了破产的决心，服务员给我送来一袋煤。我不会生壁炉——煤又是石炭；我放上了报纸、劈柴，这些东西一下子就烧尽了，可是该死的煤还是点不着；我的脸抹得漆黑，不得不仍然睡在冰冷的房间里。）

独自坐在屋子里是愚蠢的。我把找寻萨夫琴科和柳德米拉的事推到第二天，便径自到巴黎街头漫步。男人们戴着圆顶礼帽，女人们戴的是插着羽毛的大帽子。恋人们在咖啡馆的凉台上毫无顾忌地亲吻；我现在连头也不回了。在圣米歇尔大街上，大学生们沿着马路徜徉，阻碍交通，可是谁也不去干涉

巴黎贝尔福雄狮旁边的咖啡馆明信片

他们。我起初以为是游行，然而不是，他们只不过是消遣而已。街上卖着热栗子。疏疏落落地下起小雨来了。卢森堡公园里，小草已现嫩绿。这是在十二月啊！……我穿着棉大衣感到非常热。（皮靴和皮帽，我留在旅馆里了。）到处闪耀着五光十色的广告。我一直觉得恍若置身剧院。

我在巴黎住了很久；形形色色的事件、人物、片言只语，全都在我的记忆里混成一团；但是那初到巴黎的头一天的印象，却深深留在我心中：这个城市使我颇为惊异。最使我感到奇怪的是，它还是过去的老样子；莫斯科变得无法辨认，而巴黎的风貌却依然如故。我现在到巴黎的时候，总感到一股难言的悒郁——城市依稀当年，而我却变了；在我青年时代走过的那些街道上，我已感到步履维艰。当然，出租马车、公共马车、蒸汽电车早已绝迹；但霓虹灯比往日更为鲜艳明亮；备有红丝绒沙发或是皮制沙发的咖啡店已经不多；公共厕所也大为减少，它们已隐身地下。但这些不过是细枝末节而已。人们依然生活在户外，恋人们愿意在哪里接吻就在哪里接吻，谁也不会去注意他们。古老的房屋没有改变——对它们的年纪来说，多半个世纪简直算不得什么。

当然，世界变了——因而巴黎人也应该思考一下过去丝毫未曾料到的许多东西：原子弹、快速生产法、共产主义。但是即使有许多新思想，他们也终归是巴黎人，我深信，如果现在有一个十八岁的苏联青年到了巴黎，他也会像1908年的我一样，摊开双手说："这简直是剧院……"

第二天，我到拉丁区去。在圣米歇尔大街上，我一直注意地倾听着过路行人的谈话：只要听到有人说俄语，马上就去问他，此地的侨民图书馆在哪儿；我大概在那儿能打听到萨夫琴科和柳德米拉的地址。我整整找了半天。图书馆坐落在郭伯廉大街上一座肮脏的庭院深处。我登上螺旋梯，走进这所酷似长长的贮藏室的房屋。屋里排列着不少书架，有俄文报纸，我和图书馆管理员米龙（因格贝尔）同志认识了。他是一个孟什维克，这使我感到不快；但是不久以后我就明白了，他所关心的只有一件事：希望读者不要借了图书馆的书不还。他对我长篇大论地说着，应该怎样爱护书籍，我向他保证决不折角，也不做任何记号。（他一直在说刻薄话——说什么某些布尔什维克就是爱在图书馆的书籍上乱涂乱写。）这是一位近视、安详、善良的人。他每晚都是布罗克街上一家小啤酒店的座上客，在那里，他一边吃着热灌肠，一边编纂着外国出版物的目录。他并不知道萨夫琴科和柳德米拉住在哪儿，但他说，一会儿就会有布尔什维克组织的一个人来。果然，两小时以后，我就坐在萨夫琴科和柳德米拉的寓所里了。她们有两个小房间，有一个设有煤气的厨房；房间里铺着行军床。所有的布置都令人想起科济希地区的大学生宿舍。只有煤气炉引起了我的好奇心……萨夫琴科是个热心的女人，三十左右（当时我觉得她已经是个老太婆了）。她立刻对我表示关切，说住在旅馆里费用太贵，说明天她跟我一同去找一个带家具出租的房间，这并不难——大门口挂着黄色招贴的就是。今夜她们要带我去参加布尔什维克组织的会议——列宁要出席……

我们吃了午饭，我坐立不安，不时地瞧瞧表——千万别迟到！当然，萨夫琴科和柳德米拉还对我谈了一些巴黎的怪事。但是，既然我到这儿来，那只有一个目的——看见列宁。

11

列宁要我去找他

布尔什维克们在奥尔良大街的一个咖啡店里集会，此地离贝尔福的雄狮不远。二楼上有一间不算很大的会议厅；按照巴黎的习惯，可以免费借用这间屋子——主顾们只需付咖啡和啤酒的费用就行了。我们是头一批到的。我问萨夫琴科，我应该要什么饮料；她回答说："石榴糖浆，我们全都喝石榴糖浆……"果然，侍者上给大家的全是那种甜得腻人的红糖浆，还往里面加了些矿泉水。只有列宁要了一小杯啤酒。（后来我不止一次地听说，侍者们大为惊讶：这些人是革命家，却偏喝石榴糖浆！……法国人总是把糖浆掺在过分苦的烈酒里喝；而星期天，当主顾们把全家大小都带到咖啡馆里来的时候，老板就免费招待小孩子们喝石榴糖浆。）

出席会议的共约30个人，我只瞧着列宁。他穿了一身有着一条浆过的硬领的暗色服装，看起来非常端正。我已经不记得他当时讲了些什么，但我当时是一个相当鲁莽的毛孩子，我要求发言，而且还对什么表示不同意。他温和地回答了我，不是责备，而是解释——我有些地方没有听懂……柳德米拉当场就对我说，我的举止是愚蠢的。会议结束以后，列宁走到我跟前："您是从莫斯科来的？……"我告诉他，我在莫斯科组织里一直工作到一月，后来被捕了，曾试图在波尔塔瓦接上关系，在那儿到处寻找同志们。列宁对我说，要我去找他。

我在蒙苏里公园附近的一条小街（现在我才搞清楚，那是博尼埃大街）

上遍寻那幢屋子。我在门口站了很久——不敢贸然按铃；不久以前的那股莽撞劲儿已毫无影踪。出来开门的是娜杰日达·康斯坦丁诺夫娜。列宁正在工作，他坐着，思索着什么，面前放着一张长长的纸，微微地眯缝着眼睛。

我对他谈到学生组织的瓦解，谈到《统一的党的两年》那篇文章，谈到波尔塔瓦的情况。他注意地倾听着，脸上有时泛出隐约的微笑；我觉得，他猜到我还是个孩子，这个念头搅乱了我的思路。我说，我还记得分送报纸的地址。娜杰日达·康斯坦丁诺夫娜记下了这些地址。我想走了，可是列宁挽留了我；他开始问：青年们的情绪怎样，他们最爱读哪些作家的作品，《知识》丛刊流传得是否广泛，我在莫斯科看过科尔沙剧院和艺术剧院的哪些戏。他在房间里走来走去，我却坐在一张凳子上。娜杰日达·康斯坦丁诺夫娜说，该吃饭了；我觉得我坐得过久，决定告辞，可是他们留住我，请我吃饭。这里的井井有条使我颇为惊讶：书籍都放在书架上，列宁的书桌上有条不紊——一点也不像我的莫斯科同志们的房间，也不像萨夫琴科和柳德米拉住的寓所。列宁好几次对娜杰日达·康斯坦丁诺夫娜说："他直接从那里来……知道青年人的心愿……"

他的头使我惊讶。十五年后，当我看见躺在灵柩里的列宁时，我又追忆起当时的印象。我久久地注视着这副令人惊叹的颅骨：它使人想到的不是解剖学，而是建筑学。

〔列宁逝世多年以后，我读了娜·康·克鲁普斯卡娅的回忆录。娜杰日达·康斯坦丁诺夫娜谈到列宁阅读我的处女作的情形。列宁高兴地说："这个，你要知道，就是蓬头鬼伊利亚（爱伦堡的绰号）。他写得不错。"我到列宁家里去的时候正是1909年年初；我竟没有料到，在他逝世前不久——1922或1923年，当他阅读我的作品《胡利奥·胡列尼托及其门生历险记》的时候，我又跟他做了思想上的交谈。〕

我好几次听到列宁在会议上的发言；他说得很平静，一点也不激昂慷慨，一点也不过分讲究辞令；"Р"和"л"的发音稍有些不清楚；有时微微一笑。他的发言很像螺旋线：由于怕别人没听懂他的话，他经常又回到刚刚说过的问题上去，但从不重复，而是补充一些新的东西。（某些后来模仿他的说话方式的人忘记了螺旋线既像圆圈却又不像圆圈——螺旋线是一直向前的。）

左：弗·伊·列宁的画像，尼·阿列特曼绘
右：蓬头鬼伊利亚（爱伦堡绰号）在巴黎

列宁密切地注视着法国的政治生活，研究它的历史，它的经济，他熟悉巴黎工人的生活。他不仅能讲法语，还能用这种语言写文章。

1909 年 5 月，我参加了在公社社员墙附近举行的示威。队伍的前列是公社的参加者；他们的人数还很多，精神饱满地向前行进。在我的眼中，他们已是年迈的老人了；我每逢想到公社，就仿佛翻开了古代史的一页——要知道，这已是 38 年前的事了啊！在公社社员墙旁我看见了列宁；他站在一群布尔什维克中间，瞧着那堵墙壁——似乎公社社员要从石头里走出来了。

我在圣热涅维约夫图书馆，在蒙苏里公园的椅子上，在老太婆和孩子们中间看见过列宁，还在歌唱家蒙泰居斯演唱革命歌曲的盖泰街工人剧院观众席上看见过列宁。

在和轻视社会发展规律的社会革命党人进行激烈论战时，自然，我是否认个人在历史上的一切作用的。几年前，我深深地思索过恩格斯书信中的这么一句话："青年们有时过分看重经济方面，这有一部分是马克思和我自己难辞其咎的。我们在反驳我们的论敌时，常常不得不强调那些被他们否认的原则，并且不是始终都能有充分时间、地点和机会也给予其他参与交互作用的因素以应有的重视。”列宁的例子就可以说明许多问题。

我去看列宁的时候，看门的女人严厉地对我说：“把脚擦干净。”难道她能知道，她的房客是个什么样的人？难道奥尔良大街咖啡馆的侍者们又能知道，八年以后，全世界都在谈论着那位要一小杯啤酒的先生？难道到图书馆去借书的人们又能猜想到，那个仔细地摘录着书中的数字、姓氏的人将会变更历史的进程？难道他们会猜想到，将有数以万计的作者用世界上的各种语言来写各种有关他的作品？而且，难道我，一个当时怀着景仰之心注视着列宁的人，能够想象到：人类新纪元的诞生会和我眼前的这个人联系在一起？

列宁在生活上很纯朴，作风民主，对同志体贴入微。他甚至对一个脸皮很厚的毛孩子也不会加以丝毫嘲笑……这种纯朴之情只能为大人物所独具；想到列宁时，我经常自问：也许，对一个真正的伟人来说，个人崇拜不仅跟他格格不入，甚至会是不愉快的事吧？

列宁是一个伟大而复杂的人。在国内战争的暴风骤雨年代里，列宁听完了伊赛·多布罗韦因演奏的贝多芬的奏鸣曲后，对高尔基说：“我不知道还有比《热情奏鸣曲》更好的东西，我愿每天都听一听。这是绝妙的、人间所没有的音乐。我总怀着也许是天真的自豪想：人们能够创造怎样的奇迹啊！”接着他眯起眼睛，不大快乐地补充道：“但是我不能常常听音乐，它会刺激神经，使我想说一些漂亮的蠢话，抚摸人们的脑袋，因为他们住在肮脏的地狱里，却能创造出这样美丽的东西来。但是现在，谁的脑袋也不能抚摸一下——自己的手会被咬掉的，一定要打脑袋，毫不留情地打，虽然我们在理想上是反对用暴力对待人的。唔－唔——这是非常艰巨的任务！”

我从高尔基的回忆录里摘下这么一长段引文，是因为它和我的生活、我的思想，不，不是这个代词，应该说，它和我们的时代、我们的命运有着极其密切的联系。

12

侨居巴黎的革命侨民

我遇见过各式各样的侨民——“左倾”的和右倾的，有钱的和贫穷的，自信的和茫然的；我见过俄国人、德国人、西班牙人和法国人。有些侨民缅怀以往，有些侨民瞩望未来。但各个派别、各个民族和各个时代的侨民之间却有一些共同点：对他们被迫流落的异乡抱有反感，非常想念祖国，要求生活在同胞们的亲密圈子里，以及由此产生不可避免的纠纷。

1905 年革命后，老布尔什维克沙波瓦洛夫侨居国外；他说他的同志们对比利时的风俗非常反感：“见鬼去吧，这个比利时跟它所夸耀的自由！……这里晚上十点以后，你竟不敢在自己房间里穿皮靴走路、唱歌和叫喊。”许久以前，赫尔岑在描写伦敦的侨民生活时曾说，“饭店在星期天一律歇业，这种‘奴隶制’是法国人不能容忍的”。

成熟了的植物很难移植，它们会生病，常常会死亡。我们现在实行冬季移植：在树木昏睡的时候把它挖掘出来。春天它就会在新的地方复苏。好办法，特别是因为树木没有记性……

我记得居住在巴黎的米盖尔·乌纳穆诺（1864—1936，西班牙作家、哲学家、存在主义的代表）——他是普里莫·德·里维拉时期的侨民；他坐在“洛东达”咖啡馆里，用纸剪一些龙和牛；后来几个西班牙人在他的桌旁坐了下来，于是乌纳穆诺对他们说，在法国现在没有、过去没有、就是将来也永远不会有愁容骑士。（他自己就像堂吉诃德。）我还记得在伦敦因为雾和伪善而喘不过气来的德国作家恩斯特·托勒尔；他因受不了流亡生活而自杀了。让-里沙尔·布洛克（1884—1947，法国作家，社会活动家）在莫斯科度过了战争年代；他是一个意志坚强的人，极力不流露自己的苦闷，可是当他谈到法国的时候，他那双忧郁的眼睛就变得更加忧郁了；在“民族”饭店的一个房间的墙上贴着一张蓝色的纸——早就抽完了的法国香烟的包装纸。巴勃罗·聂鲁达坐在布拉格旅馆的房间里，大高个儿，一动也不动，就像古代阿兹特克人的一尊神像；但是只要一跟他谈起太平洋沿岸的贝壳，他就神采焕发了；他愤怒地谈到智利的一个独裁者所干的勾当——愤怒的同时又带着温柔：不管怎样，独裁者总是智利人。1946 年我在巴黎的时候，曾去看过病入膏肓、伛腰偻背的阿·米·列米佐夫。他孤苦伶仃，在贫困与痛苦中生活着。他为什么侨居国外呢？恐怕连他自己也不能解释。他说他常常梦见俄国，梦见老朋友和大学时代的彼得堡。房间里挂着俄国的图画，俄国的小兽，当然还有俄国的鬼怪。

我在 1932 年曾对白俄做过这样的描写：“他们周围的生活和他们实在没有什么关系。他们住在巴黎，就像住在豪华旅馆里的一间阁楼上。他们忘记了俄语，可是也没有学会法语。在一家小小的俄国剧院里看《瓦纽申的孩子们》的时候，他们流泪了。他们常哼哼韦尔京斯基的歌曲。他们常去参加各种‘同乡’的晚会。他们甚至不能丢掉旧历，而要在 1 月 13 日迎接新年。我在一所俄国人的住宅里还看见过用煤气炉烧水的茶炊。”

革命前的侨民生活和后来白俄的生活是截然不同的。革命后跑到巴黎去的俄国流亡者都居住在资产阶级的住宅区——帕西街、奥泰街；而革命前的侨民却住在城市的另一端，在郭伯廉、伊塔利、蒙鲁日等工人区。白俄开了几个饭馆，如“贵族之阁”或“三马车”；有的人当老板，有的人端菜送饭，有的人跳着列兹金卡舞和喀马林舞供法国人娱乐。而侨居国外的革命者却去参加法国工人的集会；社会革命党人和社会民主党人在争论，召回派和列宁的支持者在争论。各式各样的人就有各式各样的生活……

我谈到所有被迫居住国外的人们共有的某些感情，只是为了说明我在 1909 年 1 月终于租下了登菲尔-洛歇洛大街上一间带家具的房间，摆出了随身带来的书籍，买了一盏酒精灯、一把茶壶，并且明白了我在这个城市将要长期居住下去时的心情。当然，巴黎使我神往，但我却恼我自己：有什么可使我神往呢！……我已经不是孩子了，一小块泥土也不带地把我移植过来，我生病了。旅行者可以欣赏他没见到过的自然景色、异乡的风土人情，他原是为了观光而来的；可是侨民却情愿转过身去。我烦恼时心想，这里没有春天。难道法国人能够懂得冰怎样流动，双层的窗框怎样拆除，初春的一些花儿怎样穿透冰层生长出来？在巴黎，冬天的草也是绿的。根本就没有冬天，于是我悲哀地回忆起扎恰季耶夫胡同里的雪堆，想起了娜佳和她说话时唇边的雾气，以及她放在暖手筒里的手的暖气。我的上帝，法国的花真多啊！芬芳的紫藤爬满了墙壁，每一个庭前花圃里都有娇艳欲滴的玫瑰。但是一看见默顿或克拉马尔的小草地我就感叹起来：花都到哪儿去了？我像背诵祈祷词一样反复念道：母亲和后母，伊万和马利亚，金梅草，狮子的嘴巴……

我觉得法国人过分讲究礼貌、虚伪、谨慎。在这里谁也不会心血来潮地对一个萍水相逢的路人倾诉衷肠，谁也不会在晚上顺便到别人家去玩玩；大家都喝酒，但谁也不会因为苦闷整个星期地喝酒，谁也不会喝掉最后一件衬衫。大概，谁也不会上吊……

维塔利·约尔金上吊了。据说他为大宗债务所逼，把别人的诗冒充为自己的；他常对我说，在巴黎他觉得“厌烦”。我常去塔马拉·纳多尔斯卡娅那里，她是一个瘦瘦的姑娘，有一双梦游症患者的眼睛。我们谈论俄国、谈论强烈的感情、谈论生活的目的。她住在顶楼上；从窗子里望出去，看得见这座庞大的、陌生的城市。她一再地说生活中的一切都不是她所想象的那样。她从窗子跳楼自杀了。还在莫斯科我就认识了丹娘·拉舍夫斯卡娅，她是我的中学同学瓦夏的姐姐；她蹲过监狱，跑到巴黎来，进了医学系，嫁给了一个漂亮的罗马尼亚人，后来服毒自杀了。她的母亲从莫斯科赶来参加葬礼；好不容易说服了牧师，把蜡烛给了大家，助祭唱道：“受尽了苦难……”

有时候我出去听报告——人们把这叫“学术报告”。我们聚集在舒阿吉大街上的一个大厅里，大厅很像一个板棚，冬天得生火取暖。阿·瓦·卢那察尔斯基在这里介绍过雕刻家罗丹，亚历山德拉·米哈伊洛夫娜·柯伦泰在这里揭露过资产阶级的道德。有时候无政府主义者冲进来，一场争吵就开始了。

（我开始写诗的时候，阿·瓦·卢那察尔斯基鼓励我，对我说，一个革命

阿·瓦·卢那察尔斯基

者也可以爱诗。阿纳托利·瓦西里耶维奇对我来说是一座桥梁——他把我的少年时代和新的理想联系起来了。在关于他的回忆录中可以看到这样的评论："学识渊博""具有多方面的修养"。但使我惊奇的倒是另一方面：他不是诗人，他醉心于政治活动，但对艺术却有一种异乎寻常的喜爱。他似乎总是喜欢捕捉那些常从许多人耳边溜过的捉摸不定的声浪。后来我偶尔遇见他的时候曾打算和他辩论：他的议论对我来说是不可理解的。但他一点也不想把自己的观点强加于人。十月革命指派他担任了教育人民委员的职务，他无疑是一个善良的牧师。"我曾经几十次地表示：教育人民委员部应该公平地对待艺术生活中的各种流派。至于形式的问题——人民委员和政权的所有代表人物的爱好是不必考虑的。让一切艺术工作者和艺术团体自由发展，不允许一种派别以既有的光荣传统或风靡一时的成功排斥别的派别。"可惜各种从事艺术、爱好艺术的人们很少记起这段至理名言。1933 年，卢那察尔斯基被任命为驻马德里的大使。他一到巴黎就病倒了。我到旅馆去看他，他明白死期已近，并谈到了这一点。他的妻子想把话题岔开，但他却平静地回答说："死是一件严肃的事，这也是生活的一部分。应该死得有价值……"沉默了一会儿，他又说："艺术也可以教导人们怎样去死……"）

我的钱很少，我觉得花钱上馆子去吃午饭不上算：我可以在小酒馆的白铁柜台旁边喝一杯牛奶咖啡，吃五个三角形的小面包。但有时我还是跑到俄国饭馆去：不是因为饥饿，而是怀乡病驱使着我去那里。我记得两个小饭馆：格拉西叶尔街上的社会革命党饭馆（它之所以被称为社会革命党饭馆，是因为"维索茨基"茶叶商行老板的一些亲属们是社会革命党人，他们为赈济侨民捐过款）和帕斯卡尔街上的无党派饭馆。两个饭馆里价钱都很便宜、很脏、没有味道而且很挤。服务员对厨师喊道："一份红甜菜汤外加炸肉饼带稀饭。"一个红头发的女社会革命党员歇斯底里地再三表示，如果不给她战斗

20 世纪初，巴黎的屠格涅夫图书馆

任务她就要自杀。布尔什维克格里沙非常愤怒：他经过“达尔库尔”咖啡馆的时候，看见马尔托夫也在那里——瞧机会主义者腐化到什么地步！……

有时候举行舞会，收入用来在俄国进行宣传。请来了法国演员；小卖部的生意非常兴隆；许多人很快就喝醉了，怪腔怪调地合唱起来：“像叛徒的行径，像暴君的良心，秋天的夜晚漆黑一团……”在这里旧账都一笔勾销：侨居国外仿佛置身在一个小小的孤岛上，大家都在拥挤和委屈中生活。

还在监狱里我就知道自己什么都不懂。我去社会科学高等学校报名做旁听生。我觉得课讲得很平淡，内容贫乏，但还是把一切都工整地记录在练习簿里。不久我发现，从书本里得到的要比听讲得到的多得多；于是又开始了埋头读书的年代。

书是我从屠格涅夫图书馆借来的。这个图书馆的命运很悲惨。1875 年巴黎举行过一个“文学音乐晨会”，参加的人有屠格涅夫、格列布·乌斯片斯基、波林娜·维亚尔多和诗人库罗奇金。伊·谢·屠格涅夫发请帖的时候说：“收入将用作为穷苦学生开办俄国阅览室的基金。”作家捐献了一批书给图书馆，有些书里还有他的亲笔批注。两代革命的侨民使用了“屠格涅夫图书馆”的藏书并增添了一些珍本。革命后图书馆还在，只是读者换了。第二次世界大战初期，有一些俄国侨民作家把自己的文献交给屠格涅夫图书馆保管。希特勒最亲密的战友之一，被公认为“俄国通”的波罗的海的德国人罗森堡把屠格涅夫图书馆搬到德国去了。1945 年，就在战争结束的前夕，一位陌生的军官带来一封我在 1913 年寄给采特林（诗人阿马里）的信。这位军官说他在德国的某车站看见了一些打开的箱子：俄文书籍、手稿和信件撒了一地；他拾起了几封高尔基的信，偶然在一张烧毁了的小纸片上发现了我签的字，于是就决定带给我。这就是屠格涅夫图书馆的下场。

我有时也到郭伯廉大街党的图书馆去看看——那里能碰到熟人。晦暗的板棚里尽是蜘蛛网、报纸和揉皱了的帽子，人们在这里长久地争论着，也不管米龙是否已经生气：“同志们，这里是图书馆！……”有时从彼得堡或莫斯科来了新人，大家就向他提出许多问题。消息是不愉快的：俄国的反动势力增强了；暗探局活动很厉害——一个“失败”接着一个“失败”。关于阿泽夫大家谈论得很多。当然，我从来没有赞同过社会革命党人，但却受过浪漫主义行为——卡利亚耶夫、萨佐诺夫——的迷惑，后来忽然弄明白了，一个可恶的胖家伙（指阿泽夫，1869—1918，他是沙皇政府的暗探和社会革命党的首脑之一；卡利亚耶夫和萨佐诺夫都是社会革命党人）既决定着革命者的命运，也决定着沙皇的大臣们的命运……

在党的会议上继续着永无休止的辩论。不久前我在谢·戈普涅尔的回忆录里读到这么一段，据说，列宁曾说侨民们的辩论是没有结果的，人们在那里争辩着，其实他们都早已选定了自己的立场。我对自己很生气：为什么在莫斯科的时候辩论总是吸引着我，而在这里，虽然有这么多有经验的党的工作者，但我却坐在一旁发愁？我不大去参加会议了。

我试着去参加了一次法国社会党人的群众大会。饶勒斯发表了演说。他讲得非常好，我觉得听到了一些新的东西（后来我明白了，问题在于演说者的口才）。他说，劳动、兄弟般的团结、人道主义比统治阶级的贪欲更强。接着他挥动着双手，愤怒地解开了浆硬的衣领。大厅里酷热难耐。饶勒斯讲话之后，儿童合唱团演唱了一支歌，这支歌描写的是一个看不见日出的结核

饶勒斯演说画像，沙利·列昂德勒绘

病青年的苦恼。后来一个汗流满面的胖女人唱了几段讲她遗忘在部长办公室里的紧身衣的淫秽的讽刺歌。大伙开心地笑了一阵。乐队登台了，人们急忙挪开板凳，舞会就开始了。一个十八岁的俄国青年没参加跳舞，他在巴黎古老的街道上忧郁地徘徊着、思考着：人道主义、无产阶级——可是忽然飞来一件紧身衣！……

我喜欢巴黎，但不知该怎样对待它。我去看了一个展览会，感到非常吃惊。我对于绘画是一窍不通的。在莫斯科我住的房间里，墙上挂了几张美术明信片，有《多么辽阔！》，还有《死人岛》。我认为绘画都应该有复杂的题材，而这里的画家画的尽是一座房子、一棵树，甚至更糟的是——画些苹果。

著名的演员穆内-絮利在法国喜剧院里扮演俄狄浦斯王。我只承认艺术剧院：我觉得舞台上的一切都应该和生活中的一样。穆内-絮利一动不动地站着，后来走了几步，又站住了，像受伤的狮子一般吼道：“啊！我们的生活多么黑暗！……”过了几年之后我才知道他是位大演员，但当时我却不懂这是什么艺术，忍不住大笑起来。我坐在楼座上，旁边都是真正的戏剧爱好者，我还没来得及弄清楚是怎么回事，就被他们揍了一顿，赶到街上去了。

每夜我都往莫斯科写几封长信，收到的回信却很简短：我退出了舞台，变成外人了。之后，当我自命为诗人的时候，曾经用小学生一般苍白无力的诗句倾诉过自己的感情：

我多么怀念俄国的冬天，

我觉得那初雪，
和雪橇的飞奔，
永远完美无比！……
祖国的春天多么快乐，
多雾的天空飘着云朵，
还有那水势上涨、
冲破枷锁的大河！……
阿尔巴特、多罗戈米洛沃这些字眼
包含着这么多亲切可爱的内容……

谈到俄国的时候，我说：

倘若什么时候我再次看到
两棵松树和“韦尔日博洛沃”站牌，
看到阴暗、温和的春日，
融化的冰雪和农村的痛苦……
我就会明白，在你面前我多么微不足道，
这几年来我把自己都遗失了……

诗写得不好，我不好意思把这些诗句再抄写下来，但它们却恰如其分地表达了我那几年的心情。

我回想起 1949 年曾有人把我叫作“世界主义者”。确实，很难找到比我更好的靶子了：除了其他原因之外，还因为我在巴黎住了很久——既出于必要，也出于自愿。当时许多人很喜欢谈论“没有护照的流浪汉”，户籍证几乎是决定性的。置身异邦的人对祖国的感情总是特别强烈，而且你还可以更清楚地看见许多东西。海涅在巴黎创作了《一个冬天的童话》；屠格涅夫也在那里写了《父与子》；果戈理在罗马写了《死魂灵》；丘特切夫在慕尼黑描写俄国；罗曼·罗兰在瑞士描写法国；易卜生在德国描写挪威；斯特林堡在巴黎描写瑞典；《阿尔塔莫诺夫家的事业》是在意大利写成的。类似的情况不胜枚举……

我还记得有人曾在无意中说了这么一句话：爱伦堡应该明白，他吃的是俄国面包，而不是巴黎的板栗……在巴黎，当我手头吃紧的时候，我确曾在大街上一个满身烟味的奥弗涅人那里买过热板栗。总共只花了两个苏，板栗就温暖了麻木的手并虚假地填饱了肚子。我吃着板栗却想着俄国——但不是想它的白面包……

13

与诗结缘

出乎我意料的是，我开始写诗了：我仍旧去听政治性的学术报告，并在社会科学高等学校听课。

我在俄国社会民主工党促进小组的一次会议上认识了丽莎。她是从彼得堡来的，在巴黎大学学医。丽莎酷爱诗歌，她常给我读巴尔蒙特、勃留索夫和勃洛克的诗。当娜佳·利沃娃说勃洛克是一位大诗人的时候，我奚落过她。对丽莎我却不敢反驳。从她那儿回家的路上，我低声吟咏着诗句："快乐的风平息了，灰蒙蒙的夜降临大地……"为什么风是快乐的呢？我自己也不能解释，但我觉得风的确是快乐的。我开始到屠格涅夫图书馆去借阅当代诗人的诗集，我忽然懂得了，诗可以表达散文所不能表达的东西。而我正有千言万语必须告诉丽莎……

我夜以继日地写第一首诗。原来这是一桩很困难的事。我知道我所掌握的法语词汇是很贫乏的。我写的是俄文诗，却仍然时刻感到我的词汇是多么少啊！最后我终于决定把我的诗拿去给丽莎看。我怕受到严厉的判决，便说这是我一个朋友的作品，丽莎是一个严格的批评家，她说我的朋友不会写诗，写的诗都是模仿别人的，一首模仿巴尔蒙特，另一首模仿莱蒙托夫，还有一首模仿纳德松。总而言之，我的朋友还得多加努力……

我把写好的诗全部撕毁，决定此后再不写诗了——我要当一个革命家，也可能当一名新闻记者，或者选择另一个职业，诗歌与我无缘。下个决心倒很容易，但要履行这个决定我却办不到。我突然感到，诗已在我的身上生根，想撵也撵不走了，于是我又继续写诗。过了不到两个月，我又把我的诗拿去给丽莎看。她说："你的朋友有进步……"我们谈起了别的事，不料她似乎无意中突然说道："你要知道，你有一首诗我很喜欢……"原来她一下子就识破了我的伪装。

我住在动物园附近。海象夜夜嘶叫。我在黎明之前写拙劣的、模仿性的诗，但是我很幸福——我觉得我已找到了自己的道路。

丽莎到彼得堡度假去了。她出乎我意料地给我拍来一份电报：《北方曙光》杂志发表了我的一首诗。我得意忘形了：这就是说，我真是一个诗人了！

我胆子大了起来，寄了几首诗给《阿波罗》杂志。不久就得到了该刊编辑、艺术批评家马科夫斯基的回信。他公正地把我的诗骂了一通，但在信的末尾已经不谈那些坏诗而是谈到人——他建议我选择另一种职业，譬如说，做生意。《阿波罗》对于我就是最高法庭。我有一个月只字未写：要是马科夫斯基劝我去当一个杂货铺的老板，那必定是有道理的——就是说，我是一个冒牌货。

丽莎给了我安慰和鼓励，于是我又写起诗来。

我一直没有抛开回俄国去献身地下工作的念头。我把这件事告诉了列宁最亲近的一位战友，他回答我说，他了解我的感情，但是，如果我能在巴黎学到一些知识的话，那倒更好——党也需要文学家（不知他是否读过我的歪诗，但他无疑曾听说我醉心于诗歌）。

1910年，丽莎·巴伦斯戈娅在巴黎

最后有一位同志建议我去维也纳——日后需要把文件转送到俄国去的时候说不定用得着我。

在维也纳时，我住在著名的社会民主党人X的家里——我不提他的名字，是因为我担心幼稚的青年时代的那些浮光掠影的印象，可能会像日后被阐明的那些事件

左：20 世纪初，巴黎的明信片
右：1909 年，维也纳的明信片

一样。我的工作并不复杂：我把党报粘进一个个硬板纸筒，裹以复制的艺术品，再把纸包寄往俄国。X 和妻子住在一所很简朴的小房子里。一天晚上，X 的妻子说，不会有茶喝了：小厨房里的煤气向一个得往里扔硬币的自动装置让步了。我急忙跑去，朝怪物嘴里扔了一个克朗。X 对我很亲切，他知道我在写诗，便每晚议论诗歌和艺术。这并不是什么有争论余地的意见，而是不容反驳的判决。过了四分之一个世纪，我在第一次苏联作家代表大会上的某些发言中又听到了同样的判决。不过 1934 年时，我已 43 岁，已多少有了点见识，多少明白了一点道理；然而 1909 年时我才 18 岁，我既弄不清各种历史事件，也不会在被告席上坐得舒服一些，虽说我几乎是不得不在被告席上度过一生的。在 X 看来，我崇拜的那些诗人都是“颓废派”，都是“政治反动的产物”。他谈到艺术的时候犹如谈到什么次要的、附属的东西似的。

一天，我明白我该走了，我没有下定决心把这一点告诉 X，便留下一张愚蠢幼稚的便条去巴黎了。

我和丽莎一同坐在街心花园的椅子上，我向她谈起维也纳之行，谈到我不知道第二天怎么过——我不再有目的了。

丽莎谈着别的事。这是一次十分痛苦的会见。丽莎送给我一本书，她在第一页上写道，心儿需要像一只小桶那样用铁箍箍起来。我想，我从哪里去弄这些箍子呢？我回家后把书打开：里面是勃留索夫的诗。

我觉得一切幻想都甜蜜，
一切语言都珍贵，
我把诗献给一切上帝。

我心中的一切都在反抗这几句话：我还记得鞑靼公墓上的集会、狱中的黑夜、自白、誓言。幻想和幻想之间并不同。而且，如果有很多上帝，一个人的上帝又能是什么样的呢？主要的是，当一个人不再相信任何东西的时候，该怎样活下去呢？……

我写自己的绝望，写我先前曾经有过生活，而如今没有了，写没有喇叭的号手，写陌生而冷酷的巴黎，写爱情。这是拙劣的抒情诗。（现在我们所说的"抒情诗"一词也和许多别的词一样，有了新的意义：编辑、批评家、诗歌部门的领导者，总之不是作诗的，而是管诗的和吃诗的，他们都把爱情诗称为"抒情诗"，似乎"当喧嚣的一天为死者消逝……"或"别作声，去躲起来……"——这都不是抒情作品。）

一位读者给我寄来了发表在各种刊物上的我早期的一些诗作。这些诗（它们非常平庸）帮助我回忆起遥远的往昔的痛苦。我"造反了"：

我离开了你们响亮果敢的歌曲，
离开了举向天空的叛旗，
因为我觉得营垒过于狭小……

有时我尽情嘲笑自己的诗：

够啦！我知道高傲的姿态，

也知道这些纸糊的铠甲。
卧倒！卧倒！跟敌人战斗！
我又成了满身灰尘的军人。
你们要接受我站到红旗底下！
我配得上你们的铠甲……

我感到我已误入歧途，在我一生的春天一再提到秋季：

满身灰尘的穷人们，
忧愁而可怜，
秋天的道路啊，
你们通向哪里？

我在私生活中也忽冷忽热。1909 年末，我在侨民们的一次晚会上认识了卡佳，她是医学系一年级的大学生。我立刻坠入了情网，开始了漫长岁月的心理分析、爱情表白和嫉妒的爆发。

1910 年夏我和卡佳到了布吕赫。这个城市使我吃惊——它真是一座死城。矗立着高大的教堂、市政管理局大厦、高塔、私邸，住在城里的都是修女和沦为乞丐的幻想家。布吕赫现已改变：它拥有一帮帮的游览者，宛如一所塞得满满的博物馆。而在我初次看到它的时候，却没有任何东西打搅沉睡的天鹅、运河中白杨的倒影、一伙伙的修女（如今连修女们也不安分守己了——她们强邀游览者参观寺院，出售自己编织的花边织物）。我第一次看见的绘画，就使我对画的题材不满：梅姆林（约 1440—1494，尼德兰画家）的圣母像使我感到惊讶，她们个个都有着苍白的面容、没有血色的嘴唇，给人一种圣洁和不问世事的感觉。我感到画家的世界是与世隔绝的，深沉并充满着人类的秘密。当时我既不知道古代诗歌，也不知道沙特尔的建筑，但我觉得遥远的过去是令人神往的。我在布吕赫写了五十多首诗，有的描写已消失的世界的美，有的描写骑士和美女，有的描写玛丽·斯图亚特（1542—1587，指苏格兰的玛丽女王），有的描写奥兰的伊萨伯拉，有的描写梅姆林的圣母像，有的描写布吕赫的修女。一个曾经殷切地幻想着未来、现在则和他过去的生活完全隔绝的 19 岁的俄国青年，断言诗歌是一场化装舞会：

我身着高傲的领主服，
等候着登上舞台，
但由于导演的错误
我迟到了五百年。

我当时的确觉得，与其说我是为社会科学的高等学校而生，不如说是为十字军远征而生。诗写得很精致，我现在已不好意思重读它们，但我写它们的时候却很真诚。

有一位喜欢我的诗的朋友说："在俄国它们不见得能够发表——那里的每一个编辑部都有自己的诗人，可你为什么不在巴黎出一本书呢？这花不了多少钱……"我到弗兰－布尔茹亚街的一家俄国印刷厂去了。使我感到惊讶的是，印刷厂的老板对书的内容毫不关心。虽然他是一个崩得（崩得是"立陶宛、波兰、俄罗斯犹太人总同盟"的简称，主张民族文化自治，在一切问题上支持孟什维克的立场）分子，但我那些关于罗马教皇英诺森六世的诗行并没有使他不安。他算了算诗的行数，就说印两百部要花 150 法郎。我赶紧反驳道：干吗要印两百部？我是一个初学写作的作者，印一百部就够了。印刷厂老板解释说，最贵的是排版，但他同意减去 25 法郎。

1910 年，爱伦堡的第一位妻子卡佳在巴黎

每月父母寄给我 50 卢布——合 133 法郎。诗集的出版计划不幸正碰上我生活中的一些重大事件。我只得彻底取消了午餐，并削减了在柜台旁

左：1910 年，布吕赫城的明信片
右：1914 年，爱伦堡的女儿伊琳娜在尼斯

吞咽的小面包的数目——我几乎每次去找卡佳都要带一小束鲜花。但我还是把钱储蓄起来以便付印刷费。《诗集》在 1910 年末问世了。我托一家俄国商店代售 50 部。我把其余的逐渐寄给俄国各种各样的诗人——邮资的开支很大。总之，支出浩大，收入菲薄——总共只卖掉十六部。

1911 年 3 月 25 日，我的女儿伊琳娜在尼斯出生。

我在 1911 年夏收到第一笔稿酬——一份彼得堡的杂志发表了我的两首诗，稿酬是 6 卢布。这是空前的成功，我和卡佳美美地吃了一顿午餐。

我等待着俄国诗人对我的作品的评论。母亲十分为我激动：我没学习过，也没给自己选择任何一种正经的职业，可突然写起诗来了。而且这些诗也很奇怪：为什么她的儿子要写圣母、写十字军远征、写古代的大教堂呢？但是不消说，她希望有人把我夸奖一番。她在读了《俄罗斯新闻》上的勃留索夫的文章以后，立刻打电报把这事告诉了我。勃留索夫在分析初学写作的诗人们的诗集的时候，特别注意马林娜·茨韦塔耶娃的《黄昏纪念册》和我的诗集，他写道："伊利亚·爱伦堡有希望成为一个优秀诗人。"我很高兴，同时又感到苦恼——我已不再喜爱诗集中所收的那些诗了。

不久，我在回忆起自己第一部书的时候已不能不发出轻蔑的一笑了。我想成为一个冷静的、明白事理的人，于是开始模仿勃留索夫。但是这些诗使我自己感到苦恼，我开始幻想抒情的情调，缅怀自己不久前的过去。

谁也不会在课堂上叫我"听着"，
谁也不会在进餐时叫我"吃吧"，
谁也不会叫我伊柳沙，
谁也不会疼爱我，
像母亲疼爱孩子那样。

或者：

独自一人多无聊，
漫长的晚上，
又无书可读。
但我是个男子汉
我已十七岁了。

鲍利·魏尔兰

书名叫《蒲公英》。它一落到我的莫斯科朋友们的手中，我就恍然大悟，我模仿别人风格的毛病并没有治好，我只不过是在剧院的服装部租了一件中学生制服来代替过去租的那一副纸糊的铠甲罢了。

我初次看到魏尔兰（1844—1896，法国象征派诗人）的一本小书。他那歌手的才能，他那悲惨而荒唐的遭遇使我深受感动。在圣米歇尔林荫道上的一家咖啡馆里，一个侍者曾虔敬地把一张被压坏了的沙发指给我看："魏尔兰先生总是坐在这里……"我写了一首关于"可怜的勒利安"（这是人们对老年时代的魏尔兰的称呼）的诗：

黑夜里默默啜着苦艾酒，
他一直坐到晨星初现，
乱蓬蓬的脏胡子
一绺绺七横八竖……

又是一些别人的诗句：我自己也听不见其中有我的声音。

我读了弗朗西斯·雅姆（1868—1938，法国诗人）的一本书。他描写乡村生活、树木、比利牛斯山的小毛驴、人体的温度。他的天主教既没有禁欲主义，也没有假仁假义：例如，他想和驴子一同上天堂。我译了他几首诗，并开始模仿他：我觉得泛神论倒是一条出路。我是在城市里长大的，但是我从少年时代开始就一直在街道的迷宫里受罪，只有当我同大自然单独相处的时候才感到自己是一个自由人。我曾在一小段时间里对雅姆的哲学十分迷恋——他同时为鸽子和鸢辩护。（我现在所说的是鸟类，而非社会的阶级。）我很久以来就为一个思想所苦：恶是从哪里来的？我觉得二元论是讨厌的；我依然和先前一样憎恶资产阶级，但我已经知道，并非所有的问题都能用生产资料的公有化来解决。我抓住了树木和驴子的上帝。雅姆允许我去找他。他住在奥泰兹，靠着西班牙的边境。他有一副美髯和一副柔和的嗓子。他像慈父般接待了我，请我用俄文朗读几首诗，用家酿的甜酒款待我，并劝我在巴黎见见一个初出茅庐的作家——他名叫弗朗索瓦·莫里亚克。我恭聆教诲，但雅姆却表现出自己是一个温厚而亲切的人。我很喜欢他，但我明白，他不是方济各（13 世纪意大利的传教士），也不是索西穆斯神父（公元 5 世纪的希腊籍主教），而只不过是一个诗人和一个好人。我怀着一颗空虚的心离开了他。

我把一本小诗集《童心》献给了雅姆，我这样回忆在奥泰兹度过的一天：

冬天的太阳照进窗户，

弗朗西斯·雅姆

您的孩子们在地板上游戏。
一条老狗在壁炉旁取暖，在梦中大声喘气。
云杉球果在壁炉里噼啪作响。
您在说话，而我边听边想——
您从哪里得到这样的宁静，
我想，等待着我的是令人难堪的旅途，
是车站和烟气腾腾的火车……

这通常不是对一位生活导师的回忆，而是对一位住在乡下的亲爱的舅舅的回忆……

我不久就厌倦了孩子气的东西。我开始模仿纪尧姆·阿波利奈尔（1880—1918，法国诗人）。（当然，每当我模仿某人的时候，我自己是不觉得的，我总是感到我去年的确在模仿某人，但现在却找到了自己的声音。）

《普及新杂志》《俄国财富》《众人生活》《俄国思想》偶尔会发表我的诗作。我曾收到弗·加·柯罗连科给我的一封虽然简短、但很亲切的信。我的全部文稿都遗失了。我在柯罗连科的书信集里找到了一封给戈恩菲尔德的信。弗拉基米尔·加拉克季翁诺维奇在1913年春曾就我的两首诗写道：“我觉得开头的几行十分出色而又合乎时宜：

这就是说，对俄国的向往
又不过是一场春梦，
这就是说，又将是异乡的道路……
我注定要沿着它们行走。

里拉霍夫斯基的印刷厂在巴黎开张了，他是个长了一部蓬松而漂亮的黑胡子的犹太人。印刷厂设在圣雅克林荫道上的一个小铺子里。在排字盘旁边站着里拉霍夫斯基和两个排字工人，一个是布尔什维克，另一个是孟什维克。他们一面排着侨民学术报告会的广告，一面争论着：在党分裂之后，谁更有资格被称为社会民主党党员？里拉霍夫斯基是一个具有幽默感又很大方的人。谁会卖给我赊账的东西呢？我穿的是一双破皮鞋，裤腿口破得成了一条条的布穗。我苍白、消瘦，眼中常常闪烁着饥饿之火。里拉霍夫斯基心地善良，他印行了我的诗作并耐心地等着我给他送去20或30法郎。他说我的诗写得不好，比《诗歌朗诵者》上的诗要差得多，但是印在直纹纸上，即使是坏诗看上去也很漂亮。我同意他的话，于是我几乎每年都要用直纹纸印一百本按时出版的小诗集。《日常生活》一书在莫斯科沃尔夫书店里出售时，我记得卖了将近四十本。

我现在丝毫没有为我的过去辩护或涂脂抹粉之意。老实说，我并不奢望荣誉。当然，我希望我的诗能得到我所喜爱的一个诗人的夸奖，但更重要的是把刚刚写成的诗向什么人朗读一遍。巴黎有一个侨民的文学小组，其中并没有日后成为名流的人物。我记得有诗人格拉西莫夫（后来他参加了“锻冶场”）、奥斯卡尔·列辛斯基（他在内战时期立了功，后来在塔吉克斯坦英勇牺牲；在巴黎的时候他是唯美派，出了《银灰》一书，其中有这样几行诗：“所有的人都把我们当作葡萄牙人，我们说的是俄语，有一天，在这个下流的酒馆里，我看到了一个妓女的五根玲珑剔透的纤指。”）；散文作家有阿·伊·奥库洛夫，他是一个才思横溢而又放荡不羁的人，那几年里狂饮无度（他也是在内战时期出名的，他参加了战斗，在西伯利亚当过革命军事委员会的委员，写过一些短篇小说，他和米·格拉西莫夫都是在1937年牺牲的），还有希里亚耶夫、希姆克维奇。阿·瓦·卢那察尔斯基有时会来参加小组的集会。除此之外，还有雕塑家阿尔希片科、扎德坎，画家什捷连别尔格、列别杰夫、费德尔、拉里奥诺夫，贡恰罗娃。（达维德·彼得罗维奇·什捷连别尔格是一个政治侨民。我曾在巴黎郊区的默顿租了一个房间，什捷连别尔格就住在旁边。他过着穷苦日子，但我每天都看见他拿着画架，提着箱子——他是去画风景画的。这个十分朴实而又文静的人在最重要的时候曾被委以重任：卢那察尔斯基委托他组织造型艺术部。达维德·彼得罗维奇没欺侮和得罪过任何人。马雅可夫斯基曾在送给他的一本书上题道：“马雅可夫斯基谨以此书赠给亲爱的、不带引号的同志达维德·彼得罗维奇·什捷连别尔格。”什捷连别尔格只有一桩过失：他是一个优秀的画家并喜爱写生画，但

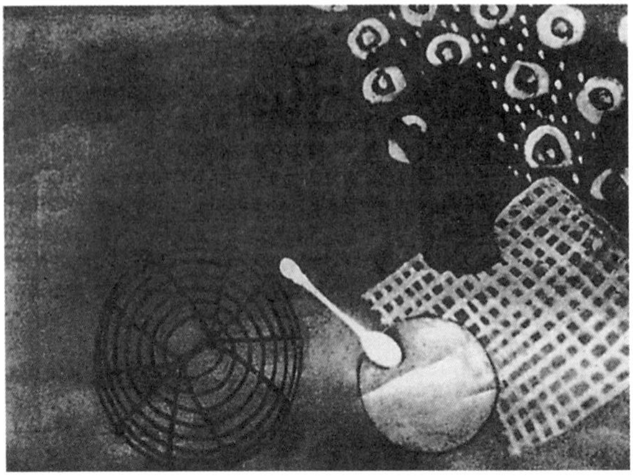

左：1920 年，达 · 什捷连别尔格的写生
右：奥斯卡尔 · 列辛斯基

在 30 年代他却被认为是“未来派”。记得一位批评家曾写过一篇论文，他对什捷连别尔格挑选一条鲱鱼作为一幅静物画的题材感到愤慨，批评家认为这有诬蔑现代精神之意……达维德 · 彼得罗维奇于 1948 年去世，1960 年人们为他的作品举办了一个小型展览会——所有的人都看到了，他是一个抒情的、细腻的、真正的写生画家。但在我的记忆里，他却依然是默顿的那个腼腆而可怜的青年：向往革命，饥饿，写生画……）

我已开始研究艺术了，我谈论的不仅是“自由诗”，而且也谈“野兽派”（这是人们给马蒂斯、马尔凯、鲁奥的称号）的画或马约尔的雕塑纪念像。

我到康 · 德 · 巴尔蒙特那里去过几次，往后我要谈到他。我还要谈到那些久居巴黎的作家——阿 · 尼 · 托尔斯泰、马 · 亚 · 沃洛申。现在我只谈谈费 · 库 · 索洛古勃来到巴黎时的情形。在一个文学晚会上，索洛古勃向与会者（主要是大学生）大谈杜尔西内娅（《堂吉诃德》的女主人公）不同于阿尔东沙（杜尔西内娅的原名）。与其说他像一个诗人，不如说像一个中学校长。有时他的眼里闪动着愉快的微笑。我明白，站在我面前的是《小鬼》的作者。但他是从哪里得到音乐、得到那些朴素的但能刺痛人心的词汇，以及那些使他与魏尔兰近似的歌曲的呢？他朗读诗歌时声调很独特——就像在把词汇分类放进一个大匣子的格子里去：

敌方军官的
一匹马
正踩在他心窝上，
他心窝上……

我最后一次见到他是1920年在莫斯科出版界之家。有些发言者说，个人主义已经过时了。费奥多尔·库兹米奇频频点头——显然表示同意。在结语中他只补充了一点：集体是由个人组成的，而不是由零构成的，因为零加零还是零，不会得出一个集体。索洛古勃在巴黎时曾亲切地接待过我一次，他倾听我朗读自己的诗作，谈到音乐、秘密，并重又谈起了杜尔西内娅。但我当时所写的却并非杜尔西内娅，而是拾破烂的人、巴黎街道的肮脏和恶臭。在这次访问之后我写了几行诗：

……我读着书，天就亮了，在清晰的光线中
奇怪地看到在旁边的墙上
（画像上）那已是活的索洛古勃——
一个蓄着胡子、戴夹鼻眼镜的中年人……

我曾和奥斯卡尔·列辛斯基共同出版文学艺术杂志《赫利俄斯》。但我们不久就破产了。后来，诗人瓦利亚·涅米罗夫从罗斯托夫来了，他很有钱。他贪图安逸、目光如豆，说他喜欢瑞士的一个小地方（不记得是什么地方了），那里永远可以不必用手遮住火柴而在街上点着香烟。我们出了两期诗刊《傍晚》，我得以发表了几首赞美日益临近的暴风雨的诗。

这时我已不能经常收到家中的汇款，我的日子过得又乱又糟。埃米利奥·塞伦尼告诉我，他的俄国出生的亡妻曾说：“爱伦堡年轻的时候盖着报纸睡觉。”在第一村路我租的那间小工作室里，除了一张床和一条褥子之外，我就再没有别的家具了。连炉子都没有。一次，一个瑞典画家把窗上的玻璃敲碎了：他跳了出去。我在一条薄被和一件破大衣上盖了几张报纸。我一早就钻进咖啡馆去，在那儿看书、写诗，一直坐到晚上，咖啡馆里很暖和。每当我从餐厅旁

费·索洛古勃

走过，美味佳肴的香气使我垂涎欲滴：我经常一连三四天不吃一点东西。而当从莫斯科汇来支票的时候，我就很快同我那些也在挨饿的朋友们把钱吃得一干二净。

我还记得战前不久的一个绝妙的夜晚。从俄国寄来的挂号信总是傍晚才到，钱是用一张“里昂信贷公司”的支票汇来的。我为某刊物翻译了亨利·德·雷尼耶的一篇短篇小说。我得了10卢布的稿费。银行已经关门。但我急不可耐地想吃东西。我和朋友们走进了蒙帕纳斯火车站对面的一家名叫“马车夫的会见”的小饭馆：它昼夜营业。我邀了两个朋友同去。菜单是用粉笔写在一块黑板上的，我们把所有的菜都尝遍了——因为必须一直坐到天亮，我才能到银行去把钱取出来（我的朋友们就像人质那样坐在饭馆里）。我们早已吃罢晚饭，打了一会儿盹，吃了早点，又吃了正餐。到了早晨六点，我们重新开始吃早点，因为我们认为新的一天已经来到。这真是妙不可言的一夜！

我翻译了大量作品，不过都是诗，而诗是很少有发表机会的。我既译当代法国诗人的作品，也译13世纪的短篇叙事诗、弗朗索瓦·维永的叙事诗、龙萨的十四行诗、欧比涅的咒语；我学会了读西班牙文作品，译过“罗曼采洛”的一些片段，以及伊塔的东正教大司祭、豪尔赫·曼里克、圣徒胡安和克维多等人的作品。这是一种癖好，而不是一种职业。

我当了一个游览向导。帕宁娜伯爵夫人（也许像一位读者所说，是博布林斯卡娅伯爵夫人）组织了一个乡村小学教师的出国游览团，由于旅费不贵而使那些正如当时所说的在“穷乡僻壤”工作的小学教师得以观赏意大利或法国的风光。那个夏季我曾因担任小学教师们游览凡尔赛的向导而挣了一笔外快。干这份差事必须准确地知道几百个雕塑家或画家、巨幅的战争油画的作者们的名字，必须记得神话故事，解释各种各样的喷泉的寓意。一般说来，这并不难。最难的还是伺候这一帮初次出国的乌合之众。有些女人总想跑到时装店去看衣服。在男人当中也可以碰到一些想找妓女、搜购春宫画的角色。

就算在地下铁道入口处数了人数，在出口处再查一遍时，往往要少一两个。一个来自科别利亚基的教师求我夜里把他锁在旅馆里：他结识了一个法国女人，如果他再见她一次，那他就回不去家了，但他却是一个有妻儿老小有职业的人。我把他锁了起来。

我也为单个的游览者效劳，这是非常讨厌的事：几乎所有的人都曾要求我晚上带他们去找妓女。我拒绝了，他们就骂我是傻瓜、伪君子，甚至还骂我是暗探，克扣我的酬金。我还记得一个商人，他在里加开了一个医药器材商店。我和他谈价钱的时候，他轻蔑地问我是否熟悉所有的建筑样式。他掏出一个梳着高发髻的女人的小相片，用指头弹了它一下："长得不坏吧？"原来这个女人是他的未婚妻，她在里加有一幢出租的房子，同时她又热爱艺术，知道所有的建筑样式，经常嘲笑不学无术的未婚夫。他答应每天给我 5 法郎，我就当了他的向导。但是医药器材商店的老板却使我苦恼不堪。在一所 19 世纪末盖的普通房子旁边，他问道："这是什么样式？"起初我老老实实回答说："什么都不是。"可是他生气了，说维也纳的向导拿的钱比我少，却知道所有的建筑样式。我怕失去那 5 法郎，就瞎编起来："巴洛克式……帝国式……纯粹的哥特式……"他把我的话全都记在一个小本子上。在餐厅里我得为他翻译菜单，他久久地考虑什么菜好吃，订了菜之后，再为我挑一种最便宜的：马铃薯或通心粉。

我年复一年地流浪在巴黎街头，衣衫褴褛，饥肠辘辘，从南郊跑到北郊，一面走一面颤动着嘴唇——我在作诗。我觉得我是偶然变成诗人的，这是由于我遇到了年轻的姑娘丽莎，她日后成了一个女诗人，"谢拉皮翁姊妹"（由"谢拉皮翁兄弟"一词变来，这是 1921 年在彼得格勒成立的一个文学团体）——波隆斯卡娅。起初看上去确是如此，但日后看来却并无任何偶然之处——诗变成了我的生命。

1916 年，莫斯科一家机构出版了我的诗集《前夜集》。这本书被书报检察机关弄得丑陋不堪——几乎每一页都有用删节点代替的诗行。这是我用自己的声音写成的第一本书。我对战争做了这样的描写：

枕头上方挂了一幅图画，

吊着一名凶恶的士兵，
这是为了让一个孩子高兴，
让他一大早起来，
看到洗脸池里的水不会哭泣。
那哥萨克正在狞笑，
头戴一顶羊皮高帽。
哥萨克用自己的长矛
袭击另一个外国士兵。
殷红的颜料淌了一地……

我描写处决普加乔夫：

你被折断的双臂将发芽滋长，发芽滋长，
能燃烧的牧草将覆盖大地……

我还描写了自己和被称为“暴风雨般的前夜”的1916年。

勃留索夫曾在《俄罗斯新闻》上谈到这本书：“……显然，诗对于伊利亚·爱伦堡不是一种游戏，当然也不是一种手艺，而是一桩毕生的事业……因此，爱伦堡就没有那些用很久以来被认定为‘富于诗意的’题材写成的流畅的诗作，没有陈腐的公认的诗歌形象，也没有如今已轻而易举地成为一种被广泛采用的作诗法所推崇的那种矫揉造作的美和廉价的技巧（说得更准确些，所有这一切在爱伦堡最初的几本书里都能见到，但渐渐地他已能战胜表面上的成功的诱惑）……爱伦堡全部创作的主要缺点在于他对理论的屈从。他很少直接献身艺术，他常常由于自己对诗歌的理解而破坏灵感。在有意识地回避公式化的美的同时，爱伦堡却又陷入了一个相反的极端，因而他的诗便缺乏嘹亮的声响和铿锵的音韵，由于诗人宁弃韵脚而采用很不相同的半谐音，也使它们毫无夸张……爱伦堡最注意现代文化顶峰的脓疮。把隐藏在现代欧洲的精美纤巧的光辉之下的一切卑鄙而下贱的东西都挖掘出来——这就是年轻诗人（自觉或不自觉地）给自己提出的任务。同时他又以一个割开恶性脓疮的外科医生的果断，在自己并不动听的诗中，也揭露了自己心灵中的那些并非每一个人都能下决心承认的隐秘的激情，以及掩蔽在我们的温文尔雅和文化修养的表面光彩之下的一切可鄙可耻的东西。”

我得到了勃留索夫在那个时期写给我的一封信的副本。勃留索夫在谈到他已给报刊寄去了一篇评论的时候补充道：“……我真诚地喜欢您，即作为一个诗人的您，因为对于作为一个人的您我还不了解。但这并不是说我喜欢您的诗。正好相反。我说这句话时就像我说我喜欢作为诗人的您时那样坦率……我的结论也就是那适用于一切‘出类拔萃的人物’，即那些天生的诗人的结论：‘努力吧！’不经过努力不会产生普希金、歌德，甚至也不会产生魏尔兰〔因为未来的 pauvre Lelian（法语，意为“可怜的勒利安”）在他的前半生是非常努力、非常努力的〕，而您又不愿做一个次于魏尔兰的诗人，同时也不值得。类似保罗·福尔那样的 prince de poêtes（法语，意为“诗坛宗主”）的桂冠是决不会使您动心的！……我还有一个个人的请求：不要忽视诗的音乐性。您别去理会未来派。诗歌的全部实质就在于音响的结合……”信的末尾写了几句亲切的话：“我因此在数千里之外拥抱您……”

我给勃留索夫写了一封回信（这是在 1916 年夏天）：“您那亲切的来信使我深受感动。谢谢！一般说来，我是不会因对我的诗作的评论而飘飘然的，但您的教诲对我来说却特别珍贵。我全神贯注地拜读了您的大作和来信。我有千言万语想在回信中向您倾吐，但我却不会写信……我并没有使自己的诗歌屈从任何‘理论’，恰好相反，我是很缺乏自制力的。我的诗作的缺陷和拙劣都是我自己的。您认为是丑恶可憎的东西——我觉得是自己的真实的东西，这就是说，它既不美也不丑，只不过是应有的样子。

爱伦堡 1916 年的翻译作品之一

我写的诗之所以没有韵脚和‘诗格’，并非由于‘对诗歌的理解’是这样，而仅仅因为丰富的韵脚或古典主义的诗使我听起来感到难受……我并不倾心于抒情和写景的诗歌，我最感兴趣的是一般的、‘宏伟的’的事物，我总想揭示事物，表现出……其中的主要东西。在现代艺术中我之所以最喜欢立体主义，其故即在于此。你谈到了‘甜蜜悦耳的声音和祈祷’。然而并非一切甜蜜悦耳的声音都是祈祷，说得确切些，所有的祈祷都是向上帝诉说的，但并非所有的一切都是为了上帝……这也许很狭隘，但并不是因为我对诗歌的理解狭隘，而是因为我是一个狭隘的人。这就是我想对您说的最主要的观点。我们之间横隔着一堵墙——不仅仅只是几千俄里路程！……我把诗集命名为《前夜集》，除了一般的意义之外，拟定这样的名字还是我就个人的东西而言的。这仅仅是我的前夜……”

勃留索夫说我想割开社会的脓疮，这是对的。五年后我写了讽刺性长篇小说《胡利奥·胡列尼托及其门生历险记》。但我过去和现在都不能和诗分手。不错，我曾有很长一段时间没写过诗（从 1924 年到 1937 年），但是我一直像念咒似的反复吟咏着我喜爱的诗人们的作品，没有诗我一天也活不下去。我在《给成年人读的书》里曾说：“有时候我仍旧羡慕诗人。我们是勉强从泥塘里拔出脚来的。他们的步伐就像减速放映的影片在银幕上映现出来的跳跃——在空气中浮动着。我发现他们在朗读诗的时候两手总是痉挛地一伸一缩：这是一个游泳者的姿势。他们的人行道不比二层楼低。肉、欲望、深度对于我们来说都是逗点，但他们甚至不要句点也过得去。诗的节拍转变为时代的节拍，于是诗人们要理解未来的语言也就容易得多了。”这是 1936 年春的想法。不久西班牙内战爆发。我写论文、传单、简讯，甚至还写了一部中篇小说，但是又像从前一样，突然颤动着嘴唇做起诗来了——这并非因为我想预见未来，而是因为需要谈谈现在。

如今我觉得我过去的许多看法都是错误的、愚蠢的、可笑的。不过对于促使我开始写诗的原因，我现在觉得依然是正确的。当年一个 18 岁的青年就懂得了诗可以表达散文所不能表达的东西。一个如今正在写一本回忆录的老文人赞同这个看法。

14

巴黎就是一所学校

曾有一位批评家写道，在我的长篇小说《巴黎的陷落》里有很多人物，但是没有主人公。我认为长篇小说的主人公就是巴黎。这本书是我 50 岁的时候写成的。我已经不再是一个指责者，也不再是一个说教者了。我在给勃留索夫的信中谈到过的那种狭隘已随岁月逐渐消失——一个 50 岁的人的评价犹如一双已经穿得合脚的鞋子。

但在我成长的年代，我却难以评价巴黎。我既热烈地爱它，又同样热烈地恨它：

> 巴黎啊，我夜夜等着你，
> 你却像妓女的情夫一般光临……

我不再去听报告：巴黎就是一所学校，一所优秀然而严厉的学校。我常诅咒它——不是因为我的生活很苦，而是因为巴黎迫使我懂得了人生的一切艰辛。

在见过了平静的革命前的莫斯科、它那木制的小房子、马车夫、茶炊以及商人贪婪的梦想之后，巴黎似乎就应该用它的现代化、粗鲁和新发明而使我惊愕。当然，那里有许多汽车，它们吃力地驶过一条条狭窄的中世纪街道。报刊常把巴黎称作“不夜城”。宽阔的林荫道在夜间的确要比特维尔大街或铁匠桥明亮得多，但在屋子里还不常看到电灯，也许电灯还不如莫斯科多。我觉得“地带”（从前的城防工事旁边的长形地区）上的茅舍简直不像是真的。夜间我常在穆弗塔尔街上徘徊，又肥又大的耗子就在路面上跑来跑去。埃菲尔铁塔还在引起争论——那些认为它丑化了城市的莫泊桑的同时代人和志同道合者还在人世。年轻的艺术家却喜欢它。铁塔本身已到了待嫁少女的年龄，谁也没有料到它会有利于无线电和电视。电话机还很少，但气压传送装置却很发达。先前我从来也没见过这么多布满皱纹和斑点的浅灰色的古老房子！我还不知道，在巴黎，一座房子只要能保持三十到四十年的寿命，它就会获得古迹的外貌：我觉得所有的房子都是古色古香的，在我眼前展现的古代风貌很像一个新奇而陌生的世界。

我每走进一条黑的街道，就像走进了一座热带丛林。在莫斯科的时候，我望着克里姆林宫的大教堂，从来没有注意过它的美：它们在我的生活之外，无论是和“秘密接头处”还是和高尔基的海燕的翅膀都毫不相干。我在中学里曾勉强地死背过许多有封邑的公爵的名字，我以为这是一些和定理或拉丁文课程一样抽象的概念：“许多名字的结尾都是 is—masculini generis（拉丁文，意为“阳性”）。”但到了巴黎以后，以往就像是现在，甚至街道的名称都是神秘莫测的——“布兰什女王街”“捕鱼猫街”“德贝街”，卡佳住在“木剑街”。我常去马拉（1743—1793，法国大革命时期雅各宾派领袖之一）藏身过的一所房子。一群山羊挤进了汽车群中，牧羊人就在那里给一只倔强的山羊挤奶。

安纳托尔·法朗士的肖像，斯捷林绘

我常在塞纳河岸的街道上徜徉，在装着古书的箱子里翻寻。旧书商似乎比那些用皮革或羊皮纸做封面的多卷集还要古老。我有时在那里遇见一个上了年纪的人，他就像一个旧书商。他拿起一本书犹如一个园艺家拿起一架犁——既贪婪又很内行，这是安纳托尔·法朗士。（后来我就再也没有见到过他。我在1924年参加了他的葬礼，为这位年老的伊壁鸠鲁主义者、共产党员送殡的既有参议员也有工人，既有院士也有少年。1946年，安纳托尔·法朗士的孙子引导我参观了位于图尔附近利亚·巴舍里耶尔街的作家故居——我发现这位伊壁鸠鲁主义者既不是一个藏书家，也不是一个唯美主义者，而是一个有血有肉的人：堆满屋子的不是收藏品，而是人生的岁月、游历、热情、会见所留下来的残迹。书架上大概也摆着安纳托尔·法朗士在塞纳河岸的街道上当着我的面购买的那些书。）

有一次，我在一堆古代的赞美诗集和田园诗意作品中发现了一部巴拉滕斯基的《埃达》。内封上写着“赠给我们伟大的普希金的翻译者普罗斯珀·梅里美。叶夫根尼·巴拉滕斯基”。我花了6个苏[1]把书买下，然后就立刻开始阅读。塞纳河忧郁地泛着微波，一只喂得肥肥的猫儿睡在一艘驳船上。对面是一处停尸室，每天早晨都有一些酒足饭饱的巴黎人前去辨认自杀者的尸体。笼罩在紫青色晨雾中的巴黎圣母院宛如一座石头的小树林。巴拉滕斯基写道：

一个外地人满腹狐疑：
躺在他面前的莫不是
古代世界阴森森的废墟？

顺便说说，废墟有时候寿命很长：雅典的卫城不仅在精神上，而且在物质上也比25个世纪以来拼命破坏过它的各种人的住宅寿命更长。

在巴黎，往昔和现在是融为一体的。这是一座奇妙的城市——它不是按照计划兴建起来的，而是像树林那样生长起来的。一所供不幸者栖身的应急房子的一面墙壁，尽管已被淫秽下流的题词、爱情的自白和竞选时的咒骂弄得肮脏不堪，但依然有充分的权利享受过路人的尊敬和国家的庇护。

我很难分辨何处是昨日，何处是明天：巴黎有自己的日历。饶勒斯在谈到社会革命的时候援引古代的神话，他高喊着，做着手势，就像扮演俄狄浦斯王的穆内-絮利。我常在教堂里看见大学生——医学院学生、物理系学

[1] 苏，法国大革命前的货币单位，是辅币，1834年起逐步退出流通领域。

夏尔·贝玑

生——他们用圣水弄湿前额，听到钟声便一齐跪下。诗人夏尔·贝玑写了一首关于贞德的诗便被认为是一个天主教徒。我喜欢他的诗：他能把一件事重复一百次，同时每一次都和前一次不同，他的节奏犹如一头猎犬的奔跑，这头猎犬也朝它主人奔赴的地点跑去，但总是绕着圈子跑。我曾在《半月丛刊》编辑部里和他谈过一次话。我以为他要谈宗教、柏格森、救世主降灵说，不料他却谈起俄国来了："我对贵国的作家了解不多。俄国人也许会首先推翻金钱的权力……"

我读了索朗索瓦·维永的诗。他生活在15世纪，当过小偷和强盗：

我即将渴死在溪畔。
我含泪微笑，游戏般劳动。
不论我走到哪里，到处都是我家。
异乡对于我就是我故乡。
我无所不知，我一无所知。

以前，我译过马拉梅的诗，他曾被认为是新诗歌的创始者之一。我明白，索朗索瓦·维永对我来说要比《牧神的午休》的作者亲切得多。我曾将《红与黑》一读再读。难以想象这部长篇小说已经80岁了。我周围的人都说，揭示现代生活的作家是安德烈·纪德。我很不容易才弄到了他的长篇小说《窄门》。我觉得这是一本在18世纪写成的书，由于我想到它的作者还活着——我在"老鸽子"剧院见过他，就不禁笑了。

一切都仿佛是不可预料的，而一切又都是可能的。一天，正当我在克利什广场上漫步、作诗的当儿，广场上突然挤满了人。人们喊叫着，他们想突破警察们的散兵线冲到西班牙大使馆去：抗议处死无政府主义者费雷罗。枪声响了，立刻筑起了街垒；公共马车被掀翻了，路灯被推倒了。炽热的瓦斯像泉水一样喷射出来。我不大清楚费雷罗是何许人，以及他为什么被判处死刑，但我却和大家一同喊叫。这似乎就是革命。几小时以后，人们重又在克利什广场上神色自若地喝起咖啡或啤酒来了。

巴黎在当时有“世界首都”之称，它的确拥有许许多多不同的国家的代表人物。戴缠头的印度人揭露英国的自由主义者的虚伪。马其顿人经常举行喧闹的群众大会。中国的大学生庆祝民国成立。出版的报纸有波兰文的和葡萄牙文的，有芬兰文的和阿拉伯文的，有犹太文的和捷克文的。巴黎人为斯特拉文斯基（1882—1971，俄罗斯作曲家、指挥家）的《春之祭》鼓掌，为意大利的未来派马里内蒂鼓掌，也为上演邓南遮（1863—1938，意大利作家）的神秘剧的伊达·鲁宾施泰因鼓掌。“世界首都”同时又是一个边远的省份。巴黎分为许多区，每一区都有一条开设着商店、小剧院和舞厅的主要街道。所有的人都彼此相识，在街道上聊天，说面包铺老板娘的坏话，议论机械师雅克的情妇，说红头发让的老婆给让戴了一顶绿帽子。

你爱怎么打扮就可以怎么打扮，爱干什么就可以干什么。艺术学院的学生每年春天举行舞会：裸体的大学生和女模特儿在大街上昂首阔步地游行，最害臊的人穿着小裤衩。有一天，一个西班牙画家在“洛东达”咖啡馆旁边脱得一丝不挂，一名警察懒洋洋地问他：“老头儿，你不冷吗？……”一年举行两次狂欢节——一次在谢肉节，一次在大斋期中间。载着穿化妆服的人们的大型马车在街上驶过；人们戴着荒谬可笑的假面具，往遇到的人的脸上扔彩纸屑；还把得过锦标的白犍牛也拉了出来，餐厅里贴出广告：“明天我们尊敬的顾客将能尝到用获奖者的肉烧制的煎牛排。”在栗子树或法国梧桐下，所有的椅子都坐满了情侣，全神贯注地接吻，没有任何人打扰他们。有一次，奥库洛夫在十二杯白兰地下肚以后，爬到一辆轿式马车顶上，开始向行人解释说，所有的政府部长很快就要被吊死在路灯上。有些人听他讲，但是，当然谁也不会相信。我不仅没有护照，就连身份证也没有。有一次，银行职员要看我的证件，我就到省政府去了，他们叫我找两个法国人作保。我急于取钱，就找了我常去买面包的那家面包铺的老板和一个一早就坐在咖啡馆里喝朗姆酒、同我有一面之交的画家和我同去。不用说，他们对我是毫不了解的，但他们同意签字作证。一个官员发给我一份证件，上面堂而皇之地写着某事有某人作证云云的官样文章。这不仅足以应付银行职员，就是应付经常缉拿盗匪的警察也绰绰有余了。咖啡馆里唱着讽刺歌：共和国的总统是一个戴绿帽子的，司法部长手脚不干净，国民教育部长正在追几个小姑娘，给她们写的情书文理不通。居斯塔夫・爱尔威（1871—1944，法国社会党左翼领导人之一）在《社会战争报》上号召消灭资产阶级；歌唱家蒙泰居斯赞美十七团的士兵，因为他们拒绝向示威群众开枪。每天早晨五点钟，一捆捆报纸就送到了小店铺里，报纸都放得很整齐，街道上也放着报纸，行人把铜币放在一个小盘子里就可以拿一份。各种类型的报纸不下二十种之多。新闻记者互相诬蔑，事后他们又在克鲁阿桑街上的一家咖啡馆里见面，举杯共饮开胃酒。

人们到咖啡馆去是为了同熟人见面，谈谈政治、聊聊天、搬弄一阵是非。各行各业的人都有自己的咖啡馆：律师、牲口贩、艺术家、马夫、演员、珠宝商、诉讼代理人、参议员、靠妓女生活的人、作家、毛皮匠。对于饶勒斯的拥护者常去的咖啡馆，盖得（1845—1922，法国工人党创始人之一）的拥护者是不屑一顾的。还有一些象棋手聚集的咖啡馆，拉斯克和卡帕布兰卡曾在那里下过几盘具有历史意义的象棋。

我常去“克洛赛利・德・利里亚”咖啡馆——俄文的意思是“丁香田庄”。那里根本没有什么丁香，不过可以叫一杯咖啡，要几张纸，写上五六个钟头（纸张免费供应）。法国作家（主要是诗人）每星期二都去“丁香田庄”。他们争论着雷纳・纪尔发明的“科学诗”的利弊，赞扬圣保罗・鲁的幻想，咒骂《法兰西水星》杂志的出版者。有一次举行选举：保罗・福尔登上了“诗歌之王”的宝座，他黑色头发，长得很漂亮，写过几千首半愉快、半忧伤的叙事诗。

或许有人认为，在巴黎所有的人都两脚朝天走路，但巴黎人却过着一种世代相传的秩序井然的生活。每逢一个人租到一所住宅，守门的女人都要问，新房客有没有镶着镜面的衣橱。床和桌椅是无法查封的。要是不按期缴纳房租，镶着镜面的衣橱就要被查封。出殡的时候男人在前，女人随后。坟地就像一座城市的模型：那里有自己的街道。富人的坟上写有“恒产”的字样，这不是讽刺——穷人的坟过了二十年就要被挖掉。葬礼结束后，所有的人都

“克洛赛利·德·利里亚”咖啡馆当时的照片

要到坟地附近的一家小饭店里去喝白葡萄酒，吃一点干酪。人们晚上不喝咖啡，而喝各种各样的浸液——菩提花浸液，甘菊浸液，薄荷浸液，马鞭草浸液。情侣们兴致勃勃地讨论着哪一种浸液最有益健康：他要喝利尿的，而她要喝帮助消化的。老太婆们坐在街上的长凳上做针线活。住宅的房门在晚上十点钟上锁：每当房客揿铃，睡意蒙眬的守门女人把一根细绳一拉，门就开了，叫门时得高声通报自己的名字，以免生人潜入；外出的时候就高声把守门女人喊醒：“劳驾，绳子！”钓鱼的人坐在塞纳河畔枉费心机地等待想象中的鱼上钩。报纸有时报道，翌日凌晨有一名死刑犯将被斩首。爱看热闹的人麇集在狱门附近看刽子手、看死刑犯，事后还要看被砍下的人头。

我读过雷翁·布鲁阿的作品。他自称是天主教徒，但憎恨有钱的伪君子和头戴法冠的伪善者。他的作品是那种应该在地狱里出版以推翻天堂的宣言。我也读蒙田和兰波、陀思妥耶夫斯基和纪尧姆·阿波利奈尔的作品。我时而盼望革命，时而盼望世界的末日。但什么都没有发生。（后来人们肯定地说，不曾在战前生活过的人，都没领略过生活的甜蜜。我可没尝到什么甜蜜。）我问法国人，今后到底会发生什么事，他们回答说——有的怀着满意的神情，有的叹了一口气——法国经历过四次革命，它已经有免疫力了。

艺术日益使我倾心。诗不仅代替了煎牛排，也代替了《没有意思的故事》的主人公和契诃夫一同苦恼过的那种“总的思想”。不，苦恼依然存在：我在艺术中寻找的不是慰藉，而是非常激烈的情感。我和艺术家们交朋友，开始参观展览会。诗人们和艺术家们每月都要宣读各种各样的艺术宣言，推翻一切事和一切人，但一切事和一切人却依然如故。

我们儿时常玩这种游戏：不准说“是”和“不是”，不准说“白的”和“黑的”；谁要是说了不准说的字眼，他就要挨罚。我有时候觉得，巴黎正是在玩这种游戏。如今我认为，把巴黎时而痛骂一顿，时而赞扬一番，可能是不公正的。年轻人有一种要求严格、不肯安静的天性。莱蒙托夫写道：“而不安定的他却在寻找风暴，仿佛在风暴中才有安宁！”当时他才 18 岁。谁知道，如果我在斯摩棱斯克，是否也会感到同样的不安呢？这可能会迟个两三年，也可能不会是如此尖锐的形式……至于不准说“是”和“不是”的游戏，那它与艺术的天性有关。而在巴黎是不可能不碰到艺术的……

巴黎教会了我许多东西，它推开了我的世界的墙壁。人们常把这个城市说成寻欢作乐之地。我以为，巴黎善于苦笑——它的房舍如此，它的诗人如此，它的姑娘们的眼睛也是如此。这种善于在苦中作乐、在乐中痛苦的才能有时给它安上一对翅膀，有时又把它的翅膀剪了下来。但是，当我写到此后数十年间所发生的一些重大事件的时候，我还要不止一次地谈到这个问题，那时候我就不会得出这样的结论了。

巴黎教育过我、丰富了我的知识和阅历，使我穷困，使我自立，又打倒了我。所有这一切都是理所当然的：每当一个人有所得的时候，他同时也必有所失——你往前走，就得同昨天还是你生活中的那些欢乐与不幸诀别。

15

结识诗人巴尔蒙特

我没有拜倒在巴尔蒙特足下的福气。在我开始写诗的时候，他的作品对于我是一种启示。我曾希望见到那个写下了“我来到这个世上，为了看看太阳”的人。两年以后，我认识了巴尔蒙特；那时候我已经觉得他的诗里有许多东西是可笑的了——我非常崇拜勃洛克，读安年斯基、索洛古勃、古米廖夫、曼德尔施塔姆的作品。巴尔蒙特准时看见了太阳，而我看到巴尔蒙特的时间却迟了。

我是在1911年认识巴尔蒙特的，当时他44岁。我知道他住在巴黎，不用说，我把我的第一部作品给他寄去了。巴尔蒙特是一个富有感情的人，他的一生充满了许多偶然的事件，有时候是戏剧性的事件。譬如，他曾两次沦为侨民，如果采用一般的称呼，第一次他是红色侨民，第二次则是白色侨民。在1905年的革命失败后，巴尔蒙特被血腥的镇压、马鞭的呼啸和绞刑架激怒了。他在国外出版了《复仇者的歌》——这是一本拥有极为高尚的感情和非常拙劣的诗句的书。他把尼古拉二世称为“血腥的刽子手”。

1905年，巴尔蒙特画像，
费·谢廖夫绘

尽管作品非常拙劣，沙皇依然动了圣怒，于是巴尔蒙特就不得不侨居国外了。直到1913年，康斯坦丁公爵（一个署名K. P. 的平庸的诗人）才呈请尼古拉特赦巴尔蒙特。

巴尔蒙特住在帕西街（后来这个地区成了白俄的定居处）。他的住处常有客人来访——其中有定居巴黎的俄国人，有从俄国来的人，有法国人。他邀我前去。那天晚上我是唯一的客人。巴尔蒙特的妻子是一个身材修长的漂亮女人，她热情地招待我，使我顿时摆脱了拘束，忘掉了我面前是一个出名的诗人。我向来不到别人家里去做客，经常待在咖啡馆里或画家们没有炉火的、肮脏的工作室里，而现在我却置身于一个温暖而明亮的俄国人的家里了。主人请我喝茶，巴尔蒙特的小女儿尼宁卡在淘气。一切都那么奇妙而家常。只有主人的外貌例外：巴尔蒙特是很特别的。

要叫巴黎人感到惊奇是不大容易的，但是我却不止一次看见，当巴尔蒙特走过圣日耳曼林荫道的时候，行人频频向他投去目光。1918年在莫斯科，人们提着小篮子愁眉苦脸地在街上奔走，有些人拉着雪橇，又冷又饿，但是行人依然感到惊讶：在马路中央有一个火红色头发的怪人正在昂首阔步地走着，向灰蒙蒙的天空仰起他的头颅。

巴尔蒙特在年轻的时候曾想自杀——他从窗口跳了下去。他摔伤了一条腿，于是一辈子都有点儿瘸。他走得很快，就像一只习惯了飞翔而不习惯行走的鸟儿在跳跃。

他的脸色有时非常苍白，有时又作青铜色，绿色的眼睛，火红色的胡须，火红色的头发，一绺绺卷发披散在背上。在我经常接待的那些前来巴黎观光的人们之中有一位神甫：他一发现有人在看到他的时候发笑，就害臊地把自己的头发用发簪别住，藏在帽子里。而巴尔蒙特却以他的卷发为豪。他宛如一只偶然飞到异域的热带的鸟儿。

他客客气气地请我朗读我的诗作，不住地说"很好……很好……"——大概是想鼓励一个年轻的作者。后来他站了起来，开始读自己的作品。他的诗没有给我留下什么印象——他的诗才已开始衰退——但是那有鼓舞力的、高傲的声音却使我颇为惊奇：他读诗的时候就像一个萨满教的巫师，这种巫师知道，他的话如果在恶魔身上不发生效力，在可怜的游牧人身上也总会发挥效力的。他会说许多种语言，但说任何一种语言都带一种口音——不是俄罗斯口音，而是巴尔蒙特的口音。“H”这个音他发得尤其独特——不知道是法语还是波兰语。他的诗里有许多带有长“H”的韵脚——“神圣的”“鼓舞人心的”“卑鄙的”——他在读到这些字的时候声音拖得很长，显然颇为得意。

他有时叫我上他那里去，我在他家里见到过莫斯科一些以学术和文艺的庇护者自居的财主、法国的翻译家、他的狂热崇拜者。

青年诗人马克·塔洛夫从敖德萨来到了巴黎，他说他是被迫离开祖国的，他在那里有一个未婚妻。他过着穷苦的生活，他朗读了自己的诗作：

> 我在此尝到了孤独的全部苦楚，
> 我的苦难在这儿开始。
> 我既无名字，又无祖国，
> 既无故乡，又无幸福和家庭。

每当他一再地对我们说，未婚妻等着他回去的时候，我们就暗自发笑。（他在十年后回到敖德萨，未婚妻果真等着他。）塔洛夫渴望向巴尔蒙特朗读自己的诗作。我把他带去了，但是他窘得不知所措，竟把一只通红的炉子当成椅子坐了下去。大家哄堂大笑，而巴尔蒙特却已经夸奖起他还没有听到的诗作来了。

巴尔蒙特时而沉默不语、心不在焉地东张西望，时而兴致勃勃地大谈埃及、墨西哥、西班牙。所有的国家都被他描述得十分神奇。他仿佛走遍了全世界，但是他所看到的却只有一个国家，这个国家是地图上所没有的，我把它称作巴尔蒙特王国。

关于他，契诃夫曾写道：“他说起话来很动听，很有表情，但只限于他喝醉酒的时候。”我常在咖啡馆里遇见巴尔蒙特。两三杯白兰地一下肚，他果然变成了一个出色的说故事的能手。我看到的有时是牛津的那些供给膳食的小旅馆的古板的老板娘，有时是爪哇的魔术师，有时是醉心于巫术的瓦列里·雅科夫列维奇·勃留索夫。当谈话涉及黑色的时候，巴尔蒙特总要重复一句古老的格鲁吉亚咒语。阻止巴尔蒙特是办不到的。他常向自己的女伴喊叫："我想逃到黑夜里去！叶连娜，你别反对！"他的性格里有一种既庄严又可怜、既高傲又稚气的东西。

人们常把他和魏尔兰相比：酒精，音乐，天真。但是巴尔蒙特和"可怜的勒利安"不同，他是一个受过高等教育的人，他读了许多书。他翻译各个时代、各个国家的诗歌：雪莱和卡尔德隆，卢斯塔维里和惠特曼，莱奥帕尔迪和斯洛伐茨基，布莱克和海涅，爱伦·坡和王尔德。埃及的古歌和保罗·福尔的诗经过巴尔蒙特的翻译变成了同样的情调。他在情诗里所赞美的是自己的感情，不是接受他的诗作的女人，他在翻译别人的诗作时所陶醉的也是自己的声音。

他喜爱雄伟的东西：山巅，深渊，海洋。画家布拉克曾说，要善于用直尺去丈量灵感。巴尔蒙特大概会认为这话是一种市侩习气——他是靠批发为生的。他写起诗来就和女速记员那么快。他总是把同一本书献给一连串的人：从"我的幻想的兄弟，诗人和术士，瓦列里·勃留索夫"到"具有一颗像林中的小溪那样自由而清澈的心灵的柳夏·萨维茨卡娅"。《我们将同太阳一样》一书中的情诗就是如此，一首接着一首，每首都有名有姓地注明献给某人："献给贝拉""献给奈蒂小姐""献给马辛格""献给克莱茨伯爵夫人""献给乌鲁索娃郡主""献给 H……""献给 P……""献给一个西班牙妓女""献给玛丽亚·芬""献给米特凯维奇""献给达格尼·克利斯坚逊""献给柳夏"……

在 1917 至 1918 年间，我在莫斯科见过他几次。他依然相信自己。革命的坚决性把他惹恼了：他不愿意让历史干预他的生活。他不止一次地深深陷入情网，然后又冷淡下来，他把这都写进了诗里。他以为时代也能像这样轻而易举地抛开："这个夏天我不再把俄罗斯喜爱……"有一次我向他朗读了我的几首关于处死普加乔夫、关于报复的诗。巴尔蒙特起初不满意地皱着眉头，后来在我的笔记本上写道：

我听到过野蛮的语言，
听到过祈祷时的喊叫和嘈杂的合唱。
但我不想给你警告。

你想破坏吗？斜面的力量真美妙。
你去做野蛮人吧。一旦遍地大火
只有野蛮人才年轻无畏，
只有老年人才不正确。

下面写的日期是：1917 年 12 月 28 日。三四年后，他就到巴黎去了，在那里他断定只有自己是正确的。他的那些诅咒革命的政治诗就像《复仇者之歌》一样软弱无力。他再度成为一个侨民，但不是短短的几年，而是一直到死都是侨民。他过着穷苦的生活，狂饮症发作得益发频繁了。

1934 年我在蒙帕纳斯林荫道上遇见过他。他独自一人走着，老态龙钟，穿一件破旧的外衣。他和先前一样披散着满头长发，但头发已经不是火红色，而是白色的了。他认出了我，向我问好。“我听说您在俄国……”我回答说，我不久以前才从莫斯科来。他活跃起来：“请问，那里还有人记得我，还有人读我的诗吗？”我不禁可怜起他来，撒谎说：“当然记得。”他微微一笑，然后昂首阔步地向前走去，这个可怜的、被贬黜了的帝王。

苏联大百科全书为这位“颓废派诗人”写了二十行——和写别内迪克托夫的行数相等，但是肯定了后者若干优点，对巴尔蒙特却没有作任何肯定。年轻的苏联读者未必知道世上曾经有过这么一个诗人，但在 20 世纪初却没有一个大学生不知道他，即使不熟悉他的诗作，至少也知道他的名气。沃伦斯基在 1902 年写道：“虽然附带这种或那种保留条件，巴尔蒙特还是受到了普遍的赞扬。尽管颓废派的诗歌在俄国并不流行，公众却依然从他的诗的音乐中捕捉并重复那柔和而轻盈的音响。”对于象征派来说，他是一个导师，一个巨匠：勃洛克和安德烈·别雷在中学时代读他的作品时就手不释卷。勃留索夫在总结巴尔蒙特的成败时说：“巴尔蒙特向我们揭示了抒情诗能多么深刻地揭示人类心灵的秘密。”就连和象征派毫无关系的作家也对巴尔蒙特的诗做了很高的评价，例如布宁。和巴尔蒙特的那些锋芒毕露的、有时华美壮丽、有时又矫揉造作的诗歌最为格格不入的，恐怕莫过于契诃夫了，但是契诃夫却在给这位“颓废派诗人”的一封信中写道：“您可知道，我喜爱您的天才，您的每一本书都给了我不少喜悦和激动。也许，这是因为我是一个保守派。”高尔基曾给予巴尔蒙特热烈的评价，并建议杂志的编辑发表他的诗作。我还记得，阿·瓦·卢那察尔斯基曾满怀赞赏地朗读巴尔蒙特的诗。人们写了上百篇文章来评述巴尔蒙特，他的作品每年都要再版。他举办讲座的时候很难弄到门票。只要诗人在剧院里，甚至在街上一露面，就立刻被发了狂的崇拜者团团围住。难道所有这一切都是一种变态心理和自我欺骗，难道高尔基或勃留索夫之所以赞扬巴尔蒙特的天才，是因为俄国的读者们赞同大百科全书的条文所说的他那“逃避现实的意图”和他对“野蛮行为”的狂热？

我之所以想到别内迪克托夫，不仅是因为他名气很大而又很快被大家遗忘。可以说，从巴尔蒙特的那些失败的作品来看，他和别内迪克托夫是相似的——大喊大叫，趣味低劣。例如，巴尔蒙特竟能写出这样的诗句：

> 我要做个粗鲁的人，我要做个勇敢的人，
> ……
> 我要扒下你的衣服！……

（马·亚·沃洛申曾肯定地说，有一个助产妇给他寄了一首《答巴尔蒙特》的诗，其中有这样几句：

> 我要做坚强的女人，
> 我要做高傲的女人，
> 我不让男人近身！……）

自然，巴尔蒙特写了许多坏诗。他的创作非常丰富，他的全部作品都出版过。但是从他的30本书里是可以选编出一本好书来的——他毕竟不是别内迪克托夫。谁又喜欢别内迪克托夫呢？只有那些不挑剔的市长夫人。但巴尔蒙特在俄国的诗歌中却改变了许多东西，只要把他的这样一些诗篇重复一遍即可得到证实：“我是俄国的迟钝的语言的精髓……”或“在俄国的大自然中有一种慵倦的柔情……”命运待他极不公道：他曾得到人们的称赞，但日

后人们却又因他称赞的东西而报复他。他断言自己是一个叛逆，是现代精神的表现者，巴尔蒙特不仅是一个自我中心主义者，还是一个令人震惊的旧时代的残余。他和 20 世纪一同登上文坛。当街道上已有汽车来往奔驰，工厂的厂房已巍然矗立，大规模的社会斗争已在进行的时候，巴尔蒙特却依然是一个 14 世纪的抒情诗人，他穿的那件时髦的外衣是可笑的。

当未来派闯进了文学晚会并开始攻击年迈的巴尔蒙特的时候，他便昂首朗读了他的一首旧作：

悄悄地、悄悄地扒下古代偶像的衣衫，
你们祈祷得太久，别忘却过去的世界……

一场空前的风暴逼近了，但一个落伍的抒情诗人却向刮来的第一阵风提出了天真的请求——但愿是一阵微风。他读了那么多书，却依然不理解，古代偶像的衣衫不仅要被很快扒掉，还要被人们毫不痛惜地焚毁。跟委拉斯开兹（1599—1660，西班牙画家）笔下的西班牙贵族的鬈发和姿态相比，这恐怕是一个时代更大的错乱现象。

他度过了一个漫长而凄凉的晚年——无所事事，孤独，贫穷，精神病。他死于 1942 年。

16

初进卢浮宫

我年轻的时候去过两次意大利。我的钱很少，我在小客店和可疑的地方过夜，在小饭馆吃通心粉——两个索利多买一大碗，吃了能勉强维持几个钟头，钱不够坐火车，就步行上路。现在我回想起在意大利度过的那几个月，觉得那时是最幸福的了。我在那里明白了，艺术不是奇思异想，不是装饰，不是月份牌上的节日，而是可以像同一个人亲近那样同它共居一室。每一个小伙子在初次坠入情网的时候都以为自己发现了一个直到那时还没被人发现过的世界。意大利对我来说正是这样：很久以来，外国作家在来到这个国度以后，都有一种新颖的幸福之感，都对艺术的亲切有一种新的感受——从司汤达到勃洛克，从歌德到我们的同时代人涅克拉索夫，都是如此。（不错，海明威正是在意大利了解了人类痛苦的程度，但是在战争时期，而战争——到处都是战争。）

意大利对我来说既是一座天堂，又是一所课堂。1909 年我曾满怀疑虑地看着凡·高、高更和马蒂斯的油画，甚至心中还有些害怕，就像一头小牛看着火车那样。五年以后我和画家们交上了朋友——毕加索、莱热、莫迪利亚尼、里维拉，他们的作品帮助我把一团纠缠不清的希望和怀疑分辨清楚了。我在过去找到了理解现代艺术的钥匙。没有文艺复兴时代的写生画就不能理解莫迪利亚尼，正如没有普希金就不能理解勃洛克一样。（我对勃洛克的了解早于对莫迪利亚尼的了解：我从小就知道普希金，但却没有人教过我写生画入门。我只听说拉斐尔是世界上最伟大的画家，《不期而至》这幅画同革命斗争有关。）

我初次进卢浮宫的时候还是一个野人。我无论如何也要看一看乔康达（即达·芬奇的名画《蒙娜丽莎》）神秘的微笑，而当我看了以后，我便开始猜测这是怎么回事。后来我想起了弥洛斯的维纳斯——她是非看看不可的，因为人人都说她是美的典范，海涅和格列布·乌斯宾斯基都曾在她面前感动得落泪……卢浮宫是一个大城市里的一所大博物馆。我站了一会儿，休息了一下，然后离开了。昏昏欲睡的布吕赫的几个小博物馆对我来说只是一所初级小学，而我真正爱上艺术则是在意大利。

我现在所写的并不是一本谈绘画的书，同时我也并不打算毫厘不爽地描述自己久远的印象：在一生的薄暮时分是很难想起和理解它的清晨的——光线不断变化，对所见的事物的理解也在不断变化。现在我对我曾一度喜爱过的许多事物都无动于衷了，而我在年轻的时候所忽略了的某些东西却开始一年年地在我眼前显现出来。艺术不同于精密科学，它不屈从于无可争论的评价。

18 世纪渊博的艺术鉴赏家曾把哥特式建筑视为一种变态的野蛮艺术。普希金曾对弗朗索瓦·维永的诗歌做过轻蔑的评价。司汤达尽管承认乔托是达到拉斐尔所必经的一个小阶梯，但依然认为他的画是苍白无力和丑陋的。后来评价改变了：我们感到亲切的是 18 世纪末和 19 世纪初优秀的思想家所注意到的东西。但是，也许现在不值得去重复他们的错误并给予那些同我们格格不入的艺术作品轻蔑的评价了吧？我之所以要在下面谈到一个人的意见的改变，只是为了指出我们的评价的局限性有多么大。

我在 1911 年所醉心的是 15 世纪（指意大利文艺复兴初期）的画家，首先是波提切利。我的天啊，在《维纳斯的诞生》和《春》的前面我曾伫立了多久啊！我觉得拉斐尔的壁画枯燥乏味，乔托的作品犹如圣像。波提切利笔下的女人不像威尼斯派画家作品中的女人那样粗俗、肥胖和呈粉红色，也不像梅姆林或凡·爱克画的那些女人那样不注重形体和过分崇高。维纳斯羞答答地、微含忧戚地注视着世界。我大约也是这样注视着维纳斯。我醉心于《意大利的圣像》一书。穆拉托夫仿佛窥见了我的灵魂，他写道，《维纳斯的诞生》是世界上最伟大的一幅画。现在我想弄清楚，波提切利用什么东西博得了我的好感。大概是生活的欢乐和痛苦的结合，是不信神的时代的开端，是那善于使惊恐不安变得和谐的才能。

过了两年，我来到佛罗伦萨，第一件事就是去瞻仰波提切利的绘画，但是却感到茫然：这些绘画当然是很出色的，但是我却以旁观者的心情去欣赏它们，它们不再同我的精神状态吻合了。我已经不愿去美化那种骚乱了。我晕船了，因而就想看到静止的海岸。我怀着敬意想到了那些充满信仰的人们——既想到了瓦利亚·奈马克，也想到了弗朗西斯·雅姆。我爱上了贝阿托法师：他的绘画就是行动，他不仅画了圣母，他还在自己的油画前祈祷。乔托和锡耶纳画派的大师们吸引了我。我曾写道：

锡耶纳画派画家们的凝视，
教堂里的蜂蜡味
以及大教堂的正面
嵌着带条纹的大理石。

我的眼前矗立着“初期佛罗伦萨画派大师们严峻的、若有所思的壁画”。我重又试图理解，拉斐尔何以那么出名，丁托列托引人入胜的力量究竟在哪里，但这对我来说依然是一桩无法探知的秘密。

此后不久我就把贝阿托法师淡忘了。我看到了格雷科的修长的人体、米开朗琪罗的巨人、普桑的凄惨的风景画。我参观了数十个各种各样的博物馆。命运一再把我送到意大利去。那里发生了许多惊天动地的重大事件，这些事件可以写成几百本书，但即使这样也不能把它们全都说完。我在 1924 年看到了一个备受凌辱的、愤怒的意大利：我滞留罗马期间，法西斯分子劫走了马泰奥蒂（1885—1924，意大利社会主义者，被法西斯分子杀害）。耶利米（《圣经·旧约》中四大先知之一，曾因耶路撒冷被攻陷而哭泣）在西斯廷教堂里伤心落泪，企图维护自己的先知称号。

过了四分之一个世纪，我重又来到了意大利。我觉得波提切利的《春》是矫揉造作的、腻人的。我尊敬地看着乔托的帕多瓦壁画，但心里已没有先前那种激动感了。然而，我在老年却第一次“发现了”拉斐尔（我说的是梵蒂冈的画厅，至于《西斯廷圣母》，我至今依然对它无动于衷）。《雅典学院》

莫迪利亚尼画的
马拉克·塔洛夫

和《圣礼之争》的明朗与和谐使我震惊。它们出自一个年轻人之手，真令人难以想象。通常画家的成长就像树木那么迟缓，而且画家的寿命很长——提香活到99岁高龄，安佐尔活到89岁，安格儿和鲁奥活到87岁，米开朗琪罗、克洛德·洛伦·夏尔丹、戈雅、莫奈、德加和马蒂斯都活到了80岁以上。但拉斐尔却和诗人们一样，37岁就去世了，而且他似乎是最成熟的。他对题材既不入迷也不反感。例如，他画过教会举办的关于圣餐礼的辩论。他是一个极其世俗的人，因此这种宗教题材是不能鼓舞他的。我们对16世纪的神学辩论毫无兴趣，但我们依然入迷地站在那里——拉斐尔的构图使我们吃惊。司汤达说："只有那即使在历史做了判决之后也依然富于情趣的事物才是适宜于描写的。"对于我们说来，在《圣礼之争》中有什么是"富于情趣"的呢？当然，不是辩论的题目，也不是辩论会的参加者。四百年以后，当历史不仅对各种各样参加聚餐礼的信徒做出了判决，而且也对产生这些仪式的宗教观念做出了判决的时候，画的构图、轮廓和色调却仍使我们激动不已。

在威尼斯的一所陈列着丁托列托的油画的桑－罗科画派的长形大厅里，我曾流连徘徊、不忍离去。问题仍然不在于题材——它们的题材和许多别的画家的作品的题材完全相同。但是对世界抱着悲观的看法、感觉和理解的丁托列托却善于把它表现出来。为了把莎士比亚在不久之后开始描写的东西告诉世人，他只要几个脚趾、一些向下滑落的天鹅绒上的皱襞、一朵浮云和一堵墙壁就足够了。丁托列托的画具有现代艺术的一切因素。同时在桑－罗科画派中你还能特别鲜明地了解抽象派绘画的辩护者的天真，对于绘画方面的许多问题，他们竭力寻找一种比丁托列托、苏巴朗或在很久以后才出现的塞尚提供过的更为自由，或者也可以说是更为深刻的解决方法。丁托列托不得不考虑到天主教教会的教义、威尼斯首领们的虚情假意和口是心非，以及许许多多看来是不必要的障碍，一个伟大的画家是需要障碍的——这是一个出发点，是克服无法克服的事物的一个开端。

我之所以复述一个青年、一个40岁的人和现在我这个老年人的极容易引起争论的见解，当然不是因为这些见解本身具有什么趣味，更何况我又不是一个艺术史家。我认为，耐人寻味的不是这些评价，而是这些评价在一个人的一生中的变化。诗人巴尔蒙特曾天真地请求别急于揭露昨天的偶像。真正的大师并不需要怜悯，但是一种平凡而合理的见解却暗示了某种谨慎的态度：失去了桂冠的偶像可以重新成为神灵。科学领域的发现推翻了前人的理论：如今无论如何是不能根据托勒密或毕达哥拉斯的理论去研究天文学了，但古代希腊人的雕塑在我们今天看来却依然是精美的。波提切利现在不合我的口味，我在青年时代曾爱过他，这无关紧要，重要的是大概不是我们的孙子就是我们的曾孙将来会喜欢他。对于波伦亚画派的画家，我现在很难说他们一句好话——我跟他们还有一笔旧账没算，当然，尽管这并不是他们的过失：波伦亚画派的绘画在三百年间决定了那种相对的、折中主义的艺术的标准，许多人出于误解或习惯，至今犹把这种艺术称为现实主义的艺术。（勃留索夫在1922年写道："现实主义——不是把它当作一个哲学术语，而是就它在艺术领域的应用而言——向画家们提出了一个课题：真实地再现现实。但是，在什么地方、什么时候、什么国度、什么时代，有哪一个国家曾抱定过另一种目的呢？全部差别仅仅在于对'现实'的理解……对于文艺复兴时期意大利派的画家，甚至他们的前辈'拉斐尔前派'的画家，人们总爱用弗拉芒人和荷兰人的风俗画来和他们做对比，但是，难道他们希望描绘和现实绝缘的东西吗？……印象派当时曾受到批评家的指责，说他们创作的只不过是一些斑点，与现实生活完全无关，他们所追求的是什么呢？他们所追求的正是这样的目的：用这些斑点把现实更真实、更精确地表现出来，使它一如我们外部的感官和视觉所感受的那样。"）只要一个画家不去描绘古代的神话或福音书上的故事，而去描绘能使他的同时代人为之激动的重大事件，并在手法上遵循波伦亚画派特定的标准，他就会得到这样的祝贺：他是一个现实主义者。但是，20 年或 40 年之后，学院派最后一批模仿者在世界上绝迹了，到了那时，我们的孙子或曾孙就会恢复卡拉齐兄弟及其他波伦亚画派画家的作品的名誉。以往的艺术不仅打开了我们的眼界，它也由于我们热情的眼光而得以重见天日。后代子孙的珍爱宛如一个孜孜不倦的修复家，把有点褪色的油画加以整理，使它们恢复原先的光彩。

我还得补充一点，1959 年秋，在我滞留意大利期间，伊特鲁里亚人（古代意大利的一个民族）的石椁给了我最深刻的印象，那是在石棺上凸现出来的一些疯狂的男女。我在离罗马不远的塔基尼埃的一所小博物馆的庭院里久久地看着它们。现在，当我写这本书并打算重现我的过去和朋友们（他们大多数都先我一步离去）的时候，我看见自己面前的这些男男女女就是生活在我诞生前 25 个世纪的人。我觉得，我对他们的了解就像我对同时代人的了解一样清楚。

我年轻的时候特别眷恋佛罗伦萨；我爱它那乡村的气息、多那太罗的雕刻和戴宽边草帽的农民、德拉·罗比亚的陶器和城市四周的丘陵、花园、菜畦、一株株昂然直立的柏树、旧桥上的小店铺、集市、浑浊的河流、晴朗的天空和但丁曾在那里遇见自己的贝雅特丽齐的遗迹。佛罗伦萨同所有那些在一个时代里建立起来因而十分协调的城市一样，是一目了然和可爱的。随着年龄的增长，我渐渐爱上了罗马。罗马是几个不同时代的混合物。古希腊罗马的遗迹和新兴的市区并列，巴洛克式的弯弯曲曲的雕像和最早的基督教的柱廊形大厅共存，伟大的文艺复兴时代和 19 世纪末叶富丽堂皇的古迹同在，这种杂乱无章的现象起初会使来客感到拘束，但后来你却看到不同的时代在罗马是和平共处的。罗马的美不仅仅存在于成群结队的游览者前往观光的地方，任何一条街道，任何一座丝毫不值得注意的房屋的任何一堵墙壁，都有赏心悦目之美。它的配置十分复杂：其中含有一种只有伟大的艺术家和伟大的民族才能达到的严整。

有一些旅行家（其中也有像歌德这样的大人物）在意大利看到的只是博物馆和大自然不朽的美色，他们是大错特错了！过去和现在都使我目醉心迷的意大利的一切，都和人有密切联系——当然，人们是在不断变化的，但是，如果说有可能概括时代，有可能把往昔从被遗忘和不被了解中拯救出来，那么这是和人民的天才，和人民所固有的某些特点分不开的。

我在法国住了多年，学会了怎样了解法国人，我对他们的爱是不言而喻的——这种爱是众所周知的。正是出于这个缘故，我决定重复司汤达的话，他曾肯定地说，意大利人比法国人朴实、直爽。这怎能不博得一个年轻人的好感，而且这个年轻人还记得在科济希、奥斯托任卡或阿尔巴特某处的那些令人倾心的谈话的温暖？当然，意大利人也和所有人一样是良莠不齐的。我既没有忘记阶级斗争，也没有忘记法西斯主义的年代。但我依然认为，意大利人的性格充满了善良。

我常常自问，为什么操各种不同语言的人那么喜爱近十年来的意大利影片——《偷自行车的人》《米兰的奇迹》《两分钱的希望》《罗马 11 时》《卡比利亚之夜》。毫无疑问，它们的出现是电影发展中的重要现象，但是普通观众对新现实主义是不大感兴趣的。老实说，由于对现实所做的现实主义的、真实的反映，人们所看到的乃是真正的、活生生的意大利人，使观众为之倾倒的是一种民族性格的特征：银幕上展现了一种艰苦的、有时是没有出路的生活，但是应对人们的苦难负责的不是坏蛋，而是环境，不是这个或那个人物心灵上的丑恶，而是社会制度的丑恶。

我的千百万同胞对战争的景象是记忆犹新的。世界的政治地图已经改变了。理智提醒我们，有的东西应该忘却，有的东西应该学会，但是人心有自己的规律。1949 年在柏林曾有一个德国人对我说，他喜欢我的长篇小说《暴风雨》，特别是勒热夫城下的战斗场面。“描写得生动极了，”他补充道，“也许您当时就在那里？”当我做了肯定的答复以后，他很高兴地叫道：“当时我也在那里！”然后向我伸出手来。说实话，和他握手并不让我感到轻松。我常常见到一些意大利人，他们忧郁地说，在战争时期他们到过顿巴斯。我倒能友好地和他们谈话。曾在敌占区待过的人们向我谈到意大利人的时候并无仇恨之心。一个集体农庄女庄员曾回忆道：“他想抓走一只母鸡，可是又觉得不好意思，他等着我走开，后来我自己走开了——我可怜他……”

在这本书里我还要不止一次地谈到意大利和意大利人。我有时不顾事件发生的前后顺序，一下子就跑到前面去了——因为我不愿使自己的思路和要说的话中断。这与其说是我一生中的经历，不如说是由回忆而产生的思考。现在我要回到第一次世界大战前的那几年。

我力求不戴粉红色的眼镜来回顾以往。意大利的生活绝不是什么田园诗：每走一步我都可以看见贫穷。意大利的资产阶级要比法国的资产阶级更为妄自尊大和愚蠢无知。在科尔索的咖啡馆里可以看到一些议员，他们在聊天、商量、谈判。那里有一种议会里肮脏的、不体面的勾当所散发出来的恶臭。我还常常遇到一些外省的唯美派，他们竭力模仿巴黎的假绅士，和往常一样，学生比老师走得更远。

我在巴黎经人介绍认识了诗人马里内蒂，他非常自信而且同样爱沽名钓誉。他给了我一本他的长诗《我那用红糖制成的心脏》："如果您把它翻译出来，您就会让俄国发现一个明天的诗人……"我译出了一个片段并附上一个小小的序言："要喜爱马里内蒂的诗是困难的。内心的空虚，特别是对朗诵艺术的低级趣味和嗜好使人对他颇为反感。"后来我出席了一个文学晚会——马里内蒂在会上赞扬未来派、技术的奇迹、征服世界。他日后追随法西斯分子是合乎逻辑的：他并不掩饰自己的真面目，他早先就幻想暴力。随着红色的水果糖而来的是鲜血……

一天，我在佛罗伦萨遇见了30岁的乔瓦尼·帕皮尼。他那轰动一时的自传《一个毫无出息的人》是在这之前不久问世的。我们坐在一个小饭店里，年轻的作家们在争论有关未来派、"猫头鹰"（这是一个文学团体的名称）和柯罗齐的哲学等问题。我觉得帕皮尼是一个痛苦的、苛刻的人。他会突然惘然若失地微微一笑，说道："不管您怎么说，主要的是一个人应该幸福，而且是能使别人也幸福的那么一种幸福……"

在卢卡附近某地，我曾疲倦而饥饿地在一株树下睡着了。几个孩子把我唤醒。孩子们的母亲，一个肥胖的、黑皮肤的妇女，把我叫到家里，在桌上放了一大碗通心粉、一瓶葡萄酒，瓶的周围缠着稻草。我狼吞虎咽地把通心粉吃个精光，而女主人则在缝一件孩子穿的衣服，她瞧瞧我，叹了口气。"你有妈妈吗？"她突然问道。我说我的母亲在很远的地方——在莫斯科。这时候她没有放下手中的针线活，随即唱起一首忧伤的小调。我离开了她的家。那是一个黢黑的南国之夜，萤火虫宛如晴空的繁星，不停地盘旋飞舞。

在意大利，我相信艺术是可以发展的，幸福是可以取得的。但是，一个艺术将要遭到灭亡、幸福是不可想象的时代却已经来到了。

17

法国人与俄国人——有趣的误解

我坐在“丁香田庄”咖啡馆里翻译法国诗人的诗——我想编一本诗选。沃洛申把我介绍给亚历山大·梅尔赛罗，他是一个不大引人注意的诗人，但为人却很和气。他常给我带来一些书，并把他的一些较有名气的同志介绍给我。

1906年，俄国大企业家里亚布申斯基决定出版一个名叫《金羊毛》的艺术杂志，杂志要同时用俄文和法文出版，需要一个能修改译文的修辞家。里亚布申斯基不惜重金聘请了一位真正的法国诗人。这件事能够办到可颇不容易，因为诗人都不愿长期离开巴黎。

在巴黎郊区克列泰的一个前天主教修道院的屋子里住着几个诗人。他们写诗，自己烧饭，亲自用油印机印自己的作品。文学团体“修道院”就这样诞生了，它的成员有很多在日后成了名人：杜亚美、儒勒·罗曼、维德拉克。所有这些诗人都力求摆脱狭隘的个人主义，从人人固有的思想感情中汲取灵感，这使他们结合在一起。在“修道院”中也有几个没有多大希望的诗人，梅尔赛罗就是其中之一，他沉湎在《金羊毛》的工作中了：在诗人的法朗吉（空想社会的基层组织）里，生活是很单调的。

梅尔赛罗常说他喜欢莫斯科，但是却不爱提他尤其喜爱的是一个莫斯科女人，一位官太太。他人生的这一页是沃洛申告诉我的。法国诗人和莫斯科的官太太十分幸福，但是分别的时刻还是临近了。梅尔赛罗不愧是一个诗人，他制定了一个浪漫主义的计划：“你跟我跑到巴黎去。”这个莫斯科女人提醒陷入情网的幻想家说，没有出国护照是不能离开俄国的。这个情妇有一个很不漂亮的妹妹，梅尔赛罗一向对她都不大注意，但在紧要关头她竟成了幸福的保证：“你和我的妹妹结婚吧，她会得到出国护照的，并宣称跟你同赴巴黎。我去给你们送行，到了最后一分钟，我就走进车厢，让妹妹留在月台上。护照，当然带在我身上。”梅尔赛罗很欣赏这个计划，举行了一个豪华的婚礼。这个情妇按照预定计划来到车站，但是在第三遍铃声响了以后，她却一动不动，只是挥动着一方小手绢：车厢里坐着合法的夫人。

梅尔赛罗把强加于他的妻子带到“修道院”去了，她一看到与众不同的法朗吉就吓了一跳：她哪儿想得到，法国诗人的日子竟过得比莫斯科的店员还要糟！口角、责难、吵架开始了。“修道院”的诗人们再也写不出诗来。他们恳求沃洛申去劝解梅尔赛罗夫人（她还没学会说法语）。诗人之妻终于明白，更好的生活她是盼不到的，于是就回莫斯科去了。最使人感动的是这样的一件小事，梅尔赛罗每逢谈到他那狡猾的情妇的家，总要叹口气说：“他们经常有红鱼子吃！黑鱼子在俄国是人人都吃得到的，他们却吃红鱼子，他们是非常阔气的……”

当时法国人还不大了解俄国。我曾在进步的“老鸽子”剧院看过由《卡拉马佐夫兄弟》改编的剧。舞台上挂着一幅沙皇的肖像，路过的人都向他转过身去画十字。我还记得我把阿·尼·托尔斯泰介绍给一个常去“丁香田庄”的年轻诗人的情形，诗人毕恭毕敬地和阿·尼·托尔斯泰谈话，但后来却信口雌黄：“您可知道，这里有人曾为您的去世写过文章，原来这是谣言……”阿·尼·托尔斯泰不禁发出了一种特别的、他所独有的雷鸣般的笑声，让桌上的高脚玻璃杯都震动了，这位可怜的诗人好不容易才嘟嘟囔囔地说：“对不起，我没想到您是伟大的托尔斯泰的儿子，我知道他的儿子也是一个大作家……”阿·尼·托尔斯泰曾经写道，在他1916年到了英国以后，一个英国人曾热情地欢迎他，因为那个人误以为他是《战争与和平》的作者。

《高鲁亚》报的一个批评家有一次去找马·亚·沃洛申，立刻就提出了一个使他大吃一惊的问题：“您当然参加过陀思妥耶夫斯基的葬仪，当时哥萨克把大学生们揍了一顿。我们对详细情形很感兴趣……”马克西米利安·亚历山德罗维奇·沃洛申非常喜欢愚弄人，于是就开始描述“详细情形”了。批评家欣喜若狂地写满了整整一本笔记，末了沃洛申说道：“这就是我所记得的一切——当时我才四岁……”

二十年后，我在巴黎买了一张欧洲大地图。在苏联北部印的不是省市的名称而是“萨莫耶德人”。1946年出版的拉鲁斯的《小辞典》提供了有关涅谢尔罗德、卡特科夫、旅行家奇哈乔夫的知识，但是对于像格里鲍耶陀夫、涅克拉索夫、车尔尼雪夫斯基、赫尔岑、谢切诺夫、巴甫洛夫这样一些不大引人注目的人物却无片言只字……

不过只谈法国人是欠公道的。既然我现在所回忆的都是一些十分有趣的事件，那我就不妨也谈谈英国笔会为我举行的一次欢迎会。那是在1930年。我收到一纸请帖，把我尊为笔会的一次例行午宴的贵宾，还附了一段很长的文字，说是希望我最好能穿晚礼服，但是也允许穿黑色衣服。午宴由名作家高尔斯华绥主持，他向我表示热烈欢迎，并说英国作家很高兴能在自己的小圈子里看到摄制了《然娜·奈伊的爱情》这样一部出色影片的奥地利大电影导演。（奥地利导演帕布斯特确曾根据我的长篇小说拍摄过一部影片。）午宴又不是辩论会，于是我就向高尔斯华绥握手致谢。陪伴我的女客原来是一个上了年纪、袒肩露颈的英国女人。她为了给我解闷，就不停地谈论古代维也纳的风流韵事。我觉得自己是冒名顶替的，便说我不是奥地利人，而是俄国人。她顿时变得悲伤起来，满腔怜悯地说，她很爱俄国，和我一样感到痛苦，她问：“布尔什维克把你们那位可怜的将军怎么样了？……”（在我现在所描写的这次午宴举行前不久，库捷波夫将军在巴黎神秘地失踪了。）我平静地回答：“难道您不知道？他们把他吃了。”这位夫人手中的刀叉掉了下来：“真可怕！他们什么事都干得出来……”

法国人总爱说一个英国人的笑话：这个英国人在加来看到了一个棕色皮肤的女人，事后写道，所有的法国女人都是棕黄色的。我想起了我曾引导参观凡尔赛的那些俄国旅行者的谈话。一个教师艳羡法国人的富有——他在圣拉萨尔车站附近看见了一个喝红葡萄酒的流浪汉。“要是我回家去说，谁都不会相信：连流氓、乞丐都满不在乎地喝葡萄酒……”这个教师来自萨马拉省，所以他不相信葡萄酒在法国比矿泉水还便宜。另一个旅行者是实科中学的副校长，正好相反，他得到的结论是法国人都在要饭。他会说法语，在凡尔赛公园里认识了一个当地的中学教师。副校长一再地说：“这就是他们的文化，这就是他们的富有！一个中学教师，却没有一个女仆，妻子亲手做饭……”有一个过去是师范学校学生、后来是社会革命党人的侨民，曾把他的一部中篇小说拿给我看：它写的是爱上了一个淫荡的法国女人的俄国唯心主义者的痛苦。作者用了一百页左右的篇幅去议论法国人的淫荡生活，其主要的论据是法国人甚至在餐厅里也要接吻。我企图向他解释，这种接吻和一句亲切的话或多情的一瞥是完全相等的，它们并不妨碍情侣们沉着地尽情享受羊角或猪肉烧豆，但是我白费了一番口舌。他顽固地答道：“我在妻子面前感到很不自在——要知道那是在众目睽睽之下啊……这是一个下贱的民族！……”

一个人是难以了解异邦的风俗习惯的，即使他对这种风俗习惯仔细观察过一个时期，至于一个旅行者那就更不用说了。我在报刊（有俄国的，也有法国的）上读到过多少根据大仲马笔下的酸果蔓（酸果蔓是一种矮小的灌木，大仲马曾错误地描写了自己在枝繁叶茂的酸果蔓下坐着的场景，这里是指错误可笑的观念）制造出来的胡说八道啊！

不必去嘲笑梅尔赛罗：他的错误是极富有人情味的。那个先前的师范学校学生，即曾对法国人的淫乱表示愤慨的人，在同自己的夫人分别时，肯定在车站上吻过她，而这在一个日本人看来却是一种不要脸的、不道德的行径。一切的不幸均在于人们把自己的习俗，或如现在所说，自己的“生活方式”，视为唯一正确的东西，并公开指责一切违反这种习俗的现象，至少也要暗自加以非难。

对于一个民族的性格的认识，总是根据一些偶然的、浮光掠影的观察形成的。在第一次世界大战前夕，即使是那些博学多识的法国人，对俄国人又有什么了解呢？他们看见了一些富翁，这些富翁挥金如土，在蒙马特的销金窟里鬼混，一夜之间就在蒙特卡洛把面积与法国的一个省相等的地产全部输掉。在法语里出现了“大贵族”这个名词，这就是对富有的俄国人的称呼。知识渊博的法国人醉心于陀思妥耶夫斯基的作品，他们从中得知，俄国人喜欢一掷千金，鄙视债务，迷信上帝和鬼魂，对自己所信奉的事物以及自己都横加污辱，会在公共场所吻着土地忏悔自己的罪孽。报刊上报道着俄国的秩序混乱、恐怖行动、革命者的英勇。法国人把俄国的革命者称为“虚无主义者”。1946 年（即在十月革命后的 30 年）出版的详解字典对“虚无主义”一词做了如下解释：“一种在俄国拥有信徒的学说，力求彻底破坏社会制度，同时却没有提出以另一种制度取而代之的明确目标。”以一个法国人的观点来看，这种学说只能吸引神秘主义者。碰巧法国人又知道了甚至在“大贵族”中间也有“虚无主义者”，这终于使他们确信存在着一种特殊的“斯拉夫精神”，并用这种“精神”来解释以后的一切历史事件。

我小时候读过几部描写德国人的俄国长篇小说，小说中的德国人有的是幻想家，就像屠格涅夫的伦蒙（长篇小说《贵族之家》中的人物），另一些是精力充沛、眼光短浅的实干家，就像冈察洛夫的斯托尔茨（长篇小说《奥布洛莫夫》中的人物）。在革命前的俄国，德国人被看成是温和而正派的人。不久以前我偶然看到瓦·罗扎诺夫的一本书，他描绘了 1912 年至第一次世界大战前夜的德国：“诚心诚意地和这些正直的人，这些诚挚的劳动者握一握手，就意味着猛然长高了几俄尺……同德国人发生战争一事看来是不会使我感到震惊的。显然，这不是一个暴躁而又爱记仇的民族，不会在取胜以后就置对手于死地……德国人‘en masse’（法语，意为大多数）或许是政治上头脑简单，抑或是没有把周围的一切吃光的胃口。我不会害怕同德国作战，其故即在于此。但是同这些正派的人攀攀交情、做个朋友，倒是一件极其令人愉快的事……我会花光多余的钱，而且仅仅是为了善良的性格。我深信，这一切日后会得到数百倍的报答。我知道，这在目前是不符合俄国的国际地位的，而我现在之所以几乎是偷偷地、‘旁白’式地说出自己的想法，则是为了未来……你瞧，为了赢得四千万如此正派的人们的欢心，可能使其他民族感到难过，甚至还会使某些人稍微感到痛苦。”从那以后，我们已经历了两次大战。罗扎诺夫的话并不比梅尔赛罗关于红鱼子的谈话聪明，但是也不会使任何人发笑。

而俄国人也有这样的无稽之谈：提起法国人，就说他们“迅速如目光，空虚如胡扯”，说他们轻佻冒失、爱好虚荣而又放荡淫乱；谈到巴黎，就称之为“新巴比伦”，说它之所以出名不仅是因为它是时装的倡导者，还因为它是放荡淫佚的渊薮！（我的母亲生怕我去巴黎并非没有原因——这是有家喻户晓的传说作为根据的。）这个国家和上述这一类描写是多么不同啊，我在那里住过，那里的家庭观念要比俄国重得多；那里的人们珍视世代相传的习惯，有时也珍视偏见；那里的资产阶级的住宅连百叶窗都要关上，以免壁纸褪色；那里的人畏惧过堂风有如畏惧鼠疫；那里十时就寝、鸡鸣而起；那里的夜酒店里不大听得见法语；那里在国外居住过的熟人屈指可数！

如今一架飞机在数小时之内即可横贯欧洲，一夜之间即可由巴黎飞抵美国或印度，但是人们却和先前一样互相缺乏了解。把他们隔离开来的不是思想，而是语言，不是感情，而是表达这些感情的方式：风尚习俗，生活细节。互不了解是繁殖民族主义、种族主义和仇恨的微生物的培养液：“你瞧，他的生活和你不同，他不如你可又不愿承认。他说他过得比你强，他比你好，要是你不干掉他，他就要逼着你照他那样过日子。”当然可以就很久以前即被外交家们称之为“modus vivendi”，即暂时的休战达成协议。但是我觉得，缺乏相互了解，真正的和平共处是不可能的。有人说，我们这个行星早已考察清楚了，如今轮到火星或金星了。不错，制图家对所有的高原、岛屿和沙漠都了如指掌，但是一个普通人却很少知道，在一个早已发现的岛上，在那些远古时代即已被人发现的国度，以及在那些认为自己就是发现者的国度里，他的同辈人是怎样生活的。我之所以说这一番话，是因为我走遍了欧洲，到过亚洲和美洲，最后终于明白，要想了解别人的生活有多么困难。

18

爱玩小孩游戏的沃洛申

马克西米利安·亚历山德罗维奇·沃洛申（即马克斯·沃洛申）每次来到巴黎，总在女画家科鲁格利科娃拨给他的一间工作室里安身，这间工作室坐落在艺术家们选中的蒙帕纳斯区中心的巴松纳德街上。工作室里悬挂着埃及女王塔娅赫的一幅画像，画像下面有一张狭窄的沙发，马克斯（所有的人在认识他之后的第二天或第三天就这样称呼他）常在沙发上盘腿而坐，在一只手提香炉里点起一种东方的松香，用酒精灯煮土耳其咖啡，阅读关于亚述艺术的书籍，以及有关共济会或立体主义的书，还要给莫斯科的报刊写些诗歌和关于展览会以及主要演员的通讯。他在工作室的门上写道："叩门时请高声通报叩门者姓名。"不过他是一个容易接近的人，只有一个罗马尼亚哲学家叩门的时候他才不去开门，因为这位哲学家总是要求他的著作尽快在彼得堡出版，还要求沃洛申预支给他 100 法郎的稿费。

安德烈·别雷在他的回忆录中写道，他觉得沃洛申是一个标准的巴黎人——这是根据他对法国文化的精通和他的外表得出的结论：一撮修剪得整齐别致的胡子，一顶大礼帽，还有他的风度，由于我是在巴黎认识马克斯的，因此我无论如何也不会把他当作一个巴黎人，我觉得他倒像一个俄国的马车夫，而且与其说他有一部激进社会党人的胡子，还不如说他有一部马车夫的胡子（在第一次世界大战前夕，巴黎人的胡子开始匿迹，但是一些上了年纪的激进社会党人出于对高尚的 19 世纪传统的敬意，仍留着大胡子）。不错，

左：1916 年，特·伊·索里克与伊琳娜·爱伦堡在尼斯
右：马克斯·沃洛申在巴黎

俄国的马车夫不戴大礼帽，这是法国马车夫戴的，但是大礼帽戴在马克斯又长又密的头发上的确很像马戏团的道具。

沃洛申在巴黎不仅以一个俄国人闻名，还以一个头等俄国人闻名；他爱向法国人描述纵火自焚的分裂派教徒、莫罗佐夫或里亚布申斯基的怪癖、恐怖分子、彼得堡的白夜、“红方块王子派”的画家、古罗斯假托神命的先知。据安德烈·别雷说，在莫斯科马克斯曾因他所描述的下列事件而名噪一时：无政府主义者向法约餐厅投掷的一枚炸弹，饶勒斯的能言善辩，列米·德·古尔蒙（1858—1915，法国作家、评论家）的渎神罪，著名的数学家彭加勒，同年轻的里什宾共进早餐。沃洛申的听众到处都有，而他又善于并喜欢谈天说地。

孩子们玩的游戏不下数百种，有的颇费脑筋，有的非常简单，这不会使任何人感到惊奇；但是有些成年人，特别是作家和艺术家，直到暮年还保留着对游戏的喜爱。高尔基说，契诃夫常坐在椅子上用帽子捕捉太阳的“光点”。毕加索酷爱描绘马戏团的小丑，常常以一个业余的斗牛士的身份参加斗牛。诗人奈兹瓦尔编了一辈子的星占表。巴别尔总是躲着大家，这并不是因为别人会妨碍他的工作，而是因为他爱捉迷藏。马克斯常常想出一些令人难以置信的故事；故弄玄虚；把普希金的某些不大为人所知的诗作寄给编辑部，并断言它们的作者是药剂师西沃拉波夫；他送给一个大叫大嚷地说要服毒自杀的姑娘一包泻盐，并对她说这是一包印度尼西亚的毒药；他甚至在工作的时候也做游戏；他有一篇名叫《阿波罗和耗子》的论文，这篇东西除了称之为游戏之外就无以名之。他的博学多识是世所罕见的；他能在国立图书馆里从早晨一直坐到晚上，他所选的书也很出人意料：有时候是克里特岛上的出土文物，有时候是中国的古代诗词，有时候是朗之万对气体的电离作用的研究著作，有时候是圣茹斯特的作品。他是一个大块头，体重一百公斤；他可以像一尊活佛那样坐在那里传经布道；但是他却像一个小孩子似的在做游戏。

马克斯·沃洛申画像，
巴·库斯托基耶夫画

他走路的时候微微跳动；甚至他的步态也可说明他的为人——他在言谈中、诗作中和生活中都是一跳一跳的。

他曾把疑虑重重的彼得堡文学界狠狠地愚弄了一番，或者如现在所说，取笑了一场。不知道从哪里突然来了一个名叫切鲁比娜·德·加布莉亚克的有才能的年轻女诗人。《阿波罗》开始发表她的诗作。谁都没看见过她，她只不过常常给杂志的编辑马科夫斯基写信，他背地里爱上了她。切鲁比娜说，她的祖籍是西班牙，曾在一所天主教修道院受过教育。切鲁比娜的诗博得了勃留索夫的称赞。所有的高峰派诗人都希望见到她。她有时候给马科夫斯基打电话，她有一副悦耳的嗓音。谁也不曾怀疑到，根本就没有什么切鲁比娜·德·加布莉亚克，有的只是一个谁也不知道的、有才能的女诗人伊·伊·季米特里耶娃，她写诗，而沃洛申则帮助她愚弄彼得堡的诗人们。古米廖夫也爱上了切鲁比娜，而马克斯却不过是逢场作戏。气愤的古米廖夫要跟马克斯决斗。马克斯叙述道："我朝空中开了一枪，可我不走运——我在雪地里丢了一只胶皮套鞋……"（伊·伊·季米特里耶娃日后继续写了一些好诗。萨·雅·马尔夏克在临终前不久曾要我去看他。他向我谈起伊·伊·季米特里耶娃的遭遇，据他说，在20年代，他曾和伊丽莎白·伊万诺夫娜一起为儿童剧院写过几个剧本——《猫屋》《公山羊》《懒汉》等。这些剧作均由两位作者共同署名发表。后来伊·伊·季米特里耶娃被流放到塔什干，1928年在那里去世。剧作再版时，她的名字不见了。萨穆伊尔·雅科夫列维奇·马尔夏克感到苦恼，因为苏联读者不知道伊·伊·季米特里耶娃，即过去的切鲁比娜·德·加布莉亚克的命运和创作。他跟我商量，他该如何是好，于是我便在此插入这几行话，聊以尽到我对萨·雅·马尔夏克和我年轻时曾醉心于其诗作的切鲁比娜·德·加布莉亚克二人应尽的双重职责。）

伊·伊·季米特里耶娃——切鲁比娜·德·加布莉亚克

沃洛申真是什么都想得出来！他每次前来都要说一个新的故事。他非常厌恶香蕉，因为——这是某一位澳大利亚的研究家考证出来的——害了亚当和夏娃的那只苹果根本不是苹果，而是香蕉。他曾在塞恩街上的一家古玩店里发现了犹大所得到的30个银币之中的一个。18世纪的作家卡佐特在1778年曾预言，孔多塞（1743—1794，法国启蒙哲学家、数学家、社会学家）将在狱中服毒自杀，以免上断头台，而沙姆福尔（1741—1794，18世纪的法国作家）则因害怕被捕而割破自己的血管。他并不需要别人相信他的话——他只不过在做有趣的游戏罢了。

他遇到过各种各样的人物，并寻找他们的共同点；他向阿·瓦·卢那察尔斯基证明，立体主义同工业城市的兴起有关，这不仅是一种艺术现象，也是一种社会现象；他拥护那些最极端的流派——未来派、光线派、立体派、至上主义派，和考古学家交朋友，他可以一连几个钟头大谈其弥诺斯时代的花瓶、古代俄罗斯的咒语、普希金的一行诗句。我从来没有看到过他喝醉酒，也没见到过他坠入情网或当真动了肝火（他很少生气，生气的时候总是尖声大叫）。他不断地把新人引入文坛，帮助别人举办展览会，向俄国刊物的编辑部推荐年轻的法国作者，向法国人证明，他们必须看看新涌现的俄国诗人们的作品的译文。阿列克谢·尼古拉耶维奇·托尔斯泰曾告诉我说，他年轻的时候曾受到马克斯的鼓舞。沃洛申一下子就肯定并爱上了年纪轻轻的马林娜·茨韦塔耶娃的诗，他对她很亲切。在艰苦的内战时期他收容过迈娅·库达舍娃，她用法文写诗，后来成了罗曼·罗兰的妻子。

他的衣着很特别（大礼帽与其说是一顶帽子，不如说是一块装装门面的招牌）——一条丝绒裤，而在考特贝尔时还穿一件小褂子，他一本正经地称它为“长袍”。大家都暗暗地笑他；萨沙·乔尔内写了一首关于《瓦克斯·卡洛申》的诗，但是马克斯并不见怪。有一个一跳一跳的马克斯，他说埃菲尔铁塔是按照古代阿拉伯的一个几何学家的图样建成的。还有另一个马克斯——他和母亲（她名叫普拉）一同住在考特贝尔；这第二个马克斯曾在艰苦岁月里喝过稀粥。熟人和半生不熟的人都能在他家里找到一个栖身之处；他一生中帮助过许多人。

马克斯的眼睛是和蔼可亲的，但是有一种心不在焉的神情。许多人认为他是一个无动于衷的、冷冰冰的人：他对生活感兴趣，但却是个旁观者。也许曾经有过一些真正激励过他的事件和人物，但他却不愿谈起；他把所有的人都看成自己的朋友，其实他没有一个朋友。

他还是一个画家：画水彩画——他画的考特贝尔四周的群山都具有“艺术世界”的一种特定的风格；他能在一天之内画五幅水彩画。但他喜爱与他所作的水彩画不相似的绘画。在他的诗里有许多绘声绘影、活灵活现的描写；他正确地看出了：

巴黎在雨中盛开，
宛若一株灰色的玫瑰……

他对巴黎还作了这样的描写：

褪了色的镀金层上铁锈色的斑点，
灰色的天空，还有树枝编成的篱笆——
像一条条晦暗的静脉呈蓝黑色。

对考特贝尔的描写是：

烧焦了的、赤褐色的野草。
碘酒色的田亩和胆汁色的斑点。

起初我很尊敬沃洛申，就像一个小学生对一个有经验的大师。后来我对他的诗冷淡下来；我开始觉得他的那些谈美学问题的论文就像教堂里的把戏：我在寻找真理，可他却在做孩子的游戏，这使我生气。

在他的游戏之中有一种人智学游戏。安德烈·别雷曾长期相信施泰纳（1861—1925，德国神秘主义哲学家，人智学的创始人），就像一个信奉天主教的老太婆相信罗马教皇一样。而马克斯却总是一跳一跳的。他到巴塞尔市附近的多尔纳去了，几个人智学学者在当地修建了一座庙宇似的东西。战争开始了；多尔纳在中立的瑞士境内，靠近阿尔萨斯的边界。“庙”（我还记得，我在和马克斯谈话的时候总是说“你的神庙”）的修建者天天夜里听见炮声，安德烈·别雷和沃洛申也在其中。不久沃洛申便带着一本在多尔纳写成的诗集来到巴黎；诗集名叫《Anno mundi ardenti》（拉丁文，意为《沸腾世界的一年》）。这些诗和别的诗人在当时所写的诗迥然不同：巴尔蒙特挥舞着武器；勃留索夫幻想着帝都（古代俄罗斯对拜占庭帝国国都君士坦丁堡的称呼）；伊戈尔·谢韦里亚宁叫喊道：“我要把你们带往柏林！”而沃洛申则忘掉了他那些孩子的游戏，写道：

不知道，不记得也看不见，
像盐那样凝结，
向雪地走去！
不许不爱敌人
也不许不恨兄弟。
……
这些天既无敌人，又无兄弟：
人人在我心中，我在人人心中……

当时我正在写《前夜集》：我不能像沃洛申那样做一个英明的旁观者，我诅咒、揭露、发狂。马克斯很喜欢我的新作；他决定帮助我，便把我带到采特林家中去了。

采特林一家是维索茨基茶叶商行所属的家庭之一。正如我前面所写，这个茶叶王朝的许多成员都是社会革命党人或同情社会革命党（其中有著名的戈茨）。米哈伊尔·奥西波维奇·采特林没有参加地下工作，他用笔名阿马里写作革命诗，这个笔名译为俄文即“玛丽亚”——他妻子的名字。这是一个羸弱的、瘸腿的人，不断的金钱上的要求使他厌倦了。他的妻子比较能干。除了沃洛申之外，常到采特林家中去的还有画家迪埃戈·里维拉、拉里奥诺夫、贡恰罗娃；常去的还有鲍·维·萨温科夫——一个灰心失望的恐怖主义者，他是曾在报刊上引起一场风波的长篇小说《灰色马》的作者；关于他的事我以后还要谈到。现在我只谈采特林一家。他们有时邀我去做客；他们有一个装满古代瓷器的玻璃橱、许多版画；而我所想的却是，虚伪的世界到底什么时候崩溃。我曾在一首长诗里描写了采特林家的一次晚会，但是慎重地把他们称为米赫耶夫一家，而把米哈伊尔·奥西波维奇称为伊戈尔·谢尔盖耶维奇，我用火柴来代替茶叶：

他爱在晚上发愁。
瞧，夜幕重又……
正如莱蒙托夫的诗："你也将得到休息……"
当一个园丁可真不坏，
无忧无虑地把花草灌溉。
清晨倾听鸟儿的歌唱，
池畔青草的喧哗……
伊戈尔·谢尔盖耶维奇有两家火柴工厂，
还有百万证券。
伊戈尔·谢尔盖耶维奇有妻子和女儿涅莉，
他搜集版画，他是诗人。
有时他感到奇怪：
我是果真活着吗？
晚上米赫耶夫家宾客盈门：
神智学者，立体派画家，说笑话的清客，
还有某团体的一位女主席，
仿佛是"失明军人赈济会"。
伊戈尔·谢尔盖耶维奇很得体地向大家微笑。
"好，紧握您的手。""再来一杯？"
"高更也不难看，可我见过小塞尚……"
"请原谅我的冒失，他要多少？"
"10法郎的东西卖8法郎……"
"啊，立体派，真宏伟！"

“不过，您知道，这令人厌烦……”
“我倒喜欢这些小玩意儿，却不爱眼睛……”
“您可知道黄道带的意义？施泰纳叫我神魂颠倒……”
“我要结识老爷们，我要去巴塞尔……”
“但愿您知道我们的社会多贫困！”
我们要举办音乐会。
永远失明——这真可怕……
“新闻吗？没有。不过洛夫琴被捕了……”
“真无聊。我不看报……”
“喂，喂，你们可听到一桩奇闻？……”
客人们谈得就更多啦——
谈凡·高的一只耳朵，谈寻神，
谈失明的士兵，
谈救生犬，
谈墨西哥的舞蹈，
还谈元音重复……

我对米哈伊尔·奥西波维奇也许不够公道，但这是处境使然：他是一个富有的、好客的、稍稍有些苦闷的庇护文艺的财主，而我却是一个食不果腹的诗人。

马克斯说服了采特林向昙花一现的“谷粒”出版社投资，这个出版社出版过沃洛申的选集、我的《前夜集》和我翻译的索朗索瓦·维永的作品。

采特林写过一首关于 12 月党人的长诗，写了很多年。1917 至 1918 年的那个冬天，采特林一家在莫斯科常邀请诗人们前去吃饭喝茶；那是一个艰苦的年代，所有的人都常常前去——从维雅切斯拉夫·伊万诺夫直到马雅可夫斯基。当我写到马雅可夫斯基的时候，我要详细描述一次值得纪念的晚会（几乎所有的马雅可夫斯基的传记作者都提到过这次晚会）——马雅可夫斯基朗读了长诗《人》。米哈伊尔·奥西波维奇喜欢所有的人：有经常即兴赋诗、写十四行贯顶诗的巴尔蒙特；有头号学者维雅切斯拉夫·伊万诺夫；

有断言维索茨基商行的末日已到的马雅可夫斯基；有生着一张苍白的、史前猿人脸庞的半疯狂、半天才的韦列米尔·赫列布尼科夫，他时而谈论一个冻死了的士兵，时而一再地说，他，韦列米尔，如今是地球的主席，而当他对文学方面的话题感到厌烦的时候，就躲到一旁，在地毯上坐下来；有当时经常发表拥护索菲娅公主反对彼得大帝的演说的马林娜·茨韦塔耶娃。只有奥西普·埃米利耶维奇·曼德尔施塔姆使主人感到有点难以应对，他一来就说："对不起，我把钱包忘在家里了，可马车夫正在门口等着……"

韦列米尔·赫列布尼科夫

采特林不信维索茨基商行末日将至，虽然他同情社会革命党人并赞赏马雅可夫斯基的诗。厨师街上的采特林的房子被一伙以列夫·乔尔内为首的无政府主义者占据了。采特林一家希望布尔什维克能把无政府主义者赶走，把房子归还原主。无政府主义者真被赶跑了，但是采特林一家却没得到房子，于是决定到巴黎去。他们在 1918 年夏天和托尔斯泰一同前往（阿列克谢·尼古拉耶维奇是采特林家的常客）。

采特林一家在巴黎曾向《现代论丛》杂志投资，一度接济过布宁和其他流亡作家。后来他们到美国去了；他们的家存文献和屠格涅夫图书馆一起下落不明。

马克斯在考特贝尔住了一个时期。他对革命既不赞美也不诅咒。他想多了解一些情况。他不再援引维利耶·德·利里·亚当的话和卡佐特的预言，而沉湎于俄国历史和自己的遐想中了。他不能理解革命，但是在他向自己提出的问题之中却有一种不是他所固有的严肃。我在考特贝尔时他表现得很勇敢：1920 年 5 月，他把参加秘密会议的布尔什维克赫梅利尼茨基-赫梅利科藏在自己家中的阁楼上。夜里一些弗兰格尔分子来找沃洛申，要求交出赫梅利尼茨基：原来在会议的参加者中有奸细。马克西米利安·亚历山德罗维奇·沃洛申说，他没藏任何人。赫梅利尼茨基因举止不慎而暴露了自己。

白党逮捕了诗人曼德尔施塔姆——有一个女人说，似乎他曾在敖德萨拷问过她。沃洛申到费奥多西亚去了，他找到了白党侦查机关的首脑，对后者说："按照您的工作性质来说，您不必对俄罗斯诗歌有多么深刻的了解。我来此是为了声明，你们所逮捕的奥西普·曼德尔施塔姆是一个大诗人。"他帮助了曼德尔施塔姆，后来又帮助我逃出被弗兰格尔分子占领的克里米亚。他做这种事不是因为他有革命的思想，不是的，但他是一个勇敢的人，热爱诗歌，热爱俄罗斯——不管采特林一家和其他作家在国外怎样召唤他，他始终留在考特贝尔。他于1932年去世。

考特贝尔附近有一座名叫雅内恰尔的山，山的轮廓很像马克斯的侧影。沃洛申就葬在那里。1932年秋，马林娜·茨韦塔耶娃写道：

> 他来到这样的时代："按我们的心愿唱吧
> ——否则我们就把你消灭"，
> 他来到五光十色的时代——却只有孤独：
> "我想独自躺下"……
> ……
> 亘古的寂静，
> 十字架是一株孤寂的苦艾……
> 诗人被葬在
> 最高的地方。

他的诗如今已鲜为人知，但是作家以及和文坛多少有些联系的人们都知道他的名字：马克斯的别墅和新建的厢房如今是作家基金会的创作室。可能，曾有一个诗人在这座别墅里得到了灵感，马克斯在死后又再一次把一个初学写作的人引上了文坛。

我有时自问，玩孩子的（有时是荒谬的）游戏玩了半辈子的沃洛申，为什么会在艰苦考验的年代表现得比他的许多同辈的作家更为聪明、更为成熟，而且也更人道？可能是因为他天生不是一个活动家，而是一个旁观者——这种天性是屡见不鲜的。在歌舞升平的年代，马克斯表演神秘剧和滑稽剧与其说是为了别人，不如说是为了自己。而当1914年夏，一出时代悲剧的序幕揭开之后，沃洛申既不愿登台，又不愿在别人的台词中插进一句自己的尾白。他不再插科打诨，而企图理解他先前没见到过和不知道的事物。对他的回忆有时使知道他的人们发笑，有时使他们感动，但从来不会使他们感到屈辱，而这就够了……

19

伯爵兼公民阿·尼·托尔斯泰

倘若我说，我在 1911 年认识了一位诗人，他有一张温和的、若有所思的脸，一头波状的柔发，潇洒的举止表现出他好幻想的天性，他的片刻的欢乐常被深深的苦闷所打断，当时的文学界正在议论颓废派的“格里夫”出版社出版的他的那本小书，勃留索夫在百般赞扬这个“几乎是初次登台的人”的同时，也说出了他的担心，“他能否保持一蹴而就的高度并找到继续前进的道路呢”，那么未必会有人猜得到是谁。如果我引用我记得烂熟的一些诗句，例如：

> 青草，你为什么喧哗？
> 是弓弦把你吓坏了吗？
> 是因为鹌鹑的鲜血太烫，
> 才使你的锦缎动荡？

那么，也许少数诗歌爱好者或非常细心的文学研究家会明白，我说的是阿·尼·托尔斯泰。这个托尔斯泰我是记得很清楚的……

阿列克谢·尼古拉耶维奇在他后来写的一篇自传里谈到诗集《在蓝色的小河对面》时说：“我至今也不否定它。”不仅 1911 年的诗出自《彼得大帝》作者之手，这个年轻的诗人当时就已经是那个阿列克谢·尼古拉耶维奇本人：许多人都记得他很胖、秃头，主要的是他学会了掩饰自己的某些特征，又故意强调另一些特征。要想了解我现在所说的是什么，只需去看看在30年代见到过托尔斯泰的人们所写的那些业已发表的回忆录。这些回忆录在对事件和托尔斯泰所说的故事或笑话的描述上，其鲜明的程度虽各有不同，但是它们所写的却始终是那个阿列克谢·尼古拉耶维奇，他津津有味地吃着，津津有味地说着，津津有味地笑着，而在两次雷鸣般的笑声之间说一段意味深长的故事，他使人看不出他是一个艺术家。

尤里·奥列沙在谈到1918年秋他同托尔斯泰的第一次会见时说："既为了自娱，也为了使朋友们开心，他扮演着一个角色。扮的是谁呢？不是皮埃尔·别祖霍夫（列夫·托尔斯泰的长篇小说《战争与和平》的主人公）吗？可能是！他这不是在告诉我们，他写的那些古怪的地主之中的一个该是一副什么模样吗？"不，阿列克谢·尼古拉耶维奇常常扮演（应该承认——扮得很出色！）阿列克谢·尼古拉耶维奇本人——一个由艺术家创造出来的形象。

我认识他的时候，这位"几乎是初次登台的人"已经出了名：他写的那些关于伏尔加河左岸的"怪人"的短篇小说立刻引起了人们的注意。他已具有成熟的托尔斯泰的一切特点，但这些特点还未定形；那张在日后仿佛专为素描画家创造出来的脸在年轻的时候还需要一块写生画家的调色板。这不是一个固定不变的自然法则：有些人到了晚年变得比较温和，最初的锋芒、耿直和棱角一年年被磨掉了。阿列克谢·尼古拉耶维奇则正好相反，他在年轻的时候倒温和得多，也可以说是更为阴郁，而最根本的是，他不善于（或不愿意）保护自己的内心世界使不受他所接触的人们的干扰。

我不记得是谁把我带到托尔斯泰那里去的，似乎是沃洛申，但也可能是画家多谢金。1911年阿列克谢·尼古拉耶维奇住在巴黎，后来在1913年春又来到巴黎；在这两次之中有一次，他和他的妻子，女画家索菲娅·伊萨科夫娜住在达萨斯街上的一所公寓里。公寓的旁边就是"丁香田庄"咖啡馆，我经常整天坐在那里写作。我给托尔斯泰介绍了形形色色的名流："诗人之王"保罗·福尔、意大利的未来主义者、挪威画家季里克斯。第一次世界大战期间，阿列克谢·尼古拉耶维奇在莫斯科曾写过一篇关于巴黎的特写，在文中回忆起"丁香田庄"："在左岸的栗子树下、奈伊元帅的纪念碑旁的一个古老的小酒馆里，诗人、散文作家和新闻记者满怀着法国式的热情、勇敢和富丽堂皇的赤贫捍卫着创作自由和独立，把桂冠加在新道路的开拓者的头上……就在这个栗子树下的小酒馆里，您总能在黄昏时分见到窗口有一个身材像斯堪的纳维亚人的高大、白发苍苍的人和一位风韵犹存的白发夫人。这就是挪威画家和他的妻子。他们在巴黎住了 20 年，每天都要到栗子树下来。”

他喜爱巴黎，而且不知为什么一下子就认识了它。“永远笼罩在透明的淡蓝色烟雾里的巴黎，以及它那彼此雷同的房屋、顶楼、教堂的圆顶和凯旋门显出一片单调的灰色，它被花环似的绿色林荫道切断和包围……”“庞大的城市整天不倦地生活着、轰鸣着、微微摇动着，入夜灯火辉煌，但是当您在城里漫无目的地走了一整天之后，您所感到的不是疲倦，而是一种平静的、淡淡的哀愁。您能感觉到，这里的人都已理解了死亡，并喜爱一种忧郁的生活之美……”“巴黎已很古老，老得令人可怕。半圆形的铅灰色屋顶鳞次栉比，顶楼上的窗户窥视着阴暗的天空。上面是烟囱，烟囱，烟囱，烟雾。云雾是透明的，全城密林广布，仿佛是用淡蓝色的阴影砌成的……”

阿列克谢·尼古拉耶维奇在他去世前数月曾对我说，战争结束后，他要到巴黎去住上一年，在塞纳河岸的大街上找一个住处，写一部长篇小说；我还记得他的话：“巴黎能使人对艺术产生好感……”尤·康·奥列沙所说的那个扮演过“伏尔加河左岸”的一个可笑角色的怪人，从来不觉得自己在巴黎是一个游览者：他不观察，不赞叹，不唾弃，而是立即开始在这个城市里生活，他在这个城市里有时是很忧郁的，但即使在这种忧郁里他也依然是幸福的。（我说的不是他被迫迁居巴黎的那些年，当时他对他所离开的俄国是念念不忘的。我已说过，侨民们具有自己的气候。托尔斯泰在 14 岁的时候曾给母亲写过一封信，信中引了一首古老的民歌：“唉，唉，唉，离开了亲娘住在异乡，阿福纽什卡闷得发慌。”他在侨居巴黎的时候写了一篇短篇小说《布罗夫的心情》，并加了一行题词：“唉，唉，唉，住在异乡，阿福纽什卡闷得发慌。”要表达一个被迫离开故乡的人的心情，恐怕不能比这表达得更好了。）

我十分了解彼得·彼得罗维奇·孔恰洛夫斯基给他画过像的那位托尔斯泰——脸孔和一幅静物画融为一体，人和日常生活合而为一。但我现在要谈的是另一位托尔斯泰——忠实于艺术的托尔斯泰。他所说的那句话“巴黎能使人对艺术产生好感”并非出于偶然。他像一个真正的艺术家那样永远不相信自己，永远感到不满足，苦心孤诣地寻找着用以表现他所想表现的事物的形式。他在成年的时候也常常谈到这一点。他在同青年作家谈话的时候总是竭力劝导他们热爱工作；他认为没有必要把自己的许多不幸、不满以及当他惊异而不安地翻阅他在前一天写成的作品的时候所经历的那几小时痛苦的时刻告诉别人。他曾多次对我说：“伊利亚，你明白吗——写的时候还觉得不坏，可事后一看却使人恶心，你明白吗——使人恶心！……”1941 年初，他的中篇小说《侨民们》的新版问世（初版名叫《黑金》）；我觉得这部作品并不成功，但我从来没有同托尔斯泰谈到过这一点；他在书上写道：“赠伊利亚·爱伦堡，这是一部极不完善、极不成熟的中篇小说。但是，我的朋友，重要的是对一个艺术家所作的盖棺定论。你是懂得这个道理的。”他常常把“不成熟”一词当作贬词使用：每当他谈到他由于某种原因而不喜欢的一幅油画或一行拙劣的诗句时，他总是说：“这不成熟……”

他曾想学习绘画，但很快就把这事搁下了。在我们认识以后，他常常满怀热情地谈起绘画；这可能是索菲娅·伊萨科夫娜的影响，因为她是画家；但托尔斯泰也具有欣赏大自然、面容和作品的天赋。他常和许多工匠来往，其中有细木工、翻砂工和装订工，这些工匠不仅都熟知自己的手艺，而且也热爱它，同时还具有创造性的想象力。他在自传里写道，沃洛申所译的亨利·德·雷尼耶的诗在他年轻的时候曾给了他什么样的印象：“用铜模压制出来的形象使我震惊。”亨利·德·雷尼耶并不是多么了不起的诗人，但是他擅长于描写，他正是以技巧使托尔斯泰为之震惊。

阿列克谢·尼古拉耶维奇还写道，在寻找语言的人民性方面，他曾向阿·米·列米佐夫、维雅切斯拉夫·伊万诺夫、沃洛申请教。早在这个时期之前——在少年时代——他曾偶然撞进了维雅切斯拉夫·伊万诺夫的那个著名的“塔”里。沃洛申曾告诉我一段可笑的故事，这故事发生在托尔斯泰企图掌握象征派的思想和词汇的那个时期。他在柏林遇见了曾向他说了许多有关人智学问题的安德烈·别雷。别雷一般说来是个难于了解的人，尤其是当他解释自己那混乱的信仰的时候。此后不久，在“塔”里进行了一场关于布拉瓦茨卡娅、施泰纳的谈话。托尔斯泰为了要表示他也不是门外汉，突然说道："我在柏林曾听人说，似乎埃及人的形象现在正在改变……" 大家都笑了起来，托尔斯泰吓得打了个寒战。过了许多年，我曾问阿列克谢·尼古拉耶维奇，马克斯所说的那个关于埃及人的故事是不是他杜撰出来的。托尔斯泰大笑起来："你知道，我上了一次当……"

关于形象的改变的谈话、神秘的无政府主义、寻神说、劫数——所有这一切无论如何也不符合托尔斯泰的天性。当他掌握了若干技巧、找到了自己的题材之后，便和象征派告别了（他和沃洛申的友谊仍继续保持）；他在短篇小说里，后来又在三部曲里嘲笑"颓废派"。1943 年 12 月，我和他一同从哈尔科夫回莫斯科。当时火车走得很慢；我同阿·尼·托尔斯泰占了一个单间；在其他几个单间里有康·西蒙诺夫和一群外国记者。托尔斯泰几乎一路上都在回忆往事；似乎他想在这两天之内做完我现在打算做的事情：回顾一下自己的过去。他突然出我意料地怀着喜爱和敬意回忆起象征派诗人来，他说，他曾向他们学到许多东西；他也回忆起"塔"来；后来他突然大动肝火，说如今的年轻诗人既不尊重过去，也不了解艺术的全部艰辛；他说应该把康·西蒙诺夫叫来，好好劝导他一番：应该怀着虔敬的心情跨入艺术之宫，就像他当年登"塔"时那样。

后来他谈到了勃洛克。在长篇小说《两姊妹》里有一个名叫别索诺夫的颓废派诗人；许多人正确地在他身上看见了一幅勃洛克的漫画像。托尔斯泰解释说，他想嘲笑"勃洛克的模仿者"。但是不用说，连他自己也没有意识到，他赋予了别索诺夫若干勃洛克的特点；他向我承认了这一点；我相信，他这是出于无意。创作的心理状态和各种各样的作家碰到过的那些可悲的故事（只要回忆一下契诃夫写了《跳来跳去的女人》之后同列维坦发生的争执就足够了）表明，一个活人的个别特征、举止、谈吐，往往会不知不觉地被融进我们称之为"小说中的人物"的那种熔合物之中；同时一个艺术家也并非永远都看得清楚，回忆是在何处结束，创作又从何处开始。在别索诺夫身上人们看到了勃洛克的某些特点，这个看法是阿列克谢·尼古拉耶维奇难以忍受的。他对我谈起了他和勃洛克在战争时期的一次见面，谈到勃洛克是一个很仁慈的人；后来他就不再作声，在黄昏时分又吟诵起勃洛克的个别诗句来了。

（还有一个证据——布宁的《回忆录》。布宁在 82 岁的时候企图诬蔑所有的作家，不管他是右派还是左派，是苏维埃作家还是侨民：高尔基和阿·尼·托尔斯泰，勃洛克和马雅可夫斯基，列昂尼德·安德烈耶夫和索洛古勃，巴尔蒙特和勃留索夫，赫列布尼科夫和帕斯捷尔纳克，安德烈·别雷和茨韦塔耶娃，叶赛宁和巴别尔，沃洛申和库兹明。布宁回忆道："莫斯科的作家们为了朗诵和分析《十二个》而举行了一次会议，我也参加了这个会议。朗读者坐在伊利亚·爱伦堡和托尔斯泰的旁边，我记不清他究竟是谁了。由于这部作品——它不知何故竟被称为叙事诗——的声誉很快就变成根本不容置疑的，因而当朗读结束之后，起初笼罩着一片虔敬的沉默，接着可以听见不很响亮的赞扬声：'了不起！好极了！'"布宁接下去叙述了自己的发言——他把《十二个》痛骂了一顿，把这篇叙事诗称为"廉价的、平淡无奇的把戏"。"托尔斯泰当时又给了我一个难堪；我说完以后，只听见他像一只公鸡似的向我叫喊起来……"我还记得那次晚会。阿列克谢·尼古拉耶维奇当时对许多事物都抱着怀疑态度，但却把布宁对勃洛克的诗所说的话称之为"亵渎行为"。）

他常常回忆自己的诗作，而且总是出人意料——有时在漫步街头的当儿，有时在外交招待会上，有时在谈论一件非常实际的事情的时候，这使得他的对谈者为之愕然。1917 至 1918 年冬，我们常到作家们忠实而又大公无私的朋友谢·格·卡拉-穆尔扎家去；我们在那里用晚餐、朗诵诗、谈论艺术的命运。我们总是成群结伙地在深夜回家。卡拉-穆尔扎住在清水塘大街，而我们有的住在厨师街，有的住在普列奇斯坚斯克大街，有的住在阿尔巴特的小胡同里。阿列克谢·尼古拉耶维奇总是讲一些荒诞无稽的趣闻轶事叫我们开心，有时又突然在雪堆中间停住脚步——他想起了一些诗句：有叶赛宁的，有克兰季耶夫斯卡娅的，有薇拉·英贝尔的。

1940 年夏，我从巴黎回到莫斯科。托尔斯泰给我打了一个电话："伊利亚，到我的别墅里来吧"——他的别墅在巴尔维赫。（在此以前，我们闹了好多年别扭，甚至互不理睬。有一次，他在列宁格勒的一家烟草店里看见我站在柜台旁边，便悄悄地对我的妻子说："您告诉他，这种烟草是次品。应该买这一种……"我怎么也想不起来我们是为了什么闹的别扭。我问过阿列

上：阿·尼·托尔斯泰画像，彼·孔恰耶夫斯基画
下左：1913 年阿·尼·托尔斯泰在巴黎
下右：谢·格·卡拉-穆尔扎

克谢·尼古拉耶维奇的妻子——也许他对她说过我们闹别扭的原因。柳德米拉·伊利尼奇娜回答说，托尔斯泰自己也未必记得是怎么回事。这恐怕是对我们之间关系的性质的一个最好的说明了。）托尔斯泰在别墅里请我喝布尔冈红酒："你可知道你喝的是什么吗？这是罗马涅酒！"他详细地探问法国的情况；我的描述自然是不大愉快的。后来我朗读了德国人侵入以后我在巴黎写成的几首诗。有一句引起了他的注意，他一再地重复道：

……和人一样愁眉不展的艺术……

他是一个出色的说故事的能手；成千上万的人至今还记得他说了一辈子的那些形形色色的故事：在他童年时代，一个厨娘曾用一个尿盆盛菜汤；

一个教堂执事把一个个台球赶进自己的嘴里。听他讲故事的时候，可能会认为他写作的时候是很轻松的，其实他写作的时候很痛苦，有时一连工作几天也不休息，修改，重写，常常要把开了个头的作品丢掉："你知道，写得不好……废品！……"

他在青年时代曾醉心于出乎读者意料的情节和事件。他有时把他从某人那里听来的一个故事记录下来，有时只凭脑子去记：这些故事往往变成了短篇小说的基础。下面就是短篇小说《传教士》（初次发表时名叫《老太婆也会犯错误》）的来源。巴黎有很多偶然前来的侨民；其中有一个在1905年参加过兵变的鞋匠。他名叫奥西波夫，娶了一个法国女人，勉勉强强地过着日子，但他就是那个在异乡闷得发慌的阿福纽什卡；他开始酗酒。他感到不大痛快：为什么他的儿子是一个天主教徒？他跑到达留街上的一所俄国教堂里去忏悔，恳求神甫用东正教的仪式给孩子举行洗礼。神甫心软了，他不仅举行了仪式，还送给奥西波夫20个法郎。奥西波夫既不信天主教的上帝，也不信东正教的上帝，他把20个法郎喝光了。过了一个月，当他感到烦闷的时候，喝伏特加的钱却没有了，他决定去找天主教神甫，对他说，东正教徒把他骗了，但他可以"叫儿子重又改信天主教"。这个故事是我从吉洪·伊万诺维奇·索罗金那儿听来的。

我告诉过阿列克谢·尼古拉耶维奇一个鞋匠的故事；他笑了好久；在一个小本子上记了些什么。被他一下子看中了的"改信"一词在短篇小说中保留下来了，但托尔斯泰却"更进一步"——短篇小说的主人公已不单单只是一个狂饮无度的倒霉鬼，还是一个让孩子们全都"改信"并敲了说这个故事的人一笔竹杠的机灵鬼。

阿列克谢·尼古拉耶维奇曾不止一次对我说，有时候他的短篇小说"鬼知道是从哪里产生的"：有的是从十年前某人所说的一个故事，有的是从一个可笑的字眼。我想起了革命后第一个冬天我们在夜间的散步。托尔斯泰肯定地说，我应该把他送到家里——他家在莫尔恰诺夫卡，因为我的模样会把强盗吓跑。（我已记不得我当时的衣着了，只记得一顶很像高筒僧帽的高帽子曾使阿列克谢·尼古拉耶维奇发笑。数年前我曾收到一张照片：上面是阿列克谢·尼古拉耶维奇和我，还有托尔斯泰的一行题字："特维尔大街，1918年

6月。”阿列克谢·尼古拉耶维奇戴一顶草帽，而我却戴着一顶墨西哥骑马牧人的高帽子。）托尔斯泰给我取了一个“臭烘烘的魔鬼”的绰号。不久他就写了一篇关于一个神秘主义作家和一头公山羊的短篇小说《臭烘烘的魔鬼》。那个作家并不像我，而且他戴的还是一顶低低的圆帽子，但臭烘烘的魔鬼并不是作家，而是那头公山羊；然而这个短篇小说毕竟是在那一分钟之内诞生的：当时托尔斯泰把我打量了一番，接着说：“你可知道，伊利亚，你是什么？一个臭烘烘的魔鬼。任何强盗都会被你吓跑……”

他工作的时候不像一个建筑师，而是像一个雕塑家：他很早就把长篇或短篇小说的提纲丢在一边；他常常写了开头，却不知道接下去该写什么；他多次对我说，他还不知道主人公的命运如何，甚至也不知道下一页将写些什么——主人公渐渐地活跃起来，形成起来，并把情节线索告诉给作者。（这是托尔斯泰成熟时期的情况。）

有一种作家兼思想家的人物；阿列克谢·尼古拉耶维奇是一个作家兼美术家。一个人苦苦想做的事往往正是他力不胜任的。我记得，阿列克谢·尼古拉耶维奇在青年时代曾长久地坐在一本书前——他想为它题一句箴言；但是一个字也没写出来。

他能通过形象、叙述、画面非常精确地把他所想表现的东西表现出来；但他不会作抽象思维：每当他试图把某种一般性的、宣言性的东西插入短篇或中篇小说里去的时候，结果总是失败。他之离不开艺术，正如鱼儿离不开水。他最完美的作品——《伏尔加河左岸》《尼基塔的童年》，当然还有《彼得大帝》——都具有一种内在的自由，作家的叙述并不屈从其中有趣的情节；他在写那些取材于他自己的童年或俄国历史的短篇小说的时候，他的才能发挥得特别充分，因为他在俄国就像在一所住惯了的房子里那样感到轻松愉快、信心百倍。

从他的思想来看，他是优秀的俄国知识分子的代表。（这不是职业的定义，而是一种历史现象；无怪乎俄语“知识分子”一词在西方的语言中与过去“脑力劳动者”一词的概念不同。）

现在我要谈谈托尔斯泰同种族主义的第一次冲突——这是第二次世界大战之前很久的事。在“丁香田庄”对面就是大跳舞场“巴尔·比利耶”（这个建筑物现已拆除）。托尔斯泰夫妇有时也去跳舞。有一次，一个黑人邀请索菲娅·伊萨科夫娜跳舞；她把他介绍给丈夫。阿列克谢·尼古拉耶维奇很喜欢这位黑人，并邀请他到公寓里去吃午饭。在寓公之中有一个美国人；他看见托尔斯泰把一个黑人带到餐厅里来，就勃然大怒。阿列克谢·尼古拉耶维奇便天真地向美国人解释，说这个黑人是一个非常有教养的人，他甚至还想提请赐给他公爵的爵位呢。美国人什么都不愿听："这样的公爵在我们那里都擦皮鞋。"于是托尔斯泰大发雷霆，把美国人从二楼上顺着楼梯扔到楼下去了——女主人号啕大哭，但寄居在公寓里的法国人却发出了赞许的喊声。

在 1917 至 1918 年间，他是茫然的、伤心的，有时还很沮丧：他不能理解发生的事变；他常常坐在作家的"钟声"咖啡馆里；按时到住宅委员会去值班；他骂一切人又怜悯一切人，而主要的是感到困惑。伊·阿·布宁常到他那里去，布宁聪明而厉害，他说话也聪明而厉害，但是并不公道；我记得，他说有一个庄稼汉曾到他那里去预先警告他说，农民们决定烧毁他的房屋，把财产运走。伊万·阿列克谢耶维奇对他说："不好，"那人回答说："哪会有什么好事……我要走了，我不在，他们就会把所有的东西都拿走。我想我是不会落在人后的！"托尔斯泰不愉快地笑了。

彼得堡的女诗人丽莎·库兹明娜-卡拉瓦耶娃常到他那儿去；她谈论着正义、博爱、上帝。此后她的遭遇颇不寻常。她到巴黎之后生了一个女儿，后来便削发为尼；她的法名叫玛丽亚。女儿长大以后成了共产党员。当托尔斯泰来到巴黎时，姑娘请求他帮助她到苏联去。在战争时期，女尼玛丽亚成了抵抗运动的一位女英雄。德国人把她送往拉文斯布吕克。有一次，又轮到一批囚犯被送进毒气室，母亲玛丽亚挺身替代了一个年轻的苏联姑娘。在我现在所叙述的那个冬天，丽莎深深的不安传给了托尔斯泰。

他看见小市民的怯懦和无谓的计较，他嘲笑他们，但自己不知道该怎么办。有一次他把门上的一个小铜牌指给我看——"阿·尼·托尔斯泰伯爵"——接着大笑起来："对于一些人是伯爵，对于另一些人是公民。"他这是在奚落自己。

"夫人给印度王子端来一盘菜，她对科什卡说道：'这是野味。'"这是他在吃午饭的时候笑着说的。后来他和一个年轻的左派社会革命党人谈了一会儿，就难过起来了。短篇小说《慈悲！》就是这样诞生的；托尔斯泰在事后写道，这是讥笑自由主义的知识分子的第一次尝试；他没有补充说明，他也嘲笑了自己的张皇失措。

1921 年春我来到了巴黎。托尔斯泰为我邀请了几位客人，有布宁、泰菲、扎依采夫。托尔斯泰和他的妻子克兰季耶夫斯卡娅见了我都很高兴。布宁是毫不妥协的，他打断了我对莫斯科的描述，声称他如今只能和身份相同的人谈话，接着便扬长而去。泰菲想说说笑话。扎依采夫默不作声。阿列克谢·尼古拉耶维奇感到迷惘："你看，简直无法理解……"此后不久，我就被法国警察当局从巴黎驱逐出境了。

后来我在柏林见到了阿列克谢·尼古拉耶维奇：他已经知道，他不久即可回俄国去了。别人在谈论他的那些文章中都提到路标转换派，提到"逐步接近"革命思想。我觉得事情既简单而又复杂。在这个人身上存在着两种热情：对自己民族的爱和对艺术的爱。与其说他从理论上理解了，不如说他感

左：丽莎·库兹明娜（母亲玛丽亚）和安娜·阿赫玛托娃在图中
右：1918 年，阿·尼·托尔斯泰和伊利亚·爱伦堡在莫斯科街心公园

觉到了：他在俄国之外是不能写作的。而他对民族的爱则更使他不仅同自己的许多朋友反目，也同他自己身上的许多东西决裂了——他相信人民，也相信一切都应该照过去那样进行。

20年后，在一个十分艰苦的时期，我们常常见面，在当时，只有认识是不够的，还需要爱和信仰。有人说，他那天生的乐观主义使他永远不会陷入苦闷；这话不对，我在1913年和1918年都看到阿列克谢·尼古拉耶维奇不仅苦闷，而且有时还悲观失望（当然，这并不妨碍他开玩笑、嘻嘻哈哈、编造可笑的故事）。但在可怕的1942年夏，他保持着精神上的朝气：他稳稳地站在自己的土地上，摆脱了他的天性所深恶痛绝的一切——怀疑、被迫寻找出路、孤独感。

1943年12月，我和他同在哈尔科夫旁听审讯战犯。我没有到那个绞杀死刑犯的广场上去。托尔斯泰说，应该去看看，这是不能逃避的。他从刑场上回来的时候脸色阴沉到了极点；他沉默了很久，然后才开口说话。他说了什么？说的是一个作家所能说的话；说的是在他之前屠格涅夫、雨果、俄国诗人康·斯卢切夫斯基都曾说过的那些话……

他晚年很倾心于过去的朋友。他常同阿列克谢·阿列克谢耶维奇·伊格纳季耶夫和他的妻子纳塔利娅·弗拉基米罗夫娜见面。在谈到第一次世界大战的时候我要谈到伊格纳季耶夫。托尔斯泰很喜欢他；他们在某一点上有着相同的道路——他俩都是从先前的另一个俄国走向革命的。常到托尔斯泰家去的还有弗·格·利金、彼得·彼得罗维奇·孔恰洛夫斯基、医生加尔金、所罗门·米哈伊洛维奇·米霍埃尔斯。托尔斯泰顽强地写作《彼得大帝》的第三部。1944年秋天他已病了；有一次我去看他，他皱着眉头，竭力想开玩笑，突然像是精神恢复过来——他谈起自己的作品来了：“第五章写完了……我的彼得大帝还活着呢……”他勇敢地和死神搏斗，支持着他的与其说是他的生命力，不如说是艺术家的热情。

在斯皮里多诺夫卡的一次庆祝红军节的招待会上，大家的情绪都很好：战争快结束了。突然在各个大厅里传开了一个噩耗：“托尔斯泰逝世了……”我们知道他的病很重，但这依然显得那么荒谬——不公正、不可思议、可怕。

他有一次对我说：“伊利亚，你至死都得感谢我——我教你学会了抽烟斗……”我现在的确是满怀着深挚的谢意在想念他。除了抽烟斗之外，他没教会我任何东西……他比我年长九岁，但是我从来不觉得他是一位长者。他没有教过我，但用他的艺术，用他那常常戴着一副愉快的假面具的细致入微的心灵，用他对生活的酷爱，用他对朋友、人民、艺术的忠诚使我高兴过。他在革命以前即已成熟，并在自己身上找到了跨向另一个世纪的力量，1941年他和俄罗斯站在一起。每当我看见他那巨大的、沉重的头颅，我总觉得：这个人是什么都记得的，但记忆并没有压倒他。我之所以感谢他，是因为我们曾在 1911 年那个沉闷而平静的年代见过面，是因为 1945 年 1 月 10 日——在他去世前的六个礼拜，当他在病中过自己的生日的时候，我去过他的别墅；我感谢他还因为，在 35 年期间，我知道他活着、骂人是鬼、哈哈大笑并在写作——夜以继日地写作，而且他写的东西令人一读之下就会因其尽善尽美的句子而喘不过气来。

20

洛东达咖啡馆与末代名士

象牙塔的形象人人皆知，凡是企图逃避现实的诗人和美术家都看中了这种塔。我从来不曾在这种塔里住过，也不知道它是否存在。我也不曾在诗人维·伊·伊万诺夫曾经住过、年轻的阿·尼·托尔斯泰也常光顾的那个“塔”（确切地说，是一个阁楼）里住过。我们总共有上百人，都是憎恨现存社会的诗人和美术家，其中有法国人、俄国人、西班牙人、意大利人以及其他民族的人，大家都是囊空如洗、衣衫褴褛、饥肠辘辘，但对于自己要创造一种新颖的、真正的艺术的心愿却十分执着。我们住在一个沉闷的、幽暗的咖啡馆里，它和象牙塔毫无相似之处。

马雅可夫斯基在1924年末曾写道：

紫色的
巴黎，
阿尼林中的巴黎，
在“洛东达”的窗外，
站起。

马雅可夫斯基看到了被旅行者视若名胜古迹的“洛东达”。这已不是那个乱糟糟、臭烘烘的咖啡馆了，而是一座业经修缮、扩建并重新粉刷过了的古迹。外国人前来倾听向导的解说：“纪尧姆·阿波利奈尔和毕加索经常坐在这张小桌旁边……莫迪利亚尼常在那个角落里给来咖啡馆的人画像，一幅画换一杯白兰地……”

现在连可以让旅行者参观的地方也没有了：在“洛东达”的旧址已盖起一座影院。仅仅在电影制片厂里有时重建一座“洛东达”的道具，以便摄制描绘“末代名士”那种狂热而神秘的生活的影片。影片的荒唐甚至不在于主人公们不像人物的原型，而在于导演们未能觅得足以启迪那些能使“洛东达”的参观者为之振奋的思想和感情的锁钥。

这个咖啡馆同其他成千上万的咖啡馆没有什么不同。马车夫、出租汽车司机和职员都在锌皮柜台旁边喝着咖啡或开胃酒。后面是一个黑黢黢的房间，一有人抽起烟来就烟气弥漫，永不消散，里面摆着10张到20张桌子。这个房间一到晚上就挤得满满的，一片喧嚷声：就绘画问题进行争论，朗诵诗歌，讨论在哪里能挣到5个法郎，互相争吵，又和好如初。有谁喝醉了，大家就把他拖出去。“洛东达”在深夜两点钟关门一小时。掌柜的有时对老主顾特别通融，只要他们安分守己，就允许他们在黑黢黢的空屋子里坐上个把钟头——这是违犯警规的。咖啡馆在三点钟开门，就可以继续不愉快的谈话了。

爱伦堡在费得尔的工作间

咖啡馆的老板利比昂从未想到他的大名竟能被载入绘画史中。这是一个购置了一家不大的咖啡馆的忠厚的、发福的老板。“洛东达”偶然地变成了一群来自天南海北的怪杰们的大本营，或者如马克斯·沃洛申所说，一群“废物”诗人和画家（其中有些人日后成了名人）的大本营。利比昂是一个平庸的中等资产者，他起初很瞧不起这一帮稀奇古怪的顾客，看来他把我们当作无政府主义者了。后来他习惯了我们，甚至对我们产生了好感。有人告诉他说，有些人靠绘画发了财：花很低的价钱从默默无闻的画家那里买来几幅画，20 年后赚了一大笔钱。这种生意经对于利比昂并没有很大的诱惑力。有一次他对我说，他不喜欢赌博，而收买绘画——这是抽彩：要是在 1000 个画家中将来有一个能出名，就算很好了。他情愿沽酒为生。当然，他有时也花 10 个法郎向莫迪利亚尼买一幅画——因为酒菜堆积如山，而穷光蛋却身无分文……利比昂有时还送给一个诗人或一个画家 5 法郎，并生气地说："拿去找一个女人吧，瞧你那对疯狂的眼睛……"他的下唇上无时无刻不叼着一小截熄灭了的香烟头。他外出的时候大都不穿上衣，只穿一件小坎肩。

一天，我正在"洛东达"里坐着，女画家米亚姆林娜求我替她抱抱她那个吃奶的孩子——她要到对面去买香烟。过了半个钟头，又过了一个钟头——米亚姆林娜还不回来。孩子嚷起来了。利比昂走了过来，他听了我的话显然不相信："我可知道你们这些人——养了娃娃，可后来又竭力想摆脱他们。好吧，把他送到我那里去吧——我有一个老太太，她会帮你的忙的。真是一位好爸爸！……"利比昂住在"洛东达"的旁边，那是一所小市民的住宅：红色的厚窗帘，墙壁上挂着一幅美丽的风景画。上帝保佑！他从来不把莫迪利亚尼或苏京的作品挂在自己家里。他眷恋自己的主顾，但不眷恋他们的作品……

二月革命以后，被沙皇政府调往西线的一个旅的士兵来到了"洛东达"：他们听说能在这里找到俄国的侨民。士兵们要求把他们遣返俄国。警察开始找利比昂的麻烦：他们说什么"洛东达"是革命者的总部，他们禁止军人到这个咖啡馆里来。利比昂亏大了。他什么都怕：这是一个凶险的年头，克列孟梭决定对国内进行更加严密的控制，警吏恣意横行。利比昂叹叹气、发发牢骚，然后就把"洛东达"卖给了另一个老板，而自己则在一个离艺术家们较远的安静的地方买了一家不大的咖啡馆。但是当时他明白了，他对一般的顾客是不感兴趣的。他有时到"洛东达"来，坐在一个黑暗的角落里，叫一杯啤酒，忧郁地四下打量。几年以后，他去世了，画家们和诗人们（其中有一些当时已经出名）参加了他的葬礼，于是利比昂也和他的许多主顾一样，享受了身后的哀荣。

在我的第一部长篇小说的开头清清楚楚地写道："我像往常那样，坐在蒙帕纳斯林荫道上的一家咖啡馆里，面前放着一只空杯，等待着有人付给有耐性的堂倌 6 个苏，让我得到解放。"接着我叙述了被我看成一个鬼怪的胡利奥·胡列尼托走进咖啡馆的场景，这当然是一种虚构。我在"洛东达"里遇到了一些曾在我的一生中起过重要作用的人们，但是我未曾把他们当中任何一个看成鬼怪——当时我们大家都是鬼怪，也都是被鬼怪放在小锅里煎熬的受难者。我们很少去看戏，这不仅因为我们身无分文，还因为我们自己也得在一出冗长而又杂乱的戏里扮演角色。我不知道这出戏的名称该是什么——滑稽戏呢，悲剧呢，还是马戏团的活报剧。也许最恰当的名称还是马雅可夫斯基想出来的"宗教滑稽剧"。

当然，"洛东达"的外观是够美的了：有种族的大混合，有饥饿，有争吵，而且毫无社会地位（同时代人的承认一向来得很迟）。吸引电影导演的正是这种光怪陆离的景象。当一个偶然的来客、汽车司机或银行职员在咖啡馆的柜台旁边喝了一杯之后，瞧瞧这个阴暗的房间，他们就会愕然一笑或愤然离去：即使在对一切都感到习以为常的巴黎人眼里，这一帮人也是那么怪诞不经。

令人惊异的首先是五花八门的人物和语言——不知是国际博览会的陈列馆呢，还是未来的和平代表大会的预演。有很多人的名字已被我忘了，但也还记得一些，其中有的已身显名扬，还有一些则已黯然失色。下面是一份极不完备的名单。法国诗人纪尧姆·阿波利奈尔、马克斯·雅科布、柏列兹·桑德拉、科克托、萨尔孟，画家莱热、弗拉明克、安德烈·洛特、麦尚杰、格雷兹、卡诺、拉迈、尚塔尔，批评家埃利·福尔，西班牙人毕加索、胡安·格里斯、玛丽亚·布兰沙尔，新闻记者考尔普斯·巴尔加，意大利人莫迪利亚尼、赛弗里尼，墨西哥人迪埃戈·里维拉、萨拉加，俄国画家沙加尔、苏京、拉里奥诺夫、贡恰罗娃、什捷连别尔格、克列缅、费得尔、福京斯基、马列夫娜、伊兹德布斯基、吉列夫斯基，雕塑家阿尔希片科、察特金、梅夏尼诺夫、因德利包姆、奥尔洛娃，波兰人基斯林、马尔库西、戈特利布、扎克，雕塑家杜尼科夫斯基、利普希茨，日本人藤田和川岛，挪威画家佩尔·克罗格，丹麦雕塑家雅各布森和费希尔，保加利亚人帕斯金。其他的不容易想起来了——大概我漏掉了许多人的名字。

这一伙客人的外表也同样能使不熟悉情况的人惊异不止。例如，谁也不能对莫迪利亚尼的衣着做一番确切的描述。景况好的时候他穿一件浅色丝绒短外套，系一方红色绸围巾。而在他长期酗酒、手头拮据或有病在身的时候，他就缠上一身花花绿绿的破布。日本画家藤田穿一件家常的长衫四处溜达。迪埃戈·里维拉挥舞着一条雕花的墨西哥手杖。他的女友，画家马列夫娜（沃罗比约娃-斯捷别利斯卡娅），喜欢穿得花花绿绿的，她的声音响亮、刺耳。诗人马克斯·雅科布住在巴黎的另一端——蒙马特。他白天来的时候总穿一件晚礼服，雪白的胸衣耀眼刺目，一只眼上总是戴着一个单眼镜。一个头上插着羽毛的印第安人向所有的人炫耀自己的粉画。女黑人艾莎仰起她那覆着蓝黑色的粗硬发卷的大脑袋，纵声狂笑，一口白牙在薄暮中闪闪发光。雕塑家察特金穿一件工作服，一条以脾气暴烈出名的丹麦种短毛的彪形猛犬陪伴着他。女模特玛尔戈照例一来就脱衣服，有一天她对我说，她的理想是当女王，我很惊奇，她解释说：“你这个小傻瓜！女王是每一个人都想强奸的呀！……”克列缅和苏京总是坐在最黑暗的角落里。苏京总是心惊胆战而又萎靡不振，仿佛刚被人唤醒，还没来得及洗漱、刮脸。他的两眼使他看起来像一头被捕获的野兽，也许是出于饥饿。谁也不注意他。谁想象得到，这个出生于白俄罗斯的一个名叫斯米洛维奇的小地方的孱弱少年的作品，将成为全世界的博物馆梦寐以求的珍藏呢？……

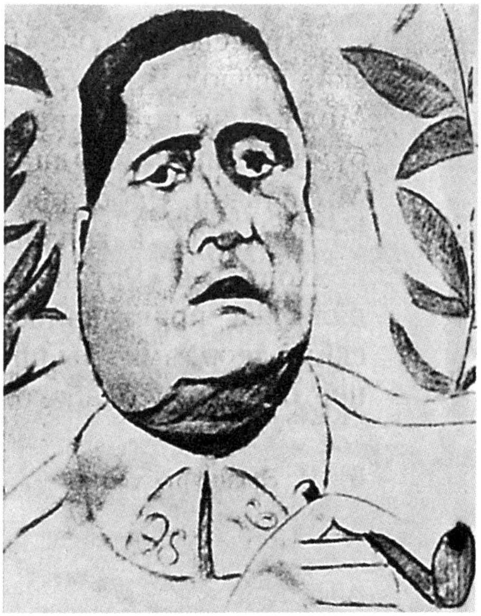

马克斯·雅科布画的纪尧姆·阿波利奈尔的漫画

我还记得达维德·彼得罗维奇·什捷连别尔格把阿·瓦·卢那察尔斯基带到“洛东达”来的情形。我和他们同坐在一张小桌旁。卢那察尔斯基称赞斯坦朗的绘画，还说弗朗茨·施图克是一个颓废的、然而却很有趣的

1916 年，纪尧姆·阿波利奈尔去前线之后

画家。我不同意，依我看来，斯坦朗是不足道的，而施图克是一个低劣而又缺乏审美感的颓废派，但我同阿纳托利·瓦西里耶维奇在一起时却很惬意：我感到自己像是在莫斯科。他走后，利比昂对我说：“我没想到你还会有正经朋友。这位先生是你的同乡吗？他能帮助你翻身出头的……”

在描述“洛东达”的顾客们形色各异的景象的时候，我应该承认，我也不亚于其他的人。早在“丁香田庄”时期我就是奇形怪状的。托尔斯塔娅回忆说，阿列克谢·尼古拉耶维奇曾寄过一张明信片到咖啡馆来，明信片上没有写我的姓名，而是写着“Au monsieur mal coiffe”——“一位不梳头的先生”——而他们也就把明信片恰好给了我。在“洛东达”里我完全成了一个流浪汉。1916 年沃洛申曾在报上的一篇文章中描写了“一个病态的、胡茬满腮的人，一头刚硬的长发，奇形怪状的发绺四下披散，戴一顶向上撅着的、宛如中世纪的尖顶帽的宽边细毡帽，腰弯背曲，两肩和双足都向里拧着”。马克斯断言，每当我“在巴黎其他各区出现，就引起行人的骚动。只有古代雅典街道上的昔尼克学派哲学家和亚历山大街道上的基督教苦行僧才能引发这种现象”。

“洛东达”的常客在它那个圈子之外是默默无闻的。但毕加索却已经有了名气，报上有时候会刊载关于他的文章。有人对利比昂说，“俄国的苏堪公爵”（休金）正在收购巴勃罗·毕加索的绘画，休金十分尊敬地向他问好：“日安，毕加索先生！”

巴勃罗住在蒙马特，后迁居蒙帕纳斯，在离“洛东达”不远的地方租了一间工作室。我从未见他醉过酒。他看上去像一个年轻小伙子，爱搞恶作剧。有一次他和迪埃戈同来，说他们在纪尧姆·阿波利奈尔的窗下演奏了一支小夜曲——《Mère de Guillaume Apollinaire》，意为《阿波利奈尔的母亲》，但用法语说起来却并不十分悦耳。

“洛东达”的生活是极其单调的，有时发生了什么事故，大家会议论好些天。基斯林和戈特利布举行了一次决斗，迪埃戈是他们的副手之一。记者们打听到了决斗的消息，于是所有的报纸在同一天都登满了“洛东达”的新闻。在咖啡馆的顾客中有许多斯堪的纳维亚人，利比昂为他们订了几份外国报纸。瑞典人的酒量比所有人都大，这是理想的主顾。我记得，经常和我并排坐着的是一位瑞典画家，他经常叫双份白兰地，小桌上的小菜盘堆积如山。白兰地并不妨碍瑞典人专心阅读《瑞典日报》，报纸总会遮住他的脸。突然报纸掉了下来——原来瑞典人已经死了。警察来了；我们悄悄地各自回家。一天，有个西班牙人，一个壮实的小伙子勃然大怒，抓起一张大理石小桌的一支桌腿挥舞起来，大叫大嚷着说，他现在要把所有的东西都砸个稀烂——因为他对生活厌倦了。我们向柜台退去。利比昂有一个坚定的原则：从来不叫警察。

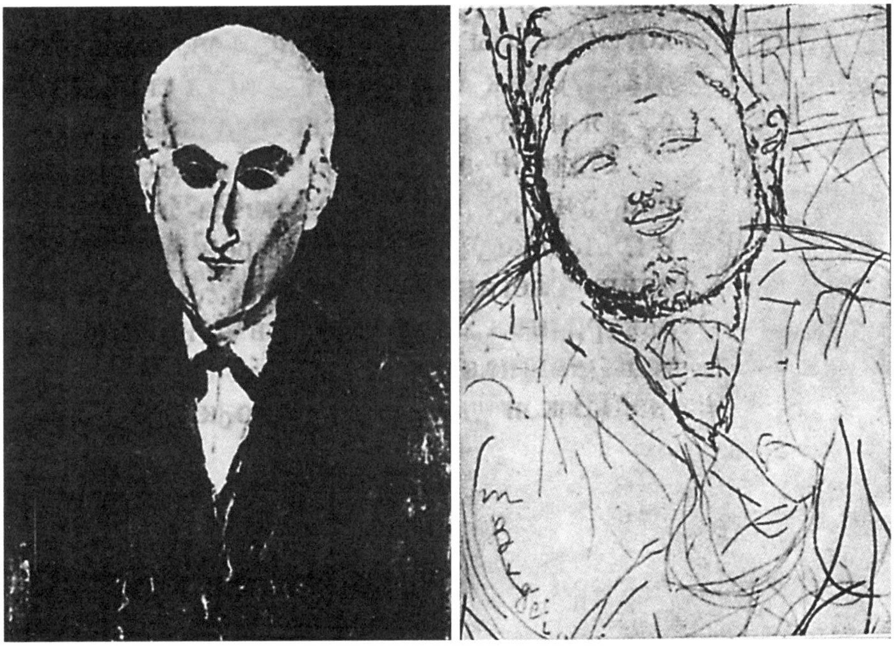

左：莫迪利亚尼画的马克斯·雅科布的肖像
右：莫迪利亚尼为迪埃戈·里维拉画的肖像

上：基斯林和戈特利布之间的战斗，迪埃戈·里维拉是他们的副手之一
下左：“洛东达”时期的毕加索
下右：拉里奥诺夫创作的柳芭·卡杰茨娃-爱伦堡的漫画

西班牙人出人意料地微微一笑，把小桌放回原处，说道：“现在可以为第二号生命干杯了……”

尽管如此，“洛东达”却并非盗穴贼窟，而是一家咖啡馆。绘画陈列馆的主人们约画家在这里见面，爱尔兰人在这里讨论怎样才能赶走英格兰人，棋手们在这里鏖战。记得安东诺夫-奥夫谢延科就是一个棋迷，他每走一步棋都要说一句："不，你们不懂我这一步的用意，我是一个老手……"

1914年末，莫迪利亚尼的兄弟从意大利前来巴黎，他是社会党人，国会议员。朱赛佩·莫迪利亚尼反对意大利参战。他约尤·奥·马尔托夫和拉宾斯基在"洛东达"见面。据说他看到自己兄弟那疯疯癫癫的样子十分伤心，并把这归咎于那些不三不四的朋友，归咎于"洛东达"。

但是"洛东达"并不能剥夺任何人精神上的安宁，它只不过把失去安宁的人们招引来了。记者们不知道我们谈些什么；他们有时候就描写斗殴、酗酒、自杀。"洛东达"臭名远扬了。在大战期间，我曾在旁边的一张小桌边看见一个年轻而朴素的女人，从她的外表看来，她显然是偶然来到蒙帕纳斯的。她怯生生地找我谈话。原来她是一个缝时装的女工，从普瓦捷到巴黎来住一天，想瞧瞧画家们的生活。我对她解释说，我不是画家，而是一个俄国诗人。这在她看来更富于浪漫色彩。她跟着我到旅馆去，并央求我允许她瞧瞧我的生活情况。那时我的心全在女画家尚塔尔的身上，于是就冷冰冰地说，我要工作。"您忙您的，我静静地坐一会儿……"她被我房间里那种乱七八糟的样子吓了一跳，便把一切都收拾整齐。她从衣柜里取出破了的袜子，把它们补好，把衬衫上的扣子钉上，然后心满意足地走了——她已目睹了名士的生活情况，我却还坐在冰冷的房间里写诗：

猪头在腊肠铺里打盹，
跟太太们一样苍白，
一动不动的眼睛沮丧地
盯着泪痕斑斑的大理石。
如果您需要，我就给您一头填馅儿的骟猪，
或者一个宛如兰斯大教堂的精美糖果盒……

谈起"洛东达"，我就不由得会想起那些奇闻趣事。但是这一切都比奇闻趣事要悲惨得多、严肃得多。莫迪利亚尼每晚都在咖啡馆里画肖像，画在信纸上，有时一连画20张。但这并不是他成为莫迪利亚尼的原因。我们不是在"洛东达"里工作，而是在一些没有生火的工作室里，在阁楼上，在名叫旅馆的肮脏的、带家具出租的公寓里工作。我们到“洛东达”来是由于我们彼此吸引。引诱我们的不是那些丑闻，甚至大胆的美学理论也不会使我们激动，我们只是互相倾心：一种共同的不走运的感觉使我们亲近起来了。

我将要写一些关于毕加索、莫迪利亚尼、莱热和里维拉的事。但现在我暂时不谈他们，先来探究一下我们以及我们全神贯注的那种艺术在当时的遭遇。

意大利的未来派建议焚毁博物馆。莫迪利亚尼拒绝在他们的宣言上签名，他并不掩饰他对托斯卡纳的艺术大师们的热爱。毕加索时而称赞格雷科，时而称赞戈雅，时而称赞委拉斯开兹。马克斯·雅科布为我朗读留特别夫的诗。我们之中没有一个人否定古代艺术，但是我们常常痛苦地想，艺术在目前是否需要，尽管没有它我们连一天也活不下去。

汇聚在“洛东达”里的人既不是一个固定的流派的信徒，也不是什么时髦的“主义”的宣传家。无论在里维拉当时所醉心的干巴巴、灰溜溜的立体主义与莫迪利亚尼的抒情画之间，还是在莱热和苏京之间，都没有任何共同之处。后来艺术研究家们想出了一个“巴黎学派”的头衔，也许说得更确切些——一个可怕的生活学派，而它是我们在巴黎认识的。

印象派和塞尚先后发动的革命仅以绘画为限。马奈在生活中并不是一个叛逆的人，而是一个文质彬彬的人。塞尚只看见大自然、画布、颜料。在德雷福斯案件期间，法国沸腾了，他对他的老友左拉居然会对这种小事发生兴趣感到困惑。画家们同与他们有联系的诗人们在第一次世界大战前的几年间发动的叛乱具有另一种性质，这种叛乱不仅反对审美标准，也反对他们生活其中的社会。“洛东达”不像一个藏污纳垢之所，而像一个地震探测站，这里的人能察觉到他人所不能察觉的震动。一般说来，法国警察把“洛东达”看成一个有危害社会治安之嫌的去处，已经并不是毫无道理的了……

和通常一样，在暴动的参加者之中，一部分日后离开了，或在情况发生变化以后逐渐消沉，并终于隐退了；另一些人——莫迪利亚尼、纪尧姆·阿波利奈尔——早夭了；第三类人终生保持着那些年间的狂态，他们一生的经历和一个世纪的历史是齐头并进的。

第 一 部

对于一个作家来说，最困难的事莫过于决定书名了。书名通常不是矫揉造作就是千篇一律。但是我对《前夜集》这个书名却比书中的那些诗要满意得多。我现在所叙述的那些年代确系前夜。许多人都把这几年看成一个尾声。当白夜来临的时候，是难以确定那引起激动和不安、妨碍睡眠、造福恋人的光线的起源的——这是晚霞，还是朝霞？这种自然界中的光线的混合持续不久——半小时或一小时。但历史却不这样匆促。我在双重光线的结合中长大，并在其中度过了一生，一直到老……

21

两位法国诗人

我不知道，何以在那个时期我结交的画家多于诗人。也许是因为绘画语言具有国际性，也许只是因为画家们在“洛东达”咖啡馆里待的时间长些。

1914年初，一位画家把我叫到“洛东达”黑暗角落里的一张小桌前：“我把阿波利奈尔介绍给你。”当时我迷上了这位诗人，试图翻译他的若干诗作。一首诗的开头是：

> 秋天的山谷郁郁葱葱，然而有毒，
> 乳牛在山谷里缓缓行走，
> 吸吮着黑色的、黏滞的毒汁。
> 那淡紫色山谷里的番红花，
> 使你的眼神像番红花那样茂盛淡紫，
> 从你的眼里也溢出同样可怕的毒汁，
> 缓缓淌进我的生命……

不难料到，我有多么激动。我一句话也说不出来，甚至并未注意谈话，只顾瞧着阿波利奈尔，想必都瞧得入神了，他只得笑着说：“我又不是漂亮姑娘，而是个中年男子。”他并不像“洛东达”那些老主顾，衣着和举止都毫不奇特，声音响亮，笑容可掬，虽说他本是在罗马出生的波兰人威利盖姆·科斯特罗维茨基，却宛如一个好心的佛来米人（比利时两大民族之一）。他热情洋溢，日后我也许仅仅在捷克诗人奈兹瓦尔身上看到过这样的热情。

我在“洛东达”里见过他几次。他爱开玩笑，有一次建议我们写一出关于蛇、苹果和毕加索的神秘剧。巴勃罗是个迷信的西班牙人，听到“蛇”这个词就感到不安，便在桌子底下做了几个奇异的手势以祛邪避灾。

我认为阿波利奈尔的诗过分和谐，便把他列入古典派，并向迪埃戈·里维拉抱怨道：“阿波利奈尔——他是雨果、普希金。他写道：‘迷人的潘（希腊神话中阿耳卡狄亚的森林和丛林之神）、爱情和耶稣都死了。猫儿忧郁地在咪咪叫。我也止不住自己的眼泪。’”迪埃戈答道：“这是因为阿波利奈尔是法国人，也就是说，他虽是波兰人，但用法文写作……”（我不止一次下决心不用法文写一行诗，而且的确不曾写过。）可我对待阿波利奈尔的诗是偏心的：他不仅是一位大诗人，也是一位新时代的人，只不过稍稍沾上了一些古代欧洲道路上的银灰而已。

战争初期他自愿走上前线，起初他颂扬战争，后来看到战地生活的可怕便把它写了下来。1916 年春，一枚炮弹在掩体旁爆炸，一个弹片击穿了头盔，阿波利奈尔头部受了重伤。伤势给他带来了剧烈的头疼和左半身瘫痪，要接受颅骨环锯术。阿波利奈尔的健康遭到损害，到了 1918 年 11 月，在战争结束前两天，他死于“西班牙流感”——一种危险的流行性感冒。

当我开始写回忆录的时候，有人从图书馆给我送来一捆有关 20 世纪第一个 25 年的诗人们的书，其中有一本诗人马克斯·雅科布的书信集。1915 年，他在给炮兵旅准尉纪尧姆·阿波利奈尔的一封信中写道：“相当著名的俄国诗人伊利亚·爱伦堡在我们这儿，他向我翻译了自己的诗作。他认为自己是雅姆的学生，但他更像你或海涅。他的诗里有一种类似最后审判的气氛：人们去找坐在咖啡馆里的一个老头，‘莫非您不知道，最后审判来临啦？该走啦！’但老头答道：‘出什么事啦？最后审判？我不能去——等我回家吃晚饭哩……’他的诗并非全都如此出色，不过但愿像此人这样有才能的诗人能多一些……”当时马克斯·雅科布觉得我是有才能的，但这是一种否定的才能，我自己常常想到自己的短处。

马克斯·雅科布曾说，他想把我的一些诗译成法文。我们俩曾在他家一起工作。他住在蒙马特的一个小房间里。他去“洛东达”时照旧穿得非常考究，可回到家里就脱下出门穿的服装，小心翼翼地把它们放进箱子，再穿上一件又脏又破的上衣。

（1917 年末，我在莫斯科收到马克斯·雅科布一封信。他告诉我，有人在“秋季沙龙”的当代诗歌晚会上朗诵了我的诗作的译文。我没有回信——我们生活在不同的世界里……）

马克斯·雅科布有一些使他近似另一个马克斯——沃洛申的特点：二人除了写诗之外还作画，都非常喜欢游戏、胡闹、愚弄别人。当马克斯·雅科布被汽车撞伤，急救车把他送进医院的时候，他恳求大夫们通知他的女儿，虽说他根本就没有女儿。他信奉天主教：他常要别人相信，基督和玛利亚在他面前显过灵。我不知道，什么是出于信仰，什么是出于游戏。他曾一本正经地告诉我，圣母向他显灵时曾（用暗语）对他说：“马克斯，你不要脸……”毕加索是他的教父。

真正使马克斯·雅科布着迷的是艺术。他写过一些柔情脉脉并含讥笑意味的诗，时而揭露沾沾自喜的资产者，时而天真地忏悔，他预见到了物理学、天文学的腾飞，具有非凡的想象力和敏感，这种敏感使他预见到许多事情。他曾描写过这样一个场景：几位部长和几个唯美派正就纯艺术、法兰西的伟大进行空泛的谈话，而他们的上空则是被闪电划破的锡色的苍穹。

他在卢瓦尔省的天主教修道院里住了多年。他在那里碰上了第二次世界大战。不久马克斯就不得不戴上一枚黄星——他是犹太人。他给友人们写了些令人伤感的信：他知道他面临着什么。一天，抵抗运动参加者保罗·艾吕雅前去找他：他想告诉雅科布，年轻的法国诗歌要感谢他的是什么。

1945 年 1 月，巴黎广播电台广播，德国人杀害了马克斯·雅科布。后来我获悉了他的死的详情。1944 年初，德国人把马克斯送往德朗西的羁押点。那里的犹太人又被送往奥斯威辛（雅科布的亲人全都死在那里）。马克斯当时 68 岁，他是因病在德朗西去世的。死里逃生的人们说，他临终时还竭力鼓舞并安慰别人，真是死而无愧啊。

22

画家莫迪利亚尼的悲剧

每当我和莫迪利亚尼谈天的时候，他几乎总要向我朗读《神曲》中的几行三韵句诗：但丁是他喜爱的诗人。在《前夜集》中有一首注明 1915 年 4 月所作的诗：

你坐在低矮的阶梯上，
莫迪利亚尼，
你的喊叫是海燕的呼唤……
一盏略低的油灯射出油腻的光线，
热气腾腾的头发泛出一片幽蓝！
突然我听见可怕的但丁——
在呜呜声中，忧郁的词句四向迸溅……

但丁不仅是可怕的。我记得《炼狱篇》中的几行诗：诗人同他的旅伴登上了一座山，坐下来静静地回顾走过的旅程。我现在也想同活着的莫迪利亚尼（他的朋友们都叫他莫迪）在一起坐一会儿。他曾被人当作一部风靡一时的影片的主人公，有几部庸俗的长篇小说也对他有所描写。难道影片的导演能安安静静地在小小的石头台阶上坐一会儿，并考察他十分陌生的一条道路上杂乱的足迹吗？……

一个传说就这样产生了：一个饥饿的、放荡的、整天醉醺醺的画家，一个名士派的末裔，他总是在两次酗酒之间短短的几小时内画一些独特的肖像画，他死于贫困，而死后却成了名人。

这一切既真实，又不真实。说真实，是因为莫迪利亚尼的确常常挨饿、喝酒、吃印度大麻的籽儿，但这并非出于对放荡生活或“艺术的天堂”的热爱。他丝毫不想挨饿，他的胃口总是很好，他也不是故意自讨苦吃。也许他比别人更是专为幸福而生的。他迷恋甜蜜的意大利语、托斯卡纳旖旎的景色及其古代大师们的艺术。他并非从大麻开始……当然，他可以绘制一些能使批评家和订购者皆大欢喜的肖像画，这样他能得到金钱，得到一所优越的工作室，得到人们的赞誉。但莫迪利亚尼既不会撒谎，又不会随波逐流。凡是见过他的人都知道他是一个十分直率和高傲的人。

我在艰苦的日子里见过他，在有一线希望的日子里也见过他。我见到过泰然自若、文质彬彬的他，脸剃得光光的，面色苍白而微微有点粗野，眼睛温柔多情。我也见到过狂乱的、黑色刚毛满脸丛生的他——这个莫迪利亚尼尖声喊叫，像一只鸟，也许像一只信天翁。我在诗里提到海燕并非有什么隐喻。

（莫迪利亚尼很喜欢波德莱尔的一首关于一只被水手们取笑的信天翁的诗——《一位长了翅膀的旅客被困在地上……》。）

我曾说过，他是一位美男子，女人们总是盯着他瞧。在我看来，他的美永远是意大利式的。但是他是一个谢法德——人们这样称呼那些被逐出西班牙后迁往普罗旺斯、意大利和巴尔干半岛各国的犹太人后裔。

有一次我和莫迪利亚尼一同来到巴士德大街的一家咖啡馆里。他面向大街进行创作，神色安详。在旁边的一张小桌上，有几位可敬的人在打牌。我在抄莫迪向我推荐的几首诗，什么也没听见。突然莫迪利亚尼跳了起来叫道：“住嘴！我是犹太人，我可以同你谈谈。懂吗？……”玩牌的人都停下了手里的动作。莫迪利亚尼付了咖啡钱后又大声说：“真倒霉，咱们怎么钻到这个只有猪猡才光顾的咖啡馆来了……”我们出来以后，我问他邻座的人到底说了些什么。莫迪答道：“他们说拿一把刷子涂来涂去是最丢人的事，还得打他们300年的耳光……”

他曾告诉我，他的祖父是罗马人，因为想种柳树而买了一小块地，但法

1911 年，莫迪利亚尼在巴黎为安娜·阿赫玛托娃画的肖像

律是禁止犹太人占有土地的。祖父大发雷霆，便搬到里窝那儿去了，有许多犹太人家族自古就定居在那里。莫迪曾向我朗读 16 世纪犹太诗人伊曼努伊尔·里姆斯基的意大利十四行诗——它们是一些讽刺的、悲痛的、同时又充满了对生活的讴歌的诗。莫迪利亚尼告诉我罗马人从前怎样庆祝狂欢节：犹太人协会必须提供一名充当走马的犹太人，这人浑身赤裸，在欢腾的人群与主教、使节和太太们的哄笑中，以比大步前进的马快上三倍的速度跑遍全城。（我当时曾写过一首有关此事的长诗。）

我是在 1912 年认识莫迪利亚尼的，当时他已是一位老巴黎了。在我们相识之后不久，他为我画了一幅肖像，大家都说画得很像。此后他便常常为我画像，我曾有一夹子他作的画。（1917 年夏，我随一群政治侨民一同回俄国去。经过英国的时候，当局宣布禁止携带任何手稿、绘画、图片甚至书籍出口。我把我当时最珍贵的东西挑了出来——一幅毕加索的静物画，巴拉丁斯基的一部题有他的签名的《埃达》，莫迪利亚尼的画——然后把皮箱暂存在临时政府的大使馆里。这个政府的确是临时的，而那口皮箱也就再也不知下落了。）

安娜·安德烈耶夫娜·阿赫玛托娃现在所住的房间（在列宁格勒一所古老的住宅里），是一个狭小、森严、未加装饰的房间，仅仅在一面墙上挂着一帧年轻的阿赫玛托娃的肖像——那是莫迪利亚尼的作品。安娜·安德烈耶夫娜告诉我，她怎样在巴黎结识了一位非常谦逊的意大利青年，这个青年恳求为她画一幅肖像。这是 1911 年的事。那时，阿赫玛托娃还不是阿赫玛托娃，而莫迪利亚尼也还不是莫迪利亚尼。但是这幅画（虽然其手法同莫迪利亚尼后来的作品有所不同）线条的准确、熟练和艺术的感染力却已是显而易见的了。

影片和小说中的莫迪利亚尼是处于绝望和疯狂状态中的。但莫迪利亚尼并不是一个只会在“洛东达”喝酒，只会在被咖啡溅污的纸上画画的人，他在画架前打发了不少岁月，用油彩画裸体画和肖像画。

他读书之多总是令我惊异不止。我似乎还没有见到过第二个像他这样喜爱诗歌的画家。无论但丁、维永、莱奥帕尔迪、波德莱尔还是兰波，他都要背诵。他的油画不是偶然的幻想——这是为画家所洞悉的一个由天真和智慧的特殊结合所构成的世界。当我说“天真”这个词的时候，我并没有想到幼稚、天生的平庸或故作粗俗，我把天真理解为一种新颖的感受能力，一种直感，一种内在的纯洁。他所作的肖像画全都惟妙惟肖——我是与我所认识的人相比作此判断的——如兹博罗夫斯基、毕加索、迪埃戈·里维拉、马克斯·雅科布、英国女作家比阿特丽斯·赫斯金格斯、苏京、诗人弗朗斯·埃伦斯、季列夫斯基，还有莫迪的妻子然娜。他从不迷恋背景或任何外在之物。他的油画展示了一个人的天性。例如，迪埃戈·里维拉肥胖笨重得几乎有些古怪；苏京经常保持一种悲戚的困惑表情，一种固定不变的厌世的苦闷。但奇怪的是，莫迪利亚尼的形形色色的模特都有一个共同的特点，把他们统一起来的不是老一套的手法，不是外在的表现方法，而是画家的处世态度。兹博罗夫斯基和他的那副宛如一头驯顺的毛发蓬松的牧羊犬的尊容，茫然若失的苏京，穿着衬衫的温柔的然娜，一个小姑娘，一个老头子，一个女模特，某位大胡子先生——所有人都像被人欺负的孩子，虽然有些孩子满脸胡髭或白发苍苍。我想，莫迪利亚尼所想象的生活可能是由十分凶恶的成年人所布置的一座巨大的儿童花园。

当然，传说有一部分是真实的，因而也就不难理解，何以莫迪利亚尼的生平能使编剧着迷了。不久以前我在报上看到一则消息，说莫迪利亚尼作的一幅小小的肖像画在美国的一次拍卖中以十万美元售出。莫迪利亚尼一辈子所花的钱也不足这笔巨款的四分之一。我曾多次目睹，罗扎利老婆子，第一村路上一家微不足道的意大利小饭店的老板娘，是怎样用一小块肉或一份通心粉就从莫迪利亚尼手中换到了一幅画。她不愿要，但他坚持要给——他又不是要饭的，于是罗扎利便瞧瞧那些涂满了细细的、支离破碎的线条的小纸片，悲哀地叹口气道："我的上帝……"还有一点也是实情，那就是一些博识多闻的绘画鉴赏家也不理解他的作品。对于喜欢印象派的人们说来，莫迪利亚尼画作中光线的冷淡、构图的清晰、对模特的任意改变，都是不能被接受的。大家都在谈论立体派。一些被破坏的观念所控制的艺术家，同时又是工程师、建筑师和设计师。对于立体派油画的爱好者来说，莫迪利亚尼是一个旧时代的残余。

传记作家指出，1914 年是莫迪利亚尼的得意之年：他找到了一下子就理解并爱上了他的作品的画商兹博罗夫斯基。但兹博罗夫斯基自己却是一个倒霉鬼：这位年轻的波兰诗人来到巴黎，希望做一次前往神话般的基西拉岛的航行，却在"洛东达"里面对着一杯咖啡一筹莫展。他身无分文，和妻子同住在一所小住宅里，莫迪利亚尼常在那里工作。而兹博罗夫斯基却把他的油画夹在腋下，从早到晚在巴黎城里四处奔走，妄想用一个意大利画家的作品去引诱真正的画商。

说它真实，最后还在于莫迪利亚尼有时确被不安、惊恐、愤怒所支配。我记得在一间堆满废物的工作室里的一个夜晚，屋里的人很多——有迪埃戈·里维拉，有沃洛申，还有几个女模特。莫迪利亚尼非常激动。他的女友比阿特丽斯·赫斯金格斯用很重的英国口音说："莫迪利亚尼，您别忘了您是一位绅士，您的母亲是一位上流社会的太太……"这些话在莫迪身上就像符咒一样灵验，他一言不发地坐了很久，后来忍不住了，便动手毁坏墙壁，剥去灰泥，想把砖头抽出来。他的手指血淋淋的，眼神是那么绝望，我受不了，便走到堆满雕刻品的碎屑、打碎的碗碟和空箱子的肮脏的院子里去了。

在战争时期，他晚间常到画家们进晚餐的一家饭馆去；他坐在室内楼梯的梯阶上，有时朗诵但丁的诗，有时谈大屠杀，谈文明的毁灭，谈诗，除了绘画以外，无所不谈。他一度迷上了16世纪的法国医学家诺斯特拉达穆斯的预言。他要我相信，诺斯特拉达穆斯准确地预测到了法国大革命、拿破仑的兴亡、教皇国的完结、意大利的统一。他还援引那些尚未应验的预言：“在意大利建立一个共和国——这无关紧要……比较重要的是——人们被流放到岛上去，一位暴君将要执政，一切没有学会沉默的人都要被关进监狱，人们将开始遭到屠杀……”他从衣袋里掏出一本破烂不堪的小册子，开始叫喊起来：“诺斯特拉达穆斯预见到了空军的诞生。所有胆敢不按时微笑或啼哭的人，很快就要被送到极地去——一部分送到北极，另一部分送到南极……”

关于俄国革命的第一批消息传来后，莫迪向我奔来，拥抱我，并兴奋得尖叫起来（有时候我简直不懂他在说些什么）。

年轻的姑娘然娜开始常到“洛东达”来，她很像一个小学生。她有一双明亮的眼睛，一头浅色的头发，她怯生生地打量着画家们。听说她正在学画。我在回俄国之前不久，曾在沃瑞拉尔大街看见莫迪利亚尼和然娜一起散步。他们挽手而行，面带笑容。我想：莫迪终于找到了自己的幸福……

1921年5月，我又来到巴黎。人们迫不及待地把一切新闻都告诉我。“怎么，你不知道莫迪利亚尼已经死了吗？……”对“洛东达”的朋友们的情况我毫无所知。莫迪总是咳嗽、受冻，肺病由此引起，肺都烂完了。他于1920年初死在医院里。然娜没有去坟地。当朋友们在葬仪结束后回到“洛东达”时，才知道一小时以前然娜跳楼自杀了。莫迪留下一个小女儿——她也叫然娜。

一切就是如此。莫迪利亚尼是朋友们集资安葬的。一年后他作品的展览会在巴黎揭幕。人们著书谈论他，他的绘画成了人们发财的工具。不过这种事是那么平淡无奇，简直不值得多说……

在全世界形形色色的博物馆里——在纽约或斯德哥尔摩，在巴黎或伦敦——我都见到过莫迪利亚尼的作品。他有时也画裸体画，但他的大部分作品是肖像画。他创造了许多人物，他们的忧伤、麻木，他们那备受迫害的柔弱和在劫难逃的噩运，使博物馆的观众为之震惊。

也许某一位现实主义的拥护者会说，莫迪利亚尼轻视自然，他的肖像画上的女人，不是脖子太长就是手臂太长。似乎一幅画就是一张解剖学图表！难道思想、感情和激情不能使比例改变吗？莫迪利亚尼不是一个冷眼旁观者，他不是从一旁去观察人们，他是和他们生活在一起。这是那些怀着爱情、痛苦和忧伤的人的肖像。同时画上的日期也不只是一个画家的路标，也是一个时代的路标：1910 年至 1920 年。如果说莫迪利亚尼不知道人的颈椎骨有多少，那是十分可笑的——他在里窝那、佛罗伦萨、威尼斯的美术学校学这些学了许多年。他还懂得一些别的事：例如，在像 1914 年这样的一年内包含了多少年。如果连貌似永恒的关于人的价值的概念都会发生变化，那么一个画家又怎会看不到自己的模特儿那业已发生变化的面孔呢？

莫迪利亚尼的画将告诉子孙后代许多事情。我现在看见，我那遥远的青年时代的朋友就在我的眼前。在他的心中蕴藏着多少对人们的热爱和对人们的担心啊！人们写啊，写啊——写“他喝酒，胡闹，最后死了”，问题不在于此，甚至也不在于他那像古老的寓言一般富有教益的一生遭遇。他的命运同别人的命运是紧紧连在一起的。如果有人想了解莫迪利亚尼的悲剧，那就让他别去回忆印度大麻，而去回忆一下窒息性瓦斯，让他去想想茫然若失的、麻木的欧洲，想想这个世纪所经历的曲折蜿蜒的道路，想想莫迪利亚尼的被铁环紧紧扼住的任何一个模特儿的遭遇吧。

23

战争爆发了

1914 年的夏天对我来说开始得很好。我写了一些模仿痕迹要比早先少一点的诗（后来我把它们收进《前夜集》）。

这是一个异常晴朗、炎热，暴雨稀少的夏季。万物欣欣向荣。我意外地收到从两个编辑部寄来的钱，并决定到荷兰去——因为用不着考虑冬大衣！无论是伦勃朗的绘画，还是关于那里独特的风土人情的描写，还是戴白色包发帽的和蔼可亲的荷兰女人（“旅行社”里挂有她们的照片），都在引诱着我。（现在我想象当时的情况不禁感到惊奇，不填调查表，不用一连几个星期地苦等当局是否准许入境，竟可以到另一个国家去，而“签证”这个字眼我是在战争期间才第一次听见的，早先连护照也不检查——列车驶抵国境时，只有海关职员到车厢里来。）

荷兰是一个宁静的景色如画的国家。女人的包发帽果真都是白的，果真有许多风车的巨翼在旋转，庄稼汉慢条斯理地吸着长长的陶制烟斗，精心照料的乳牛忧郁地嚼着柔嫩的青草，每顿早餐都备有干酪。总而言之，我在巴黎弄到的那本旅行指南没有骗我。

博物馆触目皆是，一天早晨，我多吃了一些夹干酪的面包片，这样就不用再吃午饭，然后就动身到一座博物馆去。荷兰的绘画通常被认为是特别现实主义的，据说它们多从日常生活中挑选素材。图画的题材似乎证实了这种见解：肖像画，风俗画，描绘平坦的土地、水和天三者的风景画和静物画

（在这个国家里，这三者必然结合）。

但是在意大利，博物馆是和它所在的街道分不开的，在那里，艺术已和周围的生活融为一体。而在荷兰，往日的艺术和现实之间的不协调却使我惊异。农民都是道地的实干家。阿姆斯特丹的交易所像一所国立专科学校，平日大家都阅读交易所公报，礼拜天又都去做祷告。海牙附近的海滨浴场挤满了肥胖的太太。博物馆的大厦就矗立在这一切之中，伦勃朗的油画挂在那里，一如挂在卢浮宫和艾尔米塔什博物馆里。

我自问这种不协调的原因何在。看来，荷兰的画家们早在 3 个世纪以前即生活在比意大利的画家还与世隔绝的状态中。为了履行订货合同，为了给所有的人描绘浅易的风俗画，他们便乞灵于绘画技巧。在 1914 年，“形式主义”一词只适用于“套中人”，但是，按照现在的说法，我却要说，老一辈的荷兰人依我来看就是形式主义者。我钦佩他们，但在离开博物馆的时候，我想的却是自己的事。

所有这一切都与伦勃朗无关：我离不开他，他的不安感染了我。看来他并不和人们隔绝，他的热情使同时代的人感到不安，有时也会把他们惹恼。其他一些 17 世纪的画家未必喜欢巨商和主教，但是财运亨通的硕腹巨贾却很喜欢画家们的油画，高价收购绘画，用它们来点缀家宅。现在无论是街道、旅馆还是雪茄烟的商标，都竞相以伦勃朗的名字命名。而在他生前却并非如此——画家的财产曾被查封，被拍卖，曾有好些年没有一个人用小槌去敲他家的大门。

我沿着运河，在整齐的房舍旁边徘徊，思索着画家的命运，毫不注意来往行人。也许这是由于荷兰的气候所致？不久以前，我读了笛卡儿（1596—1650，法国哲学家、数学家、物理学家和生理学家）给盖兹·德·巴尔扎克的信。笛卡儿描述了他在荷兰如何打发时光（他在这个国家住了 20 年）：“我每天都在人丛中徘徊，我所感到的那种自由和享受到的那种休息，和您漫步在您的林荫道上的时候所感到和享受到的一样，而我所遇到的人们对于我也正像您在您的树林里见到的树木一样……”我之所以想到笛卡儿，是因为当时我刚开始读他的作品，思索着怀疑的本质：“我思，故我在。”

这是酷热的一天，我像往常一样在阿姆斯特丹的街道上走着，连行人的面孔也不看一眼，突然发生了一件使我不知所措的事，所有的人都在激动地读着报纸，嗓门比平时要高，在张贴最新消息的烟草铺旁边，聚集了许多人。出什么事啦？我想知道报上的消息，到处都在反复地说一个字“oorlog”——它既不像德语，又不像法语。起初我决定回旅馆去读笛卡儿，但是我已被一种不安的感觉所支配。我买了一份法文报纸，一看便愣住了。我久未看报，不知世界大事。《晨报》报道，奥匈帝国向塞尔维亚宣战了，法国和俄国准备在今天宣布全国总动员。英国保持沉默。我感到万物都在崩溃——白色的舒适的小房子，风车，交易所……

我想兑换一些俄国货币——我有20个卢布，但银行的职员说，从昨天开始只兑换金币了。住旅馆的钱不够用了，我把行李留在那里便向车站跑去。

8月2日的夜里，我抵达最后的一个比利时车站——前面是法国，列车不再前进了。比利时人说，他们的国家在任何情况下都恪守中立（德国人翌日侵入了比利时）。我们只得徒步越过边境。天亮了。我们在金黄色的沉甸甸的麦穗间走着，后来进入一片绿色的草原，云雀在歌唱。我的旅伴们都沉默不语。牛群在空荡荡的道路上走过，乳牛颈上系的小铃铛叮叮当当地响着。最后，远处出现了一个人——这是一名法国哨兵，他不知何故向空中开了一枪，在乡间清晨的宁静中响起的这一枪把我吓了一跳：我恍然大悟，我的一生已裂成了两半。几个士兵不合调地唱着《马赛曲》。迎面走来一群德国的男男女女，带着孩子和沉重的包袱——他们是偷偷溜回德国去的。哨兵有点含糊其词地——既不是责难，又不是表示冷淡——对我说：“这就是战争！……”

我向身后投去最后的一瞥——看看那一条泛白的空荡荡的路，那一群牛，那个比利时的小村落。我不知道，村子在几天之后将被焚毁，德国的师团将通过这条道路向南方开去，我不知道，这场战争竟会拖得这么长久（大家都说“一个月，或两个月”），但是我却已有一种天翻地覆之感了。现在我才知道：正如钟声意味着新的一年的开始，埃尔克林附近的一名哨兵漫无目标的一枪意味着一个新的世纪的开始。

我永远记得这个夏日。人们常常谈到初恋在一个人一生中的意义。但这却是第一场真正的战争——无论对于我还是我周围的人们，都是如此。44年——

法国士兵，爱伦堡 1912 年的水彩画

这不是一段很短的时间。普法战争的参加者当时不是死了，就是老了。年轻人对他们讲的故事付之一笑。我们之中没有一个人见识过战争。

第二次世界大战酝酿了很久，人们对它的难以避免已有了精神准备。法国人在《慕尼黑协定》的前夜曾看到一次总演习：送别后备队，灯火管制。而第一次世界大战却爆发得很突然——脚下的大地在战栗。过了好几周，我才回想起《巴黎回声报》曾呼吁归还阿尔萨斯和洛林，回想起当我还在俄国的时候，就曾在许多次集会上痛斥法国和沙皇的联盟——“沙皇预支了炮灰”，回想起一个面包铺的老板曾多次对我说：“我们需要一场漂亮的、真正的战争，那时一切就会井然有序了。”而当我经过德国的时候，我看到了傲慢的德国军官。一切都早有准备，只不过是在一旁准备的，而爆发得却很突然。

一群法国殖民地部队中的士兵把我叫到他们那节加温车里去。（首先我看见一些车厢上写着这样的字：在俄国——“40 人，8 匹马”，在法国——“36 人”，我从来没有去想这指的是什么样的“人”。）车厢里又挤又热。列车走得很慢，常常在会让站停下，等候迎面开来的军用列车。妇女们在车站上送别被征入伍的士兵。许多人在啼哭。有人往车厢里给我们塞进来一些装着一公升红葡萄酒的酒瓶。士兵们抱着瓶子喝，也让我喝。一切都在旋转、打圈圈。士兵们气宇轩昂。许多节车厢上都用粉笔写着：“柏林观光团。”

法国士兵都穿着可笑的旧军装：蓝制服，鲜红的军裤。战争在人们看来

Раненые солдаты въ ожиданіи поѣзда
въ Россію.

1914 年，在俄国等待火车的伤兵

仍像从前画家所描绘的那样：前足高举的战马，山冈上的旗手，一位将军挥动着一只戴白手套的手。人们叙述着大量的故事——有的夸张，有的滑稽。在战争爆发的最初几周产生的流言蜚语之多，真是前所未有。当时我不理解这一点，对什么都深信不疑。有的人说，法国人占领了梅斯，杀死了 1000 名德国人，俄国的哥萨克正向柏林疾驰；另一些人断言，似乎德国人侵入了法国，逼近南锡，英国宣布中立，一艘法国巡洋舰被击沉了，沙皇在最后关头同威廉达成了协议。谁都一无所知。法国殖民地部队中的士兵高声谈笑、唱歌，他们有时心慈面善，有时又惹是生非。

巴黎北站像一个屯宿地。人们在月台上吃东西、睡觉、啼哭。

我去找俄国朋友。所有的人都在叫嚷，谁也不听谁的。有一个人反复地说："法兰西——这是自由，我要为自由而战斗……"另一个沮丧地嘟囔着说："问题不在沙皇，而在俄国……如果允许——我就去，如果不允许——我就在这里参加志愿军……”

那些日子里发生的事是难以描述的。看来，所有的人都张皇失措。商店关了门。人们在马路上边走边叫：“打到柏林去！打到柏林去！”他们并不是一群小伙子，也不是一帮民族主义者，都不是，而是所有的人——老太婆、大学生、工人、有产者，他们举着旗帜和花束，声嘶力竭地高唱着《马赛曲》。巴黎全城的居民都走出了家门，在街上乱转，有的送行，有的话别，有的尖叫，有的高喊。仿佛人类的大河冲破了堤岸，淹没了世界。当我晚上精疲力竭地倒在床上以后，同样的叫声仍不停地从窗口传来：“打到柏林去！打到柏林去！”

我一直守着一堆报纸。我什么消息都看，尽管所有的报道都是千篇一律的：政治色彩消失了。饶勒斯被暗杀了，但他的同志们却写道，必须为反对德国军国主义而战。儒勒·盖得号召战至最后胜利。《社会战争报》号召士兵不从将令，它写道：“这是正义的战争，我们将战斗到最后一粒子弹。”这家报纸的老板艾尔维因此出了名。德国社会民主党人投票拥护军事拨款。贝特曼-霍尔韦格（1856—1921，时任德意志首相兼普鲁士首相）把比利时恪守中立的协议称作“一张废纸”。比利时国王号召保卫祖国，他有一张和蔼可亲的脸，于是所有的报纸都刊登他的照片。列日市英勇御敌。安纳托尔·法朗士要求上前线——他已70高龄，当然，他留在后方了，但他得到了一件士兵的军大衣。托马斯·曼颂扬德军的战绩，他回忆腓特烈大帝：“这是一场全德国的战争。”报纸报道，彼得堡群情激昂。一群社会民主党人和社会革命党人号召侨民报名参加法军当志愿兵：“我们要重现加里波第的雄姿……如果威廉倒台，我们所憎恶的专制制度便将在俄国崩溃……”

我翻阅着《祖国报》，急不可耐地寻找答复。但周围一片喊声、哭声、歌唱声：“前进，祖国的儿子们！……”

我住在蒙帕纳斯林荫道上一家名叫“尼斯”的便宜的小旅馆里。在战争爆发前不久，旅馆老板娶了一个温柔的阿尔萨斯女人，她几乎还是个小姑娘。他在婚后第四天或第五天就被征入伍。他把老房客都找了来（都是俄国侨民）：拉宾斯基、尤·奥·马尔托夫和我——恳求我们帮助他年轻的妻子，他害怕有人因为她过去曾是德国臣民而侮辱她（尤其使他不安的是他的一个小舅子前来探望他的妻子，他是一个 15 岁左右的孩子，不懂法语，当时困在巴黎）。老板吩咐，在战争结束以前不收我们的房钱。

我遇见画家莱热，他说他已被征入伍，并被派到一个工兵团里，明天就动身。我无心地问了他一句，画展的情况如何。他笑了一下，摆了摆手。

我的朋友吉洪·伊万诺维奇·索罗金给我带来了最新的消息：明天在荣军院开始登记外国志愿兵。他天一亮就要去。

坐在那里目送朋友们一个个走掉，是最令人难过的了。我对吉洪说：“我也要去……”他向我谈了很久这场战争对俄国的意义。谈的话我记不得了，只记得他在临走时说了一句：“老弟，你简直是疯了……”

我不会思考了，因此，如果笛卡儿的话是对的，我就已经不存在了。

24

应征入伍遭拒绝

荣军院前面的大广场上挤满了人。一队队的意大利人、波兰人、希腊人、西班牙人、罗马尼亚人举着旗帜和标语牌，还有许多俄国人——有的拿着三色旗，有的拿着红旗。第一支军队组成了。如果思索一下志愿兵的命运，可以说，这是一支送死队，但大家都兴高采烈地唱着歌，激昂慷慨地高呼："打到柏林去！"那几天炎热异常，人们喝着柠檬水，擦擦汗涔涔的脸，又唱了起来。

我站在报名者行列的末尾，直到傍晚时分才走到一张桌子跟前，桌旁坐着一位大胡子陆军少校。这位军医阴森森地瞧了我一眼，用听筒听了听我的心脏，便叫道："下一个！"我以为我马上就可以领到一条红色军裤了，但一位中士却骂了我一句："你怎么啦……不懂法语吗？"原来我已被当成废品了。我不知道军医在我身上到底发现了什么缺陷，可能我在他看来是过于虚弱了——一连三四年用诗歌代替牛肉，那是不可能不受惩罚的。我确信，如果我迟几个月去检查，一定会被认为完全合格：任何商品，包括炮灰在内，一旦供不应求，人们就不再对它吹毛求疵了。

我在人丛中看到许多熟人——有在郭伯廉图书馆碰到过的俄国侨民，也有"洛东达"的老主顾。当时我还不认识维·格·芬克，而他当时准是和我站在同一个队里。

戎装的基斯林晚上到"洛东达"来了。利比昂拥抱了他，并用香槟酒款待大家。我们为胜利干了杯。

吉洪告诉我，他被调往布卢瓦——志愿兵将在那里受训。我很羡慕他：在这样的日子里袖手旁观是再糟不过的事了。我们送别志愿兵，唱着《马赛曲》，“英勇前进，同志们”，还唱一些伤感的小调。

当时无论是在车站、街上还是在咖啡馆，到处一片歌声。战争显然有自己的规律：在最初的几个星期，大家都唱歌、喝酒、啼哭、诅咒，还搜捕间谍。由于我的姓氏，我曾被警察局传讯数次，每一次都得设法证明，虽然我的确是爱伦堡，但绝不是德国人。当时流传着许多令人难以置信的故事——有的人说，有一名穿了一件女人连衣裙的德国暗探在把一份秘密计划带出国境时被抓住了；有的人说在爱丽舍宫里发现了一名携带照相机的间谍。触目皆是这样的标语：“别乱说！要当心！敌人的耳朵在偷听。”

乳白色的“海市蜃楼”已经幻灭。卡洛尔伯爵被捕了，虽然他反对哈布斯堡王朝。许多人染上了疟疾。人人渴望胜利，并互相保证说，再过几天就能拿下斯特拉斯堡。

城里突然传播开一个不祥的谣言：打败仗了，军队正在溃退，德国人正向巴黎挺进。

傍晚飞来了一架德国飞机——与其说是来进行轰炸，不如说是来吓人的。德国人把它叫作“Taube”——“鸽子”。这个名称比什么都使我感到奇怪——须知和平鸽并不是毕加索想出来的，这是一个极为古老的故事，它谈到大洪水，谈到一只小方舟，还谈到有一只鸽子衔着一枚橄榄枝带给陷入绝境的人们。巴黎人愉快地欢呼：“‘托布’在飞呢！”他们跑到街上，贪婪地仰望着天空——一切都很新鲜……

富人们的住宅区正在做逃难的准备，一口口大箱子从屋子里抬了出来。女仆们和听差们匆匆忙忙地说：“去尼斯……”“去图卢兹……”“去波……”后来百叶窗关上了，又重归寂静。政府搬往波尔多去了。

“他们漂漂亮亮地把咱们出卖了！”——到处都能听见这句话。有的骂彭加勒，有的骂盖奥，有的骂将军们。战报宛如一首“尚待诠释的古诗”——只有获得了学位的人才能把它们译解出来。但是在战报之外，还有许多情报来源——运回了伤员，出现了第一批逃兵，他们都说德国人的大炮比咱们多许多，人们张皇失措，阵容大乱。喜欢研究战略的人说，总参谋部干了蠢事——不知为什么把部队全都调往阿尔萨斯，于是左翼就空虚了………

一个暮夏之夜，炎热而漆黑。我站在“丁香田庄”附近。所有的人都拥到街上来了：士兵们在行进——从南方开往北方，从奥尔良港开往东站。妇女们拥抱他们，哭着，喊着：“上帝保佑！……”刺刀上插着大丽花、翠菊。歌声，眼泪，小小的纸灯笼。我站了一整夜，一整夜都有士兵从我身边走过。不，人们不该惊慌不安，法国人还有许多后备队！……但他们为什么撤退呢？一切都不可理解——无论是战报，歌声，还是眼泪……

出租汽车不见了——加利耶尼将军征用了它们，用以向马恩增派援兵。这也是一桩新奇的事儿——当时还没有一个人想到摩托化步兵。技术装备虽然不多，但并非空想：一切都被描绘得那么宏伟、神秘。

一天早晨，女房东的弟弟爱米尔来收拾房间。他虽然是阿尔萨斯人，但并不掩饰自己对法国皇帝的爱。他恨俄国人。他对我说，我什么也不会做，所有的俄国人都是如此，俄国的秩序需要整顿。我笑他年幼无知（他还不满15岁）。这次他差一点举起擦地板的刷子打我，并且幸灾乐祸地说：“德国人已到了莫城！他们明天就要进巴黎了……”我虽然不信他的话，但还是跑出去买了一份报，战报和往常一样暧昧不明，我到“洛东达”去了。利比昂阴沉地坐着，甚至没向我问好。一个熟识的波兰人跑了进来，气喘吁吁地低声说：“他们到了莫城……”

我还记得莫城，我曾同卡佳到那里去过一次，它距巴黎30公里……真见鬼，为什么军医要在我的心脏上挑剔呢？我既能走又能跑。之后才知道：反攻开始了。诗人夏尔·贝玑在马恩河战役中阵亡。德国人退却了，筑起了防御工事。（后来我见到一个题有“陆军中尉夏尔·贝玑”字样的木十字架，旁边有一个小木桩，上面写着“34”——距巴黎34公里。）

巴黎圣母院常举行隆重的祈祷式。祈祷者呼喊道：“上帝万岁！霞飞万岁！”但在当时有谁会为此发笑呢？也许只有教堂屋顶上那些怪物的雕像，但它们都是石制的，因而只能做它们分内的工作，就那样坐在那里沉思默想。

德国人退得并不远。报纸为打消危险的乐观情绪写道：“要记住，德国人还在努瓦荣。”努瓦荣距巴黎90公里。“德国人在努瓦荣”已成了谈话时的一句开场白，但它渐渐失去了力量——生活占了上风。

我同先前一样阅读着几十份报纸：也许，世界上还有什么人正在思考，因而他就存在着吧？我在寻找作家们的言论。吉卜林、霍普特曼和洛蒂之流的好战言论并不使我惊奇。我嘲笑邓南遮那些要求流血牺牲的矫揉造作的演说。但是连其他的一些人——维尔哈伦、安纳托尔·法朗士、米尔博、威尔斯、托马斯·曼——也都在重复彭加勒或冯·比洛的话。有些报纸开了天窗——被书报检察机关抽去了文章或消息（法国人不知为什么要用一个女人的名字——安娜斯塔霞来称呼书报检察机关）。这些天窗给了我一线希望——还有人知道真情实况，但不能把它说出来。

后来又过去了许多年，发生了许多事：法西斯主义，第二次世界大战，奥斯威辛，广岛。我在 1914 年秋的惊慌失措也许显得太幼稚了。但是对于一个直到那时尚未闻到火药味的人说来，第一个被杀死的人给予他的震动，比嗣后战场上的恐怖景象给予他的震动要强烈得多。勃洛克在 1911 年就写道：

> 对人生的极端厌恶，
> 对它的疯狂的爱，
> 对祖国的激情和憎恨……
> 使静脉膨胀、
> 冲破一切国界的
> 地上的黑血，
> 向我们预示前所未有的激变，
> 前所未见的动乱……

我一连几个钟头守在一堆报纸跟前，一切都被谎言、残暴和愚蠢的迷雾蒙蔽了。

当然，第一次世界大战只是一个草稿。形形色色的政府竞相出版文件汇编——“白皮书”“黄皮书”“蓝皮书”——企图证明战争不是他们发动的。德国人一面破坏兰斯市大教堂、阿拉斯市政管理局和伊珀尔的中世纪市场，一面断言他们不能对这种破坏文物的暴行负责。过了四分之一个世纪，轰炸机对艺术史都不屑一顾了。德国人、法国人和俄国人都被虐待战俘的现象所激怒，然而谁也想象不到，在下一次大战期间，法西斯分子竟会心安理得地把一切没有工作能力的人全部杀害。德国人在美国的报纸上表示愤慨：尼古拉·尼古拉耶维奇大公的军队强迫波兰的犹太人迁移。希姆莱当时只有14岁，他还在撵狗玩，还没有想到组织奥斯威辛或马伊达内克的集中营。1915年4月22日，德国人第一次使用窒息性瓦斯。这对于所有的人都是前所未有的，而这也确系暴行。但是难道当时我们能够想象什么是原子弹吗？……

（不过，德国的沙文主义者当时即已表示，未来将更令人毛骨悚然。1950年，著名的丹麦细菌学家马德逊教授——当时他已80高龄——告诉了我一桩发生在第一次世界大战期间的值得注意的事。马德逊在丹麦红十字会工作，负责检查从德国寄给在俄国的德国战俘的食品包裹。他在一件包裹中发现了用来传染带角牲畜的杆菌。马德逊补充说，他确信德国最高统帅部和这一细菌战的尝试无关——根据他的意见，这个包裹是一种个人行为。）

我记得，《晨报》曾因报道俄国人距柏林只有五昼夜的行程而遭到人们的讪笑，但大家在这同一张报上读到“歌德的天才同窒息性瓦斯是亲戚”的字句时却不以为怪。一位同志从前线带来一份德文报纸，我在报上读到，俄国人都是“佩彻涅格人”（东南欧突厥系的古民族），俄国的全部文化都是德国人创造的，它的人民只能从事笨重的体力劳动。

有人给了我一本法国男爵夫人米绍写的小册子。她发明了一个新名词“瑞特-波什”（“瑞特”是对犹太人的蔑称；“波什”是法国人对德国人的蔑称）。用她的话来说，主要的“瑞特-波什”就是法兰西的死敌，诗人海涅。男爵夫人还揭发了罗曼·罗兰和格奥尔·布兰代斯。之后不久，这位前线的战士又给我带来一期慕尼黑的报纸，一位记者在报上证明说，同情法国的亚尔马·布兰廷和布拉斯科·伊巴涅斯都是“半犹太人”（布兰廷，1860—1925，瑞典社会民主工人党创始人之一；伊巴涅斯，1867—1928，西班牙现实主义作家）。

我恍然大悟，尽管笛卡儿说出了一些十分聪明的思想，但是决定亿万人精神生活的却并不是这些思想。在19世纪的思想中长大的我，夸大了哲学家和诗人的作用。那种在我看来与社会血肉相连的东西，只不过是一件衣服罢了。弗伦奇式军上衣代替了西服上衣，嗜血成性代替了人道主义，自愿拒绝某种思维代替了笛卡儿的怀疑。

我的邻居，波兰的社会主义者帕维尔・柳德维戈维奇・拉宾斯基，有一次到我那里来，托我把意大利报上的一则简讯翻译出来。（意大利当时还保持中立，因而在意大利的报刊上可以找到许多在法国所不知道的事。）简讯中说，法国总参谋部根据洛林各矿主的请求，已禁止炮轰被德国人占领的矿井。帕维尔・柳德维戈维奇说："他们不怜惜人，却爱护自己的财物……"他向我解释说，这个消息对于反对战争的俄国社会主义报纸《我们的言论》是有用的。后来他就按期给我送这份报，报上文章的调子使我联想起侨民的集会。帕维尔・柳德维戈维奇说，一切都是欺骗，而资本家是不能长期欺骗人民的。我有时同意他的话，有时也同他争论。战争在我看来是可憎的。矿主，彭加勒，向士兵们分赠香囊的敬神的太太们，后方的一切虚伪和怯懦，我都一概憎恶，但我同时也反复吟咏夏尔・贝玑的诗：

在一场大战中阵亡的人们无比幸福，
他们曾为捍卫故土的四隅而战斗………

这个"四隅"不允许我始终同意帕维尔・柳德维戈维奇的意见。我很喜欢他，我们成了知己，常在夜间谈心。有时我在他那里遇见著名的孟什维克尤利・奥西波维奇・马尔托夫，他是一个颇有吸引力的、温柔的、极其正直的人。他的脱离现实和书呆子气使我惊讶。第二国际的瓦解使他一蹶不振，他不停地咳嗽，穿一件破大衣，经常挨冻，而且也和拉宾斯基一样，与其说想极力使我，不如说想使自己相信"报应是不可避免的"（他未必猜得到这将是什么样的报应）。我同弗・亚・安东诺夫-奥夫谢延科谈过几次，他很激动地说："欺骗，舞弊，丑行，屠杀——这是他们避免不了的！"——于是摘下眼镜，他的一双近视眼非常和蔼可亲。常到《我们的言论》编辑部去的还有德・扎・马努伊尔斯基和所・阿・洛佐夫斯基。

我不了解发生的事，也不了解别的人，甚至连自己也不了解。

让-里沙尔·布洛克是我一生中所遇到的最纯洁的人之一。我同他结识的时间较迟——在20年代——我在后面还要叙述同他的几次会见，现在我只想援引他的话作证。不久前他和罗曼·罗兰在第一次世界大战期间的通信得到了发表。让-里沙尔在1914年是30岁，他立刻被征入伍，三次负伤。罗曼·罗兰比他大18岁，当时正在日内瓦写论文《超越混战之上》。在战争爆发的最初几个月里，罗曼·罗兰写信给自己这个年轻的朋友说，他不愿不分青红皂白地骂所有的德国人，他珍视欧洲在精神上的统一，如果战争以不分胜负告终，那是再好不过了。让-里沙尔在自己的信中谈到德国人的兽行，谈到他们的野蛮，坚信这是最后一场战争——一旦战胜了德意志帝国，和平、自由和幸福便将高奏凯歌。大概罗曼·罗兰对所发生的事看得清楚得多，因为他如果不是站在山巅，也是站在大动乱的一边，但是让-里沙尔·布洛克的慌乱不安对我来说却更容易理解。有次我弄到了一份《日内瓦日报》，上面有罗曼·罗兰的一篇文章，我读了以后便高兴起来——好极啦，某地还保存了一位优秀的聪明人，他能把他所想的一切都说出来！但是我也感到，如果巴黎距努瓦荣果真只有90公里，那么中立的瑞士就在另一个行星上了。

（巴比塞在战争开始时所想的和所经历的事件，一如让-里沙尔·布洛克。罗曼·罗兰的作品遭到沙文主义者的攻讦，引起了没有张皇失措的人的同情，但是却没有使任何人动摇。指使巴比塞写作《炮火》的不是孤零零的一个人的沉思默想，而是人们的不幸，他们的愤怒——这种愤怒是在血泊中，在战壕的污秽中产生的，因此这本书对于唤醒千百万人起了巨大的作用。）

25

战时的巴黎

战争变成了阵地战。冷得打颤的士兵们在战壕里搜寻衬衣上的虱子。伤寒开始流行。著名的“摆渡手之家”的争夺战在持续。工兵在阿拉贡森林里布雷。战报总是很简短，但每天都有成千上万的人死去。

吉洪常有信来。我们获悉俄国志愿兵都编入了外籍军团。下级军官很粗暴，把志愿兵叫作“外邦人”（对外国人表示蔑视的绰号），他们说：“外邦人吃的是法国面包。”（仿佛前线是一座餐厅！）

举着旗帜、唱着战歌前去保卫法兰西的志愿兵的历史是悲惨的。在战前，外籍军团是由许多不同民族的罪犯组成的，他们更姓换名，在服满兵役之后，重又取得充分的公民资格。外籍军团的士兵常被派到殖民地去镇压叛乱者。军团里的风气如何是显而易见的。俄国人（多半是政治侨民、遭到残暴的蹂躏后离开“犹太人居住区”的犹太人、大学生）坚决要求把他们编入普通的法国师团，但谁也不理睬他们。他们继续被人侮辱。1915 年 6 月 22 日，志愿兵暴动了，他们痛打了几个特别粗暴的下级军官。战地军事法庭判处九个俄国人枪决。被不公正的判决激怒了的俄国大使馆武官阿·阿·伊格纳季耶夫费了九牛二虎之力才使这个判决撤销，但太迟了。俄国人高呼着“法兰西万岁！”就义了。

这件事是“洛东达”里的一名志愿兵（他因在前线失去了一条腿而退役）告诉我的。说良心话，我第一次毫无遗憾地想到那位把我的心脏当成废品的军医……

巴黎（虽然距努瓦荣只有 90 公里）的生活看上去已完全上了正轨。克列孟梭在揭发彭加勒，出色的演说家白里安发表动听的演说。剧院又开始营业。最初为伤兵演出一些爱国主义的戏，后来就改演普通的喜剧和歌剧了。太太们在战前举办“探戈茶会”。战争开始以后便举办“打毛衣茶会”——太太们凑在一起，东家长西家短地议论一番，一面编织士兵们穿的毛衣。糖果商制造炮弹式巧克力糖，珠宝商出售的胸针是金子做的大炮，就连写情书用的信笺也用三色旗做装饰。

我所住旅馆的老板的年轻妻子开始允许带着客人的妓女在旅馆里过夜。她不好意思地（她才 20 岁）微笑着说：“没有办法，这是战争……”士兵们有时可以得到 6 天的休假。成千上万的妓女在车站附近徘徊，等待休假的士兵。报上登着广告，宣传有一种绝对可靠的避弹铠甲。凶悍的妇女四处搜寻“躲在后方的男人”。有一次一个被两个女人紧紧追赶的人（她们不相信他是残疾人）当着我的面从眼窝里掏出一只义眼。独脚者在人行道上一跳一跳地走过。酒吧里唱着小调，歌颂一个杀死了一百名德国人并和一百个漂亮女人睡过觉的英雄。

被动员入伍的画家们被派去伪装载重汽车。看来要进行伪装就必须打破平面感，于是街道上便出现了很像立体派画家的油画的载重汽车。

我没有钱了，但当时禁止私人从俄国汇款。我夜间在蒙帕纳斯的货运站干活——帮助卸炮弹。（那里的医生不检查雇工的身体。）起初工人们都嘲笑我。我戴着一顶高帽子，他们便送给我一个“帽子”的绰号——不过这个绰号在法语中并没有羞辱之意。老头子、病人也都在那里干活，我和他们交上了朋友。我们在半夜时的休息时间吃东西——这叫作“早点”，还讲些笑话。早晨我回旅馆去睡上半天，然后就去“洛东达”。

“洛东达”的许多老主顾都在前线：莱热、基斯林、纪尧姆·阿波利奈尔、柏列兹·桑德拉、格雷兹。迪埃戈·里维拉想去当志愿兵，但和我一样落选了，理由是他的一双腿毫不中用。“洛东达”在战前也是个一面喝咖啡一面可以听到使人不安的消息的地方。自然，当朦胧的预感已变成欧洲的日常生活以后，毕加索对这件事已不像他常去买面包的那个面包房的女主人那么吃惊了。这个女主人是个寡妇，没有孩子。她对战争已经适应了，但突然又啜泣起来："不行，你们说，这是谁想出来的？……他们都发了疯，你们听我说，谁要是能把他们杀人的原因给我讲清楚，我马上送给他 20 法郎！你们知道现在一公斤奶油卖多少钱吗？……"毕加索仿佛预先就知道必将发生的这一切。他工作很勤，晚上就到"洛东达"来。我常遇见他，也常遇见迪埃戈·里维拉和莫迪利亚尼。我被夜间的工作弄得精疲力竭，我读着陀思妥耶夫斯基的作品和一些荒诞不经的书，写一些愈来愈激烈的诗。一个偶然前来的顾客可能会认为"洛东达"是在一个中立国里，实际上，早在 1914 年 8 月 2 日以前"洛东达"就已经有了大难临头的预感 。1913 年我们大家都在读柏列兹·桑德拉的长诗《平凡的西伯利亚大铁道和小姑娘然娜》。桑德拉写道："我看见静悄悄的兵车，黑的兵车，它们像幽灵一样从远东开回。我用一只眼为它们送行——盯着最末一节车厢上的提灯。在泰加车站上有十万名奄奄一息的伤兵。我在克拉斯诺亚尔斯克看见了医院。我看见一列失去理智的兵车。烈火映在所有人的脸上，烈火燃烧在所有人的心上……"

莫迪利亚尼画的柏列兹·桑德拉

（柏列兹·桑德拉真是一个怪人！真可以把他叫作浪漫主义的冒险家，如果"冒险家"这个词儿还没有失去它真正的含义的话。他是一个苏格兰人和一个瑞典女人的儿子，一位对纪尧姆·阿波利奈尔起过影响的优秀法国诗人，他干过各种各样的职业，走遍了全世界，他是他那一代人的酵母。他 16 岁到俄国，然后去中国、印度，折回俄国以后，又去美国、加拿大。他在外籍军团里当过志愿兵，在战争中失去了右臂。他到过阿根廷、巴西、巴拉圭，在北京当过烧炉工，在法国当过走江湖的杂技演员，和阿贝尔·冈斯合拍过一部名叫《车轮》的影片，在波斯采购过蓝宝石，养过蜂，当过拖拉机手，写过一本关于里姆斯基-科萨科夫的书。我从来没有看见过他颓唐、胆怯、绝望。）

齐柏林式飞艇的空袭开始了。月夜里一艘巨型飞艇高悬在城市上空，它遭到射击，但只微微晃动了一下——空防太薄弱了。我们一面欣赏一面咒骂。后来我们被赶到地下铁道里去。我第一次听到了警报器的叫声，然而“警报器”这个名称又使我大吃一惊（“警报器”在法文和欧洲其他文字中与海妖“塞壬”是同一个词）：埃拉多斯的塞壬的歌声是非常温柔的，她们正是用歌声使航海者神魂颠倒，机智的奥德修斯用蜂蜡堵住了伙伴们的耳朵。但是 20 世纪的塞壬的歌声却极其令人厌恶，后来我在西班牙、巴黎和莫斯科都不止一次听到过它们的歌声。战争和战争是互不相同的，但是警报器的哀号声在 1941 年却和在 1915 年一模一样。地下铁道和市集一样喧嚣嘈杂，小贩们兜售着花生米和霞飞的照片。情人们在接吻——由于什么“齐柏林”而错失良机那可太傻了……早上我们去瞧那些被炸毁的房子，在一堆垃圾中乱扔着一些家庭的照片、杯盘的碎片、一张被砸扁了的儿童床。邻居们站在那里谈论遇难者，啼哭不已。死神开始成为老相识了。

在“洛东达”的老主顾中有一位名叫瓦西里耶娃的女画家，她从事绘画，此外还制作洋娃娃，卖给那些爱好者。她是一个精力充沛、喜欢交际的女人。她在战争期间办了一个食堂，画家们可以在那里吃到便宜的午餐。有时，人们晚间在食堂里聚会，大家唱歌、朗诵诗、预言未来，再不就干脆大喊大叫。我有时也去那里，而且也和所有的人一样预言未来或乱骂一通。

我几乎每夜都还要去货运站卸弹药。彭加勒在同萨佐诺夫谈判君士坦丁堡的归属问题。帕维尔·柳德维戈维奇把齐美尔瓦尔德代表会议的消息告诉了我。报纸仍和早先一样满纸谎言，但是我已不再读它们了。我如饥似渴地聆听休假士兵们的叙述，读克维多、阿瓦库姆大司祭、维永和勃洛克等人的作品。我憔悴不堪，穿一件鬼才知道是什么的衣服。克列孟梭继续揭发彭加勒。战报上翻来覆去总是那几个村庄的名字。妇女们在啼哭。我感到有一股尸臭味——战争开始腐烂了。

26

画家莱热从前线归来

费尔南·莱热获得了六天的休假（同别人一样），从前线回来，他把他坐在战壕里创作的绘画拿给我看。我不是艺术评论家，而且我现在写的也不是一本论艺术的书，我只是想在回顾以往时展望未来。现在我要援引我在1916年为莱热创作的战争画写下的一段话。这不是一个绘画史家的评价，而是一

1916年，战壕里的士兵，莱热绘

个同时代人的见证："莱热从前线带来了许多绘画。他休息时在窑洞里，有时还在战壕里作画。有些画沾上了雨水，有些被撕破了。几乎所有的画都是用粗糙的包装纸画的。这是一些奇特的、神秘的画。是的，我从来没有看见过这样的画，但是在我看来，我看到的正是这个，也只是这个。莱热是立体派画家，他的作品有时候是图解式的，有时候又因砸碎我们所看见的一切而令人生畏，但是摆在我面前的却正是战争的真面目。在他的画里没有任何个人的东西，甚至也没有德国人或法国人——有的只是人。也许连人也没有，人是从属于机器的。头戴钢盔的士兵，马的臀部，行军炉灶的烟囱，大炮的轮子，所有这一切都是机器上的零件。没有色彩：无论是大炮还是士兵的脸，在战争中都失去了色彩。笔直的线条、平面、酷似图纸的绘画，没有任意的、引人注目的错误。幻想在战争中是没有立锥之地的。这是一座装备完善的旨在消灭人类的工厂。这些纸片是各种创作计划的片段，它们出自好心肠的诺曼底人费尔南·莱热之手……"

我记得一天晚上，我们坐在"洛东达"里，莱热想谈谈天，但在战时咖啡馆十点钟就要打烊。我们买了一些葡萄酒就到费尔南的工作室去了。他的第一个妻子，和蔼、爱笑的然娜，兴致勃勃地唠叨不休。她拿来了酒杯、罐头。莱热突然忧郁起来：他回忆起用一把被血污损了的刺刀开罐头时的情形来了。喝了红葡萄酒，他才活跃起来，打开了话匣子："我在那里遇到了真正的人。在战前，我认识的是些什么人呢？阿波利奈尔、阿尔希片科、桑德拉、毕加索、莫迪、马克斯、你。而我在那里却看见了许多普通人。他们就连说话都是另一个样子。你要知道，当我告诉他们我是画家的时候，他们断定我是彩画匠。这是值得骄傲的，这不是在'洛东达'里！……"

莱热后来常说，战争在他的一生中是一桩有决定意义的事件，它帮助他找到了自己。他甚至还说，他是在战争开始以后才独立工作的。

我在战争开始前早已和莱热相识。当时他还住在"利亚·刘什"，同沙加尔和阿尔希片科为邻。当时正是立体主义的黄金时代，它的影响之大，甚至使沙加尔在一个短时期内也曾举棋不定。沙加尔出生于白俄罗斯的一个小地方，他曾从那些为理发馆或水果铺画招牌的彩画匠那里学到不少手艺。

莱热当时同雕刻家阿尔希片科很要好，阿尔希片科也成了一个立体派。

1914年，马尔克·沙加尔的自画像

格雷兹和麦尚杰阐释立体主义的哲学意义和美学意义，谈论塞尚的深度，谈论使形式解体的必要。我问阿尔希片科，为什么他画的女人的脸都是四四方方的，他笑着回答说："嗯……就是因为……"有一天我在他的工作室里过夜——我们喝苹果酒喝得太多了。我被阳光照醒。阿尔希片科还睡得正酣。我不想叫醒他，便躺在地板上仔细看那些雕像。我觉得它们都是怪胎：鬼娶了缝纫机做老婆。我悄悄地跑到街上，当我看见一个收买旧货的商人正在垃圾箱里刨来刨去的时候，我简直高兴极了。立体主义既吸引我，又使我害怕。

莱热在那个时期已是坚定的立体派画家。我比较了解他1913年和1918年的作品——在我看来，其中没有不协调的现象。一般来说，在莱热的创作中不曾有过急剧的转变。他是一个十分忠实的人，他从不放弃自己的过去，很重视老朋友。1913年他在圣母院-德-尚大街上租了一间工作室，在那里工作了近40年。

他说他在战争中看见了真正的人，他同他们交上了朋友，但是这些人在他的绘画中却像一台巨大而奇怪的机器上的零件。

莱热并不像他自己的绘画，他也不像是"洛东达"的老主顾。在他的性格中有一种接近大自然的成分，这大概是他的出身和童年的影响——绿茵茵的诺曼底，苹果树，乳牛，一个农民的家庭。莱热有一双大手，他身材高大，骨骼宽阔，动作缓慢。我觉得他像一尊雕像，不过不是用石头雕的，而是用一块温暖的、有生命的木头雕的。

对虚伪、粉饰和古老而霉气扑鼻的房间里悬挂的帷幔的厌恶，使他和经常光顾"洛东达"的画家们亲近起来，但是在他身上却没有可以从年轻的毕加索飞速的一瞥中感觉出来的那种激烈的、歼灭性的火焰。莱热在青年时代所企望的是建设，而不是破坏。他活到 75 岁，在他的一生中没有发生过破坏性的剧变，只有季节的交替和工作，孜孜不倦的、热情洋溢的工作。

“洛东达”的一部分顾客是把十月革命当作一种自发的破坏势力而对它表示向往的。后来，在得悉俄国不仅继续在教孩子们背九九表，同时还在鼓励学院派的艺术家的时候，昨天的“布尔什维赞”（报刊对十月革命的同情者的称呼）们就摇身一变成为共产主义的敌人了。莱热不仅具有另一种气质，而且也属于另一种类型。他把十月革命当作建设一个新社会的开端而表示欢迎，他从来没有放弃自己的见解，并作为一个共产主义者而死去。

他死得很突然。在他去世的前一年，我去过他那儿。他向我出示他的新作，看上去十分健康，神采奕奕。他一直工作到最后一天，接着就像一株巨大的、枝叶犹青的树木似的轰隆一声倒下了。

1922 年见到过他的马雅可夫斯基曾写道：“莱热——一位法国艺术的某些著名鉴赏家曾对其不屑一顾的画家——给了我极为深刻、极为愉快的印象。他身材不高却很结实，具有一副真正的工人画家的外貌，这种工人画家不是把自己的劳动看作上帝赋予的一种行业，而是看作和生活中的其他手艺相同的一种有趣而且必要的手艺。”

这是“列夫”、构成主义以及用诗来消灭诗的企图十分活跃的时期。在本书的下一部里我将要叙述马雅可夫斯基和艺术所做的一场悲剧性的决斗。但莱热却巍然屹立——他有一双极为结实的腿和一副清醒而健全的头脑。我每逢“山穷水尽”的时候便去向莱热求助，如果他不在巴黎，我就想着他：他的生命力能帮助其他人活下去。

我不知道马雅可夫斯基从哪些“著名的鉴赏家”口里听到了他们对

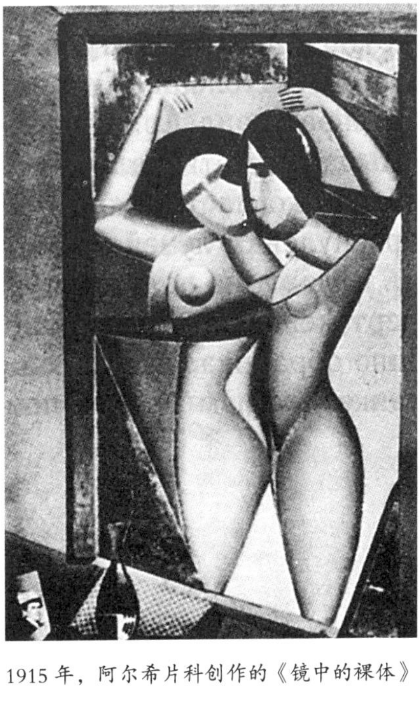

1915 年，阿尔希片科创作的《镜中的裸体》

费尔南·莱热在自己的工作室里

莱热的作品的轻蔑。和“洛东达”其他的顾客不同，莱热很早就获得了赏识者。1912 年他就已经同一个画商签订了一份合同。当然，他也有一个画家所难以避免的悲剧，但比起莫迪利亚尼或苏京来，这是另一种悲剧。写生画的爱好者购买莱热的作品，而他的理想却是壁画、陶器、和一位建筑师合作、一种大众化的艺术。早在科尔布泽的“新神灵”之先，早在我们的那些“列夫”的成员们之先，他就已经谈起与工业化相联系的艺术了。

但是，与“列夫”的成员们不同，莱热承认艺术的独立作用。1922 年，他在回答《作品》杂志的调查时写道：“低劣的画家抄袭作品而处于相似的境界。优秀的画家描绘作品而处于等同的境界……我是写生画家，毫无意义地力图把立体的形状搬到平面上去。我抛开了作品。我拿起铅笔……”

1921 年我写了《它毕竟在旋转》一书，赞美机器、工业的建筑、构成主义。这本书的封面是莱热画的。如今我再去翻阅它的时候，其中的许多东西在我看来即使不是愚蠢的，那也是可笑的：我在一生中走了弯路。而莱热的道路却是笔直的，他在 1921 年画的画不仅和他早期的画有联系，而且也和他后来的创作有联系。

他的悲剧在于他的面前是鉴赏家们挂满了他的画的客厅的墙壁，因此他就看不见新的社会建筑的墙壁了。

莱热设计完成的封面

莱热认为，现代美学是和机器联系在一起的。他说，线条现在比色彩重要。他爱好工业的风景画。他不止一次地说，艺术——从莎士比亚直到卓别林——是以对立为生命的。我觉得，在莱热的温文尔雅、抒情风格、人道主义和他的艺术信念之间存在着一种尖锐的对立。他的油画上的人物看上去往往都是机器人，而他本来就憎恨把人变成机器的社会。

远在第一次世界大战之前，莱热就感到奇怪：“你干吗要去博物馆？你是一个年轻诗人，你不如看看飞机、运动员、工厂、杂技团的技巧运动员……”他是当时一个非常激烈的爱国主义者，许多批评家称他为 20 世纪中叶最现代化的画家。我不知道这话是否正确——也许我已老朽了，也许恰恰相反，我们这个世纪的后一半并不像莱热成长的那个时代，但是如今我在艺术中所喜爱的却不是机器，而是那种使一株树木有别于另一株的独特的、唯一的、活生生的东西。

不错，我所说的不是我们今天，而是第一次世界大战时期。即使在当时莱热也想建设，但是他却用他的勇气和艺术帮助破坏了许多虚伪的、欺骗性的东西。他从事这件工作时神色自若，信心十足，没有浪漫主义的开场白，没有内心的分裂，他像一个接受委托设计城市的重新改建并拆除霉气冲天的贫民窟的建筑师。

27

初次当记者的遭遇

我曾谈过我是怎样成为诗人的——那是出于必然。但我成为一个记者却出于偶然——只不过因为我发了一次火。

战争期间，寄到巴黎来的俄国报刊总是迟到，一下子来十份。别人给我寄来一份《俄国晨报》。有一次我收到一束报纸。我先读完俄国的消息，然后我看到一篇出自一位“本报记者”之手的关于巴黎的文章。读了这篇文章我大为生气。这篇文章的一般化并不使我惊奇：我已经知道，真实情况是必须隐瞒的军事机密，而诸如“直到最后胜利”“神圣的同盟”“再也没有贫富之分”“后方靠前线为生”之类的字句也早已司空见惯，不再会引起注意了。使我生气的是另一点：文章的作者不知道，现在军装的式样已经变了；克列孟梭并没有在《埃弗尔》报上发表文章；被这位记者描写得活灵活现的一家咖啡馆也早已关门。为什么他们要说“本报记者”呢？须知这篇文章是在莫斯科写的！（我很天真，还不知道一份报纸是怎么制造出来的。）

我到“洛东达”去要了几张纸，便开始动手描写巴黎的生活。我一连写了几天，牺牲了睡眠时间。（我夜里仍继续在货运站推手推车。）写一篇文章原来并不那么简单，我常常误入歧途，文章写得冗长、伤感，还有点傻气。我动手删改，又变成干巴巴的了。我又重新写过。我好像匆匆忙忙地写了一个星期。最后我终于认为我的特写并不比刊登在报上的那些逊色，于是我就附了一封客客气气的信把它寄到《俄国晨报》去了。没有回音。我断定那位“本报记者”是编者的一个朋友。我自幼就很固执。我并不幻想记者的职业，我只想向《俄国晨报》的编者证明，他的“本报记者”不在法国，我的写作能力也并不亚于这家报纸的撰稿者。看来需要把文章寄往另一家报馆。第一篇特写的主题我觉得已经过时。我尽了最大的努力另写了一篇，我把它拿去给马克斯·沃洛申看了，他劝我把它寄给《交易所公报》的晚刊，因为那上面的文章写得即使不是比较自由，至少也比较活泼。这份报的名称在我心目中是不光彩的：一个诗人——突然又是《交易所公报》！马克斯开导我说，这并没有什么不体面。有一份最出色的文学刊物叫《法兰西水星》。而水星却是爱嚼舌的人、商人、招摇撞骗者和小偷们的神灵（在法文和欧洲其他文字中，“水星”和罗马神话中的商人的庇护神“墨丘利”是同一个词）。不管他怎么苦口婆心地解释，“交易所”这个词始终使我感到恶心，但我还是把文章寄去了。同时马克斯也给《交易所公报》的编者写了一封介绍信。

不久我便收到一份很长的电报：编辑部通知我说，我的特写刊出了，要我再寄去一些别的，如果可能的话，就以特派记者的身份到前线去一趟。稿费也汇来了。

我邀请了马克斯、里维拉、马列夫娜、尚塔尔。我们在巴吉餐厅吃了一顿丰盛的晚餐，然后就去找瓦西里耶娃。

我写了一些新的特写，我觉得它们比最初写的一些要好。登着我的文章的那份报纸寄来了。我很恼火，气得马上把它撕了：文章被“修改”了——删去了一些，补充了一些。讽刺的意味消失了，只剩下一堆蜜糖。不论什么样的欺侮，只要是初次经受，它给一个人的影响总是非常奇怪的！如果后来对它习惯了，对一切的一切也就习惯了：贫困，监狱，战争。但是在第一次，即使一个微不足道的侮辱在他看来也是前所未有的。我一面走一面不停地想：彼得格勒的诗人们大概要瞧不起我了——因为我写了一些关于前夜的诗并在《交易所公报》上发表了一些甜甜蜜蜜的故事……马克斯企图安慰我：报纸又不是一本诗选，而军事书报检察官也根本不必去研究浪漫的讽刺。

我的模样十分难看：夜间的工作，“洛东达”，阅读报纸、陀思妥耶夫斯基和布鲁阿的长篇小说，诗歌，使我成了神经衰弱症患者。不料这时又发生了一桩糊涂透顶的事。

我得了感冒：打喷嚏，出汗。利比昂劝我喝两三杯潘趣酒，对罗木酒他也毫不吝惜。我跑回家去取手帕。一打开柜子，我愣住了——里面都是别人的东西！我细看了一下——也许我跑到别人的房间里去了吧？不是的，桌上放着我的水彩画（我醉心于绘画，在空闲的时候常描绘维永的生活、绞架、士兵、龙、“洛东达”）。我依然决定要取一方手帕，不料手帕里却掉出来一块不熟的煎肉排。一条毛皮围脖也掉到我身上来了。我直奔女主人而去，对她喊道，我疯了：我发生了幻觉。女主人却毫不奇怪，对她的弟弟说（他当时已经学会用法语说话）：“爱米尔，你到警察局去一趟！叫他们马上就来……”

我没有质问女主人为什么要去叫警察，却上楼回到自己的房间去，我也

爱伦堡的水彩画

不点灯，开始等待这件事了结。我觉得浑身发冷，脑子里乱成一团。我知道，他们马上就要来捉我并把我送进疯人院去了。

警察开始登记柜子里的东西，我试着问他们，这一切是怎么一回事，但他们只冷冷一笑。在我的一堆破衬衫中出现了一件带花边的女人内衣，一双跳舞用的便鞋，几条领带，几瓶香水，一瓶白兰地和各种各样的小东西。他们登记了很久，讨论着这是什么花边，那是什么毛皮……然后叫我在记录上签字，并说翌日早晨我得到警察局去。我跑去找女主人，但已迟了——她已就寝。我明白，明天我要被捕了——但并不是送进疯人院，而是送去坐牢。要是你在被人搜出了秘密的政治传单之后被送去坐牢，那倒也不坏！但是在我这里搜到的却是不干不净的肉排……我大概毕竟还是疯了——莫迪有一次用印度大麻酚款待我，这大概就是结果！我糊里糊涂地躺着，体温准已猛烈上升。房间里有一股尸臭味。我点上了灯——并没有尸体。臭气更加厉害了。我已决定坐在楼梯上度过这个残夜，不料突然看见一整块圆形的卡梅贝尔干酪——它没有被警察发现，从柜子里掉了出来，滚到床下去了。虽然天气很冷，我还是把窗子敞开了。这就是说，明天就是结局：因偷窃而坐牢。但这或许也还是一个幻觉？……

女主人一大早就来找我，她一进门就说："我嘱咐您多少次，叫您别把钥匙留在门上……"在我所住的那一层楼上住着一个俄国人，似乎是个提琴手。他有个女朋友，是个年轻的法国女人，正当她在一家百货商店里把商品塞进自己的手提包的时候，被当场擒获。她把这事通知了她的情人。提琴手想尽快转移先前偷来的赃物，他知道我的房门总是洞开着的，便把一切都塞到我的柜子里去了……

我在警察局里受了很久的审问和侮辱，他们说，我至少也是一名同谋犯。旅馆女主人救了我——她说她曾看见提琴手走出我的房间。他们把我放了，我就到"洛东达"去把这件事告诉了莫迪利亚尼。他微笑着说："不久就会把你送到桑特去坐牢的——你想炸毁法国，这是人人皆知的……"

一个星期后我接到警察局的传唤。我开始申诉说，无论是围脖还是肉排，都和我毫无关系。那位官员打断了我的话，他说，他可不喜欢被人愚弄。他对肉排不感兴趣，但是，我和几个支持齐美尔瓦尔德代表会议的先生有往来。有趣的是，一家俄国大报的记者为什么穿着一件破烂的西装，而且还在货运站上工作？顺便问问，阿尔弗列德·克兰茨现在何处？……我不认识什么克兰茨，便问道：“他是画家吗？”官员冷冷一笑：“你们所有的人都是画家……”我明白了，我的事不妙。也许诺斯特拉达穆斯并没有预测到空军的产生，但是莫迪却是一个真正的诺斯特拉达穆斯，因为他说过，我不久就会因破坏活动而被捕……

审讯拖了整整一个上午，结束得却很突然：官员突然看了看表说，到吃午饭的时候啦。最近几天我还要被传讯。

直到后来我才知道警察局传讯我的原因。《交易所公报》上刊登了我的一篇描写乐善好施的太太们的特写：我叙述她们在马德伦教堂为一个塞内加尔士兵举行洗礼的情形，那个士兵害怕地问教母：“这不痛吧？……”军事当局生气了，认为文中含有对法国陆军的侮辱。无论《交易所公报》把我的文章修饰得多么委婉，但仍然可以感觉出来，我是憎恨战争的。他们已决定将我从法国驱逐出去。虽然我是一个侨民，他们还是把这件事通知了俄国大使馆。大使馆参赞谢瓦斯托普洛把这件事告诉了武官。阿列克谢·阿列克谢耶维奇·伊格纳季耶夫被激怒了。他对我一无所知，但是在法国当局的这一举动中看到了对俄国威望的轻视：因为文章是经俄国的战时书报检察机关检查通过并在彼得格勒发表的。出版方面的问题不在伊格纳季耶夫职责范围之内，他正在就协调军事行动和俄国的军火供应等问题同彭加勒、基奇纳谈判。经过他的力争，法国当局终于撤销了驱逐出境的决定。

一两个月以后，当我决定参加外国报刊协会的时候，我才知道这件事。关于法国当局打算把我驱逐出境的事，是《语言》的记者德米特里耶夫和《新时代》的记者帕夫洛夫斯基（就是那个见过契诃夫并和他通过信的人）告诉我的。

我和阿列克谢·阿列克谢耶维奇·伊格纳季耶夫是在十二年以后的一个文学晚会上认识的：前沙皇政府的外交官伊格纳季耶夫伯爵已成为驻巴黎的商务代表处的一名谦逊的职员——他爱人民，而且相信他们。分派给他的工作并不是他的专长——他协助布置展览馆里的陈列台。他常常被那些比他外行得多的人吆喝。他是一个非常可爱的人，也是一个出色的讲故事的能手。

阿列克谢·尼古拉耶维奇·托尔斯泰每次听他讲故事都对他的才能感到惊讶。阿列克谢·阿列克谢耶维奇为了招待客人，便束上厨师的围裙，用各种各样的小锅烧制美妙的法国小块焖肉。他和从前的女演员娜塔莎·特鲁哈诺娃心心相印地在一起生活了几乎半个世纪（在沙皇时代，这个婚姻被认为是有失身份的，伯爵为此事曾受到不少责难）。纳塔利娅·弗拉基米罗夫娜比他多活了几年。尽管是贵族出身，尽管他是在先前的俄国长大成人的，伊格纳季耶夫却是一个真正的民主主义者：他之所以接受革命并不是因为它预示了一个强大的俄国的诞生，而是因为它消除了阶层的和阶级的隔阂。

在1945年到1946年间，年轻的军官们常常请求阿列克谢·阿列克谢耶维奇给他们讲讲沙皇俄国的军官是怎样消遣的：有些人认为，可以仿效的不仅是肩章……伊格纳季耶夫为答复他们的请求，便描述了森严的等级、对士兵的鞭笞、粗鲁无礼和酗酒滋事等。我记得有一位陆军大尉曾扫兴地说："他的话像是鼓动员的报告……"而伊格纳季耶夫谈的却是1916年和1946

伊格纳季耶夫在巴黎

年曾使他激动的那些事。

幸好，他写出了一本回忆录：在历史的长途上布满了峡谷和深渊，因而人们需要那能把一个时代同另一个时代衔接起来的桥梁，即使是一些脆弱的小桥也好。

警察局没有再传讯我。德米特里耶夫把我派到新闻大厦去了，战时书刊检察机关就设在那里。那里还向外国记者供应文件，并组织去前线旅行。在新闻大厦里有一位工作人员，他立刻引起了我的注意——这就是奥·米洛什。他有一张北方人的脸，说话略带一点外国口音。他生在立陶宛，却用法文写诗。马克斯·雅科布曾对我谈起过他。奥·米洛什是在他去世以后才出名的——他死于 1939 年，没过几年，他的全部著作就首次出版了。有时我和米洛什不谈报刊方面的事务，而是谈诗歌，谈未来。他用一双苍白的、仿佛褪了色的眼睛瞧着我，轻声地、平静地说，大概很快就会发明写诗的机器，那时候，会有一个穿着小小短裤的天才男孩子，由于意识到自己永远不能用文字打动任何人，便用他父亲的一条领带上吊了。听到一个有资格教导我的人说出这样的话来，我感到很奇怪：奥·米洛什可以安安稳稳地从新闻大厦搬到“洛东达”去。

经过三番五次的申请，法国人才让我和一群记者上前线去。他们特地为我们挑选了一个最安全的地段，引导我们匆匆地穿过战壕，让我们参观大炮。后来我们来到了指挥所，古罗将军在这里招待我们进午餐。所有这一切像是一次游览。（后来我不止一次到前线去，但那些旅行却和第一次不一样。）

索姆河上正在进行激烈的战斗，那里驻着英国军队。我开始张罗通行证。英国人迟迟不作答复。后来他们终于把我叫到英国军事代表团去，并让我在一份很长的申请书上签字，申请书上说，我答应如不预先送交英国书刊检察机关审查，决不发表任何作品，如果我牺牲了，我的继承人不得向英王陛下政府提出任何要求，我得遵守英国的法律，如有违犯，由英国法院裁决。他们给了我一套英国军装，就把我带到亚眠的郊区去了。在距大本营不远的一所舒适的房子里，住着一群战地记者——有英国人、法国人，还有一位被认为是大记者的意大利人巴尔辛尼。大家每天晚上都喝威士忌。英国人不是说一些幼稚的笑话就是变戏法。没有任何人来打搅我们：我们可以乘顺路的汽车去前沿阵地。我看见了战争。

蹲在巴黎看报，我毕竟想象不出前线的景象——这是一台巨大的机器，正在有计划地杀人。功勋、美德、痛苦，都解决不了什么问题。死亡是机械式的。

我在加来目睹这种死亡的准备工作进行得多么认真。两千三百种汽车零件。数字，到处都是数字。“重型坦克 617 号零件”“摩托车 1301 号驾驶盘”……从澳大利亚运来了公羊，从加拿大运来了面粉，从锡兰运来了茶叶。同样也运来了一队士兵。他们茫然四顾。一座巨大的面包房一昼夜烤 20 万个面包。士兵们嚼着面包。战争在狼吞虎咽地吃着士兵。

前沿阵地上一无所有——既没有瓦砾堆，也没有树木，即使是被折断了的也没有。光秃秃的褐色土地，一排排整整齐齐的铁丝网。人们在战壕里蠕动着。

在接近前线的公路上，行驶着一些巨型的载重汽车，我第一次看到它们。它们用来往战壕里运送士兵、炮弹、整块的肉，在往回开来的载重汽车上躺着伤兵。调度员挥动着小旗。我之所以要描写这些景象，是因为现在有许多人认为第一次世界大战是充满浪漫色彩的……

我曾这样描述我在 1916 年看到的第一辆坦克：“在它的身上有一种雄伟而又令人极端厌恶的东西。从前可能存在过一种巨型甲虫，坦克和它们很相像。为了伪装，它被涂得花花绿绿的，它的两侧宛如未来派画家的图画。它像一条毛毛虫那样慢慢地爬着。无论战壕、灌木丛还是铁丝网，都拦它不住。它微微晃动着触须：那是炮和机枪。在它的身上融汇着一种古老的东西和最美国化的东西，一种诺亚方舟和 21 世纪汽车的结合。里面有人，是 12 个侏儒，他们天真地认为他们是坦克的主人……”从那时以来，过了不到半个世纪，而我觉得坦克差不多是和火药同时发明的了。现在有一些外交家在谈论裁军的时候常使用“传统武器”这个名词，以区别于核武器，毫无疑问，坦克已变成传统武器了。

战争看来比我想象的要可怕得多：一切都是经过安排和计算的。当然，人蹲在战壕里，他们冲锋陷阵，在战斗中死亡，在战地医院的病床上痉挛，在铁丝网前作临死前的挣扎。这些人大部分是好人，真诚地相信他们正在保卫祖国、自由、人类的尊严，然而他们却不过是一台巨型机器上极小的零件罢了。人们不久就学会了拦阻坦克的方法，而战争仍在慢吞吞地前进，蠕动着耳朵——大炮、机枪——谁都不知道怎样才能把它拦住。

我明白了，我不仅诞生在 19 世纪，而且在 1916 年也还像一个远古的人似的生活着、思考着、感觉着。我也明白了，一个新的世纪正在走来，它是不会闹着玩的。

28

神秘可怕的萨温科夫

我回到了巴黎。起初我感到自己很幸福：在从前线回来以后，有着咖啡馆的凉台、绿色的法国梧桐和无忧无虑的姑娘们的蒙帕纳斯大街宛如一座天堂。我在咖啡馆的桌旁坐下——那里有许多画家、诗人。他们在谈佳吉列夫订购毕加索画的布景，谈保罗·克洛代尔的新作，还谈别的什么事。于是我突然感到烦恼起来：这不是生活，而是低劣的仿制品。真正的生活留在我从那里前来的那个地方了——它在躲避排炮的射击，在该死的铁丝网间溜达，隐藏在地下，但这毕竟是生活……

我试图研究自己的感情，了解自己——莫非我喝了一口曾使许多人晕头转向的那种酒精吗？好像不是……我觉得战争是一种罪行。同时我的全副精神又贯注在战争上。这一切都是千头万绪、难以理解的。我不去想它了。我陷入绝望之中。我突然开始想到上帝——不是宗教的上帝，而是我自己的上帝，他时而凶残，时而疯癫。我写了一些诗，在给勃留索夫的一封信中，我称这些诗描写的是“卑鄙行为”。现在，每当我想到我的以往，我总觉得从1914年到1919年的那几年是最艰苦的：我想获得契诃夫所写的那种“总的思想”，而我连对明天该怎么过都还没有一个明确的想法。后来我终于摆脱了迷惘，即使不是走上了大路，也是走到了树林的边缘。而且我也不像过去那样过于敏感了——一个人会随着岁月的流逝而长上一层厚甲。许多人在青年时代写诗、打算自杀，这并不是偶然的。

女画家尚塔尔企图帮助我。她是一个工人的女儿，在一所师范专科学校读过书，醉心于绘画。她也不知道该怎么生活，但是她牢牢地站在地面上。她看见我那副灰心绝望的样子，便谈起黑豆幼芽的芳香，谈起绷在木框上的画布，谈起外面已是春天，而我们俩都很年轻。我回答说“是啊”，然后我就回到自己住的地方去写那些关于世界末日的诗。

夏天卡佳邀我到法国南部的艾兹去休息，她同她的丈夫吉·伊·索罗金和我的女儿伊琳娜一同住在那里。吉洪·伊万诺维奇从前线回来成了一个残疾人，他在读弗拉基米尔·索洛维约夫的作品，神情十分忧郁。即使在家务方面，我也竭力想做一个有用的人，我学会了煮通心粉。有一次卡佳到尼斯去了，她求我安排小姑娘躺下睡觉。伊琳娜当时只有五岁。当我开始解她的小连衣裙上纽扣的时候，她很严厉地说：“不是这样……你啥也不会。”这是实情：我真是啥也不会干——既不会工作，又不会写诗，甚至连休息也不会。我回到巴黎后更加心灰意懒了。

马克斯·沃洛申介绍我认识了鲍·维·萨温科夫。我到那时为止从来没有看见过一个像他那样神秘可怕的人。他脸上那一对蒙古人的颧骨和时而忧郁、时而又非常严厉的眼睛令人吃惊，他常常闭上两眼，眼皮沉重地耷拉着。他开始光顾“洛东达”，喝一种名叫“马尔”的葡萄烧酒。和其他的“洛东达人”不同，他穿得很端正，看上去像一个法国的中产阶级。他从不摘下头上那顶圆顶礼帽。我还记得他常常喜欢吟诵的诗句：

一个灰溜溜的人戴着圆顶礼帽
一个小狗崽子蹲在拐角……

鲍里斯·萨温科夫是一个出色的讲故事能手。在第一次听他说话的时候，可能会认为他依然是一个进行恐怖活动的战斗队员，明天他就要化装成一个马车夫去跟踪一个沙皇大臣。实际上萨温科夫已万念俱灰。有一次他对我说，阿泽夫案件把他毁了。直到最后一刻他还把一名奸细误认作英雄。社会革命党人被布尔采夫的揭发所震惊，他们坚决要求进行审查。萨温科夫被激怒了：他不允许有人诽谤一个无比高尚的人！最后终于举行了会议。阿泽夫眼看自己的事不妙，便说他的家里有足以驳斥诽谤的文件，只需一个钟头他就能把文件拿来。大家一致抗议：不能把他放走。但是萨温科夫坚持说，他是战斗组织最老的成员之一，应该给他一个证实自己清白的机会。阿泽夫走了，不用说，他是一去不回了。

鲍里斯·萨温科夫在1910年侦查事件中的照片

萨温科夫对一切都不再抱什么希望，他开始写一些平庸的长篇小说，这些作品表明了一个对自己事业已丧失信心的恐怖分子心灵的空虚。他认为自己首先是一名战斗队员，即恐怖分子，其次才是一个革命者，这一点始终使我震惊。在战争时期他担任《白日报》的战地记者，撰文论述防御的必要性，赞扬居斯塔夫·爱尔威。但他本人对这一切却感到索然无味：他依然是一个失业的恐怖分子。

（我曾和一位左翼社会革命党人——暗杀了米尔巴赫伯爵的恐怖分子布柳姆金有过一次奇怪的谈话。他在1921年年初开始拥护苏维埃政权。萨温科夫当时待在巴黎，支持对苏联的武装干涉。布柳姆金在获悉我要去巴黎之后，便问我是否会见到萨温科夫。我给了他一个否定的回答——我们已分道扬镳了。布柳姆金对我说："也许您终究会偶然碰到他的，请您问问他，他是怎么看待退出行动的……"我不明白他的意思。布柳姆金解释说：他对这样一个问题感兴趣，即一个曾暗杀了他的政敌的恐怖分子是应该躲藏起来呢，还是最好为这个暗杀行动付出自己的鲜血？毫无疑问，要是他碰到了萨温科夫，他会把他当作一个敌人干掉，同时他又把他看作一个老资格的恐怖分子而尊敬他。对于这种人来说，恐怖手段并不是一种政治斗争的武器，而是他生活在其中的世界。）

萨温科夫曾叙述他在塞瓦斯托波尔要塞等待处死时的情形。往事被失望心情的一线幽光照亮了：他说，死和生一样，也是索然寡味而又平淡无奇的。

一名哨兵，后备军士官生西尔伯贝格救了他。

西尔伯贝格被绞死了。鲍里斯·萨温科夫娶了他的妹妹。他很喜欢他的小儿子廖瓦，一谈到他，他就会在片刻之间显出一点勃勃的生气。在回忆起很久很久以前的往事——童年、俄罗斯的大自然、他在很年轻时曾同卢那察尔斯基和作家阿·马·列米佐夫一起待过的那个流放地——的时候，他也显得比较开朗。

（我在西班牙内战时期认识了萨温科夫的儿子廖瓦。他在法国当载重汽车的司机，用俄文写一些诗，用法文写一些以工人生活为题材的短篇小说。阿拉贡曾在《公社》杂志上发表过他的一篇短篇小说。廖瓦为参加国际纵队来到西班牙。人们知道他就是“那个萨温科夫”的儿子，并且坚信苹果不会掉在离苹果树很远的地方，便常常派他去佛朗哥军队的后方。廖瓦和他的父亲不同，是一个和蔼可亲的人。他执行战斗任务十分勇敢，受了重伤并得了结核病。他回到法国后一贫如洗。战争开始后，他参加了游击队，和那些从集中营逃出来的俄国人一同工作。1946 年我在巴黎遇见过他，他很想到苏联去。他以后的遭遇我就不得而知了。）

鲍里斯·萨温科夫写的那些关于索姆河战役或凡尔登战役的文章，也和他的长篇小说一样，署的是笔名“弗·罗普申”。在长篇小说中他曾说过，他不再相信自我牺牲了。在战地通讯里却正好相反，他谈到士兵们的赫赫战功，谈到战争使人复活。有一次我问他是否相信他所写的，他微微一笑，说我还太年轻。我生气了，说：“那么就应当像狗那样号叫……”他垂下了他那双生铁般的眼皮：“不对，不必号叫。可以再写一篇文章，这您已经学会了。可以喝一杯或两杯马尔酒，只是不要多喝……”

萨温科夫常到马列夫娜（大家都这么称呼女画家沃罗比约娃-斯捷别利斯卡娅）所坐的那张小桌子旁边去坐。她生在高加索，到“洛东达”来的时候还是一个小姑娘。她的模样有点异国情调，但是她很天真、追求真理、正直、诚实。萨温科夫喜欢她，但马列夫娜对他却很严厉，叫他“老不要脸的”。

鲍里斯·萨温科夫在我看来是战地风景画的一部分，他就像一条狭长的“中间地带”，上面连一根小草也没有，而在铁丝网中间隐约可见一些折断了的步枪、钢盔和没能爬到敌人战壕跟前就阵亡了的士兵的尸体。

我把报纸扔开了：既然全是谎话，还有什么可看的呢？“洛东达”里正在讨论最新消息。杜布瓦截除了一条腿，马尔戈正在集资为他装一条假腿。卢西发疯了，人们在夜里发现她一丝不挂地站在火车头上。生活在继续。

莫迪利亚尼终于来了！他马上要说，所有这一切老早以前就写在诺斯特拉达穆斯的书上了……

29

梦游症患者——墨西哥画家迪埃戈

我坐在迪埃戈·里维拉冰冷的工作室里。我们谈论着坦克的装甲和“战争的目的”现在伪装得多么巧妙。迪埃戈突然闭上眼睛，他像是睡着了，但过了不一会儿，他站了起来，开始谈到他所痛恨的一个蜘蛛。他再三地说，他马上就要找到这个蜘蛛并把它捻死。他径直朝我走来，我明白了，那个蜘蛛就是我。我跑到工作室的另一个角落里。迪埃戈站住了，转过身重又向我走来。在这以前我也曾看到过梦游症发作时的迪埃戈，他总要寻人搏斗，但是这一次他却要杀死我了。把他唤醒是残忍的：他一醒来就会感到难以忍受的头痛。我在工作室里团团乱转，不是像一只蜘蛛，而是像一只苍蝇。尽管他的两眼都闭着，但他依然在找我。我好不容易才跑到了楼梯上。

迪埃戈的皮肤是黄色的。他有时卷起一只衬衫袖子，让一个朋友用火柴头在他的手臂上写点什么或画点什么，字母或线条马上就显现出来了。（我曾在加尔各答植物园里看到一株热带树木，在它的叶片上也可以用火柴头写字，字迹渐渐显现出来。）迪埃戈曾告诉我，梦游症、黄皮肤、显现出来的字母——这一切都是他在墨西哥染上的那种热带疟疾的后果。我叙述这件事是因为我正在想迪埃戈·里维拉的一生和他的艺术：他常常闭着双眼向敌人走去。

迪埃戈喜欢谈墨西哥和自己的童年。他在巴黎生活了十年，成为“巴黎画派”的代表人物之一。他和毕加索、莫迪利亚尼及一些法国人都很要好，但是他的眼前总是出现布满了多刺的仙人掌的火红色山峦、戴着宽边草帽的农民、瓜那华托的金矿、不断的革命——马德罗推翻迪亚斯，维尔塔推翻马德罗，萨帕塔和维利亚的游击队员推翻维尔塔……

听了迪埃戈的叙述，我开始爱上了神秘的墨西哥。阿兹特克人古老的雕塑仿佛和萨帕塔的游击队员融为一体了。胡利奥·胡列尼托是墨西哥人，当我写我的长篇小说的时候，我想起了迪埃戈的叙述。我曾看到有人评论说，胡列尼托就是里维拉的肖像，他俩的某些经历被糅合在一起了——我的主人公和迪埃戈都诞生在瓜那华托。胡列尼托在童年的时候为了解生和死的区别，曾把一只活生生的小猫的脑袋砸烂，而迪埃戈在六岁的时候为了知道小孩是怎么生出来的，也曾解剖过一只活生生的大耗子。胡列尼托童年时代许多其他细节也是从里维拉的故事中想到的。但是，迪埃戈当然不像我的主人公：胡列尼托更多的是思考，而不是感受，他之所以接受他所憎恨的那个社会原则，并把它捣毁至荒谬绝伦的地步，是为了表现出它的不道德。迪埃戈是一个感性的人，如果他有时曾把他自己所珍重的那些原则捣毁至荒谬绝伦的地步，那仅仅是因为发动机马力很大，然而却没有制动器。

我是在 1913 年初认识迪埃戈的，那时候他已开始画立体派的静物画。他的工作室的四壁悬挂着以往那些年所画的油画，可以分辨出他的创作所经历的几个重要阶段——格雷科时期、塞尚时期。你既可以看出他的天才，也可以看出他所固有的一种走极端的倾向。在我们这个世纪之初，西班牙画家祖拉加在巴黎曾风靡一时。他是以那些描绘西班牙的茨冈、斗牛士——总而言之，即所有那些被西班牙人称作“españolada”，即“西班牙情调”的东西——的绘画，以及模拟民间口头创作而成名的。迪埃戈在一个短时期里迷恋过祖拉加，艺术史家们甚至还把里维拉的若干作品放入“祖拉加时期”。在 1913 年前后他终于抛弃了祖拉加。

在这之前不久，他和女画家安格林娜·彼得罗夫娜·别洛娃结婚了，她是彼得堡人，蔚蓝色的眼睛，明亮的头发，特有的北方人的矜持。在我看来，她很像我在莫斯科的“秘密接头站”所见到的那些姑娘，而不大像“洛东达”的女客。安格林娜意志坚强，脾气很好，这使她能够以一种真正天使般的耐性去忍受狂暴的迪埃戈突如其来的愤怒和喜悦。他说：“她受过良好的洗礼……”

不同的画家通过不同的道路达到立体主义。对于毕加索，立体主义不是一件外衣，而是皮肤，甚至是肉体，不是绘画的手法，而是一种观点和世界观。从1910年开始直到今天，毕加索在创作其他作品的同时，似乎没有一年不在画一些显然是从他的立体主义时期继续下来的油画：这种创作方法虽然过时了，但是画家却难于改变自己的天性。对于莱热，立体主义是和他对现代建筑、城市、劳动、机器的热爱联系在一起的。布拉克曾说，立体主义使他得以“在绘画里把自己最充分地表现出来”。迪埃戈·里维拉在1913年是26岁。但是我认为，他还没有看见自己的道路，因为在走向立体主义的前一年他还在赞美祖拉加呢。而旁边就是巴勃罗·毕加索……迪埃戈有一次曾说：“毕加索不仅能把一个魔鬼变成一个正人君子，还能使上帝到地狱里去当烧锅炉的工人。”毕加索从来没有宣传过立体主义，他通常是不喜欢艺术理论的，而且在被人模仿的时候他还感到烦恼。他甚至也没有叫里维拉接受什么信念，他只不过把自己的作品拿给他看而已。毕加索画了一幅有一只西班牙茴香酒酒瓶的静物画。没过多久，我就在迪埃戈的油画上看到了一只同样的酒瓶……当然，里维拉并不知道他正在模仿毕加索。若干年以后，当他意识到这一点的时候，便开始痛骂“洛东达”——清算自己的过去。

立体主义教会了他很多东西。他的巴黎时期的作品我现在也认为是很出色的。他有时也画肖像画。他曾为西班牙作家拉蒙·戈麦斯·德·里亚·塞尔诺画了一幅肖像，把模特五光十色的形象和稀奇古怪的举动都表现得淋漓尽致（拉蒙在巴黎时曾站在一头马戏团的大象背上做过一次关于现代艺术的报告）。迪埃戈还给马克斯·沃洛申、雕刻家英登包姆和建筑师阿塞维多画过肖像。马克斯·沃洛申的肖像画表现出一个体重七普特的人和一只飞来飞去的小鸟的灵巧、轻浮的结合，天蓝和橘黄的色调。《阿波罗》杂志的一位唯美主义者的粉红色面具和完全是自然主

迪埃戈·里维拉

义的牧神的一撮卷须。

我也当过里维拉的模特儿。他叫我摆出一副正在看书或写作的姿势，但要求我戴着帽子坐着。这幅肖像画虽然是立体派的，但依然惟妙惟肖（它被美国的一位外交官买去；此后里维拉与这幅画的命运就不得而知了）。我还保存着这幅肖像画的一张石印品。1916 年，迪埃戈为我的两本小书画了插图：一部依然由那个从不发愁的里拉霍夫斯基印行，另一部是石印的——我写，里维拉作画。迪埃戈最喜爱静物画。

里维拉是我认识的第一个美洲人。我认识巴勃罗·聂鲁达的时间很晚——是在西班牙内战时期。他们之间有一种共同点：二人都是在古老的欧洲艺术的熏陶下成长起来的，后来都想创造自己的民族艺术并赋予它若干新大陆的特点——力量、鲜明性、对分寸感的藐视（在美洲，普通的雨都像是洪水）。迪埃戈和奥罗斯科共同创造了墨西哥画派。里维拉的壁画既表现出了他的性格特点，也表现出了美洲的性格特点——自发性，技巧的多样化，朴素。

我们过从甚密。我们是“洛东达”的极端派——我们知道，在古老、忧郁而审慎的巴黎之外，还有一些别的世界，也有别的一些现象的组合。迪埃戈向我谈墨西哥，我向他谈俄国。尽管他说在战前曾读过马克思的著作，他却依然赞美萨帕塔的信徒们，他醉心于墨西哥牧人幼稚的无政府主义。而当时我的头脑却是一片混乱——布尔什维克的集会和莫克雷的米佳·卡拉马佐夫，莱昂·布鲁阿这位晚生了几个世纪的萨伏那洛拉（1452—1498，佛罗伦萨多明我会隐修院院长）的长篇小说和毕加索的那些被肢解了的小提琴，对法国井然有序的资产阶级生活方式的憎恶和对法兰西性格的喜爱，对俄国的特殊使命的信念和对一场浩劫的渴望。我和迪埃戈彼此相知甚深。整个“洛东达”都是置身世外者的天下，而我们俩又像是置身世外者之中的置身世外者。

里维拉和萨温科夫常常见面。他的天性、他对生活的爱使他不可能接受犬儒主义的影响，但他对这位头戴圆顶礼帽的彬彬有礼的人如何刺杀大公和大臣的故事却感到津津有味。我记得 1917 年年初的一个夜晚，里维拉在“洛东达”里同萨温科夫和马克斯坐在一起，我同莫迪利亚尼和女模特儿玛尔

左：迪埃戈·里维拉为爱伦堡画的肖像作品
右：1916 年，迪埃戈·里维拉为爱伦堡的《开始对生活的某种期望》画的插图

戈坐在一起。在旁边的几张小桌后面，拉宾斯基和莱热正在兴致勃勃地谈着什么。当“洛东达”在 10 点钟打烊以后，莫迪说服我们到他那里去了。

我不知何故清清楚楚地记住了那场关于战争、未来和艺术的冗长而杂乱的谈话。我将尽可能地把它归纳起来，也许会有个别语句不是当时说的，但是我所叙述的每一个人的思想是不会有错误的。

莱热：战争很快就要结束了。士兵们不愿意再打下去。德国人同样会明白这是毫无意义的。德国人对事物的理解总是比较迟钝，但是他们一定会明白的。被毁灭的省份、国家需要重建。我想，政治家将被赶走：他们已经垮台了。他们的职务将要由工程师、技师，也许还有工人来担任……当然，雷诺阿是一个优秀的画家，但是难以想象他是生活在我们这个时代。坦克——却来了个雷诺阿！……应该鼓励什么？科学、技术、工作。还有体育运动……

沃洛申：依我看，这对一个人是不够的。欧洲能变成美国吗？战争不仅使皮卡尔迪成为畸形，也使人的内心变成畸形。霍布斯把国家称作“利维坦”〔《圣经》中的巨兽名，也是英国政治哲学家霍布斯（1588—1679）的著作名称〕。人会变成机械老虎：他们有经验，他们也有鉴别力。我认为莱热的油画比机器好。我对做没有灵性的东西的奴隶不感兴趣。

莫迪利亚尼：你们大家都太天真了！你们以为会有什么人来对你们说“亲爱的，你们选择吧”这样的话吗？这使我觉得好笑。现在只有那些故意枪伤自己的士兵在选择，但是他们却为此遭到枪决。而当战争结束的时候，所有的人都要被送去坐牢。诺斯特拉达穆斯没有错……他们让所有的人都穿上苦役犯的号衣，充其量也只有院士们会得到不穿条纹裤而穿方格裤的特权。

莱热：不对。人们已经变了，他们会觉醒的。

拉宾斯基：这是真话。当然，资本主义再不能创造更多的东西了，它现在只是在破坏。但是人民正在觉悟。也许我们正处在结局的前夜。谁也不知道这是在哪里开始的——是在巴黎，在战壕里，还是在彼得堡……

萨温科夫：“觉悟”——无稽之谈。德国有很多社会主义者，但只要一喊“一、二”，他们就开步走了。最糟的还在前头。

拉宾斯基：不，最坏的已经过去了。社会主义者能……

莫迪利亚尼：可你们知道，社会主义者像什么吗？像一群秃头鹦鹉。我曾对我的兄弟这么说过。请你们别见怪，社会主义者毕竟比别的人要好些。但是你们一窍不通。托马是一个部长！墨索里尼和卡多尔纳有什么区别？无稽之谈！苏京画了一幅出色的肖像画。他是伦勃朗，信不信由你。但是他也一样要去坐牢。你听着（这是对莱热说的），你想把世界整顿好。但世界是不能用尺去量的。有人……

莱热：早先也有一些优秀的画家。要有新的态度。艺术如能理解现代的语言，就会继续生存下去。

里维拉：在巴黎任何人都不需要艺术。巴黎在死亡，艺术在死亡。萨帕塔的庄稼汉们没见过任何机器，但是他们要比彭加勒更现代化一百倍。我坚信，如果把我们的画拿给他们看，他们一定理解。哥特式大教堂或阿兹特克人的庙宇是谁修建的呢？是大家。而且也是为大家修建的。伊利亚，你是个悲观主义者，因为你过于文明了。艺术必须喝一大口野蛮的烈酒。黑人的雕塑拯救了毕加索。你们大家不久就要到刚果或秘鲁去了。需要有野蛮的流派……

我：这里的野蛮已经够多了。我不喜欢异国情调。谁会到刚果去呢？采特林一家，也许是马克斯，他还要再写一组十四行回文诗。我憎恶机器。需要善良。每逢看见“卡杜姆”牌肥皂的广告，我就感到肥皂泡里的那个小娃娃是纯洁而善良的。兴登堡或彭加勒也曾经是小娃娃，这太可怕了！……

里维拉：你是欧洲人，这就是你的不幸。欧洲正在死亡。美洲人、亚洲人、非洲人都要来了……

萨温科夫：美国人马上就要宣战和登陆了。您是指什么样的亚洲人？是日本人吗？……

里维拉：即使是……

迪埃戈突然闭上了眼睛。只有莫迪利亚尼和我知道即将发生什么事。拉宾斯基平静地和莱热谈天。马克斯没有注意到里维拉发生的变化，还在向他叙述尤利·克鲁丹涅尔的幻象。莫迪和我移动到门边去了。迪埃戈站起来叫道：“你们好！掘墓的先生们！你们大概是来找我的吧？可是不成了。我将要埋葬……”他走到沃洛申身边并把他举了起来，这是不可思议的——马克斯体重在一百公斤以上。里维拉凶恶地重复说：“马上！……用头往门上撞……我要把你们作为上等人厚葬……”

1917 年里维拉出人意料地迷上了他早已熟识的马列夫娜。他们的性格很相似——暴躁、稚气、敏感。两年以后马列夫娜生了个女儿马里卡。（不久前我在伦敦遇见了马列夫娜，她在作画、塑像、写回忆录。马里卡很像迪埃戈。她是个演员，秉承了一副墨西哥人的外貌，说的是法语，她嫁给了一个英国人，并且老是爱说她有一半俄国血统。）

1921 年春我来到巴黎后，当然，我马上就找到了里维拉。他还住在那间工作室里。在那以前，他曾去过意大利，他很赞赏乔托和乌切洛的壁画。他还在作画，那是他创作中一个新时期的第一批速写画。他对十月革命和有关“无产阶级文化协会”的谈话很感兴趣，他打算回自己的祖国去。

不久他就开始用巨幅壁画把墨西哥政府大厦的墙壁装潢起来。我常在报刊上看到他的消息，有时也看到他的壁画的复制品，但是却没有同他见过面。

1928 年他到了莫斯科，我没能见到他——那时我在巴黎。他的前妻之一，一个漂亮的墨西哥女人瓜德鲁帕·玛琳曾来找我，她在巴黎搜集迪埃戈早期的作品。

里维拉已成为名人了。有人写了一些论述他的专著。他被邀请去了一次美国。他为一个汽车大王——艾斯德尔·福特画过一幅肖像画，洛克菲勒向他订购了一些壁画。里维拉在这些壁画中描绘了社会斗争的场面，描绘了列宁。经过长期谈判，这些壁画终被销毁了。

1951 年我在斯德哥尔摩参观过一个盛大的墨西哥艺术展览会。阿兹特克人的古代雕塑使我大为震惊，它宛如印度、中国的古代雕塑。文化发展的道路令人惊讶：从古代艺术，从阿兹特克人的宏伟一下子过渡到精致奇巧的巴洛克式建筑。后来我登上二楼，看到了里维拉的作品。画架画表现出写生画的力量。也有一些彩色壁画的复制品。它没有引起我的美感，想必是我对它还不理解。哥特式大教堂的正门就像时代的一部石头百科全书，但是当时人们还不会阅读。里维拉的壁画就是许许多多的故事：有的是墨西哥的革命史，有的是种牛痘的情形，有的是新大陆的经济。他没有忘记意大利的课程，他画的墨西哥女人有的低着头，有的在跳舞，有的在睡觉，就像 15 世纪佛罗伦萨的女人。他像许多印度或日本的画家尝试过的那样，想把民族传统和现代绘画熔为一炉。我突然明白了他对苏联画家的指责：为什么他们藐视"民间艺术——油漆的小盒子"。如果他是一个俄国人，他大概要试着去把早期的里维拉和帕列赫小型精细画熔为一炉……

不过我现在扯到我的艺术趣味上去了，这不妥当。不如说，里维拉曾试图解决我们这个时代最困难的任务之一：创造写生壁画。他毕生都相信人民，他曾和墨西哥的共产党员多次争论，事后又和解了，而从 1917 年开始直到他去世，他始终把列宁当作自己的导师。

他曾去维也纳出席保卫和平代表大会，那是在 1952 年。我对他说，我很喜欢我在墨西哥展览会上看到的画家塔马约的作品。迪埃戈大为生气，责备我是形式主义。两个老朋友在分别了 30 年后的一次重逢，结果却变成了一场关于画架写生画和写生壁画的枯燥乏味的学术辩论。后来他到莫斯科就医时来找了我。我们在回忆中度过了一个晚上——当人们装好了自己的皮箱即将开始一次长途旅行的时候，他们照例要静坐片刻。我们的谈话就正像这种情形。他身上的那些感动过我的稚气、坦率和诚挚，在这最末的一个晚上都显现出来了。此后我们没有再见过面。

他属于那样一种人，这种人即使不进门，不知何故也会一下子把房间占满。时代迫使许多人后退，他却没有让步，于是时代就只好后退了。

30

1916年记事

我给《交易所公报》寄去了几封充满愤怒的信：为什么我的战地通讯发表时被改得面目全非？信是无济于事的。我继续撰写通讯报道，而对别人把我的文章的棱角磨光，甚至有时填进去一些同我格格不入的思想也逐渐习以为常了。战争已进入第三个年头，大家对一切都习惯了，这是最可怕的。

在皮卡尔迪一个名叫阿尔贝的小城里，有一所被破坏了一半的房子，里面住着一个酒馆的老板娘和她的四个孩子。她对炮弹已不再注意，而对葡萄酒涨价却抱怨不已——100公升要卖160法郎。她很会做买卖——涨了价的葡萄酒士兵们也要喝。她的孩子们还以为，人们从来就是在枪林弹雨下生活的。

在英国炮兵连旁边有一座磨坊。当然，它已停工了，但是磨坊的主人——一个老头子却还留在他的小房子里。德国人时常射击炮兵连，但老头子却只惦记着一件事：他担心士兵们会把面粉袋偷光或把它们弄脏。

在兰斯市的地下室里，日常的生活还在进行：在一个地下室里印行着《东方信使报》，在另一个地下室里有一所学校，在第三个地下室里有一家理发馆。

战前在法国的小城里必定都有一个公告员——市政管理局的一个职员，他敲着鼓跑遍全城街道，吆喝着：谁家走失了一条狗，某人丢失了一只皮包。当时还没有无线电收音机，关于总动员的消息法国人就是从这些“传令官”

口中听到的。我曾在贡比涅看到一个敲鼓的老头子；尽管城里落下了炮弹，他依然嘶声哑气地喊着说，一位太太丢了一枚胸针，拾得者定有酬谢。

战壕里的生活尽管恶劣已极，但依然是生活：等待信件、捉虱子、骂军官、说些猥亵下流的笑话；然后就是死。

英国士兵每天必得刮脸：死归死，不刮脸可不成。

有一次我在兰斯附近向一名正在一幢奇迹般被保存下来的小房子旁边从容不迫地干活的法国士兵打听，能不能继续往前走——德国人会不会射击路上的行人。他回答说他不知道——他又不是在前线上，他是来这里同他的妻子在这幢房子里度 6 天假期的。

一群殖民地部队的士兵在一个村子里找到了一个远远超过了四十岁的女人。他们非常兴奋地喊叫着。小屋子旁边排上了一条长长的队。司令部为士兵们开办妓院。在马利亚的军营里有所谓“法兰西日”“比利时日”。

这个冬天空前寒冷，塞纳河冰封了。没有煤。人们都冻坏了。政府强调节约，决定一个星期有两天禁止吃甜点心。先前在高价餐厅里可以吃到冷盘、白菜汤、鱼，但在这以后就只有一盘肉食了——或者是煎牛排，或者是鸭块——有什么办法，这是战争的第三个年头啊！……专做妇女时装的裁缝仍同往常一样操纵着新的时装样式：短裙子，像士兵帽似的小帽，浅蓝的保护色的衣服。报纸上登着香水、安眠药和为残疾人装配假肢义眼的广告。报上说，禁欲主义对法国人是不适用的，它是软弱的象征，但法兰西坚信能够胜利。影院场场客满，每周都要放映一套新的《纽约时代》。

一天我同迪埃戈·里维拉在一家小影院的银幕上看见一个我不熟悉的男演员。他摔盘打碗，还把油漆往漂亮女人身上乱涂。我们和别人一同大笑不止。但当我们走出影院大厅以后，我却对迪埃戈说，我感到可怕：这个戴着圆顶礼帽的逗人发笑的小人物让生活中的一切荒谬怪诞都暴露无遗了。迪埃戈回答说：“是啊，这是个悲剧演员……”我们叫毕加索务必去看看沙尔洛（这是人们对当时还没有出名的查尔斯·卓别林的称呼）的影片。

画家们还在“洛东达”里继续议论立体主义。在陆军参谋部里，一个忧郁的大尉坐在一堆照片前面。我第一次看见从空中拍摄的地面照片：这太像麦尚杰或格雷兹的画了。（1948 年，毕加索飞到弗罗茨瓦夫来，他笑着对我说："从上面看，世界就像我的某些油画……"）

在英军前线"基督教青年会"的营房里可以领到夹肉面包。那里每个星期天早晨都要做礼拜，晚上放电影。墙上挂着有教训意义的标语：叫人们热爱上帝，宣传戒酒的好处，提醒人们别染上花柳病。

人人都变得迷信起来。很少有人敢用一根火柴给三个人点烟。慈悲为怀的太太们决不错失良机：他们把绣有卢尔德圣母像的护身香囊塞给即将开赴前沿阵地的士兵们。士兵们乐意地收下了，但有谁知道它们灵不灵呢？

（一个塞内加尔人送给我一个护身符，并说它比任何护身香囊都好；这个护身符是几颗牙齿——我不知道它们是一个德国人的还是一个法国人的。）

下级军官惩治塞内加尔人是为了吓唬他们。黑人被派去送死。塞内加尔人咳嗽、生病，他们不知道自己将在哪里和为什么被人杀死。印度支那的居民，那些被运到战争工厂里来的神秘而矮小的人们，忧郁地沉默着。在那些年代里，一纸早已要求支付的账单是用鲜血来偿还的。

1916 年似乎是流血最多的一年：索姆，凡尔登。巴黎城内每走一步都能看到满面泪痕的女人。士兵们死守阵地。在第二次世界大战前夕，我曾读过彭加勒的日记。下面就是有关凡尔登保卫战期间的一段记载："克列孟梭认为今后发生内阁危机的可能性大概已经很小了，便向我展开猛烈攻击……资产阶级发现白里安过于屈从反对霞飞的势力……努兰斯野心勃勃，为反对托马的极端派造成了有利的局面……白里安一句话就宽容了克列孟梭……"

外国记者渴望得到能轰动一时的新闻，他们千方百计地设法结识加利耶尼的勤务兵、霞飞的汽车司机、白里安的女仆。在空闲的时候，他们追法国女人，企图用美国糖果赢得她们的欢心。大家都骂书刊检察机关。巴尔吉尼喜气洋洋：他观看了一个间谍被处死的情形。他激动而又赞赏地说："这个恶棍镇静极了！"在巴黎的时候我常去新闻大厦。米洛什漫不经心地向我解释说，由于气候恶劣，进攻暂时停止了。他大概在想，人是注定要死的。

我就在这个新闻大厦里领取公报，公报上老是谈论着"正在增长的物资"。人在逐渐减少，大炮和飞机却愈来愈多。坦克的密集冲锋开始了。社会党议员布拉克告诉我说，议会委员会正在审理一桩同军火供应有瓜葛的丢脸的案件。人们从来没有像在那些日子里那样快地暴富起来。战争是一个巨大的企业。当时我就开始构思《胡利奥·胡列尼托及其门生历险记》——要是能写一部描写一家规模巨大、专司杀人的企业的小说，那倒不坏。在长篇小说里，我把它称为“库利先生的企业”。

（在我的这本书里，胡利奥·胡列尼托发明了一种能成批杀人的工具。对于这个发明本身，我写得很不清楚，我承认，“由于我天生对物理和数学脑筋迟钝，因而一窍不通”。胡列尼托建议库利先生采用大规模杀人武器，但是库利先生回答说：“我请求您，亲爱的朋友，暂时不要对任何人谈起您的发明。要知道，如果能够这么轻而易举地把人杀死，战争再过两个星期就会结束，而我整个复杂的企业也就要毁灭了。但我的祖国才刚开始准备打仗呢。”

接下去我写道，库利先生向我解释说：“用法国人的刺刀就能彻底击溃德国人，胡列尼托的把戏最好是留下来对付日本人。”日本人常常问我，为什么在 1921 年，当日本还是美国的盟国时，我就写了美国人将在日本人身上试验新式杀人武器。我不知道该怎么回答他们。为什么在 1919 年，当时距卢瑟福、约里奥-居里和费密的发现还有很长一段时间，而安德烈·别雷就已写道：

世界在居里的试验中爆炸
一枚原子弹破裂为
一束束电子
一场无形的大屠杀……

也许这种失言和作家的天性有关？）

我曾说过，第一次世界大战是一个草稿，但是任何人都不会把这个草稿称为孩子的咿呀学语。毒瓦斯的袭击正在进行（莱热就是它的牺牲者之一）。面部被火焰喷射器烧灼得丑陋不堪的残废者被禁止走出医院：他们太叫人害怕了。下面是我写的一段关于 1916 年的记事：

“德国人在皮卡尔迪后退了 40 至 50 公里。到处都是一种景象——被焚毁的城市、乡村以及孤零零的房舍。这不是士兵们的暴行，原来曾下过一道命令，于是工兵们便骑着自行车走遍了撤出的地区。这是一片荒漠。巴波姆、绍尼、讷尔和阿姆四个城市被焚毁了。据说德军司令部曾决定长期毁灭法国。皮卡尔迪以产梨和李子出名。所有的果园都被砍伐一空。我在绍恩镇最初还很高兴：种在道路两旁的梨树未被砍倒。但当我走到树木跟前，我才看见，它们的根部都已被锯断，总数在 200 株以上。法国士兵骂不绝口，有一个眼里还噙着眼泪。”

1914 年卢伯克明信片

只有一个细节表现了这个时代的特征：骑自行车的工兵……

1943 年秋天，在处于被我军解放前夕的格卢霍夫市附近，我看见一座果园，园里尽是根部被整整齐齐锯断的苹果树，枝叶犹绿，硕果盈枝。我国士兵也像法国人在绍恩时那样骂不绝口。

这不是作家的一篇小说，也不是一篇关于德国军国主义本性的文章，它只不过是一生中的两天而已。

在战争初期，德国士兵焚毁了他们短期占领的小城热尔别维列（在南锡市附近）。我来到该城的时候，居民们都在地窖、窑洞里栖身。据他们说：500 所房子剩下了 20 所，100 人被枪决。为什么？这谁也不清楚。为什么在显利斯或亚眠，士兵们一进城就动手屠杀居民？1916 年我曾看到一张德国人处决人质的告示。过了四分之一个世纪，这种告示重又出现在法国城市里的墙壁上……

据说希特勒有许多新发明，不对，他只不过学会了许多东西，大规模加以运用。我曾在一篇特写里援引了圣昆廷区奥林镇德军卫戍司令部的一纸命令的全文：为了收割庄稼，郊区 15 个村子的全体居民（包括 15 岁以上的儿童）必须从清晨四点钟一直工作到晚八点。卫戍司令部预先警告说，“不出工的男女老幼一律打 20 棍以示惩罚”。

1910 年，我从静静的布吕赫城来到静静的伊珀尔城，那里有一个由一些精美的塑像装饰起来的中世纪市场，它是硕果仅存的少数世俗的哥特式建筑之一。1916 年我又来到了这个城市，它遭受了德国人的炮击。在市场的旧址我看见了一片瓦砾，只有一个偶然保全下来的石头女人还在微笑。居民早已撤退，而士兵们则住在地窖里或窑洞里。在市场的废墟前我看见两名英国兵，他们谈论着哥特式建筑，其中一个在小本子上写着什么。

出现了一个叫作“伊珀里特”的新名词——这是人们给德国人在伊珀尔保卫战中首次使用的糜烂性毒气取的外号。

1921 年我重又看到了伊珀尔的废墟。窑洞里住着回到城里来的居民。精明能干的人建造了一些简单的木房，上面挂着这样一些招牌：“胜利旅馆”“同盟者咖啡馆”“和平餐厅”。成千上万的旅客前来参观废墟。没有腿的、瞎了眼的残废者兜售着印有这座被摧毁的城市的外观的明信片。

后来伊珀尔城又重建了，然而一次新的大战却开始了。

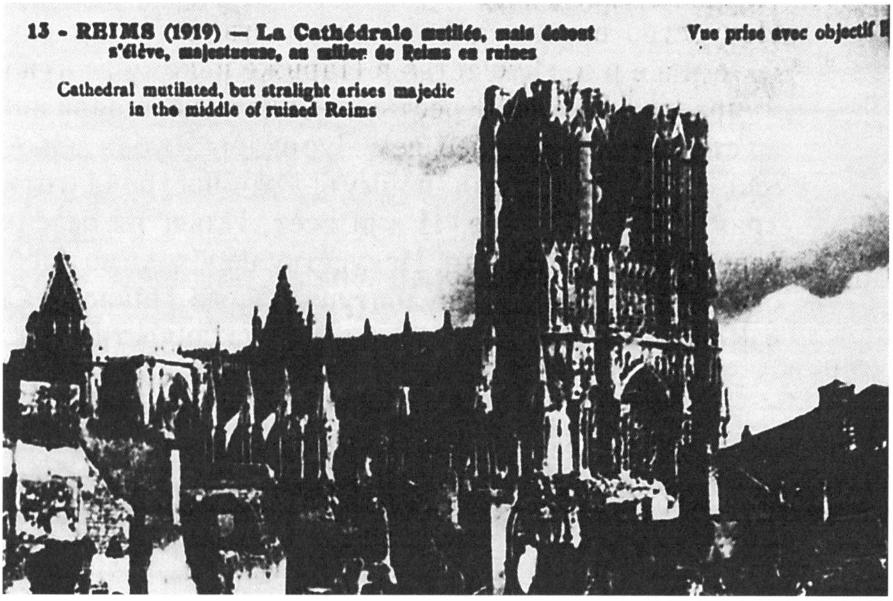

1919 年，兰斯教堂明信片

法国最古老的城市之一的阿拉斯一连被炮火轰击了两年。市政管理局的塔楼上有一头金狮，它是自由的捍卫者。塔楼倒塌了，士兵们抬起金狮，把它送到巴黎。阿拉斯后来又重建了，但不久第二次世界大战的第一颗炸弹就落到城中。这很像白色小公牛的故事或地狱里的西西弗斯的神话（西西弗斯是希腊神话中科林斯城的国王，因生前犯罪，死后受到惩罚。在地狱里，他被迫把一块巨石推上山，刚到山顶，巨石就坠下来，坠而复推，推而复坠，永无止息）。

少尉让-里沙尔·布洛克写信对他的妻子说，这次战争该是最后的一次了。他在信中不断向妻子探询孩子们的情况，他的幼女弗朗索瓦莎当时只有三岁。1945 年，德国人在汉堡杀害了弗朗索瓦莎（“弗朗斯”）。

在我现在所叙述的 1916 年，没有一个士兵能够想象下一天该怎么过，而且所有的人都认为战争是永恒的。在意大利前线的战壕里蹲着年轻的海明威，我们可以从长篇小说《永别了，武器》中知道他当时的思想。在对面奥匈帝国的战壕里蹲着马特·扎尔卡。海明威和卢卡奇将军（西班牙人对马特·扎尔卡的称呼）于 1937 年在马德里附近第十二国际纵队的指挥所里相见了。“战争永远是一桩无比龌龊的勾当。”卢卡奇将军看着地图温厚地说。海明威仔细向他探问帕拉西奥·伊巴拉的战斗情况。

旅馆老板回来休假了，我们热烈地互吻。他说，士兵们已精疲力竭，痛恨政治家和投机商人，不相信报纸。“但这有什么办法呢？”他一再地说，“我们距德国佬只有 200 公尺。当然，他们的士兵过得也很糟，但是将军在发号施令。我看见他们把皮隆那毁了……”

我读着拉宾斯基给我拿来的报纸，报上说，战争仅仅对资本家们有利。这一点就是没有报纸我也知道：周围的谎言、虚伪和暴行实在太多了。我记得在内容纯正的《画报》杂志上刊登过一幅漫画——一个戴着圆顶礼帽的胖子在听到“和平”这个字眼的时候哭哭啼啼地说：“我一天提供四千颗炮弹，你们想叫我破产……”是的，在 1916 年所有的人都知道这一点。但是背后不仅有戴圆顶礼帽的胖子，而且还有法兰西，还有那拥有爬满了淡紫色紫藤的墙壁的宁静城市。而德国人却在努瓦荣……谁也不知道该怎么办。

经历过第一次世界大战的人每年都在死去，连第二次世界大战都未曾见过的一代人正在踏入人生。我们正在结束自己的一生——我指的是年岁和我相同的人们。我们是什么都不会忘却的。近 15 年来，我为一件事几乎付出了我的全部精力和时间：保卫和平。我写这部书的时间总是在两次旅行之间，常常把尚未写完的一章搁置下来。朋友们有时候说我干的是蠢事，说我本可以坐下来再写一部长篇小说。不过世界上的长篇小说已经很多了……我回忆起 1916 年——回忆起我们的软弱和绝望。我渴望能做一点有助于保卫和平的工作，哪怕这个工作是极其微不足道的！……我要把笛卡儿的话颠倒过来：对于生活的目的、对于生活的理解，可以作各种各样的思索，但是为了思索，就必须存在。我看见窗外有一个男孩子，他的脸异常严肃，他穿着一双硕大的毡靴，尽管雪已变成灰色的了，他却还在用这最后的四月的雪塑造着什么。这个笛卡儿不过只有八岁，但是他正在思索着什么。他想的大概是我们还不曾认真思索过的。只是不要让他被人杀掉！

31

我认识的毕加索

我问我自己，为什么我在写到毕加索的时候感到难以下笔。也许是因为他的名气很大，因为关于他已写了上百本书，因为已经有了一些鸿篇巨制，不仅评论他的每一件作品，也描述他的工作室、他的鸽子或狗、他的绒毛衫和鸭舌帽？当然，描述过毕加索的人是很多的——既有他的密友，也有偶然见过他一面的人，他们的描述有的机智，有的笨拙，有的才气横溢，有的味同嚼蜡。但我在写到毕加索的时候之所以感到难以下笔，其原因却并不在此。要知道我也如同任何一个作家一样，有过无数次这样的经验：虽然明知我要写的东西是早已有人写过了的，但依然在桌子面前坐了下来。不用说，描写一场普通的秋雨要比描写一架喷气式飞机的起飞困难得多，但是我在这本书中却常常要叙述那些在我之前曾不止一次被描写过、而且也比我描写的出色得多的东西。

一位大画家有次对我说："毕加索是个天才，但是他不爱生活，然而绘画却是肯定生活的。"这是真实的，而且也像毕加索极其热爱人、大自然、艺术和生活，也像他那永不消失的少年人的好奇心一样真实。他的许多油画不仅表现了生活的美，同时也表现了可以感触得到的温暖、风格和气味。评述毕加索的人们指出，他渴望解剖有形的世界，剥下它的皮，掏出它的五脏六腑，既要分割大自然、肢解道德，还要破坏一切现存事物。有些人在其中看到了他的力量、革命性，也有些人惋惜地或愤慨地说他有一种"破坏精神”。(40年代末，当我读到我国一些批评家评论毕加索的文章时，我曾为他们的判决——自然，这并非出于他们的本意——竟同丘吉尔和杜鲁门的口吻不谋而合而大为惊奇，这二人一个是业余美术家，一个是业余音乐家，他们竟大骂毕加索是暴徒。)我一生中曾不止一次感受到毕加索的破坏力量，在若干个时期中，我的这种感受还非常强烈，它曾使我喜悦，它曾给我鼓舞。但这是我的生平的一个事实，而不是毕加索的。(现在我觉得毕加索的某些油画是难以忍受的，我不理解他何以竟能憎恶一个漂亮女人的面孔。)把一个满怀建设热望的人，一位从未间断地从事了60年以上的建设而且至今犹在建设的艺术家，一位宁愿舍弃对于一个艺术家来说要轻松得多的无政府主义、漠不关心或怀疑姿态而去参加共产党的艺术家称为一个破坏者，这是否公正呢？毕加索在自己的工作室里是活跃的，他被形形色色的“鉴赏家”在审美上的无知激怒了，他宁肯选择孤独而摒弃各种会议，可以说这种说法也是真实的。但是与此同时却又怎能忘却他在西班牙内战时期的热情、他的鸽子、他参加的保卫和平运动、党证、标语、为《人道报》作的宣传画以及其他许多事情呢？

在我来到巴黎前已结束了的蒙马特时代，在我曾试图加以描述的“洛东达”时代，我们这些人都还是青年，爱搞恶作剧，爱“装疯卖傻”。但是毕加索却把对开玩笑、对抽签分奖的热情一直保留到八十岁。他现在也还常常赤身露体地在照相机前搔首弄姿、愚弄尊贵的客人、参加斗牛。他有一大套《画家和他的模特儿》的石印画。那位画家有时像鲁本斯，有时像年老的马蒂斯。模特儿则是裸体的女模特儿或委拉斯开兹及其他古代大师们作品中的人物。在这些人物中常常有一个年轻的小丑，而这个小丑很像毕加索(他嘲笑自己，同时大概也很自豪)。在听他说话的时候，谁也不能准确地知道，他开的玩笑在什么地方结束。他善于严肃非凡地插科打诨，而他谈正经事的时候也很容易令人视为笑谈。

有时有人问我，“毕加索”这个词该怎么念才算正确——重音是在最后一个音节还是在倒数第二个音节，也就是说，他是西班牙人还是法国人？当然是西班牙人——这有他的外貌和性格、严峻的现实主义、高度的热情以及深刻而危险的讽刺为证。西班牙内战使他大为震惊；《格尔尼卡》(毕加索的一幅油画作品。1937 年 4 月 28 日，报载格尔尼卡的巴斯克市被德国轰炸机炸毁，毕加索见报后即作此画）也许将成为我们这个时代最出色的一幅画。在圣奥古斯丁街毕加索的工作室里，我总能遇见一些西班牙侨民。巴勃罗对于西班牙人提出的任何要求是从不拒绝的。一切就是如此，但是还有一些别的事也值得思索一番。为什么他自愿在法国度其终生？为什么他始终把塞尚视为一个伟大的画家？为什么他最亲密的朋友是三个法国诗人——纪尧姆·阿波利奈尔、马克斯·雅科布、保罗·艾吕雅？是的，要使毕加索离开法国是办不到的。

有些人会发生明显的变化，而这些变化也会使别人在记述他们的生平时感到轻松愉快：生活中总是存在着一些能使初学写作的剧作家们入迷的那种推动“情节发展”的要素。传记作家一旦为那些出人意料的行径陶醉，便往往会把一个人的性格置诸脑后。某些关于诗人或艺术家的研究性论著也常有这种情形：马雅可夫斯基的未来派时期，勃洛克的涅克拉索夫时期，马奈的西班牙时期，塞尚的印象派时期。人们也试图划分毕加索的创作阶段。但这似乎并不是轻而易举的：他每两三年都要用一些绘画上的创造发明把批评家们难住，至今依然如此。研究者们规定了许许多多的“时期”——蓝色时期，玫瑰红时期，黑人时期，立体派时期，安格儿时期，庞培时期等等。不幸的是，毕加索突然把一切时期的划分都一股脑儿给推翻了。马雅可夫斯基在 1922 年参观毕加索的工作室以后，曾安慰他的朋友们说：传闻是不真实的，毕加索并没有回到古典主义。但是年轻的马雅可夫斯基却因为没有在毕加索那里发现任何“时期”而感到惊奇：“他的工作室充满了五花八门的作品，从用淡蓝色和玫瑰红绘制的极为真实的布景、从纯粹的古希腊罗马的风格开始，到洋铁皮和铁丝网的结构。请看一幅画：一个地地道道的谢罗夫派的小姑娘。一个粗俗的女人肖像和一把破旧的、被肢解了的小提琴。而所有这些作品又都是在一年之内创作出来的。”马雅可夫斯基认为，一个写“阶梯”诗的诗人是不可能醉心于十四行诗的。但毕加索对形形色色的美学观念却无动于衷。我还没有见过一个转变得如此迅速、同时又那么坚定而忠于自己的人。1958 年在戛纳时我曾去找他——当时我发觉自己一直有这样的想法：全世界已发生了令人难以辨认的变化，现在连我自己也对自己的以往困惑莫解，但毕加索却依然同四十五年以前一模一样，这真令人不可思议！在我这样想的同时，我也明白了，没有一个人比他前进得更快。

写毕加索之所以这么难以下笔，其原因就在于：无论你写些什么，它们都是既真实而又不真实。证人在法庭上宣誓的形式在各国都一样。最初要求他们“只说实话”，后来就向他们提出一个任务（这个任务有时是他们力不胜任的）——说出“全部实情”。不用说，如果问题在于被告是否犯了罪，那么目击者是不难说出全部真相的，但是当检察官或辩护人开始追问，为什么被告会成为被告，那他们对证人提出的要求就太多了——须知他既不是莎士比亚，又不是司汤达，也不是托尔斯泰。有些作者写道，毕加索的生活与创作充满了矛盾。这是官样文章。如果编写一本荷兰的旅行指南，要说明这个国家的景色和气候是很容易的：葱绿的田畦，运河，和煦而多雨的夏天，柔和的冬天。但是对于苏联的景色如何、气候如何的问题，却不能用三言两语来回答。把高加索山地和冻土带、把克里米亚的桃和北方的云梅一概称之为“矛盾”，这也未必妥当。世界上有一些大国，也有一些大人物。在那些用惯了普通比例尺的人们看来，复杂的事物总是充满矛盾的。

认识了毕加索以后，我一下子就明白了，不，更确切地说是感觉到了，站在我面前的是一个大人物。这是在战争开始之前不久——即 1914 年的初春。我和马克斯·雅科布一同坐在“洛东达”里，毕加索走了进来，在我们的小桌旁边坐下。马克斯·雅科布开始向他谈起我的情况。毕加索默不作声，但后来说，他喜欢诗人，也喜欢俄国人。我猜不透他这话到底是正经话还是含有讽刺意味的客套。（我已注意到毕加索的挚友都是诗人，而且他也的确喜欢俄国人，他常对我说，俄国人很像西班牙人。）在这个春天，新画家们的一些绘画拍卖掉了，毕加索“玫瑰红时期”的一幅巨幅油画卖了一笔巨款，如果我没有记错的话——卖了一万法郎，毕加索成了名人。

（早在很久之前，已有一些爱好者“发现了”毕加索，莫斯科的收藏家休金也是其中之一。毕加索和马蒂斯曾告诉我，休金一走进工作室就立刻认出了精品。马蒂斯试图诓他买下几幅并不十分成功的作品，而对于自己舍不得出手的那些作品则说：“这画得不成功……次品……”诡计未能得逞，结果休金还是挑选了“不成功的次品”。休金走后不久，莫罗佐夫也走进工作室：

他信任对方的识别力，所以让画家们自己挑选油画。由于有了这两位莫斯科人的收藏品，艾尔米塔什博物馆和普希金博物馆才得以拥有19世纪下半叶和20世纪初法国绘画最杰出的珍品。别的国家也有毕加索的爱好者。1950年捷克诗人奈兹瓦尔曾把我带到布拉格郊区，那里住着一位名叫克拉马尔什的靠养老金生活的老人。我在他那里看见了毕加索的立体派初期的一些绝妙的油画。克拉马尔什说，他在年轻的时候到巴黎去拜访过毕加索，他手中的钱只勉强够用。当时还很少有人知道毕加索，他以低价售给捷克人十幅油画。克拉马尔什非常敬佩年轻的画家，在买下了毕加索刚刚脱稿的一幅绘有苹果的静物画以后，他还请求把充当模特儿的一只苹果送给他。他把这颗苹果的木乃伊拿给我看了。我们共同给毕加索写了一封信。）

在1915年初的一个严寒的冬日，毕加索把我带到他那个坐落在舍利舍尔街上距“洛东达”不远的工作室里。窗户面向蒙帕纳斯公墓。巴黎的公墓缺乏俄国或英国的公墓所具有的那种诗意，它们只是一座座拥有笔直的街道、墓穴和墓石的抽象的城市。工作室里简直无法转身，遍地皆是画好了的油画、纸板的碎片、洋铁皮、铁丝、木块。屋角堆满了盛颜料的软管，就是在商店里我也没见到过这么多的软管。毕加索向我解释说，先前他常常没钱购买颜料，而这次由于刚刚卖掉了几幅油画，所以便决定买下足够“用一辈子”的颜料。在墙上、在一张破凳子上、在一些雪茄烟的盒子上，我都看到了他的画。毕加索承认，有时候他竟找不到一个没有画上画的平面。他以一种空前的狂热从事创作。别人常常在进行了几个月的创作后就无所事事地闲了下来，用普希金的话来说，诗人或画家在这种时候“享受着一场冰冷的梦”，但毕加索却工作了一生，而且至今依然怀着同样的狂热继续工作着。吸引记者和摄影师的各种各样的古怪行为不能构成毕加索的一生，那不过是抽口烟的几分钟而已。

我曾问他为什么在他那里有一块洋铁皮，他说他想利用它，不过还不知道该怎么利用。似乎没有任何一种材料他不曾不用来作画。他终生学而不倦：他热爱技巧。他在四十岁的时候曾向一个名叫胡利奥·冈萨雷斯的西班牙手艺人学过怎样压制薄铁片，他 60岁的时候学过石印，70岁的时候当了陶工。

他的工作室里有一个黑人雕塑家塑的塑像和海关职员卢梭的一幅巨大的

油画，卢梭是一位业余画家，现在全世界的博物馆都收藏着他的作品。卢梭描绘的是一次和平会议。毕加索向我解释说，黑人雕塑家们之所以改变头部、躯体和手臂的比例，根本不是因为他们没有见过人，也不是因为不会画，他们对比例有不同的理解，正如日本的画家对于透视有不同的概念一样。“你是不是以为海关职员卢梭从来也没有看见过一幅古典绘画？他常去卢浮宫。但是他想创作别具一格的东西……”毕加索第一个理解到，我们这个时代需要正直、坦率和力量。

当时他已 34 岁，但看上去年轻些：一对十分活泼、锐利而又漆黑的眼睛，黑油油的头发，一双小巧的、简直像是女人的手。他常常郁郁寡欢地在“洛东达”里枯坐，几乎一言不发。有时候他高兴起来，便开玩笑、愚弄朋友。他的身上有一股焦急不安的东西，但这却使我感到慰藉：每当我看见他的时候，我就明白我碰到的事既不是一桩意外事件，也不是一种病态，而是时代的特征。我已说过，毕加索的破坏性力量有时候对于我是很珍贵的。正是由于这种原因，我在第一次世界大战期间才认识并爱上了他。

人们通常认为，毕加索在这个时期对一切被称为“政治”的东西都十分冷淡。如果把这个词理解为内阁的更换和报刊的论战，那么毕加索在《晨报》上的确宁肯寻找奇闻轶事，而不爱去读那些宣言。但是我记得，二月革命的消息曾使他欢欣鼓舞。当时他把自己的一幅绘画赠给了我。我和他分别了多年。

据说友谊也和爱情一样，需要朝夕共处，久别会使它凋萎。我曾和毕加索分别过八九年之久，但是每当我见到他的时候，他始终都是那个我所熟识的、毫无变化的人。（正是由于这个原因，才使我记不住他对我说的某件事的准确时间——可能是在 1940 年，也可能是在 1954 年……）我还记得他那些各式各样的工作室：一个在利亚·波耶西街一所资本家住宅的大门里，他在那里像是一个不速之客，几乎是一个撬门而入的贼；一个在圣奥古斯丁街的一所非常古老的房子里，这个工作室很大，里面有西班牙人，有鸽子，有巨幅油画，还有毕加索到处制造的那种故意的、人为的杂乱；一个在瓦洛里斯的板棚里，那里有洋铁片、黏土、图画、玻璃珠子、标语牌的碎片、铁柱子和他过夜的一个简陋的小屋子，一张堆满了报纸、书信和照片的床；一个在戛纳的一所名叫“加利福尼亚”的宽敞而明亮的房屋里——小孩、狗，又是一堆堆的信函和电报、巨幅油画，而院子里还有毕加索雕刻的一只青铜山羊。

我早就开玩笑地给他取了一个“鬼”的外号。这个俄语词要叫法国人读出来是很吃力的，但是在西班牙语里倒有“ч”这个音，于是巴勃罗就微笑着说：“我是一个鬼。”

如果他真是一个鬼，那也是一个特殊的鬼——这个鬼曾和上帝争论过关于宇宙的问题，它造反了，而且没有低过头。一般的鬼不仅狡猾，而且凶恶。而毕加索却是一个心地善良的鬼。

有些人曾把他伟大而艰辛的创作道路视为标新立异，旨在“使资产者吃惊”，热衷于形形色色时髦的“主义”，这些人是多么幼稚、外行或不诚实！他曾不止一次地对我说，每当他看到批评家写文章说他“寻找新形式”的时候，他总是觉得可笑。“我寻找的只有一件东西——把我想表现的表现出来。我不是寻找新形式，而是发现它们……”有一次他对我说，有时当他坐下来动手作画的时候，他还不知道这幅画将是立体主义的还是彻底现实主义的——这既取决于模特儿，也取决于画家的精神状态。

毕加索曾在瓦洛里斯给一个年轻美貌的美国女人画过几十张油画。在第一幅肖像画上，这个美国女人看上去和她周围的人所看见的她没有什么区别。任何一个现实主义（就这个词的最狭隘的意义而言）的拥护者都找不到可资非议之处。毕加索渐渐开始分解面部。看来模特儿向他显示出来的不仅仅是她那天使般的外貌。他发现了表现她的性格的一些特征，便开始研究这些特征。“但这是一头立方体的猪”——一个站在我身旁的参观者在看到展览室里这个美国女人的第十幅肖像画时说了这么一句俏皮话，同时他也毫不怀疑，这幅使他心醉的美女肖像画是“立体主义的猪”的第一幅肖像画。

1948年，在弗罗兹瓦夫代表大会结束后，我们到了华沙。毕加索用铅笔为我作了一幅肖像画。这幅画作于古老的“布里斯托尔”旅馆的一个房间里。当毕加索结束他的画稿的时候，我问他：“完了吗？……”我觉得这一次用的时间很短。毕加索笑了起来，说：“但是我认识你可有四十年了……”我觉得毕加索的这幅肖像画不仅非常像我（还不如说我像这幅画），而且还具有深刻的心理刻画。毕加索所有的肖像画都揭示（有时是揭露）了模特儿的内心世界。很久以前，当我把我对印象派的喜爱告诉毕加索的时候，他曾指出："他们想把世界描绘成他们所看到的那个样子。我对此不感兴趣。我想把世界描绘成它在我的想象中的那个样子……"

当然，毕加索的许多油画是难以理解的：思想感情复杂，形式罕见。在弗罗兹瓦夫，我曾充当毕加索同亚·亚·法捷耶夫第一次交谈时的翻译。

法捷耶夫：我不理解您的某些作品，我还是立刻把这一点告诉您得好。为什么您有时候要采用人们所不理解的形式呢？

毕加索：请问，法捷耶夫同志，您在小学里学过拼音吗？

法捷耶夫：当然学过。

毕加索：那您是怎么学的呢？

法捷耶夫：贝——阿——巴（带着他那尖细响亮的笑声）……

毕加索：我也是这么学的——"巴"……很好，可是您学过怎样理解绘画吗？

法捷耶夫重又笑了起来，接着就谈到别的事上去了。

如果能对毕加索的全部创作进行一番研究，那就能清楚地了解他怎样改变了写生画。在印象派销声匿迹以后，人们重又看见了大自然——摘除了波伦亚画派的眼镜。画家们一律从事写生：肖像画，风景画，静物画。构图被学院派画家所垄断。画家们最怕的是题材，他们把题材称作"咬文嚼字"。在法国，出自名匠之手的最后一幅构图也许就是库贝的《奥南的葬礼》了，这个作品作于1850年。差不多过了一百年，在1937年，毕加索完成了《格尔尼卡》。

我从被围的马德里来到巴黎以后，马上就去了世界博览会的西班牙馆。我一进去就愣住了：我看见了《格尔尼卡》。后来我又看见过它两次——一次是1946年在纽约博物馆，一次是1956年在卢浮宫的毕加索创作回顾展览会上——每次我都感到同样激动。毕加索怎能展望到未来呢？须知西班牙的内战是按照古老的形式进行的。不错，对于德国空军来说它是一次演习，但是对格尔尼卡的空袭却是一次规模不大的军事行动，是第一次试笔。后来发生了第二次世界大战。再后来还有广岛。毕加索的这幅画表现了未来许许多多格尔尼卡和原子弹惨剧的可怕景象。我们看见了被炸碎的世界的碎片，看

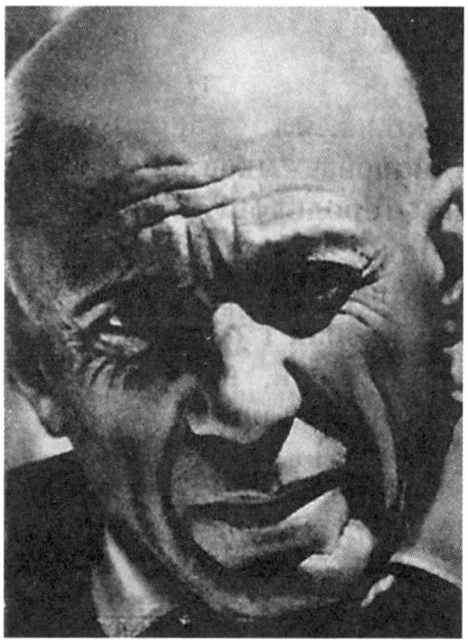
毕加索

见了疯狂、仇恨、绝望。

（如果有一个画家打算描绘广岛的悲剧，于是他就一笔一画地去画一个或十个受害者身上的溃疡，那么这是一种什么样的现实主义，这个画家又是否是现实的呢？另外还有一种真实性，它采取一种比较概括的手法，它所揭示的不是个别的细节，而是悲剧的实质，我们所需要的不正是这种真实性吗？）

毕加索的力量在于他能用艺术的语言把最深奥的思想、最复杂的感情表达出来。他早在少年时代就是绘画的能手。他的线条可以表达他想表达的一切——它们对他是俯首听命的。他献身于写生画，如果他没有一下子找到他所需要的颜色，他会气愤和苦恼的。

在我们这里有过这样一个时期，当时盛行一种宛如巨幅五彩照片的写生画。我还记得毕加索在这个时期同一位年轻的列宁格勒画家所做的一次可笑的谈话。

毕加索：你们那里出售颜料吗？

画家：当然，应有尽有……

毕加索：哪一种样式？

画家（莫名其妙地）：软管装的……

毕加索：软管上写的是什么？

画家（更加莫名其妙了）：颜料的名称有："赭石""棕褐""绀青""铬黄"……

毕加索：你们应该使颜料的生产合理化。制造厂应该生产混合颜料，而软管上也应该标明"染脸用""染发用""染制服用"的字样。这就合理得多了。

有些评述毕加索的作者企图把他对政治的兴趣描写成一种偶然现象、一种异想天开的怪癖：一个热衷于斗牛的怪人不知何故竟变成了一名共产党员。毕加索对他的政治选择始终十分严肃。我还记得在巴黎召开的世界保卫和平代表大会开幕那天我们在他的工作室里用午餐的情形。当天巴勃罗添了一个

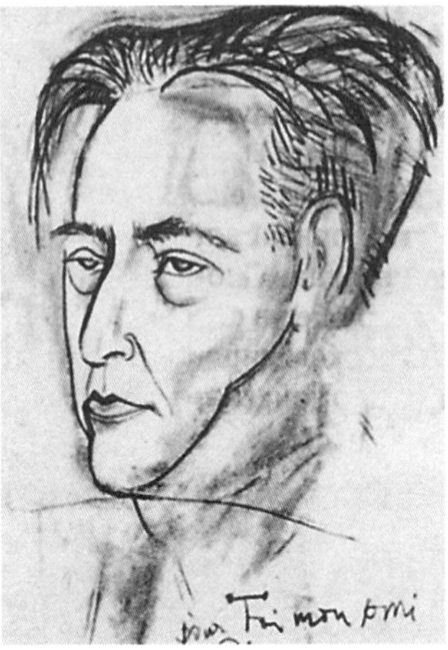

左：1948 年毕加索为爱伦堡画的速写
右：毕加索为第二届联合国和平会议而画的《和平鸽》

女儿，他叫她帕洛玛（“帕洛玛”在西班牙语中意为小鸽子）。同桌用餐的有三个人：毕加索、保罗·艾吕雅和我。起初我们谈论着鸽子。巴勃罗说，他的父亲是一个常画鸽子的画家，但鸽子的脚爪他却总让他的男孩子去画——脚爪已经使这位父亲厌烦了。后来我们就泛泛地谈起鸽子来。毕加索很喜欢它们，家里始终养着鸽子。他笑着说，鸽子是一种贪婪而好斗的鸟儿，不知道为什么要把它们当作和平的象征。后来毕加索把话题转到自己的那些鸽子上来，他拿出上百张宣传画给我们看——他知道他的小鸟将飞遍全球。他谈到代表大会、谈到战争、谈到政治。我记住了他的一句话：“共产主义对于我是同作为画家的我的一生紧密地联系在一起的……”共产主义的敌人不去研究这种联系。对于某些共产党员来说，这种联系有时也颇为神秘。

后来毕加索又画了几个鸽子：献给华沙代表大会，献给维也纳代表大会。千千万万的人仅仅是由于这些鸽子才认识并爱上了毕加索的。冒牌绅士嘲笑它们。不怀好意的人们非难毕加索，说他投机取巧。然而他的鸽子是同他的全部创作紧密联系在一起的——无论是牛头人身的怪物还是山羊，无论是老头子还是少女。当然，鸽子在画家所创造的财富中只是沧海一粟，但是要知道，千千万万的人之所以知道并尊敬拉斐尔，只不过是由于他的《西斯廷圣母》一画的复制品，千千万万的人之所以知道并尊敬肖邦，也仅仅是因为他写了一支他们在出殡的时候常常听到的乐曲！冒牌绅士们的讪笑是枉费心机的。自然，仅仅通过一只鸽子是不可能认识毕加索的，但是要想画出一只这样的鸽子，却必须成为毕加索。

普通人对毕加索的鸽子和他本人的热爱不仅没有使他感到羞辱，而且还使他极为感动。1949 年秋我曾和他同赴罗马出席一次和平委员会的会议。当一个大广场上举行的一次群众大会结束后，我们走过一条工人区的街道。行人认出了他，便把他拉到一家小饭馆里，请他喝葡萄酒，拥抱他。妇女们让他抱抱她们的孩子。这是那种不做作的爱的流露。当然，这些人并没有看到过毕加索的画，即使看到了也会有许多东西不理解，但是他们都知道他是一个支持他们并和他们在一起的大画家，因此他们便拥抱他。

在弗罗兹瓦夫和巴黎的代表大会上，他一直戴着耳机坐在那里，全神贯注地倾听发言。我有好些次都不得不去向他提出请求：几乎每到最后关头，如果不向毕加索索取一幅图画，似乎就不足以表现出代表大会或某个保卫和平的运动所取得的成就。而他也不论有多忙，总是欣然允诺。

他的作品有时遭到他的一些政治上的同志的非难或否定。在这种时候他是颇为苦恼的，但是却心平气和地说：“一家人总是会发生口角的……”

他知道他的画在美国的博物馆里特别惹人注目，他也知道，当他打算随世界和平理事会的代表团到美国去的时候没有发给他入境签证。他还知道另一件事：在一个他所喜爱和信任的国家里，人们长期称他为“形式主义者”，还把他的油画储藏起来。

1956 年，爱伦堡在莫斯科毕加索作品展览会上

左：毕加索把自己的雕塑作品给爱伦堡看
右：毕加索和爱伦堡，毕加索“美化”了这张照片

1956年秋在莫斯科举办的他的作品展览会对于我是一桩极大的喜事。开幕的那天真是人山人海：展览会的筹备者因担心观众不会很多而分发了大大超过预定数额的请柬。人群突破了障碍物，个个都担心不放自己进去。博物馆馆长面色苍白地向我跑来，说：“请您劝劝他们吧，我担心会把门给挤坏……”我便用扩音机说：“同志们，你们等这个展览会已等了25年，现在只请你们安安静静地再等25分钟……”全场3000位观众大笑起来，而秩序也随之恢复了。我代表“法国文化之友小组”为展览会剪彩。平时我总觉得仪式典礼之类都是枯燥乏味而又滑稽可笑的，但是这一天我却激动得像个小学生。我接过剪刀，这当儿我觉得我现在要剪的不是一条缎带，而是一幅帷幔，帷幔后面站着巴勃罗……

当然，人们在展览会上是有争论的。在世界各地举办的毕加索画展都是如此——它令人神往，或使人愤慨，它惹人发噱，或使人喜悦，但它使任何人都不能无动于衷。

“矛盾”……很好，就让它这样吧：“在毕加索的创作中存在许许多多矛盾……”但是让我们记住日期：他最早的作品是 1901 年展出的，而现在却是 1966 年。这 65 年间的矛盾难道还少吗？毕加索表现了他那个时代的复杂、动荡、绝望和希望。他既破坏又建设，既爱也恨。

我毕竟走运！我此生见到过一些决定了一个世纪面貌的人物。我不仅见过迷雾和风暴，也见过舰桥上的人影。我把我第一次遇见毕加索的那个久远的春日视为我生平的一大幸事，因为这是我一生中的一个里程碑啊。

32

沙皇垮了

一天早晨，我和往常一样，坐在空荡荡的“洛东达”里，吃力地翻译杜倍雷（1522—1560，法国诗人）的十四行诗，诗人从罗马向法兰西大声呼吁：

我呼唤，我叫喊，但是没有用：
我只能听见回声的答复。
……
我就是那只离群的羊羔。

十分激动的福京斯基紧紧地抓住了我的一只手——我没留心他是怎么走进咖啡馆来的。

（画家谢尔日，或谢尔盖·福京斯基，早在我之前很久就到巴黎来了。他和大家一样食不果腹，和大家一样画风景画并对艺术抱着神圣的信仰。他娶了一个法国女人，但老是爱说“在我们俄国”。他得到了一张苏联护照。这是一个十分善良而又热情洋溢的人。1935 年他决定到莫斯科去住两周，但在莫斯科住了两年。他怀着兴奋而惊惧的心情观察一切。1941 年德国人把他送进了贡比涅集中营，他侥幸保全了性命。他在巴黎住了 60 年，但是他依然总是说：“在我们苏维埃俄国……”他的俄语说得很特别。他过马路的样子更加特别——举起一只手，像是在警告汽车司机们说，汽车应该尊重步行者，这时候他的模样就像制止海涛的摩西。）

“你知道吗？”福京斯基喊叫道，“沙皇垮了！”

我完全摸不着头脑，但是却很高兴，便拥抱了福京斯基。在报纸的第一版上登着：“彼得格勒发生政变。尼古拉二世让位于其弟米哈伊尔。”“这又怎么样？”我对福京斯基说。“米哈伊尔哪一点比尼古拉要好？”但是要扫福京斯基的兴可并不容易，他跑去找来了另一份报纸，于是我们发现了一则短短的电文：“彼得格勒发生罢工、示威。”“这是真正的革命！”福京斯基叫道，我又拥抱了他。

“洛东达”的老主顾陆续来到，他们向我们祝贺。大家争论着新沙皇是否站得住，会不会出现一个共和政体。（我们不知道法国的书报检察机关把电讯扣压下来了，在彼得格勒已不再有人想到米哈伊尔，而工人代表苏维埃正在讨论对临时政府该采取什么态度。）利比昂起初说，俄国人干什么都不是时候——只要瞧瞧爱伦堡就够了，但当他看到我们都十分高兴时，便取出一瓶汽酒，和我们一齐为共和政体干杯。

要了解俄国发生的事变是很困难的。内容最丰富的《时报》报道，妇女们因粮食供应经常中断而闹事，而粮食供应中断是由于雪堆堵塞交通，尼古拉和亲德集团有联系，而米哈伊尔却支持同盟国。既然哈巴洛夫将军宣称彼得格勒将得到大量的面粉供应，可以认为混乱业已结束。

过了两三天我和帕维尔·柳德维戈维奇一同到俄国大使馆去。我这是第一次看见格列涅尔街上这所古老的房子。大门敞开着，院子里挤满了心情激动的侨民。人们喊叫着，互相祝贺，唱着歌。有人告诉我说，沙皇的大使伊兹沃利斯基接见了代表团，并答应帮助全体政治侨民返回祖国，但是他预先声明，此事甚为复杂：德国人加强了潜水战，运输舰队必须有英国驱逐舰的护航。英国人是不喜欢仓促行事的。人们仍不散去。大家不知为什么都向参赞谢瓦斯托普洛跑去，他说：“先生们，请你们谅解……”

我在走廊的地板上看见了一帧沙皇的肖像——它是被人从墙上取下来的。我不得不再重复一遍：第一次的印象总是要比以后的几次强烈得多。尼古拉二世登基的时候我才四岁，我知道他的父亲“升天”了，而他却还“健在”。

我还知道在德国有一个蓄着小胡子的威廉，在奥匈帝国有一个老态龙钟的弗兰茨–约瑟夫，在英国有一个很像我们的尼古拉的乔治五世。不料我突然在沙皇大使馆的地板上看见了尼古拉的肖像！而我，伊利亚·格里戈里耶夫·爱伦堡，曾因法律第102条受到审讯，现在却站在那里和同志们高唱着“我们和敌人决一死战……”沙皇陛下若有所求似的瞧着我们。这是很不寻常的，于是我便气势汹汹地对谢瓦斯托普洛说：“您得尽快把我们送回俄国。”参赞颔首承诺，再一次请求大家放心。

“你一去就回不来了。”尚塔尔对我说。我们在冷清而黑暗的街道上徘徊了很久。温暖的春雨点点滴滴地下起来了。

不久就听到了分组遣返的消息。第一批动身的都是和政党有联系的有威望的侨民。我在夏天之前是走不成了……我又回到巴黎的生活中去：跑“洛东达”，和迪埃戈争论艺术问题，为马克斯·雅科布翻译我的诗作。但是我无时无刻不想着俄国，我无论如何也想象不出目前发生在那里的事件。我知道报纸在撒谎。但在报纸前面却出现了一幅幅古老的、死气沉沉的莫斯科的画面——庭前种着丁香的花圃，塔尼娅家中的晚会，秘密接头处，茶馆……

我去出席侨民的一次集会。我想，在那里人们也将互相祝贺，不料大家却破口大骂。社会革命党人切尔诺夫娓娓动听地说：“要捍卫社会主义和俄国。”他的姿态使我很生气，但我还是向他鼓掌。安东诺夫–奥夫谢延科和往常一样慷慨激昂、语无伦次，但是一再地说，主要的任务是结束战争。我也向他鼓了掌。我知道我在政治生活中已经落伍，难以辨明是非：一眼看去，个个有理。我没有出席下一次会议。

后来“人权同盟”又为俄国革命组织了一次群众大会。一个巨大的大厅挤得满满的。历史学家奥拉尔致辞，他说，俄国革命是一次社会革命，现在应该推翻法国皇帝。有些人叫道：“打倒战争！”谢韦琳发表演说。我是从她的几篇微微有些感伤、但却写得很真诚的特写知道她的。她是儒勒·瓦莱斯的女友和遗嘱执行人。谢韦琳谈到俄国妇女的功勋、十二月党人的妻子们、薇拉·查苏利奇、菲格纳以及彼得格勒的女工。我向她鼓了掌。坐得离我不远的格里沙吹了一声口哨。有些人唱起《马赛曲》来，另一些人却唱《国际歌》。这次集会以大打出手结束。

报上登满了关于美国的热情洋溢的文章：第一批美国部队最近一两天就要在勒阿弗尔登陆了。文章颂扬一切——威尔逊总统、李利安·吉什、美国罐头、美元——这是一个蜜月。但是报纸在谈到俄国的时候，却像谈论一个年老而不贞的妻子。工人代表苏维埃尤其使他们气愤。他们编排着齐赫泽的逸闻——这是第一个靶子。齐赫泽被描绘成一个狂热之徒，他准备把法国出卖给法国皇帝。法国人念不出他的姓。利比昂忧心忡忡地问我认不认识这个“什比泽”，问我他是不是真的仇视法国人。（尼·谢·齐赫泽在 1921 年侨居巴黎。我不知道法国人是怎样接待他的，但是没过几年他就自杀了。）《晨报》在反俄运动中是急先锋——它在四月间就刊登了一些小品文，断言俄国人一直崇拜普鲁士人，他们为人轻浮并有背叛自己朋友的倾向。

最为痛苦的是沙皇政府在 1916 年派往法国的俄国旅团。俄国士兵的处境一开始就很悲惨。洛赫维茨基将军及其属下常常鞭笞有过失的“下级军官”。法国人得悉此事便开始对俄国人抱着一种怜悯而又鄙视的态度。当俄国人被调往乡间休整的时候，公告员便按照俄军司令部的命令敲着鼓郑重宣告说，严禁向俄国士兵出售葡萄酒。在法国连小孩也喝葡萄酒。这样一来农民们就连朝屋子外面看一眼都不敢了：让野蛮人到这儿来宿营，而这些野蛮人是葡萄酒都喝不得的，他们没喝葡萄酒就已经醉了……

1916 年 6 月马赛爆发了俄国士兵的第一次暴动：他们杀死了一个特别残酷的军官。9 名“主谋”被枪决了。

俄国人和法国人互相察看了一年。我记下了俄国人对法国人的一些评论——有褒有贬。

“他说‘卡马拉德’。可他是一个什么样的同志呢？

他们是没有同志的，他们每一个人都只顾自己。”

“他们骂我们肮脏，可您瞧瞧他们。他们头上抹着发蜡，但一年也不进一次澡堂。他们不是把脏东西洗掉，而是把它们赶到身体里面去。”

“他们是很有礼貌的，一走进商店就是‘先生’和‘谢谢’。”

“这正是我们现在所努力争取的。我常看见，他就像在同一个朋友谈话似的站在那里向一位将军作报告。我在一家咖啡馆里看见——一个法国兵坐在那里，一个上校走了进来，但他连耳朵也没动一动。”

“难道这是小木房吗？在我们那里也不是任何一个老爷都能够住这种房子的。”

我还记得一次我们的人占了上风的可笑的争吵。法国人不吃荞麦米饭。我们的人有一次试着把荞麦米饭拿给几个“诺曼底”飞行大队的飞行员吃——他们不吃。这么一来，法国人便开始嘲笑俄国士兵了：“在我们那里只有猪才吃这玩意儿。”俄国人不让步：“可你们吃蜗牛，吃青蛙。在咱们这里这些东西连猪也不吃……”

但是在1917年夏天以前，俄国士兵和法国居民之间的关系毕竟还是很融洽的。

1917年4月，法军司令部企图在兰斯地区发动攻势。俄军有两个旅参加了战斗。在这之前不久，尼维尔将军接见了一次外国记者，他夸耀了法国人的战斗精神，但随后却以露骨的讽刺口吻对我补充了一句：“但愿法国的空气能保护贵国同胞不至于受到那些恶意挑拨者的蛊惑……”俄军的几个旅打得很出色，曾夺取了兰斯的命运所系的一个要塞，但是由于未取得别的部队的支援，结果被迫把这个要塞破坏了。

5月1日，俄国士兵开始休整，举行了一次盛大的集会。乐队奏完了《马赛曲》，接着又奏《国际歌》。乡下佬都瞠目结舌，非常惊奇。有一个对我说：“我晓得他们造反了，大伙儿都对打仗感到厌烦了，咱们的人也在造反……可是为啥当官的也和他们在一块呢？他们又为啥要奏《马赛曲》呢？你们俄国人可真怪！”

俄国士兵要求的只有一件事：回俄国去。往后情况更加悲惨：在我离开法国的前夕，我获悉俄军的这几个旅都被作为俘虏囚禁在利亚·库尔金集中营里，并打算把他们送往非洲。

我意外地接到英军司令部的一张请柬，邀我前往“安扎克人”（澳大利亚和新西兰的士兵）驻守的地段去。原来澳大利亚士兵根据法律须参加议会选举。投票箱设在距前沿阵地不远的地方。指挥官向我解释说，让俄国人见识见识在火线上进行选举的办法想必是大有好处的。

形形色色的人都对我发生了兴趣，当然，这并不是因为我是《前夜集》

的作者，而是因为我是一家彼得格勒报纸的记者。马克思的外孙，社会主义者让·龙格向我谈了很久关于反对帝国主义和拯救法兰西的必要性这二者之间的矛盾，但随后却突然苦笑起来：“记不得这是谁说的了，好像是尼采，他说要想训诫地震是愚蠢的。”国防部长潘勒韦向我谈起他喜欢托尔斯泰、契诃夫和高尔基的作品。他有一双机智而漂亮的眼睛。他是一个天才的数学家，我不知道他为什么热衷于国务活动。

我在新闻大厦听到人们愤然告诉我：驻圣拉斐尔的塞内加尔士兵发动了兵变，并要求为他们建立“苏维埃”。不久查明，塞内加尔人要求的是休假，但报纸依然断言什么“俄国人企图瓦解骁勇的殖民地军队的士气”。

巴黎开始了罢工。首倡者是“时装女工”——这是人们对裁制时装的女成衣匠、缝衬衫的女裁缝以及制帽女工的称呼。许多年轻姑娘唱着一支激昂慷慨的小调在街上游行。小调的内容毫无恶意——女工们要求“英国周”，即要求在星期六有短短的一天休假，还要求增加工资。正在休假期间的士兵们也加入了时装女工的游行队伍：他们喜欢这些姑娘，此外，他们还借此机会让巴黎市民欣赏欣赏另一支比较严肃的小调：他们不时高呼“打倒战争”。

兵变开始了。一名休假的士兵来到了“洛东达”，他说他的战友，一个年轻的雕刻家被枪毙了。

我收到了一捆德文报纸。德国人歌颂俄国革命，并向对战争提出抗议的法国士兵致敬。然而在德国国内，却听不见任何人的任何呼声。德军的师团照旧围绕着香槟、阿图瓦和皮卡尔迪。

一切都令人不安和莫名其妙。我记得只有一桩愉快的事。佳吉列夫演出了芭蕾舞剧《检阅》，艾里克·萨蒂作曲，毕加索设计布景和服装。这是一出非常独特的芭蕾舞剧：演出地点在集市上的一家民间游艺场里，参加演出的有跌打滚翻的武术家，有玩球弄碟的杂技演员，还有变戏法的魔术师和一匹受过特殊训练的马。芭蕾舞剧是以一种呆板的机械化动作演出的，这是讽刺日后被称为“美国主义”的那种现象的第一部作品。音乐是现代化的，布景是半立体主义的。观众都是高雅的人物，正如法国人所说——这是“整个巴黎”，即那些切盼跻身于艺术鉴赏家之列的富翁。音乐、舞蹈，特别是布景和

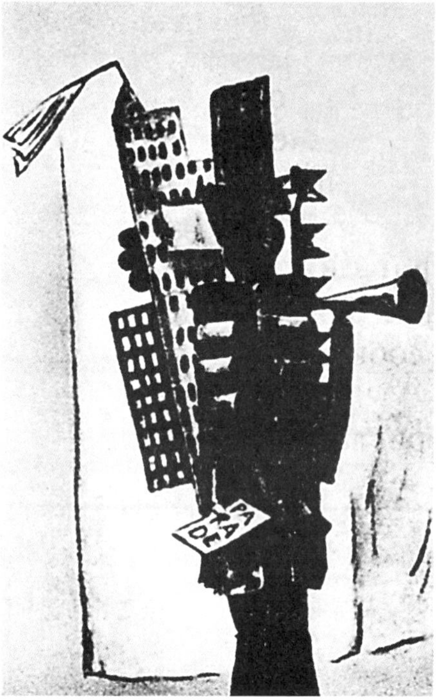

1917 年，毕加索为佳吉列夫芭蕾舞剧设计了服装和舞台布景

服装，激怒了观众。战前我曾看过佳吉列夫演的一出引起过争吵的芭蕾舞剧——那是斯特拉文斯基的《春之祭》。但是我还没有看到过任何类似《检阅》演出时所发生的骚乱。池座里的观众都向台上涌去，狂怒地叫喊着："闭幕！"这时，一匹戴着立体派面具的马走到了前台，开始表演马戏节目——跪下，跳舞，向观众鞠躬。看来观众认定舞蹈演员在嘲弄他们的抗议，便更加气愤地狂叫道："该死的俄国人！""毕加索——德国佬！""俄国人——德国佬！"《晨报》次日建议俄国人别去研究蹩脚的舞蹈艺术，而应该去研究加利西亚某地的一次漂亮的攻势。

我每天都要跑一个机关：有时去俄国领事馆，有时去英国领事馆，有时去法国警察厅：要出国可真不简单。最后我得到了一张以临时政府名义发给我的护照，只缺签证了。"签证"这个名词我是第一次听到——战前根本没有任何签证。有一天，我终于得到了三个签证——英国的、挪威的和瑞典的。

后天我就要启程了！利比昂认为在每一座体面的城市里都有咖啡馆，而画家和诗人也都在那里消磨晚上的时间。他用妙不可言的阿尔马尼亚克酒为我饯行，并说："当你在莫斯科的'洛东达'喝伏特加的时候，你还会想起利比昂老头子的……"迪埃戈·里维拉替我高兴——因为我要去参加革命了，他在墨西哥看到过革命，这是一桩再没有比它更为可喜的喜事。莫迪利亚尼对我说："我们也许还会见面，但也可能见不到了。我觉得我们将来都要坐牢或被杀害……"

我记得我在巴黎度过的最后一晚。我和尚塔尔在塞纳河岸的一条大街上漫步，我举目四顾，但一无所见。我已经不在巴黎，但也不在莫斯科。我似乎不在任何地方。我向她吐露了真情：我既幸福而又不幸。虽然我在巴黎生活得很苦，但我依然喜爱这个城市。我来到这里的时候是一个孩子，但那时我知道我该做什么，该往哪里去。如今我已 26 岁了，虽学到了很多东西，但此外对什么都不了解。莫非我已误入歧途？……

她安慰我说：“再见！”但我却想回答她：“别了！”

33

重返俄国

法国人在墙壁上写道：“要当心，敌人的耳朵在偷听！”大家谈的都是要提高警惕的事。一天，我从巴黎前往埃佩尔内。我的通行证上盖了五个不同部门的印鉴：外交部、国防部、总参谋部、战区交通局和“外国人检察处”。我花了五天的时间跑了五个机关，我很珍惜这个如此得来不易的文件，但是它却未被任何人检查过一次。

英国人没在墙上写过一个字，而且我的护照上也只有一个英国当局的签证，但是我却看到了警惕性到底是怎么回事。我在一生中曾多次被人搜查，但是在这件事上任何人都没有英国人那么高明。他们要我把皮鞋脱下来，又把它们拿到一个什么地方去检查。衣服上和裤子上的每一条褶缝都查看到了。他们没收了笔记本、马克斯·雅科布的诗集和尚塔尔的一张照片，经过好久的交涉，才把尚塔尔的照片还给了我。英国人在干这一切的时候始终是笑眯眯地，甚至叫你无法向他发火。

到了伦敦以后，他们对我们说，我们何时才能启程尚不得而知：这是军事秘密。和我同行的有我的朋友——爱沙尼亚人鲁基，我和他在“洛东达”里经常见面。我们游遍了这个很长的陌生城市。这里的一切都比巴黎安静得多。这也许是因为它距离战争较远，也许是因为英国人不喜欢激动。我觉得这是一座优美、宏伟而阴郁的城市。我想：如果莫迪利亚尼在这里，也许会被关进疯人院……

我们在伦敦待了两三天。后来我们被带到火车站去。我们要去何处，依然是个秘密。我们的人数很多——既有政治侨民，也有从德国的俘虏营中逃出来的俄国士兵。全部车厢都挤满了。不用说，侨民们马上就争吵起来：一方是“护国派”，另一方是列宁的支持者。在一个车厢里险些酿成一场斗殴。

火车把我们运往苏格兰的北部。我走到月台上，对鲁基说，我想呼吸一下新鲜空气。其实我明白我是想呼吸一下宁静的空气。这里感觉不出历史的存在。一幢幢孤零零的房子，一个个覆盖着紫色帚石南的丘岗，一群群的绵羊，北方白夜里的蔷薇色幽光。大自然能够告诉一个人许许多多东西，但是我在那个夏季却还不够聪明。我站了一会儿，呼吸了一会儿新鲜空气，便又回到烟气弥漫的车厢里去了，车厢里有一个人嘶哑着声音叫道：“你的普列汉诺夫同古奇科夫有什么不同？”

我们在奥贝尔丁被装上了一艘运输船。又是那么拥挤，我们一个贴着一个坐在甲板上。船上的人对我们说，如果拉响警报，每一个人都必须到舢板上去。但是乘客的人数超过了预定的人数，因而舢板上也就没有我的位置了。夜里争论停止了，人们都坐着打盹，但大海却还在叙说着它那暴风雨般的、永恒不变的故事。两艘英国的驱逐舰在我们这艘运输船的四周转来转去。翌日凌晨我们得到通知说，发现了一艘潜水艇。在这以前我一直在打盹。但当我见到鲁基的时候，我却大笑起来，以致惹恼了坐在旁边的一位俄国太太：“在这种时候应该严肃一点……”不成，只要一看见鲁基，要保持严肃是不可能的！

他的妻子是一个被我们叫作“鸭嘴兽”的可爱的法国女人。他的岳母悲痛地说：“鲁基是个疯子，他要到那个如今万事都底儿朝天的国家去！”但更使她害怕的是横渡北海。她哭诉着说：“你们不知道那些德国佬，他们准会把鲁基淹死！”她曾在报上看到一张广告：一家商行大吹大擂地宣传一种奇妙的救生衣，说是穿上了这种救生衣在水上随便浮多久都没有危险。丈母娘给鲁基买了一件救生衣。而他也就穿上了……这叫人怎能不笑呢？我好不容易才说出这么一句话——因为我笑得都快断气了：“你知道你像谁吗？像毕加索的一匹立体派的马……”鲁基辩解说，他答应了岳母一定穿上。但是我依旧狂笑不止。那位太太忍不住了，便到舢板上去了。我怎能不笑呢？当时生比死更使我害怕，而鲁基也的确是再妙也没有了。

一名英国水手给了我一条救生带并微微一笑。我也微微一笑，但没有套上救生带。我皱了皱眉头——水一定很冷。后来我想起我在奥贝尔丁忘了买英国烟丝。士兵们在运输船启碇以前早就钻进货舱去了：那里又暖和又舒服。在发现潜水艇的时候，有人叫他们到甲板上来，但是他们没有离开货舱——他们正在打牌，而且也不相信救生带。

我觉得卑尔根的小木板房就像莫斯科的胡同。但在这里也没有和平：不久以前一场大火把大半个城市都焚毁了。我觉得克立斯坦尼亚（当时奥斯陆叫这个名字）倒很安闲恬适。汉姆生的约翰大概就坐在这条长凳上梦见了维多利亚。而在那里，在一个狭长的海湾旁边的一所筑在四条鸡爪似的木柱上的小房子里，布兰德（易卜生诗剧《布兰德》的主人公）曾说："或者得到一切，或者一无所有！"斯坦尼斯拉夫斯基扮演被称为"人民公敌"的斯多克芒医生（易卜生《人民公敌》一剧的主人公），扮演得十分出色。其原因何在？因为他认定了真理。但真理又是什么呢？斯多克芒医生知道，延年益寿的矿泉根本不能延年益寿，这在化验室里很容易化验出来。然而思想怎么化验呢？……

我们在斯德哥尔摩滞留了好些天：等候从彼得格勒拍来的一封什么电报。斯德哥尔摩使我十分惊讶。我站在王宫对面的一条滨河街上，看看石头，看看河水，看看苍天，我的诗兴油然而生。（当时我不知道，40 年后这座城市将因斯德哥尔摩宣言、经常的访问和一群新结识的朋友而成为我十分熟悉的地方。）我问我自己：莫非我被这个中立国的平静吸引住了？（在这个国家里，任何人都不必为亲人的生命担忧，不必提防空袭警报，这儿的商店里堆满了货物。）不是的，这反而使我生气。使我惊异的是另一件事：在一片房屋中间矗立着许多山岩峭壁。在这里盖一座房子就像攻克一座要塞那么艰难。大海也令人吃惊——它涌进了城内，水面跃动着金属般的闪光，海鸥的叫声干扰着行人的谈话。这里没有伦敦的郁闷，没有它的豪华和狄更斯所描写的赤贫，也没有它的宏伟和沮丧。这里凝聚着一种就像诗人的一行诗句那样经过一番苦思而突然涌现出来的死气沉沉的忧伤。我觉得斯德哥尔摩人并不像靠他国

1917 年的斯德哥尔摩

的战争而发了财的那些中立国的人，而是像自杀者的候补人。

鲁基碰见了几个熟识的画家，他们邀请我们到一家餐厅去用晚餐。我环顾了一下房间里特意布置的美丽如画的陈设：几只古老的大桶，铜制的烛台，挂在墙上的几幅立体派的绘画——毕加索已经跑到欧洲这个北方的边陲来了。几个戴着白色包发帽的姑娘笑盈盈地捧来了小吃和伏特加。我想：这毕竟不是“洛东达”……我们一面认真地说着“谢谢”，一面喝着伏特加。后来我们桌上来了一个瑞典人，他个子很高，长着一对鼓出的虾眼。画家们介绍说，他是一个诗人，我没记住他的名字。他说他会说几句法语，但是却没有说下去——只顾闷声不响地喝伏特加。直到将近午夜，他已喝了不少杯，才对我说，欧洲是衰落时期的罗马。使徒保罗砸碎了希腊女神们的塑像，没有考虑它们有没有艺术价值。他是对的，但塑像却很可惜。他问我：“您打算在俄国干什么呢？”我回答说不知道，也许会叫我到军队里去，也许我要写一些新的诗或一部长篇小说。他说现在应该买一根铁棍，还应该买一方手帕来擦眼泪。“我个人既爱打碎东西又爱哭，就像一个站在打碎了的花瓶前面的老处女……”我觉得他的议论都是可以理解的。我们又干了一杯，还热烈地亲吻了一阵。

次日早晨我想起我正在去俄国的途中。我将要去访问那些我仅仅从书本上才知道名字的诗人，但彼得格勒或莫斯科却不是“洛东达”……譬如说，我没有浆硬的领子，而刮脸刀也在轮船上遗失了。幸而我多少还剩几个钱，我买了一把刮脸刀和几个领子。

列车沿着波的尼亚湾行驶。在沿途静悄悄的小站上，几个淡黄色头发的姑娘陪着情人散步。饭店里的冰块上放着鲱鱼。一切都异常寂静和神秘。这里的夜都是白夜：太阳刚刚落下就又马上升起来了。

旅途是漫长的；最后我们终于到达瑞典境内的最后一个车站——哈帕兰达。我们徒步走过了一座桥梁。在边境上的托尔尼奥车站我们看见了几名俄国军官。会见是冷淡的。一名中尉看了看我的护照，然后气势汹汹地说：“你们迟了！你们的帝国寿终正寝了。你们白来了……”这一天是7月5日。我们不知道彼得格勒发生了什么事，一个个都垂头丧气。列车现在正向南方前

1917年，伦敦

1917 年，俄国国境别洛奥斯特罗夫

进。沿途车站上的芬兰人都一声不吭。到赫尔辛基后有人告诉我们，彼得格勒的布尔什维克企图夺取政权，但被镇压下去了。车厢里的空气顿时紧张异常。一名“护国派分子”叫嚷着“打上铅印的车厢”（指列宁路过德国时所乘的沿途不受任何检查的特别车厢，后泛指一切革命家），叫嚷着“背叛”，又突然说道：“咱们要帮着把事情搞清楚……你们想干什么——造反吗？办不到，亲爱的！自由归自由，可是对于你们，只有监狱里才有你们的容身之地……”车厢里有几个侨民是在伦敦和我们汇合的，其中有一个瘦弱的犹太人，他一路上老是遗失他的眼镜，还不停地吞服一种什么丸药。这时候，他突然跳了起来，也同样喊叫道：“办不到！无产阶级会夺取政权的。到底是谁把谁关进牢里——眼前这还是用叉子在水上写字……”

我有点不寒而栗：在巴黎人人都高谈“不流血的革命”、自由、兄弟情谊，而我们还没到彼得格勒就在以监狱互相威吓了。我想起了布特尔基的囚室、囚室中的马桶、小窗户……在赫尔辛基，一个军官乐得上气不接下气地叙述道：“哥萨克把他们给收拾了……怎么下令去和他们谈谈呢？可这是一群流氓！多么出色的机枪点射！别的语言他们是听不懂的……”

我站在过道上的一扇车窗旁边。周围躺着士兵，妇女们把一个个巨大的包袱紧紧地搂在自己的身边。回去是办不到了。我向窗外看去。那么多的士兵！……他们都是奇形怪状——疲惫不堪、衣衫褴褛、破口大骂……

为什么所有的人都在骂呢？……

又是国境——别洛奥斯特罗夫到了。又是检查护照、检查行李，又是破口大骂。一名军官下令搜我的身，在大衣口袋里发现了几个翻领和一把剃刀。军官把它们拿到另一个房间里去，说是现在有人把秘密指示写在浆硬的领子上。他没有提到剃刀，但拒绝把它归还给我。他们把我们带到一个肮脏的屋子里，并说我们将要像抓来的壮丁那样被押往彼得格勒：把我们交给一位军事首脑。所有这些话都是夹杂着咒骂说出来的。

果然派来了押解我们的士兵。列车走了不久便在一个小站上停住了。一群士兵冲向塞得满满的车厢。一个人说列车运的是沙皇的卫队。士兵们一致起哄，有一个向我喊道：“要把你拉去枪毙，这可不是香槟酒……”一名军官指着我对一个女人说：“你瞧——那个戴帽子的——又是一个‘打上铅印的’……好哇，一下子就抓住了……”

列车刚刚开动就立刻在一幢扳道员的小屋旁边停住了。一个小姑娘赶着一群鹅。她扎着一条细细的小辫子，上面系着一条缎带。她看了我一眼：我微微一笑，并看见她报以羞涩的微笑。我立刻感到轻松了一些。

一个老太婆站在一个小平台上拼命地叫：有人偷了她的一袋糖。“该把他们全都打死”——一个穿着帆布短上衣的老头子说。我没去猜测他要打死的是谁——是小偷还是奸商。我突然高兴起来：周围的人说的都是俄语！

工厂的烟囱。一片长着被踏坏了的青草和黄花的荒地——简直就像在沙波洛夫卡。被烟熏黑了的房屋。我又回家了……

第二部

01

1917年的莫斯科

我宛如杜倍雷所描写的一只离群的羔羊：我离开俄国的时候还不足18岁呢。我就像一个预备班的学生，准备从头学起。我见人就问，出了什么事，但回答只有一句："谁也弄不清……"我曾试图和别人促膝长谈——谈俄国的使命，谈西方的腐朽，谈陀思妥耶夫斯基，但人们却忙于别的事：他们不是在谈话，而是在谩骂、诅咒——有的骂布尔什维克，有的骂克伦斯基，有的骂革命。

在芬兰车站，一个戴夹鼻眼镜、上了年纪的女孟什维克来迎接我们。她对我说："跟我来吧。"我回答说，有士兵在押送我。她就开始骂那个士兵，士兵也回骂她。她对他说，他是一个"背袋贩子"（他的确背着一个小包），但他回敬说，她大概只晓得"吃水果软糖"。我站在那里颇为惊讶。女孟什维克把我们带到一个宿舍里：那里又挤又黑。一个小伙子对他旁边的一个人叫道："你算什么革命家？你是加利费（1830—1909，法国将军，以残酷镇压巴黎公社闻名），该把你拉去枪毙！……"

我和所有的政治侨民一样，被批准缓期服兵役。当地的一名中尉说，军队里即使没有我，饶舌鬼也已经够多的了。

我在《交易所新闻》编辑部领了我应得的一笔稿费，然后就移居到了莫伊卡的一所带家具出租的公寓里。我一大早就在街上闲逛和观望。城市的建筑和马路在我看来都异常清晰而宏伟，但要了解一点什么却不可能。

我到奇尼泽利马戏院去参加一个大会。那里人山人海，但我立刻感觉到大家对演说都厌倦了：最初几个月的热情显然已经枯竭，甚至空谈家们也言尽词穷了。各种各样的人都登台演说。一位白发苍苍的太太在论证世界语能拯救革命，大家不听她的。后来一个无政府主义者发表演说，说必须立即取消国家。大家一齐向他喊叫，这时他就绝望地吹起口哨来了，于是人们便把他从戏台上拖下来。一位服饰优雅的年轻人恳求不要把俄国送给德国皇帝。两个士兵逼着他回答："你这狗崽子蹲过战壕吗？……"

我试图寻找和我通信的那些诗人，但是他们没有一个待在城里，人们回答我说，他们不是"在郊外避暑"，就是"在克里米亚"。吉・伊・索罗金有一次打发人来请我："来吧，勃洛克在此。"我立刻向冬宫奔去，但到得太迟了——勃洛克已经走了。我就这样错过了见到那写下了我最喜爱诗句的诗人的机会……

《交易所新闻》的人劝我到"维也纳"饭店去——诗人们和画家们每晚都在那里聚会。我断定"维也纳"是一个类似"洛东达"的地方。但坐在小桌旁边的却是一些市侩、军官、投机商人。有一个人叫道："要是没有这件事，你们在卡片上还有什么可写的呢？你们还得去安置尼古拉！"一位太太尖声叫道："他们为什么放过了列宁？"

大街上在抓逃兵，那些检查人们证件的巡逻员自己也像是逃兵。一天我目睹两名军官从一个女人那里抢走了一小袋砂糖。她哭诉着说："恶棍！"她走后，一个军官对着她的背影喊叫着说，她很快要被枪毙的——克伦斯基纵容"背袋贩子"，但是也会有治他的办法。后来军官们就恬不知耻地当着行人把赃物瓜分了。

商店里可以买到哈瓦那的雪茄、塞夫勒花瓶、德・诺亚伯爵夫人的诗集。糖果铺出售加蜜的咖啡（糖已经没有了），薄薄的白面包片夹果泥代替了甜点心。马车夫不再议论燕麦，只是垂头丧气地诅咒。我在《交易所新闻》编辑部认识的一个诗人说："唯一的希望寄托在科尔尼洛夫将军身上。他名叫拉夫尔——这是有象征意义的（科尔尼洛夫是克伦斯基政府的军队总司令，因被怀疑企图发动政变而被解职，后在 1918 年的内战中被击毙。俄语'拉夫尔'一词有荣誉、名望等意思）……"

士兵们谈论着“停战”。逃兵们沉默不语，忧郁地打量着行人。一些穿军装的姑娘在涅瓦大街上散步，她们英姿飒爽、胸脯高耸。她们正在花园街的拐角上“开大会”，吵吵嚷嚷地说，应该找到列宁，目前先把切尔诺夫看管起来。

我听过切尔诺夫的演说。他像在巴黎那样讲得十分高尚。但是在三月里曾感动过我的他，到了八月却变成了一个可笑的人物。他擅长辞令，而且一般来说，很像一个法国激进社会党党员，这种人常向选民起誓：一旦他被选上，他一定要在河上修建一座桥梁。切尔诺夫发誓说，他要把土地分给农民，还要把俄国从德国人的魔掌中拯救出来。他有一双狡猾的眼睛，我觉得凡是听过他的演说的人没有一个相信他。我也听过克伦斯基的演说，那就像演戏——临时政府的首脑似乎马上就要啼哭起来或从台上逃跑。克伦斯基的声誉当时已经低落，但依然有几十个妇女拼命号叫，其中的一个还向他掷了一束半枯的翠菊表示敬意，他拾起了花，不知何故还嗅了一嗅。

我遇见了两三个我在巴黎认识的侨民。其中有一位布尔什维克（名叫萨舒尼亚），他说，安东诺夫-奥夫谢延科被关在“十字架”狱里，孟什维克是叛徒，争论的时期已经过去了。我问他是否担心德国人会趁内战之机侵占彼得格勒。他嚷了起来，说我的论断和孟什维克如出一辙，说我“从

左：1917 年，临时政府的农业部长切尔诺夫
右：阿·弗·克伦斯基

头到脚”都是知识分子，“知识界步调混乱”，现在可怕的不是德国人，而是“护国派”。

我同萨温科夫聊了一两个钟头。他当了陆军部副部长，我简直认不出那个在“洛东达”里阴郁地微笑的鲍里斯·萨温科夫来了。萨温科夫大谈严厉措施、专制、秩序。他说克伦斯基是一个为自己的嗓音陶醉的空谈家，谈到临时政府的时候，他轻蔑地说：“那是一帮六神无主的人，他们开会的时候不是坐着，而是站着……”

我在冬宫看见了沙皇的生活情况，他的生活是索然寡味的。房间里是单调乏味的家具、庸俗的小摆设。（后来我又在北京的皇宫和中国末代皇帝的内室里看到过这些东西。）在一些软座凳子中间摆着一些行军床，步枪到处都是——萨温科夫想过早埋葬掉的革命正在冬宫的大厅里徘徊。在楼梯上有一位女士抓住了陆军部副部长的衣襟：“您得告诉我，为什么要把乔治关进牢里？他还在贵族学校里读赫尔岑的著作呐……”

萨温科夫向我介绍了弗·阿·斯捷蓬。我知道斯捷蓬是哲学家，他写过一本名叫《一个准尉的书信》的有趣的书，在书中对战争作了赤裸裸的描写，而没有给它镀上一层必不可少的黄金。我简直不能想象他正在担任陆军部政治部主任的职务。他的脸非常像一个幻想家或牧师。我便像对萨舒尼亚那样开始糊里糊涂而又十分热烈地断言，德国人会侵占俄国并把革命镇压下去。他问我是否想当军事委员。我莞尔一笑——委员必须了解形势并向别人解释，而我却忙着另一件事：向所有的人打听。

我还去过斯莫尔尼。在那里人们向奇赫伊泽展开猛烈攻击，他们嚷着说，萨温科夫正在和将军们协商，而工人们却被关进监狱。走廊上睡着许多士兵。

一个巴黎侨民十分严厉地对我说：“这里可不是你的‘洛东达’——到前线去吧……”我回答说，军队不要我。他恶狠狠地笑了起来：“这就是说，你是布尔什维克？我要检举你……”一个老太婆把我推到一堵墙上，哭着说：“你去告诉他们，安德留沙有一个女儿在音乐学院，而这块呢子是米舒金弄到的……”

吉洪·伊万诺维奇·索罗金和卡佳、我的女儿伊琳娜当时在彼得格勒。他们住在卡佳的父亲家里，卡佳的父亲听不得我的名字：除了其他的罪孽以外，首先因为我是犹太人。卡佳瞒着父亲把伊琳娜给我带来了，小姑娘当时是六岁。我把她带到“安庇尔”咖啡馆里，请她吃抹着果酱的白面包。后来我们就在涅瓦大街上散步。伊琳娜一度有一位意大利保姆，她教会了伊琳娜祷告上帝。小姑娘要求我带她去喀山大教堂，一进教堂她马上跪下，并命令我也学她的样子。我不答应。伊琳娜嚷了起来，哭个不停。教堂里祈祷的妇女们生气了：在圣地欺负一个孩子是可耻的！幸而伊琳娜对祈祷厌倦了，她问我，是不是不能再去糖果点心铺啦。

吉洪告诉我说，斯捷蓬派他去高加索前线，还想让我当吉洪的助手。我笑了好久：吉洪对形势的了解还不如我。他很熟悉弗拉基米尔·索洛维约夫的著作和早期哥特式建筑。真有意思，他将对士兵们谈些什么呢：是谈“永恒的女性特征”，还是谈沙特尔大教堂的门窗彩花玻璃呢？

（我曾在档案馆发现 1917 年 9 月陆军部签署的一份委任状，上面写道，“根据士兵和工人代表苏维埃全俄代表大会中央执行委员会前线委员会的决定”，我被任命为高加索军区军事委员的助理。当我知道这项任命的时候，陆军部长和高加索前线都已不复存在了。）

所有的人都断言，某某不久就会“上台”。一部分人认为科尔尼洛夫将

弗·格·利金

弗·法·霍达谢维奇画像，尤·安涅果夫绘

军要上台，另一部分人认为布尔什维克要上台。我明白我什么也弄不清，就到莫斯科去了。

这就是奥斯托任卡……我认识这里所有的胡同、所有的招牌。起初我觉得这个城市还比较平静，但这只是外貌——这里的人也同样是什么都不明白。我试图寻找老相识。八年过去了，这不是一个短暂的时期。一个在1907年曾经常出席我们的集会的中学生已成为一名时髦的律师，当我向他通报了我的姓名以后，他向我嚷了起来："您太轻率了！待在巴黎多好，至少不会在街上吃流弹……"那个酷爱莱蒙托夫的诗的中学女生柳夏成了一个长小胡子的胖太太，她请我喝茶，但她的埋怨却把我折磨得痛苦不堪。她不停地叨咕买不到糖，仆人顶嘴，夜里不敢上街。

特维尔大街上有一家设有红丝绒沙发的"钟声"咖啡馆，那里供应咖啡和甜点心。作家们常去光顾。我在那里结识了弗·格·利金，他面色红润、衣着十分整洁，他谈到马，谈到马厩，谈到布宁的创作技巧。鲍·康·扎伊采夫亲切地描述东正教仪式的优美，还谈到了小说。弗·法·霍达谢维奇无论谈到什么人都那么尖酸刻薄，他还写一些情诗，诗中说他就像姑娘们到了晚上想睡觉那样想死。他的脸很像一个颅骨。阿·尼·托尔斯泰闷闷不乐地叼着烟斗对我说："糟透了！ 什么也弄不明白。所有的人都疯了……"

阿列克谢·尼古拉耶维奇一口咬定，我像一个墨西哥的苦役犯。有一次，我到阿尔巴特街上的一家咖啡馆里去写作。一个姑娘走到我跟前，生气地收起了空杯，说："这里不是您的大学……"我对俄国的风俗人情已很生疏，常常出乖露丑。我觉得，我之所以不能理解目前所发生的许多事件的意义，其故即在于此。但是阿列克谢·尼古拉耶维奇的迷惘也不亚于我。不久以前我重读了勃洛克的日记、柯罗连科的书信、高尔基的论文。当时他们都有所接受，也有所否定，有所赞同，也有所抗议。显然，“墨西哥的苦役犯”一经检验原来是一个平凡的俄国知识分子……我提起此事不是为了忏悔或申辩，我只是想说明我在 1917 至 1918 年间的处境。当然，现在我看得清楚多了，但是这里并没有任何值得骄傲的东西——事后的聪明是人人皆有的。

02

启蒙者勃留索夫

有人说，从树木后面看不见森林。这同从森林的后面看不见树木是一样正确的。在阅读 1793 年的法国历史的时候，我们看到了国民公会、正直不阿的罗伯斯庇尔、革命广场上的断头台、供长裤党人高谈阔论的俱乐部、抨击政敌的小册子、阴谋、战斗。就在这一年，菲利普·勒邦正在实验室里研究煤气，塔尔玛正在排演伪古典主义的悲剧，追求时髦的女人正在试戴饰有缎带的新帽，而家庭主妇们正在城里东跑西颠地寻找不知去向的食品。

阿·尼·托尔斯泰曾对 1917 年夏天人们的谈话作了如下描述：“我们是不是要完蛋？俄罗斯是不是还存在？知识分子是将被宰杀吗？还是说我们还能保全性命？”另一个人说：“去你的吧，老兄，干吗要宰杀咱们，胡说八道，我不信，可是食品店是要被毁掉的。”第三个人根据可靠的消息宣称，“下月一号以前全城的人都将开始死于饥馑”。

我的莫斯科的朋友们偶然地把我在 1917 至 1918 年间所写的一本笔记保存下来。笔记写得非常简要，以致我有时弄不清它们的意思，但是有一些字句却帮助我回忆起许多往事。我也记下了同瓦·雅·勃留索夫的第一次会见。

这正是托尔斯泰所描写的那个夏天。我在瓦列里·雅科夫列维奇·勃留索夫家里待了几个钟头。他向我朗读了他在不久以前写成的一首关于阿里阿德涅（希腊神话中克里特国王弥诺斯之女。她给杀死弥诺陶罗斯的雅典英雄忒修斯一个线团，以此帮助他走出迷宫）的诗，我们还争论了一番。如果把这一部分的谈话用适当的字句表达出来，那它对于 1917 年的八月将显得相当出乎意料：

1. 当忒修斯把阿里阿德涅遗弃在一个荒无人烟的岛上以后，他果真受到了良心的谴责吗？

2. 怎么写比较正确——“忒修斯”还是“费修斯”？（瓦列里·雅科夫列维奇·勃留索夫坚持后一种译音。）

3. 一个现代诗人是否有必要去写忒修斯的故事？（我说不必要。）

可以认为，勃留索夫是唯美主义者，形式主义者，一个坚决把自己的天地和现实对立起来的顽固的颓废派。这是不正确的，在十月革命以后不久，当他的同辈和比较年轻的一代诗人（包括我在内）都还感到莫名其妙，辗转不安，为许多事物悲悼、愤慨的时候，勃留索夫就已经在最早建立的苏维埃机关里供职了。他跟我谈到忒修斯，那是因为他相信诗歌的生命力并尊重自己的工作。他一辈子都以书——别人的书和自己的书为生。他在青年时代有一次曾承认，他“对小说有一种愚蠢的敏感，但对生活中的事件却完全麻木”。

我去找他的时候怀着一种双重感情：我记得他写的信，他曾不止一次地鼓励我，我尊敬他，但他的诗我却早就不再喜爱，同时我又担心我会沉不住气，会在无意之中得罪我非常感激的一个人。

瓦列里·雅科夫列维奇·勃留索夫住在第一小市民街，要去找他就必须穿过著名的苏哈列夫卡广场。如果梵蒂冈在罗马是一

马多萨维奇画的爱伦堡的漫画

个独立国，那么苏哈列夫卡广场在 1917 年的莫斯科也是这样的一个独立国。它既不听命于临时政府，也不服从工人代表苏维埃，又不受民警局管辖。在宏伟的市场上空矗立着一座美丽的高塔，那个拥有唱悲歌的盲人、乞丐和疯修士的古罗斯仿佛还生活在这里。粗野的咒骂常被哭诉声打断，在人们按照古习指着上帝发誓的时候也常常插进去一些关于“克伦票子”（俄国 1917 年克伦斯基临时政府发行的 20 卢布及 40 卢布的纸币）、资产者、布尔什维克的谈话。这里有各式各样的人物：逃兵，来自郊区农村的肥胖的农妇，失业的家庭女教师，女管家，寄人篱下的食客，举止端庄的官太太，惯贼，卖零支烟卷的小家伙，挟着咕哒直叫的母鸡的牧师。一片喧嚣声、咒骂声、吆喝声、跺脚声——这是人的海洋……

“阿达米哭诉起来：我的天哪我的天！”一个瞎子用难听的鼻音唱道。我走到勃留索夫家门口的时候，他的歌声依然在我的耳朵里响着。苏哈列夫卡广场是一篇必不可少的前言，是一把识破那被称为“瓦列里·勃留索

20 世纪初，莫斯科苏哈列夫卡广场

夫”的复杂现象的钥匙。要知道，虽然那些描写忒修斯、阿萨尔哈东（古亚述国王）和库库尔坎的诗作的价值还值得争论，但是任何人都不会否定勃留索夫在俄国文化发展中的意义。（瓦列里·雅科夫列维奇·勃留索夫有一次写道：“但愿我不是‘瓦列里·勃留索夫’。”然而勃留索夫是勃留索夫，这毕竟是一件好事。）

当然，有权充当前言的不仅是苏哈列夫卡广场，我之所以提到它是因为勃留索夫住在它的附近。想得起来的也许还有扎里亚吉耶（扎里亚吉耶和下面提到的中国城，均为莫斯科历史上的地区）和那儿的粮店、“自由美学协会”、中国城、收购默默无闻的毕加索油画的商人休金、大德米特罗夫卡的“文学艺术小组”。（当小组里的那些既不懂科学又不懂诗却也怡然自得的成员还在玩文特牌的时候，瓦列里·雅科夫列维奇·勃留索夫在那里鼓吹过“科学诗”。）勃留索夫穿着欧式的衣服，懂得几种外语，写信的时候常常使用一些法语词汇，墙上挂的不是马科夫斯基的作品，而是罗普斯的作品，但他却是既稳重又淘气、既冒失又机灵的古老的莫斯科的产物。

他对劳动的热爱和充沛的精力使所有的人都感到吃惊。在我现在所叙述的这第一次见面的时候，他曾愤激地反驳我对诗歌创作的那种如他所说的“不负责任的”态度：“灵感有什么关系？我每天早晨都写诗。不管我是否愿意，我都要在桌子前面坐下来写。即使没有写出诗来，我也要寻找新的韵脚，练习艰深的诗格。这就是我的草稿。”于是他就把大写字台的那些盛满了手稿的抽屉一个个拉出来。他责怪我轻浮，不认真钻研。他说需要为诗人们创办一所高等学校：这是一种手艺，虽说是“神圣的”，也需要训练。

他是一个极为出色的组织家。他的父亲做过软木买卖，因而我深信，如果勃留索夫上中学的时候没有偶然碰到魏尔兰和马拉梅的诗作，那么在我们这里就会像在埃斯特雷马杜拉（西班牙西部的历史地区）那里一样长出一片木栓栎树林。工作能力和虚荣心他兼而有之。他 20 岁的时候曾在日记上写道：“才能，甚至天才，即使能使人成功，那也是很慢的。这太不够了！我是不满足的。应该选择另一条途径……要在迷雾中找到指路星。我看见了这颗星：这就是颓废文学。不错！ 不管你说它虚伪也罢，可笑也罢，它依然在前进、在发展，而且未来也将是属于它的，特别是当它找到了一个当之无愧的

米·弗鲁别利画的勃留索夫画像

领袖以后。而这个领袖将是我！是的，我！”

他办出版社，办杂志，撰写论诗的著作，翻译古罗马作家的作品，跟公认的权威争论，教导年轻人。他只担心一点——落后于自己的时代。

他常常描写混乱——这是从丘特切夫那里学来的，但是勃留索夫想把他所歌颂的混乱拿过来进行一番整顿。我还记得1920年年末我到一所小宅邸——教育人民委员部所属的一个管理文学事业的部门——去找他的情形。瓦列里·雅科夫列维奇·勃留索夫以部门首长的身份和我谈话，表示愿意给我一份工作。他指了指墙壁，那里挂着一幅古怪的图表：有正方形、斜方形、角锥体——文学事业的图表。它很朴素，同时也很雄伟：他是一个把诗歌变成办公机关、又把办公机关变成诗歌的白发魔术师。

他常常被人称作纯理性主义者、一个只有干巴巴的理性的人，许多人断言，他从来不是诗人。依我看，这不对：对于勃留索夫来说，理性不是一种常理，而是一种迷信，他对理性的信仰已陷于极端。他作为一个诗人，那是就这个词的最平常、最庸俗的意义而说的：他生活在由许多疯狂的图案构成的一个假想的世界中。弗鲁别利给他画了一幅出色的肖像画：一双冷漠无情的灼人的眼睛，一颗仿佛被人从后面砍了下来的脑袋。

我想起了1918年莫斯科的“诗人”咖啡馆。常到那里去的都是一些和诗歌没有什么关系的人——投机商人，太太们，自称为“未来派”的年轻人。瓦列里·雅科夫列维奇·勃留索夫宣称，他要以这个咖啡馆的顾客所提供的题材即兴写作一些三韵句诗。他收到了一些荒谬可笑的短简。他仿佛既没有看到那些喊叫着“两杯咖啡，两杯！”的侍者，也没有听到略有醉意的水手们的笑声。他严肃地、庄重地读着诗，他朗诵诗时声音很奇特——一种刺耳的、断断续续的声音，而且总是仰着头。他宛如一个驯兽者，只不过在他面前的不是马戏团的狮子，而是词句。他的三韵句诗有的描写克娄巴特拉（公元前埃及末代女王），有的描写一个坐在小桌旁的小姐，有的描写未来透明的城市。

他对所有的人都很严肃，他的情诗有点像阿弗洛狄忒（希腊神话中司爱与美的女神）王国的旅行指南。由于诗人们的包围，由于被神秘的情绪所支配，他开始研究“通灵术”，他知道求神问卜和测字算命的一切特点，知道许多咒语和中世纪的占卜术。

当未来派出现以后，巴尔蒙特天真地请求他们把推翻他的时间再推迟一些。勃留索夫试图亲自出马来推翻他，他写了一首名叫《一个未来派的晚会》的诗。马雅可夫斯基写道：

……在街道上的一些太阳背后，一轮谁也不需要的、
萎靡不振的月亮在某处一瘸一拐地行走。

勃留索夫有这样一句诗：

挂在烟囱上空的月亮，
宛若一枚铸得蹩脚的硬币。

但是未来派并不承认他是他们的人，而且在他们的口号中还有这么一条：“从勃留索夫的黑色燕尾服上剥下纸糊的铠甲。”

瓦列里·雅科夫列维奇·勃留索夫在法国发现了鲜为人知的诗人、“科学诗”的发明者雷纳·纪尔。勃留索夫很欣赏雷纳·纪尔的论断：瓦列里·雅科夫列维奇·勃留索夫早就想当一个受过高等教育的巫师，一个术士兼院士。

他研究普希金，论述析字法、重复谓语省略法、预期叙述法、异质凑合法，他做了一个统计，在《叶甫盖尼·奥涅金》的第三章里有百分之七十三的韵脚都具有一致的前重音，而在第四章里总共只有百分之五十四。勃留索夫试图完成《埃及之夜》（普希金的一部未完成的作品），创作一部新的《铜骑士》。但是他的这些作品我是不想再读一遍的。

有些人非难勃留索夫缺乏审美感，这是不公允的：这个特点是一切象征派所固有的——他们的审美感显然就是如此。他们几乎全都赞赏那些在我们看来简直是庸俗作品的典范的伊戈尔·谢韦里亚宁的诗作，这岂不是很奇怪吗？勃留索夫在他去世前不久写道：

我是一个中间派。我和上面那些人相同。

在贵族的集会上我就是贵族，
我用每一口呼吸、每一根神经
来响应上流社会的精神。

我现在想到了象征派的诗。这是一种引人注目的现象，伟大的诗人亚历山大·勃洛克诞生了，俄国的诗歌仿佛获得了解放。但是我觉得，比起勃留索夫的日记、巴尔蒙特的旅途随笔或勃洛克和安德烈·别雷的通信来，契诃夫的书信乃至他的那些没有光彩的追随者们的书信要容易理解得多！

理性引导勃留索夫接受了革命：他看见了明天。他已近50岁了。他从事保护图书馆、普及诗歌的工作，做了许多重要的好事。有一个非常古怪的德文名词叫作“文化传播者”，它的含义完全适合勃留索夫在革命前和革命后的活动。我更喜欢使用一个比较陈旧的定义：勃留索夫是一个启蒙者。

他相信，革命将从根本上改造一切；他对我说，社会主义文化和资本主义文化的区别，犹如基督教的罗马和奥古斯都（古罗马皇帝）的罗马的区别那样显著。他也想以诗人的身份接受新的事物，但是他和旧世界的联系太紧密了。他的描写革命的诗作充满了神话中的形象，其中有我们所熟知的象征派词汇。十月革命期间他在莫斯科曾看见埃拉多斯（希腊语对希腊的称谓）的命运三女神。当格·瓦·契切林和德意志共和国签订了一项协定以后，勃留索夫写道：

从阴魂的会议到拉帕洛会议……

他揭露资本主义的卫士们：

从塞米拉米达（公元前9世纪末的亚述女王）直到彭加勒（1860—1934，曾任法国总统，并三次任总理，多次任部长），
都打着形形色色的旗号……
某人一旦登上财富统治者的宝座，
便紧紧地压缩致命的方阵。

（我想起了一个衣冠楚楚的中年法国人——彭加勒先生，如果有人把他和神话传说中的塞米拉米达相提并论，他无疑会十分得意的。）勃留索夫有时也怀着满腔苦恼，那时他就会像年轻的时候那样抱怨：

所有的人无论现在、过去还是未来，
朝围墙外瞧上一眼，
反复吟唱的依然是那些琶音，
老一套的和声……

他死于1924年秋，享年51岁。当时我在巴黎，我们举行了一个悼念勃留索夫的晚会。每当一个人去世以后，人们就突然改用新的眼光来看他——给他一个充分的评价。勃留索夫写过一些优秀的诗篇，这些诗篇即使现在看来也依然具有生命力。在他的摇篮上空可能不曾出现过传统的菲亚（西欧神话中的仙女），然而即使他生来并不是诗人，后来却成了一个诗人。他帮助过几十个年轻诗人，但他们日后却非难他、反对他、推翻他。但是对于年轻的苏维埃俄国来说，这个疯狂的设计师、孜孜不倦的选择器，却要比许多甜言蜜语的人有用得多。

我不能不再一次回忆起我在巴黎度过的岁月。瓦列里·雅科夫列维奇·勃留索夫帮助了我，甚至他的责难对我也有教益。

在我们第一次见面的时候，勃留索夫曾谈到娜佳·利沃娃——看来这是一个尚未痊愈的创伤。也许我在这里想起了娜佳临死前写的一首关于勃留索夫花白鬓角的诗，但是我觉得只有瓦列里·雅科夫列维奇·勃留索夫才是一位年迈苍苍的老人，我还在一个小本子上记道："白发苍苍，十分衰老。"（他当时44岁。）我还记道："他的生活处于次要地位。"我这时想到的也许是娜佳，也许是革命；但是我肯定已经想起了他的这句话："生活中的一切仅仅是用来创作嘹亮诗行的工具。"

他曾赠送我一本小书留作纪念，并在书上题道："为了表示在一个问题上的接近，在另一个问题上的分歧。"这是指我们关于诗歌的争论。我们不曾谈到那个多雷雨的夏季发生的大事，直到临别的时候我忍不住了，便问他，今后将会发生什么事？瓦列里·雅科夫列维奇·勃留索夫用诗回答说：

> 洪水正在泛滥……
> 但自由却像彩虹一般
> 遮没了尘埃，
> 从天上预示着光明的岁月。

我不知不觉地重又来到苏哈列夫卡广场。那个瞎子和他的“阿达米”不见了。在斯列坚卡的拐角上麇集着一群人——有个人被刺了一刀。我站了一会儿便向前走去，而我所想的已不是忒修斯——而是洪水了。

03

钟情而坚贞的女诗人茨韦塔耶娃

我认识马林娜·伊万诺夫娜·茨韦塔耶娃的时候，她25岁。她那桀骜不驯而又惘然若失的神态令人惊奇，她的仪表倨傲——仰着头，前额很高；而双眸却泄漏了她的迷惘：大大的、软弱无力的眼睛似乎看不见东西——马林娜是近视眼。她的头发剪成短短的童花头。她不知是像一位娇小姐呢，还是像一个乡下小伙子。

茨韦塔耶娃曾在一首诗里谈到自己的祖母和外婆：一个是淳朴的俄罗斯妇女，乡村牧师之妻，另一个是波兰的贵妇人。旧式的谦恭和叛逆性格，狂妄自大和羞涩腼腆，书本上的浪漫主义和淳朴的心灵，马林娜都兼而有之。

我第一次往访茨韦塔耶娃的时候，已读过她的诗。有些诗我很喜爱，特别是在革命前一年所写的一首，马林娜在那首诗里描写了自己未来的葬仪：

> 我将乘车穿过一条条街道，
> 把莫斯科留在后面。
> 您也将步履蹒跚地跟在后头，
> 但在路上却不止一人落后。
> 第一个土块将敲响棺材盖——
> 一场自私的、孤独的梦

终将获得解答……
刚死的贵妇马林娜
从今以后什么也不需要啦……

我刚跨入一所不大的住宅，便愣住了：那是一派令人难以想象的荒凉景象。当时人人都忧心忡忡，但日常生活的表象却依然维持着。马林娜则仿佛故意破坏了自己的巢穴。所有的东西都被扔掉，蒙上了一层尘埃和烟灰。一个十分瘦削、苍白的小姑娘走到我跟前，信任地紧靠着我低声说：

多么苍白的衣衫！
多么奇异的宁静！
你怀中堆满百合，
毫无所思地瞧着……

我吓得浑身冰凉：茨韦塔耶娃的女儿阿丽娅当时才五岁，可她却朗诵起勃洛克的诗来了。一切都是不自然的、杜撰出来的：无论是住宅、阿丽娅还是马林娜本人的谈话——原来她被政治吸引住了，她说她正在为立宪民主党做宣传工作。

茨韦塔耶娃在早年的诗作中歌颂过自由民拉辛（约 1630—1671，俄国农民战争的领袖）。就她的天性而论，与其说她是为 1917 年夏天那些被吓坏了的市民所思念的那种优良秩序而生，不如说是为叛乱而生。茨韦塔耶娃同他们毫无共同之处，但是她离开了革命，在自己的想象中创造了一个浪漫主义的旺代（原为法国西部的省份，18 世纪末法国大革命时期，那里曾经是王党的根据地）。她同情沙皇，虽然也指责他：

后代子孙还将不止一次
回忆起
您明亮的眼睛
那拜占庭的背信弃义。

她反复吟诵：

啊，你是我那贵族的、沙皇的苦恼……

为什么她的丈夫谢廖扎·埃夫龙要去参加白军呢？我在巴黎见到过谢廖扎的哥哥——演员彼得·雅科夫列维奇·埃夫龙，他有肺病，死得很早。谢廖扎长得像他——十分温柔、谦逊、喜欢沉思。我无论如何也想象不到他居然想当一个朱安党人（18 世纪法国大革命时期参加旺代反革命队伍的分子）。

他走后，马林娜便写了一些激烈的诗：“拥护索菲娅（1657—1704，俄国公主，1682 至 1689 年执政，后被彼得一世推翻，幽禁于新圣母修道院）推翻彼得！”她写道：

安德烈·谢尼耶（1762—1794，法国诗人、政论家，后被处死）上了断头台，

可我活着，这是天大的罪恶。

她在文学晚会上朗读这些诗，没有任何人迫害她。一切都是书本上的虚构，都是马林娜为之付出了自己被毁掉了的、极端艰辛的一生的一种荒诞无稽的浪漫情调。

1920 年秋天，当我从考特贝尔经历了千辛万苦来到莫斯科以后，我发现马林娜依然处于那种极端的孤独中。她完成了一本颂扬白党的诗集——《天鹅营》。当时我已经见了不少世面，其中也包括“俄罗斯的旺代”，思考了不少问题。我打算把白卫分子的真面目告诉她——她不信，我试图和她争论几句——马林娜生气了。她的性格倔强，她自己为此吃的苦头比所有的人都多。我保存着她的一本名叫《别离》的书，她在书上题道：“您的友谊对我来说比任何仇恨都珍贵，您的仇恨对我来说也比任何友谊都珍贵。赠爱伦堡。马林娜·茨韦塔耶娃。柏林，1922 年 5 月 29 日。”（虽然她当时所保留的先前的坚定立场已寥寥无几，但在这一行文字中却用了几个旧字母 ѣ，甚至还用了几个硬音符号。）

马林娜 · 茨韦塔耶娃

1921 年春，当我以第一批苏联公民的身份出国的时候，茨韦塔耶娃恳求我设法找到她的丈夫。我获悉了谢 · 雅 · 埃夫龙还活在人世并住在布拉格的消息，便写了一封信，把这件事告诉了马林娜。她打起精神着手张罗出国护照。她说她立刻就得到了护照。在外交人民委员部，米尔金对她说："您对您的离开还会感到惋惜的……" 茨韦塔耶娃带走了《天鹅营》一书的手稿。

她和丈夫的会见是戏剧性的。埃夫龙是个有敏锐良知的人。他向马林娜叙述了白卫的残暴，谈到了他们的大屠杀和心灵的空虚。天鹅在他的叙述里变成了乌鸦。马林娜迷惘了。我在柏林和她作过一次通宵长谈，在我们谈话结束的时候，她说她不出她的书了。

〔诗集《天鹅营》于 1958 年在慕尼黑出版。第二次世界大战前夕，茨韦塔耶娃在去苏联之前把她的一部分档案资料留在巴塞尔市（"中立国"）的图书馆里。我不知道出版人是怎样弄到这部手稿的，他们追求的当然是政治目的，违反了茨韦塔耶娃的意志——在她侨居国外的 17 年间，出版人曾多次要求她出版《天鹅营》，但她始终拒绝。〕

我打算把被马林娜 · 茨韦塔耶娃美化了的关于旺代的话题深入下去，并加以发挥，谈谈艺术有时候是怎样变成装腔作势、摆样子的赝品和衣衫这个问题。（我在回忆自己早期的诗作时已提到过这个问题。）这不仅与《天鹅营》有关，而且与许多诗人的许多诗集有关，同时这个话题兴许还多多少少有助于读者理解我这部书以下的章节。

正如我曾说过的，我没有保存已往的信件。茨韦塔耶娃把她的一部分档案资料带到莫斯科来了。其中有一些写给我的书信的草稿。马林娜在一份草稿上写道："在 1918 年，当时您批驳过我的唐璜式人物（一件既不掩饰又不暴露的"外套"），而在 1922 年的今天，您又批驳我的少女之王和叶戈鲁什卡们（罗斯在我心中是次要的）。无论在当时还是在现在，您要求于我的只有

1911 年，茨韦塔耶娃和埃夫龙

一点——那就是成为我自己，亦即成为一个既没有外套又没有长衫的骨头架子，最好是被剥得精光的我。构思，修辞，借喻——所有这一切对于您来说或多或少都是摆样子的赝品。您所要求于我的是最重要的东西——没有它我就不成其为我了……我一次也没有使您困惑（我经常使自己困惑，将来亦是如此），您比我敏锐。无论在 1918 年还是在 1922 年的现在，您都是很严厉的——没有任何奇怪的念头！……您是对的。诗中的放荡（任性）绝不比生活中的放荡（任性，为所欲为）要好。另一些人可以分为两类：一类是警官，他们说：'在诗歌中写些什么悉听尊便，不过在生活中却得举止正派。'另一类是唯美主义者，他们说：'在生活中可以为所欲为——但是必须写出好诗。'只有您一个人说：'无论在诗中还是在生活中都不可放荡。您不需要这个。'您是对的，因为我现在正默默地朝着这个目标前进。"

她向她为自己提出的那个目标走去，而且达到了这个目标，她是通过一条痛苦、孤独和被社会遗弃的道路达到这个目标的。

她和诗歌的关系是复杂而痛苦的。她对瓦·雅·勃留索夫做了许多不公正的描写：她只看到了表象，但无意做比较深入的观察并思考一番，然而这几行诗句无疑曾引起了她的愤怒：

也许，生活中的一切只不过是
音响嘹亮的诗行的素材，
你要从无忧无虑的童年开始
寻找词的结合。

茨韦塔耶娃回答道：“词能代替思想，韵律能代替感情吗？词产生词，韵律产生韵律，诗行产生诗行……”但同时她又是诗歌的俘虏。茨韦塔耶娃想起了卡罗利娜·帕夫洛娃的诗句，便把自己的一本书称作《手艺》。她在书中写道：

去给你自己寻找那些轻信的女友吧，
她们没能把奇迹改为数字。
我知道维纳斯是手的产物，
我是手艺人——我懂手艺。

马林娜把生活中的许多东西都称为自己的朋友，友谊突然中断，于是马林娜也就同又一次的幻想分手了。但是她也有一个始终不渝地忠实于她的朋友：

是的，有个人已被爱上！
此人就是——桌子……

她的写字台就是诗。

我生平见过许多诗人，我知道，一个艺术家要为自己对艺术的酷爱付出多大的代价。但是在我的记忆中似乎还没有一个比马林娜更为悲惨的形象。她生平的一切：政治思想，批评意见，个人的悲剧——除了诗歌以外，一切都是模糊的、虚妄的。认识茨韦塔耶娃的人已所剩无几，但是她的诗作现在才刚刚开始为人们知晓。

她从少年时代直到去世始终是孤独的，她的这种被人遗弃同她经常脱离周围的事物有关："我爱上了自己生活中的一切事物，然而是以分别，而不是以相会，是以决裂，而不是以结合去爱的。"茨韦塔耶娃侨居国外以后，重又陷于孤独，侨民办的刊物不愿刊载她的作品，而当她热情洋溢地写了一篇关于马雅可夫斯基的作品以后，竟被视为有"背叛"嫌疑。茨韦塔耶娃在一封信中写道："在侨居国外期间，他们起初（凭一时的热情！）还刊登我的作品，后来头脑冷静下来，便不再理会我，他们嗅到了异己的气味：那里的气味。内容似乎是'我们的'，'而声音却是他们的'。"

对于通常被称为政治的那种东西，茨韦塔耶娃是天真的、固执的、真诚的。1922 年我同画家埃·利西茨基共同出版《作品》杂志——用俄语、法语和德语出版。马林娜自动为这个刊物把马雅可夫斯基的一首揭露性的诗《下流胚，你们听着！》译成了法文。到了 20 世纪 30 年代，当她对俄罗斯的旺代的热情早已冷却下来以后，她依然不能适应新的历法。（我想起了苏维埃政权建立头一年的几个故事，勃洛克曾在彼得格勒的一次会议上激烈地捍卫古老的缀字法——他什么都接受，但"森林"这个词如不加 Ѣ 在他看来就不成其为"森林"。）

在第一次世界大战时期，茨韦塔耶娃写道：

德意志，我的疯狂！
德意志，我的爱！

（她不是孤独的——勃洛克也曾谈到他对德国文化的爱好。）过了四分之一世纪，德国的师团开进被出卖的布拉格，于是马林娜便诅咒他们了：

啊，狂妄！
啊，伟大之木乃伊！
燃烧吧，德意志！
疯狂，
你创造
疯狂。

在30年代，我们见面的次数很少、很偶然、很空洞。我不知道她是怎样生活、靠什么生活的，我也不知道她写了哪些新的诗作。这些年对于茨韦塔耶娃是一个严峻考验，她需要在这期间认真工作：现在我看见了她在诗歌上的成长，摆脱最后的几件“外套”，寻找朴实的锐利词句。

她生活得很不好：“丈夫有病，不能工作。女儿编织帽子一天赚5法郎，我们四个人（我有一个八岁的儿子，名叫格奥尔吉）就靠这5法郎糊口，这就是说，简直是在慢慢地饿死。”

埃夫龙成了“返回祖国协会”的组织者之一。他表现得很勇敢。马林娜对自己的儿子、对那些在父母侨居国外时诞生的年轻人写道：

> 别再去设宴悼念
> 你们没去过的伊甸园……

阿丽娅到莫斯科去了，埃夫龙不久也跟着她前去。

但是连茨韦塔耶娃自己也不曾到过那座假想的伊甸园。过去的世界从来不是她失去的乐园。

左：1914年，在考特贝尔的房前，抱着小狗的是茨韦塔耶娃
右：1922年，爱伦堡和埃·利西茨基共同出版的《作品》杂志的最后一期

在不能笑的时候
我自己却太爱笑了!

正是因为“不能”，她才爱得很多，她不在她的邻人们鼓掌的时候鼓掌，而是独自望着落下的帷幕，在演出正在进行的时候离开观众大厅，跑到幽暗无人的走廊上去哭泣。

马林娜在幼年时代很迷恋罗斯丹（1868—1918，法国诗人、剧作家）的《雏鹰》和他那千篇一律的浪漫主义色彩。她的迷恋逐年加深：歌德、《哈姆雷特》、《菲德拉》（法国17世纪剧作家拉辛的悲剧）。她有时用法文和德文写诗。但是除了在俄国，她在任何地方都感到自己是外国人。她的一切——从青年时代的“火热的山梨树”直到最后一株血红的接骨木，都同祖国的景色有关。她的诗作的基本题材是爱情、死亡、艺术，而且她是按俄国的方式来处理这些题材的。对于她来说，爱情就是丘特切夫所说的那个“致命的决斗”。关于普希金的塔季扬娜，茨韦塔耶娃写道：“哪一个民族有这样可爱的女人：大胆而可敬，钟情而坚贞，有先见之明而又热爱人们？”马林娜最憎恶爱情的代用品：

有多少人，有多少人
用雪白的和发紫的手吃喝！
整整几个王国都在你的嘴巴周围
柔声细语。卑鄙！

她自己就是一个“钟情而坚贞的女人”。

1939年，茨韦塔耶娃带着14岁的儿子回到了祖国。在她晚年所写的诗中，有一首仿佛是在法西斯分子攫取了西班牙并侵入捷克斯洛伐克之后写成的：

我拒绝——存在。
在恶人的疯人院里

我拒绝——生活。
和广场上的恶狼在一起
我拒绝——哀号……

谢·雅·埃夫龙死了。阿丽娅在远方。马林娜就是在莫斯科也是孤独的。1941 年 8 月她找过我，我们在阔别多年之后重逢，但由于我的过错，这次会见却并不成功。那是一天清晨，无线电广播说：“我军放弃了……”这时我的思想正在远方。马林娜马上察觉到这一点，便把谈话转移到事务性的话题上：她说她是来商量翻译作品的问题。她临走的时候，我说：“马林娜，咱们还要再见面谈谈……”不，此后我们没有再见过面：茨韦塔耶娃在撤退到叶拉布加市以后便自杀了。

马林娜的儿子在前线牺牲了。我现在有时会与阿丽娅见面，她把马林娜未出版的诗都收集起来了。

茨韦塔耶娃的许多诗句我至今难忘——它们已铭刻在我的记忆中，终生不会磨灭。这当然不只是因为诗人才华横溢。我们的道路是不同的，在人生的长途上存在着许多十字路口，一个人每行至此都要实在地或仅仅在自己的幻想中为自己选择一条道路。我同茨韦塔耶娃似乎从来不曾在这种十字路口碰过面。但是在茨韦塔耶娃的诗人的命运中却有一种对我来说十分亲切的东西——对艺术的权力始终表示怀疑，同时又离不开艺术。马林娜·伊万诺夫娜常常自问，诗和现实生活的创造，哪一样更重要，并回答说：“除了形形色色的寄生虫以外，所有的人都比我们（诗人们）重要。”在马雅可夫斯基死后，她写道：“作为一个人而活，作为一个诗人而死……”茨韦塔耶娃从来没有逃避生活的意思，恰巧相反，她愿同人们在一起生活：孤独对于她而言不是纲领，而是该诅咒的东西；它同她所说的马林娜那个唯一的朋友有密切联系：“此人就是桌子……”她从未去过“洛东达”，也不认识莫迪利亚尼，但她写道：

注定负有特殊使命的犹太人区。
围墙和壕沟。
别期待宽恕。

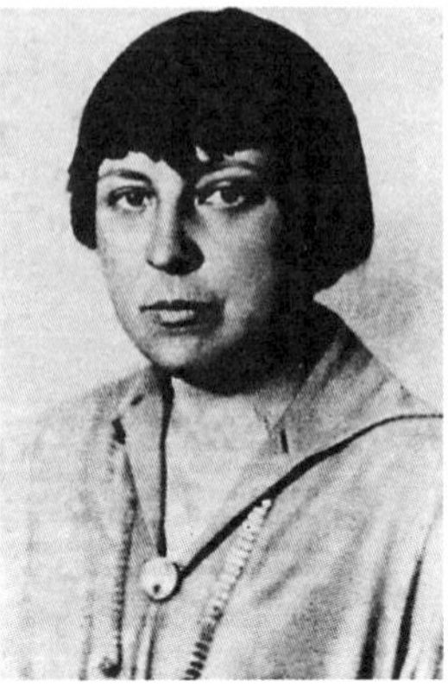

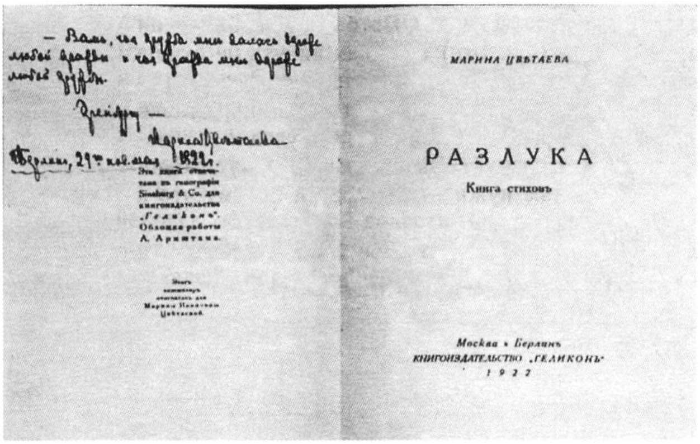

左：马林娜·茨韦塔耶娃在巴黎
右：马林娜·茨韦塔耶娃送给爱伦堡带赠言的诗集

在这个最忠于基督教的圈子里
诗人都是犹太佬。

“注定负有特殊使命”一词可能会使人感到莫名其妙，但是茨韦塔耶娃认为“犹太人区”并不是一种傲慢的孤立，而是命运的安排：“古往今来的诗人哪一个不是黑人？”

每当我重读茨韦塔耶娃的诗作的时候，我都会突然忘记诗歌而陷入回忆，想起我的许多友人的命运，想起我自己的命运——人，岁月，生活……

04

1917年的旁观者

我的面前有一张发黄的、褪了色的报纸，这是1917年9月24日的《交易所新闻》。报上有一些戏剧新闻："米哈伊洛夫斯基剧院正在排演《伊凡雷帝之死》，但该剧的排演工作颇有陷于停顿之可能，其原因在于剧团人力不足，同时该剧本身的政治倾向也与我们今天的现实和情绪不相适应。""工人和士兵代表苏维埃所属的一个委员会在十月份将举办一系列交响乐音乐会。第171后备步兵团的独奏演员和乐队将参加演出。音乐会的指挥将由亚·格拉祖诺夫、亚·济洛季和阿·科茨担任。"旁边刊载着我的一篇寄自莫斯科的特写：

"在六号住宅的一位象征派作家的家中有一群颇为风雅的人物：埃列奥诺拉夫人——一位女神智学者，一位佩戴勋章的军官，还有一位比较年轻的作家，几个普通的知识分子。

"'谁都不愿听，'一个知识分子哼哼唧唧地说，'我们的人民不配享受自由——都是一帮下流坯，暴徒，窃贼。我在电车上被扒走两把钥匙。要用棍子来管束他们。先前给了他们自由，但没有开导他们。有人说"开导他们吧"。开导这些乡下佬吗？不——成！让他们去试试、去显显身手吧。他们会互相残杀，尔后就会有一位将军骑着白马跑来——把他们制服了。将来最好是……'

"'您呀，'女神智学者忧郁地叹着气说，'您说的是骑马的将军，可我想

的是米留可夫……’

“‘正是如此，棍子是必不可少的，’军官彬彬有礼地向她解释，‘举个例子来说吧，在这种“自由”没有来到之前，一个军官是很受大兵们尊敬的，可以说是他们所爱戴的，尽管他常常（请原谅）打他们的耳光。可现在却有了委员会和别的一些岂有此理的东西。要让咱们的“老乡们”来做出决议吗？……我不干！他们曾想授予我一枚乔治勋章以表彰我的英勇。我拒绝了——多滑头！正是如此，棍子是必不可少的，纪律……’

“象征派作家莫名其妙地环顾着客人，滚动着眼珠，一本正经地说：

“‘去你们的！收起来吧！去把我们的文化、智慧和信仰从这些野蛮人手中拯救出来！去把图书馆、博物馆和你们头脑中的全部财富都拯救出来。保护博物馆！堵上你们的耳朵，以免听见街市上的喧嚣！我不看这些万恶不赦的报纸，我几乎足不离户。我的耳朵里总是响着四音节韵脚……’

“‘我是一个教师，’年轻的作家宣称，‘我的立场略有不同。我虽然清心寡欲，却关心谈情说爱。我比她高，但是对于我未来的长篇小说来说，这里却蕴藏着多么丰富的素材啊！……’

“大家开始谈论四音节韵脚和抑扬格、象征派和未来派。直到一刻钟以后，一块用来代替甜食、价值 7 个卢布的水果软糕才使大家回到地面上来。那个知识分子重又哼哼唧唧地说：

“‘下流坯！棍子！将军！……’”

我既轻视别人，又轻视自己：我既不幻想棍子，也不幻想将军，又不幻想廉价的水果软糕，但是我不能理解当时发生的事情。

莫斯科的生活就像在火车站上，正在等候第三遍铃声。常常搜捕逃兵。到处都有人在咒骂，特别是在挤满了人又开得很慢的电车上。在大都会饭店里，绝望的自由主义者饮着法国的香槟酒，用一大张一大张还没有裁开的“克伦票子”付账。他们照旧喃喃地说，必须拯救俄国，也许他们还想拯救自己，但是他们什么都不再相信了。在“钟声”咖啡馆里，一群新的出版商说，他们将出版《加弗里利阿达》（普希金的一部长诗）、拉斯普京（1872—1916，沙皇尼古拉二世及其妻子的宠臣）的回忆录和我国任何一个作家的全集。一部分出版商很快就对出版事业冷淡下来，改行进入手工业或制糖业。

在沙波洛夫卡的茶馆里，人们愁眉苦脸地等待着结局。

我的母亲当时住在雅尔达，在久别之后我想去探望她老人家。我好不容易才买到一张车票挤进了车厢。我发现母亲已十分苍老，她咳嗽，包着一条奥伦堡的头巾，害怕枪声（那里常常打枪，也不知道是为什么）。

我顺便去考特贝尔看看沃洛申。他谈起了四大元素、阿瓦库姆大司祭、三个带着蛇的复仇女神，而他的眼睛却像两扇关上了百叶窗的窗户。

乘客在列车上抓住一个小偷，他是一个 12 岁左右的男孩子。人们都扑上去揍他。直到现在我还清晰地记得那个孩子鲜血淋淋的脸……列车在一个车站停了三小时左右，大家都到市场上去买面包和苹果。后来开始举行大会。一位小姐把一块面包贴在胸前，歇斯底里地号叫着说，现在残疾人也必须上前线。一个士兵狠狠地骂她，但她仍不肯罢休。“背袋贩子”们照看着自己的口袋，神秘地微笑着。

我抵达莫斯科的时候，正在进行巷战。我在红门附近看见马路上有一个老头子——他被一颗流弹打死了。

《胡利奥·胡列尼托及其门生历险记》的作者在 1921 年曾对这部长篇小说中的一个名叫“伊利亚·爱伦堡”的人物的感受做了如下的描述：“我诅咒我这台平庸无能的机器，不是给它另镶一双眼睛，就是得卸下这一双毫无用处的手——二者必取其一。如今正在窗外创造历史的不是大脑，不是虚构，不是小诗，而是手……看来别无良策——当手下是一块黏土而不是一块花岗石的时候，当历史可以用子弹来写而不必去翻阅一个有学问的德国人的六卷集的时候，请跑下台阶并尽快去创造历史吧。但是不成，我现在正坐在斗室中，嚼着一块冷肉饼，还在援引丘特切夫的诗。该死的斜眼、近视眼或远视眼，它们在任何情况下都不是好东西！如果在目睹了 33 个真理之后，却连其中的一个也把握不住（即使是残缺不全的，但却是自己的、切身的、结实的一个），那又有什么用呢？周围的人至少都在呻吟、欣喜并根据各种不同的情况赞美着上帝。‘感谢上帝，阿列克谢耶夫来了，这些强盗都已被赶走！’——列利亚叫道。‘感谢你，上帝，’她的女仆马特廖莎平静下来了，‘当家的占上风。’我甚至连这种能力也没有……所谓‘下一代’的先生们，请你们记着诗人伊利亚·爱伦堡在这些绝无仅有的日子里的所作所为吧。”

在这部《胡利奥·胡列尼托及其门生历险记》里我还写道："家家都在祭祷亡魂，还有许多人在哀悼早先所没有注意到的、或虽然注意到了但未加赞许的事物：列利亚哀悼大国主义，谢廖扎（即和米哈伊洛夫斯基在一起的那个人）哀悼教会，中学生费佳哀悼工业和金融。这毕竟是一桩正经事儿，我背着人痛哭悲悼……我回忆、吟唱、写诗，并在顾客众多的'诗人咖啡馆'朗诵，颇为成功。"

《胡利奥·胡列尼托及其门生历险记》的作者这一次谈到的不是那个虚构的主人公，而是自己，他说得很坦率，绝无为自己辩护或涂脂抹粉之意。但是我轻视自己并不仅仅是在三年之后，当我困惑莫解、寻找 33 个真理并哀悼那个从来不曾属于我的世界的时候，我也同样轻视自己。当时我写了一些非常低劣的诗：艺术不能容忍谎言，而我却竭力欺骗我自己——向我不相信的上帝祈祷，穿上别人的外衣。

在勃洛克的日记中有一段 1918 年 1 月 31 日的记事，一个名叫斯滕格的年轻人把青年们对诗歌的态度告诉勃洛克："起初是三 Б（巴尔蒙特，勃留索夫，勃洛克），他们都很乏味；来了马雅可夫斯基，他也没有什么才气；最后一个是爱伦堡（他比谁都更会嘲笑自己，因此爱伦堡很快就成为我们大家所喜爱的唯一的诗人）。"

"斯滕格"即年轻的诗人弗·奥·斯捷尼奇。我后来才认识他。他轮流地朗读勃洛克、马雅可夫斯基、赫列布尼科夫和自己的诗作，他有爱讥诮人的恶习。我不知为什么记住了他写的一首挖苦安年斯基的打油诗：

常有这样的瞬间，
那时连小小的绵羊也不可怜。
屠妇叶连娜在烹饪书里
写下了这一点。

他是在 20 世纪 30 年代牺牲的。如果当时我从斯捷尼奇口中听到我的诗还会有人喜欢，我准会十分惊愕：连我自己也不喜欢它们。我曾在笔记本里劝告自己："应该停止写诗，去种菜，或者在事态平静以后买一架带三脚架的照相机到市集上去给人照相。”

在生死攸关的时刻来到这个世上，
这种人是幸福的。

这两行诗出自一个27岁的诗人，驻慕尼黑的俄国大使馆二等秘书之手。年轻的丘特切夫在报上见到有关1830年法国革命的消息，虽然他当时住在宁静的、死气沉沉的巴伐利亚，但很羡慕暴风雨的目击者：

他是风暴的宏伟景象的目击者……

但事实上当历史从教科书的篇页上转移到附近街道上的时候，再也没有比目击者的角色更愚蠢、更丢脸的了。冒牌聪明人企图了解正在发生的事件的意义，然而枉费心机：如果你走到一幢大厦的跟前，那么尽管它非常漂亮、非常宏伟，但是你所能看见的却只是它的一小部分。一个事件的参加者所了解的东西要比一个冷眼旁观者多得多，盲目无知并不会使一个爱憎分明的人惊讶，却会使一个坐在电影院里企图理解一闪而过的镜头的人惊讶。

有一次我遇见了阿列克谢·伊万诺维奇·奥库洛夫。在巴黎的时候我知道他闷闷不乐，大量饮酒，不知道自己该干什么。他常在一个拍纸簿上记些什么，然后把纸片摊在床上拼凑一篇小说。有一次他甚至还得到了奖金。他已被认为是一个作家，但当他喝醉了酒，他就喊叫着说：“我算什么作家？要是说我还有点用处，那也只会打打枪……”他的一生充满不平凡的事件：武装起义时的工人战斗队，监狱，侨居国外，地下工作，然后又是监狱，又是侨居国外。他对革命的莫斯科充满了信心，他告诉我说，再过几天他就要上前线。这种精神上的愉快是重大事件的积极参加者所特有的。袖手旁观者的命运却要痛苦得多。高尔基写道：“……1917年至1918年间，我和列宁的关系远非我所愿意看见的那样，但是又不能不如此。他是一位政治家。他完全具有巨大而沉重的海船的舵手所必需的那种英明果断，这里所谓的海船，就是灾难深重的农民的俄国。我对于政治有着一种生理上的厌恶，我一般不相信群众的理性，特别是农民群众的理性。”高尔基成了一个旁观者，并在13年后写道：“就让读者知道我的这个错误吧。如果它可以作为那些爱凭自己的观察匆忙下结论的人的一个教训，那就很好了。”

（我觉得高尔基有一点是不正确的：人们都是从自己的错误中吸取教训，而不是从别人的错误中吸取教训——在历史上，同样的错误一犯再犯的现象是屡见不鲜的。）

我不能说我一贯逃避政治，更确切地说，逃避行动：我开始是搞地下工作，后来，在我的成年时期，我曾不止一次成为重大事件的参加者。在我这部回忆录以下的许多章节里，重大的政治事件将不止一次排挤掉书本或画布。

但在1917年我却成了一个旁观者，而且我还需要两年的时间才能认清十月革命的意义。两年的时间在历史上是微不足道的，但在一个人的一生中，两年却是许许多多忐忑不安的日子、复杂的思索和普通人的痛苦。

从那时开始，大概又过去了半个世纪……现在我想使读者回忆一下法国在1789年革命的半个世纪之后的面貌。以下就是那些令人眼花缭乱的事件——热月政变，塔利安夫人，一个年轻的科西嘉人（指拿破仑一世），几次拿破仑战争，哥萨克人进入巴黎，波旁王朝复辟，白色恐怖，小革命——结局是路易-菲利普，他的民主主义表现在他常常拿着一柄雨伞散步，并对忠臣们的致敬颔首答礼。1789年的革命对于1839年的巴黎人来说已是早已逝去的那个神秘时代的事了。在我昨天曾与之谈过话的一百个人之中，未必会有一个人还记得革命前的俄罗斯：对于50岁的人们说来（比这更年轻的人就不用说了），苏维埃制度既不是一种可以争论的观念，也不是一个政党的纲领，而是一种自然的社会形式。

当然，在西方是有争论、有怀疑、有否定的，但是如今却可以拿一个大国的复杂生活来比较和论证了。俄国知识界在1917年至1918年间的处境要艰难得多……

我既不悲悼地产，也不悲悼工厂，又不悲悼股票：我是一个穷光蛋，而且自幼就轻视财富。使我不安的是另一件事。我是和我们从19世纪得来的那种自由的概念一同成长起来的，我从小学时代开始就尊重对权威的蔑视，喜欢倾听桀骜不驯的人们的声音。我还不懂经常发生变化的不仅仅是制度，而且还有概念。新的世纪带来了许多东西，也带走了许多东西，而我却还想用昨天的尺度来衡量明天的事物。

然而这也不是主要的。老实说，虽然我已26岁，但我还不知道什么是生活。失言、笔误和错误妨碍我对正文的理解。我发现许多畸形现象，看见了仇恨、粗野，但是没有看见主要的点：我少年时代曾梦想过、我在监狱里也依稀看到过的东西正在实现。生活在任何时候都不同于幻想。算命的女人常说“命线”，这种线的确存在——不是在手掌上，而是在一个人的命运中，而且你发现它、认清它的时间愈早，你的疑虑就愈容易冰释。这种线的组成成分不仅有崇高的思想，也还有真实的事件，不仅有吸引力，也还有排斥力，不仅有激情，也还有理智。常言道，目的会证明手段的正确，但是这句话我却最不爱说，因为我非常清楚，手段可以改变任何目的。我现在所想的只是个人、人民和时代的命线的准确性。

此后我也同所有我的同时代人一样，被迫经受了许多考验。对于这些考验，我早有精神准备：在我看来，一个46岁的人的命线要比一个26岁的人的命线清晰得多……我知道应该咬紧牙关、善于生活。我知道对待重大事件不能像对待默写那样专门吹毛求疵。我知道通向未来的道路并不是一条阳关大道。正如诗人特瓦尔多夫斯基所说，“这里既无可减，也无可增”——在历史中也和在个别人的一生中一样，有着许多痛苦的篇页，翻阅起来并不是篇篇都那么称心如意……现在每一个人都清清楚楚地知道，当我国人民在1917年秋沿着一条新辟的蹊径前进的时候，他们在一个贫穷、愚昧、饥饿的国度里创建了什么样的丰功伟绩。然而当时不仅我自己，许多老一辈的作家和我的同辈都没有了解事件的规模。但是也就在那个时候，被认为是沙龙式的、伪古典主义的、远离生活的一个年轻的彼得格勒诗人，孱弱而又神经过敏的奥西普·埃米利耶维奇·曼德尔施塔姆却写下了一些出色的诗句：

好吧，咱们就来试试：
把舵来一个笨重的、轧轧响的大转弯。

鼓起勇气来，男子汉，
像犁铧那样把海洋劈开，
即使在忘川的严寒里我们也会记得，
国土对于我们抵得上十个青天。

不过，我在下面还要谈到这一切——谈到曼德尔施塔姆，谈到舵的一个大转弯，而最主要的是谈对于我们抵得上十个青天的那片国土。

05

马雅可夫斯基和他的塑像

不记得是谁介绍我认识马雅可夫斯基的，起先我们坐在一个咖啡馆里谈论电影，后来他把我带到自己的住处去了——他住在彼得罗夫卡附近萨尔蒂科夫胡同“圣雷莫”公寓的一个小房间里。在此之前不久，我读了他的《像牛叫一样平凡》一书。他正是我所想象的那样——身材魁梧，沉甸甸的下颚，一双时而忧郁、时而严厉的眼睛，他高大、笨拙，好像时刻都在准备同人格斗——他像是大力士和幻想家的混合物，又像是一面祈祷、一面拿大顶的中世纪杂技演员和毫不妥协的圣像破坏运动的拥护者的混合体。

在我们去旅馆的路上，他喃喃地背诵着弗朗索瓦·维永在等候绞架时写的墓志铭：

> 我是弗朗索瓦，心里很悲伤，
> 呜呼，死亡在等待恶棍，
> 脖子马上就会知道，
> 这下半截身子的重量。

我们一走进房间，他就说：“我马上读给您……”我坐在椅子上，他站着。他向我朗读了不久前脱稿的长诗《人》。房间很小，除了我并无别人，但他却像面对着剧院广场上的群众似的朗读着。我瞧瞧破破烂烂的糊墙纸，不禁微笑起来：皮靴筒果然变成了竖琴。

马雅可夫斯基使我感到惊奇：诗歌和革命，莫斯科喧嚣的街道和“洛东达”的老主顾所幻想的新艺术居然能在他的身上融洽无间。我甚至以为他能帮助我找到一条正确的道路。实际情况却不是这样：对我说来，马雅可夫斯基在诗歌和一个世纪的生活中都是一种引人注目的现象。但是他绝没有直接影响过我，他和我既很亲近，同时又无限疏远。

也许这就是天才的特点，也许这就是马雅可夫斯基性格的特点——他曾说，诗人应该是“各种各样的”，他是“列夫”“新列夫”“莱夫”的鼓舞者，他想吸引并团结许多人，但围绕在他身旁的却仅仅是他的信徒，有时还有几个模仿者。他曾说过他在莫斯科郊外的一个别墅里和太阳谈天的故事，他本人就是一个有许多卫星围绕着的太阳。

我常常遇见他，1918 年、1920 年在莫斯科，1922 年在柏林，在巴黎，后来又在莫斯科和巴黎。（我们最后一次见面是在 1929 年春，也就是他去世的前一年。）见面有时是仓促的，有时是耐人寻味的。我很想谈谈我对马雅可夫斯基的了解，我知道，这个叙述将是片面的、主观的，但是一个同时代人的见证又能是别的什么呢？根据许多不同的、有时是互相矛盾的叙述来勾勒一个人的面貌是比较容易的。遗憾的是马雅可夫斯基虽然是各种神话的狂热的破坏者，但同时又以空前的速度变成了神话般的英雄。他似乎注定要成为一个和他的真实面貌不符的人物。有着那些只记得几个粗野笑话的见证人的回忆。也有小学课本的篇页。最后，还有一尊雕像。一个少年叨念着《好！》的片段。一个家庭主妇在电车上关切地问道：“您在马雅可夫斯基站下车吗？……”要描述一个人是困难的……

在 20 世纪 30 年代中叶以前，马雅可夫斯基曾引起热烈争论。在苏联作家第一次代表大会上，当有人提到他的名字的时候，有些人热烈鼓掌，有些人则默不作声。当时我曾在《消息报》上写道：“我们鼓掌并不是因为有人想把马雅可夫斯基尊为圣人——我们鼓掌是因为马雅可夫斯基的名字对我们来说意味着抛弃文学中的一切清规戒律。”我怎么也想不到，一年以后马雅可夫斯基竟果然被尊为圣人。我没有参加他的葬礼。朋友们都说棺材太短了。我觉得，对于马雅可夫斯基说来，他身后的荣誉才是太短了，主要是太窄了。

首先我想谈谈马雅可夫斯基这个人，他绝不是一块“巨石”，而是一个伟大、复杂的人物，他有坚强的意志，有时也怀着一团纠缠不清、相互矛盾的感情。

《死者青春常在》——安娜·西格斯（1900—1983，德国女作家）给自己的一部长篇小说取了这样的名字，后来的印象几乎总是要把最初的印象遮盖起来。我曾在这本书里试图谈谈年轻的阿·尼·托尔斯泰，他是我最早遇到的作家之一。但是每当我想到他的时候，我的眼前就常常出现他那笨重胖大、受到赞扬的身影，他那响亮的笑声和疲倦的眼神——就是我在他的晚年所见到的那副模样。现在我正在看一张照片。马雅可夫斯基旁边是亚·亚·法捷耶夫，他年轻、充满幻想，有一双柔和可亲的眼睛。我很难相信法捷耶夫曾是这副模样：因为我经常看见的是一双坚毅的、有时十分严厉的眼睛……而马雅可夫斯基在我的记忆里却永远是年轻的。

他终生都保留着某些特点，也许确切地说，是保留着自己少年时代的某些习惯。批评家们不喜欢多谈马雅可夫斯基的所谓“未来主义时期”，但是如果不谈他早期的诗作，他后来的长诗就不可理解了。但我现在所谈的不是诗，而是人。当然，马雅可夫斯基不仅很快就脱掉了黄色短外衣（未来派穿的一种奇装异服），而且很快就抛弃了早期未来派宣言中的口号。但他身上仍保留着那种《给社会趣味一记耳光》（有马雅可夫斯基参加的未来派出版的第一部诗集）的精神——在他的举止、谈笑和给别人的回信中都保留了这种精神。

我还记得1917年至1918年冬天的“诗人咖啡馆”。它坐落在纳斯塔辛斯基胡同里。那是一个很别致的去处。墙上贴满了令顾客感到莫名其妙的图画和题词。

我爱看孩子们怎样死亡——

这是马雅可夫斯基革命前的早期诗作中的一句，它赫然出现在墙上，旨在使来宾大吃一惊。“诗人咖啡馆”和“洛东达”截然不同——在这里谁都不谈论艺术、不争论、也不苦恼，这里既有演员，也有观众。咖啡馆的顾客，用当时的话来说，都是“没有杀尽的资产者”——投机商人、文学家、寻欢作乐的市侩。马雅可夫斯基未必能使这些人消愁解闷：尽管在马雅可夫斯基的诗中有许多是他们所不懂的，但他们觉得这些奇怪的诗句同那些在特维尔大街上游荡的水手之间有着密切联系。马雅可夫斯基写的那首关于在末日来到时吃凤梨的资本家的短歌是大家都懂的，纳斯塔辛斯基胡同里没有凤梨，但是一小块坏猪肉却卡住了许多人的喉咙。给顾客们解闷取乐的是别的东西。例如，满脸脂粉、手持带柄眼镜的大卫·布尔柳克登台朗读：

我喜欢怀孕的男人……

戈尔茨施密特也能使观众开心，在海报上他被称为“生活的未来派”，他不写诗，却用药粉把头上的两绺鬈发涂成金色，他力气特别大，常把木板折断用来把肇事者从咖啡馆里打出去。有一次，“生活的未来派”决定在剧院广场上给自己立一座纪念像，雕像是石膏做的，不很大，而且绝不是未来派的——戈尔茨施密特赤条条地站在那里。过往行人虽然气愤，但是并没有毁坏这座神秘莫测的纪念像。最终这座雕像还是被砸碎了。

这一切都是遥远的往事了。两年前美国旅客大卫·布尔柳克夫妇来到了莫斯科。布尔柳克在美国作画，收入很多，已成为一个受人尊敬的、仪表优雅的人物。带柄眼镜和“怀孕的男人”都没有了。我现在觉得未来主义比古希腊还要古老，但对于去世过早的马雅可夫斯基来说，未来主义却依然是栩栩如生的，至少也是十分亲近的。

我经常去“诗人咖啡馆”，甚至还在那里发表过一次演说，并因此从戈尔茨施密特那里得到一笔酬金。

我记得阿·瓦·卢那察尔斯基去咖啡馆的那个晚上。他谦逊地坐在远处一张小桌旁谛听。马雅可夫斯基要他讲话。阿纳托利·瓦西里耶维奇谢绝了。马雅可夫斯基坚持要他讲话：“请您把您曾对我说过的关于我的诗歌的那些话再说一遍……”卢那察尔斯基只得讲了：他谈到马雅可夫斯基的才能，但是批评了未来主义，并提到没有必要自我吹嘘。当时马雅可夫斯基曾说，人们不久就要在“诗人咖啡馆”所在地为他立一座纪念像……弗拉基米尔·弗拉基米罗维奇只错了几百公尺——他的纪念像立在离纳斯塔辛斯基胡同不远的地方。

是不够谦虚吗？是自信吗？马雅可夫斯基的许多同时代人常常提出这类问题。譬如，他庆祝过自己从事诗歌创作的十二周年。他不止一次地自诩为最大的诗人。他要求在他活着的时候就得到承认，这一点和时代有关，和巴尔蒙特所抱怨的推翻“偶像”有关，和那种千方百计使人注意艺术的愿望有关。

我爱看孩子们怎样死亡……

马雅可夫斯基连一匹马挨打都不忍心看。有一次我的一个朋友在咖啡馆里用小刀割破了自己的手指——马雅可夫斯基急忙扭过头去。他自信吗？是的，他对于批评的回击当然很尖锐，常常得罪自己文学上的对手。我还记得这样一段对话。一张字条上写着：“您的诗不能给人温暖，不能使人激动，不能感染人。”马雅可夫斯基回答道：“我不是炉子，不是大海，也不是鼠疫。”他常在自己的书里给读者写下这样一行题词：“供内服用。”这一切都是众所周知的。但另外一些事就不是大家都知道的了。

我记得马雅可夫斯基在巴黎“伏尔泰”咖啡馆里举行的一次晚会。利·尼·谢芙琳娜出席了那个晚会。那是在1927年春。大厅里有一个人喊道：“请您现在读读自己的旧作吧！”马雅可夫斯基和平常一样一笑置之。晚会结束以后，我们走进圣米歇尔林荫道旁一个夜间咖啡馆：有马雅可夫斯基，利·尼·谢芙琳娜，埃·尤·特里奥莱等人。奏着音乐，有人在跳舞。马雅可夫斯基一会儿开玩笑，模仿出席晚会的诗人格奥尔吉·伊万诺夫的模样，一会儿又沉默良久，像笼中的狮子那样阴郁地四面张望。我和他约定，翌日上午我去找他，越早越好。在他经常留宿的“伊斯特里亚”旅馆的一间小屋里，被褥没有铺开——他没睡觉。他见到我的时候神色忧郁，没有问安就立刻问道：“你也认为我从前写得要好一些吗？……”他从来都不是一个自信的人，是他那令人难忘的姿态让人们形成了一种成见。我以为，他那种姿态与其说是由性格形成，不如说是由理智形成。他有一种浪漫气质，但又为自己这种气质感到羞涩，他突然打断自己的话说道：“谁在海上能不做玄想？”（在对自己的生活做了痛苦的思索之后），又立刻讥讽地说：“废话。”在《怎样作诗》一文里，看上去每一句话都合乎逻辑、简单明了。事实上马雅可夫斯基很了解与创作有着必然联系的那种痛苦。他曾详细地谈到如何储备韵律：他还有另一种他不爱谈起的“储备”，那就是心灵上的痛苦。他在去世前写的一首诗里说道：“爱情的小舟被生活碰得粉碎。”这是顺应他多次嘲笑的浪漫气质的表现。事实上是他的生活被诗歌碰得粉碎了。他对后代说出了他对同时代人所不愿说的话：

但是我
掐着
自己的歌的
喉咙，
克制着
自己

他看上去非常结实、健康、朝气蓬勃。可是他有时却忧郁得叫人难受，他的神经过敏到了病态的程度：口袋里总装着肥皂盒，如果他不得已跟一个不知何故使他生理上感到厌恶的人握了手，他就立刻走开，仔细地把手洗净。在巴黎的咖啡馆里，他用喝冷饮的麦管喝热咖啡，以免嘴唇碰着玻璃杯。他嘲笑迷信，却总在猜测着什么，他非常喜欢赌博——是鹰还是字，是奇数还是偶数。巴黎的咖啡馆里都有自动轮盘赌，可以在红的、绿的或黄的颜色上放 5 个苏，赢了就会掉出一个筹码，凭筹码可以得到一杯咖啡或一瓶啤酒。马雅可夫斯基在这些自动轮盘旁边常常一站就是几个钟头，临走的时候给埃尔扎・尤里耶夫娜留下几百个筹码。他并不需要筹码，他只想猜到结果是什么颜色。他在手枪的滚筒里也留了一颗子弹——偶数或奇数……

马雅可夫斯基和女人们谈话的时候，他的嗓音就变了，平时那种尖锐、坚定的声音变得柔和起来。我曾在维克托・什克洛夫斯基的一本书里读到过这么一段：“马雅可夫斯基出国去了。国外有一个女人，可能是他的情人。我听说他俩彼此那么相像、那么般配，以致咖啡馆里的人在看见他们的时候都不禁露出感激的微笑……”不久前，相关机构出版了马雅可夫斯基献给塔·阿·雅科夫列娃的一本诗集，她就是什克洛夫斯基所说的那个女人。我还保存着马雅可夫斯基送给塔塔（塔·阿·雅科夫列娃）的《臭虫》的手稿，这部手稿是塔塔觉得毫无用处而扔掉的。她并不像马雅可夫斯基，尽管她和他一样个子很高、很漂亮。我不想说那些被马雅可夫斯基公正地斥之为“谣言”的事，我之所以提到这一件事（它在诗人的一生中绝不是最重要的事），只是为了再一次表明，活着的马雅可夫斯基并不像那尊青铜雕像或红太阳弗拉基米尔勇士。

马雅可夫斯基在十八岁的时候进了绘画学校——他想当画家。他在诗歌里依然保持着从绘画的角度去观察世界的能力：他的人物形象不是凭空虚构的，而是他看见过的。他喜欢绘画，懂得绘画。他也喜欢美术界。与其说他听见了世界，不如说他看见了世界。（他曾开玩笑地说，大象堵住了他的耳朵。）

我提到过在采特林家里举行的一次晚会，马雅可夫斯基在晚会上朗诵了《人》。维亚切斯拉夫·伊万诺夫有时好意地点点头。巴尔蒙特显然是疲倦了。巴尔特鲁沙伊季斯和平常一样不可捉摸。马林娜·茨韦塔耶娃微笑着，而帕斯捷尔纳克则不时倾心地看看马雅可夫斯基。安德烈·别雷却与众不同，他如痴如狂地听着，当马雅可夫斯基结束了自己的朗诵，他竟跳了起来，激动得几乎说不出话了。他的兴奋几乎感染了所有在场的人。但是马雅可夫斯基却被某人的一句冷淡而又客气的话激怒了。他常常这样：他似乎看不见桂冠，总在寻找荆棘。他在诗歌里不断地同新诗歌真实的和假想的敌人战斗。在这些指责的背后隐藏着什么呢？也许是同他自己的争论吧？

我曾读过国外写的几篇关于马雅可夫斯基的文章，文章的作者们企图证明革命把诗人毁了。很难想出比这更荒唐的事：没有革命可能就没有马雅可夫斯基。1918 年他曾正确地骂我是“惊慌失措的知识分子”，为了理解当时发生的事件，我费了两年时间。而马雅可夫斯基立刻就理解并接受了革命。他不仅是热爱，而且是全身心地投入了社会主义社会的建设。他对任何事都不肯随声附和，有人想要说服他，他反驳道：

面向农村——
任务已经提出，

弹起古斯里琴吧，
诗人朋友们！
可你们要明白——
我只有
一张面孔——
一张面孔，
而不是风信标……
思想
可不能
在水里搅拌。
能被水浇湿的
是火鸡。
诗人活在世上
从来
不能没有思想。
我是什么——
是鹦鹉？
还是火鸡？

他同革命从未发生过冲突，这是那些不择手段反对共产主义的人的捏造。马雅可夫斯基的悲剧并不在于革命同诗歌的不协调，而在于“列夫”的成员们对艺术的态度：

让诗人们，
唾沫四溅，
嘴唇上
浮现轻蔑的微笑。
我，
即使去掉心灵，

也要呼唤，
社会主义所必需的事物。

（当时报纸改了几个字，“我即使去掉心灵”被改成“我理直气壮地”。）

这首诗证明了马雅可夫斯基作为一位诗人和一个人的功绩。

马雅可夫斯基喜爱莱热，对于艺术在现代社会中的作用，他们的看法有某些共同之处。莱热醉心于机器，醉心于大都市主义，他追求日常生活中的艺术，不大去博物馆。他画油画，曾创作了一幅出色的写生画，依我看，是供装饰用的，尽管它无论如何破坏不了我们对凡·高或毕加索的爱戴，但是它无疑和新的时代有联系。马雅可夫斯基不仅在宣言或论文中曾多年反对诗歌，他还想用诗来消灭诗。《列夫》刊登过一篇对艺术——对“所谓诗人”“所谓画家”“所谓导演”的死刑判决书。它劝画家们放弃画架画去研究机器美学，去搞纺织品和器具；劝导演们离开舞台去组织人民群众的庆祝和示威；劝诗人们抛弃抒情诗去给报刊撰稿、写启事、拟广告。

放弃诗歌是不容易的。马雅可夫斯基是一个坚强而勇敢的人。可是他有时也会离开自己的纲领。1923 年，当《列夫》还在否认抒情诗的时候，马雅可夫斯基写了长诗《关于这个》。甚至他的朋友也不能理解这部作品，无论是马雅可夫斯基的同盟者还是他文学上的对手，都一致痛骂它，但马雅可夫斯基却正是以这部作品丰富了俄国诗歌。

他对过去的艺术的否定逐年减弱。《新列夫》在 1928 年末报道，马雅可夫斯基公开声明：“我赦免伦勃朗。”我再一次提醒读者，马雅可夫斯基英年早夭。他的生活、思考、感受和写作都不是按计划进行的，他首先是一个诗人。我记得，在那遥远的往昔，当我国的电气化还只是一个蓝图的时候，当覆盖着冰雪的黑黑的剧院广场上还点着昏暗的路灯的时候，马雅可夫斯基曾那么神往地谈到美国新的工业美：“孩子是生活的花朵。”他从美国回来以后，我见到了他。是的，布鲁克林大桥的确很好，是的，那里有许多机器。但是那里又有多少野蛮和惨无人道的暴行啊！他咒骂着，并且说，他在看到诺曼底的小花园以后有多么高兴。《列夫》的纲领既流露了对巴黎的否定（那里的每一幢房子都是旧时代的残余），也流露了对崭新的工业化的美国的赞美。但是马雅可夫斯基一方面咒骂美国，一方面又表示他爱巴黎，并不以流露了自己的温情而感到羞涩。这种矛盾是从哪儿来的呢？是的，《列夫》是一个只存在了几年的杂志，而马雅可夫斯基是一个大诗人。他在宣言式的诗作里嘲笑过普希金的崇拜者，嘲笑过卢浮宫的参观者，但无论是《叶甫盖尼·奥涅金》的诗节还是古代的绘画，都曾使他为之倾倒。

他立刻明白了十月革命改变了历史的进程，但他对未来的详情细节的了解是有限的：他所看到的不是一幅油画上的未来，而是一幅宣传画上的未来。《臭虫》最后一幕所描写的那种清洁卫生的田园生活现在已难以使我们神往了。过去的艺术在马雅可夫斯基看来与其说是陌生的，不如说是注定要灭亡的。他的圣像破坏运动是誓言，是功绩。他不仅同这个或那个批评家斗争，同多愁善感的抒情诗的作者斗争，而且也同自己斗争。他曾写道：

> 我想让我的祖国了解我，
> 如果我不被了解——
> 那会怎样？！
> 那我只得
> 像斜雨一样，
> 从祖国的一旁
> 走过。

由于觉得这几行过于感伤，他把它删掉了。但祖国是了解他的，也了解他所抛弃的那些美妙诗篇……

我回想起他在 1928 年秋的情形——当时他在巴黎住了一个多月。我们常常见面。我常见他神色阴郁地坐在“库波尔”小酒吧里。他叫一杯“怀特·豪斯”（“白马”）牌威士忌，他很少喝酒，却写了一首短歌：

> “怀特·豪斯”
> 是一匹好马，
> 白色的鬃毛，

白色的尾巴……

有一次他说："您以为这容易吗？……我可以写出比他们所有的人写得都好的诗……"对于自己的思想他是始终不渝的。

关于他自杀的原因一向众说纷纭——一会儿说因为他的文学作品展览会的失败，一会儿说因为拉普派的攻击，一会儿说因为爱情纠纷。我不想猜谜：我不能像对待一部长篇小说的布局那样去对待一个我熟识的人的生活……我只想说一点：人们常常忘记，诗人是特别敏感的，而他正是一个诗人。马雅可夫斯基把自己叫作"犍牛"，甚至叫作"大犍牛"，把自己的诗叫作"河马"，在一次会上他曾说，他有一张任何枪弹也射不穿的"象皮"。其实他连普通的人皮也没有。

根据基督教的传说，异教徒在信奉基督以后，就动手破坏男女众神的塑像。塑像被破坏了，但是这位新信徒也把自己美好的感情压抑下去了。马雅可夫斯基不仅摧毁了过去的美，也摧毁了自己。他的功绩的伟大在于此，他的悲剧的关键亦在于此。

文学家安德烈·莱温松到过彼得堡，他被认为是一个舞蹈艺术的行家。1918 年他在《艺术生活》杂志上发表了一篇诬蔑马雅可夫斯基的文章。当时许多艺术家和阿·瓦·卢那察尔斯基都对他进行了反击。后来安德烈·莱温松到巴黎去了。当马雅可夫斯基悲惨的死讯传到巴黎以后，他在《新文学》报上发表了一篇极端恶劣的造谣中伤的短文。我曾同几个法国作家联名给该报编辑部写了一封信，以表示我们的愤慨。在这封信上签名的都是法国的正派作家，他们有着极不相同的观点。我不记得有谁曾拒绝签名。我把信送给了编辑莫里斯·马丁·杜·加尔。（这是一个不甚出名的文学家，和大诗人罗歇·马丁·杜·加尔截然不同。）这位编辑心平气和地读完了这封言辞十分激烈的信以后，便说："我请您做一个小小的改动。"我回答说，措辞是不能缓和的。"我并不要求这样做。但是，也许您可以在'我们感到愤慨的是，文学报……'这一句里加上几个字——改成'最大的文学报'。"他愿挨这一记耳光，可是要求指出他的脸颊是很大的。如果马雅可夫斯基知道了这件事，想必会写出一首好诗……

马雅可夫斯基在世上的遭遇是不寻常的。不久前南部非洲的作家们还同我谈起过他——他的影响竟到了那儿。他在周游世界。当然，诗是很难翻译的，何况在马雅可夫斯基所断言的作为未来的形式的那种形式中已有许多东西变成了过去的形式。但是他作为一个人和一个诗人，却依然是年轻的。阿拉贡、巴勃罗·聂鲁达、艾吕雅、杜维姆和奈兹瓦尔都从来没有写过“仿马雅可夫斯基”的诗，但他们却都得到过马雅可夫斯基的许多教益——他教给他们的不是作诗的新形式，而是选材的勇气。

应该善于把现代生活同轰动一时的新闻区别开来，把革新精神同过了四分之一个世纪就会显得陈腐的这种或那种新东西区别开来。几个月以前曾有一位诗人对我说，在有了马雅可夫斯基的复杂韵律之后不能再使用动词韵了。这当然是幼稚的看法。写诗既可以用动词韵，也可以根本不用韵。在 1940 年，初学写作的诗人十之八九都用“小楼梯”的形式写诗，现在他们又在模仿别的样式了：流行的样式是常常变换的。当时人们曾用普希金、涅克拉索夫和勃洛克的著作敲马雅可夫斯基的脑袋。难道现在又非得用马雅可夫斯基的多卷集把年轻人狠狠地揍一顿吗？

我说过，马雅可夫斯基也许能帮助我认清许多事情。我还记得一次夜间的谈话，这是在 1918 年的 2 月或 3 月。我们一同从“诗人咖啡馆”里出来。马雅可夫斯基仔细询问有关巴黎、毕加索和阿波利奈尔的情况。后来他对我说，他喜欢我写的那首关于处决普加乔夫的诗。“您应该高兴，可您老是发牢骚……这可不好！”我欣然同意：“当然不好。”在政治上，他是正确的，我不久就明白了这一点，但我们的思想和感受却始终不同。1922 年他曾对我说，他喜欢《胡利奥·胡列尼托及其门生历险记》：“您对许多事的理解都比别人清楚……”我笑着说：“可是我觉得，我依然什么都不明白……”我们常常见面，但又没有见过一次面。

无论过去还是现在，我一直对马雅可夫斯基念念不忘。有时我和他争论，但我始终钦佩他在诗歌上的功绩。我不愿看他的塑像——塑像总是站在原地，而马雅可夫斯基却在走着——在莫斯科新建的住宅区走着，在古老的巴黎走着，在我们整个星球上走着。他带着“储备”走着——不是新韵律的“储备”，而是新的思想和感情的“储备”……

06

1917—1941，帕斯捷尔纳克肖像

我来到莫斯科不久就遇见了鲍·列·帕斯捷尔纳克，他把我带到他家里去了（他当时住在普列奇斯坚斯克大街附近）。我的笔记本上有一行简短的字句："帕斯捷尔纳克。诗作。怪脾气。楼梯。"

我拿起另一个笔记本，翻到 1941 年 7 月 5 日。在"德国人说，他们已渡过别尔津纳河"这一行文字之后和"五点钟，罗佐夫斯基"之前记道："帕斯捷尔纳克。疯狂。"

1917 年至 1941 年……在这 24 年间，我有时很少同帕斯捷尔纳克见面，有时几乎每天相见。这个期限对于了解一个哪怕是十分复杂的人似乎也是很充裕的，但是我却觉得帕斯捷尔纳克依然像我们初次见面时那么神秘。这也证明了 1941 年的摘记。我喜欢他，无论过去和现在我都喜欢他的诗。在我遇到过的所有诗人当中，他口齿最笨，又最接近音乐的要素，最富有吸引力，又最使人难以忍受。我现在打算按照我所见到的和我所理解的那样把他描绘出来。这将主要是 1917 至 1924 年的帕斯捷尔纳克，当时我

1928 年，帕斯捷尔纳克最早刊出的照片

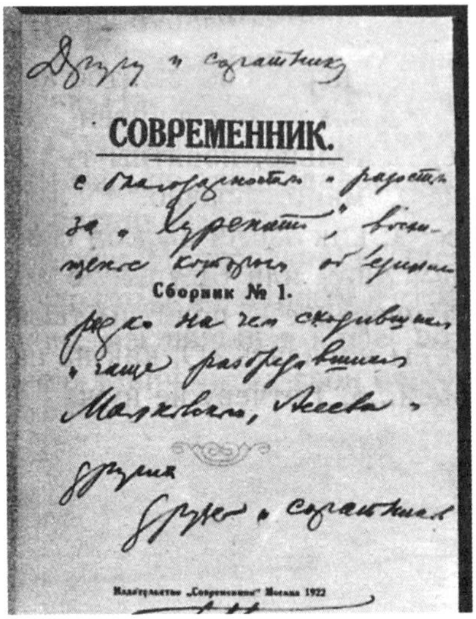

左：帕斯捷尔纳克给爱伦堡的赠言
右：帕斯捷尔纳克、奥·伊万斯佳和她的女儿伊林娜

们经常长谈、通信。1926 年、1932 年、1934 年在莫斯科，1935 年在巴黎，后来又在莫斯科——在战争的前夜和战争爆发后最初的几周，我们都经常见面。我们没有发生什么龃龉，却不知为什么就默默地分手了。偶然相逢时，也只是互相握握手，说必须再见见面，然后就分手了，直到下一次的偶然相逢。自然，我并没有全面描述帕斯捷尔纳克的奢望，甚至也不想写他的青年时代——他身上有许多东西是我不理解的，也有许多东西是我不知道的。但是我将要描绘的既不是一尊圣像，也不是一幅漫画，而是肖像的习作。

让我从头说起。我们认识的时候，帕斯捷尔纳克 27 岁，那一年的夏天，用帕斯捷尔纳克的话来说——

人人都在干旱和半饥半饱中生活，
在斗争中变得冷酷无情，
生活中时刻出现的奇迹，
已不能使任何人感动。

我迷惘而阴郁，帕斯捷尔纳克愉快而兴奋。那一年对他来说是特别值得纪念的一年：

它之所以被人永志不忘，
还因为尘埃使它微微肿胀，
因为风儿嗑着葵花子儿，
把壳儿乱抛在牛蒡上，
因为它用一株陌生的锦葵引导我，
像引导一个瞎子一样，
为的是让我乞求你
在每一道篱笆旁。

帕斯捷尔纳克在这一年深有所感，写了《生活是我的姊妹》一书。我曾对我们的第一次见面做了如下的描述：“他向我朗读诗。我不知道使我最为吃惊的是他的诗，是他的脸孔，是他的声音，还是他说的话。我告辞了，但耳朵里充满了声音，而且头痛。楼下的门锁上了——我在他那里一直坐到两点钟。我去找看门人，他不在。我折了回去，但却找不到帕斯捷尔纳克住的屋子。这是一幢带有过道、走廊和亭子间的房子。我明白在天明以前是出不去了，便俯首听命地在楼梯上坐下。楼梯是生铁做的，黑夜在我的脚下蠕动。门突然打开。我看见了帕斯捷尔纳克。他睡不着，出来散步。我在他住的那套住宅旁边坐了足足一个钟头。他看到我毫不惊奇，我也不惊奇。”

帕斯捷尔纳克常用感叹词说话。他有一首叫作《初访乌拉尔》的诗，这首诗就像兴高采烈的牛叫。他早期诗歌的力量就是最初的生活经验。当时绝没有人认为他是隐士，他渴望同人们来往，心情愉快，连他在那几年所写的诗也是愉快的。我之所以觉得他很幸福，不仅是由于他具有天赋的巨大诗才，还因为他善于以日常生活琐事为题材创作崇高的诗歌。当时我们大家都被象征派所滥用的那些过于响亮的词弄得作呕不止：“永恒”“无穷”“无际”“易朽的”“脆弱的”“边缘”“命运”“劫数”。帕斯捷尔纳克曾写道：

万能的爱情之神，万能的细节之神。

对于他爱过的一个女人，他曾这样说：

认为你不贞洁——那可是罪过：
你带着一把椅子进来，
从书架上取得了我的生命，
还吹去了尘埃。

他给自己的一本书取了《生活是我的姊妹》这个名字，这并不是没有道理的：他不仅有别于老一辈的象征派诗人，也不同于他的大多数同辈，他跟生活相处得很和睦。他的诗作的现实主义同文学的纲领无关（帕斯捷尔纳克说过多次，各种各样的流派他都不懂），而是诗人的天性使然。帕斯捷尔纳克曾在 1922 年写道："活生生的现实世界，这是获得了一次成功便永远成功的唯一构思。它每时每刻都在顺利地发展，它依然是真实的、深邃的，且不断地吸引着人们。它在翌日清晨也不会使你失望。对于一个诗人来说，它不仅是模特儿和模型，在更大的程度上它还是一个榜样。"

不久以前有个青年曾对我说，帕斯捷尔纳克大概是一个阴郁的、孤僻的，而且十分不幸的人。但我在 1921 年却对帕斯捷尔纳克做过这样的描写："他生机勃勃，身体健康，而且具有现代人气质。在他身上没有任何秋天、日落及其他赏心悦目却不能令人宽慰的东西。"一年以后，维·鲍·什克洛夫斯基在柏林遇到帕斯捷尔纳克后写道："幸福的人。他在任何时候都不会愤世嫉俗。他应该作为一个可爱的、被人溺爱的、伟大的人度过自己的一生。"

1911 年，马雅可夫斯基

马雅可夫斯基和奥·布里克在 1923 年表达了（用时代的行话）艺术家们的探

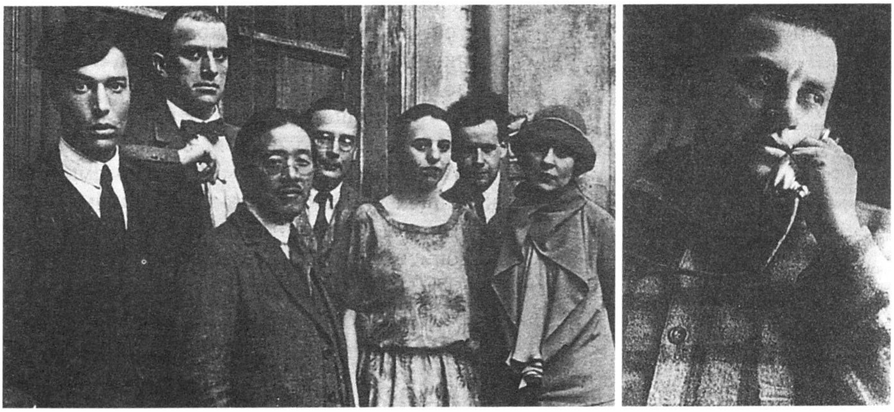

左：1924 年，帕斯捷尔纳克、马雅可夫斯基、奥·布里克和日本演员
右：1928 年，马雅可夫斯基

索：“马雅可夫斯基。将复调音乐节拍的经验运用到囊括广泛的社会生活与日常生活的长诗中去。”“帕斯捷尔纳克。把多动作的句法运用到革命的课题上。”

凡此种种都会使那些直到 1958 年才知道帕斯捷尔纳克的外国读者感到惊奇。他们所想象的是一个同历史决斗的倒霉的人。实际上帕斯捷尔纳克是幸福的，他之所以生活在社会之外，不是因为现实社会不合他的口味，而是因为尽管他很容易和人接近，甚至和别人在一起还很愉快，但他只知道一个交谈者：他自己。

1918 年末，他赞颂克里姆林宫：

> 威严的它，通过尚未过去的一年，
> 拼命地向 1919 年疾驰。
> ……
> 我在海外预测到这些坏天气，
> 这尚未来临的一年
> 将把精疲力竭的我
> 重新培育。

1925 年，奥·布里克和什克洛夫斯基在马雅可夫斯基的别墅

（当时帕斯捷尔纳克不了解，世界上任何人都不会认真地把他“重新培育”。）

后来，在 1930 年，当马雅可夫斯基自杀以后，他写道：“……我们的国家，我们那正在往时代里冲闯、并永远为时代所接受的史无前例、令人难以想象的国家。”他谈到了这个国家和马雅可夫斯基的血肉联系。他在 1944 年也写过一些关于这个“正在往时代里冲闯的”国家的热情洋溢的诗句。他站在一旁赞扬：每一个诗人，甚至最大的诗人，都不仅有一块天花板，而且还有四堵墙壁。社会处于帕斯捷尔纳克所生活的那个世界的四壁之外。

什克洛夫斯基有一点是错了，他曾写道：“这个幸福的大人物在身穿大衣、站在‘出版界之家’小吃部的柜台旁边嚼着夹肉面包的人们中间感到了历史的重量。”帕斯捷尔纳克能理解大自然、爱情、歌德、莎士比亚、音乐、德国古典哲学、威尼斯的秀丽景色，能理解自己，有时也能理解某些接近他的人，但无论如何也不理解历史。他听得见别人听不见的声音，他听得见心脏的跳动、青草的生长，却听不见时代的脚步声。

“自我中心主义”一词由于经常被人们使用而变得陈腐了，其中还含有一种轻蔑之意，别的含义我是找不到的。帕斯捷尔纳克不是为自己而生活——他从来不是利己主义者，但是他生活在自我之中，和自己一同生活，并依靠自己生活。我回忆起我们很久以前的会见——正像两列疾驰的火车，各有自己的轨道。我知道帕斯捷尔纳克正在听我说话，但是并未听进去：他不能摆脱自己的思想、感情和联想。跟他交谈，甚至是倾心之谈，都像是两个人的独白。

我想起了一段有趣的故事。帕斯捷尔纳克在 1935 年夏赴巴黎出席保卫文化代表大会。苏联作家小组已先期到达，帕斯捷尔纳克和巴别尔应法国作家的请求作为增派的成员后来才到。帕斯捷尔纳克曾气恼地说他不想去，他不会演说。他在一个简短的演说中说，诗歌无须到天上去寻找，要善于弯腰，诗歌在草地上。也许是这几句话，但多半是帕斯捷尔纳克的外貌，使听众为之惊倒。他受到了热烈欢迎。过了几天，他对我说，他想见见几个法国作家。我们决定邀请他们午餐。我的妻子打电话通知帕斯捷尔纳克：请于下午一时前往某某餐厅。他生气了："干吗这么早？最好是三点钟。"柳芭向他解释说，巴黎人在十二点到两点之间吃午饭，在七点和九点之间吃晚饭，所有的餐厅在三点钟都关门了。当时帕斯捷尔纳克就说："不成，一点钟我还不想吃饭呢……"

精神集中在自己身上（这种精神集中的程度与年俱增）不曾妨碍、也不会妨碍帕斯捷尔纳克成为一个大诗人。我们时常出于习惯说作家应该善于观察。在不久前发表的亚·尼·阿菲诺格诺夫的日记中有一段有趣的话："如果

1927 年，奥·布里克和马雅可夫斯基在克里木

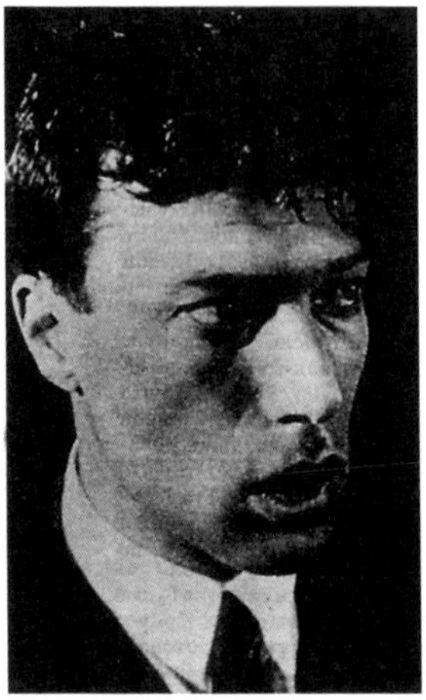

1930年，帕斯捷尔纳克在马雅可夫斯基的追悼会上

作家的本领在于善于观察人，那么医生和侦查员、教师和列车员、党委书记和统帅就是最优秀的作家了。但是并非如此。因为作家的本领在于善于观察自己！”阿菲诺格诺夫正确地否定了“观察力”的陈腐概念：在创造一部长篇小说或一出悲剧的主人公的过程中，作者的感受和理解起着巨大作用——要知道一个作家所能理解的别人的内心世界，仅仅以他所熟悉的、因而也是他所了解的某些激情为限。

然而艺术是多种多样的。抒情诗是作者的自我表白，无论他多么与众不同，但他的感情——对春日的赞美或对人生不免一死的感喟，爱情的欢乐或失望心情——依然能为千百万人所理解。为了写下“啊，我们已将近老年，但我们却爱得更加入迷、更加缠绵……”丘特切夫不必去观察那些被爱情俘虏的上岁数的人，他只需在临近老年的时候遇见年轻的杰尼西耶娃。年轻的契诃夫为了在《乏味的故事》里描写一个老教授和他的一个年轻女学生之间的友谊，就得对人们、对他们的感情、习惯、性格、说话的神态，甚至穿衣的姿势都了如指掌。帕斯捷尔纳克，当代最优秀的抒情诗人之一，也和任何一个艺术家一样，受到自己天性的制约。当他试图在一部长篇小说中描绘几十个其他人物和时代，表现内战时期的气氛，再现一列火车上的谈话的时候，他遭到了失败——他看到和听见的只有他自己。

他曾被别人的命运之谜所吸引，尤其是在他的晚年。在他所写的一篇自传中，他试图了解马雅可夫斯基、马林娜·茨韦塔耶娃和法捷耶夫死前的心情。当我读到这些推测的时候，我不知何故感到很不自在：帕斯捷尔纳克有一颗十分丰富的心，但是他却没有开启别人心灵的钥匙。

我不打算臆测他自己晚年的心境，我没有见到他。是的，也许即使见到了，我也不会知道——别人的心是无法知道的。我不知道他为什么要在这篇自传里否认他和马雅可夫斯基悠久的友谊。但我却想谈谈这种友谊：我是它的见证人。

我们曾开玩笑地说，马雅可夫斯基有一副专为女人们预备的第二嗓音。他当着我的面只同一个男人用这种极为柔和、温存的第二嗓音谈过话——那就是帕斯捷尔纳克。我记得，1921 年 3 月在出版界之家举行过一次帕斯捷尔纳克的文学晚会，他亲自朗诵，后来年轻的女演员阿列克谢耶娃-梅斯希耶娃也朗读了他的诗作。在讨论的时候，有一个人竟敢于像我们现在所说的那样“指出缺点”。当时马雅可夫斯基便挺身而出，开始振振有词地称赞帕斯捷尔纳克的诗。他用狂热的爱来保护他。

帕斯捷尔纳克在《通行许可证》（1930 年）里谈到战争前夜、战争期间以及革命后最初几年里他对马雅可夫斯基的态度：“我已被马雅可夫斯基弄得神魂颠倒”，“我盲目崇拜他”，“马雅可夫斯基是诗的命运的顶峰”，“当我第一次像同一个陌生人那样同我爱戴的人谈话的时候，我感到十分高兴”（在一次小小的争执之后），“我以加倍的力量感觉到马雅可夫斯基的存在。他一如我们第一次见面时那样生机勃勃地出现在我的面前”。

小小的争执经常发生，而且十分激烈。帕斯捷尔纳克有时也对我谈起那些争执。我保存了一部《现代人》的汇编（1922 年），上面有帕斯捷尔纳克如下一行题字：“谨以感激和喜悦之情赠给我的朋友和战友，因为对《胡利奥·胡列尼托及其门生历险记》的赞美把罕能取得一致并经常分道扬镳的马雅可夫斯基、阿谢耶夫及其他朋友和战友都团结在一起了。”

在一次小小的争执之后，马雅可夫斯基和帕斯捷尔纳克在柏林相遇了。二人的和解就同决裂一样激烈。我同他们一起盘桓了一整天：我们去咖啡馆，后来去进午餐，完了又去咖啡馆。帕斯捷尔纳克朗读自己的诗作。晚上马雅可夫斯基去艺术宫演说，回到帕斯捷尔纳克那里以后，他朗读了《脊柱横笛》。

此后他们就各奔前程了。但是到 1926 年，马雅可夫斯基在援引帕斯捷尔纳克的四行诗“那一天把你从头到脚……”的时候也还称他是“天才诗人”。帕斯捷尔纳克在谈到马雅可夫斯基的死的时候曾写道：“我就像我久已盼望的那样号啕痛哭起来。”

为什么帕斯捷尔纳克在回顾自己的已往的时候，企图把许多东西都一笔勾销呢？也许这是一种对自己不满的表现？我不得而知。我认为，他晚年的诗同《生活是我的姊妹》有密切联系，而他却想必感觉到了二者之间的差异。不久以前我在《神灵报》上读到帕斯捷尔纳克给他的作品的其中一位法国译者写的一封信。帕斯捷尔纳克企图阻止这位译者发表他的某些旧作的译文。据说别人跟他谈起他的旧作时，他总是要对方相信，他先前所写的一切都只不过是他在不久之前完稿的那部唯一站得住脚的作品的练习和准备，那部作品就是长篇小说《日瓦戈医生》。

读了《日瓦戈医生》的手稿以后，我感到伤心。帕斯捷尔纳克曾经写道："不善于发现并道出真理，这是用任何善于撒谎的本领也掩饰不住的一个缺陷。"小说中有一些极为出色的篇页——描写自然景色和爱情的篇页，但是作者却用了过多的篇幅去描绘他不曾目睹、不曾耳闻的事物。书中还附了一些绝妙的诗，它们似乎着重指出了散文精神上的错误。

先前我从来也没能说服国外的诗歌评论家相信帕斯捷尔纳克是一位大诗人。〔当然，这不包括某些懂俄文的大诗人：里尔克（1875—1926，奥地利诗人）早在1926年就曾热情洋溢地谈到过帕斯捷尔纳克的诗。〕他所获得的声誉来自另一个途径。他曾写道：

在任何人都未去过的城郊，
巡逻兵，你曾不无目的地向我耳语……
我也有点儿像……我迷路了——
此城非彼城，此夜亦非彼夜。

诺贝尔奖奖金风暴爆发的时候，我正在斯德哥尔摩。我走到了街上，看见报上的广告，上面只有一个名字。我想了解一点情况，便打开收音机——我听到的也只有一个名字："帕斯捷尔纳克。"这是"冷战"的一个插曲。此城非彼城，此夜非彼夜。而且这种声誉也不是帕斯捷尔纳克所应该得到的……

让我再回来谈谈他的诗。诗集的编者们曾一度喜欢采用按题材分类的办法。如果用这个尺度来衡量帕斯捷尔纳克，那么他的大部分诗作都是写大自然和爱情的。但是我以为他的基本的、固定的主题是艺术，也就是产生过果戈理的《肖像》、巴尔扎克的《不知名的杰作》、契诃夫的《海鸥》的那个主题。

> 啊，但愿我知道，
> 一旦我决心尝试便往往如此，
> 人们在扼杀呕心沥血的诗行，
> 众口一词地把它们杀死！

他还用这样的看法结束这些谈诗的诗：

> 这时艺术便奄奄一息，
> 只有土地和命运还在呼吸。

他没有用枪自杀，不是死于青年时期，但是他充分了解艺术要求付出的代价——亦即正被人慢慢地、坚决地加以消灭的诗行的力量。

保罗·艾吕雅有一次曾说：“诗人应该是一个孩子，即使他已白发苍苍、血管硬化。”帕斯捷尔纳克身上就有一种稚气。他那看来天真幼稚的见解正是

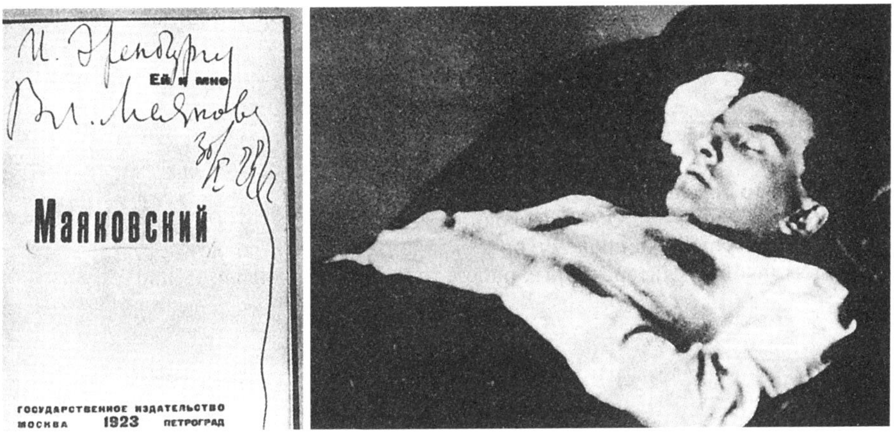

左：马雅可夫斯基在自传的扉页上的题字
右：马雅可夫斯基的遗体

马雅可夫斯基葬礼上，从左到右：画家法捷连别尔格、叶夫根-彼得洛夫、卡达耶夫、奥列沙妻子、奥列沙、乌特根

一个诗人的见解。他曾这样谈到一个作者："当他是坏人的时候，他怎么可能是优秀诗人……"他初次看到巴黎时曾感叹道："这不像一座城市，这完全是一幅风景画……"他曾说："描写春天的早晨很容易，谁也不需要它，但是要做一个像春天的早晨那么朴实、明朗而又意外的人——这却太难了……"

在我现在所叙述的那个时期，当我惘然若失、不知所措的时候，帕斯捷尔纳克对于我既是艺术生命力的保证，又是通往生机勃勃的生活的一座桥梁。年轻、愉快、漂亮，宛如一个充满灵感的阿拉伯人——他在我的记忆中永远是这个模样，虽然我也看见过老态龙钟、白发苍苍的他。

半个世纪以来，我常常突然喃喃自语地吟咏起帕斯捷尔纳克的诗。他的诗是不会从世界上被清除掉的：它们依然活着……

07

左翼艺术的“第一号命令”

居民们每天清晨都要认真地研究贴在墙上的那些还是潮湿的、胀鼓鼓的法令：他们想知道什么是被准许的，什么是被禁止的。一天我在一张名叫《关于使艺术民主化的第一号命令》的公告旁边看见一群人。有一个人朗读道：“随着沙皇制度的消灭，今后艺术将迁出储藏室，迁出人类天才的板棚——宫殿，美术馆，沙龙，图书馆，剧院。”一个老大娘尖叫了一声：“天哪，要没收板棚啦！……”那个朗读“命令”的戴眼镜的人解释说：“根本没提到板棚，说的是图书馆要关门了，当然，还有剧院……”这张小报是未来派的作品，下面还有一排签名：马雅可夫斯基、卡缅斯基、布尔柳克。这些名字没有告诉行人任何东西，但是所有的人都明白“命令”这个具有魔力的词。

我想起了 1918 年的 5 月 1 日。莫斯科全城都用未来派和至上派的油画装饰起来了。在被风雨剥蚀了的房屋和带圆柱的帝国式别墅的正面，乱七八糟的正方形正在和斜方形交战，触目皆是以三角形代替眼睛的面孔。（现在通称作“抽象派”并在我国和西方引起了不少争论的那种艺术，在当时对于全体苏联公民却是司空见惯的东西。）那一年的 5 月 1 日适逢受难节。祈祷者群集在伊维尔小教堂旁边。从他们身旁驶过一辆辆蒙着无物体油画的载重汽车（从前的斯图平公司出品），演员们在车上表演各种各样的折子戏：《斯捷潘·哈尔图林的功勋》或《巴黎公社》。一个老太婆盯着一幅绘有一只巨大的

20 世纪 20 年代，爱伦堡在莫斯科，科拉热·戈法米斯捷勒绘

鱼眼的立体派油画哭哭啼啼地说："他们想叫咱们崇拜恶魔……"

我笑了，但这是不愉快的笑。

现在我又重读了 1918 年夏载于《星期一报》的我的一篇题为《在立体派中间》的文章，我在文中谈到毕加索、莱热、里维拉。我说可以把这些画家的作品看成是"一幢即将倒塌的房屋的荒唐的装饰图案，或另一幢即使在创造性的梦境中也未见到过的建筑物的基础"。

当然，毕加索、莱热和里维拉成为共产主义者并非出于偶然。1918 年在红场上出现的不是学院派的画家，而是未来主义者、立体主义者、至上主义者。在那些跟我青年时代的挚友相似（即使只是外表的相似）的画家和诗人的庆祝活动中，究竟是什么东西使我感到不安呢？

首先是对过去的艺术的态度。众所周知，马雅可夫斯基是逐渐成长、变化的，但当时他是圣像破坏运动狂热的拥护者：

你们找到一个白卫，
就会把他枪毙。

可你们忘记了拉斐尔?

忘记了拉斯特雷利(1700—1771,俄国建筑师,巴洛克式建筑的代表人物)?

是时候了

该让那些博物馆

在弹雨中倒毙。

用口径一百英寸的大炮向老古董轰击!

……你们在林边把大炮排列整齐,

对白卫的秋波置之不理。

然而为什么

普希金未遭到攻击?

这是我不能理解的。当我在莫斯科的胡同里徘徊的时候,我常常反复吟咏普希金的诗句。我常满怀柔情地回忆起古代意大利大师们的绘画。一到莫斯科,我几乎立刻就向克里姆林宫跑去。15世纪的绘画使我震惊,因为在此以前我对俄罗斯早期文艺复兴时代一无所知。

20世纪20年代的伊维尔小教堂

关于遗产的价值的争论很快就平息了。马雅可夫斯基写了关于普希金的诗,而有关马雅可夫斯基的材料目前也编入科学院出版的《文学遗产》中。

〔我已提到过《作品》杂志,在它的撰稿人中有我们“左翼艺术”的许多代表人物:马雅可夫斯基、马列维

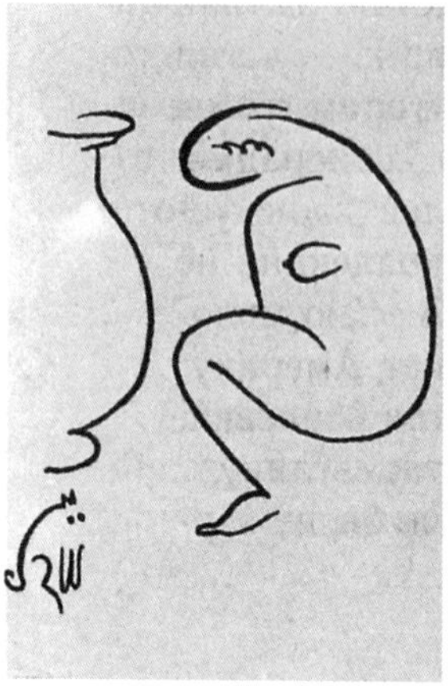

左：布尔柳克的画
右：塔特林的画

奇、梅耶霍德、塔特林、罗琴科。我在一篇阐述该刊宗旨的文章中写道："如今'把普希金从轮船上扔出去'是可笑而幼稚的。在形式的变动中存在着联系，因而古典主义的典范对于现代的大师们而言并不可怕。可以向普希金和普桑（1594—1665，法国画家，古典主义代表人物）学习……《作品》不否定过去的遗产，它号召在现代创作现代的作品……"〕

马雅可夫斯基是不难了解的：他的诗常常引起哈哈大笑。那些和未来派（马列维奇、塔特林、罗琴科、普尼、乌达利佐娃、波波娃、阿尔特曼）同路的画家们的绘画在革命前是备受揶揄的。十月革命以后，古典诗歌的模仿者们把作品装进了皮箱。布宁和列宾都到国外去了。留下来的是未来主义者、立体主义者、至上主义者。就像他们西方的同道者——战前"洛东达"的老主顾那样，他们憎恶资产阶级社会，并在革命中看见了出路。

未来派断言，人们的审美感可以像改变社会的经济结构那样迅速地予以改变。《公社艺术》杂志曾写道："我们确实希望我们可以运用国家权力来实现自己的艺术思想，如果允许我们这样做，我们绝不会拒绝。"当然，这与其说是一种威胁，不如说是一个心愿。莫斯科的街道上之所以有至上主义者和立体主义者的签名，首先是因为学院派的艺术家站在反对派的立场上（不是艺术上的反对派立场，而是政治上的反对派立场）。结果依然是可悲的。问题不在那个把立体派油画当成魔鬼的老大娘，而在于继"左翼艺术"短期地走上街头之后到来的是那种艺术上的反动。

精密科学领域的发现是可以证明的，能解决爱因斯坦是否正确这个问题的是数学家，而不是只懂得九九表的千百万人们。新的艺术形式总是通过曲折蜿蜒的道路缓慢地进入人们的意识，而在最初也只有少数人能够理解和接受。并且一般说来，爱好是不能规定、灌输或强加于人的。古希腊的神饮用一种被诗人们称为仙酒的琼浆玉液，但是如果把这种琼浆玉液通过导管注入雅典公民的胃中，其结局恐将是全雅典的呕吐。

但是，如今这一切（不仅关于莫斯科的广场将由谁来装饰的争论，而且还有“左翼艺术”）都是古老的历史了。我将再一次破坏回忆录必须按时间的先后来写的规则。现在我想了解我以及和我同辈的许多诗人和艺术家曾经有过什么样的遭遇。我不知道是谁把线弄乱了——是我们的艺术上的敌人还是我们自己，但是我企图把这个线团解开理清。

先谈我自己。我很快就被当时称作“结构主义”的那种东西迷住了，但是，老实说，那种把艺术溶解在生活中的观念使我既兴奋而又反感。我在1921年写了《它毕竟在旋转！》一书，这是一本大喊大叫、幼稚可笑的书，就像“列夫”的成员们的一篇宣言（《列夫》杂志写道，“伊利亚·爱伦堡一伙在许多问题上得到的结论跟我们不谋而合”）。我曾肯定地说什么“新的艺术将不再是艺术”。同时我又嘲弄自己的观念，在1921年这同一年里，我写了《胡利奥·胡列尼托及其门生历险记》。我的主人公把《它毕竟在旋转！》一书的论点导向

伊万·普尼在自己的工作室内

荒谬绝伦的地步。胡列尼托说："艺术是无政府状态的发源地，艺术家都是异教徒，宗派主义者，危险的暴徒。因此，艺术应该像酿造酒类和进口鸦片一样坚决予以禁止……立体主义者或至上主义者的绘画可以用于各种各样的目的——林荫道上售货亭的设计图，印花布上的装饰图案，新式皮鞋的样品，等等。诗歌正在向报刊、电文、事务性谈话的语言过渡……"我不是要两面手腕——因为两面手腕总是和提心吊胆或别有用心有联系。我只不过是不太相信包括我自己在内的许多人所大肆宣扬的艺术的消亡罢了。

未来主义是我们这个世纪之初在技术落后的意大利诞生的，在那里，令人惊叹的古迹触目皆是，而商店里则出售德国的小刀、法国的锅、英国的衣料——工厂的烟囱尚无混入古塔的高雅社会之意。（目前意大利北部已足以与工业最发达的国家匹敌，但如今在意大利却找不到一个要把所有博物馆都付之一炬的未来主义者了，而先前的未来主义者卡拉或赛弗里尼也从乔托的壁画或拉韦纳的镶嵌艺术中汲取灵感了。）马雅可夫斯基、塔特林以及俄罗斯"左翼艺术"的其他代表在革命后最初几年里对工业美学的迷恋是完全可以理解的：当时在苏哈列夫卡广场上不仅糖块论块出售，就连火柴也是一根根卖的。马雅可夫斯基在《宗教滑稽剧》里对未来曾做过这样的幻想："窗户敞开的、透明的工厂和住宅的高楼大厦耸入云端。闪着霓虹灯的火车、电车、汽车停着……"〔一个表现大自然或人类感情的艺术家的作品是不会衰老的。谁也不会说20世纪的女人要比25个世纪以前创造的雅典卫城的胜利女神更漂亮、更完美，谁也不会嘲笑哈姆雷特的苦恼或罗密欧与朱丽叶的爱情。但是一个艺术家一旦迷上了机器，他的乌托邦就会被时代所超越或推翻。威尔斯（1866—1946，英国科学幻想小说的经典作家）是一个文化教养很高的人，他自以为看到了未来，但是现代物理学的发现使他的那些幻想小说成为可笑的了。马雅可夫斯基怎能预见到不久有轨电车即将遇到铁轨马车的命运，而火车也将成为古老的交通工具呢？……〕

毕加索的立体主义油画的产生不是出于对机器的怀念，而是出于一个写生画家在摆脱了不重要的细节之后意欲描绘人、大自然和世界的愿望。如今对麦尚杰、格雷兹及其他立体主义理论家的著作感兴趣的人已寥寥无几，而毕加索、布拉克、莱热的油画却依然生机盎然，使我们喜悦、痛苦、激动。

毕加索以委拉斯开兹、普桑、德拉克洛瓦、塞尚的继承者自诩，而且他从来不认为电气列车或喷气式飞机是写生画的继承者。

当然，艺术总是逐渐渗入日常生活之中，使房屋、衣服、语汇、姿态、用具发生变化。描写对钟爱的女人的崇拜的中世纪诗歌，曾帮助人们觅得了抒发自己感情的形式。华托和弗拉戈纳尔〔华托（1684—1721）和弗拉戈纳尔（1732—1806）均为法国画家〕的油画已转移到日常生活中，改变了公园的布局、服装、舞蹈，影响到沙发或鼻烟壶。立体主义帮助现代的大都市主义者从那些被多余的装饰品玷污了的房屋中解放出来，它影响了家具，甚至香烟盒。艺术的讲究实惠的运用和它在装饰方面的运用不可能成为艺术家的创作目的，这种运用来自艺术的创作高潮。逆向的过程说明了创作衰退。无物体的装饰图案在布匹或陶器上是完全适用的，但如果它想得到画架画的称号，那么这就不是高潮，而是衰退了。

不久以前我曾在布鲁塞尔参观了马列维奇的创作回顾展览会。他的早期作品（“红方块王子派”时期）十分生动。1913 年他曾在白色的底子上画了一个黑色的四方块。四十年后使成千上万的西方艺术家为之倾倒的抽象派艺术就这样诞生了。我觉得它首先是一种装饰艺术。毕加索的油画却是一个蕴藏着那么丰富的思想和感情的世界，因而它们能引起人们的喜悦或真正的憎恨，而抽象派画家的油画却始终是布匹或糊墙纸的一部分。一个女人可以戴一方印着无物体的装饰图案的头巾，这方头巾可以是漂亮的或不漂亮的，可以和这个女人相称或不相称，但是它不能使任何人想到大自然、人、生活。

技术的神速发展要求一个艺术家对人的内心世界有更深刻的理解。捍卫工业美学的“左翼艺术”的拥护者很快就懂得了这个道理。马雅可夫斯基在看了美国之后宣称，必须对技术加以控制。当然，他在这里想到的是艺术家的作用，并不是否定技术进步的必要性（当时——那是在 1925 年——在莫斯科，机器还非常罕见）。马雅可夫斯基明白，如果不给技术套上一副人道主义的笼口，它就会把人咬得遍体鳞伤。梅耶霍德在忘掉了生物力学以后，便醉心于《森林》和《钦差大臣》，渴望排演《哈姆雷特》。塔特林画起了画架画，阿尔特曼画起了肖像画，普尼成了小幅风景画的能手。至于输送琼浆玉液的导管，则已落在更适宜于做这类外科手术的其他人的手中了。

我国的博物馆藏有革命后最初几年“左翼艺术”的许多杰作。遗憾的是这些收藏品没有公开展出。链条上的一环是不能抛弃的。我认识几位在 1960 年才发现新大陆的年轻的苏联画家：他们正在做（说得确切一些，是想做）马列维奇、塔特林、波波娃、罗扎诺娃当时所做的事。如果他们能够一窥上述画家们的发展历史，也许他们就会取消回到 1920 年去的打算，而试图找到一种符合我们时代的新东西？年轻的诗人们都知道赫列布尼科夫的诗作，珍惜他的技巧，但并不想盲目地模仿他。究竟为什么塔特林比赫列布尼科夫“更危险”呢？也许是由于在造型艺术领域内一个流派独霸艺坛的思想特别根深蒂固？……

当然，我国“左翼艺术”的代表者们在革命后的最初几年间很多方面都是错误的。画家、作家、作曲家的错误常常是人们津津乐道的话题，这未必是由于只有他们才犯错误……但是，当我如今回顾已往的时候，我甚至对曾把伊维尔小教堂旁边的老大娘吓了一跳的那幅油画也怀着感激之情。做了许多事，但精华却总是被稀释。在那以后的数十年间，在许多作家、美术家、导演、电影导演、作曲家的作品中都能看到“左翼艺术”有益的痕迹。

我毕生从未做过某一艺术流派的狂热信徒。使徒保罗在他转向新的信仰之前名叫扫罗。1922 年，当我捍卫结构主义并出版《作品》杂志的时候，维·鲍·什克洛夫斯基在《搓》这本书中把我称作保罗·扫罗维奇——这很厉害，但却是公正的。我毕生爱过从前的许多艺术作品——司汤达的长篇小说，契诃夫的短篇小说，丘特切夫、波德莱尔、勃洛克的诗。这并不妨碍我憎恶伪造的古物并喜爱毕加索或梅耶霍德。一般说来，保罗应该有一个父名，而塑造一尊新的雕像总比哪怕是出于最崇高的动机去砸碎一尊很久以前塑就的雕像要好。对于一个为埃洛尔的印度男女诸神雕刻石像的雕刻家来说，梵天、毗湿奴或湿婆就是神。对于我们来说这些只是由人类的天才创造出来、具有我们感到亲切的激情和我们能够理解的和谐的一些凡人。

偶像时代不仅在宗教中已成过去，在艺术中也是如此。圣像破坏运动已和圣像崇拜一同消灭了。但是用新的方式表达新的事物的心愿难道会因此而消失吗？前不久我曾在一本杂志上看到“谦逊的革新”这几个字，它起初使我觉得好笑，继而使我黯然。一个艺术家的举止自应谦逊，但在敢想敢干的创造性方面千万不可庸庸碌碌、投机取巧、鼠目寸光。老实说，按照自己的意思潦草地写出自己的意见，要比一笔一画地临摹前人的碑帖可敬。我认为，用学院派（波伦亚画派）手法描绘出来的集体农庄庄员很少有人喜欢，用列夫·托尔斯泰运用得极为出色的大量副句也无法表达20世纪下半叶的节奏。

08

无意中掉进作家的圈子

我不得不在普列奇斯坚斯克大街的委员会里填写了第一份履历表，这是一桩新鲜事儿，我对每一个问题都得思索一番。例如，我的职业是什么？新闻工作者？翻译工作者？诗人？我填了“诗人”——这听起来最为优雅——然后便笑了起来：我完全不觉得自己是一个职业作家。

除了几首歪诗以外，我还为报纸写过几篇随笔。我曾和阿·尼·托尔斯泰合作为“蝙蝠”剧院写了一个剧本，名叫《布兰什衬衫》，是以我在巴黎的时候即已译出的一篇13世纪法国韵文故事为基础写成的。我写诗体的正文，而阿·尼·托尔斯泰则煞费苦心地用有趣的尾白把它润色一番。

表面上我好歹安顿下来，在列夫申斯基胡同一位教授的住宅里租了一个房间，房租100卢布，我有时在素菜馆吃午饭——它的招牌好像是“请包涵”，可我什么都不能包涵。

有时我回忆起“洛东达”、毕加索、莫迪利亚尼、我们关于艺术问题的争论。天啊，这是多么遥远的事啊！……我试图给尚塔尔写信，但立刻又把信撕了：不能往另一个世界写信。即使信送到了，她也永远无法理解我目前的处境……

出现了许多新词：“委任状”“肃反委员会”“艺术工作者”“共产主义未来派”“住宅委员会”“压缩”“剩余”“小米饭”“专家”“无产阶级文化协会”“立方俄尺”“扫盲”“工农监察机构”“分配”。我仍不断向所有的人提出幼稚的问题，谁都不给我解答。

我无意中掉进作家的圈子，甚至还成为其中最典型的代表之一：要知道别人都有家庭、亲友、有条不紊的生活，而我却只带了三套换洗的衣服就闯进了革命的莫斯科，既没有职业，也不知道少年时代的朋友们的下落。

我曾提到特维尔大街上那所常有作家光顾的“钟声”咖啡馆，我们在那里喝咖啡并交换新闻。此外还有一些供我们工作用的咖啡馆——为了赚30或50卢布而在闹哄哄的顾客面前朗读自己的作品，那些顾客并不专心地听，但却好奇地瞅着我们，就像动物园的游客看猴子。那些咖啡馆都是短命的——它们的招牌经常改变：“诗人咖啡馆”“三叶”“音乐鼻烟壶”“多米诺”“皮托列克斯”“第十个缪斯”“飞马栏”“红公鸡”。

采特林一家以茶叶王朝的最后代表所应当做的那样用极丰盛的佳肴款待我们。我们常常在卡拉-穆尔扎那里聚会，在那里我们也要饱餐一顿，同时那里的气氛也随便得多、亲切得多。我们有时也去托尔斯泰那儿，有时在阿法纳西耶夫胡同女演员柳德米拉·贾拉洛娃那里碰面。

有些无聊的“星期三”集会仍照旧举行，在那里，专以日常生活为题材的作家朗读短篇小说，文学家们则千篇一律地呼吁各种各样的“自由”。“星期三”的领导者是布宁的兄弟，极其可亲的尤利·阿列克谢耶维奇。

全俄作家联盟的主席尤尔吉斯·卡济米罗维奇·巴尔特鲁沙伊季斯是一个十分善良而又十分忧郁的人。他有一副毫无表情的面孔，一对苍白的眼睛，一张悲伤得紧闭着的嘴。当马雅可夫斯基攻击巴尔蒙特或当托尔斯泰讲笑话的时候，身穿一件全部扣子都扣得严严实实的黑色长礼服的尤尔吉斯·卡济米罗维奇始终保持着不可动摇的沉默。他的房间一如他本人——空空如也的四壁和一个带有耶稣受难像的十字架。他的诗也是这么忧郁、痛苦、抽象：

相同的标记，神示的预兆，
使大家都一般高低，
一种伟大的孤寂，
一种伟大的空虚！

我还记得我们到基姆雷去参加文学晚会的情景。巴尔特鲁沙伊季斯朗读诗作。然后利金读了一篇关于马厩和赛马的短篇小说。大厅里人声鼎沸，有一个人被带了出去。一个小伙子爬到台上唱了起来：

我生来就是逃兵，
到死也是逃兵，
您要是高兴，就把我枪毙，
共产党我可不进……

我们喝着伏特加，后来被带进一个空房间——火车要到清晨才开。我们只好睡在地板上。尤尔吉斯·卡济米罗维奇同往常一样不做声，直到我们抵达莫斯科以后，他才出其不意地说道：“总而言之，这有点蠢……但我们到了，毕竟是好事……”我觉得这几年是尤尔吉斯·卡济米罗维奇一生中最好的年辰。（1921 年他当了立陶宛驻莫斯科大使。他想和先前一样同作家们来往，但他被认为是一名外交官，于是人们也用外交手腕回避他。他继续写作忧郁的诗，他也用立陶宛语写作。他的生活有些反常，但他不以为意——他从小就知道冷落是怎么回事。）

我还记得祖博夫大街上的一扇透射出灯光的窗户——那里住着诗人维亚切斯拉夫·伊万诺维奇·伊万诺夫。我觉得他是一位明哲的老人（他当时 52 岁），很像易卜生的牧师（指易卜生的剧本《白兰德》的主人公白兰德牧师），他的衣着很古板，眼镜的金边闪闪发光。他有渊博的文化知识，他艰辛而又充满激情地从事写作。他被称为“杰出的维亚切斯拉夫”。我听到过他像即兴创作那样激昂慷慨地朗读精心琢磨的十四行诗，那时我的心中有两种感情在斗争：景仰和怜悯。时代在突飞猛进，而在祖博夫大街上的某处却还残留着一个穿长礼服的怪杰，与他为伴的是酒神的女祭司、绮瑟（指中世纪传奇《特里斯丹与绮瑟》的女主人公）、苏里斯坦的玫瑰花、颂歌集。当许多人家购置了外号叫作“女资本家”的炉子煮黍米饭的时候，维亚切斯拉夫却写道：

不错，这一堆篝火是我们点燃的，

虽然预感并没有撒谎，
可良心说的也是实情：
我们的心将在火中化为灰烬。

我觉得维亚切斯拉夫的心在那些年里并没有燃烧，而是冻僵了……（几年以后他到了意大利，在一所天主教大学里讲授斯拉夫学，依旧和先前那样写作十四行诗，死于高龄。）

有一个时期，在文学晚会结束以后，我总是和米·奥·格尔申宗一同回家，他住在阿尔巴特街的一条胡同里。我读过他写的关于十二月党人和恰达也夫的书，同时我认为，对于米哈伊尔·奥西波维奇来说，最重要的就是把维亚切斯拉夫谈到过的那些精神财富保存起来。但是格尔申宗突然笑了起来，在一个比他还高的雪堆旁边停住脚步，开始教训我：最重要的是内心的自由，腐烂的袈裟丝毫不值得痛惜。他笑着，但他的眼神却温柔而忧郁：“您为什么苦恼？您还年轻……感到自己已摆脱了曾被我们视为永恒而牢固的一切，难道这不是幸福？我感到高兴……”米哈伊尔·奥西波维奇还不满50，但我

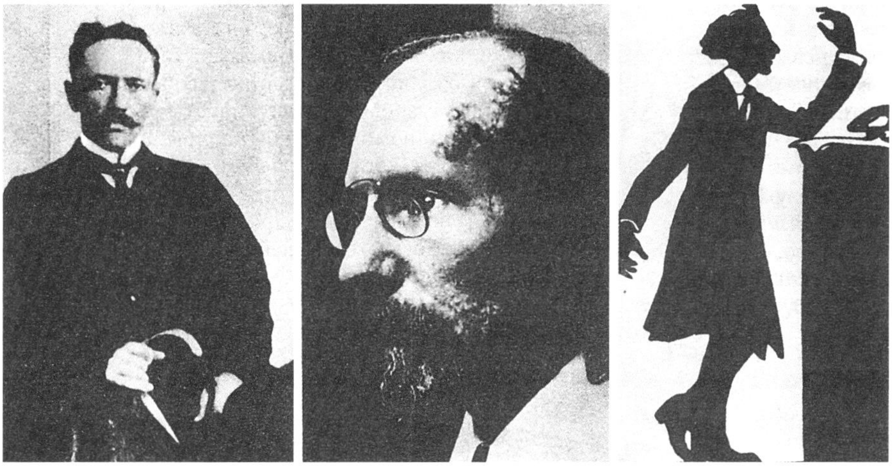

左：尤尔吉斯·巴尔特鲁沙伊季斯
中：维亚切斯拉夫·伊万诺夫
右：安德烈·别雷剪影

米·奥·格尔申宗和女儿

却很自然地觉得他已是一位老人。当时我不明白他高兴的是什么，而现在我想起了他的话却深为钦佩。如果说他的视力有缺陷，那他也与许多作家（其中也包括青年作家）不同，他不是近视，而是远视。他对我国的文学事业的功勋是伟大的，他之所以很快被人遗忘，只能用时代病——遗忘症来解释：因为他并不是一个专发怪论的昙花一现的作者，而是19世纪俄国知识界一位严肃而深刻的历史学家。他的那些关于奥加辽夫、恰达也夫、十二月党人克利夫佐夫以及格里鲍耶陀夫时代的莫斯科的著作，是以编年史家的精确和诗人的灵感写成的。他于1925年去世。

我在后面将谈到安德烈·别雷——1922年在德国时我们经常见面。在我现在谈到的那些年里，我觉得他是一个幽灵。他不像一般人那样坐在椅子上，而是抬起身子，仿佛一分钟以后他就要化为一朵浮云而去。他不和人交谈，而是和想象的行星上的想象的居民交谈。“太空”一词早已成为无线电工作者的技术术语，他们常说“我们向太空发射”，甚至在谈到怎样预防胃病之类的问题时也使用这个词。但在当时“太空”一词听起来却很神秘：“我，太空的自由之子，将把你送往天国……”这使我觉得安德烈·别雷所说的纯粹是莱蒙托夫的太空：俄罗斯——救世主，破坏——创造，深渊——飞扬……他称赞我，但是我想：你倒惬意，你又不是坐在椅子上，你在腾云驾雾，可我既不会隐身，又不会土遁，也不会预卜未来……

一切都使巴尔蒙特暴跳如雷。有一天我们要乘车从波克罗夫门前往阿尔巴特。要挤上电车颇不容易，我跳上踏板就往里挤，但巴尔蒙特却叫了起来：“下流坯，闪开！太阳之子驾到……”这没有起任何作用，于是巴尔蒙特就说，既然他和我都没钱坐马车，咱们就步行吧：“我不能用我的躯体去碰这些麻木不仁的两栖动物。”

伊·阿·布宁要别人相信，“颓废派”是罪魁祸首——他的庄园被破坏和买不到糖，都是他们的过错。有一天我在托尔斯泰那里朗读了关于处死普加乔夫的诗作，那还是1915年在巴黎写成的，其中有这样两行：

俄罗斯帝国将剩下一粒虾卵
很高的桩子上还有普加乔夫的一颗脑袋……

布宁站了起来，对纳塔利娅·瓦西里耶夫娜说道：“请原谅，这种诗我听不下去。”然后就走了。当时有人吟了一首诗，我把它抄进了我的笔记本：

您是强盗和魔鬼，是巴黎的假绅士，
您和我结下了友谊，
您戴的那顶大帽子，
高得像雪堆，
您没带手枪，却用诗句
吓跑了伊万·布宁。
但愿您从今往后
拥有无卵的上等大虾。

尽管阿·尼·托尔斯泰精神上惶惶不安，但他家中的生活却依然很安适：托尔斯泰不仅善于意兴盎然地欢乐，而且善于饶有风趣地伤感。他老说笑话，而且总是第一个发笑。有一次，他看完他的一个剧本的排演回到家里，谈起了这么一件事：在革命的最初几天里，有几个士兵在小剧院发现了王尔德的剧中供莎乐美取乐的约翰的头颅（莎乐美和约翰都是英国作家王尔德的剧本《莎乐美》中的人物）。他们对这颗头颅发生了兴趣，便把它拿来当足球踢。另一次托尔斯泰又说了这么一件事：在立宪会议的选举期间，在莫斯科近郊的一个农村里，一个老大娘从桌上拿了一张不是她想拿的选票。一个

弗·阿·斯捷宾和伊·尼·布尼科夫、伊·阿·布宁、伊·布·吉米多夫

鼓动员对她说：“这个选票的号码不是你的。”她却回答他说：“我怕把它弄脏……要是上帝帮忙，这事咱们也能对付……”“哈哈哈！”阿·尼·托尔斯泰哈哈大笑起来，但是正如我曾说过的那样，其实他一点也不快活。

在老一辈的作家中我常见到有病在身、困惑莫解的鲍·康·扎伊采夫，他爱回忆意大利，而对于周围正在发生的一切却直言不讳地说：“我不了解……”我们有时前去看望住在斯摩棱斯克大街上的诗人格·伊·丘尔科夫。格奥尔吉·伊万诺维奇在青年时代参加过革命运动，蹲过监狱，遭到过流放。大约在1907到1908年间，他在文学生活的中心出现，勃洛克和安德烈·别雷曾为他发生过争论。我看出了他的衰老和忧郁，他就像一只生病的大鸟，既不再鼓吹“共同性”，也不再宣传“神秘的无政府主义”了，有时他在片刻的沉默之后，便反复吟咏丘特切夫的诗句。伊万·阿列克谢耶维奇·诺维科夫很喜欢援引普希金的作品，他是一位殷勤的主人，没得罪过任何人。他的目光温和、平静，家里保留着古老的生活习惯——在复活节烤圆柱形大甜面包，染彩蛋。

在卡拉-穆尔扎家里聚会的主要是些年轻人——阿列克谢·尼古拉耶维

奇在那里就是经典作家了。诗人利普斯克罗夫拖长声调朗读描绘东方美的诗作。薇·米·英贝尔常去那里。(我在巴黎的时候就认识她了，她要到瑞士的一个山区疗养院去休养，便托我料理她的第一本书《苦酒》的出版事宜。我的朋友，雕刻家察德金为这本书作了插图。）薇拉·米哈伊洛夫娜朗读她写的谐谑诗：

威利，亲爱的威利，
请您马上回答我：
您可曾爱过什么人吗，
跟班威利？

当时我和弗·格·利金很要好。他年轻的时候很天真，如饥似渴地读浪漫主义作品。柳德米拉·贾拉洛娃称呼他为“桃色的秃鹳”，这个绰号竟长久保留下来。

我在马雅可夫斯基给莉·尤·布里克的一封信里发现了这样一段话：“咖啡馆已令我深恶痛绝。一个小牢房。爱伦堡和薇拉·英贝尔还多少有点诗人的味道，但是凯兰斯基也正确地指出了他俩的活动：

爱伦堡在狂吠，
英贝尔在赞许他的胡言乱语……

《文学遗产》没有引用这首讽刺短诗末尾的一句：

对他们来说，无论莫斯科还是彼得堡
都代替不了别尔季切夫（乌克兰的城市，从前这里的居民大部分是犹太人）。

这首小诗是批评家亚·亚·凯兰斯基在卡拉-穆尔扎家的一次晚会上写的。当时我对许多事还没有先见之明，因而也就没有生气。

巴尔蒙特在亲人周围

我们尽可能地寻开心。斯芬克斯叫人们猜谜（斯芬克斯是希腊神话中人面狮身女怪，专叫过路人猜谜，猜不中就被她杀死。后因谜底被俄狄浦斯道破，跳崖身亡），如果猜不中，斯芬克斯就把他们吞了。俄狄浦斯知道，如果他猜不出难猜的谜，等待着他的就只有死路一条。虽然如此，我还是认为，当斯芬克斯给俄狄浦斯片刻安静的时候，俄狄浦斯就寻开心……

只有安德烈·米哈伊洛维奇·索博利不常笑，他的笑容也很阴郁。他在少年时代跟社会革命党的地下工作有联系，18 岁的时候被判处苦役，流放到气候恶劣的泽联图依，后来从流放地跑到国外。我是在意大利的一个名叫卡维·基·拉瓦尼亚的小村庄里和他认识的，俄国侨民不知道为什么要在那个村子里定居，更确切地说，是在那里挨冻受饿。索博利在大战期间拿了一张别人的护照回到俄国。我不知道他当时为什么那么忧郁，也许是因为在生活中吃尽了苦头，也许现实并不像一个少年所幻想的那样：农民焚烧庄园里的图书，水兵们醉心于私刑，而在肉商街上来来往往的也不是斯捷普尼亚克-克拉夫钦斯基（1851—1895，俄国民粹派作家）笔下的主人公们，而是“背袋贩子”。1923 年，《真理报》发表过安德烈·索博利的《一封公开信》……“在我们经历过的那些暴风骤雨的年代里，在我们上空并通过我们，整个俄国都犯过错误、栽过跟头，并衰落下去了。是的，我错了，现在我知道我在什么地方、什么时候和什么问题上犯了错误，但是这些错误乃是极其错综复杂的生活的有机的产物。只有无可救药的傻瓜或恬不知耻的人才会认为自己是无可非议的。我既不愚蠢，也不下贱，因而我在自己身上找不到什么应当忏悔的理由。有的人认识自己的错误较早，有的人则较迟。我认识到自己的错误要比许多人迟，这也许因为我自始至终都是社会主义者，而且永远相信这样的一天终将到来，那时加尔各答的一个人力车夫将越过重重海洋（不仅是水的海洋，而且还有泪和血的海洋）向涅多耶洛夫卡的费季卡·别斯普亚特伸出手来……”安德烈·米哈伊洛维奇是一个病态的、良心过于敏感的、善良而温和的人。1926 年他在特维尔大街的一条长凳上自杀了。

报上登着许多重要新闻：德国人的进攻，布列斯特和约，政府迁往莫斯科，左翼社会革命党人的暴动，顿河地区内战爆发。在莫斯科常常可以听到枪声。厨师街上的每一所单独住宅几乎都是无政府主义者的大本营。在“诗人”咖啡馆里我常看见一支毛瑟枪和甜点心并排放在小桌上。匪徒在夜里袭击行人。在集会上人们一再地说：“社会主义祖国处在危险中！”布告被贴出：“肃清反革命及怠工非常委员会”宣布成立。

鲍·康·扎伊采夫和爱伦堡的女儿伊林娜

但生活在继续着……我遇到了诗人米哈伊尔·格拉西莫夫，他带我去参加无产阶级文化派的一次集会。未来主义者在会上遭到了奚落。马雅可夫斯基把无产阶级文化派的诗作称为“腐烂了的商品”。托尔斯泰说，应该到巴黎去。布宁把托尔斯泰称作“半布尔什维克”。

斯芬克斯要求回答。而我们依然去找卡拉-穆尔扎，逗笑取乐，写打油诗，去苏哈列夫卡广场买烟草，互相争吵，谈情说爱……

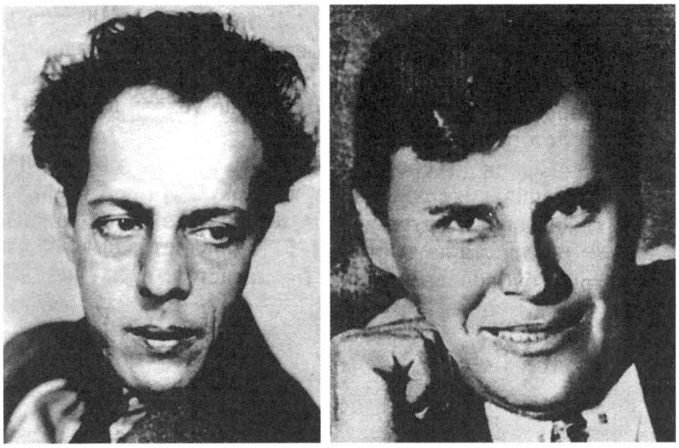

左：安德烈·索博利
右：米哈伊尔·格拉西莫夫

我曾去参观“红方块王子派”的展览会，那里既有“红方块王子派”的油画，也有至上主义派和模拟沙龙派的油画——招牌是骗人的。但我很喜爱那些确系“红方块王子派”这一团体过去的组织者的画家们的写生画。我不知道为什么会认为（至今也还有许多人这样想）“红方块王子派”盲目模仿法国人。当然，他们喜欢塞尚，了解马蒂斯，但是他们却为法国大师们的经验增添了一些自己的东西。在连图洛夫、马什科夫、孔恰洛夫斯基、拉里奥诺夫、沙加尔以及马列维奇（至上主义之前）的早期油画中，存在着一种来自理发馆、水果铺或烟草铺的招牌上的东西，这些招牌在革命前外省的城市中是真正的民间创作。

我也迷上了戏剧，根据笔记本判断，在一个月内我曾到艺术剧院看过《三姊妹》和《斯捷潘奇科沃村》，在莫斯科室内剧院看过因诺肯季·阿年斯基的《法米鲁·喀塔洛多斯》，在话剧院看过梅列日科夫斯基的历史剧《保罗一世》。在艺术剧院的分院看了《洪水》。舞台上是一家咖啡馆，人们要白兰地，呼唤侍者。我的旁边坐着不久前从巴黎回来的美术批评家雅·亚·图根霍尔德。帷幕落下以后，图根霍尔德把手伸进口袋去掏钱：他觉得他是在咖啡馆里，应该把钱付给侍者。尽管剧情非常忧郁，但我却不时发笑：使我发笑的是演出的自然主义——演员们真的喝着什么东西，一切都像“实际上”那样。1909 年我在巴黎曾感到悲剧演员穆内-絮利扮演的俄狄浦斯王不够真实，而现在引我发笑的却是过于真实的不真实……

艺术诱惑着我，但我仍在思索斯芬克斯的问题。从表面上看，日子愈来愈难过了：所有的人都是半饥半饱的。人们谈论着枪声、口粮、斑疹伤寒。我比我的许多新朋友能吃苦：我是在巴黎的饥饿学校毕业的。

尚塔尔遇到一个机会托人给我捎来一封信，她说她在等我。顷刻之间巴黎就在我眼前出现了。塞纳河，栗树，朋友们，以及尚塔尔所住的那条库尔·德·洛安小巷。回信我写了很久——我想向她解释，说战争还在继续，说我没有钱，而主要的是我不能离开俄国，我不理解目前这里发生的事……信写得很蠢，我就把它撕了。

09

基辅，我的故乡

我的母亲于 1918 年秋在波尔塔瓦去世。我得知她的病情严重时，便急忙动身。我走到叔叔的家门口，正碰见父亲弯着腰坐在前厅里，他刚从墓地回来。我迟来了两天，没能和母亲告别。几乎在每个人的一生中，母亲的死都会让其内心产生很多变化。我从 17 岁起就远离双亲，但这时仍然感到自己成了孤儿。天下着寒冷的雨，坟墓上的花朵由于过早降临的霜冻，很快就变黑了。我不知道该对父亲说些什么，两个人都默默不语地坐着。我和他一起度过了两三个星期，关于这些日子的事可以谈很多，也可以什么都不谈。

有一天，我在街上看见弗·加·柯罗连科。他躬着背，脸上流露出善良和悲哀的神情。看来这是 20 世纪知识界的最后一位代表了。（乌沙科夫辞典对“知识分子”这个词做了如下的解释：“其社会行为具有优柔寡断、动摇、怀疑等特点的人。”然而，19 世纪俄国的知识界却并不优柔寡断，他们由于自己的思想而在生活上吃了不少苦头，遭到监禁和服苦役。知识分子的怀疑往往不是由于畏惧，而是由于诚实。柯罗连科就是诚实的。）我记得，他是怎样亲切地关怀一个身在异乡、刚刚开始写诗的人。那个陪伴他的大学生说：“您可愿意我把您介绍给……”我知道弗拉基米尔·加拉克季奥诺维奇感到自己身体不行了，他饱经忧患，同时还为被德国人逮捕的女婿担心。我决定什么都不问他……我简直都不好意思走上前去感谢他活在世上，于是我就没有走到他面前……

我在一个很糟的时期来到了基辅。我要谈谈我在那儿的生活情况和种种见闻，但是首先我想谈谈基辅本身。我小的时候常常到这个城市里来看望祖父，出狱后我也到过基辅，那次我简直是无家可归。我的一生是在两个城市——莫斯科和巴黎——度过的。但是我永远也不会忘记：基辅是我的故乡。显然，语言的权力、想象的力量就是如此。我不知道，我的祖先什么时候来到乌克兰，历史的风暴从什么地方将他们赶到了这儿，也许是从科尔多瓦或格林纳达。我的外祖父从切尔尼戈夫省一个古老的县城诺夫哥罗德-谢韦尔斯克来到了基辅，自然，这不是在伊戈尔大公时代，而是相当晚的时候——亚历山大二世统治的初年。外祖父在什么地方揪过他的长鬓发，是在诺夫哥罗德-谢韦尔斯克，还是在基辅，或者是在那有着成百上千的奇闻并促使凯兰斯基写了那首讽刺短诗的别尔季切夫？我不知道。我并不想证明我是个优秀的、世代相传的基辅人。不过心灵有自己的规律，我总是把基辅当作我的故乡。1941 年秋天，我们的城市一个接一个地失守了，但我不能忘记 9 月 20 日这一天，当时我从《红星报》上读到，德国的师团正沿着克列夏季克公路前进。

“基辅，基辅！”——电话线一再呼叫——
痛苦在呼喊。灾难在说话。
“基辅，基辅！”——鹤群在拼命喊叫……

我记得小时候坐火车来基辅的情形。火车每站都停，一点也不着急（着急的是我），各站的站名也颇为奇特：博布里克、博布罗维查、布罗瓦雷。接着是一片沙地，在我看来这就像撒哈拉大沙漠。我从窗口伸出头去。基辅突然出现了：大寺院的圆屋顶、花园、极其宽阔的第聂伯河及其树木葱茏的小岛。火车上了铁桥，轰隆轰隆地响了好一阵……

基辅有不少巨大的果园，那儿生长着栗树。对于一个莫斯科的孩子来说，它们如同棕榈树一样，有一种异国情调。春天，树木像枝形烛台那样闪闪发光，而到了秋天，我就拣磨光了似的、亮晶晶的栗子。到处都是果园，学院街、向圣母报喜街、日托米尔街、亚历山德罗夫街等地都有。至于玛莎姑姑和梨树与母鸡居住的卢基扬诺夫卡，在我看来简直是地上的天堂。在克列夏季克大街上的“黑种草”文具店里出售有华丽的彩色封面的练习本，在这种

弗·加·柯罗连科在家人中间

本子上甚至做算术题也叫人开心。有一个巴拉布哈糖果食品店出售干蜜饯（名叫“巴拉布哈”），盒子里装的糖果很像玫瑰花，散发着香水味。我在基辅吃过樱桃馅的甜饺子和带蒜的小饼。街上行人的脸上流露着微笑。夏天，克列夏季克大街的咖啡馆中坐满了人，他们一直坐到大街上，喝咖啡或吃冰激凌。我以嫉妒和神往的心情瞧着他们。

后来，每当我来到基辅，人们的随和、亲切与活泼都使我震惊。看来，每个国家都有自己的南方和自己的北方。意大利人把都灵的居民看作北方人，他们严肃、沉着、精干。加斯科涅人和都灵人居住在同一纬度上，但是加斯科涅在法国的南部，“加斯科涅人”在法语中就是指幻想家、嘲笑者和爱打诨的人。对于西班牙人来说，巴塞罗那人是北方人，但是如果从巴塞罗那出发往北越过边境，那就可以抵达达达兰（法国作家都德的小说《塔拉斯孔城的达达兰》的主人公）所居住的塔拉斯孔城……

在北方，人们有时也露出笑容，那是在他们想起什么开心事的时候。可是南方人又为什么微笑呢？也许是因为他们喜欢笑。乌克兰的幻想、乌克兰的幽默使古老的俄国的严峻外貌生色不少。果戈理是个病态的人，有着一种难以与之相处的性格，但是他用自己的作品医治了多少人啊！我知道，果戈理是“伟大的现实主义者”，任何一本教科书上都是这么说的，我在中学里就背诵“第聂伯河在风和日丽时优美无比”这样的诗句。诗中有一句话：“鸟儿很少能飞到第聂伯河的中央。”鸟群能飞越海洋，但果戈理是对的：第聂伯河是辽阔的，艺术也是辽阔的。

革命后，俄国文坛上增加了一些卓越的南方人，他们不会克制自己、好嘲弄别人并有浪漫主义气质。他们使我们目眩，使我们发笑，使我们受到鼓舞——巴别尔、巴格里茨基、帕乌斯托夫斯基、卡达耶夫、斯韦特洛夫、左琴科、伊利夫、彼得罗夫、奥列沙……

在玛莎姑姑家做客时，我还是个孩子。她在鲍里斯波尔附近租了一个田庄，我在那儿的市集上听过盲歌手唱古老的歌曲。许多年以后，我听马·法·雷利斯基朗诵自己的诗时，感到其中有些颇为熟悉的东西——乌克兰语俏皮而温柔的音调。

我曾在基辅的索菲亚大教堂里消磨了不少时辰。拜占庭艺术和古希腊艺术交相辉映，自然，要求严格的、严肃的基督祝福像（基督的半身像，右手

基辅的索菲亚大教堂

歌剧《罗密欧与朱丽叶》的服装草图

行祝福礼，左手执福音书）和希腊的蓝天及伟大帝国狂热的警察制度有联系，但是他对半人半马怪和自然女神的世界不感兴趣。尽管如此，拜占庭还是保存了古希腊的和谐，它的反光影响到古代的基辅。我在索菲亚大教堂中不仅感觉到许多世纪的负荷，还感觉到艺术的轻松和奔放。

我喜爱基辅的巴洛克式建筑，它的精致奇巧被一种天然的温厚所冲淡。这不是挤眉弄眼，而是微笑。我很留恋米哈伊洛夫修道院，它完好无损，是个可爱的小庭院。当然，安德烈耶夫教堂更好些，但却平白无故给拆毁了……（人们指责未来派不尊重过去的艺术，但是未来派手中拿的是笔杆，而不是铁棍。在 20 世纪 30 年代，有时就像砍伐森林一样拆毁建筑物，飞溅的不是木屑，而是古老的石块。1934 年，我在阿尔汉格尔斯克看见人们在炸毁彼得大帝时代的海关大楼，我问为什么要这样做，给我的回答是“妨碍交通”，可当时阿尔汉格尔斯克的汽车却寥寥无几。）

战争给基辅带来许多创伤。德国人炸毁了大寺院大教堂。克列夏季克大街也没有了。后来人们铺设了人行道，摆上一盆盆花木，布置了民警。随后重建了街道。昔日的克列夏季克大街已没有古代文物，只有回忆还能使我感到它的可爱。在莫斯科，我住在高尔基大街上，看惯了如今被称作“装饰性的”那种建筑物，虽然它并不能装饰任何东西。但是当我看见第聂伯河上那条新的大马路时，却赞叹不已：现在基辅人可以坐在长凳子上（自然是在风和日丽的时候）来检验第聂伯河究竟优美到什么程度……绿油油的里普基比过去好看多了，波多尔那备受歧视的印记已被抹去。

不，基辅对我来说并不陌生！我最初的回忆是一个大庭院、鸡群、一只有着火红斑点的白猫、房屋（在亚历山德罗夫街）对面漂亮的小灯笼——那是夏

1918年，埃克斯特的女学生之一柳芭·卡杰茨娃

季的娱乐场所“沙托·德·弗列尔”。

在我的一生中，不少事件是和基辅有联系的。在1918到1919年间，那儿有一所艺术学校，主办人是亚历山德拉·亚历山德罗夫娜·埃克斯特，她是“左翼”画家，和红方块王子派一起在莫斯科举办过展览会，并为莫斯科室内剧院设计过布景。在学校里学习的有十几个年轻姑娘和几个小伙子。在亚·亚·埃克斯特的女学生中间有一个18岁的姑娘叫柳芭·卡杰茨娃。她得知我认识毕加索之后，便对我发生了兴趣。至于我，我也对她发生了兴趣，虽然她只认识亚历山德拉·亚历山德罗夫娜。我开始在卡杰茨夫医生居住的向圣母报喜街上徘徊。当然，我的名声是不稳定的，但当时一切都不稳定。彼得留拉取代了盖特曼，红军又赶跑了彼得留拉。柳芭和同学们给宣传轮船绘花饰。“作家演员俱乐部”的看门人议论道：“今天这样，明天那样。”我继续写诗，但是在许多履历表上的职业栏里，我已经不填“诗人”，而填“职员”了——我当时在好几个苏维埃机关工作。不过这一切与我现在所谈的事无关。柳芭经常偷偷来找我——那时我在赖托尔大街上租了一间屋子。过了几个月，我们没跟任何人打招呼，就从睡着了的红军战士和被粮食委员会没收的一包包粮食中间挤到户籍登记处去登记结婚了。

1943年10月，我和《红星报》的其他几个记者住在杰斯纳河畔被焚毁的列特基村里。我们在等待部队解放基辅。四周芦苇发出喧哗声。有时我们乘车去达尔尼查，从那儿可以望见城市。有时我们也渡过第聂伯河去右岸。等待是艰苦的。诗人谢苗·古德坚柯后来写道：

不论在莫斯科近郊的雪堆中，
还是在白俄罗斯河流的泥塘里，

1918 年，德国士兵在基辅的克列夏季克大街上

基辅都是初恋，
永远不能忘怀。

我看见了娘子谷的沙地，希特勒匪徒在那里杀害了七万犹太人。人们拿给我一张布告，上面写着：“基辅城内和郊区的犹太人注意：你们应于 9 月 29 日星期一早晨七时前携带行李、文件和棉衣在犹太人公墓旁的多罗戈日茨基大街集合。不到者处以死刑。”在很长的利沃夫斯基公路上走着在劫难逃的人们，母亲抱着吃奶的婴儿，大车拉着瘫痪病人。后来，这些人被扒去衣服遭到了杀害。在被害者中间没有我的亲人，但是我站在娘子谷的沙地上却觉得自己从来没有这样难过、这样孤独。地上有时可以看见黑色的灰烬和烧焦的尸骨（德国人在撤退前不久，命令战俘挖出受害者的尸体加以焚烧）。不知为什么，我总觉得在这儿遇害的人中有我的亲人、朋友和与我同岁的人，我在 40 年前见过他们——他们在波多尔或捷米耶夫卡熙熙攘攘的街道上玩儿童的游戏。

基辅曾住着许多犹太人。当我还是个孩子的时候，我的一个在大学读书的堂兄弟曾在克列夏季克街上指给我看一个戴眼镜、蓄长发的人，他满怀敬意地说：“他就是肖洛姆·阿莱赫姆（1859—1916，犹太作家）。”我当时不了解这位作家，我觉得他是个古怪的学者，一面坐着看书，一面表情丰富地叹气。过了很久，我读了肖洛姆·阿莱赫姆的作品，我也一面叹气一面发笑，想回忆起曾在克列夏季克街上一闪而过的那位古怪学者的面孔。肖洛姆·阿莱赫姆把基辅叫作“叶古别茨”，这个城市里的人塞满了他的作品。他们的子孙在娘子谷和叶古别茨诀别了……

我在基辅经历过蹂躏犹太人的暴行。乌克兰作家科秋宾斯基写的那个短篇小说（指科秋宾斯基的短篇小说《他在行走》）对我来说是加倍珍贵，这既因为我理解埃斯捷尔卡的痛苦，也因为短篇小说的作者不是屠户阿布鲁姆，而是米哈伊尔·米哈伊洛维奇，是米哈伊尔·马特维耶维奇和格利克里娅·马克西莫夫娜的儿子。

我在基辅经历了许多事情，但问题不在这里。人们常说，一个人可能偶然降生在某地——在一个枢纽站或某个遥远的国度里。由于命运的安排，父母必须在那儿度过一个月或一年的时光。但是在这种情况下，枢纽站就不再是地图上的一个小圆点，遥远的国度也变得很近了。

基辅，基辅，我的故乡……

每一次来到基辅，我一定要独自走上一条陡峭的街道。小的时候很快就能跑上去，上了岁数之后却喘不上气来。我在攀登的时候觉得，只有从利普基或佩切尔斯克才能回顾过去的岁月，回顾我度过的一生。

这一切也可以说是开场白吧。从1918年秋到1919年11月的这一年，我是在基辅度过的。政府、制度、旗帜都曾数度更迭，甚至商店的招牌也是如此。这座城市是国内战争的战场：抢劫、杀人、枪毙。下面我就要讲讲这个不幸的故事。如果我先讲了一段抒情插话，那是因为几乎所有的谚语都在说谎（更确切些说，说的是真理的反面），正统的罗马人的古典谚语也是如此，他们说：“Ubi bene，ibi patria”——“哪里好，哪里便是故乡”。事实上，那里就算很不好，也是故乡……

10

受尽折磨的基辅

在巴黎的时候，我们一再忧郁地说："德国人在努瓦荣。"我在克列夏季克街上也见到了德国人。一个蓄着威廉式小胡子的高高的军官迎面朝我走来。杜马的旁边站着德国岗哨，他们穿着长筒皮靴，用木靴底敲击着切乔特卡舞的节拍。在通往基辅的一个车站上，我发现饭店的一半打扫得非常干净，上面写着："德国军官先生专席"。

报纸证实，现在统治乌克兰的是盖特曼斯科罗拔德斯基。他的姓氏听起来颇不吉利（斯科罗拔德斯基的读音和"快垮台"的读音相近）——当时的政府经常垮台。我从未见过他，也许他的外貌还不错。当彼得留拉分子打到城边时，盖特曼逃到德国去了，但他住的房子旁边仍有年轻的志愿兵在站岗，他们深信自己是在保卫国家首脑。基辅人笑着说，盖特曼走得太匆忙了。也好，他并不急于为国捐躯。他几乎过了30年侨民生活，赞美过希特勒，并且再一次目睹了德国的战败。一个德国人对我说，斯科罗拔德斯基临死前还被称作"盖特曼先生"，他多年来大概已经习惯于这个称呼了，不过在1918年他表演得并不出色，简直像一个初次登台的人。他本来应该保卫乌克兰的独立，但是作为沙皇军队的军官，他显然认为彼得堡的近卫军比基辅的盖达马克（1918年苏联国内战争时期乌克兰军队的士兵）好。德国人让他当上了盖特曼，他自然要向他们示好，然而，盟国在法国大举反攻之后，斯科罗拔德斯基便派自己的心腹去敖德萨求见盟国的代表法国领事艾诺先生。

在旧货市场上，穿着破军大衣的复员士兵在出售水晶玻璃的枝形吊灯架和步枪。歌手们在旧货市场上唱道：

乌克兰是我的粮仓，
它给德国人粮食，
自己却饿着肚肠。

德国人不能再抱怨胃口不好了，他们走到哪里就吃到哪里——饭馆里，咖啡馆里，市场上。他们吃着维也纳的煎肉排和油腻的炸包子、烤羊肉串和酸奶油。

德国人过得愉快而满足，在基辅的小饭馆里要比在什缅-德-达姆或凡尔登舒服得多。他们就像是在德国为庆祝军事胜利而立的纪念碑上的英雄。他们相信他们将使全世界臣服于自己。（22 年后，我看见这些曾在克列夏季克街上逍遥过的德国人的儿子走在巴黎的林荫道上，儿子们酷似自己的父辈：大吃大喝，虔诚地相信自己的优越性。）

基辅像一个人满为患的破旧疗养地。基辅人消失在来自北方的难民中间。克列夏季克是俄国人迁居国外的第一站，随后他们就去敖德萨堤岸，去土耳其诸岛，去柏林的公寓和巴黎的顶楼。当时曾徘徊在克列夏季克街头的人们日后有多少成了巴黎出租汽车的司机！这里还有彼得堡的达官显贵，善于钻营的新闻记者，咖啡馆的歌女，出租房屋的房东，一般的居民——北风驱赶着他们，犹如驱赶秋天的落叶。

每天都有新的饭馆、小吃店、烤羊肉馆开张，北方人在经历了“干旱和饥饿”的生活之后，眼看着都发胖了。赌场、小型剧院、卡巴莱酒吧也相继出现。在彼得堡人熟悉的一个小剧院里，演员们蹦蹦跳跳地唱着阿格尼夫采夫写的讽刺小调：

换了十届政府，
也没把咱们吊死……

大批寄卖行开始出现，这既新鲜又令人惊讶。出售毛皮、贴身十字架、带金属衣饰的圣像、银餐具、耳环、苏格兰的厚毛围巾、花边织物——总之，凡是能从莫斯科和彼得格勒带出来的东西应有尽有。流通各式各样的钞票：沙皇的、克伦斯基的、乌克兰的，谁也不知道哪一种更不值钱。在杜马旁边，投机商人在兑换德国马克、奥地利克朗、英镑、美元。德国人在法国吃了败仗的消息传来，马克跌价，英镑上涨。美元的买主特别招人喜欢，投机商人不知是为了发挥某种想象力，还是为了赚更多的钱，将美元分成好几等，价格最高的是“有牛群”的那一种。

军官也分为好几类：有邓尼金的支持者、克拉斯诺夫分子、库班的哥萨克，甚至还有“阿斯特拉罕军团”的代表。他们似乎全都加入了“俄国特种兵团”，但他们之间却争吵不休。不过，他们都骂布尔什维克、主张乌克兰独立的人和犹太人。我在克列夏季克第一次听见好战的叫嚣：“打倒犹太人，拯救俄罗斯！”他们杀害了许多犹太人，然而并没有因此而拯救他们古老的俄国。

有谣言在流传：盟国打败了德国人；德国国内不太平：新政府的首脑是一个德国的克伦斯基，名叫“马克斯·巴登亲王”。白卫军官不知道这对他们是好消息还是坏消息，一方面，他们宣誓忠于盟国，抨击布列斯特和约，另一方面，他们很清楚，德国人一旦撤走，城市将落入他们称之为“土匪”的彼得留拉分子之手。

德国人不慌不忙地在认真收拾行装。德皇从柏林逃往荷兰。西线的军事行动停止了。报纸上说，基辅成立了德国的“士兵代表苏维埃”。我不知道它是干什么的。至于德国的军官和士兵，他们尽可能地多带些战利品回国：脂油，奶油，糖。

社会革命党人和立宪民主党人在市杜马举行了会议，本想宣布他们是通过民主选举取得政权的，但是从敖德萨来了艾诺先生的一位特使，他宣布，盟国指示“基辅的民主力量”支持盖特曼斯科罗拔德斯基。

革命前由于嘲笑过象征派诗人而出名的彼得·皮利斯基，在基辅出版了幽默杂志《魔鬼的胡椒瓶》。本来可以嘲笑这样一些事：德国人委派的盖特曼匆匆忙忙学习《马赛曲》，艾诺先生说他支持盖特曼，又表示愿意向执政内阁提供武器。新德意志共和国政府自称是社会主义政府，却跟法国将军们商量对苏维埃俄国进行远征。但《魔鬼的胡椒瓶》对这一切却只字不提：磨胡椒的不是魔鬼，而是彼得堡的一位文学家，他知道，不久他将不得不申请法国或德国的签证。

一列列的火车向敖德萨开去：人们都说，盟国的军队将要在那里登陆。他们登陆得太晚，已经不能拒彼得留拉分子或布尔什维克于基辅之外了。然而敖德萨却是天堂，是堡垒，是平静的生活。持怀疑态度的人还说，即使法国的“远征军”不从马赛开来，难民也能从敖德萨乘船去马赛：海毕竟是海。

我曾说过，从来没有像在战争初期那样出现过那么多的谣言。国内战争持续了很久，但苏维埃政权的敌人却常常变更，他们全都凭空杜撰，正如人们在战争初期所做的那样。形形色色“消息灵通的”难民发誓说，盟国拥有紫外线，能在几小时内消灭“赤色分子”和“主张乌克兰独立的人”。

也有一些关于“匪帮”的议论。暴动的队伍很多，表面上看来它们彼此相似，但在暴动者当中却有一些抱着不同想法的人：一些人相信执政内阁，另一些人认为应该消灭资产者，不过暂时还得扒农民的衣服。还有一些是热衷于抢劫的家伙，是怙恶不悛的奥帕纳斯，在历次蹂躏犹太人的暴行中都大显身手。我不记得这个或那个“头目”是什么时候上台的——是 1918 年还是 1919 年，但在这一年里我听够了这样一些人物的故事，如斯特鲁克、秋琼尼克、安格儿、泽利内、扎博洛特内，自然，还有他们中间最有名气的马赫诺。

执政内阁的军队兵临城下。最后，白卫军官把酒窖洗劫一空，喝着、唱着、骂着、哭着、枪毙“可疑分子”。

士兵们占据城市时，他们情绪高涨。但当他们不得不撤离城市时，他们却满腔怨恨，最好别碰上他们。那一年我常常听到三个定语：“去杜鹤宁（1876—1917，当时为克伦斯基政府的军队首脑）司令部”“破坏社会秩序”“关上门”。

彼得留拉分子满面春风地走过克列夏季克大街，不触犯任何人。来不及逃往敖德萨的莫斯科贵妇人赞美地说：“他们多么可爱啊！”白卫军官被集中起来，关进教育陈列馆（显然，问题不在教育，而在于那儿容纳得下）。我记得，有一次大家给吓了一跳：突然轰隆一声，许多屋子的窗户玻璃都不翼而飞。市民们急忙往澡盆里装水——说不定会断水——并烧毁彼得留拉的报纸。原来是某人向教育陈列馆扔了一颗炸弹。

报纸的名称变了。挂起了黄蓝两色的旗子。钞票上有一个三叉戟。下令改写商店的招牌，于是到处都架起梯子，彩画工拿着刷子在梯子上把字母“и”改成“i”。

在利普基，有两座房子挂上了英国和法国的国徽。报上说，艾诺先生答应保卫乌克兰的独立，抵御“赤色分子”和“白卫分子”。

有时我觉得我是在看电影，分不清是谁在追赶谁。镜头变换得那样快，不仅来不及思考，甚至叫人看不清楚。彼得留拉分子和布尔什维克谈判，也和邓尼金分子谈判，和德国人谈判，也和艾诺先生谈判。执政内阁的军队是12 月开进基辅的，待的时间不长——6 周。

谁也不知道，明天谁将逮捕谁，将挂起谁的相片，收起谁的相片，哪种

基辅尼古拉大街

钞票应该收下，哪种钞票应该千方百计塞给傻瓜。然而，生活在继续。我很久没有居室，睡在堂兄弟家的沙发上，他就是性病学家卢里耶教授。有时一大早街道上还响着枪声，候诊室已经坐着一些脸色阴沉的患者了。他们总是回避彼此，有时企图用报纸遮住脸。报纸的名称变了，报上的消息和昨天登的消息截然不同，但这并未使患者困惑不解。

利普基有一座通常审讯被捕者的房子，撤退时，文件给烧了，玻璃给打碎了。新政权到来后，又重新安上玻璃，运来一沓沓文件，又开始审讯被捕者。

我前面提到过“作家演员俱乐部”，它坐落在尼古拉大街上，它的简称很不好听：“克拉克”（“基辅作家演员俱乐部”）。在苏维埃政权执政的那几个月，它改名为“赫拉姆”，这不是轻视艺术，而是因为当时一切都改了名称。“赫拉姆”的意思是：“艺术家、文学家、演员、音乐家”。我经常去那儿。每经过一次变动，就有一些老主顾销声匿迹：不是跟军队撤走，就是如那位哲学家似的看门人所说：给“抓住后脖领”了。留下来的人在唱歌或听歌，朗诵诗，吃着炸肉饼。

2 月，红军从左岸来到基辅，几乎所有的人都喜欢他们。我记得一个常来俱乐部的秃顶莫斯科律师激动地嚷道：“我反对他们的思想，但是他们到底还有思想，而我们过去在这儿鬼晓得是怎么生活的！……”

自然，也有顽固分子，他们认为，一个月后市立公园将重新成为商界公园，他们心爱的《基辅人报》也将重新问世。艾诺先生不是答应过，盟国将在敖德萨、塞瓦斯托波尔、新罗西斯克登陆，首要的任务是从布尔什维克手中解放“俄罗斯城市之母”吗？……

善于交际的艾诺先生和谁没有打过交道啊！在基辅周围，形形色色匪帮的“死亡团”和小分队在东奔西窜。房屋在燃烧，羽毛褥子的细毛到处飞扬。人们每天都在谈论新的大屠杀，谈论被强奸的幼女和惨遭剖腹的老人。盟国在巴黎开会，它们受到威尼斯元首们的浪漫主义精神的鼓舞，组织了一个“十人委员会”；这个“委员会”跟邓尼金勾勾搭搭。艾诺先生答应给泽利内神父一批步枪。人们死于饥饿、流弹、大屠杀、传染伤寒的虱子。

在彼得留拉分子占据基辅期间，有人拿了一份法国的《晨报》来到“克拉克”。我从报上得知，巴黎出现了一种新的服装样式——男人穿着腰身非常窄小的上衣，打败德皇的人们就像优美的女士。在服装样式的消息下面登着一篇文章，说盟国正在俄国保卫自由、公民权和人类的崇高价值。

我说过，斯科罗拔德斯基依靠德国人的面包活到了高龄。彼得留拉是在巴黎被钟表匠施瓦茨巴尔德用手枪打死的。我不知道艾诺先生的下场如何，他是个小人物，历史学家是不会注意他的。但是，如今我读了有关在危地马拉或刚果、伊朗或伊拉克发生的事情的消息，放下报纸，1919 年受尽折磨的基辅和神秘的艾诺先生的影子便出现在我的眼前。

11

在基辅结识的艺术家

红军是 1919 年 2 月来到的，同年 8 月，城市又被白卫占领。这 6 个月是光明而热闹的。对于基辅来说，这是充满希望、激情、窘迫和惊慌的时期，是春天的风暴时期。

从我自己谈起。我已经说过，那时我成了苏维埃的职员。我在巴黎时当过向导，后来又在货运站卸货，还为《交易所新闻》写随笔。所有这些，包括记者工作在内，都不需要高超的技能。然而我的劳动手册的下一页却实在难以猜测。我被任命为基辅社会保障处所属的“莫菲克季甫儿童美学教育部”的主任。读者一定会发笑，我也在笑。在这之前，我从来没有听说过“莫菲克季甫儿童”是怎么回事。读者们大概也不知道。在革命初期，神秘的术语非常流行。“莫菲克季甫”就是精神上不健全的意思，这个概念也适用于未成年的罪犯和难以教育的儿童。（当一个干瘦的女教养员向我做了解释后，我明白了，我在童年时代是最莫菲克季甫的。）为什么委托我担任儿童的美学教育工作，而且还是教育学坏了的儿童呢？我不知道。教育工作对我来说是十足的门外汉，在巴黎的时候，我的女儿开始耍脾气的当儿，我只知道一种方法可以使她听话，但这绝不是教育：用两个苏买一块碧绿或鲜红的水果糖。

不过在那个时候，许多人都不是干自己的本行。马·谢·沙吉尼扬是讲美学的，却开始教公民学养羊和纺织，伊·利·谢尔文斯基在法律系毕业并听完了给教授们开的马克思列宁主义课程以后，变成了收购毛皮的指导员。

在“莫菲克季甫教育部”，有一个青年工作了两三个月，他平时贩卖美元、阿司匹林和糖，出于偶然才未被刑事侦查处发现。此外，他还写些文理不通的诗。（他曾说：“对不起，那是些十分淫猥的诗。”）我在1924年写的长篇小说《贪图私利者》的主人公的许多特点，就是取自我这位同事的经历。他在教育工作上比我更外行，但他自信、放肆，经常在教师或医生们谈话时插嘴。记得在一个会议上，大家谈论蛋白质、脂肪、碳水化合物对儿童神经系统的影响。这位“十分淫猥的”诗的年轻作者突然打断一位白发苍苍的教授的话，说道：“丢开您这些废话吧！我从小就神经质。如果对骨头进行分析，那么脂肪也是有用的，不过主要的是蛋白质……”

我预先告诉教师和精神病医生，说我是个十足的外行，但他们却说我干得很好。后来竟然有了这样的声誉：爱伦堡是儿童美学教育专家，我在1920年秋回到莫斯科后，弗·埃·梅耶霍德建议我领导共和国的所有儿童剧院。

我们为制定“实验示范教养院”的计划花了很多时间，该院是为少年罪犯受“创造性劳动”和“全面发展”教育而设的。那是个计划的时代。看来，在基辅所有机关中都有白发苍苍的怪人和年轻的热心家在制定地上的天堂生活计划。我们讨论过分鲜艳的色彩对极端神经质的儿童有什么作用，多声部朗诵是否影响集体意识，韵律体操是否有助于制止少年卖淫。

我们的各种讨论同现实生活极不协调。我对改造机关、孤儿院和栖息着流离失所者的小客栈做过一次调查。我不得不写一些报告，报告中谈的不是韵律体操，而是谈粮食和印花布。男孩子们投奔形形色色的“头目”，女孩子们硬拉从德国回来的战俘过夜。

在美学教育部工作的年轻画家帕尼亚·帕斯图霍夫，为人极其腼腆。有一次我派他去一个1915年为无家可归的小女孩设立的孤儿院。帕斯图霍夫回来时大为震惊。原来那些小女孩已经长大，由于各种政府不断变换，没有人理睬她们，她们只得各自谋生，有的已有吃奶的孩子了。当帕斯图霍夫对她们讲起学问就是光明时，一个姑娘顽皮地对他说：“喂，男人，不如请我们抽支香烟……”

我们的机关设在利普基的一座别墅内。我记得在大厅里有一个帝国式活面写字台，上面贴着一张查封时匆匆写成的大标签。有一天，我发现活面写字台上放着一个吃奶的婴儿——

是夜里偷偷放在那儿的。旁边的另一座别墅是省肃反委员会所在地，不时有汽车开往那儿。转眼间，花园里的草木全发绿了。我一边听着关于达里克洛士（1865—1950，瑞士音乐教育家，韵律教育体系的奠基人）方法的争论，一边望着窗外：金合欢已经开放。

那时人们往往同时在几个机关工作。除了去“莫菲克季甫教育部”之外，我还做其他许多工作，例如，参加“实用艺术部”的会议。看来那个时期对艺术是不利的：街上常常打枪。艾诺先生是不浪费时间的，基辅受到各种各样匪徒的包围。“战略家们”在争论谁先攻进城内——彼得留拉分子还是邓尼金分子。但是“实用艺术部”做了很多工作。我说的不是自己，在这件事上我虽说不是门外汉，却也是个略识门径者，在部内工作的有一些优秀的专家，基辅的美术家——梅勒、普里贝利斯卡娅、玛加丽塔·亨凯、斯帕斯卡娅。我们举办民间艺术展览，创办刺绣与制陶的作坊。我认识了很有才能的农村妇女加帕·索巴奇卡，她有惊人的色彩感。在克列夏季克出现了一些有乌克兰装饰图案的巨幅装饰覆墙画。

我见过贡恰尔塑造的黏土动物。伊万·塔拉索维奇是代表传统民间创作的最后几位艺术家之一。在那些年代，他的动物不是绵羊，不是狗，也不是狮子，而是动物学家所不知道的一种动物，每一个都独具特色。（民间创作的灵感来自大自然，但大自然是无法复制的。如果说沃洛格达的花边女工研究窗户上的霜花，那正是因为霜的花纹像莽丛，像星空，像不存在的字母表上的字母。）

我在基辅认识了女作家费多尔琴科。她写了一本有趣的书《战争中的人民》，战争时期她在军医院当护士，记下了士兵间的谈话。我抄录了当时一个士兵对艺术的看法：“我们有一个后备军士官生，他画的东西都跟真的一模一样，一点也不好看……”各种各样的文学宣言、形形色色艺术的“主义”都成了历史的陈迹，但现在我觉得这个士兵在1915年无意中说出的话不仅生动，而且是当前大家关心的。

我还在文学专科学校工作：教初学的人写诗。（虽然我当时写的是不规则的“自由诗”，但我还能区别抑扬格和扬抑格。）勃留索夫久久地向我证明，可以教会任何一个稍具能力的人写出好诗。古米廖夫同意这个看法，他说，他甚至把奥楚普也培养成了诗人。但是我过去和现在都不相信可以教会别人写诗。学校（无论它的名称是专科学校、训练班、研究所，还是科学院）只能教人读诗，也就是提高学生的美学素养。

在专科学校的学生中间，有一个谦虚而腼腆的青年尼·尼·乌沙科夫。我感到高兴的是，我在基辅的专科学校担任的短期教学工作并未妨碍他成为优秀诗人。我后来常和他见面，并且相信他没有生我的气。

作家协会、美术家协会、文学专科学校以及其他许多机关都设在尼古拉大街的一座楼房里。那里争论着未来主义，给画家分派装饰街道的任务，作关于马克思主义的报告，颁发护照和各种证件。

下面的地下室是“赫拉姆”，即从前的“克拉克”。我常在那儿遇见基辅的诗人弗拉基米尔·马卡韦斯基。在这之前不久，他出版了十四行诗集《亚历山大城的斯蒂洛斯》。他非常熟悉希腊神话，爱引证卢奇安和艾斯库累普（均系古希腊讽刺作家）、马拉梅和里尔克的话，总之，他是当地的维亚切斯拉夫·伊万诺夫。最近我翻阅了一下他的书，我只找到两行可以看懂的诗句，那就是：

躺在亚历山大城的石棺中，
埃拉多斯成了一具木乃伊。

马卡韦斯基很想做亚历山大城的居民，然而这种想法不合时宜。

另一位基辅诗人是贝内迪克特·利夫希茨，诚然，他不是不爱出门的人。我记得发表在早期未来派集子中的他那些非常激烈的言论。使我惊讶的是，我看见了一个极有修养的、稳重的人。他没有骂过任何人，显然，他对自己年轻时的追求已经冷淡了。他喜欢绘画，懂得绘画，我跟他多半谈论画家。他写得少，想得多：大概像我和其他许多人一样，想了解正在发生的事情的意义。

在“赫拉姆”里的“北方人”中间，奥·埃·曼德尔施塔姆是佼佼者，他已经因《石头》一书出了名。我记得奥西普·埃米利耶维奇朗诵过美妙的诗篇《我研究了离别的科学……》。

维·鲍·什克洛夫斯基像流星般一闪就不见了，他在埃克斯特艺术学校做过报告，他很漂亮，但头脑不清，他调皮地微笑，温和地责骂一切人。

在“赫拉姆”我还认识了好幻想的列·韦·尼库林，有一次他向我们朗诵了一首十分伤感的诗——关于棺材。

纳坦·文格洛夫写儿童诗。他举办了一个“儿童读物节”，于是在克列夏季克便出现了巨大的覆墙画，街上到处是小熊、大象、鳄鱼。文格洛夫曾多次向我证明，我是个儿童诗人，不巧没有干上自己的本行。（我一生尝试过许多职业，但从来没有给孩子写过什么。）

常去“赫拉姆”的还有著名的女演员薇拉·尤列涅娃，有个年轻人时常陪着她，他几乎是个少年，脸上总是带着嘲笑的表情，当别人介绍我们互相认识的时候，他嘟嘟囔囔地说了声：“米沙·科利佐夫。”

在乌克兰诗人中间，当时最有名气的是未来派谢缅科。他个子不高，但声音洪亮，他否认一切权威，只推崇马雅可夫斯基。我遇见过帕维尔·格里戈里耶维奇·狄青纳，他沉默寡言，好幻想，他仿佛时刻都在倾听什么。他有一种近乎腼腆的柔和性格。我一瞧见他，不知为什么立刻相信他是真正的诗人。

犹太作家们狂热地工作着：要在彼得留拉分子和邓尼金分子之间的短暂时期内考虑成熟、脱稿和发表。当时在基辅的有贝格尔森、马尔基什、克维特科、多布鲁申。别列茨·马尔基什看上去是个漂亮的小伙子，长着一头总是竖起的蓬松浓密的头发，有一对嘲弄人的、伤感的眼睛。大家都叫他“反抗分子”，据说他想谋害古典作家，推翻偶像，但是我刚认识他就觉得他像一个在别人的婚礼上演奏哀歌的流浪的犹太琴师。

我在基辅结识了许多艺术家。亚历山德拉·亚历山德罗夫娜·埃克斯特在巴黎度过了相当长的时间，她与莱热相好，也算是个立体派画家。但是她的作品却与莱热的大都市派的幻景全然不同，埃克斯特最喜爱的还是戏剧（她在基辅的几个剧院工作过）。我不知道这是什么原因：亚历山德拉·亚历山德罗夫娜的学生以及同她往来的年轻美术家，都酷爱戏剧和演出。我当时在基辅遇见过的所有画家几乎都成了舞台美术家：特士列尔、拉比诺维奇、希夫林、梅勒、彼得里茨基。

左：1911 年，贝内迪克特 · 利夫希茨肖像
右：亚 · 特士列尔为犹太剧院的歌剧《李尔王》绘制的布景

“酷爱戏剧”……我写完这几个字以后，不禁想起了埃克斯特的一个学生，20 岁的亚 · 特士列尔。他后来的命运最好不过地证实了当时基辅的画家们对戏剧所特有的那种热情是正确的。当然，问题不在于某人是否为剧院工作过：在那个时期，鲜艳的色调、想象力和技巧登上舞台要比进入展览厅还容易，当时几乎所有的苏维埃画家都从事过这个工作。莫斯科人正是通过戏剧演出认识特士列尔的。他为《李尔王》绘制的布景跟莎士比亚的诗一样，既是象征性的，又是真实的，但令人惊异的是另一点：特士列尔甚至在画架画中也保存了戏剧对世界的理解。我记得他那幅表现士兵们射击信鸽的画，那幅画作于毕加索的和平鸽之前约 20 年。只有能够将丘特切夫所描绘的众神的酒宴理解为惊人的悲剧的艺术家，才能在 20 世纪的 30 年代采用这类题材。

革命的最初几年不仅是舞台艺术蓬勃发展的年代，也是戏剧受到普遍喜爱的年代。在乌克兰的一些小城市中，那些幻想总有一天能吃饱饭的流浪艺人使剧院大厅为之震惊，使观众忘却了那不足的口粮、寒冷的住房和夜里的枪声。但是基辅很幸运：它得到了康斯坦丁·亚历山德罗维奇·马尔贾诺夫。这是个很兴奋的人，脑子里充满大胆的计划，性格温和但又十分固执。我记得有一次他激动地说〔我们坐在小吃部里喝着劣等茶，我向他介绍西班牙的情况——他准备排演洛贝·台·维加（1562—1635，西班牙戏剧家、作家。主要剧作有《羊泉村》等）的剧本〕："戏剧就是戏剧！我在市执委会里说过，市执委会就是市执委会。他们却想让演员在舞台上真喝茶。如果人们在市执委会的小吃部里喝茶时突然朗诵起独白来，还用力使双臂弯向背后，用六音步扬抑抑格高谈如何恢复城市的经济，不知他们会说什么……"基辅看到了《羊泉村》，一股清新的风吹进了古老的索洛夫佐夫剧院大厅。我们站着，鼓着掌，久久没有离去。

马尔贾诺夫喜欢我和阿·尼·托尔斯泰合写的剧本《布兰什衬衫》，他决定把它搬上舞台。由尼·阿·希夫林绘制布景。大概排演了两三次以后，邓尼金分子打进城来了。

我常常碰见马尔贾诺夫的两个崇拜者，柳芭的弟弟格里沙·卡杰茨夫和谢廖扎·尤特克维奇，这是两个形影不离的小朋友（但不是"莫菲克季甫"）。他们请我去"吉米"的旧址：那儿正在上演"民间滑稽草台戏"，这是一种在饥寒交迫的年代给观众带来欢乐的怪诞演出。

在索菲亚大街杜马广场旁边有一个肮脏的小咖啡馆，掌柜的是个有着艾尔·格列柯（1541—1614，西班牙画家）的肖像画那样一副热情的长脸的瘦削的希腊人。咖啡馆的窗子上有一个招牌——"真正新鲜的酸牛奶"。希腊人煮好了香喷喷的土耳其咖啡，我们这些诗人、画家、演员常去光顾。对于我来说，这个咖啡馆和我未来的命运有关。有时我在那儿向柳芭、师范学院的年轻女学生亚德维加

导演康·亚·马尔贾诺夫

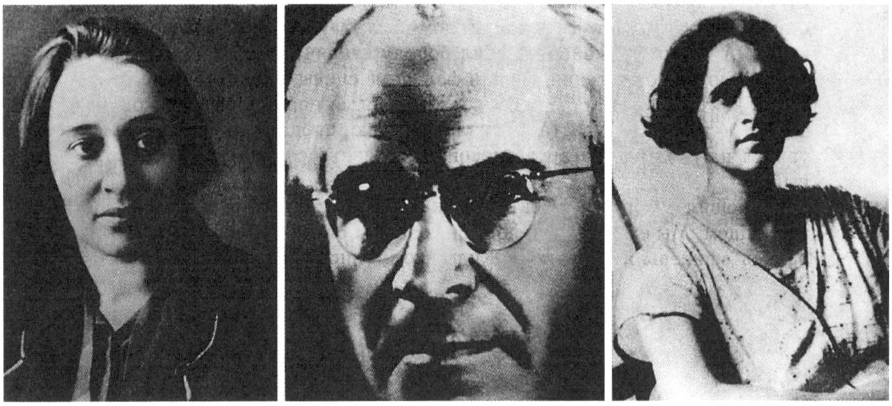

左：1919 年，娜佳·哈津娜在基辅
中：尼·阿·希夫林
右：亚德维加·沙米尔

和娜佳·哈津娜（后来成为奥·埃·曼德尔施塔姆的妻子）讲我在国外的奇遇。我想：一个善良的法国有产者或一个罗马的叫花子，一旦来到革命的俄国，会做些什么？我两年后写的长篇小说《胡利奥·胡列尼托及其门生历险记》的一些人物就是这样产生的。

我继续写诗，好诗没有写出来，但是口气有了变化。我还不了解种种事件的全部意义，但我的心情是愉快的，尽管那个时期有各种各样的灾难。

我们的子孙在翻阅课本的时候
会感到惊讶：
“一四年……一七年，一九年……
他们是怎么活的？……真可怜！……真可怜！……”
新世纪的儿童将阅读战史，
背熟领袖们和发言人的名字，
背熟死亡的人数
和各种日期。
他们嗅不到战场上的玫瑰发出的甜香，
听不到雨燕在炮声暂停时响亮的鸣叫，

也不会知道那几年的生活
有多么美好。

只要思考一下遥远的过去，就会明白许多事情。从表面上看，一切都是那么奇特。匪帮在城市四周流窜，人们每天都在议论大屠杀和杀人。汽车不时发出令人惊慌的叫声。邓尼金分子和彼得留拉分子在竞赛，看谁先打进基辅。我曾多次听到恶狠狠的低语声："他们的统治长不了……"然而我们仍然坐着写计划，讨论着契诃夫或科秋宾斯基的文集第三卷何时付印，最好在什么地方建造革命纪念碑……我们朗诵诗歌，看图画，我说过的那种内心的欢乐，不仅闪耀在14岁的格里沙·卡杰茨夫的眼里，而且闪耀在快50岁的康士坦丁·亚历山德罗维奇·马尔贾诺夫的眼里。问题不在年龄，或者可以说是在于革命的年龄：照莫斯科的算法，革命才两岁，照当地的算法，只有几个月……

12

逃离基辅

有些回忆使你快乐，使你精神振奋，使你看到激情、善良和勇气。也有另一种回忆……有人说，时间能医治一切，这种说法不对。当然，伤口正在结疤，但是这些旧伤会突然疼起来，它们只会随着人的死亡消失。

我下面要谈到一些不良现象。公元前2世纪时，普拉图斯曾以自己的喜剧使罗马人开心。这些喜剧中有一句话留在后代人的记忆中："Homo homini lupus est"（拉丁文，即"人对人是狼"）。我们也常常形容那个建筑在贪婪、建筑在为了一小块面包而你争我夺的基础上的社会的道德是："人对人是狼。"普拉图斯用狼做例子是不对的。曼泰菲尔研究过这种动物的生活，他对我说，狼和狼彼此很少咬架，而且只有到饿极了的时候才袭击人。然而在我的一生中，我曾多次看见人毫无缘由地伤害、折磨、杀害别人。假如这种野兽有思考能力并会创作格言，那么，一只灰狼在它的邻居撕下它的一小撮毛时，大概会吠道："狼对狼是人。"

关于基辅大屠杀我能说些什么呢？如今没有人会对此感到惊讶。在那一幢幢漆黑的房屋中，可以通宵听见女人、老人、孩子的哭喊声，似乎是房屋、街道、城市在哭喊。

佩列茨·马尔基什在那几年里写过一首描写戈罗季谢大屠杀的长诗，那里有五百人遭到杀害。在娘子谷有七万多犹太人遭到杀害，在欧洲有六百万……我现在发觉自己在做这种比较。前不久，我听说有一种能自动作曲的机器。

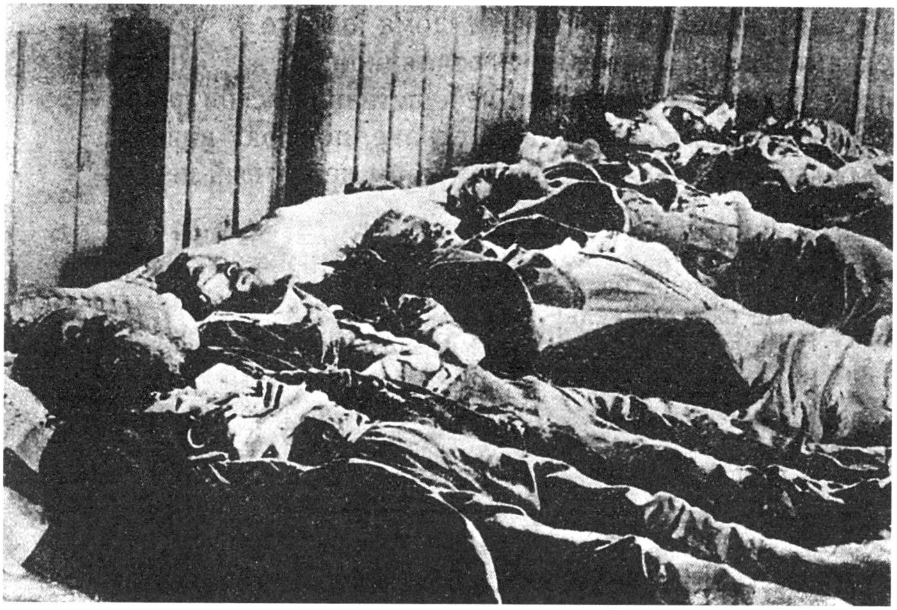

1919 年基辅基地里的受害者

所以我觉得，这种有思维能力的机器会代替心灵打出数字。是的，刽子手在 1919 年还想不出毒气室，暴行是原始的：在额头上刻一个五角星，强奸幼女，把吃奶的婴儿扔出窗外。

一个老人仰卧在院子里，目光呆滞地望着秋天空旷的天宇。也许这是卖牛奶的老人捷维耶（肖洛姆·阿莱赫姆的长篇小说《卖牛奶的捷维耶》的主人公）或者他的女婿，在劫难逃的叶古佩茨的老住户？旁边不是一汪牛奶，而是一摊血。风不安地掀着老人的胡须。

在任何一出悲剧中，都有一些闹剧的场面。在我的岳父卡杰茨夫医生的家中，有一次闯进一个穿着军官制服的身材高大的小伙子，他高声喊道："耶稣给钉上了十字架，俄国被出卖了！……"后来他瞧见桌子上放着一个烟盒，于是镇静而认真地问道："银的吗？……"

我决定溜到考特贝尔去找沃洛申，他的家成了我的避难所。我们乘火车去哈尔科夫，路上走了一个星期。在沿途的车站上，不时有军官或哥萨克冲进车厢，喊道："犹太人、共产党员、政委，出来！……"在一个车站上，画家伊·拉比诺维奇就从我们的加温车中被赶了出去。

哈尔科夫，随后是罗斯托夫，再其次是马里乌波尔、刻赤、费奥多西亚……我们走了足足一个月，藏身于加温车的黑暗角落里，胡乱地躺在轮船的大舱内，在说着胡话、奄奄一息的斑疹伤寒患者中间，身上长满了虱子。单调的喊声一再响起：“这儿有谁长癞子？……”虱子和血迹，血迹和虱子……

破旧的围墙上赫然悬挂着邓尼金、高尔察克、库捷波夫、迈马耶夫斯基、什库罗的画像。略有醉意的库班哥萨克在街上检查行人的证件。不知谁高喊了一声：“抓住政委！……”哈尔科夫的“帕拉斯”旅馆当时由反间谍机关占用，行人总要绕过这座房子。在咖啡馆里，一张桌子旁坐着法国军官，另一张桌子旁坐着投机商人。他们喝着华沙式煮咖啡。到处挂着五颜六色的“奥斯瓦格”招贴画：“前进，向莫斯科进军！”上面画着常胜将军乔治的骏马用蹄子践踏一个大鼻子的犹太人。

莫斯科的律师、彼得堡的文学家、包着五六条头巾携带着装满食物的帽盒的贵妇人、演员、家庭女教师以及无家可归的人，都在从一个城市跑到另一个城市。在一个又破又脏的旅馆里，一位爱开玩笑的人有腔有调地问道：

逃难？可往哪里逃？如果是暂时的——不上算，
如果是永久的，又办不到……

一个疯疯癫癫的老太婆披着一件士兵的军大衣，戴着一顶饰有紫翎毛的帽子，嘟嘟囔囔地说：“不，克列孟梭不会丢开我们不管……”一群醉醺醺的军官从夜酒馆中出来，口中唱着：

咱们有将军什库罗，
欧洲在我们眼里算个啥，
咱们要给它一根羽毛……

以下的话就不能诉诸笔墨了。

（1925年，我在巴黎的墙上看到一张海报："布法洛"马戏团向观众表演新的精彩节目——由"著名的什库罗将军"领导哥萨克表演特等骑术。从前的虐杀者在马戏团的演技场上延长了自己的职业。）

市民们早晨去市场以前，先要听一听有没有枪声。大家都成了惊弓之鸟，对什么也不相信。在明白自己为什么进行斗争的勇敢的人们身上，国内战争引起了仇恨、坚定和勇气。而在那些空气窒闷、坐暖了的小屋里，却蠕动着一些饱受惊吓的小人物，他们既不想拯救革命，也不想拯救古老的俄国，他们只想救自己。他们由于恐惧，不是向肃反委员会就是向反间谍机关报告，说自己女邻居的侄子在征粮队工作，或是说邻居把自己女儿嫁给了白卫军官。他们害怕楼梯上的脚步声、门的吱吱声、门口的低语声。最机灵的人将"5戈比钞票"和马克思的相片藏在一块地板底下，也准备在一周或一个月之后将迈马耶夫斯基的相片、沙皇的钞票，甚至圣像藏在同一块地板底下。

在火车站上，你不得不从人身上跳过去：这儿到处躺着伤寒病人、难民、背袋贩子。

瞧这个鬈发的小伙子，昨天他还在唱：

为了捍卫苏维埃政权
我们要英勇地去战斗……

现在他又大声唱道：

为了捍卫神圣的罗斯
我们要英勇地去战斗
还要把一切犹太佬
狠狠地揍他一通。

他什么战斗也不想参加，过去如此，现在还是如此。他在出卖从仓库里偷的毡靴。

哥萨克是残暴的，这里表现出传统，表现出由于生活遭到破坏而产生的仇恨，也表现出慌张不安。

白军中有黑帮分子、从前的密探、宪兵、刽子手。他们在行政机关、反间谍机关、“奥斯瓦格”中担任要职。他们要使别人相信（也许他们自己相信），俄国人民受了共产党员、犹太人、拉脱维亚人的欺骗，应当将俄国人民好好地抽打一顿，然后用链子拴住。

许多年之后，我在巴黎买了一个叫作波萨日内的人出的一本诗集，他自称是“黑色骠骑兵”，在雷诺工厂工作。他咒骂“捉青蛙的法国人”，他回忆起自己的战马时，却为辉煌的过去悲痛不已：

> 珀伽索斯（希腊神话中能激发诗人灵感的飞马）走进了餐厅
> 喝足了卡赫齐亚葡萄酒，
> 吃了一束白玫瑰，
> 一本正经地把屎拉在托盘上。
> 这不是粗野的时代，
> 人群喊着“乌拉”，
> 乐师大声吹奏着唢呐，
> 回忆，你住嘴吧！

他是这样表达自己理想的：

> 现在是红色的东西都将消亡。
> 它们早该见鬼去喽！
> 过去的士官生们手中的酒杯
> 将重新泛起泡沫。

我在1929年读这些诅咒时笑了，但在1919年，这位波萨日内曾冲进加温车，挥臂猛打别人的脸，甚至开枪杀人。

然而白军大多数都是失魂落魄的人，为了驱赶虱子而把自己搔得遍体鳞伤，由于真正的和想象中的委屈，由于屠杀、逮捕、枪毙，由于多次易手的一座城市的哭泣，由于意识到他们明天将会被枪毙，就像他们今天枪毙“可疑分子”那样，他们的心也被播伤了。

德国作家列昂哈德·弗兰克给自己的一本书取名为《人是善良的》。人既不善良，也不凶恶：他可能是善良的，也可能非常凶恶。当然，在白军当中不仅有暴徒，也有许多平凡的人，就其天性来说，他们都十分温厚，早先也没欺负过任何人。但是他们却不得不将善良随同舒适的生活与家务事一起留在家中。绝望触发了仇恨。甚至当1919年秋白军占领了奥廖尔时，他们也未感到自己是胜利者。他们就像在外国的土地上一样往前飞跑，到处看见敌人。在小酒馆里，白卫军官要求值班歌手为他们唱流行的抒情歌曲：

你将是第一名。
可别陷入困境！
神经越是坚强，
目标也就越近。

狂饮的结果往往是开枪打人、击碎镜子，或者往空中放枪——军官们仿佛看到了游击队、地下工作者、布尔什维克。他们越是高喊自己有坚强的神经，就越是说明他们神经脆弱。目标湮没在酒精、仇恨、恐惧和血的迷雾中了。

在“志愿军”中间有形形色色天真的浪漫主义者或意志薄弱的人，他们禁不住同伴们的规劝，被有关“忠心”“正直”“誓言”的言论给迷住了。

我也遇见过一个不知所措的人，他是陆军准尉，喜爱勃洛克的诗。天晓得他是被什么风吹到白军里的。他救过我的命，老实说，我没记住他的姓名，这使我很难过。这件事发生在从马里乌波尔去费奥多西亚的途中。我们坐轮船走了很久：起先是失火，后来小船又在亚速海遭到冰封。粮食吃光了。伤寒病人在冰上爬行。在最后几天的一个夜里，一个戴毛皮高帽的魁梧年轻人将我拖到结了一层冰的甲板上。大家都睡了。这位军官比我力气大得多，但他喝多了酒。我们搏斗起来。他口齿不清地反复说道：“现在让我给你举行洗礼……”他把我向船舷推去。我记得我当时想到：好吧，让我们一起滚到水里去吧……亚德维加和我们同行，她听到喊声后，急忙跑到底舱去喊那位我忘记了姓名的陆军准尉。他登上甲板，喊道："住手，我开枪啦！……"我的"教父"看见手枪才松手。

在费奥多西亚悬挂着同样的画像，什库罗将军剽悍的脸上露出微笑。我在这里看见了穿戴整齐、面孔刮得干干净净的英国人。在他们的行军灶旁挤着一群饥饿的孩子：白军强迫铁路员工撤退（不记得是从奥廖尔还是从库尔斯克）。撤退的人们栖身在卡兰季纳镇上那些可怜的陋室中。英国人沮丧地望着这一群饥饿的、衣衫褴褛的人们——他们置身于这场角逐之外，他们被派到这儿来，正如他们可能被派往内罗毕或卡拉奇一样，只是在执行命令罢了。当然，对于石油股票，对于被剖腹者，对于贪婪地嗅着空气中肉味的孩子们的命运，他们都毫无所知……

沃洛申热情地接待了我，我颠三倒四地向他叙述旅途中的奇遇。马克斯的目光和往常一样亲切而深邃。他谈起了俄国的命运，谈到先知以西结的预言。沃洛申的母亲普拉来了，她打断儿子的谈话："马克斯，够啦！他们饿着肚子，现在对你的故事不感兴趣……"她端来一锅土豆。

13

在考特贝尔的艰难日子

我的女儿有时去考特贝尔度假，在有许多美丽的小石子的海滨浴场洗澡、晒太阳，还可以爬爬山。当她对我谈到这一点时，我就想起了遥远的过去：我很难想象，在考特贝尔可以休息。我也曾在那儿的海边漫步，但我收集的不是小石子，而是海水抛到岸上来的小木片，我用它烧火盆。有一次我在岸上拣到一只死海鸥，我把它开了膛，用水煮了；它有一股臭鱼的腥味，但我们吃了它。

我们来到后不久，我就用那件穿破的巴黎上衣换了些劈柴；冬天特别冷，刺骨的东北风刮个不停。我生起炉子，我们才没有在屋子里挨冻。但是我觉得，我从来不曾像在考特贝尔那样不断忍受无法排遣的饥饿。我常用辣椒煮汤。

我们在那儿度过了 9 个月，但现在我觉得那好像是漫长的几年。起初非常寒冷，后来又很热。柳芭的母亲送给柳芭几枚戒指和胸针。我们把它们卖了。后来没什么可卖了。幻想靠写作得到点收入是愚蠢的。春天，我决定为农民的孩子们办一个儿童游戏场，很明显，基辅的那几位女教养员使我相信了自己的教育才能。

农村里住着一些保加利亚人，其中大部分是富农。他们不大拥护白军，因为白军征用粮食，而且有时不写借条就拿走一头猪或整桶酒，但他们最害怕的还是布尔什维克前来。不错，我找到了一家保加利亚人，他们帮助过地下工作者，并且憎恨白卫军，这就是斯塔莫夫一家。他们受到其他农民的尊敬，大家公认他们是诚实的、爱劳动的农民，然而一谈起政治，别的农民就不听他们了。村子里还住着一个裁缝，是俄罗斯人，他也在等待红军到来，有时冷嘲热讽地评论白军的战报："在乌曼附近'占据了更有利的阵地'，这就是说他们开始撤退，不可能是别的……"但裁缝是外地人，自然害怕别人告发他。

农民们希望我将城里人待人接物之道教给他们的孩子，但是我却读楚科夫斯基的《鳄鱼》给孩子们听。他们在家里念道："一个小男孩向他做了个轻蔑的手势。"父母对此很不乐意。我想给孩子们介绍一些艺术知识，发挥他们的想象力，所以对他们讲了安徒生关于夜莺的童话。我们决定排一场戏，剧中人没有固定的台词。扮演夜莺的男孩子应当自己想出取悦中国皇帝的办法。在剧的末尾，即将死去的老皇帝躺在病榻上，包围着他的是种种回忆——好的和坏的行为。有些孩子说的是从家里听来的话："你记不记得，你怎样偷了老太婆的鹅？"或者："你记不记得，你给你的大臣的结婚礼物是20个金卢布？……"另一些孩子编的故事要复杂一些，我记下了其中的几个故事。一个小姑娘很严肃地问："老皇帝，你说你记不记得邀请过一个女演员去中国？她唱歌的声音简直和夜莺差不多，你送给她一枚很大的奖章，你用金鱼款待她。后来她唱了一支歌，你生气了。老皇帝，你为什么生气？她爱上了一名外国士兵。难道这不好吗？你们搜查了士兵，找到一本小书，你说这不是好书，你将她关起来，从早到晚审问她，不给她一点东西吃，还用中国的木棍打她，她死了，那时她很年轻。现在你想让夜莺回到你身边来吗？不，老皇帝，它永远不会回来的，它有翅膀，你关不住它，它一旦飞走，就别再想捉住它……"这个剧我们排演了很久，最后确定了演出日期，请来了家长们。在这之后，村里就出现了一些谣言，说我是"赤党"。有几个农民禁止孩子再去游戏场。

然而，惹出乱子的倒是泥工课程。我在这方面也不愿压制孩子们的想象力，他们将泥捏的一些莫名其妙的野兽、脑袋特别大的人带回家去，有一个孩子还塑了一个头上有角的魔鬼。这下子牧师来干涉了，他挨门挨户地对每个家长说："他是犹太人和布尔什维克，想驱使孩子们去信仰魔鬼……"游戏场不得不停办，它一共存在了三四个月。我不知道它是否给了孩子一些什么，不过我有时倒能往家带回一瓶牛奶或几个鸡蛋。预先商定报酬用实物支付，但报酬的数量和支付办法却没有规定。有些父母什么也不给。孩子们来游戏场时都带着食物，他们进食的时候我简直不敢看一眼——生怕露出饿相。有一个小孩子一面狼吞虎咽地吃着脂油面包和奶渣饼，一面对我说："爸爸对我说，让我一点也别给你……"

天气暖和了。我穿着从巴黎带来的睡衣，赤着脚。有一次，我到村里去，想买些牛奶或酸凝乳。我走进一个富农的院子。他们把狗放出来咬我，狗咬住了我的小腿肚子。问题并不在于我被狗咬了，而是它把我的裤腿撕成了碎片。我只得把另一只裤腿也剪掉。现在我穿起短裤来了。或许，这使我变得年轻了，我不知道（从相片上看，我的模样有点可怕——我瘦得厉害）。我穿着连喜爱古希腊的朴素的莱蒙德·邓肯也会嫉妒的衣服和孩子们一起蹦跳。不过一般说来，一个人又有什么不能做呢？何况是在所谓具有历史意义的时代！……

有时我花一两个小时到山区去。考特贝尔周围的景色有一种令人感到痛苦的美，就像阿拉贡或旧卡斯蒂利亚，山坡一会儿是淡紫色，一会儿又成了火红色，没有房屋，没有树木，很像曾经给艾尔·格雷科带来灵感的那个冷酷世界的模型。不过考特贝尔之所以留给我这样的印象，也许是周围发生的一些事件所致。

第一次踏进沃洛申的工作室，我就想起了巴黎：还是那个塔娅赫女王、上面绝大部分是法文书的书架。马克斯很忧郁，早先的轻佻不见了。但他还是常开玩笑，故弄玄虚愚弄人。有时很好笑，但我没有笑过。有时我们长谈——这仿佛是里维拉的画室里或"洛东达"里的谈话的延长，然而我们谈话并不是因为五年前曾使我们激动的话题现在仍然具有生命力，而是因为我们想在几小时内回到过去。

迈娅·库达舍娃和她的法国母亲住在沃洛申家中。迈娅的父亲是俄国人，她也生在俄国，但她的口音却像巴黎女人，还用法文写诗。沃洛申对她的外貌做了这样的描绘：

又直又亮的头发像波浪一样
覆盖着你的前额。
头上的光轮像旋风般卷起。
微笑使你孩子般的目光收缩，
成人的忧伤使嘴变小，

眉梢渗出的汗
像一串细小的珍珠。

迈娅来自莫斯科，她在那儿常与文学界往来，认识伊万诺夫、安德烈·别雷，跟马林娜·茨韦塔耶娃很好。她的母亲因看到跟她的正统观念和罗斯丹的戏剧毫不相容的种种事件而感到压抑。而迈娅却能抵御寒冷、饥饿和其他灾难……她后来的命运是这样的：先是与罗曼·罗兰通信，随后去瑞士找他，成了他的妻子。几年前我们在巴黎见过面。玛丽亚·帕夫洛夫娜正忙于筹建罗曼·罗兰陈列馆，她请我帮她弄一些俄国陈列品。我们没有谈起考特贝尔，虽然往事也曾涌上心头……

维·维·魏列萨耶夫是这样描写他在考特贝尔度过的那三年的："在这段时期，克里米亚数次易手，我遇到了许多困难。六次被洗劫一空。病中体温高达四十度，在一个两天后被枪毙的醉醺醺的红军士兵的手枪下躺了半小时。遭到白军的监禁。害过坏血病。"1920年初，魏列萨耶夫处境困难，他的医术稍稍帮了他的忙。他笑着对我谈起，农民最初不相信他是医生，因为有人告诉他们，他是作家。附近村子里伤寒病猖獗。魏列萨耶夫有一次检查了一个病人，算出了病情好转的时间。到了预定的日期，体温下降了，从此农民才相信魏列萨耶夫的确是医生。他们给他的报酬是鸡蛋或脂油。他有一

20世纪20年代的考特贝尔

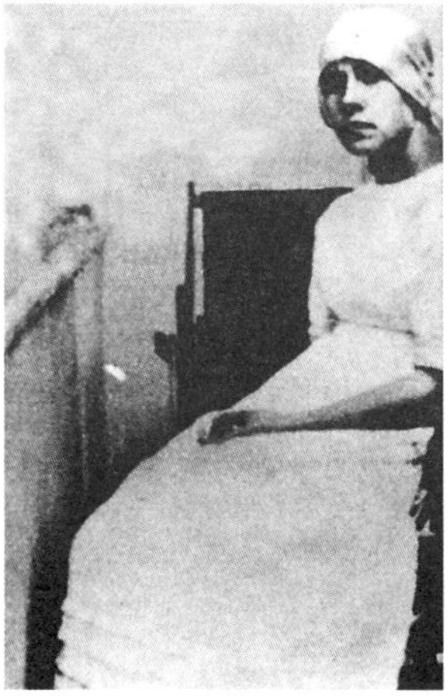
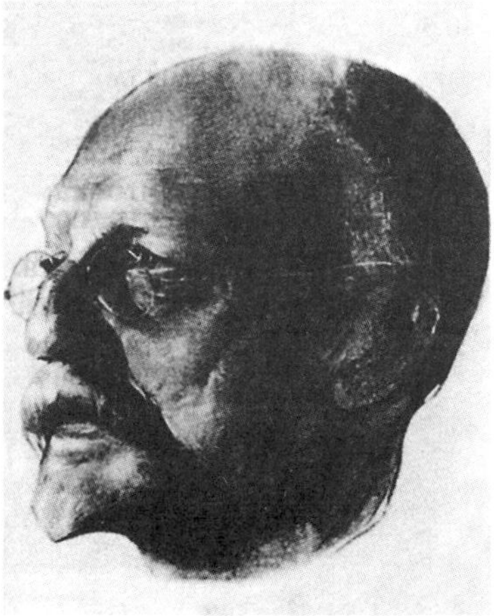

左：迈娅·库达舍娃
右：维·维·魏列萨耶夫的肖像

辆自行车，但衣服完全破了。我有一件古怪东西——卡杰茨夫医生的睡衣，是在基辅时送给我的。我们把它送给魏列萨耶夫，他就穿着那件睡衣骑着自行车去看病人。

柳芭得了伤寒后，魏列萨耶夫常来看我们，所以有时谈得很久。我以前读过他的几本书，认为他是个偏重理性的、直爽的人。其实他酷爱艺术，翻译过古希腊诗人的作品，为粗鲁和粗糙而感到苦恼。当然，在反对白卫军的斗争中，他的全部同情在莫斯科方面，然而对许多事他不明白，也没有接受。后来，我读了他那部描写革命初年俄国知识分子生活的长篇小说《无路可走》。我从那个民主派学者和他的布尔什维克女儿的口中发现了魏列萨耶夫的思想。魏列萨耶夫比契诃夫小七岁，但是他应当属于那一代人，而且他生性也有些像契诃夫：对别人缺点的宽容，崇拜善，那种与其说是由于环境，不如说是由于对人的深刻了解而产生的平静持久的忧伤。在魏列萨耶夫的长篇小说中，卡佳苦恼地对自己年老的俄国知识分子的父亲说："亲爱的，我亲爱的！……你的正直，你的高尚，你对人民的爱，是谁也不需要的……"1920 年，许多年轻人就是这样议论的。但是在 1960 年，他们的子孙们明白了，他们迫切需要曾经鼓舞过契诃夫和他精神上的朋友们的正直、高尚和对人民的爱。

关于奥西普·埃米利耶维奇·曼德尔施塔姆，我将在下一章中叙述。和他同来的有他的兄弟亚历山大·埃米利耶维奇，这是个善良的人，十分实际，曾多次帮助他的兄弟和我们。文学研究家德·德·勃拉戈伊和他的妻子（一位医生）也住在考特贝尔。作家安德烈·索博利的妻子拉希尔·绍洛夫娜也是医生，她在照看一岁的儿子马尔克。（1949 年，诗人马尔克·索博利将一本有安德烈·索博利题词的我的小书送给了我，并在上面写了几行诗，最末一句是：“25 年后，在父亲的签名下面，儿子写下了爱的话语。”）

斑疹伤寒一向是讨厌的疾病，在当时的条件下护理病人是很困难的。亚德维加帮我照料柳芭，但她是个脆弱的 20 岁姑娘。病情严重了。医生想给病人注射樟脑，但没有注射器。亚历山大·埃米利耶维奇为此骑马去费奥多西亚，好不容易弄到了注射器，但因急于赶路，途中把注射器碰碎了。他只得再次进城。后来需要酒精。我遍访我的学生的家长们的家，想要点烧酒，但对我的回答是，全被白军喝了。有一家正在举行婚礼，我瞧见桌上摆着几只大瓶子，便高兴起来，但主人们说：“愿意喝，就请坐，我们给你斟，但不外销……”

魏列萨耶夫吩咐我不断注意柳芭的脉搏。一天夜里，脉搏突然停止。不巧的是，魏列萨耶夫到另一个村子去了。我跑去找勃拉戈伊和索博利，他们也很着急，说既然已没有希望，就不必再折磨病人，但我还是央求他们给病人注射了士的宁。

柳芭的体温下降后，又出现了并发症——她深信自己已经死了，我们出于某种目的正在为她安排死后的生活。我好不容易为她弄了些食品并烧熟了，我垂涎欲滴，而她却说：“我为什么要吃？我已经死了。”不难想象，这对我有多大的影响，而这时我还得去游戏场和孩子们一起跳环舞哩。

后来我们弄到一个剪羊毛的机器，魏列萨耶夫用它把柳芭的头发剪短了。幸运的是，沃洛申开始光临我们的小厢房，他非常喜欢不可理解的谈话。柳芭说，她透过墙壁看到了一切，这使马克斯很高兴。奥西普·埃米利耶维奇爱模仿象征派诗人的谈话：“您好，伊万·伊万诺维奇？”“没什么，彼得·彼得罗维奇，我死前还活着。”尽管处境悲惨，马克斯还是不能摆脱对彼世的迷恋。他真诚地醉心于和柳芭的谈话，而我却在猜测，我还会出什么事：发疯，得伤寒病还是与这一切相反，活下去？清秀黝黑的亚德维加很像意大利新现实主义影片的女主人公，从早到晚洗衣服。

我说过，魏列萨耶夫、沃洛申、曼德尔施塔姆都曾是我谈话的伴侣。但是，从我来到考特贝尔的第一天起就有一位主要的谈伴等待着我——在莫斯科给我出了谜却没有得到回答的斯芬克斯。冬夜是漫长的。柳芭睡了。气愤的大海在窗外咆哮。而我坐着沉思。我开始理解许多事物，这是不容易的，因为在这之前，我写过诗，有过信仰，也失去过信仰，我得把佛罗伦萨的玫瑰色反光、雷翁・布鲁阿疯狂的说教、莫迪利亚尼的预言同我所看到的一切联系起来。

最主要的是明白人们的激情与痛苦在我们所谓的“历史”中的意义，确信所发生的一切不是可怕的、血腥的暴动，不是规模巨大的普加乔夫起义，而是对人的价值持有不同理解的新世界的诞生，也就是从我自己还没有意识到我继续生活在其中的19世纪，跨进另一个时代晦暗的门斗。我明白了，我在《前夜集》里所揭露的那个旧世界，是既不能用古老的咒语，也不能用崭新的艺术加以改变的。当然，我还是我自己：无谓的牺牲，残暴的镇压，把复杂的情感世界简单化，这一切都使我恐惧。然而我明白了，我的评价是有争议的：

我诞生在昨天，我爱昨天的智慧……

我写过一本小册子《沉思》，现在我想摘引1920年1月写的一篇诗中的几行。诗写得不好，但它不只反映了我那个冬天的思想，还反映了以后几年的思想：

饥饿使你浮肿，张开的伤口流出血和脓。
你哭号抽搐，趴在大地母亲的怀中。
他们聪明、肥胖、衣冠楚楚，但嫌弃你，
把你产后的梦呓当作垂死的谵语。
他们不会怀胎，没有乳汁的乳房正在变硬。
谁会继承古代的遗产？
谁会使普罗米修斯快要熄灭的火炬
重又燃旺，并举着它继续向前？
分娩是艰难的。这是个崇高而又可怕的时刻。

另一个伟大的世纪正在诞生，
但不是生在海涛的泡沫中或蔚蓝的天宇，
而是生在我们的鲜血洗涤过的污黑的垃圾堆里。
……
在一个短时期里，人民总得
用自己的鲜血浇灌地上的垄沟——
祖国啊，压迫者将吻着雪地上的血迹，
朝你走来。

诸如“垃圾堆”“怀胎”“垄沟”之类明显的书面语言，如今使我讨厌。奇怪的是，当我写了《前夜集》并赞美了立体主义之后，却突然转向了象征派的语汇！不过新的语汇并不更为动听：当我运用它时，我得宣布自己是站在苏维埃的立场上。其实我又能有什么“立场”呢？儿童游戏场不久也给封了……

我们在考特贝尔过得一点也不安宁：常有军人和密探从费奥多西亚前来寻找地下工作者、游击队员和“煽动者”。曼德尔施塔姆被捕了。他不久获释，不过这是运气，他有可能被枪毙。我提心吊胆地不时看看道路。我一生曾多次感到自己是一只野兽，谛听着楼梯上的脚步声或电梯声。这是一种非常讨厌的、有损尊严的感觉。但是让我聊以自慰的是，我天生不是猎人，我没有跟踪也没有逮捕过任何人。

柳芭·卡杰茨娃-爱伦堡在考特贝尔

有时我夜里仿佛看见《胡利奥·胡列尼托及其门生历险记》的主人公：他们好像在敲一本尚未写出的书的大门。然而我没有想到要坐下来写长篇小说（说句笑话，当时连纸都没有，我的诗写在旧账单的背面）。我当时想的是另一件事：怎样去莫斯科？战争似乎是不会结束的，打垮了高尔察克，波兰人又要前

20世纪20年代的费奥多西亚

来。有一次我在费奥多西亚找到几张巴黎的报纸。我得知右派在法国的大选中取胜，盟国绝不会交出俄国领土上的进攻基地，它们在保卫“自由世界”。（提法要比政府的寿命长久得多。）的确，我在费奥多西亚看见了许多外国军官。港口一片繁忙景象：人们在卸大炮、弹药。

我很少去费奥多西亚：愿以低价用自己的大车（轮子是四个原木做的，随时有散架的可能）载人的农民不大好找，何况也不值得去冒险和引诱密探。城市是美丽的，也许是由于山上那些房屋的拱廊或楼层使我想起意大利。但是城里的生活却不妙：没有一个人随便地在街上走——一些人耀武扬威，另一些人则战战兢兢。

奥西普·埃米利耶维奇在费奥多西亚有许多熟人：自由派的律师、犹太商人、文学爱好者、初学写诗的人、港口职员。他给我介绍了几个，其中有些人是诗人喜欢的，但我觉得，他们都有点怕和我们见面。

曼德尔施塔姆一家走了：我记得是港口的一个负责人帮了他们的忙。我不断地央求沃洛申和我在费奥多西亚的熟人帮助我们离开那儿。终于有一天，马克斯对我说：“看来没问题。”拖得很长的一章结束了：不是书的一章，而是生活的一章。

14

生来不是蹲监狱的曼德尔施塔姆

我说过，当奥西普·埃米利耶维奇·曼德尔施塔姆被弗兰格尔的军队抓走之后，沃洛申立刻动身去费奥多西亚。他回来时脸色阴沉，他说，白军认为曼德尔施塔姆是危险的罪犯，他们断定他在装疯卖傻，因为他被关进单人囚室后，便开始敲门，狱吏问他需要什么，他回答说：“你们得放我出去，我生来不是蹲监狱的……”在审问时，奥西普·埃米利耶维奇打断侦查员的话：“您最好是说，您放不放无辜的人？……”我明白，1919年在反间谍机关中说这种话是荒唐的，白军军官会把这看作是伪装精神病。但是如果思考一番，忘掉策略甚至战略，那么在曼德尔施塔姆的行为中难道没有深厚的人类真理吗？他不打算向刽子手证明自己无罪，而是坦然地问——他值得不停地说吗？他对狱吏说，他“生来不是蹲监狱的”，这话有点孩子气，但同时也是聪明的。普拉难过地说道：“不合时宜。”当然是这样。曼德尔施塔姆写过几行关于时代的诗：

时代像一只捕狼的大猎犬扑向我的肩头，
但就血统而论我并不是狼。
倒不如把我当作一顶帽子
塞进西伯利亚草原热乎乎的皮大衣的袖筒……

我是在莫斯科认识奥西普·埃米利耶维奇的，后来我们常在基辅索菲亚大街上那个希腊咖啡馆中见面，他在那儿向我朗诵了描写革命的诗：

啊，执法如山的人民，你是太阳，
在沉闷的岁月冉冉升起。

红军撤离基辅的那一天，我看见了他。后来他谈起撤离时的情况：

茨冈女人不再给美女们算命，
商界公园里不再演奏提琴，
在克列夏季克马儿纷纷倒毙，
老爷们住的利普基有股死亡的气息。

红军战士乘上最后一辆电车
径直朝城外驶去，
一件潮湿的军大衣大声叫道：
“放聪明点，咱们还要回来的！……”

我们在基辅一起度过了大屠杀之夜，一起在考特贝尔饱尝了人世的灾难。后来我们又一起从第比利斯逃到莫斯科。1934 年夏，我在沃罗涅日找过他。

放开我，交给我，沃罗涅日，
你会撞倒我，或者错过我，
你会丢掉我，或者遣返我——
沃罗涅日是胡闹，沃罗涅日是乌鸦，是刀

我最后一次见到他是 1938 年春在莫斯科。

我们俩都生在 1891 年，奥西普·埃米利耶维奇比我大两周。我听他读诗的时候常想，他比我聪明，比我年长得多。但是在生活里，他在我的眼中

左：20世纪20年代，奥·曼德尔施塔姆
中：1920年，奥·曼德尔施塔姆
右：1936年，奥·曼德尔施塔姆

却是个任性的、心胸狭窄的、忙忙碌碌的孩子。他多么讨厌啊，我考虑了几分钟之后又立刻补充说：又是多么可爱啊！在他模糊的外貌下面，隐藏着善良、人道精神和灵感。

他身材矮小，体质虚弱，长着一撮毛的头总是向后仰着。他喜爱雅典卫城墙边那只以歌声打破静夜的公鸡的形象，而他自己在用男低音唱自己庄严的颂歌时，也像一只年轻的公鸡。

他总是坐在椅子边上，有时突然跑开，幻想一顿精美的午餐，订一些稀奇古怪的计划，滔滔不绝地说得出版商厌烦不堪。有一次他在费奥多西亚召集了一批富有的“自由派人士”，严厉地对他们说：“在最后审判时，问到你们是否了解诗人曼德尔施塔姆，你们就回答说：‘不了解。’问到你们供养过他没有，如果你们回答说‘供养过’，你们的许多罪行就会得到宽恕。”在最悲惨的时刻，他用嘎泽拉诗体（流行于中亚民族间的一种源自阿拉伯诗艺的抒情诗体）引我们发笑：

年轻人，为什么你老是吹喇叭？
年轻人，你不如进棺材躺下。

凡是第一次在出版社的会客室或咖啡馆里遇见曼德尔施塔姆的人，都会觉得面前的人是一个最轻浮的，甚至不会思考的人。实际上曼德尔施塔姆很会工作。他不是在桌子上写诗，而是在莫斯科或列宁格勒的大街上，在草原上，在克里米亚、格鲁吉亚、亚美尼亚的群山中写。他谈到但丁时说："阿利吉耶里写诗时踏遍了意大利的羊肠小道，磨破了多少鞋掌、多少牛皮鞋和多少平底鞋啊。"这番话首先适用于曼德尔施塔姆。他的诗是一字字一行行写成的，他成百上千次地修改。有时一首诗起初意思很清楚，但经他一改就复杂化了，几乎让你看不懂，但有时相反的倒变得清晰了。他酝酿一首八行诗往往用几个月，一首诗的诞生也往往使他惊讶不已。

革命初年，很多人认为他的语汇、他的精彩诗句是一种古老的东西：

在没戴头巾的妇女夜间的埋怨中
我学到了离别的知识。

现在，我觉得这些诗行完全是当代的，只有布尔柳克的诗才顺应早已过时的时髦。曼德尔施塔姆说："完美的英勇精神的典范是我们时代的风格和实际需要所创造的。一切都变得更有分量也更庞大了。"这不是准则，也不是流派："不值得去创立什么流派。不值得去臆造自己的诗学。"曼德尔施塔姆的诗后来摆脱了桎梏，变得更轻快、更简洁了。

一些诗人是以听觉感受世界的，另一些诗人是以视觉感受世界的。勃洛克是前者，马雅可夫斯基是后者。曼德尔施塔姆却是凭各种不同的本能生活的。他回忆自己的童年时写道："这个时期，我以病态的、神经质的紧张心情爱上了柴可夫斯基，我的心情很像陀思妥耶夫斯基笔下的涅托奇卡·涅兹瓦诺娃（陀思妥耶夫斯基同名小说的女主人公），她是那样殷切地盼望能听听丝绒帷幔的红焰后面的小提琴演奏。我偷偷地爬过铁丝网，不止一次撕破衣服、划破手臂，没有花钱便到了露天音乐厅，终于听到了柴可夫斯基的乐曲中由小提琴演奏的几个奔放、平稳的片段……"至于他对绘画的感情，可以从他谈静物画的诗中看到（指的是孔恰洛夫斯基的油画）：

画家给我们画了一幅
昏迷不醒的丁香
画布上斑斓的色彩
犹如一个个疮痂……
……
使人感到摇摇晃晃，
又像信笔涂鸦的面纱，
在这晦暗的混沌中
熊蜂已在称王称霸。

我常跟他谈论绘画，20 年代，他最喜爱古代威尼斯画派——丁托列托和提香。

他十分熟悉法国、意大利、德国的诗歌，了解他待过不久的那些国家。

我像需要怜悯与宽恕那样，
需要你的土地与金银花，法国啊，

需要您斑鸠的真理和微不足道的谎言
还有用纱布围起来的葡萄园。

在轻松的十二月里，你那剪过毛的空气
渐渐变白，那么富有，那么委屈……

我虽在法国住了多年，却不能讲得比这一番话更好、更确切……我曾向一些意大利人翻译《谈谈但丁》中的若干句子，那些对意大利语语音绝妙的“稚气”的思考使他们大吃一惊。

然而奥西普·埃米利耶维奇最热爱的还是俄语和俄国诗。“由于一系列的历史原因，希腊文化生机勃勃的力量把西方让给了拉丁文化的影响，它在不育的拜占庭稍事逗留，便一头扎进俄语的怀抱，把希腊化时代的世界观独特的奥秘和自由表现的秘密传给了俄语，因此俄语就成了发音发光的实体……”他抛弃了象征主义，认为它和俄罗斯诗歌格格不入。“巴尔蒙特是最不像俄国诗人的诗人，他是外国的翻译家……是一个并不存在的语音大国的外国代表……”安德烈·别雷是“俄语生活中一个病态的反面现象……”

不过曼德尔施塔姆尊敬并喜爱安德烈·别雷，别雷死后，他写了几首绝妙的好诗。

人们给你戴上皇冠，戴上疯子的尖顶帽，
你成了绿松石的导师，折磨者，主宰，傻瓜。

你像鹊鸭那样把莫斯科街头的雪弄得乱七八糟，
你费解，易懂，模糊，混乱，精巧。

你是空间的搜集家，考试及格的娃娃，
你是作家，红额金翅雀，大学生，小铃铛……

他怀着柔情描写普希金一代的诗人们、勃洛克、自己的同时代人、卡马河、草原、干燥炎热的亚美尼亚和故乡列宁格勒。我记得他的许多诗行，我要像念咒似的反复吟诵它们，当我回首往昔，我会因同他一起生活过而感到快乐……

我曾谈到生活上的轻率和艺术上的严肃之间的矛盾。但也许根本就没有什么矛盾？奥西普·埃米利耶维奇 19 岁时写过一篇谈弗朗索瓦·维永的文章，他寻找理由替残酷时代的这位诗人动乱的一生辩护：“可怜的小学生”以自己的形式捍卫诗人的尊严。曼德尔施塔姆是这样描写但丁的：“对我们来说是无可指责的风帽和所谓鹰形侧面的那种东西，从里面来看则是难以压制的窘困，是为争取诗人的社会尊严和地位而进行的纯普希金式的、低级侍从的斗争。”这些话又适用于曼德尔施塔姆自己：许多荒唐的、有时是可笑的行为就是来自“难以压制的窘困”。

有些批评家认为他是个旧式的、博物馆中的人物。还有一些更坏的责难，我的面前摆着 1932 年出版的一卷《文学百科全书》，上面写着：“曼德尔施塔姆的创作是两次革命之间大资产阶级意识的艺术表现……曼德尔施塔姆的世界观的特点是极端的宿命论和内心对发生的一切冷若冰霜……这只是在意识形态上使资本主义及其文化永世长存的一种经过高度‘升华’的故弄玄虚的手法……”（这段文字是一个年轻批评家写的，他曾数次跑来找我，兴高采烈地拿出曼德尔施塔姆未发表的诗作给我看，还抄下他的诗，装订成册，送给朋友们。）对曼德尔施塔姆的诗很难说有比这更荒谬的评论了。居然确有完全不表现资产阶级意识的人，无论是大资产阶级的，中资产阶级的，还是小资产阶级的！我已经说过，1918 年他对各种事件的宏伟规模的那种深刻了解曾使我大吃一惊，我指的是那首描写正在改变航向的时代大船的诗。他从来不曾回避自己的时代，甚至当捕狼的猎犬把他视为异端时他也是如此。

现在您该知道，我也是同时代人，
我是莫斯科缝纫托拉斯时代的人。
瞧我的上衣翘得多高，
瞧我多会走路，多会说话！
您若想让我脱离时代，那就试试吧！
我向您保证，您会拧伤自己的脖子。
……
为了未来若干世纪轰隆作响的豪迈，
为了崇高的一代……

关于列宁格勒，他写道：

我回到了我的城市，无论是它的眼泪，
它的矿脉，还是孩子微肿的腺，我都熟悉。

你回到了这里，那就赶快去吞一口
列宁格勒河上点灯的鱼油……

彼得堡啊，我还不想死——
你有我的电话号码。

彼得堡啊，我还有一些地址，
根据它们，我找得到死者的声音。

这首诗发表在1932年的《文学报》上。1945年，我听见一个回到故乡的列宁格勒女人在吟诵这首诗。

曼德尔施塔姆没有什么可指责的。难道可以指责任何一个人的弱点和力量都在于他对生活的热爱吗?

我要为生活献出一切——
我是那么需要关怀——
一根硫黄火柴就能把我点燃。

睫毛扎人，胸中的泪水已干。
我无畏地预感到，将有一场风暴。
有人不知为什么，急于忘掉极好的我。
真闷啊，可还是想活到死去才拉倒。

这个身体孱弱而又演奏着住进黑夜的诗的音乐的诗人又能妨碍谁呢? 1952年初，布良斯克的农学家梅尔库洛夫来找我，他说，1938年，奥西普·埃米利耶维奇死在远离故乡一万公里的地方，他有病，躺在篝火旁边读彼特拉克（1304—1374，意大利诗人）的十四行诗。是的，奥西普·埃米利耶维奇怕喝一杯未开的水，但是他身上却有真正的勇气，这股勇气陪伴了他一生，直到野营篝火旁的十四行诗……

他在1936年写道：

我不愿做一只白粉蝶

1933年在老克里木疗养院，其中有安·别雷、柳芭·卡杰茨娃-爱伦堡、曼德尔施塔姆

把借来的身躯还给尘土——
我但愿，有头脑的躯体
变成街衢和国土——
这躯体虽被烧焦，但有脊柱，
还知道自己的长度。

他的诗流传下来了，我听见它们，别人也听见它们。我们走在孩子们正在游戏的街上。大概，这也是我们在庄严的时刻称之为“不朽”的那种东西吧。

在我的记忆里，活着的奥西普·埃米利耶维奇是个可爱的、不安静的忙人。当他跑来告别时，我们拥抱了三次：他终于离开了考特贝尔！我暗自想道：

谁知道“离别”一词的含义，
我们又将如何别离……

15

坐盐船逃难

从克里米亚北部的一些咸水湖中可以提取食盐，开采工作早在革命前就已进行。我在中学三年级或四年级时大概就知道这件事，不过，学校里获得的知识很快就忘记了。而且我对摆在桌子上的盐的来历也从来不感兴趣。但是盐，而且还是克里米亚的盐，却在我的生活里起过重要作用。

从费奥多西亚去莫斯科，当时要经过孟什维克的格鲁吉亚，格鲁吉亚和白军的克里米亚有贸易关系，而且那儿还有苏联的大使馆。从费奥多西亚运往格鲁吉亚的贵重货物是食盐。我说它贵重绝不是开玩笑：那个时候，盐在市场上是论杯出售的，正如后来的糖一样。

一个精明强干的费奥多西亚人决定往波季运送一批盐，这批盐装在一个破旧的大驳船上。盐的主人要乘拖船出发。经过长久复杂的谈判（谈判时我的靠山既谈到了诗歌，也谈到了卢布），拖船的船长和盐主人终于同意让我、柳芭和亚德维加乘坐驳船。自然，白军要对离开的船只进行检查，所以我们必须在开船的前一天晚上登上驳船，而在进入公海之前，必须静静地坐在装满贵重的盐的不通风的底舱里。那可不是个最舒服的地方，但我们却有面包和西红柿吃，至于盐，愿吃多少有多少，所以我们没有抱怨。

那不愉快的几分钟是必须忍受的：在我们头顶上，几个军官的靴子咯咯作响，他们在检查驳船上有没有乘客。我记得沃洛申有一句诗："像盐一样凝固了。"我觉得我凝固了。脚步声像渐渐远去的暴风雨那样减弱了。

拖船向南驶去，我们好像在向土耳其的海岸驶去。原来在新罗西斯克建立了苏维埃政权，盐主人怕布尔什维克抢走他的货物。但是驳船只能在海岸作短途运输，而且我已说过，它的年岁也很不适合干冒险的事业。

时间是9月底，正是黑海上常起风暴的时期。我们安宁闲适地漂流了几小时：阳光灿烂，浪花闪闪，驳船懒洋洋地晃动着。我们一面庆贺逃出克里米亚，一面吃着面包和盐。风暴突然降临。当巨浪打在甲板上时，我们还不明白发生了什么事。我们躺在最安全的地方，上面盖着防水布。风暴越来越猛，南方之夜迅速降临。

驳船上有三四名水手。他们对我们说，情况有些不妙：我们离海岸很远，海水灌进底舱，船身太重了。他们咒骂拖船的船长、盐主人、白军、红军、格鲁吉亚人以及世界上的一切。

我们试图睡觉，但不可能，尽管盖着防水布，我们还是成了落汤鸡。虽然照水手们的话说驳船已经超载，但它仍像小游艇似的上下颠簸。海浪更大了。我竭力回想各种可笑的故事，我们并不泄气。

但是，最不愉快的事还在后头。拖船的船长决定抛弃驳船：他担心后者可能撞碎拖船。他们用话筒喊话，要我们攀住粗绳到拖船上去。但我们不是运动员，而是几个喝辣椒汤喝得骨瘦如柴的人（柳芭在离开前不久还害了一场伤寒）。自然，我们不可能在大风浪中爬到拖船上去，便决定留下来——听天由命。

我一生中不止一次发现，恐惧是一种变化无常的感觉，它和理智往往没有关系。我的一位朋友——作家萨维奇在西班牙时，能在难以忍受的轰炸中镇静自若地大谈诗歌，但是我记得，我和他从比利时去法国的途中，他对海关的检查却怕得要死，虽然没带任何走私货物。我在托莱多时曾和西班牙画家费尔南多·海拉西在一起，当时他是军官，他的大胆曾不止一次使同志们感到惊讶。蹲在托莱多城堡式宫殿里的法西斯分子为了装样子，间或懒洋洋地向无政府主义者打上几枪。费尔南多向我承认，他不愿意和我爬到屋顶上去，他害怕：前线，这是前线，他是和我结伴去托莱多的，但他害怕。至于我，我感到恐惧的不是在前线，不是在西班牙，不是在轰炸中，而是在和平环境里，在等待铃声或敲门声的时候，不过这一点我已经写过了。无论是我还是我的两位年轻旅伴，都没有因想到我们会留在狂怒的海上，留在破旧的驳船上，并同宝贵的盐一起沉进海底而惊慌失措。我们又说又笑，如果说我们也在颤抖，那不是由于恐惧，而是由于寒冷：我们全身都湿透了。

船长到底没有抛弃驳船。当我们平安地在苏呼米靠岸后，他对柳芭说，他可怜她。据我看，这是东方式的恭维话。拖船上有盐主人，他保护着自己的货物。

我们觉得，苏呼米是个美得难以形容的城市。的确是这样，但问题不仅在于它风景如画——我们在那个晴朗的、充满阳光的早晨赞美死里逃生。我们觉得，一切困难，不只是去莫斯科途中的困难，而且还有我们人生道路上的一切困难，都已过去了。一个格鲁吉亚人跟我们兑换了钱，我们就坐在大街上的咖啡馆中，悠然自得地喝起了土耳其咖啡。一些吵吵嚷嚷的蓄小胡子的人对我们微笑。他们在卖金黄色的、芳香扑鼻的葡萄。天气很热，像夏天一般。我们既不想盐的价值，也不想人的生命的价值。我们只顾寻开心——那时我们三个人的岁数加在一起也没有我现在的岁数大。

后来我们又睡在驳船上，但这是一个平常的、安静的夜，我们沿着海岸驶向波季，从那儿坐火车到了第比利斯。去哪儿？大使馆在什么地方？莫斯科又在哪儿？……我们在陌生的城市里有点茫然，没有证件，没有钱。

生活中总会有一些幸运的巧遇，作家在给一个走投无路的故事添上圆满的结局时，有时就乞灵于这种巧遇。在戈洛温斯基大街上，奥西普·埃米利耶维奇·曼德尔施塔姆迎着我们走来。我们双方都非常高兴。他已经感到自己有了立脚点，便认真地说：“咱们现在去找季齐安·塔比泽，他会带我们去一个妙不可言的小饭馆……”

16

第比利斯的“天蓝色之角”

曼德尔施塔姆对我谈起他遭遇的一些厄运。巴统发生了鼠疫，由于害怕鼠疫流行，奥西普·埃米利耶维奇和他的兄弟居住的地区被封锁了。曼德尔施塔姆猜测他将怎样死去：是死于浪漫主义的鼠疫呢，还是死于庸俗的饥饿？他的思索不久就被孟什维克的密探打断了，他们把奥西普·埃米利耶维奇抓进了监狱。他再次解释，说自己不是生来蹲监狱的，但是毫无作用。他说他是奥西普·曼德尔施塔姆，是《石头》一书的作者，然而他们回答他说，他是弗兰格尔将军和布尔什维克的奸细。奥西普·埃米利耶维奇哪儿像个奸细呢？你只要瞧他一眼就可以明白，别说是双重身份的奸细，就是一个普通的奸细也跟他毫无共同之处。但密探却没有时间考虑这些：他们完成了计划，也许是超额完成了计划。（甚至最荒诞不经的惊险小说的作者多少也要考虑考虑是否合乎情理，但是警察们却不愿伤脑筋，他们宁肯打破别人的脑袋。）有几位格鲁吉亚诗人偶尔来到了巴统，在报上读到“双重身份的奸细奥西普·曼德尔施塔姆”冒充诗人。他们终于使奥西普·埃米利耶维奇获得释放。

曼德尔施塔姆谈完这段遭遇后，并没有大谈时代的特点，而是带我们去找季齐安·塔比泽。塔比泽兴高采烈地叫喊着拥抱了我们大家，读了几段诗，随后他跑去找自己的朋友帕奥洛·亚士维利。当我们瞧见小饭馆的桌上摆着我们早就忘其存在的各种佳肴时，大家都惊呆了。

帕奥洛・亚士维利

我是在巴黎的"洛东达"咖啡馆里认识帕奥洛・亚士维利的，那是在1914年。帕奥洛当时是个好冲动的干瘦的年轻人（他当时20岁）。他向我打听："魏尔兰在哪个咖啡馆坐过？毕加索什么时候来这儿？您当真在咖啡馆里写作？我可不能……瞧，他们在接吻！真可恶！这太刺激我……"在第比利斯遇见帕奥洛使我仿佛见到了同团的战友那么高兴，虽然我们在巴黎的相逢只是偶然而短促的。

我们还没有来得及入座，帕奥洛和季齐安就向我们解释，说他们是诗人团体"天蓝色之角"的创办人。我想这同吃饭毫无关系：有个杂志叫《天蓝色的骑士》，有些展览会叫"天蓝色的玫瑰"。小饭馆的主人拿来几只巨大的角（不过不是天蓝色的）。帕奥洛给了我一只，他往里面斟了一升多葡萄酒。角不是杯子，不能放在桌子上。我在手里举了几分钟，最后无可奈何地一口气喝光了。只要想想我在考特贝尔瘦成了什么样子，那就不难猜到这顿饭对我会有什么影响。格鲁吉亚朋友们不知为什么拉我去参加一个著名艺人的音乐会。我模模糊糊地记得，我怎样躺在音乐学院一间房子里的竖琴和花圈带子中间。

第二天上午，我和曼德尔施塔姆同去苏联大使馆。我们受到亲切接待，他们答应送我们去俄国，不过得等一两个星期。

帕奥洛把我们安顿在一个肮脏破旧的旅馆里。市内找不到空房间，我们不得不挤在一间屋子里：曼德尔施塔姆兄弟二人、柳芭、亚德维加和我。奥西普・埃米利耶维奇怕臭虫和微生物，拒绝上床，便睡在一张高桌上。黎明时分，我在自己上方瞧见他的侧影。他仰面躺着，睡态庄严。

我们在第比利斯住了两周，这段时间在我看来是一段抒情插话。

我们每天吃午饭——不仅如此，每晚还吃晚饭。帕奥洛和季齐安都没有钱，却以中世纪大公的阔绰款待我们，挑选最有名的饭馆，请我们吃极精致的菜肴。有时我们从一个饭馆去另一个饭馆，吃完午饭又去吃晚饭。格鲁吉

20 世纪 20 年代，第比利斯

亚那些珍馐美馔的名称念起来简直和诗一样：苏尔古尼，索茨哈里，沙季维，罗比。我们吃鲑鱼、胡椒汤、热奶酪、核桃和伏牛果制的调味汁，烤鸡胗肝和猪杂碎，更不用说各式各样的烤羊肉串了。我们在波斯小酒馆里吃到了羊肉饭和砂锅羊肉。我们还品评了切里阿尼和克瓦列里这两种美酒的优劣。

在这之前，我从未到过东方，因此，古老的第比利斯在我看来犹如《一千零一夜》里的城市。我们在漫长的迈丹大街上散步，那儿出售裹在松香里的绿松石和热面饼，英国式上衣和短剑，水烟袋和留声机，香草和步枪，塔玛拉女王（12 世纪格鲁吉亚女王）的相片和美元，古老的手稿和长衬裤。商人们用各种方法招徕顾客，为了交易成功，他们滥用辞藻华丽的恭维话，甚至以全家老少的生命起誓。

我们光顾了硫磺泉澡堂，一个身材高大的搓澡工人趴在我身上，给我浑身粘满有特效的污泥，以便去掉汗毛。帕奥洛极其认真地对我说，我像那尔吉索斯（希腊神话中的美少年）。

我们在维里亚花园里喝过酒，库拉河在下面缓缓流过，泛着红色和黄色的浪花。桌子上甜酒和果子酒香气四溢。

在古老的寺院里，我们参观了一些石刻的女王像，女王身边都偎着豹子。我们在一些小酒馆里赞赏皮罗斯马纳什维利（1862？—1918，格鲁吉亚画家）的画，这位格鲁吉亚的卢梭（指法国画家卢梭，1844—1910，他自学绘画成名），自学成功的画家，曾为得到一些烤羊肉串和酒而在小酒馆的墙上绘画。他朴素、热情，常以巧妙的构图和丰满的色彩使人吃惊。

第比利斯是时代列车偶尔停留了片刻的一个小站。过去曾是各种马克思主义刊物撰稿者的孟什维克政府首脑诺伊·饶尔丹尼亚既引证考茨基，又引证塔玛拉女王。考茨基曾写道，孟什维克的格鲁吉亚是一个有前途的国家，然而，滞留在这个小站上的彼得堡人和莫斯科人，却在匆忙收拾行装。一些人急于北上，另一些人则等候出国。我遇见过其中的几个人。演员尼·尼·霍多托夫打算回彼得堡。诗人阿格尼夫采夫和拉法洛维奇在等候法国的签证。第比利斯的居民大骂孟什维克，说他们的好日子快完了。

在这个奇异的城市中，并存着几个不同世纪的生活。我看到了什叶派穆斯林的节日——“阿术拉节”。在用花地毯装饰起来的一乘乘轿子上，坐着蒙面的波斯女人。一群年轻人在周围跑来跑去，化装的骑士们无情地用鞭子抽打他们。后面跟随着几百名半裸体的男人，他们用铁链抽打自己的背脊。乐声大作。主要演员都穿着白色的长袍，他们摇摇晃晃地喊着：“沙赫，瓦赫！”同时用马刀打自己的脸。在灿烂的阳光下，脸上的血很像涂上的油彩。这种自我折磨是为了追悼1400年前战死的哈里发之子侯赛因……

坐者：帕奥洛·亚士维利、亚德维加·沙米尔、柳芭·卡杰茨娃-爱伦堡；站者：霍达多夫、亚·曼德尔施塔姆（诗人的哥哥）、爱伦堡，1920年在第比利斯

在毗邻的一条街上，工人们在读一张传单：“苏维埃政权的红旗在巴库上空飘扬。不久它将在梯弗里斯的上空升起……”

有人送了我一本梯弗里斯诗人协会的诗集。我偶然地把这本小书保存了下来。作者中间有许多女诗人富于诗意的名字：尼娜·格拉齐安斯卡娅、贝尔-孔-柳博米尔斯卡娅、玛格达林娜·德-卡普莱列维奇。“梯弗里斯协会”的诗人们所写的十四行诗，都是关于斯瓦罗格、厄罗斯、苏拉米特、萨纳瓦拉特、蒙佛尔以及其他同样亲近的人物的。

不过我当时没有翻阅一下这本小书：我一直和我立刻爱上的新朋友——帕奥洛·亚士维利与季齐安·塔比泽在一起。

把他们联系在一起的不只是对诗歌的共同看法，而且还有比文学流派更为久长的牢固友谊。他们是一起遇害的。可是，他们彼此之间又多么不同啊！帕奥洛是个高个子，热情，精力非常充沛，有组织才能——从“天蓝色之角”的宣言到小饭馆的午餐都是他安排的。他的诗生动、机智、有力。而季齐安则以温柔和好幻想使人惊讶。他很漂亮，衣襟上总是别着一朵红色石竹花，朗诵诗的时候总是拖长声调，他的眼睛也是蓝色的，就像山间的湖水。诗一经翻译，就变得难懂了。我听的诗都是用格鲁吉亚语朗诵的。我记得季齐安曾对我说，诗歌犹如雪崩。许多年以后，我读了他的诗歌的译文，其中有这样几行：

> 不是我在写诗。而是诗像写小说那样
> 在写我。生活的进程也伴随着诗歌。
> 诗是什么？是雪崩。一阵风吹来——叫你就地倒下，
> 再把你活埋。这就是诗。

看来这几句话就是季齐安的写照，也是他纯洁昂扬的精神的表露。他首先是个诗人。

亚士维利和塔比泽非常熟悉和爱好俄国和法国的诗歌、普希金和波德莱尔、勃洛克和魏尔兰、涅克拉索夫和兰波、马雅可夫斯基和阿波利奈尔。他们破坏了格鲁吉亚诗律的旧形式。但是，看来很难找到像他们那样热爱自己祖国的诗人。要是有人对他们说，格鲁吉亚文的某一个字含义深刻，说在山上看见了一朵花，在卢斯塔维里大街上看见了一个小姑娘的微笑，他们都会非常高兴。如今任何一本手册都说他们是杰出的诗人。我还想补充说，他们是真正的人。我在 1926 年又来到了第比利斯，访问了季齐安和帕奥洛。后来我和他们在莫斯科见过面：友谊经受住了时间的考验。

1937年底，我直接从西班牙的特鲁埃尔城郊来到第比利斯参加卢斯塔维里的纪念会。帕奥洛和季齐安已不在人世了。他们遭遇到了什么呢？我现在引用季齐安·塔比泽的传记作者古拉姆·阿萨季阿尼的话："塔比泽及他的杰出的同辈人，著名的苏维埃作家帕·亚士维利、米·贾瓦希士维利、米齐士维利等，都成了人民死敌的罪恶之手的牺牲品。"季齐安被捕了，帕奥洛在被捕前用猎枪自尽。我在第比利斯只找到了我在1926年认识的

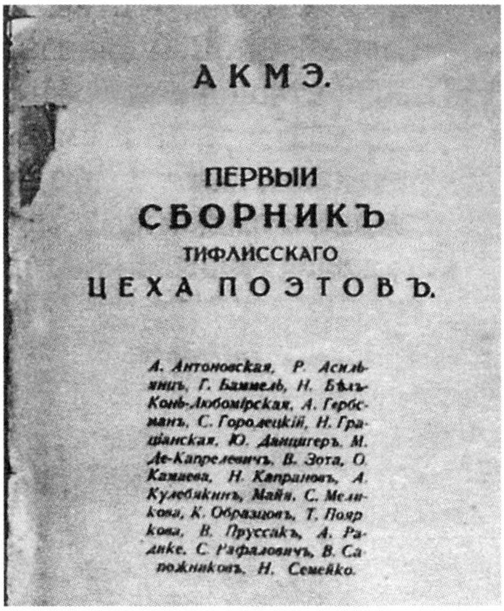

阿科姆埃（诗集）

"天蓝色之角"的诗人格·列昂尼泽。他请我除夕去他家。祝酒词突然中断了：我们举起酒杯，却什么也没说——季齐安和帕奥洛出现在我们面前……我时常想起亚士维利在他悲惨的结局到来之前几年写的几行诗：

> 别怕造谣中伤。沉寂比它还糟，
> 它从街上悄悄地溜进来，
> 就像临近的战争叫人害怕，
> 又像注定射向我的子弹即将飞到。

许多俄罗斯诗人，例如叶赛宁、帕斯捷尔纳克、吉洪诺夫、扎博洛茨基、安托科尔斯基都喜欢季齐安和帕奥洛。而我们是第一批来到第比利斯的苏维埃诗人，我们在那儿不仅让心灵得到了休憩，还对浪漫主义情调、对高原和稀薄的氧气有了深切的体会——我之所以说到山又说到人，是因为不能把帕奥洛和季齐安跟他们周围的景色分开。我在1926年的格鲁吉亚之行后写道："让我们说定：山不只是登山运动员的气喘，不只是假日野游者私下的赞叹。它还是自然界的一种不安，是深深符合人类本性的自然界的严格要求……阿纳努尔修

季齐安·塔比泽

道院的野兽和柳树在嬉戏，在成熟，在生活。牧人和星星爱抚地望着它们。维里亚花园中的唢呐吹出了哀乐，它像你心爱的女人，即使千载离别，也能认出她的声音。愿‘天蓝色之角’的诗人们喜爱兰波和洛特雷亚蒙（1846—1870，法国诗人）吧，在格里鲍耶陀夫墓旁，幼稚的心灵向轻信的姑娘们吟诵他们的诗句，天文学家们的星座、索洛拉克的灯火和那激动的眸子融合在一起。在小酒馆的墙上，尼科·皮罗斯马纳士维利画的西瓜在流血……”

法国的阿尔卑斯山意味着运动、旅行、疗养院、滑板、旅馆、背囊、美术明信片。而没有高加索，俄国诗歌也是难以想象的：它的心灵在那儿苏醒，那儿是它的起点。

但是，我现在写的只是1920年秋短短的两周，格鲁吉亚的朋友们收留了我们，给了我们温暖。如今这些朋友已不在人世，我只有向格鲁吉亚的群山致意。亚士维利和塔比泽沿着格鲁吉亚军路将我们送到第一个休息地，现在，我的耳中还回响着季齐安那洪亮刺耳的声音：

> 夜幕笼罩着格鲁吉亚的山冈，
> 阿拉格瓦河在我面前淙淙作响。
> 我既忧愁又轻松，我的忧愁很明朗；
> 我的忧愁中充满你……

17

让开，这是外交信使

我已经说过，我一生干过不少各式各样带有偶然性质的职业，现在我要谈的是一个最离奇的职业。它为时短暂，却充满不平凡事件——大使对我说，要我以外交信使的身份从第比利斯去莫斯科。这既不是光荣的肥缺，也不是为了越过边境而做的伪装，不，我得携带一包信件和三大捆印刷品。

我常去国外，过去如此，现在亦然。如果还有别的同志和我一同出国，他们中间必定有一个是“代表团团长”。然而这次却是我和七个人一起从第比利斯出发，其中几个人在文件上写的是“随从人员”（柳芭、亚德维加、曼德尔施塔姆兄弟和一位仿佛是从英国回来的非常严肃的同志），其他二人则是我的“警卫”——一名红海军战士和艺术剧院的一个年轻演员。这样一来，在新的舞台上我立刻成了信使。

现在我常常在飞机上碰见一些外交信使，他们都是些熟悉自己工作而又稳重可靠的人。只要路途遥远，他们总是两人同行，一个人睡觉，另一个照看信件。我一瞧见他们，就想起遥远的过去：他们恐怕不会猜到，我也送过这样的包裹，只不过不是在有女乘务员用糖果招待乘客的飞机上，而是在一节挂在装甲机车上的破旧车厢里……

1920 年秋，苏维埃的外交人员都是些新手。当时有外交关系的只有阿富汗和波罗的海沿岸那几个新建立的国家，再就是孟什维克的格鲁吉亚。一切都是新的、不可靠的。布尔什维克清楚地记得在秘密会议上同孟什维克的热烈争论，有时警察一来，把大家全带走了。现在却是另一种情景：孟什维克的政论家科斯特罗夫——即诺伊·饶尔丹尼亚，当上了格鲁吉亚政府的首脑，他的警察开始将不久前的论敌一个个抓进梅捷赫监狱。当然，外交信使享有不受侵犯权，谁也没有权利染指他携带的东西。大使对此很清楚，但是他不知道孟什维克是否懂得这一点，便严厉地嘱咐我说，到边境时无论如何不允许他们打开那包在棕色包装纸里、外面盖着十几个火漆印的公文袋。我把这个公文袋拿在手里，整整八昼夜没有松开它，直到交给莫斯科的外交人民委员部为止。

旅途起初是平静的。我们在小饭馆吃晚饭，在途中过夜。我的所有旅伴，无论是“随从人员”还是“警卫”，都睡得很香，我却不睡，紧紧抱着那个宝贵的公文袋。早晨我们继续前进，白雪皑皑，从下面传来山间溪流的喧闹声，羊群在安详地吃草。

我们渐渐接近边境，这时我想，如果格鲁吉亚的边防军突然想打开公文袋，我该怎么办。那位红海军战士带着一支转轮手枪，当我向他谈起面临的威胁时，他毫不在乎地回答说，公文袋是我带的，他带的只是水果。从英国来的那位同志脸刮得干干净净，身上散发着薰衣草的香味，他无忧无虑地用望远镜望着终年的积雪。奥西普·埃米利耶维奇向我们的两位女伴朗诵诗。

边防军的指挥员——一位格鲁吉亚军官，是个非常可爱的人。当他知道我的妻子是画家时，便向她打听俄国的画家们现在做些什么。他想进莫斯科高等美工实习学校。也许柳芭会替他说情？……

我们带着几捆印刷品在“中间地带”走了很久。苏维埃的边防军很忙：他们抓住了三个走私犯，答应到晚上给我们派车。我提出抗议说：“公文很紧急。一小时也不能耽误……”（大使正是这样对我说的。）

夜间，我们来到弗拉季高加索。我们被带到半年前邓尼金分子住过的旅馆里，一切都被弄得肮脏不堪、残缺不全。窗上没有玻璃，我们让冷风吹了一夜。城市犹如前线。市民们上班时的神情是忧虑而警惕的，他们不明白国内战争已近尾声，仍凭习惯猜测，明天谁又会打进城来。

我开始同市苏维埃的代表和军事指挥员商量，我们怎样去矿水城：火车不通，沿途又有小股白军骚扰。我们在领导同志的食堂里喝了红甜菜汤，每人还领到三个大面包。傍晚时分，决定向矿水城派出一列装甲火车。然而装甲火车没有来，而是给一个装甲火车头挂了两节普通车厢。这次警卫工作比较认真：红军战士带着机枪。

我在车厢里遇见一位新乘客，他微笑着对大家说，他是格鲁吉亚的外交官。一个肃反委员会的工作人员向我解释说，在这位外交官员的箱子里查出了上千只胸针、手镯和镶有钻石与宝石的戒指。莫斯科指示把被拘留者送往外交人民委员部。大家对这位格鲁吉亚人很有礼貌，像对待一个真正的外交家一般。我感到自己一半是外交官，但是我却目不转睛地盯着我携带的行李。

我们走了四五十公里，火车停了下来。我们听到了射击声。机枪在嗒嗒作响。军人们说，白军破坏了铁路，准备袭击火车。我们必须拿起步枪射击。这一切使奥西普·埃米利耶维奇失去了自制力，他对任何武器都有一种难以克服的厌恶。他的脑袋里酝酿了一个想入非非的计划：他和柳芭逃到山里去……柳芭没有听从他的开导，白军很快被赶跑了。

在矿水城车站，人们等火车一等就是几周。几个红军战士帮我挤进了车厢。有人喊道："让开，这是外交信使！"但毫不起作用。在那种情况下，即使喊"罗马教皇"或"夏里亚宾"也无济于事……我不记得我们大家是怎样挤进那挤满了人的车厢的。我碰到的主要麻烦就是在这儿开始的：几大捆行李占了很大一片地方，所有的人都想坐在上面。而我知道，这样一来火漆印就一个也不会剩下，便拼命叫喊："别碰外交邮件！……"起作用的与其说是我的话，不如说是我充满绝望的声音。

起初，红海军战士还帮我抵挡进攻，但不久便碰到一件倒霉的事：他在一个车站上买了两大麻袋的盐。该死的盐又一次闯进了我的生活。红海军战士现在关心的已不是外交邮件，而是他的盐，他恬不知耻地将人们从麻袋旁赶开，说道："这是外交邮件。"我倒像个冒名者。

在第四天或是第五天，又有新的麻烦在等着我们：在罗斯托夫和哈尔科夫之间的什么地方，马赫诺分子要袭击火车。我凭经验知道，这是怎么一回事。但是如今我带着邮件，还有宝贵的公文袋……我怎么办呢？从英国回来的同志的暖水瓶里装着热茶，旅行水壶里装着白兰地。他对我说："喝吧，一切都会过去的……"

的确，一切困难都过去了。我们来到了莫斯科。我将公文袋紧紧地抱在怀里，就像抱着婴儿似的。乘客们渐渐散去，而我却站在行李旁边。傍晚时分，亚历山大・埃米利耶维奇和红海军战士终于雇到一辆大车，我们把行李放在车上（公文袋我始终拿在手里）。我们跟在大车后面，跟农村里的送葬行列一模一样。

奥西普・埃米利耶维奇已和什么人通了电话，为自己和兄弟找到了过夜的地方，他对我们说，晚上我们一定得去尼基塔林荫道上的出版界之家，那里可以领到面包片。

外交人民委员部在“大都会饭店”里，出入一律走后门，那儿有一个不大的广场。值班员收下了我带去的邮件。他非常看重那个小小的公文袋，我再次觉得我完成了一件重要使命，但是他却毫不在意地把那儿捆印刷品拖到仓库去了。我企图向他解释，说一个讨厌的小媳妇弄坏了一个火漆印，我多次提醒她也无济于事。他却冷淡地说：“那只是一些报纸……”

出现了奇迹：要知道，这是革命最初的几年，到处都有浪漫主义……值班员知道我无处可去，便对我产生了怜悯心，他用电话通知什么人说，从第比利斯来了一位外交信使，接着开始给好几处宿舍打电话。我拿到了一张小纸条，上面写着外交人民委员部的第三宿舍应当为爱伦堡夫妇安排一个住处。第三宿舍过去是“公爵府”，有带家具出租的房间，我和父亲在那里住过。那儿很暖和，我明白我进了天堂……

晚上，我们来到了出版界之家，我在那儿看到了许多熟人。在茶点部的确可以领到夹红鱼子的黑面包片和里海拟鲤，此外还有茶水，这种茶的味道有点像苹果，又有点像薄荷，自然，没有放糖。所有这一切都令人神往，于是我立刻陷入了文学问题的争论中：谁更符合现实生活——是未来派还是意象派？

曼德尔施塔姆碰到的一件事使我们有些不快。他坐在屋子的另一个角落里。突然间布柳姆金跳起来喊道：“我现在就枪毙你！”他拿手枪对准曼德尔施塔姆。奥西普・埃米利耶维奇大叫一声。布柳姆金手中的手枪被打掉了，没有发生不幸。

我们走在阿尔巴特广场上，经过鲍里斯小教堂和格列布小教堂。一片漆黑，只有一些窗户里闪动着微弱的灯光。这就是莫斯科，这就是全世界所瞩目的那个城市！这儿没有面包，没有煤，人们处境困难，但是他们却很顽强，他们已赢得了战争的胜利，打开了通向历史的道路……

我在去第三宿舍的路上这样想着。我想做点什么，写点什么，而主要的是，破坏过去的一切，从内心里破坏它们：现在我知道，它们散发着什么气味。

18

请您证明：您不是弗兰格尔的间谍

外交人民委员部第三宿舍的舍监叫亚当同志，然而坦率地说，我倒感到自己是亚当：我置身天堂，但我很容易被赶出天堂。我得提交工作单位的证件，虽然我完整无损地将信件送到，但我休想当上外交信使。亚当同志把我们安顿在一间没有生火的屋子里，虽然如此，“公爵府”终归是天堂。早晨发给我们的口粮是200克面包，一小块黄油和两块糖。中午我们领到的是大麦粥或小麦粥。当然，古代公爵吃得比这好些，但是在1920年的莫斯科，这份口粮却真是公爵的口粮了。

我碰见了一些老朋友，结识了一些年轻诗人，写了几首诗。柳芭找到了埃克斯特，进了莫斯科高等美工实习学校。有人突然通知我说，弗·埃·梅耶霍德想同我谈谈，并给我介绍一个有趣的工作。我不知道他说的是什么工作，但是我感到欢欣鼓舞。

出版界之家决定举办我的诗歌晚会。我朗诵了我在考特贝尔和莫斯科写的诗。我的衣着很不像样，但在当时人们并不注意这一点，而我的诗却动人心弦。例如，我这样描写未来在图书馆里偶然发现我的书的人：

在往昔的浮华和贫乏的词汇中间，
在记载昔日骚乱的史籍中间，
他将看见一个垂死者

正在门槛上朝他转过脸去。

我朗诵完毕，大家急忙朝小吃部奔去。在那儿，理事会的值班委员，诗人文格罗夫走过来低声对我说，肃反委员会的代表找我。他们在楼下的存衣室里。“你别慌，”他友好地补充说，“这显然是一个误会。”

存衣室里有两个年轻人在等我，他们向我出示了传票。我们向广场走去，在那儿，一辆汽车把我们载到卢比扬卡大街，从前的“俄罗斯保险公司”现在是肃反委员会所在地：这座房子已载入史册了。如今很少有人记得基罗夫大街过去叫肉商街，克鲁泡特金大街叫普列奇斯坚卡街，高尔基大街叫特维尔大街，但是“卢比扬卡”这个名字保存下来了。

他们搜查了我，找到了柳芭的相片和她的绘画作品的副本。年轻人开始问我，什么是立体派。但这时占据我脑袋的是另一个问题：我的被捕是怎么回事？我没有心思去解释绘画方面的问题。年轻人说，他们要预先通知我的妻子。（他们果真去找了她，还安慰她说：“他大概很快就会获释。”并且请她解释当代绘画。）

我被带进一间囚室，那儿关着八个人，他们是海军指挥员，都是些勇敢可爱的人。他们挤了一下，我就躺下睡了。第二天早晨，他们对我说，囚室里不许谈论人们遇到的不愉快事情。每个人都在讲他自己是哪方面的专家。第一个人做了关于纳寥托夫设计的潜水艇的报告，第二个人谈的是印度洋上的航行。轮到我，我就谈起巴黎、弗朗索瓦·维永的诗和意大利的绘画。（几个月之后，我在莫斯科室内剧院观看《布拉姆比拉公主》的首场演出时，碰见了我那几位遭到短期拘禁的同伴。我们彼此都很高兴，立刻谈起谁的戏更好——是泰罗夫的还是梅耶霍德的。）

晚上，我被带去审问，我们走过一条很长的、弯弯曲曲的走廊。侦查员友好地向我致意，他说在“洛东达”咖啡馆遇见过我。我不记得他，但我们谈起了巴黎。后来他说：“知道吗，我们接到报告，说您是弗兰格尔的间谍。请您拿出反证来。”我的不幸是我一辈子没有能够摆脱笛卡儿的某些论据，我明白，不能靠逻辑生活，但每一次我总是发现自己要求别人的正是逻辑。我回答说，告密的人应当提出证据证明我是弗兰格尔的间谍。如果告诉我，他的指控有什么根据，我就能够驳倒它。侦查员请我谈谈我是怎样来到莫斯科的，他对我们在路上碰到的麻烦深表同情，狠狠地骂了一顿盐的主人，最后说："我们以后还要谈谈……"我向同室的狱友们做了关于西班牙诗歌的报告，也听了航空事业的发展对海军的影响的报告。两天后，侦查员又把我喊去。"请您谈谈，为什么要委托您往莫斯科送外交邮件？"我回答说，这个问题应当去问我们驻第比利斯的大使，至于我，我只是请求大使馆把我送到莫斯科。我们又回忆起巴黎，随后我被带回囚室。我做了关于凡尔赛的建筑的报告，并且听了对1917至1918年间的潜水战的分析。第三次审问一开始就是我熟悉的那句话："请您证明您不是弗兰格尔的间谍……"这天侦查员的情绪不好，他说，我很顽固，这样会毁掉自己，反革命不想解除武装，但是无产阶级不会重犯公社的错误。

我想，我准会被枪毙，但是第二天早晨我做了关于毕加索的绘画的报告，而且是那样入迷，甚至忘了侦查员可怕的暗示。

又过了一天，我突然被释放了。

这是多么美好的时刻啊！仍在和弗兰格尔分子进行战斗，形形色色的匪徒尚未停止骚扰，恐怖分子还不时在打枪。斗争正在暗中进行。被捕的人有的被枪毙了，没有被枪毙的就被释放了。

我是晚上被释放的。我来到了"公爵府"，但不让我进去：亚当同志像上帝一般拥有无限的权力，他将夏娃（我指的是柳芭）赶出了天堂。我不知道她在什么地方，也不知道我该去什么地方。街上很冷，突然间我难过地想起那间狭窄的囚室：那儿起码是暖和的……

我去了出版界之家。已经很晚了，我只遇见值班管理员。他向我解释了很久，谁也无权在楼内过夜，但是他瞧了瞧我，有些动摇了。"好吧！咱们到楼上去吧……"楼上是形形色色文学团体的房间。他将我安顿在无产阶级作家的房间里，那儿放着一个大沙发。遗憾的是上层没有生火。我那件巴黎大衣经过三年的动乱，已经变成阿卡基·阿卡基耶维奇（果戈理的《外套》的主人公）的那件破烂不堪的外套了。我躺着，心想这回要冻僵了。在黑暗中，我从墙上撕下一块布裹在身上。这并未使我感到暖和，但幸好我睡着了。

我是给哄笑声吵醒的：我的旁边站着几位无产阶级作家，其中有我巴黎的朋友米沙·格拉西莫夫。大家站在周围笑着……原来裹在我身上的那块布料上有一句口号：“一切文化属于无产阶级！”我自己也笑了起来。

我读了上面所写的这些之后，心里在想：为什么在我的书的这一部分有这么多使人开心的、几乎是肤浅的篇页呢？要知道我所谈的这些事件绝不是田园诗：运盐的驳船可能沉没；土匪可以不费吹灰之力干掉幼稚的外交信使；我和侦查员的谈话也完全可能是另一种结局。一切都是如此，但是一个人能够在遇到最艰苦的考验时保持内心的快乐，正如他个人在没有遇到任何威胁的情况下会感到苦闷甚至绝望。我怀着柔情，但也怀着痛苦，描写了我的青年时代。在我这本书的以下各章里，我也将叙述许多绝不能说是令人愉快的事。使人感到压抑的不是危险，而是内心的委屈，是失望心情，是无能为力之感。

哈谢克和卡夫卡都是 1883 年生在布拉格的，但他们却用不同的声音说话，倘把雄赳赳的帅克的思想放进卡夫卡的小说里，那是极不协调的。然而生活不是作家，它不关心风格的一致。它微笑着写下这一章，但在另一章里却搅得主人公心神不安。

现在回头叙述我的故事。格拉西莫夫领到一块面包和茶，我们吃了早饭。在出版界之家的走廊里，年轻的诗人已在争论艺术的命运，而我则去寻找柳芭。

19

梅耶霍德和戏剧

我儿时曾在“通俗艺术剧院”的舞台上见过弗·埃·梅耶霍德，我还记得他扮演的伊凡雷帝那个疯老头和《海鸥》里那个激动而愤怒的年轻人的形象。

我坐在“洛东达”咖啡馆里，曾多次想起契诃夫的主人公的话：“帷幕升起，在晚上的灯光下，一间有三面墙的屋子里，这些伟大的天才，献身于神圣艺术者表演着人们怎么吃、怎么喝、怎么爱、怎么走路、怎么穿衣服。当人们竭力从那些庸俗的情景和句子中寻找道德——易于理解而又便于日常应用的渺小道德时；当人们用千变万化的方式给我送来同样的货色时，我就只得逃跑，正如莫泊桑逃离以其庸俗压迫他的脑子的埃菲尔铁塔……需要新的形式，如果没有，那还不如一无所有。”（契诃夫于 1896 年写了《海鸥》，莫泊桑死于 1893 年，埃菲尔铁塔建于 1889 年。1913 年我们接受了这座铁塔却没有接受莫泊桑，但是我觉得关于“新形式”的话却是生动而亲切的。）

我在 1913 年错过了结识梅耶霍德的机会：他应伊达·鲁宾斯坦之邀来到巴黎，以便和福金一起演出邓南遮（1863—1938，意大利作家）的《皮萨内洛》。我当时不甚了解梅耶霍德的演出，但是我知道邓南遮是个好说漂亮话的人，伊达·鲁宾斯坦是个有钱的夫人，她渴望戏剧上的成就。1911 年我看过这位邓南遮为这位伊达·鲁宾斯坦写的剧本《神圣的瑟巴斯蒂安》，对颓废派的美貌和浮华的淫欲的这种混合物感到气愤。（弗·埃·梅耶霍德在巴黎结识了纪尧姆·阿波利奈尔，后者显然立刻明白，问题不在邓南遮，不在伊达·鲁宾斯坦，也不在巴克斯特的布景，而是在于这位年轻的彼得堡导演的心慌意乱。）

1920年秋我认识梅耶霍德的时候，他已46岁，是个白发斑斑的人了。面庞已经尖削，有一对毛烘烘的眉毛和一个鸟嘴似的特别长的鹰钩鼻子。

教育人民委员部戏剧处设在亚历山德罗夫花园对面的一座别墅里。梅耶霍德在一个大房间内跑来跑去，也许是因为感到寒冷，也许是因为他不善于坐在堆着“待批”公文夹的桌子旁边的首长圈椅上。看来他很兴奋，他说，他喜欢我的《前夜集》。随后他突然走到我面前，扬起他那不知是像苍鹭还是像兀鹰的脑袋说：“您的位子在这儿。用艺术来表现十月革命吧！您来领导共和国所有的儿童剧院……”我试图提出异议：我不是教师，那些莫菲克季甫化的基辅儿童和考特贝尔的儿童游戏场已经使我吃够了苦头。而且我对舞台艺术又一窍不通。梅耶霍德打断了我的话：“您是诗人，孩子们需要诗歌。诗歌和革命！……去他的舞台艺术！……我还要跟您谈谈……我已签署了录用您的命令。明天请准时来……”

梅耶霍德当时（和马雅可夫斯基一样）迷上了圣像破坏运动。他没有领导戏剧处，而是在同《海鸥》的主人公所说的那种美学和容易理解的道德进行战斗。

不久前我去日内瓦的电视台发表演说。一个年轻姑娘拦住我说，她要先给我化装。我提出抗议：我要讲的是经济落后国家的饥饿问题，这不需要美容，何况我已步入老年，不宜涂抹胭脂。姑娘说，这是规矩，所有人都得化装。她在我的脸上涂了一层薄薄的淡黄色油膏。我方才想了一下，回忆之光和电视台的光一样强烈，在这本书里谈到某些人时，我不由得给他们涂上了一层油彩，好让他们的面目不至于过分刺眼。但是对于梅耶霍德我却不愿这样做，我要以生硬的笔触详细地刻画他，而不是轻描淡写。

他的性格倔强：善良而又暴躁，复杂的内心世界和狂热交织在一起。他和我生平遇到的几个大人物一样，有一种病态的多疑，毫无根据的嫉妒，往往在根本不存在阴谋诡计的地方看见阴谋诡计。

我们之间的第一次争吵很激烈，但时间很短。一位海军军人给我送来一个为孩子写的剧本，所有的剧中人都是鱼（孟什维克是鲫鱼），最后一幕是

左：纪尧姆·阿波利奈尔和弗·梅耶霍德
右：20世纪20年代的梅耶霍德

"鱼的人民委员会"获得胜利。我认为这个剧本是失败的，所以否定了它。突然，梅耶霍德把我喊去。他的桌子上放着那部手稿。他激动地问我为什么否定了剧本，没有等我说完，就高喊着说我反对革命的宣传，反对用戏剧表现十月革命。我也生气了，便说这是"蛊惑煽动"。梅耶霍德失去了自制力，他喊来了警卫长："爱伦堡怠工，将他逮捕起来！"警卫长拒绝执行他的命令，建议梅耶霍德去找肃反委员会。我气愤地走了，决定此后再不进戏剧处的门。第二天上午，梅耶霍德打电话找我：他必须同我商谈木偶戏的问题。我去了，昨天那场戏仿佛根本没有发生过似的……

梅耶霍德病了。我到医院探望过他几次，他头上缠着绷带躺着。他向我谈起自己的计划，问戏剧处现在干些什么，问我看过新的演出没有。大概在我的回答和叙述中流露出讥笑口吻，因为梅耶霍德有时责备我没有信仰，甚至责备我玩世不恭。有一次，当我谈起许多规划和现实生活脱节时，他抬起身子哈哈大笑起来，说："您扮演着共和国所有儿童剧院的领导人的角色，不，狄更斯也未必想得出来！……"他头上的绷带宛若伊斯兰教徒的缠头，而梅耶霍德尖削的面孔和大鼻子也颇像东方的魔法师。我也笑了，说签署对我的任命的不是狄更斯，而是梅耶霍德。

我看过《黎明》（比利时诗人维尔哈伦的剧本）的几次演出。这个剧本写得不好，演出时还加了许多偶然性的细节。梅耶霍德竭力反对特列普列夫所说的“三面墙”，反对舞台，反对绘制的布景。他想使舞台接近观众。剧场并不雅致，那儿过去是著名的“奥蒙”咖啡馆，莫斯科人从前在那里可以看到半裸体的“名坤伶”，不过大厅的陈设毫不引人注目。剧院没有生火，所有观众都穿着军大衣、短皮袄和皮袄。从演员们的口中吐出威严的话语和淡淡的雾气。一部分演员坐在池座里，常常突然跑上放着一些灰色的立方体和不知为什么还挂着绳子的舞台。观众有时也登上舞台：他们是红军的管乐队和工人。（梅耶霍德想让几个演员坐在包厢里，由他们扮演社会革命党人和孟什维克，并说出有关的尾白。梅耶霍德遗憾地对我说，他不得不放弃这个主张，因为观众会把他们当作真正的反革命分子，从而打起架来。）我还出席过另一次演出，那次一个演员突然郑重地宣读刚刚收到的占领彼列科普地峡的战报。大厅里的情景实难描述……

在辩论会上，有人骂这个演出。马雅可夫斯基为梅耶霍德辩护。我不知道对演出本身该说些什么：你不能将它同时代割裂开，它和马雅可夫斯基的

梅耶霍德的戏剧《黎明》

宣传画、和“左翼”艺术家举行的化装游行、和那些年的气氛紧密地联系在一起。在《宗教滑稽剧》的排演中，我感到它也是这样表现时代的。爱这些演出是困难的，但是我愿意保卫它们，甚至推崇它们。我在1921年写道：“梅耶霍德的戏，就其演出来说是失败的，但构思是杰出的：它不仅收集戏剧性，而且迅速地将它溶解，消灭舞台，把演员和观众混合在一起。”马雅可夫斯基在讨论《黎明》的会上结束自己的发言时说道：“梅耶霍德的戏剧万岁！即使他最初排演得不好，那也没有什么。”年轻的巴格里茨基写道：

梅耶霍德，如今代替了
头发蓬松的莫里哀。
他在探索新道路
他的举止——粗鲁……
老古董剧院，你就在不安中发抖吧：
他会让你暴跳如雷！

1923年夏我在柏林时，梅耶霍德到了那里。我们见了面。梅耶霍德建议我把我的长篇小说《Д. E. 托拉斯》改编成剧本，在他的剧院上演，他说剧本应该是杂技表演和鼓动性的颂扬的混合物。我不愿改编长篇小说，对杂技表演和结构主义也渐渐冷淡了，我迷上了狄更斯，正在写一本情节复杂的感伤主义的长篇小说《然娜·奈的爱情》。但是我知道，梅耶霍德是难以违拗的，所以就回答说，我考虑一下。

不久，在梅耶霍德的同伙出版的一本戏剧杂志上出现了一篇文章，文中以幻想小说的形式谈到我被泰罗夫抢去，正在他的雇用下把我的长篇小说改编成反革命的剧本。

（梅耶霍德一生中曾多次怀疑最善良、最高尚的亚历山大·雅科夫列维奇·泰罗夫，认为他千方百计地企图消灭他。这就是我前面所说的那种多疑。泰罗夫从来没有上演《Д. E. 托拉斯》之意。）

回到苏联后，我从报上读到，梅耶霍德正在排演由某个波德加列茨基“根据爱伦堡和凯勒曼的两部长篇小说”改编的剧本《Д. E. 托拉斯》。我明白，能够阻止梅耶霍德的唯一理由就是对他说，我想亲自将小说改编成剧本或电影脚本。1924 年 3 月，我给他写了一封信，开头是“亲爱的梅耶霍德”，结尾是“致以衷心的敬礼”：“我们去年夏天的会面，特别是关于改编我的《托拉斯》的谈话，使我认为您是以友好爱护的态度对待我的作品的。因此如果报上的简讯没有错，我决定首先请您接受我的要求，放弃这个演出……我不是经典作家，而是活着的人……”

回信是可怕的，信中表现出梅耶霍德的暴躁性格，假如不是我爱梅耶霍德和他的各种极端表现的话，我是绝不会重提此事的。“伊利亚·爱伦堡公民！我不懂您根据什么请求我‘放弃演出’波德加列茨基同志的剧本？根据我们在柏林的谈话吗？但是要知道，那次谈话充分表明，如果由您自己着手改编您的长篇小说，您会使剧本可以在协约国的任何一个城市里上演……”

我没有去看演出，根据朋友们的反应和对梅耶霍德有好感的批评家们的文章判断，波德加列茨基写的这个剧本失败了。梅耶霍德将它演得颇为有趣：欧洲在喧闹声中毁灭，布景的挡板跑掉了，演员们上气不接下气地重新化装，爵士乐大作。马雅可夫斯基突然支持起我来，在《Д. Е. 托拉斯》演出后的讨论会上，他是这样谈到改编的：“剧本《Д. Е. 托拉斯》是绝对的零分……把文学作品改编成剧本只能由比原作者，也就是比爱伦堡和凯勒曼更高明的人来担任……”然而演出还是有成就的，“爪哇”烟草公司推出了“Д.Е.”牌香烟。而我则由于这个愚蠢的事件，在整整七年里没有和梅耶霍德见过面……

来到莫斯科后，我看了梅耶霍德排演的几出戏：《宽宏大量的戴绿帽子者》《塔列尔金之死》《森林》。我买了票，但我害怕在剧院里碰见梅耶霍德。（在这几出戏里难以找到鼓动性的颂扬，它们可以在“协约国的城市”里上演。梅耶霍德从来不停滞不前。）

梅耶霍德没有走过平坦的直路，他是在爬山，道路是蜿蜒曲折的。当他的追随者公开叫嚷消灭戏剧的时候，梅耶霍德却已经在准备上演《森林》了。很多人不了解，这个狂热的圣像破坏运动的拥护者究竟是怎么回事：为什么奥斯特洛夫斯基、艺术的悲剧、爱情使他那样入迷？（马雅可夫斯基的追随者也不了解，为什么他在他们面前指责了抒情诗之后，却在 1923 年又写了

《关于这个》。有趣的是，《森林》是在《关于这个》这篇诗发表后不久上演的。作为诗人的马雅可夫斯基已经回到诗歌方面来了，但是作为“列夫”成员的马雅可夫斯基却严厉地责备梅耶霍德回到戏剧方面：“《森林》的上演使我深为厌恶……”）

图画挂在博物馆里，书籍收藏在图书馆里，而我们没有看过的演出，对于我们来说将始终是一些枯燥的评论。确定《关于这个》同马雅可夫斯基早期诗作间的联系，确定毕加索的《格尔尼卡》同他“天蓝色时期”的一组油画之间的联系，都不是什么困难的事。然而，我却很难评判贯穿梅耶霍德革命前的演出同《森林》和《钦差大臣》的是什么。贯穿其间的显然有许多东西：他走的路是蜿蜒曲折的，但是，这毕竟是一条路……

《森林》是一出绝妙的戏，它让观众十分激动。梅耶霍德在其中揭示了许多东西，他以新的方式表达了艺术的悲剧。然而，在这个演出中也有一个细节使梅耶霍德的反对者大为恼火（也可能使他们高兴）：一个演员戴着绿色的假发。剧本一连演了好几年。在列宁格勒的一次演出后举行了讨论。参加讨论的人向梅耶霍德递了很多条子：他时而高兴，时而生气，时而说句笑话。有一个条子上写着：“请您谈谈，绿色的假发是什么意思？”他转身向着演员，困惑不解地说道：“真的，这是什么意思？是谁想出来的？……”自那天晚上以后，绿色的假发不见了。我不知道，是梅耶霍德故作惊讶呢，还是他当真感到惊讶：忘记了这个当然是他想出来的细节。（在生活中我常常听到这种困惑莫解的问话：“这到底是谁想出来的？”有时它出自干了比这个倒霉的假发要严重得多的各种荒唐事的作者之口。）

梅耶霍德使那些非常憎恶新事物的人感到害怕，他的名字已经成了普通名词。有些批评家没有发现（或者是不愿发现），梅耶霍德仍在往前走。他们在一个小车站上骂他，而他却早已把那个小车站忘在脑后了。

梅耶霍德并不怕放弃前一天还被他认为是正确的那些审美观念。1920年，当他上演《黎明》的时候，他就放弃了《比亚特里斯的妹妹》（比利时剧作家梅特林克的剧本）和《小戏台》。后来，他嘲笑了自己想出来的“生物力学”。

特列普列夫在第一幕中说，主要的是新形式，然而在最后一幕中，他在自杀前承认："我越来越相信，问题并不在于新形式和旧形式，而在于一个人写作时并不考虑什么形式，他写作，因为这是从他的心灵里自然而然流露出来的。"1938 年梅耶霍德对我说，需要争论的不是艺术中的新形式和旧形式问题，而是艺术和艺术的赝品问题。

他从来没有抛弃他认为是本质的东西，他抛弃的是各种主义、手法、审美标准，而不是自己对艺术的理解。他不停地在造反、在汲取灵感、在燃烧。

契诃夫的独幕轻松喜剧中究竟有什么可怕的东西呢？那时大家都已忘记了"左翼艺术"。马雅可夫斯基已被公认为天才诗人。然而人们对梅耶霍德的演出却仍然议论纷纷。他能够说出最平凡的事物，但是在他的声音、眼睛和微笑里有一种东西能使对这位艺术家的创作激情感到不满的人发火。

1930 年春，我在巴黎看了梅耶霍德的《钦差大臣》。那是在海特街的一个不大的剧院里，那儿通常为郊区居民演一些荒诞不经的独幕轻松喜剧或惊心动魄的传奇剧，舞台既小又不方便，没有休息室（幕间休息时，观众只得上街），总之，是个小得可怜的地方。《钦差大臣》使我震惊。我对自己青年时代的审美追求早就冷淡了，我很怕去看这次演出，因为我太爱果戈理了。不料我却在舞台上看到了果戈理用以吸引我的一切——艺术家的惆怅和那难以摆脱的庸俗不堪的景象。

我知道，有人指责梅耶霍德歪曲了果戈理的原作，说他对果戈理持轻慢的态度。当然，他的《钦差大臣》不像我在童年和青年时代看过的那些演出，我觉得，原作被扩展了，但其中并没有随意添加的东西，一切都来自果戈理。难道可以相信（哪怕只有一分钟）果戈理这个剧本的唯一内容就是揭露尼古拉一世时代的地方官员吗？毫无疑问，对于果戈理的同代人来说，《钦差大臣》首先是对社会制度、对风尚的辛辣讽刺。但是，正如任何一部天才的作品一样，它经历了轰动一时的阶段，而在一百年之后，在尼古拉时代的市长们和邮政局长们从地面上消失以后，它仍然使人激动。梅耶霍德扩大了《钦差大臣》的范围。难道这就是轻慢吗？要知道，把托尔斯泰或陀思妥耶夫斯基的长篇小说改编成各种各样的剧本，被看作是一种高尚举动，虽然它们缩小了原作的范围……

安德烈·别雷不仅爱果戈理，他的病也是由果戈理引起的，《银色的鸽

根据爱伦堡和凯勒曼小说改编的戏剧《Д.Е. 托拉斯》的海报

子》和《彼得堡》的作者的许多艺术上的败笔可能也应当归之于他未能克服果戈理的影响。

安德烈·别雷在梅耶霍德剧院看了《钦差大臣》后，热烈地称赞这个演出。

而在巴黎观看演出的绝大多数都是法国人，有导演、演员、戏剧爱好者、作家、艺术家。这很像一次名人的大检阅，有路易·儒韦、毕加索、迪兰、科克托、德朗、巴蒂……演出一结束，这些似乎都饱尝过艺术的魅力并习惯了规定称赞的剂量的人们，都站了起来，发出了我在巴黎从未见过的欢呼。

我溜进了后台。十分激动的梅耶霍德站在窄小的演员化妆室里。他的头发更加苍白，鼻子也更长了。七年过去了……我说，我忍不住，便前来祝贺。他紧紧地拥抱了我。

从那时以后，我们之间再没有疏远或冷淡过。我们没有提起那次荒谬的争吵。后来我们无论在巴黎或莫斯科，见面时总要畅谈一番。有时也相对无言，但这是那种真正亲密无间的相对无言。

梅耶霍德决定上演《钦差大臣》后对演员们说：“你们瞧瞧鱼缸，那里面的水很久没有换了，浅绿色的水，鱼在水中游来游去，吐着气泡。”他对我说，在排演《钦差大臣》时，他常常想起中学时代的奔萨。

（1948 年，我和亚·亚·法捷耶夫在奔萨的一条街上散步。法捷耶夫突然停住脚步说：“这是梅耶霍德的房子……”我们默默地站了片刻，随后法捷耶夫难过地叹了口气，摆了一下手便快步向旅馆走去。）

梅耶霍德憎恨死气沉沉、打哈欠和空虚，他常常采用假面具，正是因为假面具使他感到可怕——不是由于假面具有一种冥冥之物的神秘的恐怖气氛，而是由于它浸透了日常生活中那种变得麻木不仁的庸俗气息。《钦差大臣》的最后一场，《聪明误》中的长桌子，《委任状》中的几个人物，甚至契诃夫的几出独幕轻松喜剧，所有这些都是艺术家同庸俗的决斗。

他成为共产党员并非出于偶然：他坚信世界必须加以改造。他根据的不是别人的论据，而是自己的经验。在我们中间，他是个老年人。马雅可夫斯基是和革命一起诞生的，而梅耶霍德的阅历却极其错综复杂：斯坦尼斯拉夫斯基、科米萨尔热夫斯卡娅、彼得堡的象征派、《小戏台》、被雪暴扑打的勃洛克、《对三个橙子的爱情》（18 世纪意大利剧作家哥兹的童话剧，梅耶霍德曾用这个名字出版了一个杂志）和许多别的东西。先前我们坐在“洛东达”里，曾猜测那位神秘的达彼尔图托博士（梅耶霍德的笔名）是什么模样。

在所有我有权称之为我的朋友的人们中间，梅耶霍德就年岁而论是最大的。我只是出生在 19 世纪，而他在 19 世纪生活过，常去契诃夫家做客，和薇·费·科米萨尔热夫斯卡娅一起演过戏，认识斯克里亚宾、叶尔莫洛娃……最令人惊讶的是，他永远朝气蓬勃。他总要发明点什么，总像 5 月的风暴那样大发雷霆。

非难陪伴着他的一生。1911 年，《新时代报》的缅希科夫对《波利斯·戈东诺夫》的演出大为不满，他写道：“我认为，梅耶霍德先生是从他犹太人的心灵里，而不是从普希金的作品里取来警察官的，普希金的剧中既没有警察官，也没有鞭子……”说实在的，四分之一世纪以后发表的一些文章，还不如上面这段话干净、公正……

他不像一个苦行者：他热爱生活——爱儿童和热闹的大会、爱滑稽草台戏和雷诺阿（1841—1919，法国画家、雕塑家）的油画、爱诗歌和楼房的脚手架。他爱自己的工作。我出席过几次排演：梅耶霍德不仅解释，还亲自表演。

埃·利西茨基在梅耶霍德的戏剧《钦差大臣》的布景下工作

我记得排演契诃夫的独幕轻松喜剧时的情况。梅耶霍德已是 60 多岁的人了，但他的孜孜不倦、出色的才华和心灵的巨大快乐都使年轻的演员们震惊。

我说过，戏剧演出正在消亡，这是无法复活的。我们知道，安德烈·谢尼耶是个杰出的诗人，但是我们只能相信他的同时代人塔尔玛是个杰出的演员。虽然如此，创造性劳动是不会消逝的，它像一条流入地下的河流，可能暂时看不见。现在我在巴黎看戏，周围的人赞扬道："多么新颖啊！"而我想的是梅耶霍德的演出。当我坐在莫斯科的许多剧院里时，我也想着他的演出。瓦赫坦戈夫写道："梅耶霍德给未来的戏剧打下了根基，未来将报答他。"崇拜梅耶霍德的不只是瓦赫坦戈夫，还有克雷、儒韦（克雷，1872—1966，英国导演，戏剧理论家。儒韦，1887—1951，法国导演，演员，戏剧教师）和其他许多最著名的导演。爱森斯坦有一次对我说，如果没有梅耶霍德，也就不会有他。

1930 年 8 月，他在写给我的信中说："……剧院可能毁灭。敌人没有打盹。莫斯科有许多人把梅耶霍德剧院视为眼中钉。唉，一言难尽啊！"

我们最后的几次见面是不愉快的。1937 年 12 月，我从西班牙回来。梅耶霍德剧院已经关闭。他的妻子季娜伊达·尼古拉耶夫娜·赖赫由于不幸的遭遇得了精神病。康·谢·斯坦尼斯拉夫斯基鼓励梅耶霍德，他常给他打电

左：季娜伊达·赖赫和米哈伊尔·察列夫在戏剧《茶花女》中
右：孔恰洛夫斯基为梅耶霍德画的肖像

话，试图使他振作起来。

这时，彼得·彼得罗维奇·孔恰洛夫斯基为梅耶霍德画了一幅出色的肖像。孔恰洛夫斯基的许多肖像画都具有装饰艺术的特点，但是彼得·彼得罗维奇热爱梅耶霍德，所以在这幅肖像中表现了他的灵感、不安和心灵的美。

梅耶霍德在家里住了很久，他阅读和浏览了许多艺术专著。他还是那样敢作敢为：他觉得在排演《哈姆雷特》。他说："看来我现在能够胜任。从前我没有决心。即使世界上所有的剧本都消失了，只要《哈姆雷特》存在，戏剧也就能存在……"

我还想说明，在这个困难时期，季娜伊达·尼古拉耶夫娜一直支持着梅耶霍德。我的面前摆着 1938 年 10 月梅耶霍德从戈连基别墅区写给妻子的一封信的副本："……我 13 日来到戈连基，望着白桦树叹了口气……瞧，树上的叶子随风飘零。落叶一动不动，仿佛冻僵了……一动不动的落叶仿佛在等待什么。它们仿佛被发现了！我数了它们生命的最后几秒钟，宛如在数垂死的人的脉搏。当我过了一天、一小时之后重新来到戈连基时，它们还会活着吗？ 13 号这一天，当我望着这金色秋天的神话般世界，望着这一切奇异景象，我心里在悄悄地说：季娜，季诺奇卡，看在这些奇异景象的面上不要丢下我，丢下爱你的那个人吧，你是他的妻子、姐姐、妈妈、朋友、情人、心

1939 年，梅耶霍德和季娜伊达·赖赫在家中

爱的人，你就是创造奇异景象的大自然！……季娜，不要丢下我！世界上没有比孤独更可怕的了！”

我们是 1938 年春分手的，我要去西班牙。我们拥抱了。这次离别是令人难受的。此后我再没有见过他：1939 年 6 月，梅耶霍德在列宁格勒被捕，1940 年 2 月 1 日被判处剥夺十年通信权。死亡证明书注明的日期是 2 月 2 日。

1955 年，一个先前从未听到过梅耶霍德这个名字的年轻检察员向我叙述了梅耶霍德遭到诽谤的情形，他向我读了他在军事法庭的秘密会议上的申诉书：“……我已 66 岁。我希望我的女儿和朋友们有朝一日会知道，我至死仍是一个诚实的共产党员。”读这些话时，检查员站了起来。我也站了起来。

20

我非常需要一条裤子

不久我回到了失乐园。亚当同志读了副外交人民委员列·卡拉汉的条子后，给我们腾了一间房子，这个条子写得抽象而高尚："仍供爱伦堡居住。"我继续领取口粮，从2月起，他们发给了我一张在"大都会"饭店进餐的卡片。那儿供给清汤、黍米饭或冻土豆。出门时要交回匙子和叉子，否则不让出去。

有人告诉我，我生来有福。然而我不仅生来有福，还穿着一件衬衫〔俄文 родиться в рубашке（生来有福）这个成语中的 рубашке 一词意为衬衫〕。而冬天的莫斯科却不是巴西……

很久以前我就在《探照灯》杂志上写过一篇文章，描写我在1920年底怎样为自己弄到了一套衣服。这不是什么了不得的大事，但它却使我们一窥那几年的生活，同时也表明，生活上的困难并没有使我们失去信心。

我已提到过我那件巴黎大衣，随着岁月的流逝，它已经成了一件破外套。我没有谈到过最主要的——衣服，上衣还勉强过得去，但是裤子却已破烂不堪。

那时我才明白，对于一个必须生活在文明社会中的30岁的男人来说，裤子意味着什么。没有裤子是万万不行的。在办公室里我一直穿着大衣，唯恐由于动作不慎而使裤缝完全裂开：因为和我一起工作的有女诗人阿达·丘马琴科和几个年轻的女教养员。

那位红海军的剧作家有一次请我去他家做客，他住在“布头街”。我在他那儿受了不少罪，他请我吃美妙的油炸饼，但是做油炸饼的是一个年轻女人。屋子里很热，他们三番五次劝我脱掉大衣，我坚决不肯，真是有苦难言啊。

有一次，我被莫斯科室内剧院拒之门外。我出示请帖、委任状和各种证件，但是验票员非常固执，他说：“同志，穿外衣禁止入场……”

虽然我领导共和国的所有儿童剧院，还领一份半口粮，但我总觉得自己有缺陷：少一条裤子。

严冬来临了。我的大衣丝毫不比一条花边披巾更保暖。我感冒了，又打喷嚏又咳嗽。大概我有点发烧，但当时没有人理会这些。我偶然间碰见了地下学生组织的一位同志，他望着我生气地说道：“为什么不早点告诉我？……”他给莫斯科市苏维埃主席写了一张条子，并开玩笑地补充说：“莫斯科市长会给您衣服穿的。”

受到“市长”的接见可不容易，接待室里挤满了形形色色求见的人。我终于走进了一间宽敞的屋子，那位可敬的人坐在书桌后面，有一副修剪得很整齐的胡子，我在巴黎就熟识此人。我知道他的事非常多，便觉得不好意思。他十分客气，同我谈起了文学界的事，问我有些什么创作计划。在这儿怎么能提起裤子的事呢？最后，我鼓起勇气，利用谈话的间歇用绝望的口气突然说道：“顺便提一件事，我非常需要一条裤子……”

“市长”窘住了，他关切地望着我说：“你不仅需要一套衣服，还得有一件冬大衣……”他给我写了一个条子，让我去找莫斯科消费合作社的一位主任。条子简单明了：“供给爱伦堡同志衣服。”

第二天早晨，我比往常起得都早，我要去莫斯科消费合作社（专门供应居民食物和衣服的部门）。到了那儿以后，我以幸运儿的轻率态度问：“哪儿发领衣证？”一个人指给我看肉商街上那条排得长长的队。

天气很冷，我站在队里没有心思去想裤子，而是幻想着能有一件暖和的冬大衣。傍晚时分，我才接近了那个渴望已久的门。但是就在这个时候发生了一桩意外的事。一个包着毛头巾的年轻女人走到我跟前，气愤地尖叫起来：“真不要脸！我从早晨五点钟就站在这儿，可他刚来就占了我的位置……”她拼命地挤我，她的分量真不轻。我进行抵抗，但没有成功，她把我挤了出去。我向站在后面的人们说："同志们，你们都看见我站了整整一天……"人们又饿又累，对一切都很淡漠，没有一个人替我说话。我明白，这里找不到公道，于是后退了几步，再向前一冲，把这位冒名的家伙顶了出去。人们继续漠不关心地沉默着：显然，他们想保持中立。那个女人毫不介意地走开了，开始在这条很长的队伍中寻找脆弱环节。

我终于走进了主任的办公室，他读了条子后说："同志，我们的衣服不多。您选择一种吧，或者一件大衣，或者一套衣服。"选择是很困难的，我全身都冻僵了，打算要一件大衣，但是突然想起前几个月受的委屈，于是喊道："裤子！衣服！……"我领到了一张领衣证。

我来到了指定的凭证供应商店，那儿没有男人的衣服，他们建议我领一套女人的衣服或者一件雨衣。自然，我拒绝了，我又被介绍去另一个凭证供应商店，在那里人们给了我一套衣服，但是看来是给矮子缝的，所以从沙皇时代一直保存到今天而无人问津。最后，我在彼得罗夫卡和铁匠街拐角的一个凭证供应商店里找到了一套合身的衣服，我穿上了裤子，感到自己是个人了。我在教育人民委员部戏剧处的儿童组一口气起草了十份计划。

但是天气冷得要命，我依旧咳嗽得很厉害。我意识到自己有了裤子，因而增加了不少勇气，便开始张罗一件冬大衣。

我的烟瘾很大，每月总有一次要拿面包去苏哈列夫卡换烟叶。苏哈列夫卡旧货市场上的东西真是五花八门、名目繁多，有中国花瓶、糖块、零支纸烟、打火机的火石、布哈拉地毯、已经发霉的革命前的巧克力糖、上等羊皮封面的布尔热（1852—1935，法国作家）的长篇小说。在苏哈列夫卡还可以买到破旧短皮袄，价钱在五万以上。我身无分文，新上衣的口袋里装着委任状、计划、诗、烧穿了的旧烟斗、烟末，有时还装着从造型艺术部主任施特恩贝格好客的家里带来的糖块。

不久前，我得到了一份"作家书店"出售的手抄本书籍的目录。作者有：安德烈·别雷、弗·利金、米·格拉西莫夫、舍尔舍涅维奇、马林娜·茨韦塔耶娃、伊·诺维科夫等许多人。我的一本小书《西班牙之歌》也在上面，价钱是 3000 卢布。这本小书是舍尔舍涅维奇抄写的，并附有如下说明："4 块糖的成本是 2000 卢布，一杯牛奶是 1800 卢布，50 支纸烟是

6000 卢布。”钱是那么不值钱，很少有人去想它。我们是靠口粮和希望生活的。

虽然如此，我还是决定弄些钱来买大衣，我开始在“多米诺”咖啡馆朗诵诗。那儿冷得要命，顾客可以买到放有糖精的茶或一杯淡得要命的、微呈蓝色的酸牛奶。我不明白为什么有人要去那儿。在那寒冷而阴暗的房间里，响起了舍尔舍涅维奇、波普拉夫斯卡娅或季尔·图曼内不祥的哀号声。“多米诺”咖啡馆的顾客有投机商人、刑事调查局的侦探、好奇的外省人和郁郁寡欢的怪人。

我脱下那件阿卡基·阿卡基耶维奇的外套，打了个喷嚏，便哀号起来——当时所有的诗人都是这样朗诵的，甚至在朗诵轻松诗句时也要哀号。一个投机商人深表同情地擤了一下鼻子，另外两个受不住便走了。我得到了 3000 卢布。

我很走运：过了几天，我碰见一个异常可疑的公民，他说有一件短皮袄只要 7000 卢布。这几乎等于白送。我卖掉了两星期的口粮，把那件短皮袄带回了“公爵府”。

短皮袄非常小，臭味扑鼻，但对我来说，这就像委拉斯开兹（1599—1660，西班牙画家）的画中那件银鼠皮礼服。我刚穿上它要去出版界之家的当儿，柳芭从莫斯科高等美工实习学校回来了，她要我脱下这件新衣。短皮袄的胸上赫然出现了一个极大的印记。难怪我觉得这位公民神态可疑，原来他卖的是偷来的军用皮袄。

我只得听天由命：打喷嚏、咳嗽也总比落个不干净的名声好些。但是柳芭不愧是个结构主义者，她受业于罗琴科，整天谈论结构、手法、实用美学——她想出了办法。

当时在莫斯科有一些“非定额物品商店”，那里出售冻苹果、“沙莫”牌化学茶、糖精、拖把、筛子。我卖掉了两磅黍米的口粮，在一家“非定额物品商店”买了染皮革的颜料。柳芭熟练地拿起刷子。短皮袄一分钟比一分钟变得好看，成了一件司机穿的黑夹克。然而不幸的是，皮子吸收了大量颜料，最后剩下一只袖子没有刷，颜料已用完了，钱和黄米也没有了。

当然，我本也可以穿上这件有一只黄袖子的黑皮外套，谁也不会去注意它。当时人们的穿戴都别出心裁。一些时髦的人喜欢穿褪色的军大衣，戴绿色呢帽。有的人用深红色的窗帘做衣服，上面缝着至上主义派的正方形或三角形，图形是用破圈椅的罩布剪成的。画家伊·莫·拉比诺维奇时常穿一件翠绿的短皮袄跑来跑去。叶赛宁有时戴一顶闪闪发光的大礼帽。但是我害怕别人把这只黄袖子看作一种怪癖，看作一种美学纲领，而不是看作一种不幸。

新年前夕，教育人民委员部戏剧处的所有工作人员都领到了一盒皮鞋油。大家把这当作是一件倒霉的事，尤其是因为音乐处的人员在除夕领到的是鸡。然而柳芭找到了使用鞋油的地方：她用鞋油染了黄袖子。

我们在拉比诺维奇家中欢度新年。有人说，那儿备有晚饭，甚至还有伏特加，但是实际上什么也没有。我们吃的是稀粥，用来碰杯的是茶，然而大家都很快乐，仿佛喝的是香槟酒。

可是该死的鞋油却一直未干，一碰上下雪天，袖子就脏了。我已经染污了几个人的大衣，大家开始有点怕我，而我也不时地提醒说："请从我左边走，别碰我右边的袖子……"

现在，我夜间终于能在莫斯科的街上散步而不挨冻了。当时大家都在马路上行走，因为既没有汽车，也没有马，而人行道却像溜冰场。白天许多人用小雪橇在人行道上运劈柴、煤油和黄米。人们"报上名"或者"被除名"——这与配给证有关。记得有这么两句诗：

公民，今日午餐吃什么？
公民，你可报上了名？

一到夜里，幻想家们就游荡起来。我永远不会忘记那些闲逛！我们在雪堆中间慢慢地走着，有时一个拉着一个，就像沙漠中的商队。我们谈着诗歌，谈着革命，谈着新世纪。我们是向未来迈进的商队。也许正是出于这个原因，我们才如此容易忍受饥饿、寒冷和许多其他困难。这样的商队在所有俄罗斯的城市里都有，25 岁的尼·谢·吉洪诺夫（当时我还不认识他）大概给什么人读过自己的诗句：

要是用这些人打成钉子，
世上就不会有更硬的钉子。

我们鱼贯而行，星星在头顶上闪烁——街上一片黑暗，谁也不妨碍闪烁的星星。在我生日的那天，亚德维加失望地说，她没有办法弄到礼物，既没有花，又没有水果糖。她望着星空，开玩笑地补充说：“我将仙后星座送给你……”我们都不怀疑我们能够活到联合国组织讨论如何防止其他星球遭到强占，活到所有的姑娘都能将丝制的、毛制的或化学物质制成的合适的领带送给自己男朋友的那一天……

21

这是整整一个诗歌的时代

我继续在教育人民委员部戏剧处的儿童组工作。当然，可以对我们的工作采取怀疑态度，因为我们大部分时间都是在制定建立儿童剧院的计划，再就是为演员们张罗口粮。这是个艰苦时期，我想起列宁 1921 年 2 月就教育人民委员部的工作所讲的话，那很可以说明这个时期的特点，列宁说：“我们很穷。没有纸张。工人们受冻挨饿，无衣无鞋。机器陈旧不堪。建筑物被毁坏了。”我们尽力支持各种创举。当时有一个由女演员亨利埃塔·帕斯卡尔领导的儿童剧院。雕刻家叶菲莫夫和他的妻子很早就从事木偶戏的工作。有一个很年轻的女人，名叫娜塔莎·萨茨，她后来为儿童的艺术教育做了不少事。各种工人俱乐部也为儿童组织了一些节目。最后，著名的丑角和动物训练专家弗·列·杜罗夫还打算让孩子们看看四脚演员们的表演。

当时，普遍的现象是计划订得很多，付诸实施的却很少：幻想多，资金缺乏。但我仍然觉得，我们那初看起来毫无意义的工作取得了某些结果。我们帮助未来的剧作家、导演、演员在五年或十年以后建立了一些非常有趣的儿童剧院。

从表面上看，有许多有趣的事。我们的旁边是马戏组。这个组的领导人是女演员鲁卡维什尼科娃，她是一个诗人的妻子。她有时坐雪橇回家。有一次在马涅日附近，马突然用后蹄站了起来，好像一只鬈毛狗，或许是跳起了华尔兹舞，把行人吓了一跳。这是一匹马戏团的马，却被迫担任拉车的角色，显然还不能克服对艺术的热爱。但是，我们儿童组并未向马戏演员示弱：杜罗夫有时派一匹瘦小的、清心寡欲的骆驼拖着雪橇到戏剧处接我。

来找鲁卡维什尼科娃的都是些神气十足的人物。能举几普特重哑铃的杂技演员跑来请求领取院士级口粮。外国的技巧运动员抗议住房过于拥挤。一个丑角演员拼命地哭诉："干吗对什么都用马克思主义来解释？我不能让人把我开的玩笑当成真的！我们干革命不是为了这个！……"来找我的人却乏味得多，都是到处碰壁的剧作家。报纸上登过一篇文章，说没有为孩子写的剧本，于是从事各种职业的人们开始从坦波夫、车里雅宾斯克、特维尔来到莫斯科。他们带来的一捆捆手稿堆满了一个小房间。剧本是用绿墨水写的，有的写在公证书背面，有的写在从练习本上撕下的纸片上，有的甚至写在包装纸上。有一个作者描写了年幼的拉萨尔的英勇奇遇，另一个作者证明人鱼公主是资产阶级思想的产物，还有一个揭露协约国的阴谋（我不知为什么想起了一句诗："牢牢记住，我们是怎样教训克列孟梭的"）。有的甚至当场大声朗诵自己的作品。有一个在儿童组坐了好几天：要求发给他一张领取住房和院士级口粮的护照。

有一次我来到塔甘广场旁的一个俱乐部里，一个杂凑的剧团正在那儿上演一个不知名的剧作家为孩子们写的剧本《帕沙的遭遇》。演员们在舞台上十分自然地发出咯咯声，喝着茶，不停地谈论着学习的好处。扮演小姑娘帕沙的是个上了年纪的女演员，她带着心理上的停顿反复地说："那么，这就是说，我懂得了生活的节拍，合上了书本……"

帕斯卡尔剧院把吉卜林（1865—1936，英国作家）的《丛林故事》改编成了剧本。豹子在舞台上肉感地伸懒腰，还扭扭捏捏的，似乎它不是野兽，而是王尔德剧中的莎乐美。我觉得这有些颓废派味道，所以很生气。〔现在许多概念都混淆了。苏联大百科全书把塞尚、高更、兰波、汉姆生、德彪西、拉威尔都列入颓废派，总而言之，19世纪末和20世纪初的所有大作家和大艺术家都不例外。实际上，颓废派文艺的确存在，上面所说的剧本《莎乐美》、普日贝谢夫斯基（1868—1927，波兰作家）的长篇小说或施图克（1863—1928，德国画家与雕塑家）的绘画就是。〕亨・帕斯卡尔听了我的批评后，沉着地回答说，我可以上演我认为合适的其他剧本或者做任何其他的事。我考虑了一下，断定他是对的，于是我将制订计划以外的时间用来和弗·列·杜罗夫一同工作——他的野兽既不是自然主义的，也不是颓废主义的。

我还担任了另一件工作。在普列奇斯坚卡有一座楼房，我在中学读书时，它曾使我激动不安（那时是贵族女子学校），现在这儿是军事化学学院，学员们邀请我去给他们讲写诗法。他们想写抑扬格、扬抑格甚至自由体的诗。他们勤奋地数着音节并寻找韵脚。从他们中间未必能培养出诗人，但是我确信，他们终生都不会忘记自己对诗的向往，正如人们不会忘记自己的初恋一样。

至于写散文作品，当时既没有时间，也没有纸张。此外，散文需要有内心的体验、观察、批判态度，还要善于思考所发生的事件。散文在几年之后才开始出现。可是写散文比写诗自由得多。现在我们有时举行诗歌节，诗人们在书店里朗诵自己的诗，用自己的墨迹来诱惑诗歌爱好者。然而在那个时候，到处都有人朗诵诗——在林荫道上、在火车站内、在工厂寒冷的车间里。这不是诗歌节，而是整整一个诗歌的时代。

我记得，有一次诗人协会收到一封信：一支红军部队要出发去南方消灭弗兰格尔分子，他们请求派马雅可夫斯基、叶赛宁、帕斯捷尔纳克或者别的诗人到他们营房去，好让战士们在临行前听听诗朗诵。

人们举行了“当代诗歌讨论会”，后来又有“形象派讨论会”以及其他各种诗歌辩论会。文学流派不胜枚举，有：共产主义未来派、形象派、无产阶级文化派、表现派、费斯特派、无物体派、现在派、阿克秦派，甚至还有无所谓派。当然，在“多米诺”咖啡馆或出版界之家发表演说的一些理论家也说过不少蠢话，在无数生僻的词汇后面，除了渴望荣誉或胡闹外，往往毫无内容。但是我却愿意为那个遥远的时代辩护。现在翻开那些声名远播的诗人的诗集，我们就可以发现，多少美妙的诗篇都是在军事共产主义年代写成的。人们的生活从来没有像那个时期那样艰苦，看来人们的创作激情也从来不曾那样强烈。

屋子里又冷又黑，丑陋不堪，一到晚上，人们都拥向剧院。舞台上尽是霍夫曼、哥齐、卡尔德隆和莎士比亚的剧本中的人物。画家韦斯宁、亚库洛夫、埃克斯特设计的华丽服装和布景使观众为之目眩。

浪漫主义是19世纪上半叶的文学流派，至于浪漫主义精神，那是艺术中一直就有的：即艺术家所看到的那在现实生活中已不复存在或尚未出现的东西。梅耶霍德在革命剧院排演了《柳尔湖》，泰罗夫排演了《成了星期四的人》，舞台上高耸着升降机，而当时在莫斯科升降机都闲置着。莫斯科高等美工实习学院的学生们在设计电话机的新的构造形式，但当时城市里的大部分电话都拆掉了。我记得有一次在俄罗斯联邦第一剧院排演《宗教滑稽剧》时，马雅可夫斯基微笑着对我说："您等着瞧吧，最后一幕是未来的世界：摩天楼、电动拖拉机和大块大块的糖……"

柳芭的老师是亚·米·罗琴科。他为售报亭设计了一些立体主义的图案。40年后，我在许多国家看到的售报亭、展览馆以至住宅，都很像罗琴科的旧设计图，自然，样子比较柔和平整。利西茨基在设计未来书籍的样本。最使我震惊的是塔特林。工会大厦展出了他设计的第三国际纪念碑。两个圆柱体和一个角锥体在旋转，玻璃大厅的周围缠着一圈圈钢制的螺旋线。结构派喜欢谈论逻辑，谈论艺术的实用价值。根据塔特林的设计，人民委员会开会的大厅是转动的。从实用观点来看，这是毫无意义的，但这毕竟是时代的真正浪漫主义精神。我在巨大的模型前面站了很久，满怀激动地走到街上：我感到我从一条缝隙中看见了21世纪。现在我的想法变了：使我惊讶的是那模型的独特的美，是那超出有关未来的都市建设和工业化建筑优点的种种问题

1922年，亚·罗琴科和弗·斯杰巴诺娃

之外的艺术。

艺术的道路十分复杂。塞万提斯本想嘲笑骑士小说，但他却创造了一个活得远比自己时代长久并且骑着可怜的罗西南特闯进了我们时代的骑士。巴尔扎克认为他在赞扬贵族阶级，实际上他却埋葬了它。

1919 年，罗琴科设计的售报亭草案

当然，我和我遇到的所有朋友一样，都殷切地向往着未来。什么售报亭也没有，无论是立体主义的还是普通的。我们看报纸也不是在吃早饭的时候，而是在大街上——报纸贴在墙上。弗兰格尔分子被打垮了，国内战争胜利地结束了。人们怀着想战胜饥饿、破坏和贫穷的无比英勇的精神参加星期六义务劳动。世界上发生了各式各样的、有时是相互矛盾的事件。反动势力胜利了，但是时而在萨克森爆发起义，时而英国矿工开始罢工。印度要求独立。世界革命在我们看来已不是朦胧的理想，而是明天的事了。但是，有时我心中又充满了怀疑：我无法理解，为什么在我十分熟悉的法国，经过了可怖的战争岁月，经过了初期的士兵暴动，却什么也没有发生……

有时人们在谈到人的时候说：“他不安于现状。”这指的是空间。但我现在说的是时间：我们迫不及待地想跨进下一个世纪。所有的概念都被推翻了：欧洲最落后的一个国家突然跑到了其他国家的前面。它倡导的那些思想、那些文学与艺术的概念，几十年后震动了西方。然而生活（我指的是日常生活）却是史前时期的，是穴居时代的。

人人都有一种强烈的求知欲望。描写冲击堡垒和要塞的书籍很多。然而这个时期，人民却在向知识发起冲击。老太婆们坐在课堂里念识字读本。教科书像初版的新书一样成了稀有之物。高等学校里尽是热情洋溢的年轻人。听一次讲演或报告十分困难：要想走进综合技术博物馆的讲堂，丝毫不比挤

左：爱伦堡作品原稿的封面，上面题写着：爱伦堡写作并绘画
右：塔特林设计的第三国际纪念碑

进破旧的电车容易。听众向讲演人递上的条子真是五花八门、无所不包：有的问威斯特法伦的罢工，有的问巴甫洛夫的条件反射学说是怎么回事，有的问什么是至上主义，有的问争夺石油的情况，有的要求解释优生学，有的要求讲解马雅可夫斯基的韵脚，有的要求讲解相对论，有的要求谈谈福特汽车工厂，有的问如何战胜死亡，还有其他许许多多问题。

亚当同志弄到了一些煤，“公爵府”生起了火。每到晚上，常常有朋友来找我们。帕斯捷尔纳克住在旁边的一幢房子里，他几乎每天晚上都来。我们谈论国际形势，谈论未来派与形象派之间的论战，谈论罗扎诺娃与阿尔特曼的绘画，谈论梅耶霍德的演出：我们想翻过历史的一页。

我常常迷失方向、自相矛盾。我非常向往像塔特林的设计图那样的未来城市，但是我作为保罗·扫罗维奇，却写道：

我预见到一座可怕的城市——一座蜂箱，
不知有几许玻璃与钢，

喧闹的街道中的狂欢，
跟军事检阅一样。
空地上映现着
未来时代螺状线的阴影，
经过考虑的看齐的桎梏
还有新天堂的混凝土。

当我穿着那件袖子上涂着黑鞋油的短皮袄，在莫斯科小胡同的雪堆中走过时，我毫不怀疑，各种各样的设计图定将实现，一座新的、前所未有的城市将要代替我从小就十分熟悉的那些东倒西歪的小木房。如果我年轻十岁，我就会热情地微笑。但是，我生于1891年，作为革命前俄国知识分子的一个普通代表，我从小就记得柯罗连科的这句话：人生来是为了幸福，正如鸟生来是为了飞翔。我常常痛苦地猜想，这个未来城市的人们将怎样生活。

热情与嘲笑、信仰与逻辑在我的心中斗争。在外交人民委员部的第三宿舍里，我有一次遇见一个比利时客人。他谈起我们交通状况如何令人失望，又谈到宪法保障的种种好处。我毫不客气地反驳他，我说，资本主义世界的灭亡是不可避免的，饥饿的洗礼远比最豪华的葬仪更有吸引力。他把我称作“狂热分子”。然而如果坦白一点，我一点也不像那个曾经讥笑娜佳·利沃娃喜爱勃洛克诗歌的16岁的男孩子。许多现象使我不安，甚至使我愤怒，譬如简单化、偏执、轻视过去的文化以及我常常听到的那种话：“没有那么复杂，一切很清楚……”但是现在我知道，历史的发展不会随心所欲，不会依照自己的愿望，也不会像19世纪的杰出小说所描写的那样。我知道，我的命运和新俄罗

埃·利西茨基设计的封面

斯的命运紧密相连。

这年冬天，我已满 30 周岁。这个数字使我不安，我悲哀地想到，我仍然一事无成：一切都不过是试笔和练习。令人惊讶的是：生活的节奏加快了，出现了航空事业和电影，历史事件一个超过一个，然而，和我年龄相仿的一辈人的成长，却远比那个平静而从容的 19 世纪的人缓慢得多。巴别尔正式开始写作时是 30 岁，谢芙琳娜是 32 岁，帕乌斯托夫斯基是 34 岁。然而要知道，果戈理写《钦差大臣》时只有 27 岁。俄罗斯文学最优秀的作品之一——《当代英雄》，是一个 26 岁的年轻人写的。我不知道，这是不是由于千变万化的事件使得我们没有时间去思考、去理解所发生的一切，去认识自己和其他的人。

无须为那些岁月惋惜。即使我们是被投入篝火的枯枝，那也不必遗憾：燃旺的篝火远比人的生命长久。

我想描写很多东西：战前的巴黎、索姆河畔的战壕、革命、内战、模型、计划、雪堆，然而主要的是向前奔跑。我明白我不能用诗歌表达这些。一部长篇小说的构思渐渐成熟。有一次，我想起了迪埃戈·里维拉讲的那些故事，于是决定将我的讽刺小说的主人公设定为一个墨西哥人。

我搁下了木偶剧院的计划，开始考虑《胡利奥·胡列尼托及其门生历险记》各章的内容，自己也感到很突然。

22

杜罗夫和《全世界的野兔，联合起来！》

虽然弗·列·杜罗夫不赞成未来派，但他自己却是个怪人，他的儿童剧院开张时演出的第一出戏叫《全世界的野兔，联合起来！》，我清楚地记得戏的内容。开始时，一只野兔拿着一本上面写着《资本论》的木质书皮的大书，一页一页地翻着，随后又招来其他一些野兔，它们足有20多只。下一幕的舞台上是一个宫殿的模型，守卫宫殿的是几只拿枪的家兔。从后台跑出一群野兔，推着一门玩具大炮。野兔用大炮向家兔射击，并获得了胜利，它们还将一面红旗插在宫殿上。

拉幕的是一个穿着蓝短衫的小狗熊。

孩子们的喜悦是无法形容的，他们一个个面色苍白，身体瘦弱，但笑得快要倒下了。闭幕之后，野兔和家兔都跑到了台口，接着就发生了《黎明》的导演所徒然幻想的那种观众和演员的交流。（孩子们进场时先领一根胡萝卜，他们要用这东西来驯服演员。）

这场戏只演了半小时，但是排演和准备工作却花了很多时间。弗拉基米尔·列昂尼多维奇·杜罗夫从一开始就对我说，他想推翻对动物的一些错误看法。譬如，一般人认为兔子胆小，又是斜眼，因此应当让人们看看兔子开大炮开得多棒。

弗拉基米尔·列昂尼多维奇当时已经57岁，他是俄罗斯最著名的丑角演员。我还是个孩子的时候就在马戏院看见过他，记住了这个可笑的人物，那时他穿着鲜艳的衣服，上面挂着许许多多稀奇古怪的奖章。而且在我出生前很久，杜罗夫兄弟就已经是俄罗斯所喜爱的人物了。契诃夫在看弗·列·杜罗夫的狗“扎别塔伊卡”表演戏法时，也不禁哈哈大笑。也许，我童年时期看见的不是弗拉基米尔·列昂尼多维奇，而是他的弟弟阿纳托利？这个阿纳托利有一个时期比他哥哥还红。两兄弟起初在一起演出，后来闹翻了。弗拉基米尔·列昂尼多维奇便在戏报上用“大杜罗夫”这个名字，阿纳托利·列昂尼多维奇称呼自己为“真杜罗夫”。（他死在革命以前，遗嘱上吩咐在他的坟上也写上“真杜罗夫”。）

无论怎么说，在我认识弗拉基米尔·列昂尼多维奇的时候，他已经是“唯一的杜罗夫”了。教育人民委员部戏剧处马戏组的同事们再三邀请去，但他迷上了野兽。我记得他第一次来找我是要求我帮助他在博热多姆卡的别墅里修建一座儿童剧院。他谈起了巴甫洛夫的著作，谈起了条件反射和无条件反射。我觉得他不像著名的丑角演员，而像是一位可敬的教授。

我被邀请去参观一次排演。弗拉基米尔·列昂尼多维奇竭力消除兔子的恐惧，这很不容易。虽然照杜罗夫的说法，动物是服从不同的反射作用，而人，如果笛卡儿的话没有错，则是由于有了思维能力才有其存在，人的行为和动物的行为之间有许多共同点。譬如，吓倒一个最胆大的人，比将一个胆小鬼锻炼成英雄容易。杜罗夫说，蠕虫从小鸡身边跑开，小鸡就会吃掉它，但是当蠕虫向小鸡爬去时，小鸡就急忙躲开了。（顺便说一句，有这样一句谚语：“绵羊面前是好汉，好汉面前是绵羊。”这不是小鸡也不是兔子想出来的。）排演是在夜间进行的。弗拉基米尔·列昂尼多维奇耐心地用胡萝卜喂担任主角的一个十分可爱的兔子，而且训练动物者的手还怯生生地一次一次向回缩。至于大炮，它干脆一见兔子就躲开。过了两三个星期，兔子明白了，它们是最强大的。杜罗夫把这种训练动物的方法称作“胆怯的错觉”。

胡萝卜在导演工作中起了最大的作用：胡萝卜放在书页之间，兔子为了得到胡萝卜，就拉动联结着大炮的一根细绳子，于是大炮就响了。

在排演过程中发现，家兔一点也不抗拒戴帽子，但是野兔却不行，刚给它们戴上帽子，就阵容大乱。弗拉基米尔·列昂尼多维奇让步了，所以野兔在进攻皇宫时都没戴帽盔。

胡萝卜是别人替杜罗夫弄到的，但是小狗熊却碰到了困难。我去找莫斯科消费合作社，请求发给参加演出的小熊一份供应品。尽管口粮少得可怜，小狗熊还是长大了，那件短衫已经套不上了。杜罗夫再三请我去领些印花布，给小熊做件新衫。我说这非常困难，为了给自己弄条裤子，我曾花了许多时间，小熊不穿衣服也可以演出。虽然我一再解释，但也没有用。最后，我们还是弄到了印花布。

小象“贝贝”的死，使杜罗夫异常难过，这头象是他暂时寄放在动物园里的。由于没有煤，贝贝着了凉，患感冒死了。它的体重近3000公斤，象肉被分给了动物园的职工。弗拉基米尔·列昂尼多维奇一再悲戚地说：“您没见过它……它的天分是少有的……”五年之后，他写道：“我的忠实的、始终不渝的好同伴死了，我的孩子贝贝死了，我养育了它，为它付出了自己的一部分心血。”

第二部戏杜罗夫在20世纪初上演过，首次演出时名叫《海牙和平会议》。现在名字改了。桌子旁边坐着一对对不共戴天的仇人：狼和山羊，猫和老鼠，狐狸和公鸡，熊和猪。

弗拉基米尔·列昂尼多维奇对我详细地解释了他是怎样排练这场戏的。老鼠笼的周围挂着一些铃铛，笼底有小轮子，把笼子放在铺有小轨道的桌子上，使其滑向装着猫的篮子。滑动声、铃铛声吓住了猫，它开始害怕老鼠了。而老鼠却渐渐胆大起来。杜罗夫也这样训练演出的其他参加者。强者不再相信自己可以不受惩罚，而弱者则消除了恐惧，这样就形成了“和平共处”的局面。

在我现在所说的这年冬天，我和弗拉基米尔·列昂尼多维奇常常见面，我尽力帮助他，而且迷上了他。后来我们见面的机会少了，但是每一次见面，杜罗夫都使我开心、钦佩并得到鼓舞。他是我一生中所遇到的最奇特的人物之一。他想在马戏场上从事宣传教育工作，他提出科学的解释，喜欢谈论反射作用，出门时却穿着自己那件闪闪发光的衣服坐在6只狗拉的车子上或骑在猪身上。在他鲍热多姆卡的家中，常有一些学者访问，如切尔帕诺夫、别赫捷列夫等，他有时突然中断严肃的谈话，说一段丑角的笑话。他是天生的诗人，并在四只脚演员的世界中发现了诗意。

他和人们谈话时常常语无伦次。他把唯物主义和托尔斯泰主义、把马克思主义和基督教混为一谈。他的学术著作署名是“自学成功的杜罗夫”。他和动物在一起时才真正感到轻松愉快。他常这样请求别人：“希望您感觉出动物也是能理解、思考、快乐、痛苦的个体。”

在弗拉基米尔·列昂尼多维奇的脑子里产生过一些离奇的计划。

杜罗夫在自己的一部著作中，援引了他于1917年8月收到的一封信中的几句话：“海军总参谋部审查了杜罗夫先生提出的关于由他来训练海狮和海豹从事海战的建议，认为这个建议是非常有趣的……”信是由参谋长，一位海军少将签署的。不难猜出，如果那些将领当真希望用受过训练的海豹来对付德国潜艇，那时他们会处于什么境地……

后来一切如故。谁也不再对动员海豹的想法感兴趣了。1923年，弗拉基米尔·列昂尼多维奇获得了到德国出差的机会，他从那儿弄到了几只海狮。他非常爱惜它们，把它们看得比狗还高贵。我记得他曾带我到水池旁边介绍说：“这位是伊利亚·爱伦堡，诗人和动物的朋友。”这时海狮从水中钻了出来，开始用它们的鳍脚鼓掌，并且用冰冷的水浇了我一身。然而杜罗夫说：“假若您能看见它们大脑上的回纹那才好呢……”

杜罗夫深信，人不了解动物。人们常说“瞎母鸡”，这是为什么？实际上在人看见鹞鹰之前，母鸡早就发现了。驴子固执吗？一点也不：人无情地役使它，它有时只是消极地抵抗一下罢了。猪是最爱干净的动物，它在污水里打滚，不过是为了去掉身上的寄生虫，不信你就给它一个干净的猪圈，它会嫌恶地躲开许多人的。

用海狮同潜艇作战的建议究竟为什么没有被采纳呢？为什么没有人审查一下借助驯鹰来烧毁轰炸机的方案呢？不，人是最难办的！

很久以前，有一次杜罗夫病了，他立下遗嘱，上面说，如果他死了，一定得有动物为他送葬。但是宗教界认为这个愿望亵渎神明。唉，人们不了解，动物也有灵魂！过了10年或者15年，“灵魂”这个字眼也消失了，“反射作用”代替了灵魂。但人们照旧报以怀疑的冷笑。譬如，生理学家认为狗不能分辨物体的颜色。弗拉基米尔·列昂尼多维奇生气了，他说：“我的狗都能分辨出绿球和红球，甚至刚出生的小狗也是如此……”

杜罗夫的妻子安娜·伊格纳季耶夫娜也很爱动物。但是弗拉基米尔·列昂尼多维奇有一次伤心地对我说，卧室只许猴子、狗、猫和鹦鹉进入。獾或鹅禁止入内。“不对……不公平……”

弗·列·杜罗夫和自己最宠爱的猩猩米穆斯

有一次，他有例行公事去找卢那察尔斯基，请他签一个文件。阿纳托利·瓦西里耶维奇回答说，需要审查和考虑。这时，从杜罗夫的口袋里跳出一只老鼠——他最心爱的芬卡，它用两只后腿站在人民委员面前。卢那察尔斯基怕老鼠，叫了起来：“快拿开！”杜罗夫叹了口气说：“我没办法，阿纳托利·瓦西里耶维奇，它是替自己的同伴说情。这是团结友爱……”

10年后，他在巴黎时，去“库波尔”咖啡馆也带着一只老鼠，女士们发出歇斯底里的叫喊时，他觉得十分奇怪。他解释说，这只老鼠是个女演员，可是没人听他的。

他去朋友家做客时谈论科研工作，谈论进步，但有时掏手绢时会突然从衣袋里带出一块肉或一条生鱼来：他的衣袋里装满了款待野兽的食物。

他瞧着人，心里则想着动物。他说他养的那群动物玩得高兴时总是微笑着摆动屁股，他补充道：“表达感觉的本性在许多场合都是相同的。摆动屁股就是一例。我常常发现，特别是在舞会上，一个年轻人走到一位女士跟前请舞时，总要相当明显地摆动自己的屁股……”

他和安娜·伊格纳季耶夫娜来到巴黎后，我们请他们去布洛梅大街上的一个舞厅看看，去那儿跳舞的有黑人大学生、画家、女模特儿。弗拉基米尔·列昂尼多维奇专心地望着一对对舞伴，突然快活地叫道：“妈呀，您瞧，他们的肚子一动一动的，和鹦鹉的反射作用一样……”

安娜·伊格纳季耶夫娜对我妻子说：“我原想在巴黎买几件像样的衣服，但是沃洛佳却买了一只长颈鹿。长颈鹿很贵，还得用专门的车厢运输……”

弗·列·杜罗夫表演《老鼠的坚强道路》

弗拉基米尔·列昂尼多维奇非常喜欢黑猩猩米穆斯，他向我详细地叙述了它的成就："米穆斯学会了发音，会说几个字。它开始学写字，暂时只学会写字母'О'，我现在教它写'Ш'。"

不幸的事发生了。杜罗夫要去明斯克演出。他爱护米穆斯，没有让它出场，却带着它，以免出事。猴子在此之前就常常闹病，它患了感冒，得了肺炎。弗拉基米尔·列昂尼多维奇向我谈起它临死时的情形："在旅馆里它睡在我的床上……培养猴子保持室内清洁的习惯是最困难的。小猫倒不错，但猴子却总是漫不经心。它知道自己该出去大小便了，可是只要什么玩意一吸引住它，末了总是拉一地……然而米穆斯却从不这样……我看见它站了起来，拿了手纸向便盆走去，但没有走到就死了……"杜罗夫的眼里渗出了泪花。

我说过，他的世界观有时很难了解，但是他强烈地憎恶战争，无论在马戏场或是在学术会议上，他都要谈论这一点。他在1924年写道："苏维埃俄国已在裁军问题上勇敢地带了个头，直到如今它还公开号召学习它的榜样……”（从那时以来，几乎已过了 40 年，发生了一场史无前例的战争，而杜罗夫的话就像从刚出的报纸上摘录下来的一样，这叫人想起来就感到难过……）

弗拉基米尔·列昂尼多维奇的一生是怪诞的，但也充满了诗意。在莫斯科军事学校三年级的一次神学考试上，贵族子弟杜罗夫拿大顶进入考场。主考人不了解中世纪虔诚的杂技演员，便把这个放肆的孩子赶出了考场。杜罗夫到了老年，他的周围经常有一些学者。科热夫尼科夫和列昂尼多维奇两位教授为他的书写了序。看来弗拉基米尔·列昂尼多维奇和“丑角”并没有什么共同之处。然而，事实并非如此，他临终前还是马戏演员，他诅咒演技场，但没有它又不能生活。

1934 年夏，弗拉基米尔·列昂尼多维奇逝世了，送葬的行列从鲍热多姆卡向马戏院移动。柩车上坐着杜罗夫心爱的动物，一只名叫雷日卡的苏格兰牧羊犬。成千上万的人都来向曾使好几代人发笑的丑角演员告别。

他养的那些狗听着，嗅着——它们在等待，海狮在等待，乌鸦也在等待，而且毫无目的地反复唱着自己的名字：“沃罗诺克……沃罗诺莎”杜罗夫没有来。再不会有这样的人了……

1921 年初，有一次我和他一起从教育人民委员部戏剧处乘车去鲍热多姆卡。拉我们的是一匹很瘦但不知愁的骆驼。杜罗夫突然对我说：“为什么人们总是说‘丑角……丑角’您知道吗，我告诉您一个秘密，丑角是最严肃的人……”

23

叶赛宁和他的诗

在一个很冷的冬日，我在特维尔大街上碰见了谢·亚·叶赛宁，他邀我去一个叫“基斯洛夫卡”的秘密之地喝真正的咖啡。

给我们开门的女人快活地叫道：“啊，谢尔盖·亚历山德罗维奇！我等您好久了……”从抽屉柜上的摆设和那些古老的英国版画来判断，她从前是个相当有钱的女人，现在开设了一个“地下”餐馆，对象是演员、作家和投机商。叶赛宁悄悄对她说了些什么，过了不大一会儿，桌子上就摆出了咖啡壶、糖罐、甜点心，甚至还有一小瓶蜜酒。我过着修道士式的生活，没有料到会有这样的地方。叶赛宁发现我十分惊讶，便孩子般高兴地说：“喂，哪一点比不上巴黎的咖啡馆？……”

女主人称赞了他的领带，他又高兴起来。他穿一件浅色的外衣和一双黑漆皮鞋。他和乡下小伙子一样爱打扮，路上有人认出他时，他总要报以微笑。

我们喝得不多，酒瓶实在太小了，但是却不愿离开这个温暖舒适的屋子。叶赛宁使我感到奇怪：他谈起了绘画。不久前他看了休金的藏画，他对毕加索感兴趣。他还读了魏尔兰、兰波等人的作品的译文。接着他朗诵起普希金的诗来：

……我痛苦地抱怨，
还痛苦地流泪，

但洗不掉悲痛的诗行。

突然间，他猛烈地攻击马雅可夫斯基："狄度和弗拉斯……他对这有什么了解呢？即使他了解，这又算什么诗歌？……"对他的话我并不觉得奇怪：在这之前不久，我出席了综合技术博物馆的一次晚会，会上马雅可夫斯基和叶赛宁互相对骂了一阵。可我还是问叶赛宁，为什么马雅可夫斯基使他那样生气。他说："他是个为了什么而写诗的诗人，我是个由于什么而写诗的诗人。我自己不知道是由于什么……他会活到八十岁的，人们会给他立纪念碑……（叶赛宁一直非常渴望荣誉，对于他，纪念碑不是铜像，而是不朽的化身。）可是我将要在贴着他的诗的篱笆下死去。反正我和他是不会相互代替的。"我提出了不同的看法。当时叶赛宁情绪很好，他勉强承认马雅可夫斯基是个诗人，不过是个"乏味的"诗人。他同未来派争论起来。艺术鼓舞生活，它不可融进生活。当然，他叶赛宁在受难周修道院的墙壁上写过一些猥亵的诗，但这只不过是恶作剧，而不是纲领。人民吗？莎士比亚多么富有人民性，他不鄙视民间戏剧，却创造了哈姆雷特。这不是狄度也不是弗拉斯（他引用了马雅可夫斯基提到狄度和弗拉斯的宣传画中的诗句）。他又朗诵普希金的诗，他说："要是能写出这样一篇四行诗——死也不可怕了……我肯定很快就会死的……"

我们在街上告别时，叶赛宁说："诗不是甜点，用卢布是买不来的……"这句话我牢记在心，它使我震惊：这一天我第一次看清了叶赛宁。我们早就认识，我很早就喜欢他的诗。

1917 年秋在彼得格勒时，我在巴黎结识的年轻女诗人玛·米·什卡普斯卡娅请我去她家做客。桌旁坐着尼·阿·克柳耶夫，他穿着一件农民的衬衫，正在大声地喝着茶。我立刻觉得他是个无数次扮演同一角色的演员。谈话突然中断，进来一位新客人，是个年轻漂亮的小伙子，很像歌剧中的爱神列利。他微笑着自我介绍道："叶赛宁。谢尔盖。谢廖扎……"他有一对明亮天真的眼睛。玛丽亚·米哈伊洛夫娜请他读诗。我明白了，站在我面前的是一位大诗人。我很想同他谈谈，但他微笑了一下就走了。

后来，我们在莫斯科遇见过几次。他谈到诗，谈到当时发生的一些事件。

左：1925年，叶赛宁
中：1927年，玛丽亚·米哈伊洛夫娜·什卡普斯卡娅
右：叶赛宁在戈里莱夫纪念碑开幕式上发言

他和克柳耶夫不同，常常变换角色，有时谈印多克拉芙，有时谈形象的生动性，有时又谈愚昧落后，但他不可能（或者是不愿意）不扮演一定的角色。我常常听见，他用那对蔚蓝的眼睛瞧着自己的交谈者，微带挖苦地说："我不知道你们那儿怎么样，可是在我们梁赞……" 1918年5月，他对我说，一切都应当推翻，应当改变宇宙的构造，只要农民放一把火，世界就会燃烧起来。他把自己的一本书送给了我，上面写着："送给对罗斯和风暴持对立看法的亲爱的爱伦堡留念，衷心爱你的谢·叶赛宁赠。"

在基斯洛夫卡的长谈之后，我看见了真正的叶赛宁。他捉弄过多少人啊！伊万诺夫–拉祖姆尼克听了他的《伊诺尼亚》后称赞道："这才是真正的革命主观主义……"形形色色的"西徐亚人"认为叶赛宁是自己思想的表达者，我还记得，施罗德在柏林曾说，叶赛宁的呼吁《上帝啊，快产犊吧》曾使欧洲资产阶级为之震惊。而年轻的诗人们则把叶赛宁看作新诗的创造者，"形象主义"不是许多文学流派之一，而是一种不可动摇的戒条。

认为叶赛宁总是欺骗或者愚弄别人，那是不对的，他也常常愚弄自己。使他激动的各种感情需要表达，于是他向自己让步了：把苦闷当成纲领，把心慌意乱当作文学流派。

马雅可夫斯基使自己的情绪服从于思想。叶赛宁却能（正如他有一次向我承认的那样）在"多米诺"或"飞马之家"咖啡馆中什么也不干，一旦他想写作，又毫不犹豫地拿起笔来。

最后他承认了自己精神上的失败，他说：

我接受一切。
一切我都接受。
我要踏着踩出来的足迹行走。
我要把整个心灵献给十月和五月，
只是不交出心爱的竖琴。

他是幸福的。

马雅可夫斯基不得不同一部分人的不了解和嘲笑及另一部分人心灵的冷漠进行斗争，而叶赛宁在世时却为人们所了解和爱戴。他诗中的那种真诚，那种不平常的音韵，甚至使那些听到他荒唐的酒馆生活而内心对他不满的人也为之倾倒。他幻想荣誉，但对荣誉也感到厌倦。25 岁的时候，他在诗中对双亲说：

啊，但愿你们明白，
你们的儿子在俄国
是最优秀的诗人！

著名的女舞蹈演员伊莎多拉·邓肯爱上了他，我在中学时代就对她的舞蹈赞美不已。她比他大 17 岁，但他喜欢她的温柔。他想看一看世界，于是成了最早跑遍整个欧洲的人之一，还看见了美国。女人们都很爱他。年老的黑人和巴黎的顽童也都赞许地向他使眼色。高尔基听了叶赛宁向他读的诗之后哭了。他想做什么就做什么，甚至苏维埃道德

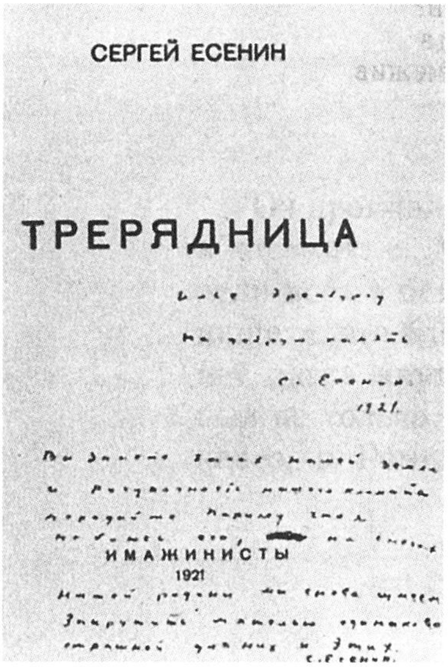

叶赛宁写给爱伦堡的赠言

叶赛宁和母亲

的严格维护者对他那些狂妄行为也只得睁一只眼、闭一只眼。

很难想象有比他更不幸的人了。他在任何地方都找不到自己的位置，爱情使他万分苦恼，他怀疑朋友们对他耍阴谋。他非常多疑，老是认为自己快要死了。我知道那些无聊的庸人的解释："他变成了酒鬼。"但是要明白，不能把后果当作前因。为什么他成了酒鬼？为什么他刚刚踏上生活和诗歌的道路就受伤了？为什么在他早期的诗篇中也有那么多真诚的悲伤，而当时他既没有酗酒，也没有胡闹？有人说，在新经济政策时期，从缝隙里爬出一些败类，于是产生了《莫斯科的酒馆》。但是《一个无赖汉的忏悔》是在新经济政策时期之前写的，那个冬天的莫斯科很像傅立叶空想社会的法朗吉或者有严格教规的修道院。为什么叶赛宁在30岁的时候，在名望极盛时，甚至还没有听见暮年遥远的脚步声就自缢了？

我读到过这样的说法，叶赛宁的悲剧在于他脱离了时代。可是在我看来，问题不在时代。当然，叶赛宁生活在十分艰苦的岁月，他曾多次责怪那个时代，但是他也多次表示热爱这个时代。他是以自己的方式接受革命的：1921年，暴动的自发势力仍然使他入迷，他幻想写一部长诗《游动的田野》。在我动身去巴黎前不久，我们见过一次面。他将自己的《特里梁甲》一书送给了我，并在上面题了这样一段话："您知道我们土地的气息和我们气候的画意。请您转告巴黎，我不怕它，在我们祖国茫茫的雪原上，我们还会掀起使他们和这些人感到同样可怕的暴风雪。”这是 1921 年春天的事，但是叶赛宁仿佛依然看到了那些骑着快马在我们整个星球上飞奔的胡作非为的自由民。

40 年过去了。叶赛宁的作品在我国为人们所阅读，所喜爱，谁也不去考虑他那乱作一团的政治思想。他在 1920 年写道：

我想成为一张黄帆
漂向我们驶往的国度。

五年之后，在他死前不久，他承认自己不是海船上的帆，而是一名乘客：

在巨大的甲板上，
我们有谁不曾跌倒，不曾呕吐，不曾诅咒？
这样的人不多，他们有一颗老练的心，
能在颠簸中岿然屹立。
……
如今岁月流逝。
我也到了这把年纪。
我的思想感情已不同过去。
在节日的酒宴上我要祝贺：
光荣啊，舵手，值得赞扬的是你！

他十分匆忙地周游了欧洲和美国，什么也没察觉。他在信中写道：“……我的高筒帽和柏林裁缝做的那件女大衣使所有的人发了狂……如此卑鄙单调，精神如此空虚，使我感到恶心……”“除了狐步舞之外，这里几乎一无所有，只有大吃大喝，然后又是狐步舞……”当然，当时在西方并非只有狐步舞，也还有流血的示威，有饥饿，有毕加索，有罗曼·罗兰，有卓别林，还有许多别的东西。但是我了解叶赛宁的心境。问题不仅在于对人们多

伊莎多拉·邓肯和叶赛宁在意大利

次描写过的白桦树的爱，还在于他从远方看见了挺起身子冲向未来的人民。

回到俄罗斯后，他试图得出结论：“我不喜欢我们那刚刚变冷的游牧区，我喜欢文明。然而我很不喜欢美国。美国，这是一个不仅使艺术，而且也使人类所有的高尚激情都被臭气湮没的地方。”他给报纸写了一篇特写，这篇文章天真无力，但是他给美国取的绰号却非常准确：钢铁的米尔戈罗德。应该指出，这是在1923年，当时“列夫”还在赞扬纽约摩天楼的美，“科学化的劳动组织”正风靡一时——这是在马雅可夫斯基动身去美国的两年之前。

叶赛宁首先是一个诗人，历史事件、爱情、友谊——所有这些都要向诗让步。他具有罕见的歌唱才能。对于动物学家来说，夜莺只是雀形目鸟类的一种，但是，对鸟的喉头所做的任何记载都不能解释，为什么夜莺的歌声自古以来就使世界各地的人入迷。谁也不能解释，为什么叶赛宁的许多诗能打动我们的心弦。有一些诗人，他们具有高尚的思想、杰出的观察能力、热烈的情感，他们用几十年的时间去掌握如何将自己的精神财富传达给别人的艺术。然而叶赛宁写诗，只因为他生来就是诗人：

> 不是每一个人都会唱歌。
> 不是每一个人都会成为
> 掉在别人脚边的苹果。
> ……
> 这就是无赖正在吐露的

最伟大的自白。

叶赛宁的诗歌的特点是那深沉的忧伤：这不应归咎于时代，即便这种忧伤曾将许多事说成是时代造成的：

他们乐意站在那儿观望，
用白铁的吻涂抹嘴巴——
只有我像个诵经士
把祖国尽情赞扬。

他自己明白，任何人对他的苦恼和孤独都不负责任：

我召唤谁呢？谁能和我分享
使我依然活着的忧郁的欢乐？
就连风车也站在这儿长眠
——像一只原木制的单翅雀。
这儿没人认识我。
那些记得的人也早已忘却……

这种感情在任何时代都会产生。
这也许就是叶赛宁的诗不会衰老的原因。

唉，我头上的草木已经枯萎，
对诗歌的迷恋磨尽了我的锐气。
我被判服感情的苦役
去转动诗的磨盘。

或者：

我已不再对妈妈说，
而是对一群陌生的、哈哈大笑的恶棍说：
“没关系！我被石头绊了一下，
明天伤口就会长好。”

这些诗句写于何时？40年前？100年前？昨天？我不知道。这无关紧要。

在战争年代，我常常听见一些刚离开课堂凳子就直接上了前线的年轻尉官说：“我喜欢叶赛宁。”现在的年轻人也对我这么说。这一点我是理解的。年轻的人们，如果他们不是诗人，也不特别爱好诗歌，当他们心情轻松愉快的时候，很少从书架上拿出一本诗集来读。他们去看足球赛，跳舞，和姑娘们玩，大声地诉说自己的理想或者进行激烈的争论。在悲哀的时候，他们才需要诗歌，这时，早已不在人世的叶赛宁就来搭救他们，他们对他是一无所知的，除了那最重要的一点：他为他们写，写的也是他们。

他没有写过有关如何写诗的文章，也从来没有把诗人的劳动和生产相提并论，然而，断言他是个天真的歌手也是可笑的。难道过去有过这样的歌手？5个世纪以来，一直流传着“老实的诗人”弗朗索瓦·维永——一个酒鬼和罪犯的故事，说他写诗一向是随随便便的。不久前特里斯坦·查拉（1896—1963，法国诗人）发现：维永的抒情叙事诗的结尾几行是用密码写

1925年，叶赛宁的遗照

的，诗人在这些密码里谈到自己失恋和犯罪的真情。要使每个诗行的第 5 或第 7 个字母成为密码，而且显得很自然，让谁也猜不透诗人的一番苦心，这需要特别高超的技巧。叶赛宁有好多次对我说，他写一行诗要花很多时间，一涂再涂，有时就干脆撕掉。马雅可夫斯基说他是“响亮的放荡者和手艺人的帮手”。叶赛宁写道：“我生来就是严格的手艺人……”（叶赛宁是对的：他是由于悲哀才成为“放荡者”的，他从来也没有“响亮”过，至于是“手艺人”还是“手艺人的帮手”，时间已经做了答复。）叶赛宁不止一次自称是“无赖”，但是有一点他倒是恭恭敬敬的：他重视技巧。虽然他和勃留索夫的性格迥然不同，但是在得知瓦列里·雅科夫列维奇·勃留索夫的死讯后，叶赛宁写道：“这是个令人沉痛的消息，对诗人们来说尤其如此。我们大家都向他学习过。我们都知道，他在俄罗斯诗歌的发展上起了什么作用……”

叶赛宁的诗是柔和的、有人情味的，其中既没有冷酷，也没有心灵上的淡漠。他有一篇诗，描写一只大狗生的小狗全给人溺死了，这篇诗是战争年代写的，当时人们已渐渐习惯于对一切都无动于衷了。他在自杀前不久写了一篇名叫《黑人》的诗。主人公的形象看来是受了普希金的启发：“黑人”使莫扎特不得安宁。但是莫扎特的“黑人”是死神。叶赛宁还认识了良心的谴责，“黑人”是冷酷的，然而诗人记得伊莎多拉·邓肯：

他曾是风度翩翩，
还是一位诗人，
虽然力气不大
却倒也麻利，
有这么一个女人
四十出头的年纪，
被他称为坏妞
和他的亲爱的……
“你听，你听！”
他瞧着我的脸，
用嘶哑的声音说，

身子离我越来越近——
我没见过
有哪一个无赖
曾如此愚蠢地
白白遭受失眠的折磨。

他在生活中是温柔的、令人感动的，但精神破产引起的暴躁也是令人难以忍受的。我见过温柔、安详、专注的他，也见过近似癫狂的他。我不愿意说，那主要是由于病态，而不是诗人的心灵结构。

在柏林的时候，有好几次我碰见他和伊莎多拉·邓肯在一起。她知道他很痛苦，想帮助他，却无能为力。她不仅才华出众，也富有人情味、柔情和分寸感，但他却是一个流浪的茨冈人，爱情的约束使他最为恐惧。

经常和他在一起的同伴是形象派诗人、拿吉他的库西科夫或“农民诗人”，这些“农民诗人”很像帕列赫油漆盒上的那些画中人。诗人们受到酒鬼们的排挤，后者只满足于能和名人一起喝喝酒。

虽然未来主义有黄色短上衣和布尔柳克的带柄眼镜，但如果说它是一个艺术现象和社会现象，那么形象派在我看来只不过是给一群文人匆匆挂上的招牌而已。叶赛宁爱吵架，正如中学里的“希腊人”和“波斯人”打架一样，他很乐意去找形象派，让他们和未来派吵一架。所有这些，甚至都不能算作他传记的一页，而是只有文学研究家才感兴趣的几个脚注。

最使人遗憾的是看见叶赛宁周围的人简直无奇不有，他们是爱（直到现在也爱）喝别人的酒，爱分享别人的荣誉，仗别人的威信来抬高自己的一群接近文学界的匪徒。然而叶赛宁的死，并不是由于他受到了这群居心叵测的蚊蚋的包围——是他把他们招来的。他知道他们的价值，但在他当时那种心情下，处在自己瞧不起的一群人中间倒使他觉得轻松些。

1924年，我在我们的一些共同的朋友家里最后一次看见叶赛宁。他喝了很多酒，神色很难看，总想出去胡闹。我劝了他好几个钟头，强行阻止他。但他沮丧地一再说道：“放了我吧！……我又不反对你……我本来……”

在叶赛宁最后的几首诗中，有一首诗里有这样几行：

花儿啊，我怎能不爱你们？
让咱们以你我相称，干掉此杯。
紫罗兰和木樨草，你们喧哗吧。
大祸随我的心一起降临。
大祸随我的心一起降临，
紫罗兰和木樨草，你们喧哗吧。

谁都知道，紫罗兰不是橡树，木樨草也不是椴树，它们是不会喧哗的。虽然如此，诗毕竟写得很好，为什么很好，却不能解释：诗就是如此。每当我想起叶赛宁时，我总是觉得：他是个诗人……

24

泰罗夫和室内剧院

每当我想起亚历山大·雅科夫列维奇·泰罗夫时，普希金的诗句便出现在我的脑海中：

曾有一个可怜的骑士，
他沉默寡言，为人老实，
面色阴沉又苍白，
性情勇敢又爽直。

泰罗夫的一生像一篇寓言一样简单。年轻时，他爱上了戏剧，在一个外省剧团当演员，后来来到彼得堡，结识了进步的诗人和艺术家。梅耶霍德排演勃洛克的《小戏台》，泰罗夫扮演戴天蓝色面具的那个角色。但这时的泰罗夫还没有一点名气。

1914 年，他组织了莫斯科室内剧院，这个剧院后来就成了他生活的目的、内容和全部寄托。同他一起的有著名的女演员阿利莎·格奥尔吉耶夫娜·科宁。泰罗夫当时将近 30 岁。他为建立他认为是最先进的剧院而奋斗。

他对在俄国发生的巨大变革并非漠不关心。他很乐意放弃错误的认识，他不停地进行探索，孜孜不倦地从清晨工作到深夜。莫斯科室内剧院有许多朋友，但也有许多敌人。如果再用普希金的诗来形容，那么可以说，数十年来，敌人不停地说：

他不祷告上帝，
也不懂斋戒……

1949年，敌人胜利了：莫斯科室内剧院关闭了。这时亚历山大·雅科夫列维奇64岁。一年后他死了。在我现在所写的那个遥远的冬天，泰罗夫演出了《布拉姆比拉公主》（德国浪漫主义作家霍夫曼的剧本），获得了极大的成功。他开始排演《菲德拉》〔法国剧作家拉辛（1639—1699）的剧作〕，出版了《导演笔记》，坚持自己的观点，他的观点既不同于自然主义戏剧的拥护者，也有别于梅耶霍德。他欢欣鼓舞。40年代末的几次凄凉的会面，在我记忆中遮盖不住革命初年那个快活而幸福的泰罗夫。

莫斯科人赞扬舞台上那个快乐的嘉年华会。亚库洛夫的布景是神奇的、光彩夺目的。演员们不停地蹦跳、逗笑、跳舞、说俏皮话。莫斯科人也十分了解亚德琳娜·列库略尔〔法国喜剧作家斯克里布（1791—1861）的同名剧本的女主人公〕的痛苦。泰罗夫将斯克里布感伤的传奇剧变成了悲剧。阿利莎·科宁的演技震动了观众。这也许使人感到奇怪，因为当时要激起人们的怜悯感是不容易的：大家对死亡已习以为常了。亚德琳娜之死能打动人，大概是因为这种死不是像斯克里布的剧中那种自然的死，而是经过了艺术加工——不是死在斯克利福索夫斯基的医院中，而是像欧律狄刻（希腊神话中俄耳甫斯的妻子）或奥菲丽雅（《哈姆雷特》的女主人公）那样死的。

泰罗夫很清楚戏剧概念的两种形式：丑角戏和悲剧。在我现在所说的那些年，人们的生活是没有中间状态的；不是快乐就是绝望，不是史前穴居时代的生活方式，就是21世纪的模型。

泰罗夫不仅生活上是朴素的，他在艺术上也使自己的理想服从极严格的纪律。有人说分寸感会砍断浪漫主义精神的翅膀，如果这指的是日常生活中的小算盘和小市民的慎重，那是正确的。但我们记得，甚至浪漫主义极盛期的艺术家也很了解什么是分寸感——艺术丧失了分寸感就会变成装腔作势、虚情假意和歇斯底里。

20 世纪 20 年代，亚·雅·泰罗夫在室内剧院的海报前

亚历山大·雅科夫列维奇·泰罗夫曾多次对我谈起自己对戏剧的理解。他抛弃了日常生活的描写，不在舞台上表现演员怎样喝茶或打哈欠。他喜欢引用 19 世纪著名的法国演员科克兰所说的一段故事。一个流浪艺人在集市上表演小猪叫。观众兴高采烈地鼓掌。但是有一个诺曼底农民却打赌说，他表演得不比这位演员差。狡猾的诺曼底人在自己衣服下面藏了一只活小猪，他捏了它一把。小猪叫了，然而在场的人都给他喝倒彩——他们发现这个农民不会学小猪叫。泰罗夫知道什么是艺术，所以他不承认那种极力模仿生活的戏剧。他常说“戏剧应该有戏剧性”，乍看上去这是荒谬的，正如说“水应该是液体”一样。但是要知道，当时许多剧院都不承认“演出”的概念。而泰罗夫既不相信记叙性的诗歌，也不相信文学式的绘画，更不相信那很像一间不知何故给拆去第四面墙的屋子的剧院。

泰罗夫不否认剧作家的作用，也不否认美术家的作用，但他希望舞台上一切因素都服从于戏剧这个唯一的目标。

起初他很尊重颓废派：排演了《莎乐美》。这个剧本吸引了不止一个人。泰罗夫排演它是在 1917 年，马尔贾诺夫排演它是在 1919 年。后来没有人再责备马尔贾诺夫，但是对泰罗夫的《莎乐美》却不愿宽恕。那时许多人都染上颓废派的毛病。我听说，阿·瓦·卢那察尔斯基在 1909 年曾怀着赞美的心情朗诵过巴尔蒙特最颓废的诗。勃留索夫年轻时不仅写过颓废的色情诗，不仅将罗普斯（1833—1898，比利时画家）的作品挂在墙上，而且十分赞赏伊戈尔·谢韦利亚宁的诗，谢韦利亚宁虽然自称是“自我未来派”，但是对理发师和要求不高、虚有其表的人来说则是颓废派。艺术剧院的舞台上站着一个颓废派的“灰衣人”（颓废派作家安德烈耶夫的剧本《人的一生》中的人物），他像集市上的腹语者那样闷声宣布："一个人诞生了。"小剧院也上演过倒霉的《莎乐美》。所有这一切很快都被遗忘了。但是有这么一种人，他们显然生不逢辰。泰罗夫走过了漫长而复杂的道路，而在他躺进棺材之后，追悼会上还有一位导演在一篇短短的悼词中提起他以往的错误……

当别人请求他谈谈或者写写自己的生平时，他便开始历数演出过的剧目：他是只有一种爱好的人。要谈他而不谈莫斯科室内剧院是不可能的。这是个极好的剧院，但它也生不逢辰。先谈谈人们给它取的一些不妥当的绰号。〔我遇到过许多人，他们为父母给自己取了个装腔作势的或者不好听的名字感到痛苦，例如，一个温柔的小伙子名叫季特，一个熟练的工程师名叫该隐，一个娇媚的姑娘名叫康斯吉图齐雅（"季特"与希腊神话中巨大的提坦神的读音相近，"该隐"是《圣经》中杀死亲兄弟者，"康斯吉图齐雅"的意思是宪法）。〕而在 1914 年，"室内"（"камерный"）这个词就有"戏曲学校"的意思，说明这是个敢作敢为的年轻剧院，它不指望取得商业上的成功。名字保留下来了，在三十年的历程中，不怀好意的人就拿它来做文章。"камерный

室内剧院中，《布拉姆比拉公主》的演出舞台

爱伦堡、法里克和泰罗夫在排演现场

这个词的意思是‘私人的’‘家里的’，剧院是为行家、为美食家办的……”〔剧院的名字对于许多人来说简直是弄不懂的。亚历山大·雅科夫列维奇曾对我说，有一次剧院在西伯利亚某城市巡回演出，演出前有人问他：“你们的演员是清一色的犯人，还是也有雇来的？”（“камерный”一词也有“囚室的”的意思，故引起观众的误会。）他们以为这是一个监狱的业余剧团。〕

泰罗夫受到许多人的尊敬和保护，其中有卢那察尔斯基、小剧院的老演员、《真理报》的米·科利佐夫及普通观众。阿·瓦·卢那察尔斯基为赞赏《菲德拉》的演出而写道，莫斯科室内剧院在许多方面都近似 19 世纪中叶的古老剧院和“杰出的卡拉特金（1802—1853，俄国演员）”。我说过，法国老演员穆内-絮利曾逗得我大笑，从前卡拉特金的表演大概也是这样。当我哈哈大笑地看穆内-絮利的表演时，我还是个不懂艺术的孩子。过了许多年，我在《菲德拉》里看见了阿利莎·科宁。我没有笑。我认识了艺术的巨大魔力，它使你感到轻松，也使你感到恐惧。（第一次飞出地球引力圈的人也许有类似感觉。）

在巴黎和柏林时，我都出席过莫斯科室内剧院的巡回演出，看到了观众的喝彩。泰罗夫勇敢地将拉辛的《菲德拉》带到了法国，而且取得了成功。安托万和毕加索、莱热和热米埃、科克托和让-里沙尔·布洛克都热烈赞扬莫斯科室内剧院的演出。在日本，“歌舞伎”剧团的演员们直到现在还记得泰罗夫。一些艺术家在这方面做了那么多的工作，大概就是为了报纸上所说的“开展文化交流”吧。

莫斯科室内剧院如果没有阿利莎·科宁，那是难以想象的。这位善良、诚恳的女人在舞台上折磨着观众的心，谁只要见过她一次，就会记得她的眼睛、手和声音。她仿佛是从另一个世纪来到剧院的，她不知道过去或未来。人是伟大的，事业也是伟大的，但是在成千上万的剧院中，开演后在舞台上手忙脚乱的尽是些天真的少女、初恋的情人、滑稽的老太婆和好发议论的角色。突然间，一个悲剧女演员来到了，而她来到的那个时代，谁也不能称之为道德喜剧或家庭正剧的时代。

亚历山大·雅科夫列维奇平时一点也不像个演员，他说话简单而含蓄，一向能克制自己。在他遭遇巨大不幸的那些日子里，我看见他仍然衣着整齐地走进后台。站在演员面前的是沉着、脸刮得干干净净、不动声色的泰罗夫。

我承认自己并不是一个常看戏的人，但是我不能忘记莫斯科室内剧院的许多演出——从最早的《布拉姆比拉公主》到在没落时期的1940年上演的《包法利夫人》。对此我应当感谢泰罗夫和科宁：他们常常以自己的技巧支持了我。他们也用自己的友谊支持我，我熟悉莫斯科室内剧院的后门，那儿是他们的寓所。他们的同情和关怀，使任何委屈都得到缓解。

阿莉莎·科宁扮演的包法利夫人

1949年，泰罗夫被派往另一个剧院工作。他是个严格遵守纪律的人，他等待着工作，但是没有等到。

泰罗夫在他早年写的一本回忆自己早期戏剧活动的书中写道：“当莫斯科的街

头终于贴出了莫斯科室内剧院的第一批戏报时，我们就请路过的行人出声读给我们听，这样我们才能够坚信这是事实，而不是幻景。”在一生的最后几个星期里，病中的亚历山大·雅科夫列维奇曾几次悄悄走出家门。亲人们为他感到不安，便跟在他后面。他走到通常贴戏报的墙边，久久地、仔细地瞧着。莫斯科室内剧院的戏报没有了……

25

1921年，我心中的怀疑

一个冬天，我弄到了几张纸，想坐下来写我早就想写的那部长篇小说。我只写了几行就撕掉了。那个时代不适合写长篇小说。问题不在于寒冷和饥饿（老实说，虽然我常常幻想弄到一块肉吃）。问题甚至也不在于我们往往要开上好几天的各式各样的会议。当时许多事件太近了，规模也太大。长篇小说家不是速记员，他需要冷静下来，思考一番，从他想描写的对象前后退几步（或者几年）。

1920年，俄罗斯似乎没有人写出一部长篇小说。那时是诗和文学宣言的时代。现在我想的是我这一代的作家，想的是谢芙琳娜、富尔曼诺夫、拉夫列尼约夫、帕乌斯托夫斯基、马雷什金、费定、巴别尔、特尼扬诺夫、皮利尼亚克。他们打过仗，复员回来，担任不同的职务，时常跑来跑去，修改别人的文章，开会，做报告，写小品文，几乎所有的人都是稍后才坐下来写大部头作品的。

有感受，又经过充分的思考，但没有写出来，这样长篇小说就可能消失。我觉得，要是我能够坐在巴黎某个咖啡馆里，向侍者要一杯咖啡、几片面包和一些纸，书可能就写成了。

我想写一部长篇讽刺小说，描写战前的岁月、战争和革命，但是最后一章是模糊不清的。无论我怎样努力也想象不出，当俄罗斯人推翻专制制度，焚烧，制订计划，在10条战线上打仗，挨饿受冻，患斑疹伤寒并醉心于未来的时候，西方人在做些什么。我对自己说，圆形不应该有缺口，必须瞧一瞧战后的巴黎。

（关于这本书我想得很多。我想的不只是它。我的青年时代是在巴黎度过的，我爱上了这个城市，那儿有我的许多朋友。有时我怀念巴黎，对此也不愿隐瞒。）

有一次，我对从前学校中的布尔什维克组织的一个朋友谈起了这件事，我与其说是表达了一个真实的愿望，不如说是道出了一个幻想，但是使我非常惊讶的是，没过多久，我就被外交人民委员部叫去，并要我填一个履历表。

虽然我住在外交人民委员部的第三宿舍里，我却从来没有去瞧一瞧秋天我送去几捆报刊的那个地方。我不知道，这个委员部的许多工作人员在干什么（有几个人我在宿舍的走廊里见过）。大概是在开会吧。要知道，那时几乎还没有和外国建立外交关系。西方列强的政府在企图推翻苏维埃政权而遭到失败后，故意无视俄国的存在。（直到 1922 年德意志共和国才承认苏维埃俄国的存在，英国和法国是 1924 年，而美国则是在 1933 年。）

在外交人民委员部的接待室里，一个已不年轻、但火气很旺的女人正在大发脾气。她先折磨了一阵人民委员部的秘书，随后不知为什么又向我叫了起来："他们没有任何权利！您随便问哪个律师。我有瑞士护照，我不允许他们这样对待我！……我不是资本家，我是个家庭教师，我应该受到保护。当然，我储存了一些黄金，可是我又没有发疯，干吗拿它去换那些每天都在贬值的纸币。我要往伯尔尼写信，我对此不能置之不理……"我好不容易才摆脱了她，坐下填履历表。

在填出国的目的时，我写道："想写一部长篇小说。"秘书微笑了一下，吩咐我把这全部涂掉，要我填写"艺术出差"。

又过了几周，宿舍主任亚当同志对我说，肃反委员会请我去一趟。他发现我有些紧张，于是补充道："从正门进去，找明仁斯基同志。"

维·鲁·明仁斯基有病，他躺在一个非常短小的沙发床上。我想，他大概要问我是不是和弗兰格尔分子有来往，但他却说，他在巴黎见过我，问我现在是不是还写诗。我说，我想写一部长篇讽刺小说。既然话题转向了文学，我便将自己的疑虑告诉了他：矫揉造作的诗发表得太多了，瞧，勃洛克也沉默了……明仁斯基有时微笑一下，点点头，有时皱起了眉头。突然我想起此人工作很忙，还有病在身，可我却像在出版界之家那样大发议论……明仁斯基说：“我们让您出国。但是法国人会对您说些什么，我可不知道……”

我领到了出国护照和拉脱维亚的签证，我的妻子也领到同样的一份。

这是个明媚的春日。雪堆正在融化、塌陷。从屋顶上流下水滴。孩子们在街上高声叫喊。

莫斯科的春天是非同寻常的，气候温暖的南方居民不会理解这个。这不是简单的季节更换，而是人们生活中的一个不平常的事件。虽然今天的莫斯科同 1921 年 4 月我走过的莫斯科很少有相似之处，但春天却总是一样的，一个春天像另一个春天，每一个春天又各不相同。要给解冻的天气、流冰期和喧闹的新生活以真实的评价，就得领略一下那漫长的冬季，在 12 月里，早晨醒来得先点灯，浑身冻得发僵，而窗外是一片白茫茫的雪景，在三月天，那连绵不断的暴风雪又使你睁不开眼睛。

正是在这样一个阳光灿烂的日子，我拿着出国护照回到了“公爵府”，我突然陷入了沉思：现在我要离开了……

脱离莫斯科的生活是困难的，也许这是因为这种生活本身就很困难。在梅耶霍德离开教育人民委员部戏剧处之后，儿童组的各种会议对我已经毫无意义了，当然，在儿童组有一种惯性的力量推动着我们继续制订各种计划。试图写长篇小说要明智得多。虽然如此，我仍然感到很难离开：我明白，真正的生活在这里，在莫斯科……

就在那一天，也许是在后来的哪一天，我记不清了，反正是在动身前不久，我久久地、坚决地使自己相信：到了做总结的时候了！

“做总结”——这是我早已逝去的青年时代最后几个幼稚念头之一。我不知道，为了认识那些岁月的全部意义，不是一两个钟头就够用的，那时，我在莫斯科凄凉的街头，在支离破碎的俄国东奔西跑，我教育过“莫菲克季甫”儿童，对“左翼艺术”进行过争论，失望过，开过玩笑，挨过饿，曾设法去弄面包或烟叶。当时我们大家在诗和散文中谈论“有历史意义的时代”。然而日子一天天地过去了，时代还是看不见：树木遮住了树林，而树林也不让你看清个别的树木。

现在我想回顾往昔，思考一番那早已逝去的交织着希望和怀疑的岁月。

我说过，历史的发展既不取决于主观愿望，也不取决于科学所赖以生存的那个完美无缺的逻辑。当我是个孩子的时候，在彼·盖·斯米多维奇的小组里，我常听人说，通向社会主义的道路是由先进工业国家的无产阶级开辟的。

1946 年，“钢铁的米尔戈罗德”（说得准确些是底特律）的一个工人对我说：“为什么您总是讲什么美国资本家、什么垄断集团、什么剥削？您以为我们不懂这个？我们懂。不过我们有资本家却比你们没有资本家过得好……”没有阶级觉悟吗？当然。但不仅如此，这是对生活的另一种态度，是崇拜幸福，是对丰功伟绩、对牺牲、对未知数的恐惧。

无论怎么说，第一个取得社会主义革命胜利的国家是工业落后的俄国。年轻的苏维埃共和国的每三个公民中就有两个认为国家是没有希望的。1918 年，我在莫斯科省和图拉省的农村中住过。在一间间的茅屋里，可以看见包着长毛绒的安乐椅、留声机，甚至钢琴，这些东西都是从庄园里运来的，或者是用一袋马铃薯向城里人换来的。而人们还过着契诃夫和布宁所描写的那种革命前的农村生活。残酷、无知和愚昧触目皆是。图书馆被烧掉了。他们憎恨城里人（“寄生虫”），有的人看见城市正在饥饿中死去，感到十分高兴。也许，这可以部分地说明那有时使左翼知识分子感到慌乱并在高尔基的文章中也有所流露的那种情绪。

青年人从农村来到城市，被急剧变化的形势所吸引，很容易接受极端的“无产阶级文化派”和后来的“岗位派”的简单化思想。我常听见有人说：“有什么复杂的？……旧知识分子习气，腐朽不堪……读了报纸吗？可见，很清楚。至于‘为什么’，‘有什么目的’——全是资产阶级那一套……干吗伤这个脑筋……”

1920 年秋，列宁对共青团员讲过这样一段话：“如果一个共产主义者不用一番极认真、极艰苦而浩繁的工夫，不理解他必须用批判的态度来对待的事物，便想根据自己学到的共产主义的现成结论来炫耀一番，这样的共产主义者是很可怜的。这样的不求甚解的态度是极端有害的。”

我曾谈到当时千百万青年男女怎样渴望知识。人们翻开了识字读本。也应该谈一谈是谁在教人民识字，谁在讲历史或地质学，谁拯救书籍免于火灾，保护博物馆的建筑，而且，也许比所有其他人更加忍饥挨饿地保卫了文化，这些人就是俄国的知识分子。当然，我指的不是那一群逃到国外并对自己的人民进行诬蔑的知识分子，而是那些接受了十月革命，但同时又充满怀疑的知识分子。如果重新读一读弗谢沃洛德·伊万诺夫、马雷什金、皮利尼亚克、尼·奥格涅夫等人早期的短篇小说和吉洪诺夫早期的诗歌，就会明白这些怀疑来自渴望以批判的态度对待列宁所说的那些事实。

在受难周广场上挂着一张宣传画：《电气化万岁！》。叶赛宁有一次在这张宣传画下面向我读了普加乔夫的独白：

亚洲啊，亚洲！天蓝色的国度，
铺满了盐、沙和石灰浆。
那儿的月亮在天上走得那么缓慢，
就像吉尔吉斯人赶的板车，轮子嘎嘎作响。
可是谁又知道，那儿毛黄色的山溪
如何高傲地翻腾跳跃？
蒙古铁骑不是正从那里呼啸而来
把人的野蛮和凶恶都暴露无遗？

我早就苦苦地渴望迁往那里，
迁往他们的宿营地，
以便把他们惊涛骇浪般的亮晶晶的颧骨，
挡在俄国门外，犹如挡住塔梅兰（察合台汗国的帖木儿）的阴影。

诗写得不错。但我现在想的倒不是诗。一群群匪徒在国内四处流窜。

农村征粮队遭到袭击。田园荒芜。火车站附近徘徊着流离失所的儿童。城市中一片饥饿景象，死亡率迅速上升。

所有这些，现在看来都是遥远的历史了。“蔚蓝的亚洲”正全力以赴地实行工业化，而苏联正在帮助它。如果在30年代末，有些西方的政治家还称呼我国是“泥足巨人”，那么没过多久，他们就断定“巨人”的脚是高质量的。

今年夏天，我的花园里奇妙的金光菊开花了，花朵又大又鲜艳，好像古代镶嵌艺术品上的星星。种子是我去巴黎时向著名的育种家维尔莫兰买来的，他们用一个俄国词“斯普特尼克”（“卫星”）称呼这些种子。

当我望着莫斯科的时候，我简直不敢相信这就是我度过童年的那个城市。每次去弗努科沃机场，沿途的景象都使你惊讶，修建起来的不是一座座的楼房，而是一条条大街和一个个街区。

当然，我国制造喷气式飞机的技术要比制造普通铝锅的技术高一些，制造锅的技术我们也能学会的。但是现在西方的政治家谈论的只是“巨人”的弹道的脚了。

就我的天性来说，我属于人们称之为“不轻信的多玛”那一类人。（这个形容词也许使人莫名其妙：使徒多玛是非常信神的，根据基督教的传说，他顽强地接受了许多考验。但是他不相信别人对他说的话，他想检验别人的话是否正确，换句话说，就是以批判的态度对待事实。）在我现在所思考的那两年里（1920—1921），我有不少的怀疑，但是这些怀疑不像有些人说的那样，他们认为俄国正在瓦解，瓦兰人（古俄罗斯对北欧诺尔曼人的称呼）将要以秩序维护者的身份君临我国，其结局将是温和的自由资产阶级制度。有一点我从不怀疑，那就是新的社会制度必将胜利。

日常生活是十分可怕的：黍米粥或里海拟鲤、破裂的下水管道、寒冷、传染病。但是我（以及我所有的朋友们）知道，战胜了外国干涉者的人民，也能够战胜经济崩溃。几个月之后，我便动笔写起自己的第一部长篇小说了。胡利奥·胡列尼托在谈到未来的一个不平常的城市，一个由钢和玻璃建成的有组织的城市时，高声地说：“一定会有的！我这样说是因为在这儿，在这贫穷的、支离破碎的俄罗斯，建设者不是那些有着充足的石头的人，而是那些决心以自己的血来联结这些令人难以忍受的石头的人……”

我的怀疑与对这座房子的看法无关，而是与对将要住在这座房子里的人的看法有关。在尤·奥列沙的一个剧本中，女主人公编了两个统计表：一个统计表上填写革命的“善行”，另一个上面填写革命的“罪行”。后来，她意识到自己的错误，剧名也就改成了《善行统计表》。这样的统计表我既没有编写过，也没有想过：生活比初级逻辑复杂，许多罪行可能导致善行，而有的善行却孕育着罪行。

（谈起我们生活中的阴暗面时，人们有时补充说："这是资本主义的残余。"这话有时是对的，有时却不对。强烈的光会加强阴影，好事也可能伴随着某些不良的后果。举一个大家都非常熟悉的例子：官僚主义，列宁写到过它，而40年之后我们的报纸还在继续谈它。难道文牍主义和烦琐的登记、讨论、检查、签字等只是一些残余？难道这毛病不是和生产的组织、核算、监督等的发展，亦即和进步的、正确的事物联系在一起的吗？）

我记得军事化学学校的一个女清洁工，一个年轻的农村姑娘唱的一首流行歌谣：

我给自己找麻烦——
上厕所没带通行证。
我倒乐意带通行证，
只不过没人要看。

我笑了，接着陷入了沉思。

工人们很清楚，就算是最复杂的机器也是人制造的，也是为人服务的。1932年，我来到库兹涅茨克联合企业的工地。农村来的人怀着憎恨或虔敬的恐惧心理瞧着机器，有的人由于机器出了毛病，便将车床弄坏了，他们在气头上使劲压杠杆，就像在农村用鞭子抽打受尽折磨的马。另一些人则尊敬地把高炉称作"伊万诺夫高炉"，把马丁炉称为"马丁叔叔"。

当然，我首先考虑的是艺术的命运。瓦·雅·勃留索夫的书房里挂的一张图表不仅使我惊讶，而且使我恐惧。文学成了方块、圆圈和菱形——成了一个庞大机器上的一些螺丝钉。

有一次，我向卢那察尔斯基谈起我的怀疑。他回答说，共产主义不应当导致千篇一律，而应当有多样性，因此，艺术家的创作不应当迁就一种形式。阿纳托利·瓦西里耶维奇说，有一种"杰尔日摩尔达"（系《钦差大臣》中的警察，此处指行为粗暴、好强迫命令的人）式的人物，他们不懂艺术的本质。一年之后，他在《报刊与革命》杂志上发表了一篇文章，阐述了同样的论点，在谈到过渡时期书报审查制度的必要性时说：“一个人如果说‘打倒一切关于言论自由的偏见，国家对书刊的领导是符合我们共产主义制度的，审查制度不是过渡时期的可怕特点，而是有条理的、社会化的社会主义生活所固有的一种东西’，他就会由此得出结论，认为批评本身应当成为一种类似告密的行为，或者成为给文学作品戴上简陋的革命枷锁的工作。这样的人，只要他那共产党员的外衣稍微磨破一点，就会暴露出杰尔日摩尔达的本质，而且如果他有了一丁点权力，除了颐指气使、恣意妄为，特别是抓住不放的乐趣之外，他不会从中取得任何别的东西……”

当时《在岗位上》这个杂志还没有出版。各种不同流派的画家——从布罗茨基到马列维奇——的展览还在同时举行。梅耶霍德还在离艺术剧院不远的地方狂呼乱叫。但是我仍然觉得看见了那个有方块和菱形的图表……

我们像吃鱼一样小心地吃着那八分之一磅扎人的面包。波隆斯卡娅写道：

> 但叫我难过的是，我们会使
> 温顺、忠诚、无言的朋友们失去价值：
> 这些朋友无非是几块桦木劈柴、一撮盐、
> 一罐牛奶，还有那贫瘠而寒冷的土地
> 提供的微薄收成……

那些年里，我们都是浪漫主义者，虽然也以这个字眼为耻。

我不是和时代争论，而是和自己争论。我的思想中有很多模糊不清的东西。我本来赞成工业美学，赞成计划经济，憎恶资本主义的混乱、伪善和表面上的繁荣（我不是从书本上认识它的）。但是我不止一次地问自己，在新的、更合理也更公正的社会中，人的丰富多彩的性格将会怎样，我所热烈颂扬的那些设备完善的机器会不会代替艺术，技术会不会压制虽然模糊不清但对人们来说却是可贵的感情？

40年后，我在《共青团真理报》上发表了一个列宁格勒姑娘写的一封信。她说，有一个非常有能力的工程师，他瞧不起艺术，对格列佐斯的悲剧

（格列佐斯，1922—2020，40 年代初希腊抵抗运动的参加者，曾撕下雅典卫城上的法西斯旗帜，多次遭到迫害）无动于衷，对母亲和同志很冷淡，他认为，在原子世纪里爱情是一种落后于时代的现象。在同一张报纸上，我读到一位控制论专家写的信。他嘲笑姑娘只会“抱着枕头哭”，还嘲笑我们这个时代那些赞美巴赫的音乐或勃洛克的诗的人。

我 1921 年的许多怀疑都是幼稚的，后来都为生活所推翻，许多许多，但不是全部……

我最怕淡漠，最怕机械化（不是生产上的，而是感情上的机械化），最怕艺术的衰落。我知道，树林会长大，所以我想的是那有生命的、温暖的树的命运，以及它那复杂的根系，那奇异的树枝和内部的年轮。

我有这样的思想也许是因为我打算在 30 岁的时候博得被称为作家的权利。当然，我不知道有哪些困难在等待着我，但是我很清楚，问题不只是在于怎样创作长篇小说或者怎样提炼一个句子。契诃夫在一封信中说，作家的责任是维护人。这话听起来很简单，但做起来却很难……

26

重访巴黎，遭驱逐出境

那时候时间过得很快，但火车走得很慢。我们要很久才能到达里加，可以思考许多事情。

隔壁的单间里是我国的几名外交信使。我瞧了一眼那些盖着火漆印的包裹，不禁莞尔一笑。我们只有一只破箱子，里面装着《乌诺维斯》《公社艺术》《艺术讲话》等杂志，还有马雅可夫斯基、叶赛宁、帕斯捷尔纳克的诗集。

当我们终于到达了谢别日的时候，一名外交信使对我们说："同志们，马上就到拉脱维亚边界了。那儿有小吃部，要维护苏维埃政权的体面，别大吃大喝……"我决定不走出车厢。

我们晚上到达里加，把箱子放在一个小客店里之后，我就对柳芭说："现在去饭馆吧……"我一路上左顾右盼，仿佛去一个秘密接头处似的：我有些不好意思，怕有人会说，苏维埃公民一下车就急忙跑去吃饭……

我不知道，是这份饭太多了呢，还是我们已经丧失了吃饭的习惯，反正一盘煎牛排我连一半都没吃完。我难过起来了：摆在我面前的就是我朝思暮想的那块肉，可我却再也吃不下了……

抑制心理上的饥饿颇不容易。吃完饭后，我在面包铺或香肠铺门口总要站上片刻，瞧瞧各色各样的小面包、小灌肠和小馅饼。只有喜爱古玩的人才会这样站在古玩商的橱窗前瞧上一阵子。我研究了挂在许多饭馆门口的那些菜单，菜名简直像诗一般美妙动听。

我随身带着1917年临时政府代表给我的护照，以便向法国人证明我在巴黎住过。这张护照已经很破旧了，很像博物馆里的陈列品。当我将苏联护照递给法国领事时，他急忙缩回了手，似乎我给他的是一个烧得通红的熨斗。他看了这张残破的护照后，用厌烦的口气说：“您曾经是政治侨民吧？这不是介绍信……”他问我在莫斯科干什么工作，为什么想去巴黎。我心平气和地回答说，最近几个月我帮助杜罗夫训练兔子，我打算在巴黎写一本厚书。领事面色阴沉地说：“我不认为您会在巴黎写它。”

我给住在巴黎的朋友们写信：请求他们设法帮我们办理签证。我已经吃胖了，不再去瞧那些香肠了。我在里加没有熟人。寒冷的雨下个不停。有一天，一个面色忧郁、身材矮小的人来找我，他说，他开了一个出版社，想印一些苏维埃作家的作品，他给我看了各种各样的手稿，并将我的诗集《沉思》买去了。有时我去我们的大使馆，读读《真理报》，和一位喜欢形象派诗人的秘书进行争论。法国领事对我的回答总是千篇一律：“无论我怎样考虑，对你也不会有什么……”

当我开始失去希望时，签证寄来了。领事断然拒绝将它们贴在苏联护照上，他给了我们两张特别通行证。我到德国领事馆去领取过境签证。领事非常惊讶，因为我作为一个苏联公民，居然领到了法国签证。这一点使他感到怀疑，所以他说，他不能让我们经过德国。不得不选择一条很复杂的路线：坐轮船到但泽自由市，再从那儿经海路去哥本哈根，然后去伦敦转巴黎。

在但泽市，我们进城游览了一番。在狭窄的中世纪街道上，挤满了做外汇生意的投机商人。

丹麦人扣留了我们，把我们关进一辆汽车。我断定，我们会被送进监狱，但是却将我们送到澡堂去了，我们洗澡的时候，衣服也被拿去消了毒。这是可以解释的：在俄国，伤寒仍然很猖獗。到了伦敦，警察把我当成疯子，这仅仅是因为当他们问我们怎样逃出俄国时，我回答说我们是带着出国护照出来的。

我在本书的以下篇章里，要谈谈第一次世界大战后那些年里西欧的生活。在我从莫斯科去巴黎的途中，我顾不上观察。虽然我很熟悉西方，但一切都使我十分惊愕。景象万千。但人们都显得无精打采、漠不关心。

我们在哥本哈根正赶上“五一”节。秩序井然的游行队伍从大街上走过，人们唱着歌，吃着面包片。市政厅前一群吃得过饱的鸽子看上去都飞不动了。皇宫旁站着戴有极高的帽子的卫兵。在工人区，人们成堆地挤在小店铺门口，看来他们所关心的不是消灭资本主义，而是购买时髦的人造黄油。

伦敦也有同样的宫殿，也有戴着大帽子的卫兵。在海德公园里，一个空谈家正在向行人解释，人权在阜姆和维尔诺遭到破坏，不列颠人应该去保卫自由。我想起了费奥多西亚大街上的英国士兵，便走开了。

我终于来到了“洛东达”。一切还是老样子。一个画家向我问过好之后说：“好久没有看见您。去别的地方了吗？”没有等我回答，他就讲起了当地的一些谣言。

“尼斯”饭店是我住过多年的地方，店老板安然无恙地从前方回来了。我们亲热地拥抱。

是的，一切都和过去一样。但是我变了……我发生的变化只是在我来到“洛东达”之后才明白的。从前在我看来是合情合理的东西，现在却使我惊讶，有时使我生气。巴黎是美丽的，我怀着欣喜的心情在塞纳河畔漫步，走遍了我青年时代去过的一切地方。习惯于这个城市的生活对我并不困难，但和人们相处却困难得多。我不知道该怎样向他们解释发生在俄国的一切。

我在战斗激烈的夏天离开巴黎，我很难理解，巴黎人仿佛已经忘了战争岁月，只有旅行社的广告还能使人想起不久前的往事：“游览凡尔登所费无几。可以观光历次会战的战场。”

一家报纸就“哪一位元帅最受法国人敬爱？”这个问题举行民意测验。大街上，男人们穿着奇装异服：细腰身的上装，胸部鼓起；品行端正的家长打扮得像好男色的人。我第一次看见了狐步舞，一对对的舞伴摇摇晃晃，就像带发条的玩偶。

我所谈的这一切，与其说能说明 1921 年的巴黎，倒不如说更能说明我的心情。我写了一篇诗（用的是古词语，虽然我热衷于“左翼艺术”，但这种古词语仍使我着迷）：

……不错，我的祖国，你不知分寸，

竟把几百年的家具什物都拉去生火。
即将冷却的暗淡灰烬
烤不暖黑暗的洞穴。
当然，不如用暖气……
也好，爱伦堡，你既然来到巴黎，
那就把这过分的幸福
变成精湛的颂歌。
但是俄语粗野而伤感，
俄国人如今也不会颂扬
坐在“福特”轿车里疾驰的胜利者，
他嚼着地菇，好解去死亡的苦味……

不过，在那些准备赞扬“宽宏大量的主人”的俄国人身上是没有缺点的。侨民们还不明白，他们在异乡将面临什么样的命运。内战的激情尚未冷却。布尔采夫在巴黎出版了《共同事业》报，该报把俄国称作苏维埃代表的国家。我记得这个报纸上有一条消息：莫斯科动物园里幸存下来的野兽，现在是用被枪毙者的尸体喂养的。季娜伊达·吉皮乌斯责备所有留在俄国的人，声称他们将自己“出卖给布尔什维克”了——勃洛克出卖了自己，别雷也出卖了自己，甚至阿·费·科尼也是如此……我曾在托尔斯泰家里见过一面布宁，他不愿和我说话。而最讨人喜欢的阿列克谢·尼古拉耶维奇也茫然而亲切地埋怨我说：“伊利亚，你在那儿学会了胡说八道……”每当我说我是带着苏联护照出来时，侨民们就把脸扭开，有的人怒形于色，有的人则提心吊胆。

从前的“洛东达”的成员们友好地接待了我：我说“从前的”，那是因为旧的“洛东达”已不复存在，我是在来到巴黎两三天后才明白这个的。问题不只是咖啡馆换了主人。时代变了。外国的游览者排挤画家或诗人。往年那种落拓不羁的生活，成了以名士派自诩的人们的时髦风气。在“洛东达”周围还有另外一些咖啡馆，有旧的，也有新开的，除了老顾客外，也常常有新人前去光顾。在“多姆”咖啡馆里，我找到了一些老朋友——福京斯基、迪埃戈·里维拉、马列夫娜、察特金。莱热有时到“洛东达”去瞧瞧。“谢列克特”咖啡馆里常常有一些年轻的美国人，我不认识他们，许多年后我认识了海明威时，才知道他就是在“谢列克特”咖啡馆中构思自己第一部长篇小说的。

我谈了谈莫斯科的展览会、梅耶霍德的演出，凭记忆朗诵了马雅可夫斯基、叶赛宁、帕斯捷尔纳克的诗。

毕加索抱住我，立刻说：“你知道，我的地方在那儿。我在米勒兰（1859—1943，法国社会党人、改良主义者，20 年代初曾任法国总统）先生的法国能有些什么作为呢？”阿勒贝尔·格雷兹说，不久前他展出过一大幅覆墙画《莫斯科一车站的壁画草图》。莱热盼望能在莫斯科的剧院工作。迪埃戈·里维拉问我，他怎样才能去俄国。诗人安德烈·萨尔蒙对我读了他的一篇以俄文“命令”为题的长诗，他在这篇长诗中颂扬了俄罗斯人民的功勋。

看来，资产阶级的法国可以渐渐安心了：危险的年代已经过去。复员归来的人已经忘了士兵的哗变。罢工的浪潮也已衰落。但是墙壁上还可以看见一些宣传画，上面画着一个咬着刀子的面目狰狞的人：这是统治集团用来吓唬普通法国人的那种可怕的怪物。宣传手法不很复杂：共产党人被描绘成野蛮人，他们对妇女实行国有化，并强迫所有的人操练步法。有一个比“妇女国有化”更有力的论据——那些在银行里购买了有利可图证券的普通法国人手中的俄国公债和存款。食利者气愤而绝望地哭诉：“咱们的钱完蛋啦！”

说法国的资产阶级已喘过气来也并不正确。的确，法国是平静的，但是仅仅半年以前，在邻邦意大利就发生过工人夺取一个个工厂的事。仅仅两个月以前，报纸上还在谈论萨克森地区的暴动。巴黎的墙上可以看见用油彩、木炭和粉笔写的标语：“苏维埃万岁！”

1946 年春天我来到法国。那时资产阶级也是神经紧张。他们不喜欢巴黎工人区的自治市政府委员用斯大林的名字命名街道。但是“冷战”刚刚开始，苏联还被认为是正式的盟国，所以在街道的命名典礼上，右翼党派的代表也只得怀着憎恨、恐惧和尊敬的复杂心情向“伟大的元帅”致敬。

1921 年，法国没有列宁街，但是列宁仿佛住在工人区里。他不是元帅，而是一个人，一个在巴黎度过许多岁月并为一部分法国人熟悉的人。在巴黎的工人区里，人们惊奇地谈论着这个头戴工人帽的人居然成了一个神秘大国的首脑，谈论着俄国的工人，他们居然能忍饥挨饿、不畏风寒，拿起破旧的步枪打退外国干涉者的进攻，这使那些胜利者睡不着觉。

我开始明白，我最初的那些肤浅印象是靠不住的。西方有许多新东西。我买了一本解释相对论的通俗读本。由莱热绘制插图的柏列兹·桑德拉的新作《世界末日》使我入迷，这本书用讽刺手法描写了资本主义世界的末日，很像一个电影剧本。

我看了已成为名人的查理·卓别林的几部影片。在毕加索的展览会上，30幅油画相互争吵，但是它们全都迫切地要求以优美生动的形式表现新时代。我明白了，我需要读许多书，观察许多现象，思考许多问题。

迪埃戈听说我的长篇小说的主人公将是个墨西哥人，非常高兴。他打算去意大利，但说要和我谈谈胡利奥·胡列尼托童年时代和少年时代的生活环境。

我买了一个本子，决定坐下来写长篇小说。然而，我的创作计划突然遭到法国当局的干涉。明仁斯基同志是对的……

我并不十分清楚我被驱逐出境的原因。当我问为什么要赶走我时，省政府的官员回答说："法国是世界上最自由的国家。如果强制你离境，那就是说其中必有缘故……"他们对替我奔走以便改变驱逐出境决定的一位朋友说："您不知道，他在搞布尔什维克宣传。"大概，我在咖啡馆的凉台上和朋友们谈话时，旁边坐着告密者，法国人把这种人叫作"苍蝇"。他们的确像秋天的苍蝇一样缠人，但是苍蝇活不久，而告密者却不同。有时不仅换了部长，甚至制度也都变了，告密者却依然健在。

一大清早，一个其貌不扬的人来找我，他有一双呆板的眼睛和一小撮稀疏的胡子，他向我指了指他的证章——省政府的密探。另一个密探拘留了我的妻子。旅店的主人气愤地说："我替法国害羞！……"这话对密探不起丝毫作用。他们把我带到省政府，那儿的官员对我说，我们必须在当天离开法国。

"可是没有签证，我们又能去哪儿呢？"我天真地问道。

"去最近的边境，比利时。"

"我们没有比利时的签证。"

"你们也不会领到签证的。比利时人会让你们向后转，转回法国境内。"

“那时怎么办？……”

“那时我们就以非法越境罪拘留你们。你们将要受到处罚，那就是将你们驱逐出境，而不再是强迫离境了。”

我不明白“强迫离境”与“驱逐出境”这两个概念有什么不同。官员解释说：“这次你们乘坐普通车厢前往边境，车票也由你们买。我们派一个穿便衣的工作人员陪同你们。但是当你们被驱逐出境的时候，你们就不用担心车票了，你们将被押解到边境。现在你们是自由的，只不过有我们的一名工作人员陪同你们……”

“如果比利时人让我们回来，我在监狱里又待满了应待的期限，那时我们又要被送到什么地方去呢？”

“还是比利时。”

我明白了，他们想把我们当成足球，让法国人和比利时人踢来踢去。这对我没有什么诱惑力。反正这顿午饭得吃。于是我们就到“洛东达”对面的一个饭馆去，在那儿碰见了一位熟识的雕刻家。我们对他说，我们被驱逐出境了。他跑进“洛东达”，又跑进“多姆”，没过多久，有十几个朋友跑来看我们。他们都很愤慨。密探们就坐在旁边的桌子旁狼吞虎咽：他们早就习惯人们说他们是“肮脏的鞋后掌”（法国人这样称呼警察），因为每天都能听见这种称呼，而巴梯饭馆的酒菜很出色，“鞋后掌”在这类用项上是可以报账的。

我想起了签署强迫我出境命令的是胖子白里安，他是一个最出色的演说家，议会的“夜莺”，我不禁快活起来。在战争年代，我曾以《交易所新闻》记者的身份被介绍给他。他对我唱了一支简短而温柔的咏叹调……现在我使白里安非常害怕。我像杜罗夫的兔子一样，开始懂得我是可怕的野兽。

火车是晚上开走的。在车站上，一个密探对我说，他要代我们买票：“当然，坐三等车厢？”我们来法国时就坐三等车厢，但密探的口气使我很生气，所以就回答说：“当然，坐头等车厢……”也许正是这一点才使我们得救的。

在头等车厢的单间里有三个人：柳芭、我和密探，这个密探到了法国边境就下车了。我劝柳芭躺下来，假装睡觉。一个比利时宪兵走了进来，我指着柳芭向他做了个手势：别把她吵醒。比利时人温和地点了点头：警察对头等车厢的乘客是尊敬的。我拿出了那张残破不堪的 1917 年的护照，宪兵仔细地寻找比利时的签证。他小心地折起那张纸，耳语般地说："您的签证太旧了，该换一个。"我也低声答道："您说得不错，我打算在布鲁塞尔换一个……"

足球赛没能举行，我们平平安安地继续前进。

27

我的第一部长篇——《胡利奥·胡列尼托及其门生历险记》

在布鲁塞尔南站的对面，我们看见两个旅馆：一个叫“天意”，另一个叫“希望”。我们不想失去希望，所以就去“希望”旅馆。但是旅馆让我们填写卡片，其中有一个关于入境签证的包藏祸心的问题。

我的青年时期是在没有民用航空、没有无线电广播、没有签证的古代度过的。飞机是一个卓越的发明，收音机也很有用，而且不一定非听不可——高兴时才打开，但是签证这个玩意儿却怎么也不能说是减轻人的生活重担的发明。我不想计算我在一生里为签证耗费了多少时间、精力和神经。何况签证和细菌一样品种繁多，它们可以分成级，分成类：有入境签证和出境签证，有过境停留签证和不停留签证，有一次签证和多次签证，有指名过境站签证和不指名过境站签证。要熟悉它们并非易事，领取它们更为困难。

我们匆匆走出旅馆前厅，我在入境签证这一栏画了个模棱两可的短线。我们在夜间碰到的好运气可能在大白天以倒大霉告终：我们是在没有入境签证的情况下混进比利时的。

我曾说过，战前我和罗斯托夫同乡涅米罗夫在巴黎出版过一个小型的诗刊《黄昏》。他有一个十分可爱的妻子，是个愉快的、有点吊梢眼的歌手，名叫玛鲁夏。不久她和涅米罗夫离婚了，战争期间，我常在法国南部遇见她。在我返回俄国之前，有人对我说，玛鲁夏嫁给了比利时诗人埃伦斯。

走出旅馆的时候，我想的只有一件事：怎样找到埃伦斯？西欧各国没有住址查询处——人们想过安生日子，至于谁住在哪儿，只有上帝和警察知道。电话簿里也没有埃伦斯的名字（我不知道埃伦斯是笔名）。我走进一家书店，人们对我说，这儿卖的都是严肃的书籍，不卖诗。我开始研究书店的橱窗，终于找到了一个十分醒目地摆着埃伦斯著作的书店。我高兴地跑了进去，但是毫无收获：他们建议我按出版社的地址写封信。我不能解释说，等信到达埃伦斯的手中时，我早就进了监狱，而不是在“希望”旅馆里了。

我很幸运：在第五家或第十家书店里，我碰见了一个诗歌爱好者，这是个富有同情心的人。他对我说，我可以在众议院找到弗兰斯·埃伦斯。他的姓是范埃尔孟亨，负责国会图书馆。我立刻喜出望外：国会可不是“洛东达”！

埃伦斯和玛鲁夏像对待老朋友似的接待我们。我唠叨着签证的事。玛鲁夏回忆起往事。埃伦斯沉默不语，不时温和地微笑一下。他 40 岁了，在北方人严厉的面孔上生着一对幻想家和孩子般的明亮眼睛。

埃伦斯告诉一位部长说，我是诗人，不知为什么在法国被强迫离境，想在比利时住几个月，写一本书。办手续花了两个星期。我漫步在布鲁塞尔街头，交易所附近非常热闹，但是老区却非常安静，那儿有许多装饰过的灰黑色楼房，有许多衣着整洁的老太婆和慢吞吞的幻想家，他们在一天工作完毕后抽着烟斗，用苍白的眼睛望着苍白的天空。

我跟埃伦斯成了好朋友。他是个异常纯真、忧郁的人。他首先是一个诗人，这不只是因为他写诗，也是因为他的散文以及他的一生都充溢着诗的精华。

我认识他的这年春天，他在写长篇小说《龙尾裸体的女神》，他用这个名字称呼摆在他房间里的一尊黑人的神。在小说中，这个英明而又幼稚、全能而又软弱的神，从非洲的密林来到了欧洲，他用忧伤的讥讽口吻述说了周围发生的一切。我读过高尔基分析这本书的信，写这封信并不是出于一般的礼貌，而是出于爱。（他们相识的时间晚一些，是 1925 年在索伦多的时候。在另一封信里，高尔基回忆起埃伦斯的眼睛，这对眼睛尽管神情严厉，你还是能够发现一种孩子的忧伤和温柔。）斯蒂芬·茨威格很喜欢《龙尾裸体的女神》，他给这本书的德文译本写了序。

我将莫斯科的情况详细地讲给埃伦斯听。他十分欣赏叶赛宁的诗，依靠玛鲁夏的帮助开始将它们译成法文。

后来，我在巴黎和布鲁塞尔也遇见过埃伦斯。年复一年，时间就这样过去了，生活也随之消逝。现在一切都起了变化，然而埃伦斯却依然如故：儿童不会衰老，幻想家你是改变不了的——也就是说他们自己也不会改变……

埃伦斯有一次介绍我认识了画家佩尔梅克，现在所有写生画的爱好者都知道他，但是当时他只能算作是“小字辈”（这年他 35 岁，碰上了战争，在保卫安特卫普的战斗中受了重伤，但出人意料地活了下来）。我不知道是什么缘故——是由于有根深蒂固的传统呢，还是由于佛兰德平原的风光（确切些说是光线）特别绮丽，反正比利时人都是出色的写生画家。不用说梅姆林或者凡·爱克，只要看一眼安佐尔的油画就可以一目了然。不知何故，佩尔梅克被划为表现主义者，虽然他的作品并没有因强调文学的表达力而忽视写生画的倾向。他喜欢画那受到风吹日晒的面色阴沉的渔民、海滨耕地的农夫、母亲和老太婆。他的长幅风景画表现平坦的田地，远处隐约有一个干草堆或一棵孤独的、而且必定是矮小的、被风吹断的树。浅绿色或铅灰色的天空起着重要作用。他的天性中就有一种不安和悲剧的成分。我很久没有见到佩尔梅克，二十五年后我们又见了面，那是在他死前不久。我去看他的时候他住在奥斯坦德附近，高大、病弱而孤独：他失去了相依为命的妻子。画室的墙上挂着一幅我难以忘怀的油画：佩尔梅克画了妻子死后躺在床上的情景，他用色彩表达了自己的心境。

我一直在等待部长的答复。“希望”旅馆的窗下直到深夜都有旋转木马在转动，手摇风琴的声音一个比一个响。

我终于获准在比利时居住。这时正值 6 月，我们便去滨海的一个小镇里亚潘，这儿离法国边境不远。旅馆里很空，离暑假还有几个星期。海边上还能碰到一些废墟：在战时遭到毁坏的房屋尚未修复。大海辽阔而暴躁，在落潮的时候，它退得远远的，收敛了怒气，可是随后又狂暴地向旅馆直扑过来。

每次落潮之后，沙地上总要留下水草、海星和许多木片。我无意识地捡起了它们——这时我回忆起了在考特贝尔时为了生火盆在海滨寻找木片的情形……

周围尽是风吹积的沙丘，有些地方长着多刺的灰色野草。这些沙丘经常移动：风把它们吹来吹去。我登上沙丘，望见了法国。

我住在一间窗户面向大海的小屋子里，从早直到深夜不停地工作。我在一个月内写成了《胡利奥·胡列尼托及其门生历险记》，就像有人口授由我笔录似的。有时手写累了，我就到海滨散步。狂风吹翻了咖啡馆空台上的椅子。海似乎是毫不妥协的。这种景色很适合我的心境：我觉得我不是拿着笔在纸上写字，而是端着刺刀去冲锋。

我不擅长写作。书中有许多多余的情节，没有经过剪裁，有时还可以碰到一些拙劣的语句。但是我爱这本书。

据说，似乎所有作者都喜欢自己的第一本书。这不对。我知道有一些作家，谁要是当面提起他们早期的作品，他们就受不了。用不着说别人：我就对自己第一本诗集感到可笑和厌恶。我是怀着柔情在回忆我写关于侯爵们的诗的那个时代，甚至还在回忆印刷厂主。但诗是低劣的，主要因为它们不是我自己的。我爱《胡利奥·胡列尼托及其门生历险记》，因为它是我写的，是我亲身体验过的，这的的确确是我的书，虽然它有许多缺点。

我有许多次都像一个盲目模仿的作家。我曾谈起自己的早期诗歌是怎样模仿别人的。然而到后来，在写成《胡利奥·胡列尼托及其门生历险记》之后不久，我成了当时大为泛滥的那种文学形式的牺牲品。我和我的一些文学事业的同龄人一样，迷上了安德烈·别雷有节律的散文和列米佐夫别出心裁的句法。但是这两位作家本性所固有的东西，搬到我的作品中就成了拙劣的模仿。我不愿再翻阅那个时期自己写的其他作品：一直想使那些形容词和名词有自知之明。《胡利奥·胡列尼托及其门生历险记》虽然有时写得笨拙，但它是朴素的，没有文字上的矫揉造作。

一些批评文章说，我的这个长篇是在模仿《老实人》(法国作家伏尔泰的作品)。十分惭愧，我应当承认，我只是在看了这些批评文章后才拜读《老实人》的。年轻时我读过不少书，但是读得很杂，而且直到现在，我的文学知识仍残缺不全。不过批评家的猜测我是理解的。《胡利奥·胡列尼托及其门生历险记》描写的是我在法国度过的青年时代。当然，沃日拉尔货运站上的工人和我一样没有读过《老实人》，但是在他们的说笑中却有着伏尔泰的作品中使我们为之倾倒的那些法国讽刺的特点。而且《老实人》的作者对法兰西民族天才的形成可能也有影响。

我爱《胡利奥·胡列尼托及其门生历险记》，因为它是出于我内心的要求写成的：要知道，那时我还不认为自己是个作家。这部书我构思了很久。也许其中的文学气味很淡（没有经验、没有技巧），但是其中毫无咬文嚼字的毛病。

我写过许多作品，但自己远非都喜欢。有些我很少想起，也不重读它们。对于年轻的读者来说，我是一个在第二次世界大战年代出现的作家。在我国，大概只有领养老金的人才记得《胡利奥·胡列尼托及其门生历险记》，然而它对我来说却是宝贵的：我在这本书中说出了许多不仅决定了我的文学道路，而且决定了我的生活的东西。自然，这本书中有不少荒谬的议论和天真的奇谈，我一直想看清未来。有的看出来了，有的是我错了。但是总的来说，这是一本我不能否定的书。

在《胡利奥·胡列尼托及其门生历险记》里，我抨击了形形色色的种族主义和民族主义，揭露了战争，揭露了那些发动战争，不愿放弃战争的人的残酷、贪婪和伪善，揭露了那些为军队祝福的牧师的假仁假义，那些讨论"人道的杀人方法"的和平主义者，以及那些为骇人听闻的流血辩护的冒牌社会主义者。我至今仍赞同这些思想，如果说我憎恨种族主义和法西斯主义，如果说我有力量参加保卫和平的斗争，那是因为一个人虽然在半个世纪里穿破了许多件衣服，但是他在这方面还和过去一样。

我在《胡利奥·胡列尼托及其门生历险记》中描写了金钱世界的假仁假义，描写了由库尔先生的支票簿和戴勒先生的社会等级制度操纵的虚伪的自由，后者甚至把葬礼也分为 16 个等级。在希特勒掌权之前 12 年，我刻画了一个"可以同时是民族主义者和社会主义者"，而对法国人和俄国人说了这样一段话的施密特先生："我们必须把你们组织起来""使俄国成为殖民地，尽可能地彻底摧毁英国和法国……我们要让大地荒芜……为了人类的福利，杀死一个疯子或一千万人——只不过是个数量上的差别。然而非杀不可……"假如我在 1921 年没有写这本书，那么 1940 年我也不可能写成《巴黎的陷落》。

我有时是错误的，有时看得十分清楚。在奥斯威辛的焚尸炉和娘子谷出现以前很久，我在这本书中就写了这样一段话："不久的将来，将要有一场消灭犹太民族的大表演……节目单中除了可敬的人们所惯用的传统的大屠杀外，还有一些按照时代精神恢复的节目：火烧犹太人、活埋、用犹太人的血灌溉田地，以及‘疏散’、‘清除可疑分子’等新方法。”

我知道，《胡利奥·胡列尼托及其门生历险记》一定会使警官恼火：“如今哪一个领事还会给我的护照贴上签证？哪一家的母亲还会让我走进有着正派的小伙子和贞洁的姑娘的家门？”白党的侨民气愤地对待我的长篇小说，这并不使我感到奇怪。但是我碰到的是交叉火力：“岗位派”把《胡利奥·胡列尼托及其门生历险记》称之为“对革命的诽谤”。他们的每一期杂志几乎都要在我的名字前冠以“诽谤者”的头衔。

在上一节里，我曾谈到自己很害怕情感的僵化和创作的公式化。这些思想在《胡利奥·胡列尼托及其门生历险记》里也有反映。我当时夸大了一些危险，但没有看到另一些危险。批评家说我是“犬儒主义者”“虚无主义者”，如果我确有应该受到指责之处，那么倒不如指责我过于浪漫。

读者读《胡利奥·胡列尼托及其门生历险记》，批评家骂它，骂得很凶，也骂得很久，每当他们谈起我后来写的作品时，总要举出我的第一部长篇小说作为主要罪证。我偶尔弄到一期35年前出版的《新世界》，其中有一篇文章谈到我，文章的作者先引了《胡利奥·胡列尼托及其门生历险记》中的一大段文字，然后得出结论说：“在公开的战斗中被击溃的俄国资产阶级，正在精神领域内顽抗……爱伦堡确实在为自己的阶级效劳……爱伦堡是资产阶级文化的余孽……假若爱伦堡‘不想’成为一个作家，俄罗斯文学史也不会有丝毫损失……”我摘引的这篇文章，也许是最温和的一篇。

1924年在基辅的时候，我去看《胡利奥·胡列尼托及其门生历险记》改编成话剧后的排演。舞台上出现了伊利亚·爱伦堡，坐在他肩上的美国人库尔先生喊道：“快点，快点，我的资产阶级的驽马……”我的岳父卡杰茨夫医生十分恼火，我只觉得可笑。

当然，我也有伤心的时刻：向我射来的炮弹不是敌人的，而是自己人的。然而，幸运的是那个时期的炮弹是纸做的。渐渐地，我对各种各样的指责都习惯了，产生了部分免疫性，这种免疫性后来不止一次使我免于彻底绝望。

我的第一部长篇小说的形式也受到过攻击。我觉得，不是语言上的毛病，而是异乎寻常的形式激怒了一些人。从那时开始，批判家一直说我是个记者，说我写长篇小说如同写小品文。照他们的说法，我是非法闯进文学界的。然而对我来说，报纸对长篇小说的干预是和探索当代的叙述形式有关。有些人认为，详细地描写主人公或风景的外貌可以使枯燥的论题变得有血有肉，使社论变为小说。但是，坦白地说，这是搭配出售的商品，是用剧院的聚光灯来照亮拖得很久的会议。如果真是如此，《往事与随想》要比《前夜》(《往事与随想》是俄国作家赫尔岑的自传体作品，《前夜》是屠格涅夫的一部长篇小说）更有权利被称为“纯艺术”了……

1922 年，《胡利奥・胡列尼托及其门生历险记》在柏林由“赫利孔”出版社出版，在莫斯科由国家出版社出版。我很高兴，马雅可夫斯基喜欢我的书，我很尊敬的几位彼得格勒作家也对这本书表示赞许。(1942 年，阿・尼・托尔斯泰在一篇文章中提起我的几部讽刺小说，对《胡利奥・胡列尼托及其门生历险记》说了好话。）后来，我从娜・康・克鲁普斯卡娅的回忆录中得知了列宁是怎样看待我的第一部长篇小说的，这对我是很大的精神支持。

不久，《胡利奥・胡列尼托及其门生历险记》由一家共产党人办的出版社出版了德文译本，法文译本是由皮埃尔・马克-奥尔兰写的序，这本书还用别的文字出版过。

我成了职业作家。

但是我又把后来发生的事提前说了。我写完了《胡利奥・胡列尼托及其门生历险记》的最后一页，我在这一页上写道：“斑斑白丝、衰竭的心脏和日益不支的体力使我感到宽慰——我已经越过了一个困难的关口……”

我向大海走去。惊涛拍岸。黑夜，远处闪动着点点渔火。我迎风走去，我感到不安、愉快。

人和作家可以猜测到许多事物，但远非所有的事物。你可以在对着镜子刮脸时看见斑白的头发，但是要想预见未来却比较困难。当时我不知道，前面还有许多困难无比的关口，也不知道只要心脏还在跳动，风是不会停的……